30

Marion Zimmer Bradley
La Donna del Falco

TEA DUE

Marion Zimmer Bradley nacque ad Albany (New York) nel 1930. Studiò in Texas e si laureò all'Università della California, a Berkeley, dove risiedette fino alla morte, avvenuta nel 1999. Pubblicò la sua prima storia nel 1952 sulla rivista «Vortex Science Fiction», conquistandosi in breve la stima, e l'affetto, di un larghissimo pubblico, nonché la fama di regina della narrativa fantastica, genere che esplorò a fondo (con oltre sessanta romanzi e numerose raccolte di racconti) raggiungendo sempre risultati di grandissimo rilievo. Se la sua notorietà è legata soprattutto al *Ciclo di Avalon* e ai romanzi della *Saga di Darkover*, non meno importante è la sua produzione nel campo del romanzo fantastico (*Le luci di Atlantide*) o del romanzo storico (*La torcia*) o ancora del romanzo gotico. Più recentemente, aveva avviato un nuovo filone nel quale la sensibilità New Age si mescola ad atmosfere horror, e che la TEA ha presentato in Italia con grande successo (*Spirito di Luce*, *Magia di Luce*, *Tenebra di Luce*, *Cuore di Luce* e *Witch Hill*).

Romanzi di Marion Zimmer Bradley
pubblicati in questa collana:

SAGA DI DARKOVER:

La Signora delle Tempeste
La Donna del Falco
I Regni di Darkover
La Città della Magia
Il Sapiente di Darkover
Gli Eredi di Hammerfell
L'Esiliato di Darkover
Ritorno a Darkover
Il Signore di Storn
La Spada di Aldones
Il Ribelle di Thendara
Le Foreste di Darkover
La Sfida degli Alton
La Matrice Ombra

SAGA DEL GIGLIO NERO:

Il Giglio Nero
(con J. May e A. Norton)
La Dama del Giglio

CICLO DI AVALON:

Le Querce di Albion
Le Nebbie di Avalon
La Signora di Avalon

LE AVVENTURE NEL PARANORMALE:

Spirito di Luce
Magia di Luce
Tenebra di Luce
Cuore di Luce
Witch Hill

ALTRI ROMANZI:

Le Luci di Atlantide
La Torcia
I Falconi di Narabedla

MARION ZIMMER BRADLEY

LA DONNA DEL FALCO

Romanzo

Traduzione di
Riccardo Valla

TEA

Il canto dei soldati del capitolo 16 mi è stato suggerito dalla Ballad of Arilinn Tower *scritta da Bettina Helms. Per il canto successivo, dovuto al più prolifico degli autori, Anonimo, ringrazio il trio folk Oak, Ash and Thorn, e la loro manager Sharon Green.*

La Donna del Falco, *come gran parte dei romanzi della saga di Darkover, è completo in se stesso e non richiede precedenti conoscenze degli altri libri della serie, ma forse ai lettori che seguono le cronache di Darkover farà piacere sapere che si svolge durante il periodo dei Cento Regni, un centinaio d'anni dopo gli avvenimenti narrati ne* La Signora delle Tempeste.

M.Z.B.

TEA - Tascabili degli Editori Associati S.p.A.
Corso Italia, 13 - 20122 Milano

www.tealibri.it

Titolo originale
Hawkmistress!

Prima edizione TEADUE ottobre 1989

Ristampe: 18 17 16 15 14 13 12 11 10
2006 2005 2004 2003 2002

LA DONNA DEL FALCO

LE SETTE NAZIONI DI DARKOVER
MARE di DALEREUTH
HELLERS
HELLERS
Storn
Tramontana
Caer Donn
Aldaran
Darriel
FIUME KADARIN
MONTI KILGHARD
Carthon
Nevarsin
ARDAIS
Serrais
Neskaya
ARILINN
CASTELLO HASTUR
Syrtis
Lago Mariposa
ARMIDA
HALI
Lago di Hali
THENDARA
C
Lago Dembe
Elhalyn
Fiume Valeron
Valeron
PIANA DI ARILINN

Capitolo 1

POGGIO DEL FALCO

ROMILDA era talmente stanca da non riuscire a stare in piedi.

Le scuderie erano buie: l'unica illuminazione era fornita da una lanterna accuratamente schermata che pendeva da una trave. Ma gli occhi del falco erano lucenti, indomiti e pieni di rabbia come sempre. No, si corresse la ragazza; non solo rabbia, ma terrore.

Ha paura. Non mi odia; è solo terrorizzato.

Sentì nella propria mente il terrore che pulsava dietro la collera, e alla fine non fu più in grado di distinguere le proprie sensazioni - stanchezza, bruciore agli occhi, desiderio di buttarsi sulla paglia come un fagotto, priva di forze - da quelle che le giungevano dalla mente del falco: odio, paura, una selvaggia frenesia di sangue e di libertà.

Nel prendere il coltello affilato che portava alla cintura, nel tagliare un pezzo di carne da una carcassa posta a poca distanza da lei, Romilda tremava per lo sforzo di non fuggire, di non tirare pazzamente la corda che la teneva - *no, non lei, il falco* - al posatoio; *una crudele striscia di cuoio, che le tagliava i piedi...*

Il falco batté le ali; Romilda sobbalzò istintivamente, e il pezzo di carne cruda le sfuggì di mano. La ragazza sentì dentro di sé il desiderio di lotta, la furia e il terrore, come se i lacci di cuoio che assicuravano il rapace al posatoio stringessero anche lei al piede, dolorosamente... tentò di chinarsi, di cercare con tranquillità il pezzo di carne, ma le emozioni del falco che le penetravano nella mente erano troppo forti. Si portò le mani agli occhi e gemette a voce alta, lasciando che le ali battenti divenissero parte di lei... Quando le era successo la prima volta, più di un anno addietro, Romilda era stata colta dal panico ed era fuggita dalle scuderie, per poi continuare a correre pazzamente finché non era inciampata e caduta, a pochi palmi di distanza dallo strapiombo che precipitava dal castello alle rocce del fiume Kadarin, con un salto di molte centinaia di braccia.

Non doveva lasciar entrare il falco così profondamente nei suoi pensieri, doveva ricordarsi di essere umana, di essere Romilda MacAran... Per calmarsi, ripensò alle parole che la giovane sapiente le aveva detto in segreto, prima di ritornare alla Torre di Tramontana:

«Hai una dote rara, bambina... un dono fra i più rari, chiamato Potere. Non so perché tuo padre sia così ostinato, e non permetta a te e ai tuoi fratelli di essere esaminati e di imparare a usare le doti che possedete; certo sa che un lettore della mente non addestrato è una minaccia per sé e per coloro che lo circondano; egli stesso possiede questa dote in forma molto forte!»

Romilda conosceva la risposta, e supponeva che la conoscesse anche la sapiente, ma per rispetto verso il padre non voleva parlarne al di fuori della famiglia, e la sapiente era un'estranea, dopotutto; MacAran le aveva offerto ospitalità, come avrebbe fatto con chiunque gliel'avesse chiesta, ma le aveva freddamente negato il permesso di svolgere il suo incarico, ossia di esaminare i ragazzi di Poggio del Falco per scoprire se avessero il *potere*.

«Siete mia ospite, Nobile Marelie, ma ho già perso un figlio nelle maledette Torri che affliggono il nostro paese e distolgono i figli di uomini onesti - sì, e anche le loro figlie - dai doveri verso la casa e la famiglia! Potrete ripararvi sotto il mio tetto finché durerà la tempesta, e sarete trattata come un ospite onorato; ma tenete le mani lontano dalla mente dei miei figli!»

Ha già perso un figlio nelle maledette Torri, pensò Romilda, ricordando che suo fratello Ruyven era fuggito alla Torre di Neskaya, sulla sponda opposta del Kadarin, quattro anni prima. *E sta per perderne un altro, perché perfino io sono in grado di vedere che Darren è più adatto alle Torri o al monastero di Nevarsin che a essere l'erede di Poggio del Falco*. Darren sarebbe dovuto rimanere ancora a Nevarsin, come era consuetudine per i figli dei nobili delle montagne, e aveva chiesto il permesso di farlo, ma obbedendo ai voleri del padre era ritornato ai suoi impegni di erede.

Ruyven, come hai potuto abbandonare tuo fratello così? Darren non può essere l'erede di Poggio del Falco senza avere al suo fianco il fratello. Tra i due fratelli c'era meno di un anno di differenza, ed erano sempre stati inseparabili come due gemelli; ma, quando erano andati insieme a Nevarsin, solo Darren era ritornato; Ruyven, aveva poi riferito al padre, si era recato alla Torre. Il primogenito aveva mandato un messaggio, e il padre l'aveva letto; poi l'aveva gettato via, con ira, e da quel momento in poi non aveva più ripetuto il nome di Ruyven e aveva vietato a tutti di pronunciarlo.

«Ho solo due figli», aveva detto, e nel dirlo aveva la faccia dura come una pietra, «e uno è nel monastero, mentre l'altro siede sulle ginocchia della madre.»

La sapiente Marelie aveva aggrottato la fronte, nel ricordare queste parole, e aveva spiegato a Romilda:

«Ho fatto del mio meglio, bambina, ma non mi ha voluto ascoltare; perciò, devi cercare da sola di dominare il tuo dono, se non vuoi che finisca per dominarti. Io posso aiutarti ben poco, nello scarso tempo disponibile; anzi, sono certa che se tuo padre venisse a sapere che ti ho detto queste cose, non mi ospiterebbe più per la notte. Ma non oso lasciarti affrontare senza protezione il momento in cui il tuo potere si sveglierà. Sarai sola, e non è facile dominarlo da sola, ma non è impossibile; conosco alcune persone che sono riuscite a farlo, e una di queste è tuo fratello».

«Conoscete mio fratello!» aveva esclamato Romilda.

«Lo conosco, bambina: chi è stato, secondo te, a mandarmi qui con l'incarico di parlarti? Non devi pensare che si sia allontanato da voi senza motivo», aggiunse Marelie con gentilezza, nel vedere che Romilda serrava le labbra. «Ti vuole molto bene; ne vuole anche a tuo padre. Ma un gheppio non può essere un falco, né un falco un *kyorebni*. Ritornare qui, passare tutta la vita senza il pieno uso del suo potere... per lui sarebbe come morire. Lo capisci, Romilda? Per lui, rinunciare alla compagnia dei suoi simili sarebbe come divenire sordo e cieco.»

«Ma che cosa è mai questo *potere*, se per esso è disposto a rinunciare a tutti i suoi cari?» aveva detto Romilda, piangente, e Marelie si era limitata a scuotere con tristezza la testa.

«Lo saprai quando il tuo potere si sveglierà, bambina mia.»

E Romilda aveva gridato: «Odio il potere! Odio le Torri! Ci hanno portato via Ruyven!» e si era allontanata, rifiutandosi di parlare ancora con Marelie.

La sapiente, sospirando, aveva detto: «Non posso biasimarti per il rispetto che mostri a tuo padre, bambina», e si era chiusa nella stanza che le era stata riservata. L'indomani mattina era ripartita, senza più parlare con Romilda.

L'episodio era successo due anni prima e la ragazza aveva cercato di dimenticarlo; ma nell'ultimo anno aveva compreso di possedere nella forma più intensa il Tocco dei MacAran: quella particolarità della mente che le permetteva di entrare nei pensieri dei falchi, dei cani, dei cavalli e degli altri animali, e aveva cominciato a rimpiangere di non averne parlato più a lungo con la sapiente.

Ma non voleva pensarci. *Può darsi che abbia il potere*, continuò a ripetere a se stessa, *ma non abbandonerò mai la casa e la famiglia per qualcosa del genere!*

Per questo aveva cercato di dominarlo da sola; e ora si costrinse alla calma, a respirare piano, e sentì che la tranquillità passava dalla sua mente a quella del falco e ne placava un poco la furia: il rapace legato era immobile, e la ragazza era di nuovo consapevole di essere Romilda, non una creatura che si divincolava per liberarsi dei lacci - i *geti* - che le stringevano le zampe...

Lentamente, nella furia che le giungeva dall'uccello, il pensiero divenne più chiaro. *I geti sono troppo stretti. Gli fanno male.* Romilda si chinò, cercando di trasmettere pensieri tranquillizzanti... *ma è troppo inferocito dalla fame e dal terrore: se no, starebbe tranquillo e capirebbe che non voglio fargli del male.* Si chinò e toccò le strisce di cuoio avvolte attorno alle zampe del falco. Sentì una forte paura, il desiderio di tirarsi indietro - una volta, lei stessa aveva visto un giovane falconiere perdere un occhio perché si era avvicinato troppo al becco di un uccello spaventato - ma impose alla paura di non interferire con quanto stava facendo: se il falco avesse sentito male, la sua paura e la sua frenesia sarebbero peggiorate.

Dovette lavorare con una mano sola, nella penombra, ma la lunga pratica le aveva insegnato a sciogliere, bendata e con una mano sola, tutti i nodi dei falconieri; il vecchio Davin le aveva ripetuto molte volte: *Spesso ti troverai in una scuderia buia, e avrai una mano occupata dal falco*. Perciò, per molte ore, si era allenata a stringere e ad allargare, a legare e a sciogliere quei nodi sui bastoncelli di legno, prima di avere il permesso di toccare le zampe delicate di un falco. Il cuoio scivolava sotto le sue dita sudate, ma Romilda riuscì ad allentarlo leggermente: non troppo - perché l'uccello si sarebbe liberato e si sarebbe lanciato in volo, con il rischio di spezzarsi un'ala contro le pareti della scuderia - ma quanto bastava perché il cuoio non segasse la pelle della zampa. Poi si piegò di nuovo a cercare il pezzo di carne che era caduto a terra e cercò di pulirlo come meglio poteva. Sapeva che la cosa non aveva importanza - gli uccelli dovevano inghiottire terra e pietre per macinare il cibo all'interno del gozzo - ma i fili di paglia sporca che rimanevano incollati alla carne le facevano schifo: la ripulì di tutti i pezzetti di sudiciume e, ancora una volta, tese in direzione del falco la mano inguantata. Quel falco avrebbe accettato il cibo? Be', lei doveva semplicemente fermarsi lì finché - quando la fame fosse giunta a superare la paura - l'uccello non avesse accettato la carne dalla sua mano: altrimenti avrebbero perso anche quel falco. E Romilda aveva deciso di non perderlo.

Era lieta, ora, di avere dato la libertà all'altro rapace. Dapprima, quando il vecchio Davin aveva cominciato a gemere e sudare per un accesso di febbre maligna, aveva pensato di poter salvare entrambi i falchi da lui catturati tre giorni prima. Davin le aveva detto di lasciarli andare tutt'e due, perché non morissero di fame, in quanto non erano ancora disposti a prendere il cibo dalla mano umana. Nel catturarli aveva promesso a Romilda di lasciargliene addomesticare uno mentre lui si occupava dell'altro. Ma poi il Poggio del Falco era stato colpito dalla febbre, e il vecchio, quando si era ammalato, le aveva detto di liberarli: ci sarebbero state altre stagioni, altri falchi.

Ma erano uccelli di valore: i migliori falchi selvatici che il vecchio avesse catturato nelle ultime stagioni. Nel dare la libertà al più grande dei due, Romilda si era detta che Davin aveva ragione. Un falco come quello non aveva prezzo: re Carolus, a Carcosa, non ne aveva di migliori, aveva detto Davin, che se ne intendeva; il nonno di Romilda era stato mastro falconiere di re Carolus, oggi in esilio, prima della ribellione che aveva costretto il sovrano a rifugiarsi negli Hellers dove probabilmente avrebbe trovato la morte, e l'usurpatore Rakhal aveva rimandato a casa quasi tutti gli uomini di Carolus, per circondarsi di persone fidate.

Peggio per lui; dal Kadarin al Mare di Dalereuth, il nonno di Romilda godeva fama di essere il miglior falconiere dei Monti Kilghard, e aveva insegnato tutte le sue arti a Mikhail, l'attuale capo dei MacAran, e al suo cugino di più umili natali, Davin. I falchi selvatici, catturati già adulti, erano più difficili da addomesticare di quelli nati in cattività e abituati fin dalla nascita a prendere il cibo dalla mano ed era meglio che volassero via, a dar vita ad altri della loro nobile razza, anziché morire di paura e di fame in una scuderia, ancora selvatici.

Perciò Romilda, con dispiacere, aveva preso dalla falconara il più grosso dei due uccelli e gli aveva tolto dalle zampe i geti; poi, dietro le scuderie, era salita su un'alta rupe e l'aveva lasciato libero. Aveva pianto di commozione nel vedere il falco che saliva nel cielo fino a scomparire alla vista, e, nel profondo del suo cuore, una parte di lei aveva preso a volare con il rapace nella selvaggia estasi di sollevarsi libera, *libera*... Per un istante Romilda aveva scorto sotto di lei il vertiginoso panorama che circondava il Poggio del Falco: profonde valli colme di foresta fino all'orlo, e, lontano, la forma bianca e luccicante della Torre di Hali, sulla sponda dell'omonimo lago - *suo fratello era laggiù, in quel momento?* - e poi si era trovata di nuovo sola, a rabbrividire di freddo sull'alta rupe, con gli occhi che le facevano male perché aveva fissato troppo a lungo il cielo luminoso, e il falco era sparito.

Era ritornata nella scuderia e aveva teso la mano verso il secondo falco, una femmina, con l'intenzione di liberarlo, ma lo sguardo del rapace aveva incrociato per un attimo il suo, e Romilda aveva sentito qualcosa, dentro di lei, che diceva: *Posso domare questo falco; non c'è bisogno di liberarlo, posso addomesticarlo*.

La febbre che aveva colpito il castello e immobilizzato Davin era stata quasi una sua alleata. In un giorno normale, Romilda aveva compiti e lezioni; ma anche l'istitutrice che condivideva con la sorella minore Mallina era stata colpita da una leggera febbre ed era rimasta a rabbrividire accanto al fuoco, nell'aula scolastica, dopo avere dato a Romilda il permesso di scendere nelle scuderie a cavalcare o di prendere il libro di scuola o il cucito e salire alla serra, in cima al castello, per studiare tra le foglie e i fiori: alla Nobile Carlinda, la luce faceva male agli occhi. La vecchia Gwennis, che aveva fatto da balia a Romilda e alla sorella, era occupata con Mallina, che aveva un po' di febbre, anche se non si trattava di niente di grave. E la Nobile Luciella, loro matrigna, non si muoveva dal capezzale del piccolo Rael, nove anni, che era stato colto dalla febbre nella forma più pericolosa: sudori e impossibilità di deglutire.

Perciò Romilda si era ripromessa di trascorrere una meravigliosa giornata nella falconara: la Nobile Carlinda era tanto sciocca da pensare che lei, avendo una giornata libera, la sciupasse sul suo stupido libro dei compiti o a fare ricami? Ma nelle scuderie aveva trovato Davin in preda alla febbre: il vecchio aveva accolto con piacere l'arrivo della ragazza - il suo apprendista non era ancora in grado di avvicinarsi agli uccelli selvatici, anche se poteva dare il cibo agli altri e pulire la scuderia - e aveva ordinato a Romilda di liberare i due falchi. E lei si era accinta a obbedire quando...

Il falco era *suo*! Anche se in quel momento era appollaiato sul posatoio, rabbioso e ostile, con gli occhi rossi velati di collera e di terrore, e batteva freneticamente le ali nello scorgere il minimo movimento, il falco era suo e presto o tardi avrebbe capito di essere legato a lei.

Ma Romilda sapeva che la cosa non sarebbe stata né rapida né facile. Aveva allevato giovani falchi nati in cattività nelle scuderie o catturati nel nido ancora inetti, e abituati a nutrirsi dalla mano o dal guanto ancor prima di mettere le piume. Ma i falchi come quello avevano imparato a volare, a predare e a procacciarsi il cibo nella foresta; erano cacciatori migliori dei rapaci cresciuti in cattività, ma erano più difficili da addomesticare; due su cinque di quei falchi, all'incirca, si lasciavano morire di fame prima di accettare il cibo dalla mano. Il pensiero che questo capitasse anche al suo falco atterriva Romilda: la ragazza si rifiutò di prenderlo in considerazione. In qualche modo, avrebbe superato l'abisso che li separava.

Il falco batté di nuovo le ali, e Romilda lottò per rimanere se stessa, per non tornare a immergersi nel terrore e nella furia del rapace; nello stesso tempo continuò a indirizzargli messaggi tranquillizzanti. *Non ti voglio fare del male, bellezza mia. Guarda, ti ho portato da mangiare.* Ma il falco continuò a battere le ali, e Romilda faticò a non tirarsi indietro atterrita, a non farsi prendere dalla paura e dalla rabbia che le trasmetteva il falco.

Ma le ali, questa volta, non si erano fermate più presto? Il falco era esausto. Si stava indebolendo, e avrebbe continuato ad agitarsi fino a morire per la stanchezza, prima di essere pronto a cedere e ad accettare il cibo? Romilda aveva perso il senso del tempo, ma quando il falco tornò a calmarsi, si tolse per qualche istante il guanto. Aveva l'impressione che il braccio stesse per staccarsi dal corpo, ma non capì se era colpa del guanto, troppo pesante per lei (aveva trascorso ore a tenerlo sollevato all'altezza della spalla, sopportando i crampi, per abituarsi al suo peso), o se quella sensazione aveva a che fare con le ali del falco. No, doveva essere sempre in grado di distinguere tra lei stessa e il rapace. Appoggiò la schiena contro la parete scabra, dietro di lei, e chiuse gli occhi. Sentiva di potersi addormentare anche in piedi. Ma non doveva addormentarsi, e non doveva muoversi.

Da un falco che è arrivato a questo stadio, diceva sempre Davin, non ci si deve allontanare. Neppure per un momento. E lei una volta gli aveva chiesto, quando era bambina: «Neppure per mangiare?»

Il vecchio aveva sbuffato: «Se arrivi a questo punto, puoi stare senza cibo e senza acqua più a lungo di un falco; se non riesci a resistere più del falco che intendi addomesticare, non hai alcun diritto di occuparti di lui».

Ma il vecchio si riferiva a se stesso. A quell'epoca non gli era venuto in mente che una ragazza tentasse di addomesticare un falco. Era sempre venuto incontro al desiderio di Romilda di imparare l'arte del falconiere: dopotutto, un giorno quegli uccelli potevano essere suoi, anche se aveva due fratelli maggiori; non sarebbe stata la prima volta che il Poggio del Falco veniva trasmesso per linea femminile al forte marito di colei che lo aveva ereditato. E c'erano donne che andavano a cavallo con un falchetto docile e ben addestrato; anche la matrigna di Romilda era uscita di tanto in tanto tenendo sul polso, come se si trattasse di un raro gioiello, un piccolo falco delicatamente addestrato, non più grosso di un piccione. E Luciella non avrebbe mai toccato uno dei falchi selvatici, e non era mai stata neppure lontanamente sfiorata dall'idea che la figliastra ne avesse l'intenzione.

Ma perché no? si chiese con irritazione Romilda. *Io sono nata con il Tocco dei MacAran; il potere che mi dà il dominio sui falchi, sui cavalli e sui cani. No, non il* potere, *non ammetterò di avere la maledizione degli Hastur; ma il vecchio Tocco dei MacAran... Ho il diritto di averlo, non è il* potere, *non esattamente... Sono una donna, ma sono una MacAran come i miei fratelli!*

Tornò ad avvicinarsi al falco, tendendogli con il guanto il pezzo di carne, ma il rapace sollevò la testa e la fissò freddamente negli occhi; poi, con un piccolo salto, si allontanò fino a raggiungere l'estremità del posatoio. La ragazza gli lesse nella mente che i geti non gli davano più fastidio. Cominciò a mormorargli parole rassicuranti, e si accorse di avere fame. Si sarebbe dovuta portare del cibo; spesso aveva visto Davin infilarsi nella borsa una pagnotta e un pezzo di carne fredda, quando si preparava ad addomesticare un falco. Fu tentata di recarsi in cucina o nella dispensa... e anche alla latrina; la vescica cominciava a farle male. Suo padre o uno dei suoi fratelli si sarebbe girato per un istante contro il muro, ma Romilda - anche se per qualche attimo fu tentata di imitarli - aveva troppi lacci da sciogliere, benché portasse un paio di calzoni smessi di Ruyven. Con un sospiro, decise di rimanere al suo posto.

Se non riesci a resistere più di un falco, aveva detto Davin, *non hai il diritto di addomesticarne uno.*

Hai fame anche tu, disse silenziosamente al falco. *Ecco, qui c'è del cibo.* Ma l'uccello non fece alcuna mossa per prenderlo. Gonfiò leggermente le penne, e Romilda temette di vederlo nuovamente esplodere in un selvaggio tentativo di battere la ali. Ma presto il falco si tranquillizzò, e anche la ragazza, dopo un istante, riprese la veglia, senza più muoversi.

Quando i miei fratelli avevano la mia età, era un loro dovere: un MacAran è tenuto ad addomesticarsi il cane, il cavallo, il falco. Anche Rael: ha solo nove anni, ma mio padre già insiste perché insegni le buone maniere al suo cagnolino. Quando lei era più giovane - prima che Ruyven li lasciasse e che Darren tornasse a Nevarsin - suo padre era orgoglioso di veder lavorare Romilda con cani e cavalli.

Diceva sempre: «Romilda è una MacAran, ha il Tocco; non c'è cavallo che si rifiuti di portarla, non c'è cane che non faccia amicizia con lei, anche le cagne più rissose vengono a strofinarsi contro le sue ginocchia». Era orgoglioso di me. Diceva a Ruyven e a Darren che ero un MacAran migliore di loro, li invitava a guardare come trattavo i cavalli.

Ma ora queste cose lo mandano in collera.

Dopo la fuga di Ruyven, Romilda era stata affidata alla matrigna, che la invitava a stare in casa e a "comportarsi da signora". Ormai aveva quasi quindici anni; sua sorella più giovane, Mallina, aveva già cominciato a infilarsi nei capelli una spilla da donna, a forma di farfalla. Mallina era contenta di imparare i punti del ricamo, di cavalcare con molta compostezza su una sella all'amazzone, di giocare con stupidi cagnolini viziati invece che con più ragionevoli cani da guardia o da pastore, nelle stalle o nei prati. Crescendo, Mallina era diventata una sciocca, e la cosa peggiore era che suo padre la preferiva così: non per niente ripeteva che Romilda doveva prendere esempio da lei.

Mai. Preferirei essere morta, che rimanere tutto il giorno al chiuso, a ricamare come fanno le donne. Mallina, una volta, cavalcava bene, e adesso è come Luciella, molle e delicata. Si spaventa quando un cavallo avvicina la testa alla mia, non riuscirebbe più a cavalcare di buon galoppo per una mezz'ora senza fermarsi ad ansimare come un pesce salito su un albero. Oggi, esattamente come Luciella, è tutta smorfie e rossori, e, quel che è peggio, mio padre le preferisce così!

Qualcosa si mosse in fondo alla scuderia, e uno degli sparvieri lanciò un grido perché aveva sentito odore di cibo. Il grido eccitò il falco di Romilda e lo portò a battere freneticamente le ali. Romilda comprese che l'apprendista del vecchio falconiere era venuto a nutrire gli altri uccelli. Passò dall'uno all'altro, lentamente, mormorando loro qualche parola, e la ragazza si accorse che era il tramonto; era laggiù dal mattino. Quando ebbe terminato il lavoro, l'apprendista di Davin la guardò.

«Nobile Romilda! Che cosa fate, quaggiù, damigella?»

Nell'udire la sua voce, il falco tornò a battere le ali e Romilda sentì nuovamente il terribile dolore alle braccia. Cercò di liberarsi di ogni emozione: paura, rabbia, sete di sangue - *il sangue che scorre sotto gli artigli, il suo sapore nel becco* - e parlò a voce bassa, per non spaventare l'uccello.

«Cerco di addomesticare questo falco. Va' via, Ker, hai finito il lavoro e rischi solo di spaventarmelo.»

«Ma ho sentito che Davin ha ordinato di liberarlo e che questo ha fatto infuriare il Nobile MacAran», mormorò Ker. «Non voleva rinunciare ai due falchi selvatici e ha minacciato Davin di cacciarlo via, anche se è vecchio, se dovesse perderli.»

«Be', mio padre non perderà questo falco, se smetterai di spaventarlo», disse lei, seccata. «Va' via, Ker, prima che torni a battere le ali.»

Sentiva accumularsi la tensione nel corpo e nella mente dell'uccello. «Va' via!» ripeté seccamente.

Ma la sua agitazione si comunicò al falco, che tornò ad agitare le ali. Romilda cercò di calmarlo, silenziosamente. *Su, su, bello, nessuno ti farà del male, qui c'è del cibo...* e quando tornò di nuovo in se stessa, il ragazzo se n'era ormai andato.

Ma aveva lasciato la porta aperta, e giungeva un soffio di aria gelida; presto, come ogni notte su quei gelidi monti, sarebbe caduta la pioggia o la neve... maledetto ragazzino! Si allontanò in punta di piedi dal posatoio per chiudere la porta... se tutti gli altri fossero morti di freddo, sarebbe stato inutile domare quell'uccello! Nel tragitto si chiese perché insistesse a volerlo addomesticare. Perché lei, una ragazza, pensava di riuscire in un compito che, due volte su cinque, non riusciva neppure a un uomo carico di esperienza come Davin? Avrebbe fatto meglio a dire al ragazzo che il falco era esausto, far venire suo padre e affidarlo a lui... aveva visto che cosa era in grado di fare con uno stallone selvaggio imbizzarrito. Un'ora, forse due, con suo padre al capo della corda e lo stallone all'altro, e l'animale accettava la briglia, abbassava la testa e la strofinava contro il petto del Nobile MacAran... e certo sarebbe stato in grado di salvare anche quel falco. Lei era stanca e aveva freddo, e rimpiangeva il tempo in cui poteva salire sulle ginocchia del padre per confidargli tutti i suoi crucci...

Poi le giunse una voce fredda e irritata... ma anche tenera: quella di Mikhail, signore di Poggio del Falco, il Nobile MacAran.

«Romilda!» esclamò, sorpreso, ma comprensivo, «figlia, che cosa fai? Non è un lavoro per una ragazza, addomesticare falchi selvatici! Ho dato ordine a quel fannullone di Davin, e lui se ne sta a letto, mentre un falco è maltrattato da una ragazzina inesperta e l'altro, senza dubbio, è già morto di fame sul suo posatoio.»

Romilda non riusciva quasi a parlare; le lacrime minacciavano di farle perdere il controllo.

«Il secondo falco è volato a covare altri figli della sua specie», disse. «Io stessa l'ho lasciato libero all'alba. E questo non è stato affatto maltrattato, padre.»

Alle sue parole, il falco riprese a battere le ali, più di prima, e Romilda rimase senza fiato, sommersa dal desiderio di liberarsi, di buttarsi contro le pareti della scuderia... poi quelle emozioni si spensero, e la ragazza si sentì toccare da un'altra mente, che trasmetteva ondate di calma... *ecco come fa mio padre*, pensò, tornando ad avvicinarsi all'animale.

Qui c'è del cibo, avvicinati e mangia... ma provò un forte senso di nausea alla vista del pezzo di carne morta che le veniva offerto. *Sì, i falchi mangiano le prede appena catturate, occorre abituarli con la fame a mangiare carne morta...*

All'improvviso, il contatto mentale fra uomo, falco, ragazza s'interruppe e Mikhail MacAran disse con severità: «Romilda, come devo comportarmi con te, figlia? Qui, in mezzo ai falchi, non è il tuo posto; non è il lavoro adatto a una nobile». Poi la voce gli si addolcì: «Senza dubbio te lo ha detto Davin; di lui, mi occuperò io. Posa la carne e va' via, Romilda. A volte un falco mangia da solo, quando ha fame; se lo farà, potremo tenerlo; altrimenti, Davin lo libererà domani, o lo libererà quel suo apprendista, che una volta tanto potrà guadagnarsi il pane! Adesso è troppo tardi e non può più volare. Per questa notte non morirà, e se anche dovesse morire, non sarebbe il primo falco che abbiamo perduto. Torna in casa, Romilda, fa' un bagno e va' a letto. Lascia i falchi al mastro falconiere e al suo apprendista... sono qui per questo, cara, e non c'è bisogno che se ne occupi la mia bambina».

Romilda inghiottì; si accorse di avere gli occhi pieni di lacrime.

«Padre, ti prego», lo implorò, «sono certa di riuscire a domarlo. Lasciami stare qui, ti prego.»

«Per tutti gli inferni di Zandru!» imprecò MacAran, «se uno dei tuoi fratelli avesse la tua forza e la tua abilità, ragazza! Ma non sia mai detto che mia figlia stia nelle stalle e nelle scuderie! Va' a casa, Romilda, e non dire un'altra parola!»

Aveva un'aria infuriata e implacabile; colpito dalla sua collera, il falco tornò a battere le ali e Romilda sentì l'esplosione di furia, frustrazione, rabbia, terrore. Gettò a terra il guanto e corse via, singhiozzando; il padre, dietro di lei, uscì dalla falconara e ne chiuse la porta.

Romilda si recò nella sua stanza, corse alla latrina, mangiò un po' di pane e miele e bevve una tazza di latte dal vassoio portato da una delle cameriere; ma per tutto il tempo continuò a pensare al falco prigioniero e affamato.

Non voleva mangiare, e presto sarebbe morto. Aveva cominciatro a fidarsi di Romilda... prima che giungesse il padre, il suo tocco mentale era sempre riuscito a calmarlo. Ma adesso sarebbe sicuramente morto.

Romilda cominciò a togliersi le scarpe. A MacAran non si poteva disobbedire, e soprattutto non poteva disobbedire una figlia. Lo stesso Ruyven, quando era già alto come il padre e quasi uomo fatto, non aveva mai osato sfidarlo apertamente, prima della rottura definitiva. Romilda, Darren, Mallina... tutti gli obbedivano e non osavano opporsi neppure con uno sguardo; solo il figlio più giovane - il piccolo e viziato Rael - a volte continuava a giocare e a scherzare nonostante gli ordini del padre.

Nella stanza accanto alla sua, Mallina già dormiva: si scorgevano sullo sfondo del cuscino i suoi capelli rossi e la camicia da notte ricamata. La Nobile Carlinda dormiva già da tempo, e la vecchia Gwennis, per fortuna, sonnecchiava su una sedia, accanto a Mallina: se avesse visto Romilda nel suo attuale stato, sporca e sudata, non le avrebbe risparmiato una punizione.

Era esausta e desiderava solo un bagno, una camica da notte pulita e il suo letto soffice. Aveva fatto il possibile per salvare il falco. Forse era meglio abbandonare il tentativo. Forse si sarebbe nutrito da solo, ma in questo caso non avrebbe mai imparato a prendere il cibo dalla mano, e sarebbe stato necessario rimetterlo in libertà. E se, a causa della fame e del terrore, il falco fosse morto... be', al Poggio del Falco ne erano già morti altri.

Ma mai un falco con cui avevo un rapporto così forte.

Ancora una volta, come nella scuderia, Romilda sentì salire in lei la furia, il terrore di non poter mai più volare, di dover restare sempre immobile su un bastone, o di morire... *come me sempre al chiuso, con indosso vestiti da donna, occupata tutto il giorno a ricamare stupidi motivi...*

E in quel momento capì di non poterlo permettere.

Suo padre, rifletté con distacco, si sarebbe infuriato. Questa volta, forse, sarebbe giunto a batterla, come aveva minacciato di fare l'ultima volta che gli aveva disobbedito. Fino a quel momento non l'aveva mai toccata; qualche volta, l'istitutrice l'aveva sculacciata quando era molto piccola, ma in genere le sue punizioni consistevano nel divieto di uscire, nella proibizione di montare a cavallo, nel toglierle qualche dono o qualche divertimento.

Questa volta mi batterà, pensò. *Be', che mi batta.* A quel punto, Romilda aveva già deciso di sfidare il padre. Più delle botte temeva la sua collera, ma sapeva di non poter rimanere tranquillamente nella propria stanza mentre il falco moriva.

Avrebbe dovuto metterlo in libertà quel mattino; forse, lei meritava davvero la punizione per quella disobbedienza. Ma ora, dopo avere iniziato, sarebbe stato crudele fermarsi: il falco non poteva capire lo scopo delle sue sofferenze. Era stato proprio suo padre a dirle che un buon addomesticatore di animali non iniziava mai a occuparsi di un falco, o di un cavallo, o di un cane, se non era in grado di andare sino in fondo: era una forma di onestà verso creature che non possedevano la ragione.

«Se manchi di parola a un essere umano, per qualche motivo che ti sembra giusto», le aveva detto il padre, «almeno puoi spiegarglielo. Ma mancare di parola a un animale è imperdonabile, perché non sarà mai in grado di capirti.» Romilda non aveva mai sentito il padre parlare di fede in qualche religione, o nominare una divinità tranne che per imprecare, ma quella volta aveva sentito la fermezza della sua convinzione e aveva capito che parlava dal profondo del cuore. Pensò che intendeva disobbedirgli, certo, ma che in un senso più profondo si limitava a fare quel che lui le aveva insegnato.

Bevve un altro bicchiere d'acqua: poteva resistere alla fame, ma non alla sete; Davin teneva sempre a portata di mano una brocca d'acqua, quando si occupava di un falco, ma lei non aveva un recipiente a disposizione. Poi lasciò la stanza senza fare rumore. Con un po' di fortuna, il falco si sarebbe lasciato addomesticare prima dell'alba: avrebbe accettato il cibo dal guanto e si sarebbe addormentato.

Non appena lasciata la camera, vi dovette ritornare per prendere pietra focaia e acciarino; senza dubbio, suo padre o l'apprendista dovevano avere spento la lanterna. Poi s'immobilizzò nel vedere che Gwennis, nell'altra stanza, sbadigliava e si scuoteva; ma la vecchia balia si limitò a sfiorare la fronte di Mallina per controllarle la febbre e non si girò verso Romilda.

Senza far rumore, la giovane scese lungo le scale.

Anche i cani dormivano. Due dei grandi cani da guardia neri e marrone si erano addormentati sulla soglia della porta; non erano feroci, e non assalivano nessuno - nemmeno gli sconosciuti - se non erano provocati, ma erano bestie rumorose e con i loro latrati avevano il compito di svegliare la casa in caso di arrivi imprevisti, di nemici o di amici. Ma Romilda li conosceva da quando erano cuccioli, aveva dato loro i primi bocconi solidi quando erano stati staccati dalla madre; li spinse via dalla porta, e i cani, nel sentire una mano ben nota e affezionata, si limitarono a fiutarla nel sonno e la lasciarono passare.

Nella scuderia, la luce era spenta. Quando aprì la porta, a Romilda venne in mente una vecchia ballata che sua madre le cantava da piccola, in cui si diceva che gli uccelli parlavano tra loro, di notte, quando non c'erano esseri umani che li ascoltassero. Si accorse di camminare in punta di piedi, come se si aspettasse di origliare i loro discorsi. Ma tutti gli uccelli addomesticati dormivano sui loro trespoli, e nella scuderia regnava il silenzio.

Chissà se tra loro sono in grado di leggersi nella mente, si chiese, *e se sono consapevoli della paura e del dolore dei loro compagni?* Neppure la sapiente era stata in grado di risponderle. Ma ora pensò che quasi tutti gli uccelli dovevano essere mentalmente ciechi, incapaci di leggere nel pensiero altrui - ossia privi di *potere* - perché in caso contrario si sarebbero svegliati: infatti Romilda riusciva a percepire nettamente il timore e la furia, la fame e la rabbia del grande falco selvatico.

Con mani tremanti, accese la lampada. Suo padre non doveva essere stato molto convinto che si nutrisse da solo: nessun falco mangia al buio. Perché lo aveva fatto? Anche se era in collera con lei, suo padre non avrebbe dovuto privare il falco di quell'ultima possibilità di vivere.

Occorreva riprendere il lavoro dall'inizio. Sul posatoio c'era il pezzo di carne: non era stato toccato. Cominciava a puzzare; Romilda provò un senso di repulsione: *Se fossi un falco, neanch'io toccherei questa carne morta.*

Il falco batté le ali, ma Romilda riuscì a tranquillizzarlo con qualche parola e indirizzandogli pensieri affettuosi. Forse si ricordava di lei: forse l'interruzione non le aveva rovinato il lavoro precedente. S'infilò il guanto e tagliò un altro pezzo di carne dalla carcassa. Quando lo porse al falco, le parve che l'odore di carne marcia fosse più disgustoso che mai.

Che fosse la sensazione provata dal falco? Per un momento, Romilda incrociò gli occhi giallo-verdi dell'uccello e si sentì chiusa entro un piccolo spazio, precariamente appoggiata a un bastone, con le caviglie legate da strisce di cuoio, mentre una strana e odiosa *presenza* voleva costringerla a inghiottire un cibo ributtante... per un momento tornò a essere una bambina di pochi mesi, legata a un seggiolone, con la balia che cercava di farle inghiottire un cibo orrido e sgradevole...

Scossa da quelle emozioni, fece un passo indietro e lasciò cadere il pezzo di carne. *Così, dunque, la vedeva il falco? Avrebbe dovuto dargli la libertà fin dal mattino, non poteva sopportare un odio simi-*

le... Tutti gli animali che addomestichiamo ci odiano così? Allora, un ammaestratore di cavalli non è diverso da un corruttore di fanciulli, e chi ruba al cielo un falco, per poi legarlo a un bastone, è allo stesso livello di uno stupratore, di un violatore di donne... Ma il falco, nei suoi movimenti, stava per perdere l'equilibrio, e Romilda mosse il posatoio perché si potesse appoggiare meglio.

Poi tacque, per non disturbare l'uccello, e gli trasmise il ricordo dell'ultima volta in cui era andata a caccia con il falcone: ripensò al volo e al tuffo, e al piacere dell'animale nel momento in cui aveva preso il cibo dal suo guanto... un piacere che sarebbe stato molto più intenso se l'avesse addestrato lei stessa.

Era la stessa gioia che provava la sua cagna quando portava i cuccioli alla padrona; il piacere dell'animale, quando Romilda lo accarezzava, era come l'amore che lei stessa provava per il padre, come la gioia e l'orgoglio che provava quando lui le rivolgeva qualche raro complimento. Ed era come la comunione e la fiducia tra cavaliere e cavallo: a lei piaceva farsi portare al galoppo, sicura che non potesse capitarle niente di male finché si fosse affidata all'animale che correva felice...

No, si disse, *non c'è nessuna colpa nell'addomesticare un animale. È come quando la balia mi ha insegnato a mangiare il semolino, e io, all'inizio, protestavo perché volevo il latte; ma se avesse continuato a darmi solo latte, sarei cresciuta debole e malaticcia. Per il mio bene, ho dovuto imparare a mangiare quello che era più adatto a me, e in seguito a usare forchetta e coltello invece di rosicchiare il cibo come un animale. Ma ora sono licta di averlo fatto.*

Quando il falco tornò a battere le ali, Romilda non cercò di ritrarsi dalla sua paura e dal suo terrore, ma li condivise con l'animale, mormorando: «Fidati di me, bellissimo, tornerai a volare libero, e cacceremo insieme, tu e io, come amici, e non come padrone e schiavo...»

Si riempì la mente di immagini in cui volava sugli alberi, al tramonto, per poi tuffarsi sulla preda e lacerarla con gli artigli... e di nuovo provò la fame del falco, il suo desiderio di sentirsi scorrere il sangue lungo la gola. Sollevò il pezzo di carne per presentarlo all'animale, ma ora il suo odore le diede ancor più fastidio che al falco.

Devi mangiare, *preciosa*, le trasmise. *Preciosa; così ti chiamerò, e voglio che tu mangi, perché così potremo andare a caccia insieme... ma devi imparare a vrendere il cibo dalla mia mano...*

In questo modo, pensò, dovevano essere passate diverse ore. Il falco si indeboliva; se non avesse mangiato presto, sarebbe morto: non toccava cibo da quando era stato catturato, quattro giorni prima.

E Romilda non voleva arrendersi; non voleva ammettere che il falco l'avesse battuta. Lei aveva il Tocco dei MacAran. Ancora una volta entrò nella mente dell'uccello, e per prima cosa fu colta da un violento senso di repulsione.

Ora, il falco non batté le ali, ma si limitò a fissare il pezzo di carne, e Romilda provò un forte disgusto per quel cibo marcio e puzzolente.

Ora sarebbe disposto a mangiare, si fida di me, ma non può cibarsi di questa carne... non è un uccello che si nutre di carogne...

Romilda fu nuovamente presa dalla disperazione. Aveva portato il cibo più fresco che aveva trovato in cucina, ma ormai si era guastato; il falco cominciava a fidarsi di lei, e forse avrebbe accettato di nutrirsi dal guanto, se gli avesse dato del cibo di suo gradimento... in quel momento, un topo attraversò di corsa la stanza, e il falco lo guardò con desiderio...

Ormai si avvicinava l'alba. Dal cortile giunsero i primi cinguettii degli uccelli, e il tubare dei piccioni in gabbia che a volte venivano serviti agli ospiti di rango o ai malati. Ancor prima che il pensiero si disegnasse con chiarezza nella sua mente, Romilda era già avviata verso di loro. *La guardiana dei piccioni sarà in collera con me; non posso toccarli senza autorizzazione*, pensò, ma la sensazione di fame che le giungeva dal falco era troppo forte. Non appena fu uscita, gettò nel cortile il pezzo di carne, a disposizione del primo cane di bocca buona che si fosse trovato a passare di là. Nella gabbia dei piccioni ci fu un frullo d'ali, quando lei infilò il braccio; ma Romilda era stata allevata in campagna e non aveva dubbi: i piccioni dovevano finire in pentola, in cambio del mantenimento e della protezione offerta dalla gabbia. Tenne l'uccello con una mano sola, mentre tornava a infilarsi il guanto, e trasmise al falco un pensiero netto e preciso, di fame e di cibo fresco... poi, con un colpo secco, tirò il collo al piccione e lo porse a Preciosa.

Per un istante, un'ultima volta, le parve che il falco riprendesse a battere le ali, e la ragazza sentì l'amaro sapore della sconfitta... ma ora l'uccello piegò la testa di scatto e, con una mossa talmente veloce che Romilda non riuscì a distinguerla, afferrò con il becco il piccione, con una tale violenza da far barcollare la ragazza. Schizzò il sangue; il falco colpì ancora una volta e cominciò a mangiare.

Romilda respirò di sollievo, mentre l'uccello continuava a strappare e inghiottire pezzi di carne. «Bellissimo!» continuò a bisbigliarle, «prezioso, meraviglioso!»

Quando il falco ebbe terminato il pasto... Romilda sentì nettamente che la fame gli era passata... lo portò di nuovo sul posatoio e gli infilò il cappuccio. Ora avrebbe dormito, e al risveglio si sarebbe ricordato di chi gli aveva dato il cibo. La ragazza si fece un appunto mentale di ordinare che dessero a Preciosa soltanto cibi freschi - topi o uccellini - finché non fosse stata in grado di cacciare. E non sarebbe dovuto passare molto tempo. Era un uccello intelligente: se non lo fosse stato, non avrebbe lottato così a lungo.

Romilda aveva il braccio indolenzito; si tolse il pesante guanto e si asciugò la fronte. Ormai il cortile era illuminato: lei era rimasta nella scuderia per tutta la notte. E mentre si rendeva conto della luce - presto tutti gli abitanti della casa si sarebbero alzati - scorse suo padre e Davin, fermi sulla soglia della scuderia.

«Damigella Romilda! Siete rimasta qui tutta la notte?» chiese Davin, sorpreso e preoccupato.

Ma il padre stringeva i denti per la rabbia.

«Ragazzaccia, ti avevo ordinato di rimanere in casa! Credi di poter disobbedire così? Esci di lì dentro e lascia stare il falco...»

«Il falco ha mangiato», disse Romilda, «l'ho salvato per te. Questo non significa niente?» Venne presa dalla furia, come poche ore prima, quando il falco batteva le ali. «Picchiami pure, se pensi che dovevo lasciar morire un uccello innocente per comportarmi come una dama! Se essere una dama significa questo, mi auguro di non diventarlo mai! Ho il *potere*...» presa dalla collera, senza pensarci, usò la parola proibita, «e non credere che gli dèi commettano errori; significa che devo usarlo! Non è colpa mia, se ho il Tocco dei MacAran e mio fratello ne è sprovvisto, ma è stato dato a me, e non potevo lasciar morire Preciosa...» A questo punto s'interruppe, per non essere soffocata dai singhiozzi.

«È vero, signore», disse lentamente il vecchio Davin. «Non è la prima donna dei MacAran ad avere il Tocco, e, se lo vogliono gli dèi, non sarà neppure l'ultima.»

MacAran fissò la figlia con occhi di fuoco; ma fece un passo avanti, raccolse una penna e accarezzò gentilmente il piumaggio del falco insonnolito. «Un bell'uccello», disse infine. «Come l'hai chiamato? Preciosa? Un bel nome, anche. Ben fatto, figlia.» Le parole gli uscirono dalle labbra a fatica, come se gliele avessero strappate con le tenaglie; poi aggrottò la fronte e Romilda ebbe di nuovo l'impressione di sentire la furia del falco.

«Va' via di qui, ritorna in casa, fa' un bagno e mettiti dei vestiti puliti... non voglio vederti sporca come un garzone di stalla! Fatti aiutare dalla tua cameriera, e non farti mai più trovare in giro da queste parti!» Mentre gli passava davanti, Romilda sentì che stava per darle un colpo, ma che si tratteneva... il padre non sarebbe riuscito a colpire nessuna creatura viva, e dopotutto lei aveva salvato il falco. Ma per la rabbia e la frustrazione gridò ancora dietro di lei, a pieni polmoni: «La cosa non finisce certamente qui, maledizione, Romilda!»

Capitolo 2

LUCIELLA

Romilda guardava fuori della finestra, tenendosi la testa fra le mani. Il sole rosso aveva già lasciato il punto più alto; in cielo si scorgeva una pallida falce lunare e il profilo frastagliato dei Monti Kilghard invitava la ragazza a perdersi fra le nubi e gli uccelli in volo. Davanti a lei, sul banco di legno, c'era una pagina di somme da terminare, e vicino a questa un'altra pagina, con l'inchiostro ancora umido, di massime copiate dal Libro dei Fardelli dei cristiani; ma lei non le vedeva e non udiva la voce dell'istitutrice. Carlinda sgridava Mallina perché aveva macchiato la pagina.

Più tardi, dopo che Preciosa avrà volato con il logoro, mi farò sellare Zoccoli al Vento e porterò il falco sulla sella, incappucciato, per abituarlo all'odore e al movimento del cavallo. Non posso ancora fidarmi a lasciarlo libero, ma presto...

Dall'altra parte della stanza, Rael strisciava rumorosamente i piedi sul pavimento; Carlinda lo sgridò con un cenno del capo. Rael, pensò Romilda, diventava sempre più viziato... aveva avuto la febbre alta, e soltanto ora aveva ripreso le lezioni. Nell'aula tornò a regnare il silenzio, interrotto soltanto dal cigolio della penna di Mallina e dallo sferruzzare di Carlinda. L'istitutrice stava facendo un corpetto di maglia per Rael, e, quando avesse finito, pensò maliziosamente Romilda, le sarebbe rimasta la parte più difficile: convincere il ragazzino a indossarlo!

Con sguardo annoiato, Romilda tornò a osservare fuori della finestra, finché il silenzio non fu interrotto dalle rumorose proteste di Mallina.

«Maledetta questa penna! Perde più gocce che le foglie d'autunno! Adesso mi si è macchiato un altro foglio!»

«Taci Mallina», disse con severità l'istitutrice. «Romilda, leggi a tua sorella l'ultima delle massime che ti ho fatto copiare dal Libro dei Fardelli.»

Richiamata bruscamente all'aula scolastica, Romilda trasse un sospiro e lesse con irritazione, a voce alta: «Un cattivo lavoratore accusa solo lo strumento che ha in mano».

«Non devi dare la colpa alla penna, se non riesci a scrivere senza fare macchie», disse ancora Carlinda, e si accostò all'allieva per mostrarle come si doveva afferrare la penna. «Vedi, devi tenere la mano così...»

«Mi fanno male le dita», brontolò Mallina. «E, poi, perché devo imparare a scrivere, per rovinarmi gli occhi e per avere male alle mani? Nessuna delle ragazze delle Rocce Alte sa leggere e scrivere, ma loro non se ne preoccupano affatto: il fidanzato l'hanno trovato lo stesso.»

«Dovresti considerarti fortunata», disse l'istitutrice. «Vostro padre non vuole che cresciate nell'ignoranza, buone solo a filare, cucire e ricamare, senza saper neppure scrivere *Composta di mele* sui vasetti al tempo del raccolto! Quando ero bambina, ho dovuto lottare per studiare. Vostro padre è un uomo saggio, e sa che l'istruzione serve anche alle figlie, e non solo ai figli maschi! Perciò rimarrai qui finché non sarai riuscita a terminare una pagina senza neppure una macchia. Romilda, fammi vedere il tuo lavoro... Bene, è molto ordinato. Mentre controllo le tue addizioni, fa' leggere una pagina a tuo fratello.»

Romilda andò a raggiungere Rael: meglio quello che sedere al banco senza fare niente. Carlinda continuò a guidare la mano di Mallina sul foglio e Rael si appoggiò contro la spalla della sorella; lei lo abbracciò per un attimo e poi gli indicò la prima riga del libro di lettura. Era un libro molto vecchio, scritto a mano; anche lei aveva imparato a leggere sulle sue pagine, e così, probabilmente, Ruyven e Darren prima di lei. Era stato scritto e rilegato da sua nonna quando suo padre aveva imparato a leggere; sulla prima pagina, con lettere incerte, c'era scritto: *Questo è il libro di Mikhail MacAran*. L'inchiostro cominciava a sbiadire, ma era ancora perfettamente leggibile.

«Il cavallo è nella stalla», sillabò lentamente Rael. «L'uccellino è nel nido. L'albero è nel bosco. La barca è sul fiume. La noce è sull'albero. Il bambino...» fissò con irritazione la parola e tirò a indovinare: «È nel granaio?»

Romilda sorrise. «Sono certa che vorrebbe trovarsi laggiù, come te in questo momento», gli mormorò, «ma non è la parola giusta, Rael. Guarda la prima lettera. Leggile a una a una.»

«Il bambino è in cucina», lesse Rael. «Il pane è nella... padella?»

«Rael, cerchi di nuovo di indovinare», disse la ragazza. «Guarda le lettere. Se vuoi, sei in grado di leggere bene.»

«Il pane è nel forno.»

«Giusto. Ora, prova a leggere la pagina seguente.»

«Il cuoco arrostisce la carne. Il contadino...» esitò, muovendo le labbra e fissando con ira la pagina. «Raccoglie?»

«Sì, va' avanti.»

«Il contadino raccoglie le noci. Il soldato monta a cavallo. Il fabbro ferra gli zoccoli. Romilda, quando mi farai leggere qualcosa di più sensato?»

Romilda tornò a sorridere. «Quando conoscerai le lettere un po' meglio», disse. «Fammi vedere il quaderno... Sì, le lettere le hai scritte, ma sono sparse attorno a tutta la riga come oche al pascolo, mentre invece dovrebbero marciare perfettamente allineate come soldati... perché non hai tenuto conto delle righe tracciate da Carlinda?» Chiuse il libro di lettura. «Ma le dirò che sai la lezione, d'accordo?»

«Allora, forse potremmo scendere alle scuderie», bisbigliò Rael. «Romy, papà ti ha battuto perché hai addomesticato quel falco? Mamma diceva che avrebbe dovuto farlo.»

Ah, non ne dubito, pensò Romilda, ma la Nobile Luciella era la madre di Rael, e lei non voleva parlar male della madre davanti al bambino. Del resto, Luciella non era mai stata veramente scortese con lei. Disse: «No, non mi ha picchiata. Papà ha detto che ho fatto bene... altrimenti avrebbe perso il falco, e quelli selvatici sono rari e preziosi. Questo stava quasi per morire di fame sul posatoio».

«Come ci sei riuscita? Potrò anch'io addomesticare un falco, in futuro? Avrei paura, sono così feroci!»

Ma il bambino aveva alzato la voce, e l'istitutrice l'aveva sentito. Carlinda li guardò, aggrottando la fronte. «Rael, Romilda, state ripetendo la lezione?»

«No, signora», disse Romilda, educatamente. «Rael ha finito. Ha letto due pagine del libro con un solo errore. Possiamo andare, ora?»

«Sapete che durante lo studio non si chiacchiera», disse l'istitutrice. Ma anche lei sembrava stanca. «Rael, fammi vedere il quaderno... Oh, che orrore!» esclamò, aggrottando la fronte. «Le lettere sono tutte disordinate! Un bambino già grande come te non dovrebbe scrivere in questo modo! Adesso siediti e prendi la penna!»

«Non ne ho voglia», disse Rael, facendo il broncio. «Mi fa male la testa.»

«Se ti fa male davvero, dirò a tua madre che non stai ancora bene e che non puoi andare a cavallo dopo la lezione», disse Carlinda, cercando di nascondere un sorriso. Rael tornò tristemente a sedere, impugnò la penna come se fosse stata un coltello e, tirando fuori la punta della lingua e fissando con ostilità il foglio, cominciò a tracciare sulla riga una serie di lettere storte e traballanti.

«Mallina, vatti a ripulire le dita dall'inchiostro. Romilda, va' a prendere il tuo cestino del ricamo e, già che ci sei, porta anche quello di tua sorella», disse l'istitutrice, chinandosi su Rael per controllargli il compito.

Romilda, aggrottando la fronte, andò a prendere i due cestini. Se si trattava di scrivere, era abbastanza veloce, ma, pensò con ira, *mettetemi un ago in mano, e crederete che abbia gli zoccoli al posto delle dita!*

«Ti mostrerò ancora una volta il modo esatto di fare il punto festone», disse Carlinda, prendendo un pezzo di lino e lisciandolo, mentre Romilda, nel tentativo di infilare l'ago, si pungeva un dito e guaiva come un cagnolino per il dolore. «Che vergogna, Romilda; Rael sarebbe più bravo di te, se provasse. Ci scommetto!»

«Allora, perché non lo fate fare a Rael?» protestò Romilda, aggrottando la fronte.

«Che vergogna, una ragazza grande, di quasi quindici anni, che avrebbe già l'età di sposarsi», protestò Carlinda. Poi diede un'occhiata al compito di Rael. «Oh, che cosa hai scritto?»

Sorpresa dal tono dell'istitutrice, anche Romilda guardò il foglio del fratellino. Con lettere disuguali, aveva scritto: *Vorrei che mio fratello Ruyven tornasse a casa.*

«Be', io lo vorrei», disse Rael, battendo le palpebre e coprendosi gli occhi con i pugni.

«Svelto, strappalo!» disse Carlinda, afferrando il foglio di carta e facendo seguire l'azione alle parole. «Se tuo padre lo vedesse... sai che ha proibito di pronunciare il nome di tuo fratello!»

«Io non l'ho pronunciato: l'ho solo scritto», disse Rael, con ira. «E lui è mio fratello, e ne ripeto il nome finché ne ho voglia. Ruyven, Ruyven, Ruyven... visto?»

«Zitto, zitto, Rael!» disse Carlinda. «Noi tutti...» S'interruppe prima di terminare la frase, ma Romilda la sentì con il suo nuovo senso, come se la donna avesse detto chiaramente: *Noi tutti sentiamo la mancanza di Ruyven.* Con gentilezza, l'istitutrice disse: «Metti via il libro, e va' pure alla tua lezione di equitazione, Rael».

Rael gettò il libro sul banco e corse alla porta. Romilda guardò con invidia il fratello, pensando con ira al lavoro di ricamo che teneva fra le mani. Dopo un attimo, Carlinda disse, sospirando: «Per un bambino è difficile capire. Per fortuna, vostro fratello Darren tornerà a casa per la festa del solstizio d'estate... Rael ha bisogno del fratello, penso. Ecco, Romilda, guarda come faccio io. Avvolgi il filo *così*, per tre volte, attorno all'ago, e poi cuci. Visto? Lo sai fare bene, se ti applichi».

«Quel punto è molto facile», commentò Mallina, in tono compiaciuto, levando gli occhi dal tamburo su cui stava ricamando un fiore dai colori vivaci.

«Non ti vergogni, Romilda? Mallina ha già ricamato una decina di copricuscini per la sua dote e adesso sta già lavorando alle lenzuola...»

«Be'», ribatté Romilda, ormai messa alle strette «a che mi servono i copricuscini ricamati? I cuscini sono fatti per sedersi, non per fare bella mostra di ricamo. E mi auguro, se mai avrò un marito, che guardi me, e non i fiori ricamati sul lenzuolo nuziale!»

Mallina fece un risolino e arrossì. Carlinda redarguì Romilda: «Non sono cose da dire!» Ma sorrise anche lei. «Quando avrai una tua casa, sarai orgogliosa di adornarla di cose belle.»

Ne dubito, pensò Romilda, ma prese con rassegnazione il tamburo e cominciò a dare punti. Mallina ritornò ad applicare petali al suo fiore a forma di stella.

Certo, era bello, pensò Romilda, ma che importanza poteva avere? Un lenzuolo privo di ricami ti copre allo stesso modo, e, se è solo per questo, anche una coperta da cavallo! Passare il tempo a cucire non le sarebbe dispiaciuto, se si fosse trattato di qualche lavoro ragionevole, come un mantello per cavalcare o un cappuccio per un falco, ma odiava quegli stupidi motivi a fiorellini, che servivano soltanto a mostrare quanto si fosse brave nel ricamo! Tuttavia, continuò goffamente a dare punti, mentre l'istitutrice controllava il foglio di addizioni.

«In queste cose, Romilda, sei già più brava di me», disse infine Carlinda. «Ne parlerò al Nobile Mikhail e gli chiederò di farti dare lezioni di contabilità dall'amministratore, per imparare a tenere il libro dei conti. È un peccato sprecare un'intelligenza vivace come la tua.»

«Lezioni dall'amministratore?» disse una voce dalla porta. «Assurdo. Romilda è già troppo grande per prendere lezioni da un uomo, sarebbe scandaloso. E che bisogno ha, una dama, di tenere il libro dei conti?»

Romilda sollevò la testa e vide che la matrigna, Luciella, era entrata nella stanza.

«Se sarò in grado di tenere i miei conti, madrina», disse Romilda, «non dovrò temere di essere imbrogliata da un amministratore disonesto.»

Luciella si limitò a sorridere gentilmente. Era una donna grassoccia, di bassa statura, con i capelli accuratamente ondulati, sempre vestita di tutto punto come se dovesse intrattenere la regina in una festa all'aperto. Disse: «Penso che ti troveremo un marito capace di prendersi cura di tutti questi particolari, cara figlia». Si chinò a baciare Mallina sulla guancia e accarezzò Romilda sulla testa. «Rael è già andato a lezione di equitazione? Spero che il sole non sia troppo caldo per lui; è ancora convalescente.»

Poi scorse i fili ingarbugliati, la linea irregolare del ricamo di Romilda. «Oh, cara, cara, non va per niente bene! Dammi l'ago, bambina, lo stringi come se fosse una striglia! Guarda, si tiene così. Vedi? Adesso i punti sono precisi... non è più facile, con l'ago nella posizione giusta?»

A malincuore, la ragazza annuì. La Nobile Luciella era sempre stata gentile con lei, certo, ma non era mai riuscita a capire perché Romilda non fosse esattamente come Mallina... anzi, di più, dato che era più grande.

«Adesso fa' il punto che ti ho insegnato», disse Luciella. «Vedi, è molto meglio. So che sei agile con le dita... scrivi molto meglio di Mallina, ma non ti applichi. Carlinda, sono venuta a chiederti di mettere in libertà i ragazzi... Rael è già sceso in scuderia? Non importa, mi bastano le ragazze. Voglio che vengano a misurarsi i nuovi vestiti da equitazione; devono essere pronti per quando arriveranno gli ospiti, alla festa del solstizio.»

Come prevedibile, Mallina si lasciò sfuggire un gridolino di piacere.

«Avrò un nuovo vestito da equitazione, madrina? Di che colore è? È di velluto come quelli delle dame?»

«No, cara, è di stoffa, perché dura di più e si lascia allargare», disse Luciella.

Mallina brontolò: «Sono stufa di portare abiti con le cuciture larghe perché si possano allargare ancora dieci volte, man mano che cresco, e tutti sbiaditi, che fanno vedere subito dove è stato allungato l'orlo e dove sono stati ripresi i fianchi...»

«Allora, devi fare in fretta a crescere», disse Luciella, gentilmente. «È assurdo farti un vestito su misura, visto che tra sei mesi ti sarà troppo stretto. E non hai neanche una sorella più giovane a cui passarlo. Sei fortunata ad avere un abito nuovo, lo sai», continuò. «Dovresti portare quelli vecchi di Romilda, ma sappiamo tutti che Romilda consuma a tal punto i suoi abiti da equitazione che dopo un anno non ne resta più niente... si possono tutt'al più passare a qualcuna delle mungitrici.»

«Be', io *vado* a cavallo», disse Romilda. «Non mi limito a sedergli sulla schiena e a fare le smorfie ai mozzi di stalla!»

«Strega!» disse Mallina, e, di nascosto, le assestò un calcio in uno stinco. «Gliele faresti anche tu, se solo ti guardassero, ma nessuno lo fa... sei un manico di scopa con indosso una sottana!»

«E tu sei grassa come un porcello», ribatté Romilda. «Non potresti in alcun modo indossare i miei abiti smessi, con tutti i pasticcini che mangi ogni volta che riesci a intrufolarti in cucina!»

«Bambine, bambine!» le redarguì Luciella. «Dovete sempre litigare così? Ero venuta a chiedervi di fare vacanza... preferite rimanere qui a cucire l'orlo degli strofinacci da cucina?»

«No, certo, madrina, scusatemi», si affrettò a dire Romilda, e Mallina disse con ostinazione: «Devo lasciarmi insultare da lei?»

«No, ma non devi neppure essere tu a insultarla», disse Luciella, con un sospiro. «Venite, venite, le cucitrici vi aspettano.»

«Avete bisogno di me, signora?» chiese l'istitutrice.

«No, no, andate pure a riposarvi, Nobile Carlinda... sono certa che ne avete bisogno, dopo avere passato buona parte della giornata con i miei figli. Ma prima mandate qualcuno ad avvertire Rael; oggi dobbiamo misurargli la giacca, ma possiamo aspettare che finisca la lezione.»

Romilda non era riuscita a soffocare una certa apprensione, nel seguire la matrigna fino alla stanza dove lavoravano le cucitrici: un ambiente ben aerato e illuminato, con ampie finestre e molte piante verdi; non fiori, perché Luciella era una donna pratica, bensì vasi di erbe da cucina e di piante medicinali dal gradevole profumo. Luciella aveva un debole per i fiocchi e le pieghe e, dopo varie battaglie combattute negli anni precedenti, Romilda temeva che l'abito da equitazione ordinato per lei fosse disgustosamente fatuo e sovraccarico. Ma quando vide l'abito di velluto color verde scuro, tagliato in modo da accentuare la sua figura snella, semplice, con una sola fascia bianca al collo, e di una tonalità che faceva risaltare il verde dei suoi occhi e il rame dei suoi capelli, arrossì di piacere.

«È bellissimo, madrina», disse, cercando di rimanere immobile mentre le sarte lo fermavano con gli spilli in corrispondenza delle cuciture. «È fin troppo bello per me!»

«Be', alla festa del solstizio avrai bisogno di un bel vestito per andare a caccia con gli ospiti che verranno dalle Rocce Alte», disse Luciella. «Dovrai far vedere come sai stare bene a cavallo, anche se penso che ti occorra un animale maggiormente adatto a una damigella che non il vecchio Zoccoli al Vento. Ho parlato con Mikhail di un buon cavallo per te... non ce n'era uno che avevi addestrato tu stessa?»

Nel vedere che la ragazza rimaneva a bocca aperta, la matrigna sorrise. Romilda aveva aiutato il padre ad addestrare tre bei cavalli neri provenienti da Lanart, ed erano tra le migliori bestie delle scuderie di Poggio del Falco. Se il padre le avesse dato uno di quelli... pensò con piacere alle galoppate che avrebbe potuto fare con Preciosa sul polso, e strinse Luciella in un abbraccio spontaneo che sorprese la matrigna. «Oh, grazie, grazie, madrina!»

«È un piacere vederti finalmente vestita come una signora», disse Luciella, sorridendo all'abito verde. «Adesso, toglilo, cara, perché lo si possa imbastire. No, Dara», aggiunse poi, rivolta alla sarta che stava drappeggiando l'abito sui seni giovani e tondi di Mallina, «non così stretto, non sarebbe decoroso per una ragazza tanto giovane.»

Mallina protestò: «Perché tutti i miei vestiti devono essere fatti come le tuniche dei bambini? La mia figura è già più femminile di quella di Romilda!»

«Certo», disse la sorella. «Se ti si gonfiano ancora un po' le tette, puoi farti assumere come balia.» E, ostentatamente, si mise a osservare con occhio critico le abbondanti forme di Mallina.

«I vestiti da donna sono sprecati, per te», le rispose con ira la sorella, «ti basterebbe un paio di vecchi calzoni di Darren! Preferisci andare in giro vestita come un mozzo di stalla, con abiti maschili smessi, come una delle Sorelle della Spada...»

«Via, via», disse Luciella, in tono conciliante. «Non prendere in giro tua sorella, Romilda: sta crescendo più in fretta di te, nient'altro. E anche tu, Mallina, sta' calma. Romilda ormai è grande; vostro padre ha dato ordine che non deve più andare a cavallo con gli stivali e i calzoni, ma che dovrà avere un abito e una sella da donna per la festa del solstizio, quando verranno qui a caccia i nostri vicini delle Rocce Alte, e forse anche Aldaran di Scathfell con i figli, e anche qualcuno degli Storn.»

Mallina squittì di piacere: le due figlie gemelle degli Scathfell erano le sue migliori amiche e per tutto l'inverno una spessa coltre di neve aveva separato il Poggio del Falco da Scathfell e dalle Rocce Alte. Romilda non provò altrettanto piacere: Jessamy e Jeralda avevano pressappoco la sua età, ma erano come Mallina, molli e svenevoli, e costituivano un insulto per il cavallo che era costretto a portarle; inoltre si preoccupavano più del taglio del loro abito e delle decorazioni della sella e delle redini che del benessere dell'animale o della loro abilità di cavallerizze. Il primogenito delle Rocce Alte aveva l'età di Ruyven ed era sempre stato il suo più caro amico; trattava Romilda e perfino Darren come sciocchi bambini. E a Storn erano tutti adulti, sposati e con figli.

Be', forse avrebbe avuto la possibilità di cavalcare con suo padre e con Darren - di ritorno da Nevarsin - e di far volare Preciosa; non sarebbe stato così sgradevole, anche se, durante la permanenza degli ospiti, avrebbe dovuto portare un abito da equitazione da donna e usare una sella all'amazzone invece degli stivali e dei calzoni che erano molto più adatti per andare a cavallo. In ogni caso, gli ospiti sarebbero rimasti solo per pochi giorni, dopodiché sarebbe ritornata a cavalcare con abiti maschili. Non aveva niente in contrario a vestirsi da donna per gli ospiti: aveva imparato a cavalcare con la gonna e con una sella all'amazzone per far piacere alla matrigna.

Canticchiando, fece ritorno alla sua stanza per cambiarsi di abito. Aveva intenzione di andare a cavallo; forse avrebbe portato con sé Rael, per fargli vedere come intendeva esercitare Preciosa ad afferrare il logoro: la corda sottile che si faceva ruotare attorno alla testa per addestrare un falco, e che portava all'estremità un mucchietto di carne e di penne. Ma quando cercò dietro la porta gli stivali e i calzoni che indossava sempre per cavalcare - vecchi abiti di Ruyven - non riuscì a trovarli.

Batté le mani per chiamare la cameriera che si occupava di lei e dei fratelli, ma chi giunse fu la vecchia Gwennis.

«Che novità è questa, balia? Dove sono i miei calzoni?»

«Vostro padre ha dato ordini severi», disse Gwennis. «La Nobile Luciella me li ha fatti buttare via... non andavano bene neppure per un garzone di stalla, quei vecchi abiti. Mentre vi preparano il vestito nuovo, potete ancora mettere quello vecchio, cara.» Indicò la gonna e la tunica posate sul letto di Romilda. «Ecco, agnellino mio, vi aiuterò ad allacciarli.»

«Li hai buttati via?» sbottò Romilda. «Come hai osato?»

«Oh, non parlate così, colomba mia, tutte dobbiamo fare quel che ordina la Nobile Luciella, no? Quel vestito vi va ancora bene, anche se è un po' stretto sui fianchi... vedete, l'ho tirato fuori ieri, quando la Nobile Luciella me l'ha ordinato.»

«Non posso galoppare in sella a Zoccoli al Vento con questo!» Romilda appallottolò la gonna e la scagliò dall'altra parte della stanza. «Non è abituato a una sella all'amazzone, e anch'io la odio, e non ci sono ospiti! Cercami un paio di calzoni», ordinò, ma Gwennis scosse severamente la testa.

«Non posso, cara, vostro padre ha dato degli ordini, non dovete più andare a cavallo con i calzoni, ed è ora che smettiate di farlo, compirete quindici anni dieci giorni prima del solstizio, dovete pensare al matrimonio, nessuno sarebbe disposto a sposare un maschiaccio che va in giro in calzoni, come le donne dei soldati o quelle scandalose Sorelle, che portano la spada e si forano l'orecchio. Via, Romy, dovreste vergognarvi. Una ragazza grande come voi, scappare nella scuderia e rimanerci per tutta la notte... è ora che impariate a comportarvi come una vera dama! Adesso mettete la gonna, se volete andare a cavallo, e non pensate più a quelle assurdità.»

Romilda fissò la balia, con orrore. Dunque, quella era la punizione di suo padre. Molto peggio che essere battuta, e sapeva che di fronte a un ordine di suo padre non c'era possibilità di appello.

Preferirei che mi avesse picchiata. Almeno si sarebbe occupato direttamente di me. Invece, consegnarmi a Luciella, perché mi trasformi nella sua immagine di una dama...

«È un insulto per qualsiasi onesto cavallo», gridò Romilda. «Non sono disposta a tollerarlo!»

Sferrò un calcio all'abito che aveva gettato in terra.

«Allora, cara, potete stare in casa come deve fare una signora, non avete bisogno di cavalcare», disse Gwennis, soddisfatta. «Passate troppo tempo nelle scuderie, dovreste stare in casa di più e lasciare ai vostri fratelli i cavalli e i falchi.»

Stupefatta, Romilda inghiottì a vuoto, continuando a spostare lo sguardo dall'abito in terra alla balia sorridente. «Dovevo aspettarmelo, da Luciella», disse. «Mi odia, no? È il tipo di dispetto che potevo aspettarmi da Mallina, solo perché non è capace di andare a cavallo come si deve. Ma non pensavo che ti alleassi a loro, contro di me, balia!»

«Via, non dovete dire questo», rispose Gwennis. «Come potete parlare così della vostra matrigna, che è sempre stata tanto gentile con voi? Vi assicuro, non ci sono molte matrigne che siano così gentili con le figliastre come lo è con voi e con Mallina la Nobile Luciella, che vi fa preparare dei vestiti eleganti che vi rendono più belle di lei, pur sapendo che Darren sarà l'erede e che suo figlio sarà solo un figlio cadetto, poco più di un illegittimo! Anzi, vi assicuro che vostra madre vi avrebbe impedito di portare i calzoni già da almeno tre anni: non vi avrebbe lasciato andare in giro per tanto tempo vestita come un maschiaccio! Come avete il coraggio di dire che la vostra matrigna vi odia?»

Romilda abbassò la testa e si sentì bruciare gli occhi. Era vero: nessuno si sarebbe potuto comportare più gentilmente con lei e con Mallina. Tutto sarebbe stato più facile, se Luciella le avesse trattate male. *Potrei oppormi a lei, se fosse dura con me. Ma come posso fare?*

Preciosa la aspettava; Gwennis la credeva disposta a lasciare il suo falco all'apprendista falconiere, o anche allo stesso Davin?

Con mani che le tremavano per l'ira, si infilò l'odiato abito: liso, di lana blu, e, nonostante le modifiche della balia, talmente stretto sui fianchi da far vedere, sotto i lacci, un largo triangolo di sottoveste. Meglio cavalcare con la gonna che stare in casa, pensò, ma che non si credessero d'averla avuta vinta!

Il falco mi riconoscerà con questo stupido vestito da donna?

In preda all'irritazione, si diresse a grandi passi verso le scuderie; poi, dopo essere inciampata alcune volte nella gonna che la impacciava, rallentò il passo come si conveniva a una signora. Dunque, Luciella pensava di comprarla con un bel vestito, per indorarle la pillola amara? Proprio un comportamento da donna: ricorrere a uno sciocco raggiro, senza avere il coraggio di dirle in faccia che doveva rinunciare ai calzoni!

Giunta nella falconara, si recò al posatoio, s'infilò il guanto e prese sul polso Preciosa. Con la mano libera, cercò la penna che veniva tenuta a quello scopo e le accarezzò il petto: il tocco di una mano umana avrebbe tolto la lucentezza al piumaggio. Preciosa sentì la sua agitazione e si mosse leggermente; Romilda si sforzò di calmarsi, prese il logoro e chiamò Ker.

«Hai della carne fresca per Preciosa?»

«Sì, damigella. La cuoca ha ucciso un piccione, meno di dieci minuti fa: ho tenuto le interiora», disse Ker, ma Romilda annusò attentamente le frattaglie, prima di legarle al logoro. Nel fiutare l'odore della carne fresca, il falco cominciò ad agitare le ali; la ragazza cercò di calmarlo e uscì con l'animale dalla scuderia.

Giunta nel cortile, legò i geti alla corda lunga e cominciò a far girare il logoro; Preciosa si lanciò in aria, con una forte spinta sul polso di Romilda. Il falco salì in alto, poi si gettò sul logoro e lo colpì prima che toccasse terra. Per un momento, la ragazza lasciò che mangiasse tranquillamente, poi lo chiamò con il fischietto da falconiere, perché associasse l'idea del cibo a quella del fischio, e tornò a infilargli sulla testa il cappuccio. Passò il logoro a Ker e disse: «Fallo girare tu; voglio vedere il volo di Preciosa».

Obbediente, il ragazzo prese il logoro e cominciò a farlo girare al di sopra della sua testa; Romilda lasciò libero il falco, ne osservò il volo, fischiò per farlo scendere sulla preda. Dopo due altre ripetizioni di questo esercizio, Romilda lasciò che Preciosa terminasse di mangiare in pace, le rimise il cappuccio e la portò di nuovo sul posatoio. La accarezzò con la penna, a lungo, teneramente, mor-

morandole parole dolci e colse il senso di amicizia e di soddisfazione irradiato dal falco che si era saziato. Preciosa stava imparando. Presto sarebbe stata in grado di volare libera, di catturare la preda e di fare ritorno al suo polso...

«Sellami Zoccoli al Vento», disse, aggiungendo con tristezza: «Suppongo che dovrai prendere la mia sella da amazzone...»

Il ragazzo non ebbe il coraggio di guardarla negli occhi.

«Mi spiace, damigella... MacAran ha dato ordini severi. Era infuriato.»

Dunque, ecco la sua pena. Più sottile di una punizione fisica, e non certo nello stile di suo padre... Romilda riconosceva chiaramente le delicate cuciture della matrigna. Riusciva a raffigurarsi mentalmente le parole usate da Luciella: *Una ragazza grande come Romilda, e tu le permetti ancora di girare per le scuderie; poi ti sorprendi di quello che fa. Affidala a me, e ne farò una vera dama...*

Romilda stava già per gridare al ragazzo di lasciar perdere, perché una sella all'amazzone era un insulto per un cavallo onesto... ma Preciosa agitò le ali, e la ragazza capì che il falco aveva colto la sua agitazione. Cercando di calmarsi, alzò le spalle e disse piano: «Be', mettigli pure una sella da donna». Collera o no, sella da donna o no, Preciosa doveva abituarsi al movimento del cavallo; e cavalcare su una sella all'amazzone era meglio che non cavalcare affatto.

Ma rifletté intensamente sull'accaduto, mentre era a cavallo. Rivolgersi a suo padre sarebbe stato inutile: evidentemente l'aveva affidata a Luciella, e l'abito nuovo era la bandiera che indicava la direzione in cui spirava adesso il vento. Forse un giorno le sarebbe stato proibito di cavalcare... no, Luciella aveva parlato di darle un altro cavallo. Ma avrebbe dovuto cavalcare in modo composto, perché nessun animale poteva fare più che trotterellare, con una sella da donna; indossare lunghe gonne; non poter addestrare Preciosa: su una sella all'amazzone non c'era posto per un falco. E presto le avrebbero chiuso le scuderie, tranne che per qualche tranquilla escursione come l'attuale. E lei poteva opporsi? Non era ancora maggiorenne - compiva quindici anni al solstizio estivo - e doveva obbedire a suo padre e ai suoi istitutori. Le parve di sentir chiudere le pareti di una cella.

Perché allora le era stato dato il suo *potere*, visto che solo gli uomini erano liberi di usarlo? Perché non era un maschio? Sapeva la risposta che le avrebbe dato Luciella: *Lo hai per trasmetterlo ai figli*.

E lei doveva considerarsi soltanto uno strumento per dare l'erede al marito che ancora non conosceva? Spesso si era chiesta che cosa si provasse ad avere figli; ricordava l'aspetto che aveva Rael da neonato: piccolo, astuto, morbido e incantevole come un cagnolino di poche settimane. Ma lasciare tutto, rimanere chiusa in casa, diventare molle e grassa come Luciella, rinunciare alla propria vita per i figli? Era un prezzo troppo alto, anche per bambini così belli. Incollerita, Romilda cacciò indietro le lacrime, per non trasmettere al falco e al cavallo le sue emozioni.

Meglio aspettare. Forse, quando gli fosse sbollita la collera, suo padre si sarebbe lasciato ricondurre alla ragione. Poi le tornò in mente che Darren doveva ritornare a casa prima del solstizio. Forse lui, come erede MacAran, avrebbe potuto prendere le parti della sorella. Servendosi della penna, accarezzò il falco per calmarlo e fece ritorno a Poggio del Falco con un filo di speranza nel cuore.

Capitolo 3

DARREN

Mancavano dieci giorni al solstizio, ed era il quindicesimo compleanno di Romilda, allorché tornò a casa suo fratello Darren.

Fu Rael ad avvistare per primo i cavalieri, mentre la famiglia sedeva sul terrazzo, intenta a fare colazione; il tempo era talmente bello che Luciella aveva dato ordine di preparare la tavola su un ampio balcone da cui si poteva rimirare l'intera valle del Kadarin. Rael aveva preso la sua seconda fetta di pane e miele ed era andato ad appoggiarsi alla ringhiera, benché Luciella gli avesse ricordato che non ci si doveva alzare prima di avere finito, e si sporgeva a gettare pezzi di mollica sull'edera che da quel lato copriva le mura del castello fino all'alto balcone.

«Mamma, guarda», disse, «ci sono dei cavalieri lungo il sentiero... vengono verso di noi, non credi? Padre, li hai visti?»

MacAran si accigliò e disse al figlio: «Taci, Rael, sto parlando con tua madre...» ma Romilda capì subito chi fossero i nuovi venuti.

«È Darren», esclamò, e corse alla ringhiera. «Ho riconosciuto il suo cavallo... vado ad aprirgli!»

«Romilda! Sta' seduta e finisci la colazione», la sgridò Luciella, ma la ragazza era già alla porta, con le trecce che le battevano sulla schiena, e si stava avviando lungo la scala. Romilda sentì, dietro di lei, il rumore degli stivali di Rael, e rise al pensiero dell'irritazione della matrigna... ma quella volta la tranquillità del pasto era stata interrotta per un buon motivo. Si leccò le dita, ancora appiccicose di miele, e giunse in cortile, seguita dal fratello minore; il bambino si appese alle pesanti sbarre della porta e chiamò i guardiani perché venissero ad aprirla.

«È mio fratello Darren... è tornato!»

Sorridendo, gli uomini uscirono dalla guardiola e aprirono la porta, ancor prima che giungesse al loro orecchio l'acciottolio degli zoccoli; Rael era il beniamino del castello, tutti lo viziavano. Rimase appeso alla porta, mentre gli uomini l'aprivano, e agitò con eccitazione la mano verso i cavalieri.

«È Darren, e con lui c'è qualcun altro, Romilda. Vieni a vederlo!»

Ma Romilda si tirò indietro, colta improvvisamente dalla timidezza, perché non si era pettinata prima di annodarsi le trecce, aveva le dita e le labbra sporche di miele, in mano teneva ancora un pezzo di pane. Si affrettò a gettarlo ai cani e si pulì gli angoli della bocca con il fazzoletto. Ma perché tanto imbarazzo? Si trattava soltanto del fratello e di qualche suo amico del monastero. Darren smontò di sella e Rael gli saltò addosso, parlando talmente in fretta che Darren non riuscì a capire le sue parole. Il fratello maggiore rise, posò a terra il fanciullo e si avvicinò a Romilda per abbracciarla.

«Sei cresciuta, sorellina. Sei quasi una donna.»

«È il suo compleanno; Darren, che regalo le hai portato?» chiese Rael, e il fratello rise. Era alto e sottile; i capelli rossi gli scendevano sugli occhi in riccioli folti, e sulla faccia aveva il pallore di un intero inverno speso fra i ghiacci di Nevarsin.

«Mi sono dimenticato del tuo compleanno, sorellina... mi potrai mai perdonare? Ti farò un regalo per il solstizio», disse.

«Il tuo arrivo è un regalo sufficiente, Darren», replicò Romilda, e sentì un'acuta fitta di dolore; voleva bene a Darren, ma era più affezionata a Ruyven, mentre Darren era sempre stato molto legato a Mallina. E Ruyven non sarebbe mai più ritornato a casa. Provò odio per le Torri, che si erano prese il fratello, e dovette inghiottire a vuoto, ricacciando indietro le lacrime.

«Nostro padre e Luciella stanno facendo colazione», disse. «Vieni sul terrazzo, Darren; di' al maggiordomo di portare nella tua stanza i bagagli.» Lo prese per mano e fece per condurlo verso la scala, ma il fratello si girò verso il suo compagno di viaggio, che aveva affidato i cavalli agli stallieri.

«Prima ti voglio presentare il mio amico», disse, facendogli segno di avvicinarsi. «Alderic Castamir; mia sorella Romilda.»

Alderic era ancor più alto di Darren, e aveva capelli biondi con qualche riflesso rosso, occhi grigi come l'acciaio, fronte alta. Vestito in modo alquanto dimesso, faceva un certo contrasto con il lusso dei vestiti di Darren, che, come si conveniva all'erede di Poggio del Falco, indossava un elegante mantello di velluto color ruggine, foderato di pelliccia nera, mentre il manto del giovane Castamir era liso, come se gli fosse stato passato dal padre o addirittura dal nonno, e aveva una fodera di coniglio che perdeva i peli.

Ha fatto amicizia con un giovane più povero di lui, e senza dubbio l'ha portato qui da noi perché non aveva i mezzi per viaggiare fino a casa sua a festeggiare il solstizio. Darren è sempre stato molto gentile.

Ma salutò cortesemente - e forse con una punta di altezzosità - l'ospite, dicendogli: «Siete il benvenuto, Nobile Alderic. Unitevi alla nostra famiglia per la colazione, vi prego. Garin...» ordinò al maggiordomo, «porta i bagagli di mio fratello nelle sue stanze, e per ora metti quelli del Nobile Alderic nella camera rossa; a meno che la Nobile Luciella non voglia disporre diversamente, penso che desideri avere la stanza vicino a quella di mio fratello».

«Andiamo», disse Darren, prendendo sottobraccio la sorella e portando con sé anche Alderic. «Non riesco a camminare, se ti attacchi al mio braccio con tutto il peso, Rael... va' avanti, ti prego, avverti che stiamo arrivando!»

«Ha sentito molto la tua mancanza», disse Romilda. «E...» stava per parlare del loro fratello maggiore, ma non voleva accennare a questioni di famiglia davanti a un estraneo; lei e Darren avrebbero avuto qualche altro momento per scambiarsi le confidenze. Arrivarono al terrazzo e Mallina corse ad abbracciare Darren, cosicché fu Romilda a fare le presentazioni tra suo padre e Alderic.

MacAran disse cortesemente, in tono grave: «Siete il benvenuto nella nostra casa, giovanotto. Gli amici di mio figlio sono sempre accolti come amici miei. Siete parente di Valdrin Castamir dell'Alto Pascolo? Siamo stati insieme nelle guardie del Nobile Rafael, prima che questi venisse assassinato tanto proditoriamente».

«Molto alla lontana, signore», rispose Alderic. «Non sapevate che il Nobile Valdrin è morto quando il suo castello è stato bruciato con la pece stregata, per punirlo di avere ospitato Carolus sulla via dell'esilio?»

MacAran inghiottì a vuoto. «Valdrin morto? Eravamo compagni di gioco e fratelli di sangue», disse, «ma Valdrin è sempre stato uno sciocco, come tutti coloro che s'impicciano degli affari delle Grandi Famiglie.»

Alderic disse gravemente: «Io onoro la memoria del Nobile Valdrin per la sua grande fedeltà al nostro legittimo sovrano in esilio, signore».

«L'onore», disse amaramente MacAran. «L'onore non serve al morto, né a coloro che ha coinvolto nelle contese dei grandi; è stato un onore, per sua moglie e per i suoi giovani figli, morire bruciati fino all'osso? Come se a me, o a qualsiasi altro uomo ragionevole, importasse l'identità del grande somaro che scalda il trono con le sue regali terga mentre le persone avvedute continuano ad andare per la propria strada.»

Romilda vide che Alderic stava per rispondergli seccamente, ma poi si limitava a rivolgergli un inchino, senza parlare; non intendeva offendere il padrone di casa. Mallina venne presentata ad Alderic e cominciò a fare la smorfiosa, mentre la sorella la guardava scuotendo la testa... mostratele un paio di calzoni, e Mallina si metterà a esercitare le sue ridicole lusinghe femminili, anche se si trattava di quello scalcagnato fuggiasco politico che Darren aveva raccolto a Nevarsin e aveva portato con sé a casa, senza dubbio per fargli avere qualche buon pasto... era magro come un chiodo, e certo a Nevarsin dovevano averlo tenuto a pane di ghiande e acqua!

MacAran continuava a chiacchierare con i due giovanotti.

«... E vengono gli Storn, e i figli degli Aldaran di Scathfell, e per tutta la festa del solstizio ci saranno intrattenimenti e cacce con il falcone e con i cani, e la grande danza...» Batté languidamente le ciglia in direzione dell'ospite e chiese: «A voi piace danzare, Nobile Alderic?»

«Ho avuto ben poche occasioni di danzare da quando ero bambino», rispose questi. «Ho partecipato solo alle danze dei contadini che si fanno al monastero, tra monaci e novizi, al solstizio d'inverno, ma mi aspetto che voi mi diate lezione, damigelle.»

Rivolse un inchino a entrambe, ma Mallina disse: «Oh, a Romilda non piace danzare con i giovanotti... si trova meglio nelle scuderie, e preferirebbe mostrarvi i falchi e i cavalli!»

«Mallina, ora devi andare a lezione», le ricordò Luciella, con un tono che pareva dire: *Con te, signorina, faremo i conti più tardi.* «Dovete scusarla, Nobile Alderic, ma è ancora una bambina dispettosa.»

Mallina scoppiò in lacrime e corse via dalla stanza, ma Alderic sorrise a Romilda e le disse: «Anch'io mi trovo meglio con i falchi e i cavalli che con le donne. Mi pare che uno dei cavalli che abbiamo portato da Nevarsin fosse vostro».

«No, era di...» iniziò a dire Darren, ma nel cogliere l'occhiataccia del padre, si corresse: «... Di un nostro parente; l'ha lasciato a Nevarsin perché lo riportassimo a casa». Ma Romilda colse lo sguardo che Darren e Alderic si erano scambiati, e capì che il fratello aveva raccontato all'amico l'intera storia. Fino a dove, si chiese, era arrivata la scandalosa notizia che l'erede MacAran aveva litigato con la famiglia e si era rifugiato in una Torre?

«Romilda», disse suo padre, «non dovresti essere anche tu a lezione con la Nobile Carlinda?»

«Mi avevate promesso un giorno di vacanza per il mio compleanno», disse Romilda, rivolta alla matrigna, e Luciella ammise controvoglia: «Già, te l'ho promesso... penso che tu desideri passare la giornata con tuo fratello. Va', allora, se vuoi».

La ragazza sorrise al fratello e disse: «Ti farò vedere il mio nuovo falco selvatico».

«Romilda l'ha addomesticato personalmente», sbottò Rael, mentre il padre aggrottava la fronte. «Quando Davin era malato. Ha aspettato per tutta la notte che prendesse il cibo, e il mastro falconiere ha detto che neppure nostro padre sarebbe riuscito a fare meglio di lei...»

«Sì», disse bruscamente MacAran, rivolto a Darren. «Tua sorella ha fatto una cosa che tu non sapresti fare, giovanotto... dovresti prendere lezioni di coraggio e di abilità da lei! Oh, perché non è lei il maschio, e tu la femmina, in modo che potessi metterti la gonna e passare la vita a scrivere e a ricamare chiuso in casa?»

Darren arrossì fino alla radice dei capelli. Disse: «Non deridermi davanti al mio amico, padre. Farò quello che potrò, te lo prometto. Ma sono fatto come mi hanno voluto fare gli dèi, e non posso essere diverso. Un daino non può diventare un cavallo da battaglia. Se cercasse di farlo, tutti si prenderebbero gioco di lui».

«È questo, ciò che ti hanno insegnato in mezzo a quei maledetti monaci?»

«Mi hanno insegnato che non posso essere diverso da quello che sono», disse Darren, e Romilda gli vide brillare negli occhi le lacrime. «Eppure, padre, sono qui come mi hai ordinato, per fare per te quel che potrò.» E Romilda, anche se il fratello non lo pronunciò, poté sentire il seguito: *E non è colpa mia, se non sono Ruyven, né sono stato io a farlo allontanare*.

Il padre serrò le mascelle, e Romilda capì che anche lui aveva sentito le parole proibite. MacAran disse, accigliato: «Accompagna tuo fratello nelle scuderie, Romy, e mostragli il falco; forse, per la vergogna, cercherà di portarsi alla pari con quanto ha fatto una ragazza».

Darren aprì la bocca per parlare, ma Romilda gli diede un colpo di gomito, come per dire: *Lascia perdere, prima che vada in collera*. Darren, a voce bassa, disse: «Venite anche voi, Alderic, se i falchi non vi annoiano», e Alderic, mormorando con educazione qualche frase poco impegnativa, rivolse un inchino a MacAran e alla Nobile Luciella e scese con loro.

Da qualche giorno Preciosa era stata portata in mezzo ai falchi già addomesticati; muovendosi con tranquillità, Romilda s'infilò il guanto e prese l'uccello, poi ritornò dai due giovanotti.

«Vi presento Preciosa», disse con voce gonfia d'orgoglio, e chiese a Darren: «Me la tieni per qualche istante, mentre prendo il logoro? Deve imparare a conoscere anche il braccio e la voce di altre persone...»

Ma, quando la sorella si mosse verso di lui, Darren si ritrasse istintivamente, sorpreso, e Romilda, sentendo che la sua paura contagiava anche il rapace, cominciò a tranquillizzare Preciosa, accarezzandola con una penna. Disse, non in tono di rimprovero, ma con tanta concentrazione nel proprio lavoro da non pensare al suono delle sue parole: «Non muoverti così in fretta vicino a un falco... dovresti saperlo! La spaventi... si direbbe che tu ne abbia paura!»

«Non sono... non sono abituato a stare vicino ad animali così grossi e feroci», disse Darren, mordendosi il labbro.

«Feroce? Preciosa? Ma se è gentile come un cagnolino!» disse Romilda, incredula. Chiamò il ragazzo: «Ker, porta il logoro...» e quando il giovane lo ebbe portato, esaminò la carne, arricciando il naso.

«Dai questa carne agli altri falchi? Credi che siano divoratori di carogne? Perfino un cane si rifiuterebbe di mangiarla! Ho dato ordine di portare a Preciosa soltanto carne fresca: anche topi, se in cucina non hanno niente di meglio, ma non qualcosa di così vecchio e puzzolente.»

«È la carne che Davin ha messo da parte per i falchi, Nobile Romilda.»

Romilda stava già per sgridarlo come si meritava, ma prima che potesse dire una sola parola, il falco che aveva sul polso cominciò a battere furiosamente le ali, e la ragazza capì che la sua ira si era nuovamente trasmessa al rapace. Trasse un lungo respiro e mormorò: «Dirò io qualcosa a Davin. Gli chiederò di non dare da mangiare questi rifiuti a nessun falcone decente. Ma ora, va': portami qualcosa di fresco per il mio falco; se non è un piccione, prendi uno dei cani e cerca di catturare un topo, ma in fretta».

Darren era indietreggiato, nel vedere che il falco batteva le ali, ma, quando Ker si fu allontanato a eseguire gli ordini, disse: «Vedo che lavorando con il falco hai imparato a tenere a freno la collera, Romy... ti ha fatto bene!»

«Peccato che nostro padre non sia d'accordo», disse Romilda, che continuava ad accarezzare Preciosa con la penna. «Ma gli uccelli sono come i bambini, raccolgono le emozioni di coloro che hanno vicino. Non credo che sia più di questo. Ricordi quando Rael era piccolo, la balia che Luciella gli aveva preso - in questo momento, non saprei più dire il nome: Marja, Moyra, qualcosa del genere - e che poi ha dovuto mandare via, perché il figlio della donna era affogato, e lei piangeva tutte le volte che vedeva Rael, e al bambino sono venute le coliche, e al posto di quella donna abbiamo ripreso Gwennis...»

«No, è qualcosa di più», disse Alderic, quando passarono nel cortile. «Si tratta di un *potere* ben noto, che è apparso originariamente, a quanto so, tra i Delleray e i MacAran; entrare in risonanza mentale con falchi, cavalli e uccelli-sentinella... li addestravano a farlo, nelle guerre dell'epoca di re Felix. Tra i Delleray era legato a qualche caratteristica letale e si è estinto, ma i MacAran hanno il loro Tocco da molte generazioni.»

Darren disse, con un sorriso di colpa: «Vi prego, amico mio, di non parlare così disinvoltamente di *potere* quando mio padre ci ascolta».

«Ah, è una di quelle persone che preferiscono chiamarli "petali di mandorlo" perché i fiocchi di neve sono troppo freddi per i loro gusti?» chiese Alderic, con un sorriso. «Per tutta la vita ho sentito dire che i migliori cavalli sono quelli addestrati dai MacAran, e il Nobile Mikhail è uno dei MacAran più importanti. Certo conosce bene il Tocco e il *potere* della sua casa e di quella della sua signora.»

«Sì, ma non vuole che se ne parli», disse Darren. «Da quando Ruyven ha lasciato la famiglia per entrare nella Torre... e io non biasimo certo mio fratello per questo, anche se qualcuno può dire che sono io ad averci guadagnato... Romilda, ora che nostro padre non c'è, ti devo dire una cosa che potrai riferire in segreto a Mallina; quanto a riferirlo a Rael, credo che sia troppo giovane per non lasciarselo scappare, ma segui il tuo giudizio. Al monastero ho ricevuto una lettera di Ruyven; sta bene, ama il suo lavoro ed è felice. Dice di dare un bacio a tutti; è affezionatissimo a voi e mi prega di parlare di lui a nostro padre quando i tempi mi sembreranno maturi.»

«Ossia, quando mele e prugne cresceranno sulle pareti ghiacciate di Nevarsin», disse Romilda. «L'hai visto, sai come la pensa.»

Darren scosse la testa. «Ah, no, sorella, sono meno bravo di te a leggere nei pensieri, anche se ho capito che è in collera...»

Romilda lo guardò, incredula. «Non riesci ad ascoltare una parola se non è pronunciata a voce alta?» gli chiese. «Sei mentalmente cieco come quello sciocco somaro che ti porta in groppa?»

Arrossendo, Darren abbassò la testa. «Proprio così, sorella», e Romilda chiuse gli occhi come se avesse scorto una persona affetta da una grave deformità. Non se l'era mai immaginato; aveva sempre dato per scontato che tutti i suoi fratelli condividessero il Tocco che lei aveva sempre posseduto, fin da quando non sapeva ancora di che cosa si trattasse.

Si volse con sollievo verso Davin, che giungeva in quel momento nel cortile. «Siete stato voi, mio vecchio amico, a ordinare di dare ai falchi gli avanzi della cucina, e - se è solo per questo - neppure quelli freschi?» Indicò il piatto di frattaglie; Davin ne prese un pezzo, l'annusò e lo posò, con una smorfia.

«Quel ragazzo sfaticato ha portato questo? Non diventerà mai un falconiere! L'ho mandato a cercare cibo fresco in cucina, ma la Nobile Luciella mi ha vietato di uccidere piccioni per allenare i falchi; sono convinto che Ker sia troppo pigro per prendere un topo, ma vi troverò un pezzo di carne fresca per addestrare il falcone, Nobile Romilda.»

Alderic chiese: «Posso toccarlo?» e, presa la penna dalla mano di Romilda, cominciò ad accarezzare le piume del falco. «È davvero bello; gli uccelli di questa razza non sono facili da tenere, anche se ho provato a farlo. Ma non ho mai avuto un grande successo, a meno che non fossero nati in cattività. E questo era selvatico? Chi l'ha addomesticato?»

«Io, e sto ancora lavorando con questo falcone; non ha ancora fatto il suo primo volo in libertà», disse Romilda, e sorrise timidamente nel vedere lo sguardo di stupore del giovane.

«L'avete addestrato voi? Una ragazza? Ma perché no, siete una MacAran. Nella Torre dove sono stato per qualche tempo, alcune delle donne addomesticavano i falchi selvatici, e laggiù, se qualcuna di loro riusciva ad avere un notevole successo con un falco, si diceva sempre: *Ha la mano di un MacAran...*»

«Perché dicono così? Nelle Torri ci sono dei MacAran?» chiese Romilda. «Credevo che non ce ne fossero, prima che ci andasse mio fratello...»

Alderic spiegò: «È un modo di dire che era già noto a mio padre e al padre di mio padre: il Dono dei MacAran». Non usò il solito termine che si impiegava sui Monti Kilghard, *potere*, ma il più vecchio termine *dono*. «Vostro padre non è lieto di avere un figlio nelle Torri? Gran parte dei nobili delle montagne ne sarebbe fiera.»

Darren disse, con un amaro sorriso: «Io non ho alcun *dono* per lavorare con gli animali... e non ho molte capacità per altre cose, salvo che per lo studio; ma finché Ruyven era l'erede di mio padre, la cosa non aveva importanza: io ero destinato al monastero ed ero contento di stare con i monaci. E adesso mio padre vuole raddrizzare questo chiodo storto per piantarlo nel foro destinato a mio fratello...»

«Non avete un altro fratello maschio?» chiese Alderic. «Il ragazzino che ci ha accolto è illegittimo, o è tardo di mente, perché vostro padre non possa lasciare un figlio a San Valentino delle Nevi e allevare Rafael, Rael, come l'avete chiamato, per essere l'erede del Poggio del Falco? O, vedendo quel che è capace di fare la Nobile Romilda...» sorrise generosamente, e Romilda arrossì.

Ma Darren rispose, amareggiato: «Non conoscete mio padre...» senza continuare, mentre Romilda rifletteva sulle sue parole: dunque, Alderic giudicava ragionevole che lei prendesse il posto di Ruyven a Poggio del Falco.

«Vi ho portato della carne fresca per il vostro falco, Nobile Romilda», disse Davin, rientrando nel cortile. «Una cuoca aveva appena ucciso un pollo da fare arrosto per mezzogiorno; mi ha dato le interiora per il vostro uccello, e io le ho detto di mettere da parte per voi, tutte le mattine, gli avanzi più freschi; la porcheria che vi ha portato Ker era del giorno prima - avanzi che la cuoca aveva messo da parte per i cani - e lui era troppo occupato a guardare le sguattere per ricordarsi di chiedere che la carne fosse fresca. Quel ragazzo non diventerà mai un falconiere! Giuro, lo caccerò via su due piedi e comincerò a insegnare a prendersi cura dei falchi al signorino Rael!»

Romilda rise. «Luciella avrebbe molte cose da ridire», rispose, «ma date qualche altra incombenza a Ker: per esempio, dar da mangiare ai maiali e ai cani; certo in tutto il castello ci sarà qualcuno che è capace di capire i falchi!»

Darren sorrise senza allegria. Disse: «Provate Loran, figlio di Nelda; è un figlio del solstizio, ma il nome del suo vero padre corre su tutte le bocche. Se sarà capace di trattare con le bestie, nostro padre potrà finalmente accorgersi di lui, perché Nelda è troppo orgogliosa per portarglielo. Una volta ho suggerito di metterlo a studiare con Rael, e alla nostra grande Dama Luciella sono venute le convulsioni... come se avessi suggerito di chiamare al tavolo d'onore il garzone del porcaio».

«Sai che Luciella ascolta solo quel che le fa comodo», disse Romilda. «Forse pensava che l'illegittimità fosse come le pulci, ossia che si attacca...» Cercò di sciogliere il logoro, ma il peso di Preciosa la impacciava. «Maledizione, Darren, non puoi tenermela per un istante? E se non puoi, per l'amor del Cielo, almeno infila la carne sul logoro... ha sentito l'odore e da un momento all'altro verrà presa dalla frenesia!»

«Posso aiutarvi io, se vi fidate a lasciarmi il vostro falco», disse Alderic, porgendo il braccio. «Vuoi venire, con me, bellissima?» Con molta delicatezza, prese il falco dal braccio di Romilda e lo posò sul suo. «Come ti chiami, Preciosa? E sei proprio preziosa, vero?»

Romilda guardò con gelosia il falco che si posava comodamente sul polso di Alderic; ma Preciosa pareva soddisfatta, e perciò la ragazza passò a legare la carne, in modo che il falco non la strappasse via troppo presto e dovesse portarla a terra per mangiarla, come deve imparare a fare un buon falcone. I rapaci male addomesticati tendevano ad afferrare il cibo quando ancora era a mezz'aria, e così non imparavano mai a cacciare. Dovevano imparare a portare la preda al padrone, e poi ad attendere di ricevere il cibo dalla sua mano.

«Passami il logoro», disse Darren. «Se non posso fare altro, posso almeno far girare quello...»

Romilda glielo passò, con sollievo. «Grazie... sei più alto di me, puoi farlo salire di più», disse, prendendo Preciosa sul polso. Con l'altra mano, le sfilò il cappuccio: poi alzò il braccio per farla volare. Portando dietro di sé la corda legata ai geti – la *lunga* – il falco si alzò sempre più. Quando arrivò alla fine della corda, l'uccello voltò la testa, scorse il logoro che girava nell'aria e subito, chiudendo le ali, si gettò su di esso e lo afferrò con il becco e con gli artigli, per infine posarsi ai piedi di Romilda. La ragazza fece il secco fischio che il falco doveva associare al cibo e prese Preciosa con la mano guantata, togliendo il cibo dal logoro.

Preciosa si chinò così lesta sul cibo da doversi spostare di lato, dove il braccio di Romilda non era coperto dal guanto, e suoi artigli si piantarono dolorosamente nella carne della ragazza. Ne uscì il sangue; Romilda strinse i denti e non si lamentò, ma Darren, nello scorgere la macchia rossa sul vestito, lanciò un grido.

«Oh, sorellina!»

Preciosa, spaventata dal grido, perse l'equilibrio e batté goffamente le ali, colpendo con le penne la faccia di Darren; Romilda tese la mano verso il falco, ma Darren gridò di nuovo, colto dal panico, e sollevò le mani per proteggersi dal becco e dagli artigli, che vedeva pericolosamente vicini alla sua faccia. Al nuovo grido, Preciosa batté ancora le ali e volò via, fermandosi poi con un secco strido di rabbia, quando la corda giunse alla fine.

A denti stretti, Romilda sibilò: «Darren, maledetto te, poteva spezzarsi una penna! Non riesci a rimanere fermo vicino a un falcone? Va' via, prima che lo spaventi ancora di più!»

Darren balbettò: «Ma tu... tu sanguini...»

«E con questo?» chiese Romilda, seccamente, e spinse via il fratello. Poi zufolò piano, rivolta verso Preciosa, cercando di calmarla. «Rael sarebbe più bravo di te, idiota! Va' via di qui!»

«E questo è tutto quel che ho per figlio ed erede», disse con amarezza MacAran. Fermo sulla porta della scuderia, guardava i tre giovani senza che essi se ne accorgessero. Pur essendo in collera, aveva parlato a bassa voce: non sarebbe stato certamente lui ad alzarla in presenza di un uccello spaventato. Con la fronte aggrondata, in silenzio, fissò Romilda che convinceva a falco a scenderle pian piano sul polso e che poi gli scioglieva la lunga.

«Non ti vergogni, Darren, di rimanere fermo come un allocco mentre una ragazzina ti supera in un'attività che tutti i miei figli dovrebbero svolgere per istinto? Se non avessi conosciuto bene la vostra povera madre, penserei che sei il figlio di qualche mendicante di strada, presentatosi per caso alle nostre porte... Santo Portatore di Pesi, perché mi hai voluto avvelenare la vita con un figlio così inadatto al posto che occupa?»

Poi afferrò Darren per il braccio e lo trascinò all'interno della scuderia; Romilda sentì il grido di Darren e si morse il labbro come se lei stessa avesse ricevuto il colpo.

«Adesso esci, e cerca di comportarti da uomo! Prendi questo falco... no, non così, maledizione, hai le mani molli come prosciutti a furia di scrivere sciocchezze! Porta fuori il falco e fallo esercitare con il logoro, e se ti vedo allontanarti come prima, ti batto e ti mando a letto a pane e acqua come se avessi ancora l'età di tuo fratello Rael!»

Alderic era pallido e stringeva i denti, ma teneva gli occhi fissi sul dorso delle mani e non parlava. Romilda cercò di stare calma - era inutile spaventare di nuovo Preciosa - e infilò altra carne sul logoro. Senza parlare, Alderic prese la corda e cominciò a farla girare, e Romilda osservò il falcone che si lanciava in volo. Entrambi cercarono di ignorare Darren, che, con la faccia rossa e gonfia, tentava goffamente di togliere il cappuccio a un altro falco, in fondo al cortile. Per Darren, in quel momento, non potevano fare altro.

La ragazza pensò: *Almeno, ci prova. Forse il suo coraggio è superiore a quello che ho avuto io nello sfidare nostro padre; io ho il Tocco, facevo solo quello che mi viene spontaneo, mentre Darren, obbedendogli, va contro la propria natura...* Sentì un nodo alla gola come se volesse piangere, ma cercò di vincere le lacrime. Non sarebbero servite a Darren. Al fratello serviva solo una cosa: vincere il proprio nervosismo. E, in un angolo della mente, non riuscì a evitare una frecciatina di disprezzo: ... *Ma come ha potuto sbagliare una cosa tanto semplice?*

Capitolo 4

GARRIS

Romilda non assistette all'arrivo dei primi ospiti giunti per la festa del solstizio; quel mattino il sole si era levato in un cielo chiaro e brillante, velato solo da alcune nubi all'orizzonte. Negli ultimi tre giorni non era piovuto e non era nevicato; nel cortile, i fiori erano in boccio. Lei si era rizzata a sedere sul letto e aveva tratto un respiro eccitato; oggi, per la prima volta, avrebbe fatto volare Preciosa in libertà.

Quella era la prova definitiva, cruciale, per il falco e il falconiere: spesso, quando era messo in libertà per la prima volta, il rapace saliva nel cielo, raggiungeva le nuvole violacee... e non faceva più ritorno. Romilda lo sapeva, e l'idea di perdere Preciosa le risultava insopportabile, anche se la perdita di un falco era ancor più probabile quando si trattava di un uccello selvatico abituato a cacciare e a nutrirsi da solo nella foresta.

Ma Preciosa sarebbe ritornata; Romilda ne era certa. Si sfilò la camicia da notte e si vestì per la caccia; per tentarla, la matrigna aveva messo in bella mostra l'abito di velluto verde, ma lei si infilò una vecchia tunica e un paio di calzoni smessi che erano appartenuti a Darren. E se suo padre si fosse incollerito, che si incollerisse: lei non voleva rovinare il primo volo di Preciosa preoccupandosi che il falco riconoscesse un vestito nuovo a cui non era abituato.

Quando uscì nel corridoio, per poco non inciampò nei cestini posati davanti alla porta: il tradizionale dono del solstizio che gli uomini della famiglia riservavano alle madri, alle figlie e alle sorelle. Suo padre era stato generoso come sempre; Romilda portò nella stanza il cestino, prese una mela e alcuni dolci e se li mise in tasca... proprio quello che le occorreva per andare a caccia, pensò, e un istante più tardi ne prese degli altri per Darren e Alderic.

Poi scorse un secondo cestino - che fosse quello di Darren? - e un terzo, fatto di strisce di carta incollate tra loro. Ricordò che Rael, durante la scuola, aveva cercato di non farglielo vedere; sorrise con indulgenza, perché conteneva una manciata di noci che il ragazzo aveva messo da parte poco alla volta, sottraendole alla sua razione giornaliera. Com'era caro, il suo fratellino! Per un attimo, provò la tentazione di invitare anche lui a quella particolare cavalcata, ma poi, dopo un istante di riflessione, si disse che era meglio non rischiare la collera della matrigna. Avrebbe organizzato qualcosa per Rael nei giorni successivi.

Percorse silenziosamente il corridoio e si unì a Darren e ad Alderic, che attendevano davanti alla porta e che avevano lasciato uscire i cani nel cortile: dopotutto, l'alba era già spuntata da tempo. I tre giovani si avviarono verso le scuderie.

Darren disse: «Ho riferito a mio padre che all'alba saremmo andati a caccia con il falcone. Vi permette di prendere il suo falco, se lo desiderate, Alderic».

«È davvero generoso da parte sua», disse il giovane, e si avviò tranquillamente a prendere il rapace.

«Tu quale scegli, Darren?» chiese Romilda, accostandosi a Preciosa.

Darren la guardò e disse, sorridendo: «Come sai, sorella, i falchi non mi danno molta soddisfazione. Se nostro padre mi avesse chiesto di far esercitare uno dei suoi, io gli avrei obbedito; ma, forse per onorare la festa, non mi ha dato questo ordine».

Lo disse in tono talmente amaro che Alderic alzò gli occhi e osservò: «Credo che volesse soltanto essere gentile con voi».

«Certo.» Ma Darren tenne la testa bassa, nell'avvicinarsi ai cavalli.

Per Romilda fu una sorta di estasi, trovarsi nuovamente a cavallo con gli abiti adatti per stare in sella, sentire sul viso il fresco vento del mattino, tenere Preciosa davanti a lei, incappucciata ma attenta a ogni movimento. Dal rapace le giungeva un sottile filo di emozioni che non avrebbe saputo definire: non era paura, non era eccitazione, ma - con suo grande sollievo - non era neppure la spaventosa ira che aveva sentito allorché aveva iniziato ad addomesticare l'uccello. Quando i tre giovani cominciarono a salire sulle colline, le nubi svanirono; sul sentiero rimaneva solo un sottile strato di brina.

«Dove ci rechiamo, Darren? Voi conoscete questi monti», chiese Alderic, ma Darren si limitò a ridere.

«Dovete chiederlo a Romilda, non a me, mio si...» S'interruppe bruscamente, e Romilda, sollevando per un attimo gli occhi, scorse lo sguardo di avvertimento rivolto da Alderic all'amico. Darren si affrettò a terminare la frase: «Mia sorella conosce le colline e i falchi meglio di me, Nobile Alderic».

«Ci conviene andare da questa parte», spiegò lei. «Al pascolo dei cavalli; lassù potremo far volare i falchi senza essere disturbati, e nel sottobosco ci sono sempre uccelli e piccoli animali.»

Quando giunsero in cima all'altura poterono posare gli occhi sul pascolo: un'ampia striscia erbosa, posta sul fianco del monte e punteggiata qui e là di piccole macchie di rovi e di cespugli. Alcuni cavalli brucavano l'erba verde dell'estate, e campi e arbusti erano coperti di fiori gialli e azzurri. Nell'erba ronzavano gli insetti; i cavalli rizzarono le orecchie e guardarono i nuovi venuti, poi, non scorgendo niente di pericoloso, tornarono a brucare.

Solo un puledro alzò la testa e si avvicinò a loro, trotterellando sulle zampe sottili; Romilda rise, smontò di sella e andò ad accarezzare il cavallino, che le arrivava appena alla spalla.

«Questa è Angela», spiegò ai due giovani. «È nata questo inverno, e io le davo sempre i torsoli di mela... no, Angela, è la mia colazione», disse allontanandole il muso dalla tasca, che l'animale stava già frugando. Ma poi prese il coltello e le tagliò una fetta di mela.

«Basta, però, perché potrebbe farti venire il mal di pancia», disse, e il piccolo animale, che evidentemente le credette sulla parola, si allontanò sulle lunghe gambe.

«Proseguiamo, o il vecchio Ventoso verrà a farsi accarezzare», disse, ridendo. «È stato messo al pascolo su questo prato. È un castrone troppo vecchio perché le giumente gli diano ancora retta, e ha i denti talmente consumati che riesce a malapena a masticare l'erba; nostro padre voleva metterlo a riposo questa primavera, ma poi ha detto che meritava di godersi ancora un'estate. Prima che giunga la brutta stagione, però, conta di fargli avere una fine tranquilla; le sue vecchie articolazioni non dovranno sopportare ancora una volta il freddo dell'inverno.»

«Mi dispiacerà veder giungere quel momento», disse Darren. «Tutti noi abbiamo imparato a cavalcare su di lui: sembrava di sta re seduti su una sedia a dondolo.» Guardò con tristezza il vecchio cavallo quasi cieco che masticava l'erba più tenera, in un angolo del campo. «Credo che nostro padre l'abbia risparmiato perché è stato il primo cavallo di Ruyven...»

«Ha avuto una buona vita e avrà una buona fine», disse Alderic. «Diversamente dagli uomini, i cavalli non hanno il permesso di continuare a vivere fino a perdere il senno... se anche agli uomini venisse usata questa cortesia, io non sarei... non ci sarebbe adesso un usurpatore sul trono di Hali, e... il re non sarebbe in esilio.»

«Non capisco», disse Romilda.

Darren aggrottò la fronte, ma Alderic spiegò: «Forse siete troppo giovane per ricordare la morte di re Felix. Aveva più di centocinquant'anni, era un ermafrodito vecchissimo e privo di eredi; da tempo aveva perso il senno, e ha cercato di lasciare il trono al primogenito del suo fratello più giovane, invece che a quello del fratello più vecchio, che era l'erede legittimo. E così Rakhal, che ha adulato un re vecchio e demente, e che si è procurato l'adesione dei reggenti grazie alla menzogna e alla corruzione - un vecchio libertino da cui non si salva nessuna donna, né, a quanto si dice, i figli adolescenti dei cortigiani che vogliono fare carriera -, siede ora sul trono degli Hastur di Hali. E Carolus e i suoi figli vagano al di là del Kadarin, alla mercé di qualsiasi ladro e bandito che voglia incassare la taglia posta sulla loro testa da sua grazia Rakhal... a cui io rifiuterò sempre il nome di re».

«E voi conoscete il re in esilio?»

Fu Darren a spiegare: «Il giovane principe è rimasto per qualche tempo a Nevarsin tra i monaci; ma è dovuto fuggire quando è giunta notizia che Rakhal lo voleva andare a prendere anche lassù».

«E voi siete un sostenitore del giovane principe e del... re in esilio?» chiese Romilda.

«Sì. Certo. E se qualche cortese cortigiano avesse sollevato il vecchio re Felix del peso della vita prima che per lui diventasse troppo gravoso, Carolus regnerebbe adesso a Hali come un giusto sovrano, e la sacra città degli Hastur non sarebbe ridotta a... un letamaio dove nessun uomo osa chiedere giustizia se non ha il denaro per corrompere il giudice, e signorotti ambiziosi e stranieri arrivisti si dividono tra loro le terre altrui!»

Romilda non rispose; non sapeva nulla di corti e di sovrani, e non era mai stata neppure nella città di Neskaya, ai piedi di quei monti; tanto meno nelle pianure o in vicinanza del lago di Hali. Fece per togliere il cappuccio a Preciosa, ma si fermò e si rivolse ad Alderic per riguardo all'ospite.

«Volete provare per primo voi, signore?»

Lui sorrise e scosse la testa. «Tutti siamo ansiosi quanto voi di vedere come il falcone ha accolto l'addestramento.»

Con mani tremanti, Romilda sfilò il cappuccio dalla testa di Preciosa e osservò l'uccello arruffare le penne. La attendeva la prova definitiva, non solo della sua padronanza di quel falco, ma del fatto che il rapace da lei addomesticato avesse accettato l'addestramento, il legame tra loro.

Non sopportava il pensiero che quel falco da lei amato, accanto a cui aveva sofferto tante ore d'ansia, volasse via per non più ritornare. Pensò: *È questo, ciò che prova mio padre, adesso che Ruyven se n'è andato?*

Eppure, il falcone doveva essere sottoposto alla prova della libertà. Altrimenti sarebbe stato solo un prigioniero, posato mestamente sul suo bastone, e non un falco selvatico. Con le lacrime agli occhi, la ragazza sollevò il polso e sentì che il falco perdeva per un istante l'equilibrio, e che poi volava libero, con un lungo colpo d'ala.

L'uccello si innalzò verso il sole, e Romilda, con la mente piena di ansie - volerà bene? l'inattività l'avrà indebolito? -, lo guardò salire. E una parte di lei volò con il falco, sentì la gioia della luce sulle ali, il bagliore del cielo che le entrava negli occhi mentre saliva, saliva, rimaneva per qualche istante immobile, in volo libero... e poi si allontanava con un forte colpo d'ali!

Romilda emise un lungo sospiro. Preciosa se n'era andata, non avrebbe più fatto ritorno...

«L'avete perduto, temo», disse Alderic, dopo qualche istante. «Mi dispiace, damigella.»

Il dolore della perdita lottò dentro Romilda con l'estasi precedente. Volare con il falco... e poi svanire nella distanza. Scosse la testa. Se aveva perso Preciosa, era segno che non l'aveva mai veramente posseduta. Pensò: *Preferisco perderla che legarla a me con la forza...*

Perché nostro padre non lo capisce? Il pensiero veniva da Darren: lo riconobbe dall'amarezza. Ma il fratello non era cieco ai pensieri? O la sua capacità di leggerli andava e veniva, come era successo a lei inizialmente, quando riusciva a coglierli soltanto se era profondamente emozionata? Le sue capacità si erano stabilizzate lavorando con gli animali, ma Darren non aveva quel dono.

Dunque, Preciosa era fuggita, e tutto era stato un'illusione. Tanto valeva rimanere in casa a cucire, perché non avrebbe mai potuto ricavare niente dalle scuderie: le conveniva lasciare agli uomini il compito di addomesticare gli uccelli...

Poi le parve che il cuore le si fermasse, perché, attraverso l'infinito dolore della perdita, s'insinuò un filo di coscienza: un alto volo, la terra stesa sotto di lei, come le cartine dei suoi libri di scuola, ma colorata e straordinariamente nitida, vista da occhi più acuti dei suoi, e forme di vita che si muovevano qua e là, uccelli in volo, piccoli animali che correvano in mezzo all'erba...

Preciosa! Il falco era ancora in rapporto con lei, non era volato via! Darren mormorò qualcosa; lei non lo udì.

Alderic disse: «Non sprecate il fiato: vostra sorella non vi può ascoltare. In questo momento è con il falco...»

Romilda stava in sella per la forza dell'abitudine, ma la sua mente si muoveva sull'alto pascolo, nell'estasi del volo, ed era resa acuta dalla fame. La vista e gli altri sensi, ora dotati di un nitore sovrumano, scorgevano le piccole forme di vita, e lei, assurdamente, sentì di volerle divorare e provò un desiderio feroce, quasi sessuale... giù! Giù, in picchiata, finché il becco non colpì e il sangue non le schizzò nella bocca, con la ferocia della vita e della morte...

Poi un altro colpo d'ali. Romilda tornò in sé quanto bastava a tenere fermo il polso, mentre il falco appesantito dalla preda vi si posava. Gli occhi della ragazza erano pieni di lacrime, ma lei non aveva tempo per le emozioni; tagliò la testa del coniglio e la diede al rapace, poi ficcò il resto dell'animale nell'ampia tasca della sella; ma tutta la sua coscienza rimase concentrata su Preciosa che mangiava avidamente. Alderic lanciò il suo falco, ma lei non se ne accorse; infine, pianse di sollievo nell'infilare il cappuccio sulla testa del falcone.

Preciosa era ritornata. Di propria volontà. Dalla libertà era ritornata alla schiavitù e al cappuccio. Cercando di frenare le lacrime, Romilda prese la penna e accarezzò il falco, con mani tremanti.

Che cosa ho fatto, per meritare questo? Come posso esserne degna?

Un animale selvatico ha rinunciato per me alla libertà... che cosa posso fare per meritare questo dono?

Più tardi mangiarono le mele e i dolci portati da Romilda, e poi fecero ritorno a Poggio del Falco, con il sole già alto. Entrati nel cortile, scorsero alcuni cavalli che non appartenevano alle scuderie di famiglia, tra cui un animale con lo stemma di Aldaran di Scathfell: era arrivato il loro ospite più illustre.

Alderic chiese con ansia: «Il vecchio Gareth è ancora signore di Scathfell?»

«No, signore; l'attuale Gareth di Scathfell ha una sessantina di anni», disse Romilda. Alderic parve sollevato, e la ragazza colse un'occhiata interrogativa tra il fratello e l'amico. Alderic spiegò concisamente: «Avrebbe potuto riconoscermi».

«Non siete disposto ad affidarvi alle leggi dell'ospi...» cominciò a dire Darren, ma poi lanciò un'occhiata in direzione di Romilda e s'interruppe. La ragazza, chinando la testa sul falco, pensò: *Mi credono stupida? Dovrei essere cieca, sorda, muta e incapace di leggere nei pensieri, per non avere capito che è un seguace di Carolus in esilio, e che forse è addirittura il giovane principe. E so altrettanto bene quanto Darren che mio padre non dovrà venire a conoscenza di questo.*

«Vero. Il vecchio Gareth è morto tre inverni fa», disse Darren, «e a quell'epoca era mezzo cieco. Saranno presenti tutti gli Scathfell, Romilda?»

La giovane, sollevata nel vedere che la tensione era sparita, cominciò a recitare l'elenco dei figli dei signori di Scathfell; l'erede, anch'egli un Gareth («Ma tutti lo chiamano Garris, come si usa nelle pianure», aggiunse). «Il Nobile Garris non è sposato, ma ha già seppellito tre mogli; credo che abbia solo trent'anni, ma sembra più vecchio, e una volta zoppicava per una brutta ferita alla gamba.»

«E non vi piace», disse Alderic.

Romilda sorrise con aria perfida. «Come fate a saperlo, Nobile Alderic? Ma è vero; mette sempre le mani sulle ragazzine, quando le incontra negli angoli; ha perfino cercato di palpare Mallina, l'anno scorso, quando aveva ancora i capelli sciolti sulle spalle...»

«Quel vecchio caprone!» esclamò Darren. «L'hai detto a nostro padre?»

«Nessuno di noi ha intenzione di litigare con i vicini; Luciella ha solo consigliato a me e Mallina di tenerci lontano da lui il più possibile, ma senza offenderlo. Poi viene il Nobile Edric, che è cieco, e sua moglie Ruanna, che tiene la contabilità del feudo meglio di un uomo. Dopo di lui ci sono due gemelli, Cathal e Cinhil, che hanno la stessa età di Ruyven, ventidue anni. La moglie di Cathal è una mia amica d'infanzia: Darissa Storn. Cinhil è ancora da sposare, e in passato nostro padre ha parlato di fidanzarci, ma poi non se ne è fatto niente, e io preferisco così... non vorrei vivere a Scathfell, che è poco più di una tana di banditi! Anche se mi piacerebbe stare con Darissa, e Cinhil è un ragazzo abbastanza simpatico.»

«Mi sembrate un po' giovane per sposarvi», disse Alderic.

Darren scoppiò a ridere. «Le ragazze si sposano presto, su queste montagne, e Romilda ha quindici anni. Inoltre, sono certo che le piacerebbe avere una propria casa, lontano dalla tutela di Luciella. Com'è quel vecchio proverbio? *Quando due donne comandano in un focolare, le scintille rischiano di bruciare il tetto.* Comunque, penso che nostro padre aspiri a sposarla con qualcosa di più di un cadetto, e per di più quarto nella linea di successione. Meglio padrona in una capanna che serva in un castello, e quando il Nobile Garris si risposerà, o se il vecchio Scathfell dovesse riprendere moglie, la moglie di Cinhil sarebbe l'ultima di tutte, poco più della serva delle altre. Darissa era una bella ragazza, quando si è sposata, e adesso sembra avere dieci anni più di Cathal ed è tutta sformata dalle gravidanze.»

«Non ho alcuna fretta di sposarmi», disse Romilda, «e su questi monti c'è un numero sufficiente di uomini; Manfred Storn è l'erede del suo feudo e ha circa gli anni di Darren; perciò è probabile che quando raggiungerò l'età del matrimonio, mio padre ne parlerà con il vecchio signore di Storn. Verranno alla festa anche i signori delle Rocce Alte, che hanno figli e figlie in età da marito; è probabile che io o Rael entriamo a far parte di quella famiglia.» Alzò le spalle. «Che importanza può avere, comunque? Gli uomini sono tutti uguali.»

Alderic rise. «Con queste parole mi fate capire quanto siate giovane, damigella Romilda. Spero che vostro padre non vi cerchi marito finché non avrete raggiunto l'età che vi permetterà di distinguere tra un uomo e l'altro, perché rischiereste di trovarvi sposata, un giorno, all'ultimo uomo sulla terra a cui avreste voluto andare in moglie. Entriamo in casa? Il sole è alto e vostra madre parlava di una colazione particolare... passando davanti alle cucine, ho sentito l'odore del pandolce preparato dalle cuoche!»

A quel punto, Romilda si augurava unicamente di raggiungere la propria stanza senza essere vista da nessuno, per fare un bagno e per cambiarsi d'abito prima di sedere a tavola. Ma, nell'entrare in un corridoio, per poco non finì contro un uomo alto e grassoccio, dalla carnagione pallida e dai capelli chiari, che usciva dalla grande sala dei bagni caldi, le cui vasche erano alimentate da sorgenti vulcaniche. Indossava una veste larga e aveva i capelli bagnati; evidentemente era andato a rinfrescarsi dopo il viaggio. Romilda gli fece con educazione la riverenza, come le era stato insegnato, e solo allora si ricordò che portava i calzoni, maledizione! Se si fosse limitata a proseguire per la propria strada, l'uomo avrebbe potuto semplicemente scambiarla per un giovane paggio che svolgeva qualche commissione. Invece, sul suo volto pallido e cascante comparve un sorriso.

«Damigella Romilda», disse, osservandole sfacciatamente le lunghe gambe. «Un piacere inatteso. Avete davvero delle belle gambe, ragazza mia! E siete... cresciuta», aggiunse, posando gli occhi azzurri sull'allacciatura della tunica, che faticava a contenerle il seno. «Sarà un piacere danzare con voi questa sera, ora che ho avuto occasione di apprezzare le bellezze che tante donne cercano attentamente di nascondere ai loro ammiratori...»

Sentendosi arrossire, Romilda abbassò la testa e fuggì. Desolata, pensò: *Ora so che cosa intendeva dire Luciella, quando affermava che sono troppo grande per farmi vedere in calzoni... tanto valeva che fossi nuda, per il modo in cui mi guardava.* Per tutta la vita aveva indossato gli abiti dei fratelli, con la stessa indifferenza che avrebbe avuto se fosse stata un ragazzo; ora, sotto lo sguardo goloso di quell'uomo, le pareva di essere stata fisicamente violata; i seni le dolevano e provava uno strano subbuglio al ventre.

Si rifugiò nella propria stanza, con il cuore che le batteva a precipizio, e si accostò subito alla bacinella, per tuffare il viso nell'acqua gelida.

«Luciella aveva ragione. Oh, perché non mi ha mai detto queste cose?» si chiese, disperata. Poi capì che non c'era modo di descrivere a voce un'esperienza come la sua: per capirla occorreva provarla; fino a poco tempo prima, se gliel'avessero descritta, lei si sarebbe limitata ad alzare le spalle. Le tremavano ancora le mani, mentre scioglieva i lacci della tunica di foggia maschile, si sfilava i calzoni e, guardandosi allo specchio, osservava se stessa per la prima volta come una donna. Era ancora snella, i suoi seni erano solo leggermente tondi, i fianchi poco più larghi di quelli di un maschio, e le lunghe gambe potevano essere quelle di un ragazzo. *Ma*, pensò, *se dovessi indossare ancora abiti maschili, cercherò di sceglierli talmente larghi da sembrare davvero un maschio.*

Dalla porta che dava sulla stanza di Mallina, vide che la sorella era intenta a esaminare i suoi cestini del solstizio; anche lei ne aveva ricevuti tre, e a Romilda, nel vederli, tornarono in mente quello del padre, che conteneva più frutti e dolci che fiori - realisticamente, MacAran sapeva che l'appetito delle ragazze non era inferiore a quello dei giovanotti - e quello più piccolo, che aveva attribuito a Darren. Ora, esaminandolo meglio, vide che era pieno di fiori di serra e di giardino, squisitamente disposti, e di alcuni frutti esotici che dovevano venire da Nevarsin, dato che al Poggio del Falco non crescevano. Poi vide il biglietto e lesse con sorpresa: "*Non ho madre e sorelle a cui porgere il dono del Solstizio; accettate questo con i miei omaggi. Alderic, studente*".

Mallina entrò di corsa nella stanza.

«Romy, non sei ancora vestita? Non dobbiamo arrivare in ritardo alla colazione! Ti metti il vestito nuovo? Carlinda è con nostra madre, mi aiuti ad abbottonarmi? Che bei fiori, Romy! I miei vengono tutti dal giardino, ma c'è un bel grappolo d'uva dei ghiacci, dolce come il miele... sai, a Nevarsin la lasciano sul ramo finché non si congela, e a quel punto perde tutto l'acido e diventa dolce... Romy, chi pensi che sia? Ha un'aria così affascinante... credi che il Nobile Alderic intenda corteggiare una di noi? Mi piacerebbe essere la sua fidanzata, è così bello e galante, come gli eroi delle favole...»

«Quante sciocchezze riesci a dire, Mally», la redarguì Romilda, con un sorriso. «Penso che sia un ospite bene educato, niente di più; senza dubbio ha mandato anche a nostra madre un cestino come i nostri.»

«Alla Nobile Luciella non piacerà», affermò Mallina. «Continua a ripetere che la Notte del Solstizio è una festa pagana, indegna dei buoni cristiani; ha sgridato Carlinda perché ha fatto preparare a Rael i cestini, ma nostro padre ha detto che tutti hanno bisogno di fare festa e che una scusa vale l'altra per dare ai contadini un giorno di libertà e qualche regalia. E poi che era bene che Rael si godesse la festa finché era bambino: diventerà un buon cristiano se imparerà a comportarsi bene e a ricordarsi del Libro dei Fardelli.»

Romilda sorrise. «Nostro padre ha detto più o meno le stesse cose gli anni scorsi, a quanto ricordo. E il pandolce e la frutta al miele piacciono anche a lui. Cita sempre il Libro dei Fardelli per dire che non bisogna lesinare il grano alla bestia che gira la macina, né la mercede e il riposo al bracciante: nostro padre potrà essere severo, ma è sempre stato giusto con i dipendenti.» Così dicendo, terminò di abbottonare l'abito della sorella e la fece girare su se stessa per osservarla. «Stai proprio bene, Mally! Ma sei fortunata a non doverlo portare in un giorno lavorativo... ci vuole una cameriera per abbottonarlo! Ecco perché ho fatto mettere i lacci al mio: per potermelo infilare da sola.» Terminò di allacciarsi le maniche della sottoveste, s'infilò la lunga tunica di color rosso, ricamata con un motivo di farfalle, e si chinò perché Mallina le infilasse il fermaglio che le chiudeva la treccia.

Mallina esaminò i cestini, alla ricerca di un fiore da metterle nei capelli. «Questa rosa forse va bene per me, ha la stessa tinta del mio vestito... oh, Romy, guarda!» disse poi, con aria scandalizzata. «Hai visto, ti ha messo nel cestino il fiore d'oro, il *dorilys*!»

«E con questo, sciocchina?» chiese Romy, prendendo il fiore azzurro di *kireseth* per infilarselo tra i capelli; ma la sorella le fermò la mano.

«No, non devi farlo, Romilda... non conosci il linguaggio dei fiori? Il dono del fiore d'oro è... be', il fiore è afrodisiaco, non c'è bisogno che ti spieghi cosa significa questa parola, e quando un uomo offre a una ragazza il *dorilys* per il solstizio...»

Romilda arrossì, e sentì di nuovo posarsi su di lei quegli occhi bramosi. Inghiottì a vuoto... che anche Alderic l'avesse guardata con lo stesso tipo di desiderio? Poi le ritornò il buon senso. «Sciocchezze; non conosce gli usi di questi monti, tutto qui. Ma se le ragazze sciocche fanno questo tipo di chiacchiere, è meglio che non mi metta il fiore... peccato, però, perché è il più bello. Scegli tu il fiore che preferisci.»

Le due sorelle, vestite degli abiti nuovi, raggiunsero i familiari portando con sé, com'era tradizione, i frutti dei loro cestini: li avrebbero spartiti con il padre e i fratelli. Per l'occasione, il tavolo era stato imbandito nella grande sala delle feste, anziché nella piccola camera da pranzo usata dalla famiglia, e la Nobile Luciella stava già accogliendo gli ospiti. C'era Rael, con il vestito più bello, e Carlinda con un abito elegante, scuro come si addiceva alla sua posizione, ma di buon taglio e nuovo, non un vecchio abito rivoltato; Luciella era gentile anche con i parenti poveri, pensò Romilda. Darren indossava l'abito più bello, e così Alderic, anche se il vestito di questi era scuro e severo, come prescritto per uno studente di Nevarsin, e non portava stemmi o colori di famiglia. La ragazza si chiese nuovamente quale fosse la sua vera identità: un parente del re in esilio, forse lo stesso principe... non intendeva parlarne con nessuno, ma le dipiaceva che Darren non le avesse rivelato il segreto.

Al vecchio Gareth di Scathfell, che era l'ospite di rango più alto, era stato assegnato il posto a capotavola, che normalmente sarebbe spettato a MacAran; il padrone di casa si era accomodato in un altro punto del tavolo d'onore. I giovani sedevano a un'altra tavola; Romilda vide Darissa, seduta accanto al marito, e fece per andarsi a mettere accanto a lei, ma la matrigna le indicò una sedia vuota accanto al Nobile Garris; la ragazza arrossì, ma preferì evitare un battibecco; prese posto e si augurò che quell'uomo odioso non facesse commenti imbarazzanti, alla presenza di tutti.

«Ora, vestita nel modo adatto alla vostra bellezza, siete ancor più affascinante, damigella», disse Garris, e nient'altro; era una frase perfettamente corretta, ma Romilda si limitò a fissare con disgusto quella faccia pallida e non rispose. Ma, dopotutto, Garris non aveva fatto niente, la frase era stata abbastanza cortese, e lei non poteva lamentarsi.

C'era ogni sorta di cibi prelibati, perché quella colazione doveva costituire anche il pasto di mezzogiorno; la festa proseguì a lungo e, prima che venissero portati via i piatti, giunsero i musici e cominciarono a suonare. Le tende erano state aperte per far entrare il sole estivo, e tutte le porte erano spalancate; i mobili erano stati spostati per fare posto ai danzatori. Quando Darren, come voleva la tradizione, invitò la sorella ad aprire con lui le danze, Romilda sentì che al tavolo d'onore si discuteva degli uomini inviati a cerca re l'esiliato Carolus.

«Per me non ha nessuna importanza», diceva MacAran. «Non mi curo di chi siede sul trono, ma non voglio neppure che i miei uomini, attirati dal denaro della taglia, si trasformino in sbirri. Un tempo i MacAran governavano il loro feudo come un regno indipendente; ma a quell'epoca lo si doveva tenere con la forza delle armi, e io non ho voglia di trasformare le mie terre in un accampamento militare. Gli Hastur sono liberi di governarlo come vogliono, ma odio le loro guerre fratricide!»

«Ho sentito che Carolus e il suo primogenito hanno attraversato il Kadarin», disse il signore di Scathfell. «Senza dubbio si rifugeranno da mio cugino Aldaran... c'è una vecchia ruggine tra gli Hastur ora regnanti e gli Aldaran.»

MacAran sorrise amaramente. «Nella caccia al lupo, nessun cane è più abile di quello che ha un po' del suo sangue», disse. «Gli Aldaran, molto tempo fa, non erano di sangue Hastur?»

«Così si dice», annuì Scathfell. «Non do retta alle storie dei figli degli dèi, ma si sa che c'è del *potere* nella famiglia degli Aldaran, come ce n'è tra i miei figli e i vostri; non ne avete uno in una Torre, Nobile Mikhail?»

MacAran aggrottò la fronte. «Non per mio volere, e non con il mio consenso», disse con ira. «Non do più il nome di figlio, a colui che abita tra gli *Hali*!» Sulle sue labbra, la parola divenne quasi un insulto; poi, con uno sforzo, riuscì a calmarsi e disse: «Ma non sono discorsi per una giornata di festa. Volete essere voi ad aprire le danze, mio signore?»

«Lascio queste cose a chi è più giovane di me», disse Scathfell. «Ma portate pure la vostra signora alle danze», aggiunse, e MacAran si voltò doverosamente verso la Nobile Luciella e la accompagnò nel centro della sala.

Dopo la prima danza di rigore, i giovani formarono un doppio cerchio: gli uomini in quello esterno e le donne in quello interno; presto la danza divenne molto veloce, e Romilda vide che Darissa lasciava il gruppo e andava a sedere, tenendosi la mano sul fianco; la giovane andò a prendere un rinfresco per l'amica e si sedette accanto a lei per chiacchierare. Darissa portava l'abito largo, senza cintura, delle donne incinte, ma si slacciò le maniche e continuò a farsi aria: era rossa e accaldata.

«Non danzerò più, finché questo non sarà nato», disse, toccandosi con le lunghe dita il corpo rigonfio. «Danza già lui, e continuerà a farlo fino al tempo del raccolto, soprattutto quando cercherò di dormire!» Accorse Cathal, che si chinò con sollecitudine sulla moglie, ma lei gli fece segno di ritornare nel gruppo. «Va' a danzare con gli uomini, marito mio; io rimarrò qui a chiacchierare con la mia amica... che cosa hai combinato in tutto questo tempo, Romilda? Non sei ancora fidanzata? Adesso hai quindici anni, vero?»

Romilda annuì. Era stupita dell'aspetto dell'amica, che tre anni prima era sottile e aggraziata, mentre adesso aveva il passo pesante, i seni grossi e gonfi che premevano contro il tessuto della veste, la vita larga. In tre anni, Darissa aveva messo al mondo due figli e ne aspettava già un terzo! Come se le avesse letto nel pensiero, l'amica le spiegò, con una smorfia: «Oh, lo so bene, non sono più graziosa come da ragazza... goditi il tuo ultimo anno di danze, Romilda: è probabile che il prossimo anno starai anche tu a sedere, gonfia del tuo primo figlio; il padre di mio marito parlava di darti per moglie a Cinhil, o magari di dargli Mallina; afferma che è più docile e che è più simile a una dama».

Romilda disse, sconvolta: «Ma dovevi averne un altro tanto presto? Pensavo che due figli in tre anni fossero sufficienti...»

Darissa alzò le spalle e sorrise. «Oh, be', le cose sono andate così. Questo, penso che lo allatterò io, invece di darlo a balia, e che quindi, per quest'anno, non rimarrò più incinta. Amo i miei figli, ma penso che tre, almeno per un po', siano sufficienti...»

«Per me, sarebbero più che sufficienti per tutta la vita», disse Romilda, con decisione, e Darissa rise.

«Lo diciamo tutte», spiegò, «quando siamo giovani. Scathfell è contento di me perché ho già dato due maschi alla famiglia, e spero che questa volta sia una femmina; mi piacerebbe avere in casa una bambina... più tardi ti porterò a vedere i miei figli; sono belli e il piccolo Gareth ha i capelli rossi; forse avrà il *potere*: un maghetto da mandare alle Torri...»

«Perché, lo manderesti...» mormorò Romilda.

Darissa rise. «Oh, certo. La Torre di Tramontana lo prenderebbe: gli Aldaran sono di sangue Hastur fin da prima dei Cento Regni, e hanno antichi legami con Tramontana.» Abbassò la voce. «Non hai davvero notizie di Ruyven? Tuo padre l'ha proprio diseredato?»

Romilda annuì, e Darissa fece la faccia stupita: lei e Ruyven avevano giocato insieme da bambini.

«Ricordo che un anno, per la festa del solstizio, mi ha mandato un cesto di fiori, e io mi sono messa il fiore d'oro che mi ha inviato;

ma, alla fine dei festeggiamenti, mio padre mi ha fidanzata a Cathal, e con lui sono stata felice, e ci sono i nostri figli... ma penso sempre con affetto a Ruyven, e sarei stata lieta di divenire tua sorella, Romilda. Pensi che MacAran ti darebbe a Cinhil, se lui ti chiedesse? In tal caso saremmo sorelle davvero...»

«Cinhil non mi dispiace...» disse Romilda, ma interiormente si ritrasse dall'idea del matrimonio; ridursi in tre anni come Darissa, grassa e senza fiato, con la pelle piena di smagliature e il corpo sformato dalle gravidanze?

«La cosa migliore, in un simile matrimonio, sarebbe il fatto che mi porterebbe vicino a te», disse con sincerità, «ma non ho nessuna fretta di sposarmi; Luciella dice che quindici anni sono pochi per avere figli; preferirebbe aspettare che avessimo almeno diciassette anni, prima di fidanzarci. Non si fa montare una buona cagna la prima volta che va in calore.»

«Oh, Romilda!» esclamò Darissa, arrossendo. Poi scoppiarono a ridere entrambe, come due bambine.

«Comunque, goditi la danza più che puoi, perché tra poco i giorni delle danze finiranno anche per te», riprese Darissa. «Guarda, laggiù c'è l'amico di Darren venuto dal monastero... così vestito di scuro, sembra un monaco; è uno di loro?»

Romilda scosse la testa. «Non so chi sia; solo che è amico di Darren e appartiene al clan dei Castamir», disse, tenendo per sé i sospetti.

Darissa disse: «Castamir è un clan degli Hastur! Mi chiedo come osi farsi vedere così apertamente... a quanto ho sentito, parteggiano per il vecchio re. Tuo padre sostiene Carolus o il nuovo sovrano?»

«Non credo che mio padre si curi di queste cose; per lui un re vale l'altro», disse Romilda. Ma, prima che potesse aggiungere qualcosa, Alderic raggiunse le due donne.

«Damigella Romilda? È una danza a coppie... posso invitarvi?»

«Ti dispiace se ti lascio sola, Darissa?»

«No, sta arrivando Cathal; gli chiederò di portarmi un bicchiere di vino», disse l'amica, e Romilda accompagnò Alderic fra i danzatori: sei coppie, anche se una era composta di Rael e di Jessamy Storn, che aveva undici anni e lo superava di gran parte della testa. La fila degli uomini si mise di fronte a quella delle donne, e Darren e Jeralda Storn, primi della fila, iniziarono la danza, prendendosi per mano e descrivendo complesse figure attorno alle altre coppie. Quando fu la volta di Alderic, Romilda gli prese con sicurezza le mani; erano robuste e salde, non certo morbide come ci si aspetta da uno studioso, ma dure e incallite come quelle di uno spadaccino. Un monaco davvero improbabile, pensò, e poi si dedicò alle complesse figure della danza, che la condussero di fronte a Darren e poi a Rael. Quando i movimenti della danza la portarono per qualche istante a fare coppia con Cinhil, il giovane le strinse la mano, ma lei abbassò gli occhi e non gli restituì il sorriso. Dunque, Scathfell pensava di farle sposare Cinhil quello stesso anno, perché diventasse grassa e sformata dalle gravidanze come la sua amica Darissa? Niente affatto! Un giorno, pensò, si sarebbe sposata anche lei, ma non con quel ragazzino insipido, se poteva dire la sua! Suo padre non aveva soggezione degli Aldaran, e d'altra parte si trattava soltanto del ramo cadetto di Scathfell, non di quelli del Castello. Scathfell era il più ricco e il più importante dei loro vicini, ma i MacAran erano feudatari indipendenti già prima che sorgesse la città di Caer Donn, le avevano detto!

Ora la danza la portò faccia a faccia con il Nobile Garris. Anche lui le sorrise e le strinse la mano, e Romilda arrossì e tenne le mani ben ferme, limitandosi a sfiorare quelle di Garris come prescriveva la danza. Provò un forte sollievo quando il movimento li riportò alle posizioni d'origine e lei si trovò di nuovo davanti ad Alderic. I musici presero a suonare una danza per coppie; Romilda, nel vedere che il Nobile Garris veniva verso di lei, afferrò Alderic per il gomito e gli bisbigliò: «Mi invitate a danzare, Nobile Alderic?»

«Certo», disse lui, con un sorriso, e la portò verso il centro della sala. Dopo un momento, lieta che Garris, dietro di loro, fosse rimasto a bocca asciutta, la ragazza disse:

«In verità, non danzate affatto come un contadino».

«No?» Rise. «Da molto tempo non danzavo più, salvo che con i monaci...»

«Nel monastero si danza?»

«A volte. Per tenersi caldi. E in alcune delle funzioni c'è una danza sacra. In genere, gli studenti che non intendono prendere i voti si recano al villaggio e danzano per la festa del solstizio, ma io...» parve esitare per un istante, «non avevo tempo per queste cose.»

«Vi fanno studiare tanto? La Nobile Luciella ha detto di avere trovato Darren dimagrito e molto pallido... vi danno abbastanza da mangiare, e abiti caldi?»

Il giovane annuì. «Sono abituato ai disagi», disse, e poi cadde in silenzio, mentre Romilda si dedicava unicamente alla danza. Quando la musica tacque e i due giovani si separarono, Alderic disse: «Vedo che portate uno dei miei fiori. Vi sono piaciuti?»

«Molto», disse lei, e fu colta da un nuovo accesso di timidezza; Alderic aveva messo nel cestino il *dorilys* per i motivi suggeriti da Mallina, o perché era forestiero e ignorava gli usi della regione? Le sarebbe piaciuto chiederlo, ma si vergognava.

Anche ora, però, fu come se Alderic le avesse letto nei pensieri; il giovane disse a un tratto: «Darren mi ha detto... non intendevo niente di ardito, credetemi, damigella Romilda. Nel mio paese... io vengo dalle pianure... il fiore delle stelle, il *dorilys*, è il dono del signore Hastur alla Beata Cassilda, e l'ho inteso come un omaggio alla giornata che si festeggia, nient'altro».

Lei rispose, con un sorriso: «Nessuno vi riterrebbe capace di sottintesi maliziosi, Nobile Alderic».

«Sono l'amico di vostro fratello; non occorre che mi chiamiate "Nobile Alderic"», disse il giovane. «Dopotutto, siamo andati insieme a caccia con il falcone...»

«E non occorre che voi mi chiamiate "damigella"», rispose Romilda. «I miei fratelli mi chiamano Romy.»

«Bene; ci comporteremo come parenti, come con Darren», disse Alderic. «Volete del vino?» Si erano avvicinati al tavolo dei rinfreschi.

La giovane scosse la testa e disse: «Non ho il permesso di bere vino in compagnia».

«Allora, un bicchiere di *shallan*?» Le servì una coppa di quel succo di frutta, e Romilda lo bevve con piacere. Dopo le danze agitate, sapeva che i capelli le stavano scendendo sul collo, ma non voleva ritirarsi in mezzo alle altre ragazze che ridacchiavano in un angolo.

«Vi piace andare a caccia con il falcone?» chiese ad Alderic.

«Molto; le donne della mia famiglia addestrano gli uccelli-sentinella. Ne avete mai fatto volare uno, dami... Romy?»

Lei scosse la testa. Aveva visto quei grandi uccelli feroci, e disse: «Non sapevo che si lasciassero addomesticare! Sono talmente grandi da riuscire a catturare un daino! Pensavo che non ci fosse alcun piacere a...»

«Non si fanno volare per piacere», spiegò Alderic, «ma per addestrarli alla guerra, o ad avvistare gli incendi; lo si fa con il *potere*. Un uccello-sentinella in volo può scoprire chiunque varchi il confine di una regione pacifica, o i banditi, o un incendio boschivo. Ma non è certo uno svago, e quegli uccelli sono veramente feroci, difficili da tenere. Eppure, credo che voi sareste in grado di farlo, se addestraste il vostro *potere*.»

«Difficile che possa farlo», disse lei, «e certo ne conoscete la ragione, se Darren si è confidato con voi. Uccelli-sentinella!» Sentì correrle per la schiena un piccolo brivido, che per metà era di piacere, al pensiero di far volare quei grandi uccelli da preda. «Pensavo che fossero difficili da allevare come un uccello-spettro!»

Alderic rise. «Eppure, ho sentito parlare anche di questo, nei monti lontani», disse. «E gli uccelli-spettro sono molto stupidi; non occorre molta arte per ammaestrarli, basta allevarli da quando escono dall'uovo e dare loro del cibo caldo; poi obbediranno a tutti i vostri ordini, seguendo le piste della selvaggina grazie al calore lasciato sul terreno. Sono anche degli ottimi uccelli da guardia, perché gridano in modo terribile quando fiutano un odore che non conoscono.»

Questa volta, Romilda rabbrividì davvero, pensando che quei grandi uccelli carnivori, ciechi e incapaci di volare, potessero essere usati per fare la guardia. Disse: «Perché usare un uccello-spettro, quando un buon cane può fare lo stesso lavoro, ed è molto più simpatico da avere per casa?»

«Sono d'accordo», disse Alderic, «e preferirei salire sul Monte Kimbi a piedi nudi, piuttosto che addomesticare un uccello-spettro, ma è una cosa che si può fare. Io non posso occuparmi neppure degli uccelli-sentinella; non ho quel dono, ma alcune donne della nostra famiglia lo hanno, e l'ho visto fare nella Torre, dove li usano per proteggersi dagli incendi: i loro occhi sono molto più acuti di quelli umani.» In quel momento, la musica riprese. Alderic domandò a Romilda: «Torniamo a danzare?»

Lei scosse la testa. «Non ancora, grazie. Fa caldo, con le finestre aperte.»

Alderic rivolse un inchino a qualcuno che Romilda non poteva vedere; la ragazza si voltò e scorse Luciella. «Romy», disse la matrigna, «non hai ancora danzato con il Nobile Garris!»

Lei commentò, con una smorfia: «È proprio da lui, andare a lamentarsi con la mia matrigna invece di venire a chiedermelo personalmente».

«Romilda! È l'erede di Scathfell!»

«Non m'importa se è l'erede della Scala del Cielo o del nono inferno di Zandru. Se vuole danzare...» cominciò, ma il Nobile Garris fece la sua comparsa dietro Luciella e disse, con il suo sciocco sorriso: «Mi onorate di questa danza, damigella Romilda?»

Non era possibile rifiutare senza commettere una scortesia. Era un ospite dei suoi genitori, anche se Romilda pensava che avrebbe dovuto danzare con le donne della sua età, invece di appiccicarsi alle ragazzine. Si lasciò condurre da lui in mezzo alle altre coppie. Dopotutto, in piena vista dei suoi familiari e di una buona metà dei nobili del circondario, non poteva fare niente di male. Garris aveva la mano sudaticcia, e questo era un po' sgradevole, ma Romilda alzò le spalle, pensando che non era una cosa voluta.

«Siete davvero leggera come una piuma, damigella... proprio una vera dama! Chi lo avrebbe mai pensato, questa mattina, vedendovi in stivali e calzoni come un maschio... suppongo che tutti i giovanotti del circondario vi ronzino intorno, eh?»

Romilda scosse la testa, in silenzio. Detestava cordialmente quel tipo di conversazione, anche se Mallina, al posto suo, si sarebbe messa a ridacchiare e ad arrossire per il piacere. Terminata la danza, Garris le chiese di concedergliene un'altra, ma lei gliela rifiutò educatamente, dicendo che aveva una fitta al fianco. Lui si offrì di portarle del vino o un bicchiere di *shallan*, ma quando Romilda gli rispose di volersi soltanto sedere accanto a Darissa per un poco, prese posto accanto a loro e insistette per farle aria con il ventaglio. Fortunatamente, la danza finì, i musici presero a suonare un'altra danza di gruppo e tutti i giovani si misero in cerchio, ridendo e battendo i tacchi al ritmo della musica. Alla fine il Nobile Garris si decise ad andarsene, imbronciato, e Romilda tornò a respirare.

«Hai fatto un'altra conquista», la prese in giro Darissa.

«Non credo; per lui, danzare con me è come mettere le mani su una servetta in cucina: una cosa che non lo impegna sotto nessun aspetto», disse Romilda. «Gli Aldaran di Scathfell hanno un rango troppo alto per sposarsi con una di noi, tranne che per i figli cadetti. Mio padre ha parlato una volta di fidanzarmi a Manfred Storn, ma non ha ancora quindici anni, e non c'è nessuna fretta. Eppure, anche se non ho un rango abbastanza elevato perché chieda la mia mano, la mia nascita non permette a Garris di sedurmi impunemente... e non mi piace a sufficienza per lasciarglielo fare.» Con un sorriso, aggiunse: «La cosa peggiore, se sposassi Cinhil - ammesso che lui chieda la mia mano -, sarebbe quella di dover chiamare *fratello* quel grasso lumacone. Per fortuna, i legami di parentela gli vieterebbero di dedicarmi più attenzioni di quelle dovute a una cognata».

«Non ci conterei», le confidò Darissa, parlando piano. «Quando ero in attesa del piccolo Rafael, l'anno scorso, è venuto a cercarmi... ha detto che essendo già incinta non avrei dovuto temere sgradevoli conseguenze, e quando l'ho sgridato, ha aggiunto che pensava ai vecchi tempi, su queste montagne, quando i fratelli avevano le mogli in comune... e certo, ha continuato, Cathal si sarebbe comportato fraternamente con lui, senza badare al fatto che condividessimo occasionalmente il letto, perché anche sua moglie era incinta... Io gli ho dato un calcio in uno stinco e gli ho detto di cercare una sguattera per il suo letto, se ne trovava una che, a pagamento, riuscisse a sopportare la sua brutta faccia; così l'ho offeso nell'orgoglio e lui non si è più fatto vedere. A dire la verità non è poi tanto brutto, ma è noioso e ha sempre le mani umidicce. E inoltre...» aggiunse, mostrando le fossette che erano una delle poche cose immutate da quando lei e Romilda giocavano insieme, «amo troppo Cathal per cercare qualcun altro.»

Romilda arrossì e distolse lo sguardo; allevata in mezzo agli animali, capiva perfettamente i discorsi di Darissa, ma Luciella era molto religiosa e diceva sempre che non si doveva parlare di certi argomenti davanti alle ragazze.

L'amica la vide arrossire ma non capì la ragione del suo rossore. Disse, in tono quasi difensivo: «Be', ho messo al mondo i figli senza eccessive difficoltà... non sono come la moglie di Garris, che non ha lasciato figli viventi e che è morta di parto poco prima del solstizio d'inverno. Ha già sepolto tre mogli, il Nobile Garris, per avere un erede, e ho notato che tutti i suoi figli muoiono appena nati... non ho alcuna voglia di avere un figlio da *lui*, perché farei la fine delle sue mogli, senza dubbio.

«Mia sorella maggiore è stata per qualche tempo alla Torre di Tramontana, quando era ragazza, e lassù le hanno parlato dei vecchi tempi del programma di selezione, quando gli Aldaran avevano strane doti di *potere*, legate però a certe tare ereditarie letali... di sicuro sai che cosa sono: tuo padre alleva i cavalli. Cathal non ha di queste tare, ma credo che Garris non lascerà eredi, e che un giorno i figli miei e di Cathal erediteranno il feudo di Scathfell...» continuò Darissa.

«E tu, come loro madre, dominerai il nido», commentò Romilda, con un sorriso, ma in quel momento arrivò Rael a invitarle a partecipare alla danza a coppie, perché mancavano alcune donne, e la ragazza non ci pensò più.

Le danze e i festeggiamenti proseguirono per tutto il giorno e prima di mezzanotte MacAran, il signore di Scathfell e il resto delle persone più anziane, con le mogli, andarono a dormire, lasciando soli i giovani. Rael venne portato via dall'istitutrice, e così pure - nonostante le proteste - Mallina, che ebbe però la consolazione di vedere che anche le sue amiche Jessamy e Jeralda erano mandate a letto. Romilda era stanca, ed era tentata di raggiungere i bambini: dopotutto, era in piedi dall'alba. Ma Alderic e Darren continuavano a danzare, e lei non voleva ammettere che il fratello riuscisse a stare sveglio più a lungo di lei. Vide confusamente che Darissa lasciava la sala: nelle sue condizioni, si scusò, aveva bisogno di dormire.

Rimarrò accanto a Darren. Alla presenza di mio fratello, il Nobile Garris non oserà darmi fastidio... e poi si chiese perché si preoccupasse tanto: in fin dei conti, quell'uomo non le aveva detto niente di scortese, e lei non poteva lamentarsi di un'occhiata. Però, il ricordo di come l'avesse guardata la faceva ancora fremere; ora, pensandoci, ebbe l'impressione che il Nobile Garris, per tutto il giorno, non avesse staccato gli occhi da lei.

È dunque questo, il Potere?

Preferirei non danzare, preferirei stare seduta, a parlare di falchi e di cavalli con mio fratello e con i suoi amici...

Ma Cinhil la invitò, e poi non poté rifiutare una danza al Nobile Garris. Le danze divennero più veloci, ora che le persone anziane si erano allontanate. Garris la fece girare su se stessa fin quasi a farle venire il capogiro, e Romilda si accorse che, invece di tenerle decentemente le mani sul polso, la stringeva in modo alquanto fastidioso; quando cercò di allontanarsi da lui, l'erede di Scathfell si limitò a ridacchiare e la strinse ancor di più.

«Via, via, non potete farmi credere di essere così timida», disse. Dal suo viso rosso e dalla voce impastata, Romilda capì che aveva bevuto il forte vino che si serviva al tavolo d'onore. «No di certo, dopo che ve ne andate in giro in calzoni, mostrando le vostre belle gambe, e facendo vedere la forma del seno sotto una tunica che vi sarebbe andata bene tre anni fa. Non potete fare la timida con me, ora!»

L'attirò a sé e, con le labbra, le sfiorò la guancia, ma Romilda si allontanò da lui con indignazione.

«Non osate!» esclamò, e poi, irritata: «Puzzate di vino, Nobile Garris, e siete ubriaco. Lasciatemi».

«Avreste dovuto bere anche voi», disse lui, imperturbabile, e, continuando a danzare, la condusse verso uno dei corridoi che si allontanavano dalla sala. «Su, datemi un bacio, Romy...»

«Non vi ho mai autorizzato a chiamarmi *Romy*», disse la ragazza, allontanandogli la testa, «e se non vi foste messo a spiare dove non avevate il diritto di essere, non mi avreste vista con gli abiti di mio fratello, che indosso solo quando sono con i miei familiari. Se credete che intendessi mostrarmi a voi, vi sbagliate di grosso.»

«A chi vi mostravate, allora, a quell'orgoglioso rampollo degli *Hali* che vi ha accompagnato a caccia?» chiese lui, ridendo.

Lei disse: «Voglio ritornare nella sala. Non sono qui di mia volontà; semplicemente, non ho voluto fare una scenata in mezzo alla gente. Riportatemi nella sala, o chiamerò mio fratello! E mio padre vi caccerà via, con la frusta che usa per i cavalli!»

Lui rise e la tenne stretta. «Ah, in una notte come questa, so ben io che cosa sta facendo vostro fratello! Non vi ringrazierà certamente, se lo distoglierete da quel che fa ogni giovanotto durante la Notte del Solstizio. Solo io dovrò essere rifiutato? Non siete bambina come volete far credere. Su, datemi un bacio...»

«No!» Romilda cercò di sfuggire alle sue mani insinuanti. Aveva le lacrime agli occhi.

Lui la lasciò.

«Scusatemi», le disse con gentilezza. «Volevo mettervi alla prova. Vedo adesso che siete una brava ragazza, e gli dèi non vogliano che vi disturbi ancora.» Con un inchino, le baciò rispettosamente la mano. Romilda inghiottì a vuoto, batté le palpebre per liberarsi delle lacrime e lasciò il corridoio, attraversò di corsa la sala e si rifugiò in camera sua, dove gettò a terra il vestito da festa e si nascose sotto le calde coperte, per piangere.

Come odiava quell'uomo!

Capitolo 5

IL VOLO DI PRECIOSA

Ogni anno MacAran organizzava la festa del solstizio per poi tenere un grande mercato di falchi, cani e cavalli. Il mattino seguente, Romilda fu destata dal chiasso proveniente dal cortile, mentre sul campo davanti alle mura di cinta i cavalli nitrivano e gli uomini facevano loro provare le varie andature. Romilda indossò rapidamente un vecchio vestito - gli ospiti erano ancora presenti, e non si parlava di prendere un paio di calzoni di Darren - e corse giù. Carlinda, incontrandola lungo le scale, scoppiò a ridere.

«Già sapevo che oggi non sarei riuscita a far fare i compiti a Rael... ormai non riesco più a tenerlo a freno, suo padre dovrebbe mandarlo presto a Nevarsin, dove ci sono degli insegnanti maschi che riusciranno a farsi ascoltare da lui», disse. «Ma devi anche tu andare a vedere il mercato, Romilda? Be'...» le sorrise gentilmente, «se vuoi andare, va'. Io avrò a disposizione tutto il giorno per insegnare a Mallina la calligrafia... si lascia guidare meglio, quando tu e Rael non siete presenti. E suppongo che per tutto il giorno continueresti a pensare al cortile e non al libro. Ma domani dovrai fare doppio lavoro», aggiunse decisa, e Romilda abbracciò l'anziana donna con una veemenza che la lasciò senza fiato.

«Grazie, Carlinda, grazie!»

Passò con attenzione in mezzo al fango del cortile e raggiunse il campo. Davin mostrava il volo sul logoro di uno dei loro falchi meglio ammaestrati, un grande uccello al cui addestramento aveva preso parte anche Romilda; la giovane rimase a guardare, emozionata, finché Davin non la vide.

«Questo falco è forte e feroce, ma talmente docile che perfino una ragazza riuscirebbe a farlo volare», disse il vecchio falconiere. «Damigella Romilda, volete prenderlo?»

La giovane s'infilò il guanto e sollevò il polso; vi posò il rapace e con l'altra mano cominciò a far girare la corda. Il falco si levò in volo, innalzandosi rapidamente nel cielo, e poi - quando Romilda lasciò libero il mucchietto di carne e di piume - colpì con una tale velocità che gli occhi non riuscirono quasi a vederlo. La ragazza prese il logoro e il falco e, con la mano libera, diede da mangiare all'animale, rivolgendogli molti complimenti.

«Allora prenderò quel falco per la mia signora», disse Cathal Aldaran di Scathfell. «Da quando ha avuto i figli, non s'è più potuta muovere, e un così bel falco la incoraggerà a uscire a cavallo...»

«No», lo fermò con decisione il vecchio Gareth. «Sotto il mio tetto, nessuna donna farà mai volare un falcone come quello; ma i vostri metodi di addestramento sono eccellenti, messere, e prenderò uno dei falchi più piccoli per la Nobile Darissa... avete un bel falco da donna? Damigella Romilda, potreste consigliarmi il falco più adatto a mia nuora?»

Abbassando timidamente gli occhi, lei disse: «Io ho un falco selvatico, signore, ma tutti questi...» indicò tre degli uccelli più piccoli, con apertura alare poco più larga del suo braccio, «sono bene addestrati e penso che Darissa non incontrerà difficoltà con loro. Vi do comunque la mia parola, signore, che, se le acquistaste il falco più grande, trovereste un animale molto ben addestrato. La stessa Darissa potrebbe farlo volare, e gli uccelli più grossi sono migliori, se ci si vuole procurare un po' di cacciagione; quelli piccoli riescono a malapena a catturare un topolino.»

Il vecchio sbuffò. «Le donne della mia casa non hanno bisogno di andare a caccia per rifornire la cucina; se portano dei falchi, lo fanno solo per avere l'occasione di prendere aria e di fare del moto. MacAran permette ancora a una ragazza grande come voi di andare a caccia con un falco selvatico? Che vergogna!»

Romilda stava già per rispondere - *forse Aldaran non approvava che le donne andassero a caccia con il falcone, ma non tutti gli uomini avevano una mentalità ristretta come la sua* - ma poi pensò che era meglio non offendere un onorato vicino e un buon cliente di suo padre. Anche se al Poggio del Falco producevano quasi tutto ciò che occorreva loro, il denaro contante era sempre scarso, e gran parte di esso veniva dall'annuale mercato degli animali. Rivolse un inchino a Scathfell e si ritirò per restituire il falco a Davin. Mentre indugiava accanto all'uomo, si guardò attorno con preoccupazione

- suo padre poteva avere deciso di punirla mettendo in vendita il suo falcone - ma Preciosa non c'era: stava al sicuro nelle scuderie. All'altro capo della radura, suo padre esibiva alcuni dei suoi migliori cavalli, mentre l'addestratore dei cani mostrava animali da guardia abituati a obbedire a un gesto o a una parola. Gli spettatori erano composti non solo dalla nobiltà che aveva danzato il giorno precedente, ma anche da piccoli proprietari e contadini venuti a prendere un cane da pastore o a cercarsi uno dei cavalli scartati dai nobili. Anche Darren era in fondo al campo, intento ad annotare gli estremi delle transazioni; Rael entrava e usciva dalla folla e giocava a rincorrersi con un gruppo di ragazzini della sua età; si era già sporcato di fango le mani e la faccia, e aveva uno strappo alla giubba.

«Mi potete accompagnare a vedere i cavalli di vostro padre?» chiese Alderic, giunto in quel momento accanto a Romilda. «Vorrei cambiare il mio ronzino con una bestia migliore; non ho molti soldi, ma forse potrei lavorare per qualche tempo per lui, in cambio della differenza... pensate che gli possa interessare un accordo del genere? Ho notato che il vostro intendente è vecchio e stanco: forse potrei sostituirlo per una quarantina di giorni, finché vostro padre non troverà qualcuno che possa sostituirlo; il vecchio potrà occuparsi della contabilità domestica.»

Romilda batté gli occhi, sorpresa... cominciava a pensare seriamente che Alderic fosse in realtà il principe Hastur sotto mentite spoglie... e ora gli vedeva offrire i suoi servigi, come dipendente, a MacAran in cambio di un cavallo! Ma disse con educazione: «Per lo scambio, dovreste rivolgervi a lui personalmente; ma abbiamo dei buoni cavalli che non hanno un aspetto abbastanza elegante per portarsi all'attenzione dei titolati, e che devono essere venduti a un prezzo più basso; forse uno del genere potrebbe andare bene per voi, se fosse bene addestrato. Quello, per esempio...»

Indicò un grosso cavallo sgraziato, con il manto di un brutto colore sauro, macchiato qua e là di nero e con la criniera e la coda che davano l'impressione di essere storte.

«È un brutto bestione, ma se lo guardate attentamente mentre cammina, se osservate come tiene la coda, capirete che è un buon cavallo robusto, e anche dotato di una certa personalità. Ma non va certo bene per una dama, o per gente dalla mano delicata che vuole essere trasportata senza scosse; con lui ci vuole la mano ferma, e occorre trattarlo bene. Suo padre è il nostro migliore stallone, ma la madre era una cavalla da tiro: di conseguenza, anche se la genealogia non è poi tanto male, è venuto fuori un grosso bestione con un mantello sgraziato.»

«I fianchi mi sembrano davvero robusti», disse Alderic. «Ma vorrei provarlo. Suppongo che sia abituato alla sella.»

«Sì, anche se mio padre intendeva farne un animale da tiro; per molti cavalieri, è troppo grosso», spiegò Romilda. «Ma voi siete alto, e vi occorre un cavallo di questa dimensione. Ruyven l'ha addestrato alla briglia, ma io stessa ho provato a cavalcarlo, anche se», aggiunse, con un sorriso malizioso, «mio padre non lo sa, e preferirei che non glielo diceste.»

«E voi riuscite a condurlo, damigella?»

«Non intendo mettermi a cavalcare davanti a tutte queste persone per dimostrarvelo», disse lei, «ma non cercherei certo di mentirvi, e...» incrociò per un istante il suo sguardo, «credo che, se vi mentissi, ve ne accorgereste.»

«Certo, Romilda», disse lui, seriamente.

«Vi do la mia parola, è un cavallo abbastanza docile, ma richiede una mano ferma», ripeté. «Credo anzi che possegga un pizzico di umorismo... se un cavallo potesse ridere, giurerei di averlo visto ridere di certe persone che pensano di montare in sella e di lasciare che il cavallo faccia tutto da sé; ha disarcionato Darren in un paio di minuti, ma mio padre lo cavalca senza bisogno del morso, con solo la sella e una cavezza. Questo perché MacAran sa come trattarlo: lui e qualsiasi altro cavallo.»

«Già, e vedo che avete lo stesso Tocco», disse Alderic. «Bene, farò un'offerta a vostro padre; pensate che accetterà il mio cavallo come parte dello scambio?»

«Oh, sì, ha sempre bisogno di cavalli da poco prezzo, che vende ai contadini e ai popolani», spiegò. «Gente che tratta bene l'animale, ma che non ha molti soldi da spendere. Una delle nostre vecchie giumente, ormai non più in grado di portare giovanotti che stanno in sella tutto il giorno, l'ha data quasi in regalo a un uomo anziano che vive qui vicino e che è troppo povero per comprarsi un buon cavallo; così, l'animale può finire i suoi giorni in una casa dove gli vogliono bene e dove gli fanno fare solo lavori leggeri. Senza dubbio farà lo stesso per il vostro cavallo... è tanto vecchio?»

«No», disse Alderic. «Ma nei prossimi mesi dovrò trovarmi negli Hellers, e anche d'estate occorre un cavallo robusto per affrontare i loro sentieri.»

«Negli Hellers?» Si chiese che cosa potesse portarlo su quei monti pressoché invalicabili, ma, prima che potesse rivolgergli la domanda, il giovane cambiò abilmente argomento.

«Non mi aspettavo che una donna così giovane fosse una tale esperta di cavalli... come fate a sapere tante cose?»

«Sono una MacAran, signore; ho lavorato al fianco di mio padre da quando ero abbastanza grande per seguirlo nelle scuderie, e dopo che Ruyven se n'è andato...»

S'interruppe, perché non poteva dire a un estraneo che con suo padre, dopo la defezione del primogenito, non era rimasto nessuno, tranne qualche dipendente, che condividesse il suo amore per gli animali che allevava. Però, sentì che Alderic la capiva, perché il giovane le sorrise, comprensivo.

«Vostro padre mi piace molto», disse. «È severo, certo, ma è giusto, e parla liberamente con i propri figli.»

«Vostro padre no?» chiese Romilda.

Alderic scosse la testa. «Avrò avuto occasione di parlargli meno di una decina di volte, da quando ho messo i calzoni lunghi. Mia madre lo ha sposato per ragioni dinastiche, e non c'è mai stato molto amore tra loro; non credo che si siano più detti una parola affettuosa da quando è nata mia sorella, e ora vivono separati e si incontrano solo per occasioni ufficiali, poche volte l'anno. Mio padre è una persona gentile, suppongo, ma credo che non riesca a guardarmi senza scorgermi in faccia i lineamenti di mia madre, e perciò è sempre stato in imbarazzo quando si trovava in mia presenza. Anche quand'ero piccolo l'ho sempre chiamato *mio signore*, e non ci siamo quasi più parlati, da quando sono adulto.»

«Non può essere passato molto tempo, allora», scherzò Romilda, ma ogni desiderio di scherzare le passò nel sentirgli dire tristemente:

«Vi invidio, sapete? Ho visto Rael salire senza paura sulle ginocchia di suo padre... non ricordo di averlo mai fatto con il mio, ma voi potete recarvi da vostro padre, parlargli liberamente, e lui vi tratta quasi come un amico e vi ascolta. Anche se mio padre è molto vicino a...» Alderic s'interruppe bruscamente; per un attimo scese tra loro un silenzio impacciato. Poi il giovane terminò, in modo alquanto fiacco: «Anche se ha un'alta e onorata posizione, vorrei non dovermi sempre rivolgere a lui chiamandolo *mio signore*. Giuro che in qualsiasi momento sarei pronto a fare cambio con il vostro».

«Potrebbe giudicarlo un affare», disse Romilda, con amarezza, pur sapendo di non essere del tutto onesta nei suoi confronti: il padre le voleva bene, per quanto fosse severo, e lei lo sapeva. Disse: «Vedo che in questo momento è libero, andate a proporgli il cambio con Ali Rosse.»

«Grazie», disse il giovane, e si recò da MacAran; poi Davin la chiamò perché mostrasse quel che sapeva fare uno dei cani da lei addestrati, e Romilda si dimenticò nuovamente di Alderic. Continuò a lavorare per tutto il giorno, mostrando come fossero obbedienti i cani, spiegando le razze e i pedigree, facendo volare i falchi; a mezzogiorno mangiò un pezzo di pane, una fetta di formaggio e alcune noci, mandati giù in fretta in uno spiazzo tra le scuderie, fra gli uomini di MacAran, e quando la pioggia della sera pose fine al mercato e gli ospiti cominciarono ad allontanarsi, era impolverata e affamata, pronta per il bagno e per indossare qualche vecchio vestito comodo per poi sedersi a tavola con la famiglia.

Quando giunse nel corridoio sentì uno stuzzicante profumo di carne arrostita e di pane fresco; entrò e si sedette al proprio posto. Rael stava raccontando a chiunque fosse disposto ad ascoltarlo il resoconto della giornata da lui trascorsa con gli animali, e Luciella lo fece infine tacere con uno stanco: «Taci, Rael, o andrai a mangiare nella camera dei bambini; ci sono altre persone della famiglia che vorrebbero dire qualche parola senza essere sommersi dalle tue chiacchiere! Com'è andata, oggi, caro?» chiese a MacAran, quando il marito si sedette e prese il bicchiere. Prima di rispondere, il capofamiglia bevve un lungo sorso.

«Abbastanza bene; sono riuscito a fare un buono scambio per Ali Rosse, che è un ottimo cavallo per chiunque abbia il giudizio di vedere ciò che si nasconde sotto quel suo sgraziato mantello. Il Nobile Alderic mi ha detto che glielo hai consigliato tu, Romilda», disse, sorridendo alla figlia.

«Ho fatto bene, padre? Non volevo interferire, ma mi sembrava un buon cavallo per il Nobile Alderic», disse timidamente, «e...» si guardò attorno per vedere se Alderic fosse già giunto, ma il posto di Darren era vuoto, e non era arrivato neanche il suo amico, «mi aveva detto di avere poco denaro, e quindi ho pensato che uno dei cavalli neri non fosse alla portata della sua borsa.»

«Ti ringrazio; da tempo mi auguravo che Ali Rosse finisse in buone mani», disse il padre, «e molta gente non sarebbe in grado di condurlo; ma con il giovane Castamir è stato docile come il falcone di una dama. Ti ringrazio, figlia.»

«Eppure», si lamentò Luciella, «questo dovrà essere l'ultimo anno che Romilda scende nel campo con gli uomini, a esibire falchi e cavalli... ormai è una donna, Mikhail!»

«Nessun timore», disse MacAran, sorridendo. «Ho anche un'altra notizia. Romilda, mia cara, sai che hai l'età di andare a nozze; non pensavo di ricevere una così buona offerta, ma il Nobile Garris di Scathfell ha chiesto la tua mano e io gliel'ho accordata.»

Romilda si sentì afferrare alla gola da una mano di ghiaccio.

«Padre!» protestò, mentre Luciella sorrideva, raggiante, e Mallina squittiva per l'eccitazione. «Non il Nobile Garris!»

«Via, via», disse suo padre, con un allegro sorriso. «Certo non avrai in cuore un altro? Manfred Storn non è ancora pronto a sposarsi, e pensavo che Darissa fosse tua amica, e tu avessi piacere di entrare nella sua famiglia d'acquisto, in modo da starle vicino.»

«Pensavo che... forse Cinhil...»

«Se quel giovanotto si è gingillato con i tuoi affetti», disse MacAran, «me lo metterò sulle ginocchia e gli spolvererò il fondo dei calzoni... è troppo giovane per una sfida ufficiale! Perché sposare il cadetto quando puoi avere l'erede, figlia?»

Romilda sentì un tuffo al cuore nel ricordare il momento nel corridoio. *Volevo mettervi alla prova. Vedo adesso che siete una brava ragazza.* Allora, pensò, se Garris le fosse piaciuto a sufficienza per baciarlo, non avrebbe più avuto il matrimonio, come se fosse un premio per la buona condotta! Ma avendogli mostrato di non volerlo, si era resa degna delle sue attenzioni? Le bruciavano gli occhi, ma non voleva piangere di fronte al padre.

«Padre, lo odio», disse, implorante. «Vi prego, non fatemelo sposare!»

«Romilda», disse Mallina, «sarai la signora di Scathfell! Garris è l'erede di Scathfell, e forse un giorno dello stesso Castello di Aldaran! E gli Aldaran hanno il sangue degli Hastur!»

MacAran le fece segno di tacere.

«Romy», disse con severità, «il matrimonio non è questione di capricci. Ho scelto un ottimo giovane per te...»

«Non è affatto giovane!» sbottò lei. «Ha già sepolto tre mogli, e tutte sono morte di parto!»

«Questo perché appartenevano alla famiglia degli Aldaran», disse il padre. «Qualsiasi allevatore di cavalli ti dirà che non bisogna incrociare tanto spesso due linee di discendenza vicine. Tu non hai sangue Aldaran, e probabilmente gli darai dei figli sanissimi.»

Romilda pensò a Darissa, poco più vecchia di lei, gonfia e sformata dalle gravidanze. Sarebbe divenuta anche lei come l'amica, e il padre di quei bambini sarebbe stato il Nobile Garris, dalla voce lamentosa e dalle palme sudate? L'idea le faceva accapponare la pelle.

«Basta», disse il padre, deciso. «Tutte le ragazze sciocche pensano di conoscere l'uomo che desiderano, ma i genitori devono scegliere loro il marito più adatto. Non voglio che ti sposi prima del raccolto... non desidero fare fretta a una mia figlia... ma al raccolto ti sposerai con il Nobile Garris, e non c'è altro da aggiungere.»

«Perciò, mentre pensavo che vendessi falchi e cavalli», disse lei, con amarezza, «organizzavi anche la vendita delle tue figlie! Dimmi, padre, con il Nobile Garris hai spuntato un buon prezzo?»

Dal rossore che si sparse sulla faccia del padre capì di averlo punto sul vivo. MacAran disse: «Risparmiami le tue impertinenze, damigella sfacciata».

«Certo», ribatté lei. «Preferisci vendere falchi e cavalli perché non possono ribattere... e perché puoi darli a chi vuoi!»

MacAran aprì la bocca per rispondere; poi le rivolse un'occhiata severa.

«Signora», disse a Luciella, «è tuo compito ricondurre all'obbedienza le mie figlie; occupatene tu, per favore. Io mangerò con l'intendente; non voglio litigare a tavola.» Si alzò e si allontanò dalla stanza.

«Oh, madre», gemette Romilda, abbandonandosi sulle ginocchia di Luciella, «devo sposare quel... quel...» Non seppe trovare le parole, ma alla fine disse: «... Quel grosso *lumacone*? Mi fa pensare a una cosa con tante gambe che spunta fuori da un pezzo di legno marcio!»

Luciella, perplessa, le accarezzò dolcemente la testa. «Su, su, bambina», mormorò. «La cosa non sarà brutta come temi; non hai detto tu stessa al Nobile Alderic che un cavallo non deve essere giudicato dall'eleganza del mantello? Il Nobile Garris è una persona giusta e onorata. Alla tua età io avevo già avuto mio figlio, e così la tua povera madre, Romy. Su, su, non piangere», aggiunse, e Romilda si rese conto di non poter fare niente: Luciella non si sarebbe mai opposta a suo padre. Né si poteva opporre Romilda. Lei era solo una ragazza, e non c'era scampo.

Sola nella sua stanza, o mentre cavalcava da sola sulle colline, con Preciosa sulla sella, Romilda continuò a chiedersi che cosa potesse fare. Le pareva di essere intrappolata. Sapeva che suo padre non era mai ritornato sulla propria parola - non aveva mai voluto ascoltare chi gli chiedeva di perdonare Ruyven - e non aveva mai cambiato idea, una volta presa una decisione. Non avrebbe infranto l'accordo con il Nobile Garris (o si era accordato direttamente con Gareth di Scathfell?) neanche se fosse crollato il mondo. La sua istitutrice, perfino la sua matrigna, a volte si lasciavano convincere a cambiare idea, o con la ragione o con il ricatto, ma suo padre non era mai ritornato su una decisione... neppure dopo essersi accorto che era sbagliata. In tutti i Monti Kilghard, la parola di un MacAran era come quella di un Hastur: valida come la firma o il giuramento di qualsiasi altro uomo.

E se lei si fosse opposta? Non sarebbe stata la prima volta. Qualcosa dentro di lei tremava al pensiero della sua collera. Ma quando mise idealmente su un piatto della bilancia la collera del padre, e sull'altro il Nobile Garris e i suoi occhi bramosi, capì che preferiva essere battuta da suo padre, giorno dopo giorno, per un anno, piuttosto che essere consegnata a Garris. Si chiese: suo padre non sapeva che genere di uomo fosse? E poi capì che non poteva saperlo. MacAran era un uomo e non poteva conoscere quel lato di Garris di Aldaran; un lato che Garris mostrava solo alle donne da lui desiderate.

Se mi toccasse, vomiterei, pensò, e poi capì che, a rischio di incorrere nella collera del padre, doveva rivolgergli un ultimo appello.

Lo trovò nella stalla, intento a controllare uno stalliere che medicava le ginocchia di un cavallo nero che era finito a terra nel cortile. Capì subito che non era un buon momento, perché suo padre era irritato.

«Continua a fargli gli impacchi», ordinò al ragazzo, «prima caldi e poi freddi, per almeno due ore, e poi coprigli le ginocchia con polvere di *karalla* e fasciale accuratamente. E controlla che non si stenda sulla polvere... cambia la paglia ogni poche ore. Ma, nonostante i nostri sforzi, gli rimarrà la cicatrice e dovrò venderlo in perdita, o tenerlo per i lavori leggeri; se le ginocchia si infettano, può darsi che lo perdiamo. Lo affido a te... se qualcosa non dovesse andare come si deve, ti caverò la pelle, giovane mascalzone, perché sei stato tu a farlo cadere, cavalcando senza guardare!»

Lo stalliere aprì la bocca per dire qualcosa, ma MacAran gli fece segno di tacere. «Non raccontarmi una favola. Ho visto che lo facevi galoppare sulle pietre! Giovane sciocco, dovrei metterti a spalare il letame, senza più permetterti di montare in sella per almeno quaranta giorni!» Irritato, girò la testa e scorse Romilda.

«Che cosa vuoi nelle scuderie, ragazza?»

«Sono venuta a cercarti, padre», disse Romilda, cercando di tenere ferma la voce. «Vorrei parlare con te, se hai tempo.»

«Tempo? Questa mattina non ne ho proprio, con un cavallo ferito e forse rovinato», disse, ma uscì dalla scuderia e si appoggiò a uno dei pali del recinto. «Che cosa c'è, figlia?»

Ma per un momento non riuscì a parlare, perché sentì un nodo alla gola nel contemplare il panorama che la circondava, le montagne che sorgevano sull'altro versante della valle, il pascolo verde con le fattrici pronte a sgravarsi, intente a brucare tranquillamente, le donne di casa che facevano il bucato nel cortile, in un calderone fumante... il mondo a cui era affezionata e che adesso, in qualsiasi caso, avrebbe dovuto abbandonare... Poggio del Falco le era caro come se fosse uno dei suoi fratelli, ma lei doveva lasciare la casa per andare ad abitare lontano, mentre tutti i suoi fratelli maschi, anche Ruyven che se n'era andato, sarebbero potuti rimanere lì per sempre, in mezzo ai cavalli e alle colline familiari. Inghiottì la saliva e si sentì spuntare le lacrime. Perché non poteva essere lei l'erede, al posto di Darren - che non aveva alcun desiderio di esserlo -, e non poteva portare laggiù il marito, invece di sposare una persona che le era odiosa e di dover andare ad abitare in un luogo sconosciuto?

«Che cosa c'è, figlia?» tornò a chiederle gentilmente il padre, scorgendo le sue lacrime.

Romilda inghiottì la saliva e cercò di controllare la voce. Disse: «Padre, ho sempre saputo di dovermi sposare, e sarei lieta di obbedirti, ma... ma perché deve essere il Nobile Garris? Io lo odio! Non lo sopporto! Quell'uomo è come un rospo!» La voce le salì di tono, e il padre aggrottò la fronte, ma subito atteggiò il viso alla calma forzata che Romilda conosceva e temeva.

MacAran disse, tentando di convincere la figlia: «Ho cercato per te il miglior matrimonio che ho potuto, Romy. È l'erede di Scathfell, e non è lontano dalla signoria degli Aldaran di Aldaran, se il vecchio morisse senza figli, come sembra probabile. Io non sono ricco e non posso darti una grossa dote, ma Scathfell lo è abbastanza da non curarsi di quello che porti. Il Nobile Garris ha bisogno di una moglie...»

«E ne ha già messe sottoterra tre», disse Romilda, disperata, «e adesso ricomincia con un'altra ragazza di quindici anni...»

«Uno dei motivi che lo hanno spinto a chiedermi la tua mano», continuò suo padre, «è che le sue precedenti mogli non godevano di buona salute ed erano troppo vicine a lui; vuole introdurre del sangue nuovo nella casata. Se gli darai un figlio sano, avrai grandi onori, e tutto quel che potresti desiderare...»

«E se invece non glielo darò, sarò morta e nessuno dovrà più preoccuparsi della mia felicità», esclamò lei, e le spuntarono di nuovo le lacrime. «Padre, non posso, non voglio sposare quel... quell'uomo spregevole! Oh, padre, non intendo oppormi a te, e sarei disposta a sposare quasi ogni altro... Cinhil... o il Nobile Alderic...»

«Alderic, eh?» Il padre le mise la mano sotto il mento e le sollevò la faccia per guardarla negli occhi. «Dimmi la verità, ora, figlia. Hai scherzato in un modo non lecito? Il Nobile Garris si aspetta di trovarti pura; dovrà essere deluso? Quell'arrogante giovane Castamir ha giocato con i tuoi sentimenti, figlia? Un ospite sotto questo tetto...»

«Il Nobile Alderic non mi ha mai detto una sola parola, o fatto una sola cosa, che non si potesse fare in piena vista tua e di nostra madre», sbottò lei, indignata. «Ho fatto il suo nome soltanto perché non lo troverei sgradevole, come non troverei sgradevole Cinhil, o qualsiasi giovanotto di buona salute che avesse pressappoco la mia età! Ma quel... viscido...» Non trovò le parole, e si morse il labbro per non piangere.

«Romilda», disse il padre, gentilmente, continuando a tenerle la faccia tra le mani, «il Nobile Garris non è vecchio come dici; dopotutto, non è come se avessi cercato di darti al Nobile Gareth, o a un uomo di cattivo carattere, o a un ubriacone, o a un giocatore, o a un dissipatore di sostanze. Conosco Garris da quando è nato; è un bravo giovane, onorato, di buona famiglia, e non dovresti biasimarlo per la sua faccia, perché non è stato lui a scegliersela. Una bella faccia invecchia presto, ma l'onore, la nobiltà e la gentilezza sono le cose che cerco nel marito di mia figlia. Tu sei solo una ragazzina sciocca, e non vedi più in là della bella faccia di un giovanotto e della sua grazia nel danzare; è per questo che i matrimoni sono combinati dai genitori, che riescono a vedere il vero valore di una persona.»

Romilda si vergognava di parlarne al padre, ma l'alternativa era peggiore. Perciò disse: «Lui... mi guardava in un modo... come se fossi nuda... e nella danza metteva le mani su di me...»

MacAran aggrottò la fronte e distolse lo sguardo. Romilda capì che anche lui era imbarazzato. Alla fine, il padre disse, con un sospiro: «Quell'uomo ha bisogno di una moglie, nient'altro; quando sarà sposato, non lo farà più. E almeno puoi essere certa che non è un...» tossicchiò nervosamente, «... un amante di uomini, e che non ti abbandonerà per andare a tenere la mano di uno dei suoi araldi o di qualche giovane paggio o soldato. Penso che per te sarà un buon marito, Romy. Può darsi che sia impacciato e che non riesca a farsi capire da te, ma credo che ti voglia bene e che sarete felici insieme».

Romilda sentì che le lacrime le scivolavano lungo la guancia. Disse, tra i singhiozzi: «Padre... oh, padre, *ti prego*... chiunque altro, ti giuro che ti obbedirò senza fare domande, ma non... non il Nobile Garris...»

MacAran aggrottò la fronte e si morse il labbro. Disse: «Romilda, ormai le cose sono giunte a un punto da cui non posso onorevolmente tirarmi indietro. Gli Scathfell sono nostri vicini, e io non posso permettermi di averli per nemici; rimangiarmi la parola, a questo punto, sarebbe un'offesa al loro onore, e per tutta la vita non riuscirei a ritornare in buoni rapporti con loro. Se avessi avuto idea che tu la pensavi in questo modo, non avrei dato la mia parola; ma quel che è fatto è fatto, e l'ho data onorevolmente. Non c'è altro da dire, bambina. Sei giovane; presto ti abituerai a lui, e ti troverai bene, te lo prometto. Ora sta' allegra, non piangere; ti ho promesso un paio di bei cavalli neri, addomesticati di mia mano, come dono di nozze, e ti passerò la fattoria delle Rocce Grigie, in modo che tu abbia sempre qualcosa, un posto che ti appartenga. E ho detto a Luciella di mandare ad acquistare a Caer Donn una bella pezza di stoffa per farti il vestito da sposa, perché tu non ti debba sposare con un abito di stoffa tessuta in casa. Perciò sorridi, asciugati gli occhi, e decidi quali cavalli vuoi come regalo di nozze, e di' a Luciella di farti dei nuovi vestiti, tre... anzi, quattro, con i nastri, le piume, le cuffie e tutti gli altri fronzoli che piacciono alle giovani; nessuna ragazza di questi monti dovrà essere più elegante di te al suo matrimonio.»

Romilda chinò la testa. Fin dall'inizio sapeva che non c'era niente da fare; suo padre aveva dato la parola a Garris e al vecchio Scathfell. Non si sarebbe più tirato indietro ed era inutile cercare di convincerlo. Lui scambiò il silenzio della figlia per un assenso e le accarezzò la guancia.

«Ecco la mia brava figlia», disse goffamente. «Sono orgoglioso di te... peccato che i tuoi fratelli non abbiano la tua forza e il tuo spirito.»

«Vorrei essere un maschio, e rimanere con te per sempre...» disse lei.

Il padre la strinse gentilmente tra le braccia. «Lo vorrei anch'io», disse, «ma l'uomo desidera e gli dèi dispongono, e solo il Portatore di Pesi sa perché ha dato unicamente a mia figlia le doti che avrei voluto nei miei figli maschi. Il mondo va come vuole, Romy, e non come lo vorremmo far andare noi.» La accarezzò con dolcezza e lei cominciò a piangere, disperata, come se non potesse più fermarsi.

In un certo senso, pensò più tardi, la comprensione di suo padre peggiorava le cose. Se si fosse infuriato e l'avesse minacciata, lei si sarebbe potuta giustificare dicendo che aveva il diritto di ribellarsi. Di fronte alla sua gentilezza, invece, non poteva fare altro che capire il suo punto di vista: che lei era giovane e i suoi genitori agivano per il suo bene; che era sciocco e irragionevole opporsi.

Perciò cercò di fingere interesse per i preparativi delle nozze, che, come aveva detto MacAran, si sarebbero celebrate in occasione del raccolto. Luciella si fece inviare da Caer Donn la seta per la gonna e le stoffe colorate, rosse, azzurre e viola, per i vestiti nuovi, e ordinò così tante sottane, camicie e biancheria fine che Mallina cominciò a mostrare apertamente gelosia e a tenere il broncio.

Un giorno arrivò un cavaliere da Scathfell; quando scesero ad accoglierlo in cortile, il giovane mostrò una gabbia che teneva sulla sella.

«Un messaggio dal Nobile Garris, signore», disse a MacAran, «e un dono per la damigella Romilda.»

MacAran prese la lettera, aggrottò leggermente la fronte e aprì la missiva. «I tuoi occhi sono più acuti dei miei, Darren», disse al figlio. «Leggimela tu.»

Romilda pensò, con fastidio, che se la lettera riguardava *lei*, era a lei che avrebbe dovuto passarla. Ma forse MacAran non voleva far pensare che la figlia fosse più istruita del figlio tornato da Nevarsin. Darren scorse la lettera e aggrottò la fronte, poi lesse a voce alta.

«A MacAran di Poggio del Falco e alla mia promessa sposa Romilda, saluti da Gareth-Regis Aldaran di Scathfell. Vostra figlia ha avuto occasione di informarmi che fa volare un falco selvatico, la qual cosa è comprensibile per la figlia del miglior addestratore di falchi dei nostri monti, ma sarebbe indecorosa per la moglie di un erede Aldaran. Pertanto mi prendo la libertà di inviarle due graziosi falchetti da donna che bene adorneranno il più bel polso dei Monti Kilghard, ed ella non avrà più bisogno di far volare un falco più adatto a un uomo. La imploro di accettare questi graziosi falchetti, e glieli invio ora, affinché si abitui al loro volo. Vogliate cortesemente trasmettere i miei complimenti e i miei sinceri auguri alla mia promessa. Con i miei più rispettosi saluti, signore.» Darren alzò gli occhi, dicendo: «Ha anche il sigillo del signore di Scathfell».

MacAran sollevò le sopracciglia, ma disse solo: «Lettera davvero cortese. Scopri la gabbia, giovanotto».

Tolta la copertura, apparvero due graziosissimi falchetti; avevano il cappuccio di morbida pelle scarlatta, con lo stemma degli Aldaran ricamato in oro, e anche i geti scintillavano di fili dorati. Erano due uccelli minuscoli e aggraziati, pieni di salute e con le piume lucide; nel vederli, Romilda trattenne il respiro.

«Un dono bellissimo», mormorò. «Un pensiero davvero gentile. Riferite al mio... al mio promesso sposo», disse, incespicando sulle parole, «che gli sono molto grata e che nel farli volare penserò a lui con affetto.»

Sollevò il polso, e vi posò uno dei falchetti. Il rapace rimase perfettamente immobile: era stato addestrato alla perfezione. Anche se quegli uccelli non servivano a niente, tranne che a prendere qualche topo, erano incantevoli, e il fatto che il Nobile Garris avesse tenuto presenti gli interessi di Romilda era di buon auspicio. Per qualche tempo pensò con maggiore simpatia al suo promesso sposo; ma più tardi rifletté sull'episodio; era forse il modo di dirle che, una volta divenuta sua moglie, non avrebbe più avuto il permesso di tenere un vero falcone? Da come aveva parlato il vecchio Gareth di Scathfell, pensava di sì. *Sarebbe indecoroso per la moglie dell'erede di Scathfell.* Promise a se stessa che, qualunque cosa le dicessero, non avrebbe mai rinunciato al suo falco! Il legame tra loro era troppo forte.

Quando fece volare per la prima volta i falchetti - con un senso di colpa per avere tradito Preciosa - cercò di entrare in contatto con loro, di instaurare il forte legame tra falco e cacciatore. Ma dai due uccelli le giunse solo un vago senso di confusione e di contentezza; nessun forte sentimento, nessuna unità: la mente dei piccoli falchi era troppo limitata per poter entrare in rapporto. Sapeva che neanche i piccioni avevano quella capacità, perché aveva provato a entrare in contatto con loro; del resto, "ha il cervello di un piccione" era la frase usata per definire una donna stupida!

Lanciare i falchetti era un lavoro noioso: Romilda li guardava volare, ed erano davvero bellissimi, ma non le davano l'emozione che le dava Preciosa. Li portò a caccia ogni giorno per esercitarli, ma provò sempre un grande sollievo nel tornare a infilare sulla loro testa il cappuccio preziosamente ricamato e nel lanciare Preciosa, con cui condivideva l'estasi del volo e della libertà.

Ora usciva a cavallo con Darren e Rael; Alderic aveva sostituito l'intendente ed era sempre occupato a controllare i conti, a scrivere i pedigree, a sorvegliare il lavoro che si svolgeva nel campi e nelle stalle. Lo incontrava poche volte: soltanto occasionalmente scambiava con lui qualche parola, quando il giovane, la sera, sedeva accanto al fuoco, o giocava a *castelli* o alle carte con Darren e con suo padre, o nelle lunghe sere intagliava nel legno qualche giocattolo per Rael.

Del resto, anche le giornate di Romilda erano piene di lavoro, perché il padre aveva ordinato di darle più lezioni. Il piano di farle studiare la contabilità era stato abbandonato, ovviamente, dato che presto si sarebbe sposata, e Carlinda le riempiva le ore con il ricamo e le insegnava a controllare le cuoche, le cucitrici e le mungitrici... non perché avesse bisogno di farlo, le disse l'istitutrice, ma per poter capire se il personale di servizio svolgeva bene questi compiti.

Il signore di Scathfell era vedovo, e lei sarebbe stata la prima signora del feudo: non doveva dare l'impressione che a Poggio del Falco si conducesse male la casa e che la figlia di MacAran non fosse in grado di controllare le altre donne. Romilda pensò che avrebbe preferito mungere le mucche e preparare il burro personalmente, anziché controllare altre donne che lo facevano; quanto alle cucitrici, era certa che la più giovane di loro fosse molto più abile di lei; come poteva controllarle, o addirittura correggere i loro errori?

Luciella andò a pescare nei bauli una vecchia bambola di Mallina e la ricoprì dei vestitini da neonato che aveva indossato Rael, per insegnare alle due figlie come si faceva il bagno a un bambino, come si doveva sorreggergli la testa, cambiargli i pannolini, evitare che gli venissero le piaghe o gli si arrossasse la pelle; Romilda non riuscì a capire tanta insistenza da parte della matrigna: visto che a Scathfell c'erano fior di balie e bambinaie, nonché Darissa che ormai doveva avere avuto il terzo figlio, perché lei doveva imparare tutto questo, ancor prima di sposarsi? Ma Luciella disse che una giovane moglie doveva saperlo. Romilda non aveva obiezioni contro i figli - da piccolo, Rael era adorabile - ma quel pensiero le faceva venire in mente Darissa sformata dalla maternità, nonché l'inevitabile processo con cui li avrebbe concepiti.

Romilda era una ragazza sana, cresciuta in mezzo agli animali, e spesso aveva pensato con segreto piacere al momento in cui avrebbe avuto un amante, un marito; ma, quando provava a dargli la faccia del Nobile Garris (e, onore al merito, occorre dire che tentò varie volte, obbedientemente), sentiva solo un forte disgusto: dopo qualche tempo, l'idea stessa di avere rapporti con un uomo - chiunque fosse - le fece venire i brividi. No! Non poteva! Meglio fuggire di casa, unirsi alle Sorelle della Spada e combattere come mercenario al soldo di uno dei re contendenti, tagliarsi i capelli e forarsi l'orecchio... e poi, arrivata a questo punto, si diceva che era una sciocchezza, perché se fosse fuggita di casa l'avrebbero inseguita e riportata indietro. Oppure faceva dei piani incoerenti, come quello di rivolgere un appello finale al padre, o alla matrigna, o allo stesso signore di Scathfell, o di gridare "No!" al momento di mettere i braccialetti e di strapparseli dal polso, o di gettarsi con un coltello sul Nobile Garris quando li avessero portati sul letto nuziale... A quel punto, lui l'avrebbe ripudiata... Romilda gli avrebbe detto che lo odiava, e lui l'avrebbe rifiutata...

Ma sapeva che erano pensieri inutili. Lei doveva sposarsi... e non poteva farlo!

L'estate avanzava. Alla sera, la neve era solo una breve acquerugiola, e i monti erano fioriti, i rami pieni di gemme; gli alberi erano coperti di verdi protuberanze che col tempo si sarebbero trasformate in noci, e quasi tutti i giorni lei e Mallina andavano a cercare funghi. Raccoglieva le more e aiutava a metterle nei vasi per conservarle, faceva il burro, e non aveva il tempo di uscire a cavallo e di esercitare Preciosa; ma ogni giorno si recava dal falcone e chiedeva a Darren e Alderic di farlo volare. Darren aveva paura dei falchi e cercava di evitarli il più possibile, ma Alderic, quando il tempo glielo permetteva, si metteva sulla sella Preciosa.

«Con me non vola bene», le disse il giovane, una sera. «Credo che abbia nostalgia di voi, Romilda.»

«E io la trascuro», rispose la ragazza, con un senso di colpa. Era stata lei stessa a formare il legame con quell'animale selvatico; ora non poteva tradirlo. Decise che l'indomani, indipendentemente dai compiti che le avesse assegnato Luciella, avrebbe fatto uscire il falco.

Quella mattina eseguì con tanta velocità tutti i lavori che Luciella rimase a bocca aperta e le disse: «Vedi quante cose riesci a fare, quando ne hai voglia, bambina!»

«Visto che ho finito, madrina, posso uscire con il falco?»

Luciella ebbe qualche istante di esitazione, poi disse: «Certo; non devi trascurare il dono del Nobile Garris. Va', Romilda, prendi un po' d'aria».

Soddisfatta, la ragazza corse a mettersi l'abito da caccia e gli stivali, a dire che le sellassero il cavallo - le avrebbero messo la sella da amazzone, ma era meglio che non cavalcare affatto - e dopo qualche istante era già nelle scuderie.

Darren era nel cortile e cercava tristemente di esercitare un paio di falchi; la sorella notò quanto fossero goffi i suoi movimenti, ma gli disse che andava a caccia e gli chiese se volesse accompagnarla: Darren accettò con un respiro di sollievo e si fece sellare il cavallo. Romilda si era appena messa sul guanto Preciosa e stava entrando in contatto con lei, quando suo padre entrò nella scuderia.

«Romilda», disse seccamente, «prendi i tuoi falchi, non quello. Il tuo promesso sposo non vuole che tu faccia volare un falco selvatico. Posalo.»

«Padre!» protestò lei, con ira. «Preciosa è il mio falcone, l'ho addestrata io stessa! È mia, mia! Nessun altro può farla volare! Perché non debbo avere un falco che io stessa ho ammaestrato? Intendi lasciarti ordinare dal Nobile Garris quello che deve fare tua figlia, nelle tue stesse scuderie?»

Vide che il padre, a queste parole, aggrottava la fronte. Ma MacAran disse con ira: «Te l'ho detto, posa quel falco e prendi i tuoi! Non rispondere, ragazza!»

Si avvicinò a lei. Preciosa, nel sentire che Romilda era agitata, prese a battere le ali.

«Padre...» lo implorò la ragazza, abbassando la voce per non allarmare gli uccelli, «non dire questo...»

MacAran afferrò saldamente Preciosa, per le zampe, e la posò sul suo bastone. Disse alla figlia: «Mi devi obbedire, e questa è l'ultima parola».

«Non fa sufficiente esercizio», pianse Romilda, «ha bisogno di volare!»

MacAran tacque per qualche istante. «Questo è vero», ammise, e rivolse un cenno a Darren.

«Qui», disse, indicando Preciosa. «Prendila; è tua. Hai bisogno di un buon falco, e questo è il migliore che abbiamo. Portala con te e incomincia ad abituarti a lei.»

Romilda rimase a bocca aperta per l'indignazione. Non poteva farle una cosa simile... né a lei né a Preciosa! Intanto MacAran prese di nuovo il rapace, lo tenne finché non cessò di battere le ali e infine lo posò sul guanto di Darren. Il giovane si tirò indietro, spaventato, e Preciosa, anche se aveva il cappuccio, mosse la testa per beccare e riprese a battere le ali.

Darren indietreggiò, e il falcone gli cadde dal polso: rimase appeso per i geti. Darren s'immobilizzò, mentre Preciosa tornava a battere selvaggiamente le ali, e MacAran bisbigliò: «Tirala su! Cerca di calmarla, maledizione; se si spezzerà una penna, ti torcerò il collo!»

Darren cercò di calmare il rapace, senza grande capacità, e alla fine riuscì a rimetterselo sul guanto. Ma disse con voce stridula:

«Non è... non è giusto. Padre, ti prego... è stata Romilda ad addestrare questo falco, e con il suo *potere...*»

«Silenzio! Non pronunciare questa parola in mia presenza!»

«Rifiutarsi di ascoltarla non rende meno vera la cosa. È il falco di Romilda, lei lo ha addestrato; se l'è guadagnato, e io non lo voglio... non intendo prenderglielo!»

«Ma lo prenderai da me!» disse MacAran, con furia, sporgendo il mento. «Come osi dire che non posso dare a chi voglio un falco addestrato a Poggio del Falco, nelle mie scuderie? Romilda ha i falchi che le ha donato il suo promesso sposo. Non ha bisogno di questo, e tu lo prenderai o...» fissò con ira Darren, ansimando per la collera, «... o gli torcerò il collo ora, davanti a tutti e due! Non voglio che mi si risponda qui, nelle mie scuderie!»

Fece un gesto minaccioso, come per mantenere quanto aveva promesso, e Romilda lanciò un grido.

«No! No, padre... ti prego! Darren, non permetterglielo... prendi il falcone, è meglio che lo tenga tu...»

Darren trasse un lungo respiro. Si passò la lingua sulle labbra e disse, con voce spezzata: «Solo perché me lo chiedi tu, Romilda...»

Con gli occhi che le bruciavano, Romilda prese uno degli inutili falchetti che le aveva donato il Nobile Garris. Per un attimo sentì di odiarli: piccole creature stupide e senza cervello. Per quanto fossero belli ed eleganti, erano solo decorazioni, piccoli gioielli senza significato, e non erano dei veri falchi: erano poco più dei giocattoli di Rael! Ma non era colpa loro - povere piccole creature - se non erano Preciosa. Il suo cuore corse al falcone goffamente tenuto da Darren.

Il mio falco, e ora quello sciocco di Darren me lo rovinerà... Ah, Preciosa, perché ci doveva capitare una cosa simile? Sentì di odiarli tutti e due: il padre e Darren, che posava maldestramente Preciosa sulla sella. MacAran si fece portare il cavallo grigio; sarebbe uscito con loro, disse in tono minaccioso, per assicurarsi che Darren lanciasse bene il falco; se non l'avesse fatto volare bene, avrebbe imparato la falconeria come aveva imparato l'alfabeto: a colpi di bastone!

In silenzio, tristemente, si avviarono lungo il sentiero che si allontanava da Poggio del Falco. Romilda cavalcava per ultima, e fissava con odio la schiena del padre e la sella di Darren, dove era posata Preciosa, che si agitava inquieta. Protese la coscienza - il *pote-*

re, visto che era stata usata questa parola - verso Preciosa, ma il falco era troppo agitato.

Presto raggiunsero il pascolo dove avevano fatto volare Preciosa per la prima volta... ma con loro, quel giorno, c'era stato Alderic, non il padre infuriato. Goffamente, pizzicandola per la fretta, Darren sfilò il cappuccio dalla testa di Preciosa, se la posò sul polso e la lanciò; Romilda, protendendo i sensi per fonderli con quelli del falco, sentì sparire tutta la collera del rapace, quando si innalzò nel cielo, e pensò, disperata: *Che voli via libera. Non sarà mai più mia, e non sopporto di vederla trattare male da Darren. Mio fratello ha le migliori intenzioni, ma non ha né le mani né il cuore per occuparsi dei falchi.*

Ed entrando nella mente del falcone, le gridò con tutta l'anima: *Va', Preciosa, vola via... almeno uno di noi deve essere libero! Più in alto, più in alto... ora voltati e va'...*

«Romilda, che cos'hai?» chiese suo padre, con asprezza. «Lancia il tuo falco, ragazza!»

Tornando per qualche istante, dolorosamente, in se stessa, la giovine tolse al falchetto il cappuccio ricamato. Il piccolo rapace, luccicante come un gioiello ai raggi del sole, si allontanò nel vento, ma Romilda non lo vide: tutta la sua attenzione era ritornata su Preciosa.

Più in alto... ora segui il vento e allontanati... vola libera nel vento, sempre più lontano... Un'ultima immagine della regione, poi il fragile contatto si spezzò e Romilda fu di nuovo sola. Il piccolo falco colpì qualche roditore nascosto nell'erba e venne a posarsi sulla sella. Senza pensare a quanto faceva, Romilda diede da mangiare al falchetto la sua parte. Il cuore della ragazza era vuoto.

Preciosa. Se ne è andata. Non tornerà più...

MacAran stava scrutando la parte del cielo dove era sparita Preciosa.

«È via da molto tempo», disse poi. «Romilda, di solito la lasci volare così lontano?»

La ragazza scosse la testa. MacAran attese, immobile, e Darren sollevò lo sguardo, intimorito. Continuarono ad attendere. Alla fine, MacAran disse, con rabbia: «L'hai perso, a causa della tua maledetta goffaggine! Il miglior falco delle scuderie, e la prima volta che lo lanci, lo perdi, figlio senza valore, moccioso buono solo a scrivere...» Sollevò il frustino e lo calò sulle spalle di Darren. Il giovane lanciò un grido, più per la sorpresa che per il dolore, ma quel grido spinse all'azione Romilda, che balzò a terra e corse verso il fratello. Si infilò tra i due uomini in modo che i colpi cadessero su di lei.

«Batti me», gridò. «Non è colpa di Darren! Sono stata io: le ho ordinato di andare via... io non posso essere libera, devo essere incatenata all'interno di una casa e perdere il mio falco, maledetto tiranno, ma non voglio che Preciosa sia schiava come me! Gliel'ho ordinato con il mio *potere* - con il mio *potere* -, la tua tirannia ha fatto fuggire Ruyven, ti ha fatto temere da Darren, ma io non ti temo, e non potrai più trattar male il mio falco, il *mio* falco...» e scoppiò a piangere. Suo padre si fermò, quando il primo colpo le cadde sulle spalle, ma nel sentirsi insultare, nell'udire le parole proibite *Ruyven* e *potere*, la faccia gli divenne scura dall'ira e colpì forte Romilda con il frustino. Continuò a colpirla; Romilda rabbrividì sotto i colpi e gli gridò altre frasi incoerenti; il padre scese di cavallo e continuò a batterla, finché Darren non lo afferrò e non cercò di immobilizzarlo, gridando. Poi si udì un'altra voce: quella del Nobile Alderic, che, con le sue braccia robuste, riuscì finalmente a fermarlo.

«Su, su, signore... mi dispiace, ma non si deve battere così una ragazza... buon Dio, Romilda... avete la schiena sporca di sangue... guardate, signore, le avete stracciato la veste!» Gli tolse di mano il frustino; senza protestare, MacAran lasciò cadere le braccia. Romilda si sentì mancare, e Alderic spinse l'uomo tra le braccia del figlio. Adesso, il signore di Poggio del Falco aveva un'aria stupita, la collera lasciava il posto a una sorta di vuoto mentale. Guardò per un istante il vestito lacerato di Romilda, poi distolse gli occhi.

Disse, debolmente: «Non... non sapevo che cosa facevo... sono vostro debitore, Nobile Alderic. Ho...» Non riuscì a proseguire; gli girava la testa. Sarebbe scivolato a terra se Darren non l'avesse sorretto.

Poi MacAran fissò Romilda e disse con severità: «Ho perso il controllo. Non ti perdonerò mai, ragazza, di avermi spinto a scordarmi così vergognosamente di me stesso! Se tu fossi un maschio, riprenderei a batterti in questo stesso momento! Ma presto avrai un marito, e se parlerai a lui come hai parlato a me, ti spaccherà la testa! Non farti più vedere!»

Romilda faticava a camminare; Alderic la accompagnò al suo cavallo. «Riuscite a cavalcare?» le chiese sottovoce.

Lei annuì; riprese a piangere.

«Rientrate in casa», le mormorò Alderic, «mentre è ancora sconvolto per quello che ha fatto.»

MacAran scuoteva ancora la testa, sorpreso e incollerito. «In tutta la mia vita», diceva, «non ho mai picchiato una donna! Non me lo perdonerò mai, e non perdonerò Romilda di avermi provocato!»

Levò gli occhi al cielo, nella direzione in cui era scomparso il falco, e mormorò qualcosa tra sé, ma Romilda, spinta da Alderic, si allontanò alla cieca verso Poggio del Falco.

Quando la ragazza entrò nelle sue stanze, la vecchia balia la guardò spaventata. «Oh, agnellino, che cosa ti è successo? La schiena... il vestito...»

«Mio padre mi ha picchiata», mormorò, scoppiando nuovamente in pianto. «Mi ha picchiata perché Darren ha perso il mio falco...»

Gwennis le tolse il vestito e le massaggiò la schiena con l'olio e un balsamo di erbe, le infilò una vecchia camicia da notte di tela morbida, la mise a letto e le portò del brodo caldo. Romilda rabbrividiva e aveva la febbre; Gwennis brontolò tra sé e chiese: «Che cosa avete fatto, per spingere vostro padre a infuriarsi fino a questo punto? È un uomo tanto gentile, doveva essere proprio fuori di sé, per fare una cosa simile!»

Romilda non riusciva a parlare; batteva i denti e continuava a piangere.

Gwennis, preoccupata, andò a chiamare Luciella, che pianse nel vedere i segni sulle spalle della figlia, ma che ripeté le parole della balia: «Come sei riuscita a far incollerire tuo padre fino a questo punto? Non avrebbe mai fatto una cosa simile, se non l'avessi provocato oltre ogni ragione!»

Danno la colpa a me, pensò Romilda. *Danno la colpa a me di essere stata picchiata...*

Per me non c'è davvero speranza. Preciosa è fuggita. Mio padre bada più ai buoni rapporti con gli Scathfell che non a me. Batte spietatamente Darren perché non ha le mie doti, ma non mi permette di essere quella che sono, né a Darren di essere quello che è lui; non gli importa di ciò che siamo; gli importa solo di come ci vorrebbe. Non ascoltò né le parole gentili di Luciella né quelle di Gwennis. Continuò a piangere fino ad avere gli occhi doloranti, il naso arrossato. E alla fine si addormentò.

Si svegliò tardi, e intorno a lei tutto il Poggio del Falco era silenzioso. Dalla finestra giungeva la luce della luna. Le faceva male la testa, e le spalle le dolevano nonostante le cure di Gwennis. Aveva fame; decise di scendere in cucina per mangiare un po' di pane e di carne fredda.

Mio padre mi odia. Ha cacciato via Ruyven, ma lui almeno è libero e impara a essere quello che è, in una Torre. Ruyven aveva ragione; lontano dalla volontà di nostro padre, ha potuto finalmente scegliere la propria strada.

E in quel momento capì che doveva essere libera, come Preciosa, che adesso, ritornata nella foresta, poteva finalmente seguire la propria natura.

Tremante, si infilò un vecchio corpetto di maglia e indossò la tunica e i calzoni che aveva messo per cavalcare. Scivolò lungo il corridoio, con in mano gli stivali. Erano stivali da donna; una donna, aveva sempre sentito dire, non era al sicuro, se viaggiava da sola, e da quando Garris l'aveva guardata a quel modo, alla festa del solstizio, Romilda ne conosceva il motivo.

La stanza di Ruyven era chiusa e tutte le sue cose erano ancora dentro; la ragazza entrò senza fare rumore, prese una camicia molto semplice e un vecchio paio di calzoni di cuoio, che le andavano larghi; pensando a ciò che le era successo con il Nobile Garris, si tolse quelli troppo aderenti di Darren e s'infilò gli altri; prese anche un mantello e una giubba di cuoio, poi tornò nella propria stanza per il guanto da falcone.

Ricordando che Preciosa era fuggita, provò la tentazione di non portarlo con sé, ma pensò: *Un giorno avrò di nuovo un falco, e questo mi farà ricordare Preciosa.* Alla fine, prima di mettersi alla cintura il pugnale, si tagliò i capelli all'altezza del collo; quando uscì di casa, gettò la treccia nel letamaio, dove non l'avrebbero mai trovata. Aveva nuovamente chiuso la porta di Ruyven, e nessuno si sarebbe preso la briga di cercare tra i suoi vecchi vestiti per contare le camicie. Intendeva portare con sé i propri abiti, perché cercassero una ragazza dai capelli lunghi con un vestito da equitazione verde, e non un ragazzo con degli abiti usati dal taglio molto semplice.

Quando fu nelle scuderie, prese una vecchia sella, coperta di polvere e nascosta in mezzo a un mucchio di finimenti, e fece per sellare il suo cavallo, ma poi rifletté che era meglio prenderne un altro. Un cavallo nero, di razza, avrebbe rivelato subito la sua origine. Portò fuori la sella e la avvolse nelle sue vesti da donna, in modo da fare un fagotto facile da portare.

Poi entrò silenziosamente nella cucina - d'estate, veniva spostata in una baracca nel cortile, per non avere troppo caldo - e trovò carne e un grosso pezzo di pane, noci e le pagnotte di grano duro che venivano preparate per i cani di razza e per le femmine che aspettavano i cuccioli o che dovevano allattarli... si potevano mangiare, all'occorrenza, e nessuno si sarebbe accorto della loro sparizione: venivano preparate a decine alla volta. Le avvolse in una tovaglia in modo da farne un sacco, s'infilò gli stivali e portò sella e sacco fino al prato dove pascolavano in libertà i vecchi cavalli degli abitanti del castello.

Giunta al pascolo, cercò un cavallo di cui fosse difficile notare la mancanza (in questo modo, avrebbero creduto che fosse fuggita a piedi), e alla fine decise per un animale che veniva usato di rado, e solo dal vecchio intendente, che ora rimaneva quasi sempre in casa. Schioccò la lingua - tutti i cavalli conoscevano Romilda - e l'animale le venne accanto; lei gli mormorò qualche parola, gli diede da mangiare una manciata di foglie, lo sellò e lo condusse silenziosamente lungo il sentiero, perché non voleva montare in sella prima di essere lontano dalle mura. Una sola volta un cane prese ad abbaiare all'interno del castello, ma lei trattenne il respiro e gli *ordinò* di tacere.

Giunta ai piedi della collina, montò in sella, stringendo i denti perché i lividi le facevano male, e si avvolse nel mantello per proteggersi dal freddo della notte. Alzò ancora una volta gli occhi su Poggio del Falco, che sorgeva sopra di lei, in cima alla rupe.

Portatore di Pesi! Non posso farlo... mio padre si è già pentito di avermi picchiata, è una follia, devo tornare prima che si accorgano della mia assenza...

Ma le tornarono in mente la faccia di Darren nel ricevere il falcone, la collera del padre, gli occhi disperati di Ruyven, l'ultima volta che l'aveva visto, prima che lasciasse Nevarsin... *No, nostro padre non ci lascerebbe mai seguire la nostra strada*. E pensò al Nobile Garris che le metteva le mani addosso, al comportamento che si attendeva da lei una volta che l'avesse avuta in moglie, *come proprietà da trattare nel modo da lui voluto...*

Serrò i denti. Se qualcuno l'avesse vista in quel momento, avrebbe commentato: *assomiglia a suo padre*. Si allontanò da Poggio del Falco senza più guardarsi indietro.

Capitolo 6

RORY

Il terzo giorno cominciò a nevicare. Romilda, che era sempre vissuta ai piedi degli Hellers, capì di dover trovare riparo in fretta; all'aperto, nessuna creatura vivente poteva sopravvivere a una tormenta, neppure in quella stagione. Il vento sibilava come un coltello e gemeva fra gli alberi ai lati del sentiero come la voce di diecimila diavoli. Si chiese se non dovesse tornare indietro, alla fattoria davanti a cui era passata quel mattino, ma poi decise di no. Probabilmente, quei contadini si recavano di tanto in tanto a Poggio del Falco, e c'era il rischio che riconoscessero la figlia di MacAran, anche se indossava abiti maschili.

Romilda sapeva vagamente che seguendo quella via e tenendosi sempre a nord si arrivava a Nevarsin, da dove si poteva prendere la strada per la Torre di Tramontana. Laggiù lei avrebbe trovato suo fratello Ruyven, o, nel caso che fosse stato mandato altrove dal sapiente che reggeva la Torre, avrebbe avuto sue notizie. Pensava che nella Torre avrebbe potuto addestrare il suo *potere*, come l'aveva invitata a fare la sapiente Marelie. Oppure sarebbe potuta rimanere a Nevarsin per l'inverno: sapeva che viaggiare sulle strade degli Hellers, nella brutta stagione, era un'impresa pericolosa, da pazzi o da disperati. A Nevarsin avrebbe potuto lavorare come apprendista falconiere o come mozzo di stalla: non aveva intenzione di rivelare di essere una donna. Non era mai stata lontano da casa, dove anche le sguattere e le lavandaie erano trattate gentilmente dalla Nobile Luciella, ma una delle donne, che aveva lavorato per anni in una taverna, le aveva raccontato gli episodi che vi succedevano comunemente. Romilda era certa di riuscire a difendersi senza difficoltà dalle attenzioni indesiderate, ma anche i garzoni di stalla erano pagati meglio delle cuoche e delle cameriere, e lei non era in grado di fare molto più che la sguattera. Conosceva solo i falchi e i cavalli, e sapeva come dirigere la servitù. Le sarte e le bambinaie guadagnavano di più, ma l'idea di lavorare come ricamatrice le pareva assurda, dato il modo in cui aveva sempre tenuto l'ago, e per impiegarsi come bambinaia avrebbe dovuto fornire spiegazioni che non voleva dare. Se fosse rimasta a Nevarsin, dunque, avrebbe fatto bene a fingere di essere un maschio e a cercare lavoro in qualche scuderia.

Almeno, si sarebbe trovata con i cavalli e i falchi, pensò, e sentì una fitta di dolore per la mancanza di Preciosa.

Ma sono lieta che sia fuggita, pensò, stringendosi nel mantello. *Altrimenti, non avrei mai avuto il coraggio di andarmene! Avrei obbedito agli ordini e forse avrei addirittura sposato Garris...* e sentì un fremito di repulsione. No, aveva fatto bene a fuggire, anche se fosse dovuta vivere fino al resto dei suoi giorni come garzone di stalla!

Il cavallo scivolava sul sentiero ripido, coperto di neve. Dovevano trovare al più presto un rifugio.

Giunse a un bivio e vide che una delle strade saliva fra gli alberi, mentre l'altra scendeva. Romilda smontò di sella e allungò il collo per guardarsi attorno. In basso si scorgeva solo un corso d'acqua a fianco del sentiero, ma in alto c'era una costruzione, forse un riparo per animali o una capanna di pastori.

La strada in discesa poteva forse condurre a un villaggio, ma Romilda non ne aveva alcuna certezza: meglio raggiungere il riparo che vedeva in alto, per angusto che fosse. Non rimontò in sella, per alleggerire il cavallo su quel sentiero montano. Prese la briglia, e cercò di calmare l'animale. Avrebbe preferito avere il suo, ma anche quello era abbastanza docile.

A causa della pioggia e della neve era quasi buio, ma Romilda riuscì a vedere che era veramente una costruzione: non era grande, ma offriva un riparo sufficiente. La porta era quasi fuori dei cardini; quando Romilda entrò, cigolò rumorosamente.

«Chi è?» chiese una voce tremante, e Romilda si sentì battere il cuore. La casa era buia e cadente, ma non era affatto disabitata.

Si affrettò a dire: «Non voglio farvi alcun male, comare... mi sono perso nella pioggia e comincia a fare freddo. Posso entrare?»

«Grazie al Portatore di Pesi, e anche a te che sei venuto», disse la persona di prima, e Romilda riconobbe la voce di una vecchia. «Mio nipote è andato in città e si dev'essere riparato da qualche parte. Ho sentito il tuo cavallo e per un momento ho pensato che fosse ritornato Rory, ma lui ha un *chervine*. Non posso lasciare il letto; puoi gettare un ramo sul fuoco?»

Adesso che non era più esposta al vento, Romilda sentì l'odore del fumo; brancolando nell'oscurità, si diresse verso il camino. Il fuoco era quasi spento. La ragazza riattizzò le braci e vi aggiunse alcuni pezzi piccoli di legno; quando questi presero fuoco, vi buttò alcuni rami più grossi. Al chiarore delle fiamme, scorse qualche mobile decrepito, un paio di panche, un vecchio baule e un letto su cui sedeva una donna molto vecchia, con la schiena appoggiata ai cuscini.

Quando le fiamme illuminarono la stanza, la vecchia disse: «Vieni qui, ragazzo. Fatti vedere».

«Il mio cavallo...» disse Romilda.

«Puoi portarlo nella stalla», disse la vecchia. «Portalo, e poi ritorna.»

Romilda dovette fare uno sforzo di volontà per avvolgersi nel mantello e uscire all'esterno. La stalla era vuota, a parte due magri gatti che miagolarono e le si strofinarono contro le gambe. La ragazza tolse la sella al cavallo e gli diede due pagnotte del pane per cani - la quantità era sufficiente a nutrirlo per la notte - e, quando uscì, i gatti la seguirono fino alla casa e si sedettero davanti al fuoco.

«Bene, bene», disse la vecchia. «Ho pensato che erano fuori al freddo, ma non potevo alzarmi per farli entrare. Vieni qui, ragazzo, fatti vedere.»

Quando Romilda si avvicinò al letto, la vecchia la fissò: «Come mai sei fuori con questo tempo, ragazzo?»

«Devo andare a Nevarsin, comare», rispose lei.

«Da solo? Con questa tormenta?»

«Sono partito tre giorni fa, quando il tempo era bello.»

«Vieni da sud del Kadarin? Hai i capelli rossi... assomigli agli *Hali*», disse la vecchia. Era avvolta in numerosi scialli frusti, e sul letto erano stese alcune coperte lise, che sarebbero state a malapena adatte a un cavallo. Quanto a lei, era magra, scavata, stanca.

La vecchia sospirò. Disse: «Speravo che tornasse da Nevarsin questa mattina, ma certo laggiù la neve è più fitta... be', se tu mi terrai acceso il fuoco, io non correrò più il rischio di congelare. Prima di partire, Rory mi aveva acceso il fuoco in modo che durasse per tre giorni, e ha detto che sarebbe ritornato prima che si spegnesse...»

«Posso fare altro per voi, comare?»

«Se sei capace di preparare un po' di polenta, puoi mangiarne anche tu», disse la vecchia, indicando una pentola vuota, a fianco del letto. «Però, prima ti conviene toglierti i vestiti bagnati.»

Romilda tornò a respirare. Evidentemente, la vecchia l'aveva scambiata per un ragazzo. Si tolse gli stivali e il mantello e appese quest'ultimo accanto al fuoco, per farlo asciugare; c'era un secchio d'acqua vicino al focolare e lei prese la pentola, la sciacquò, e, seguendo le istruzioni della vecchia, trovò un sacco contenente ancora un po' di farina - più di castagne che di grano - e un sacchetto di sale, e mise il tutto sul fuoco. La vecchia la invitò ad avvicinarsi.

«Dove stai andando, con questo brutto tempo, ragazzo mio?»

Prima di rallegrarsi di nuovo per quel "ragazzo mio", Romilda pensò che il fatto di essere riuscita a ingannare una vecchia, al buio, non era molto significativo: forse, qualche persona più sveglia e con occhi più acuti l'avrebbe riconosciuta per quello che era. Poi si accorse che la vecchia continuava a guardarla, in attesa della risposta.

«A Nevarsin», disse. «Laggiù c'è mio fratello.»

«Nel monastero? Be', ragazzo, hai sbagliato strada... ai piedi del monte, avresti dovuto prendere a sinistra. Ma ormai è troppo tardi, devi rimanere qui finché durerà la tempesta. Al suo ritorno, Rory ti mostrerà la strada giusta.»

«Grazie, comare.»

«Come ti chiami, ragazzo?»

«Rom...» s'interruppe, prima che le sfuggisse il suo nome. Fingendo che le fosse andato il fumo in gola, diede un colpo di tosse e disse: «Romal».

«E perché vai a Nevarsin tutto solo? Intendi diventare un monaco, o ti hanno inviato là a studiare, come fanno con i figli dei nobili? Anzi, hai un'aria da gentiluomo, come se fossi nato in una Grande Casa... e le tue mani non sembrano quelle di un garzone di stalla.»

Romilda per poco non rise, pensando a Gwennis che, guardando le sue mani indurite dalle redini, le diceva, aggrottando la fronte: «Ti verranno le mani come quelle di un garzone di stalla, se non farai attenzione!»

Ma ancora una volta la vecchia attendeva la risposta, e Romilda pensò in fretta al figlio di Nelda, Loran... tutti a Poggio del Falco sapevano che era figlio illegittimo di MacAran, anche se Luciella faceva finta di non saperlo, e si rifiutava di ammettere l'esistenza del ragazzo. La giovane disse: «Sono cresciuto in una Grande Casa, ma mia madre era troppo orgogliosa per portarmi davanti a mio padre, dato che sono figlio della festa del solstizio; perciò ho pensato di recarmi in una città, e credo di poter trovare lavoro a Nevarsin... ero apprendista falconiere». *E questo era vero: il vero apprendista di Davin era lei, e non quel fannullone di Ker.*

«Be', Romal, sei il benvenuto», disse la vecchia. «Io abito qui con mio nipote... mia figlia è morta quando lui è nato, e suo padre è lontano, nelle pianure, al servizio del re, a sud del Kadarin. Mi chiamo Mhari, e sono sempre vissuta in questa casa. Viviamo bene con il raccolto delle noci, o almeno vivevamo bene finché non sono divenuta troppo vecchia; Rory fa fatica a badare agli alberi in tutte le stagioni, e a prendersi anche cura di me, ma è un bravo figliolo, ed è andato a vendere le noci al mercato di Nevarsin, e a prendere farina da polenta ed erbe medicinali per le mie vecchie ossa. Quando sarà un po' più vecchio, forse si troverà una moglie, e potranno vivere qui, perché è tutto quello che posso lasciargli.»

«La polenta bolle», disse Romilda, e corse al fuoco, per allontanare la pentola dalla fiamma. Poi riempì una tazza per la vecchia e la aiutò a mangiare; infine sistemò a Mhari i cuscini, le mise addosso le coperte e la preparò per la notte.

«Sei delicato come una ragazza», disse Mhari, e Romilda, per un attimo, si sentì mancare. Poi la vecchia proseguì: «Suppongo che sia merito dell'allevare i falchi; io non ne ho mai avuto la mano, e neppure la pazienza. Ma la tua polenta si raffredda; va' a mangiarla, e poi potrai dormire sul letto di Rory accanto al fuoco. Con la tempesta, non credo che arriverà a casa questa notte».

Romilda si sedette davanti al fuoco per mangiare, poi pulì la scodella servendosi dell'acqua del secchio, mise il recipiente ad asciugare accanto al fuoco e, dopo essersi avvolta nel mantello, si stese davanti al focolare. Il giaciglio era duro, ma lei, quando era a caccia, aveva dormito in luoghi ancora peggiori, e rimase sveglia per qualche tempo, ascoltando nel dormiveglia i rumori della tempesta. Per due volte, durante la notte, si alzò per controllare che il fuoco fosse acceso. Verso il mattino, la tempesta cessò e Romilda si addormentò di un sonno profondo, per essere poi svegliata da qualcuno che bussava alla porta. Mhari si era rizzata a sedere sul letto.

«È la voce di Rory», disse. «Avevi messo la sbarra?»

Romilda si diede della sciocca. L'ultima cosa che aveva fatto, prima di andare a riposare, era stata quella di sbarrare la porta... cosa che, naturalmente, la vecchia paralitica non era in grado di fare. Non c'era da stupirsi che il nuovo venuto fosse preoccupato! Corse alla porta e l'aprì.

Scorse un giovane alto e massiccio, baffuto, con un mantello di una foggia che, negli Hellers, si era smesso di portare prima che suo padre nascesse. Aveva in mano il pugnale e avrebbe colpito Romilda se non avesse sentito il grido della vecchia.

«No, Rory, il ragazzo è stato gentile con me... mi ha preparato la cena... l'ho invitato io a dormire qui!»

Il giovanotto dall'aria rude e grossolana abbassò il pugnale e corse al letto di Mhari. «Stai davvero bene, nonna? Quando ho trovato la porta chiusa, e poi ho visto uno sconosciuto, ho temuto che qualcuno ti avesse fatto del male...»

«Via, via», disse la vecchia Mhari, «sto benissimo, ed è stata una fortuna che sia arrivato questo ragazzo, perché il fuoco era quasi spento, e rischiavo di morire congelata nella notte!»

«Ti ringrazio, chiunque tu sia, ragazzo», disse il giovane, infilando il pugnale nella guaina e chinandosi a baciare sulla fronte la nonna. «La tempesta è stata molto violenta, e per tutta la notte ho continuato a pensare alla nonna, sola in questa casa, con il fuoco spento, senza potersi preparare un pasto. Il mio cuore è tuo nel momento del bisogno», disse, ripetendo l'antica formula dell'ospitalità di quelle montagne. «Ho lasciato il mio riparo non appena è cessato di piovere, e sono venuto a casa, anche se i miei ospiti mi consigliavano di aspettare l'alba. E tu stai bene e non hai freddo, cara nonna, e questo è l'importante.»

Guardò con tenerezza la vecchia. Poi, posato il mantello su una panca, si avvicinò alla pentola ancora appesa accanto al fuoco, prese con il mestolo un po' di polenta - ormai dura dopo essere stata per tutta la notte sul fuoco - e cominciò a mangiarla con le mani.

«Ah, un po' di cibo caldo... là fuori è ancora freddo come il respiro di Zandru; la pioggia è gelata sui rami e sulla strada, temevo che il mio vecchio cervo si spezzasse una gamba. Ma ti ho preso del grano, nonna, e potrò prepararti del pane; nel sacco ho anche un po' di frutta secca; me l'ha data la moglie del mugnaio, dicendo che ti sarebbe piaciuta.» Si voltò verso Romilda e le chiese: «Mi fai il favore di andare a prendere le bisacce del mio animale? Ho le mani congelate e non riuscirei a sciogliere i nodi. Tu invece sei stato tutta la notte al caldo».

«Certo», disse Romilda, e aggiunse: «In ogni caso, devo andare a controllare il mio cavallo».

«Hai un cavallo?» Negli occhi di Rory comparve un'espressione quasi avida. «Ho sempre desiderato un cavallo; ma non sono animali per gente come noi! Devi proprio venire da una Grande Casa.»

Dopo essersi drappeggiata il mantello sulle spalle, Romilda uscì per andare a prendere il carico del *chervine* di Rory. Posò nella stalla il sacco di grano e portò in casa le bisacce, lasciandole sul pavimento, accanto al fuoco.

Rory era curvo sulla figura della nonna e le stava parlando a bassa voce; non si accorse che la ragazza era rientrata, e lei ne approfittò per ritornare nella stalla e per dare da mangiare al suo cavallo. Nella piccola costruzione c'era anche una vecchia latrina; quando la giovane si rivestì, notò con preoccupazione le macchie di sangue sulla biancheria; a causa della tormenta, aveva perso il conto dei giorni. *Quando ho deciso di farmi passare per un uomo*, pensò, *mi sono dimenticata di alcuni particolari molto importanti*. S'era ricordata di parlare in tono basso e di camminare con l'aria spavalda che Luciella e l'istitutrice le avevano sempre rimproverato, ma s'era completamente dimenticata che i ritmi della natura femminile avrebbero potuto tradirla.

Stracciò una delle vecchie camicie che aveva nello zaino - avrebbe potuto lavare in segreto quegli stracci, di notte - e pensò al da farsi. La vecchia le aveva promesso di farle insegnare la strada dal nipote. Sarebbe stato scortese, si domandò, insistere per partire subito?

La sera prima, avrebbe dovuto dire alla vecchia che qualcuno la attendeva a Nevarsin, e che l'avrebbero cercata se non si fosse presentata in tempo. Si accertò che non ci fossero rigonfiamenti sospetti nei suoi vestiti, portò nella stalla la cavalcatura di Rory e mise del fieno nella mangiatoia: il grosso montanaro non le ispirava fiducia, ma il *chervine* non ne aveva colpa e non doveva soffrire per l'antipatia che lei provava per il suo padrone.

Poi fece ritorno alla casa... e si fermò sulla soglia, nell'udire la voce della vecchia.

«Il ragazzo è stato gentile con me, Rory. È un'azione cattiva e un'infrazione delle leggi dell'ospitalità: gli dèi puniscono queste cose.»

Rory rispose con durezza: «Sai che da tempo desidero un cavallo, e finché vivrò qui in capo al mondo, non avrò un'altra occasione buona come questa. Se è un illegittimo fuggito di casa, non si accorgeranno della sua sparizione. Non hai visto il suo mantello? In tutta la vita non ne ho mai avuto uno simile; solo il fermaglio basterebbe a pagare un guaritore venuto da Nevarsin a curare i tuoi dolori! Quanto al nostro debito verso di lui, l'abbiamo ospitato per la notte... non l'ha fatto per pura gentilezza. Posso tagliargli la gola in un attimo, senza che se ne accorga».

Terrorizzata, Romilda si portò la mano alla gola. Voleva ucciderla! Non le era mai venuto in mente, neanche nel constatare la povertà della capanna, che il cavallo, il mantello, il fermaglio di rame, le poche monete che aveva nel borsellino mettessero a repentaglio la sua vita. Provò la tentazione di fuggire, ma parte dei suoi vestiti era rimasta nella casa, dentro la sacca da viaggio, e lei, senza i vestiti pesanti, sarebbe presto congelata!

Portò la mano al pugnale che aveva alla cintola: se non altro, non sarebbe stata colta di sorpresa, e avrebbe venduto a caro prezzo la vita. Ma per il momento doveva fingere di non avere sospetti. Tornò nella stalla, sellò silenziosamente il cavallo e lo voltò verso la porta, pronto alla fuga. Ora doveva soltanto recuperare la sacca.

Tenendo la mano sul pugnale, si avviò verso la casa, e questa volta, nell'aprire la porta, cercò di fare molto rumore. Rory sedeva su una panca e si slacciava gli stivali; la vecchia Mhari aveva posato la testa sui cuscini e fingeva di dormire. Quandò Romilda entrò, il montanaro disse: «Mi aiuti a togliermi gli stivali, giovanotto?»

«Certo», rispose Romilda, pensando in fretta che Rory, senza stivali, non avrebbe potuto inseguirla. Si inginocchiò davanti a lui, afferrò con entrambe le mani uno stivale e glielo sfilò; poi si chinò verso l'altro. Stava tirando forte, quando Rory si sporse in avanti: la ragazza gli vide nella mano il luccichio di una lama.

Romilda agì senza pensare; spinse forte sullo stivale. La gamba si piegò e il ginocchio finì contro il mento di Rory, con un forte rumore. Il montanaro e la panca su cui sedeva finirono a terra; la giovane si alzò in piedi e corse verso la porta, afferrando la propria sacca.

Dietro di lei, il massiccio montanaro gridava e imprecava. Dandosi rapidamente un'occhiata alle spalle, la ragazza vide che Rory sanguinava dalla bocca: a causa della ginocchiata, doveva avere perso un dente o essersi morso il labbro. La ragazza cercò di chiudersi la porta alle spalle, ma il montanaro la spalancò e in pochi passi raggiunse Romilda. Rory non aveva più il coltello: forse gli era caduto, forse pensava di servirsi delle mani. Nell'afferrare Romilda, le stracciò la tunica; cercò di prendere la ragazza per il collo, poi l'occhio le cadde su di lei: spalancò gli occhi per lo stupore e le aprì la tunica fino alla vita.

«Per tutti i Fardelli del santo Portatore! Due tette da fare invidia a una mucca! Una ragazza, eh?» Afferrò per il polso Romilda, che cercava di graffiarlo sulla faccia, e la immobilizzò; poi la fece girare su se stessa e la riportò davanti al fuoco.

«Ehi, nonna, guarda cosa ho trovato. Sarei davvero uno sciocco a farle del male... da quattro anni cercavo una moglie, e non ero mai riuscito a mettere da parte un soldo per comprarmela, mentre adesso me n'è arrivata una in casa!»

Rise, trionfante. «Non avere paura, ragazza! Non intendo torcerti un capello. Ho qualcosa di meglio da fare, vero, nonna? E potrà prendersi cura di te, quando io sarò fuori!»

Ridendo, strinse tra le braccia Romilda e la baciò sulle labbra. «Sei una cameriera fuggita dalla casa di un nobile, eh? Be', cara mia, adesso avrai una tua casa e un tuo focolare, che ne dici?»

Paralizzata da questo torrente di parole, Romilda tacque, ma cercò di riflettere in fretta.

Rory la voleva. Non le avrebbe fatto del male, almeno per qualche tempo. Il bacio di quell'uomo la riempiva di disgusto, ma si sforzò di sorridergli.

«Almeno, non siete peggio dell'uomo che volevano farmi sposare», disse, e pensò che era la verità. «Vecchio, del doppio della mia età, e sempre occupato a posare le mani sulle ragazzine inermi, mentre voi, almeno, siete giovane e forte...»

Lui disse, contento: «Credo che andremo d'accordo, quando avremo fatto conoscenza; e basta dividere il letto, il pasto e il focolare per essere legalmente sposati, esattamente come se lo stesso signore di Storn ci avesse messo le *catenas* ai polsi come fanno i nobili! Io accenderò il fuoco nell'altra stanza, e tu potrai preparare un pasto. Nel sacco c'è della farina, e potresti far cuocere una pagnotta con le more. Mi piace ogni tanto un po' di pane alla frutta, e da quaranta giorni mangio solo polenta!»

«Farò del mio meglio», disse Romilda, cercando di fingersi calma, «e se non ne sarò capace, mi farò insegnare dalla comare Mhari.»

«Ti credi migliore della mia vecchia nonna?» chiese lui, minacciosamente. «Dirai *la signora Mhari* finché *lei* non ti darà il permesso di chiamarla "nonna", chiaro?»

Solo in quel momento la ragazza si accorse di essersi servita automaticamente della forma usata dai nobili per parlare agli inferiori. Abbassò la testa, fingendo di essere pentita, e mormorò: «Chiedo scusa...»

«E dato che sei una ragazza, sei molto più adatta a lavare la faccia alla nonna e a metterle una camicia da notte pulita», disse Rory. «Nonna, pensi di poterti sedere con noi, se la nostra damigella ti prepara?»

«Sì, vi terrò compagnia per il matrimonio, Rory», rispose la vecchia, e Romilda, mordendosi il labbro, disse che sarebbe stata lieta di fare tutto quel che poteva per la signora Mhari.

«Mi sembrava un po' troppo delicata per un maschio», commentò la vecchia, mentre Romilda la faceva sedere sul letto e andava a prendere l'acqua calda. Lavò la vecchia e prelevò dal baule una camicia da notte consunta, ma pulita, e per tutto il tempo continuò a riflettere intensamente. Come fuggire? L'avrebbero tenuta sotto continua sorveglianza fino alla consumazione del matrimonio. *Perché pensano che dopo*, si disse tristemente, *sarò troppo esausta per pensare alla fuga.* L'idea di andare a letto con quel grosso zoticone sudicio le dava il voltastomaco, ma pensò che sarebbe riuscita a sopravvivere all'esperienza e che per fortuna, essendo nel ciclo, non correva il rischio di una gravidanza. Poi si bloccò, ricordando quel che le aveva detto Darissa, allorché era sposata da pochi mesi. A quel tempo, Romilda si era limitata a riderne con imbarazzo... com'erano sciocchi gli uomini, a essere così superstiziosi! Ma adesso l'informazione poteva esserle utile.

«Ho freddo, ragazza», si lamentò la vecchia. «Mettimi la vestaglia... come ti chiami?»

Romilda stava già per dire alla vecchia il suo vero nome - che importanza poteva avere, ora che avevano scoperto la verità? - ma poi pensò che suo padre poteva cercarla anche laggiù. Perciò disse il primo nome che le venne in testa.

«Carlinda.»

«Mettimi la vestaglia, Carlinda. Ho freddo!»

«Mi dispiace, signora Mhari», disse, «ma ero preoccupata...» e, nell'infilarle la vestaglia e gli scialli pesanti, si sporse verso la vecchia per parlarle. «Io... sono lieta di sposare vostro nipote...» esordì, anche se temette che quelle parole la strangolassero.

«E hai ragione», commentò Mhari, «perché è buono e gentile. Ti tratterà bene e ti batterà soltanto se lo meriterai veramente.»

Romilda inghiottì la saliva. Quello, almeno, dal Nobile Garris non avrebbe dovuto temerlo. «Ma...» continuò, fingendo di essere imbarazzata, cosa del resto non difficile, «sarà in collera con me, se mi chiederà di condividere il suo letto proprio questa notte... perché sono nel mio ciclo, e sanguino...»

«Ah, be'», disse la vecchia. «Hai fatto bene a dirmelo; gli uomini hanno strane idee sul periodo delle donne, poteva prendersela con te; mio marito mi batteva, se non lo avvertivo prima, in modo che potesse tenersi lontano e passare la notte con la mungitrice... Sì, certo, una volta ero ricca, avevo un mungitrice, e per qualche tempo ho avuto anche una cuoca, e adesso guardami. Ma con una donna ad aiutarmi, presto guarirò e Rory non dovrà più preparare il pane e la polenta. Ti è toccato un uomo davvero gentile, non si è mai rifiutato di assistere la sua vecchia nonna costretta a letto, o di portarle il cibo, o perfino di vuotarle il vaso da notte. E a questo proposito...» Indicò il recipiente, e Romilda glielo portò e la aiutò a sollevarsi.

Pensa che dovrei essere contenta di questa vita; per l'onore di avere un marito, dovrei sfacchinare nella stalla e nella cucina, e prendermi cura di una vecchia invalida. Rabbrividì nel pensare: *Forse alcune donne si accontenterebbero: una casa, un marito che lavora e che è gentile con la nonna.*

Aiutò di nuovo la donna ad appoggiarsi ai cuscini e andò a vuotare il recipiente. Abituata a stare in mezzo agli animali, quel tipo di lavoro non le dava particolarmente fastidio, ma Rory la atterriva.

Non ho rifiutato il Nobile Garris per essere costretta con la forza a sposare un montanaro, per quanto possa essere onesto e gentile con la nonna. Ora mi sono guadagnata alcuni giorni di respiro. Fingerò di essere soddisfatta della mia sorte, e prima o poi allenteranno la guardia.

Terminato di accudire alla vecchia, Romilda andò al pozzo, mise a scaldare l'acqua per il bucato, e poi, seguendo le istruzioni di Mhari, impastò una pagnotta con pezzi di frutta. Mentre il pane cuoceva tra le ceneri, dentro una pentola coperta, e la vecchia dormiva, si sedette a riposare e a pensare.

Aveva qualche giorno per fare i suoi piani. Una breve visita alla stalla le rivelò che Rory aveva tolto la sella al cavallo e l'aveva impastoiato con nodi robusti; al momento della fuga, dunque, lei avrebbe dovuto tagliarli con il pugnale. E avrebbe dovuto scegliere un momento in cui Rory era senza stivali e, se possibile, anche senza calzoni... Poteva abbandonare parte degli abiti di ricambio, ma doveva avere la sella, gli stivali e il mantello, e doveva portare con sé anche del cibo.

Forse sarebbe potuta fuggire quella notte, mentre tutti dormivano, pensò, e si alzò stancamente dalla panca per lavare le lenzuola della vecchia e quelle del letto della stanza posteriore, che in quel periodo non veniva usata: Mhari le aveva detto che Rory ci dormiva nella bella stagione, ma che quando faceva freddo si trasferiva nel giaciglio accanto al fuoco.

Per fortuna c'erano due stanze, pensò Romilda, e se avesse dovuto consumare il matrimonio con quel bestione, non avrebbe dovuto farlo sotto gli occhi curiosi della vecchia. Rabbrividì: che tutti vivessero così, se non appartenevano a una Grande Casa?

Dovrei abbandonare tutto, ritornare alla mia famiglia, rinunciare alla mia libertà per vivere sotto la protezione accordata alla moglie del Nobile Garris? Per un istante, rabbrividendo al pensiero di quel che la attendeva anche se fosse riuscita a sfuggire a Rory e alla sua terribile nonna, ne fu tentata.

Come un falco legato al posatoio, incappucciato e muto, che in cambio della schiavitù viene nutrito e accarezzato, e considerato come una proprietà preziosa...

Oh, Preciosa, e io ti avrei tenuto così... pensò, e per un attimo, ferocemente, fu lieta di avere dato la libertà al falcone. Almeno, Preciosa non sarebbe mai stata una proprietà di Darren. Forse Romilda non avrebbe mai avuto scrupoli di coscienza se Preciosa fosse rimasta con lei - dopotutto, il rapace era ritornato volontariamente sul suo polso, dopo essere stato rimesso in libertà - ma il falcone non sarebbe mai ritornato spontaneamente da Darren.

Preciosa è libera, non appartiene a nessun uomo. E non gli apparterrò neppure io. Rory poteva averla - ma una sola volta - allo scopo di fargli credere che lei fosse sconfitta e sottomessa. Ma Romilda non sarebbe mai stata una sua proprietà; quello zoticone non l'avrebbe resa sua schiava. Come un falco male addestrato che fuggiva quando veniva lasciato libero per la prima volta, lei lo avrebbe lasciato alla prima occasione...

Sospirò, e tornò a sciacquare violentemente il bucato. Le facevano male le mani, ma le lenzuola erano pulite... almeno, quell'uomo non l'avrebbe presa su un letto sudicio!

Appese il bucato davanti al fuoco per farlo asciugare, tolse il pane dalla cenere e frugò tra gli scaffali sguarniti della cucina; trovò fagioli secchi e qualche erba aromatica e li mise in pentola per preparare una minestra. Al suo rientro, Rory si scosse la neve dagli stivali e nel vedere che Romilda era affaccendata, le sorrise e posò sul tavolo un sacco pieno di funghi.

«Ecco qui, per la nostra minestra nuziale», disse, e l'abbracciò goffamente, stampandole dietro l'orecchio un bacio umido. Lei strinse i denti e non si tirò indietro. Rory lo prese per un consenso e le diede un altro bacio sulle labbra.

«Domani sarai un po' meno timida, eh?... Nonna, ti ha accudito bene? Se non lo ha fatto, glielo insegnerò io.» Si tolse il mantello di lana grezza e prese quello di Romilda, drappeggiandoselo sulle spalle con orgoglio.

«Lo prendo io; non hai bisogno di uscire di casa, almeno fino al disgelo della prossima primavera, e a quell'epoca non ne avrai bisogno», disse, e uscì di nuovo.

Romilda fremette di sdegno nel vedergli sulle spalle l'elegante mantello di Ruyven, foderato di pelliccia. Nel momento della fuga avrebbe dovuto prendere quello di Rory; era ruvido, ma l'avrebbe riparata. E doveva portare con sé le poche monete del borsellino che portava alla cintola, che a Nevarsin le sarebbero state utili. Erano poche... MacAran era generoso con la moglie e con le figlie, dava loro tutto ciò che chiedevano, ma pensava che non avessero bisogno di denaro spicciolo, e donava loro solo qualche moneta d'argento da spendere in occasione di un mercato o una fiera. Ma a Rory, pensò Romilda, quel gruzzolo sarebbe parso un tesoro; perciò, sottraendosi per qualche istante agli occhi vigili della vecchia Mhari, fece un piccolo involto delle monete e se lo nascose in seno. Nella borsa lasciò solo due monetine... forse Rory non ne avrebbe cercato altre.

Quando il buio pose fine a quella sgradevole giornata, Romilda si sedette con loro al rozzo tavolo per mangiare il pane da lei messo a cuocere e la minestra da lei cucinata. Rory brontolò perché il pane non era molto buono e le chiese se fosse tutta lì, la sua capacità di cuoca.

Ma la vecchia Mhari lo calmò dicendo che la ragazza era giovane e che il pane, anche se non lievitato alla perfezione, costituiva un gradevole diversivo, dopo la polenta di castagne!

Quando giunse l'ora di andare a dormire, Rory disse a Romilda, senza guardarla, che per il momento lei poteva dormire con la vecchia, ma che lui le avrebbe concesso quattro giorni, non uno di più, per ritornare in salute.

Ora la giovane sapeva di quanto tempo avrebbe potuto disporre. Ma capì che non le sarebbe stato facile fuggire durante la notte, quando Mhari disse: «Dormi nella parte interna del letto, ragazza; so che cercheresti di fuggire, se tu potessi. Non ti sei ancora resa conto della tua fortuna; quando sarai la moglie di Rory, non avrai più alcun desiderio di lasciarlo.»

Sì, davvero, pensò Romilda, stringendo i denti. Nell'infilarsi sotto le coperte si ripromise di tentare la fuga non appena la vecchia si fosse addormentata. Ma era stanca per la giornata di duro lavoro, e s'addormentò non appena posò la testa sul cuscino; quando si svegliò nella notte, vide alla luce del focolare che gli occhi della vecchia la sorvegliavano, vigili e brillanti come quelli di un falco.

I successivi tre giorni trascorsero in modo non diverso. Romilda preparò qualche cibo rustico, lavò le lenzuola e le camicie da notte della vecchia, trovò anche il tempo di lavare la propria biancheria, compresa la vecchia camicia che aveva fatto a pezzi per procurarsi degli stracci. Fortunatamente, quando faceva il bucato non veniva sorvegliata con molta attenzione; poté asciugare i propri indumenti e nasconderli.

Se avesse continuato a farsi passare per un maschio - ed era decisa più che mai a non viaggiare per quei monti in abiti femminili - avrebbe dovuto trovare qualche modo migliore per provvedere alle proprie necessità cicliche, e pensò alle donne-soldato, le Sorelle della Spada, che giuravano di non portare vestiti da donna e di non lasciarsi crescere i capelli.

Romilda non ne aveva mai vista una, aveva solo udito voci, ma si diceva che conoscessero un'erba che interrompeva il ciclo femminile. Lei sapeva di un'erba usata per impedire alle cagne di andare in calore, quando non si voleva che ingravidassero, e forse si trattava della stessa pianta, ma non osava fare la prova su se stessa. Del resto, in quel momento non ne aveva a disposizione, e non sarebbe riuscita a riconoscerla allo stato selvatico, perché l'aveva vista soltanto nei preparati degli erboristi.

Il quarto giorno, al risveglio, Rory disse, con un sorrisino odioso: «Questa notte dormirai con me nell'altra stanza. Abbiamo condiviso il cibo e il fuoco; ora basterà condividere il letto perché il matrimonio sia valido».

E nelle montagne, Romilda sapeva, *la legge riconsegnava al marito la moglie che abbandonava il tetto coniugale*. Anche se era stata sposata con la forza, una donna non era difesa dalla legge; perciò, se lei fosse fuggita dopo essere stata a letto con Rory, ci sarebbero stati *due* uomini a cercarla: il padre e il marito. E forse, stando così le cose, alla Torre non l'avrebbero voluta.

Be', ci avrebbe pensato a suo tempo. Aveva una sola giornata per prepararsi la fuga.

Per tutto il giorno, mentre lavorava nella casa, continuò a esaminare le varie possibilità. Poteva aspettare che il matrimonio fosse consumato, e allontanarsi mentre lui dormiva... le avevano detto che gli uomini, *dopo*, tendevano ad addormentarsi. La vecchia non avrebbe potuto fermarla, però avrebbe fatto un tale putiferio da svegliare il nipote. Dunque, doveva impedire a Rory di seguirla.

Ma, per farlo, avrebbe dovuto concedersi a quello zoticone. Sentì un nodo alla gola al pensiero di essere una vittima passiva, di lasciarsi prendere senza lottare.

Forse, dopo che Rory si fosse spogliato, lei sarebbe riuscita a nascondergli gli stivali e i calzoni. A piedi nudi e in camicia, il montanaro non sarebbe riuscito a rincorrerla... a piedi, perché lei contava di liberare il *chervine* e di spingerlo nei boschi. Prima che l'uomo trovasse gli abiti e che andasse a riprendere l'animale, lei e il suo cavallo si sarebbero trovati sulla strada per Nevarsin.

Ma prima gli si sarebbe dovuta concedere...

Poi pensò che, una volta svestiti, una buona ginocchiata all'inguine l'avrebbe messo fuori combattimento, almeno per il tempo necessario alla fuga. Ma doveva colpire forte e non mancare il bersaglio; altrimenti lui l'avrebbe mezzo ammazzata di botte e non si sarebbe più fidato di lei.

Poi ricordò quanto le aveva detto la madre, quando lei era piccola: non doveva mai colpire i fratelli in quel punto, neppure per gioco, perché un piccolo colpo era sufficiente a causare danni gravi, e talvolta permanenti; anche la morte, in caso di lesioni interne. Il ricordo la portò a riflettere.

In caso di necessità, era pronta a uccidere per impedire a quell'uomo di averla?

Dopotutto, pensò poi, il montanaro era stato il primo a cercare di ucciderla; se lei fosse stata un maschio, o se non le si fosse lacerata la tunica, le avrebbe tagliato la gola per rubarle il cavallo e il mantello.

Sì, a suo modo Rory l'aveva trattata con gentilezza dopo avere scoperto che era una donna, ma questo perché, invece di un cadavere, preferiva avere una schiava... dato che la vita con lui sarebbe stata una schiavitù: fare per tutto il giorno i lavori domestici e obbedire ai capricci della vecchia. Lasciandola in vita, quello zoticone pensava di ottenere molto di più, e per giunta di tenersi manto e cavallo! No, Romilda non avrebbe avuto scrupoli.

Nel primo pomeriggio, mentre Romilda impastava il pane, Rory entrò in cucina e gettò sul tavolo la carcassa di un daino.

«L'ho già spellato e pulito», disse. «Arrostiscine un quarto per la cena di questa sera, ho voglia di un po' di carne; domani metteremo sotto sale il resto. Per questa notte puoi appenderlo nella stalla, ma lontano dagli insetti.»

«Come volete, Rory», rispose lei, e si rallegrò tra sé. Al freddo della notte, la carne si sarebbe congelata: sarebbe durata per vari giorni, se fosse riuscita a portarla via. L'avrebbe appesa accanto alla propria sella, si disse.

Presto si diffuse nella cucina l'odore della carne arrostita; Romilda aveva fame, ma anche dopo aver dato da mangiare alla vecchia, averle pulito il mento e averla preparata per la notte, aveva la gola talmente serrata dalla tensione che non riuscì a trangugiare nulla.

Devo essere pronta. È stanotte, o mai. Continuò a sedere a tavola, centellinando una tazza calda di tisana, finché non giunse Rory, che la abbracciò da dietro.

«Ho acceso il fuoco nell'altra stanza», disse. «Non avremo freddo; vieni, Carlinda.»

Evidentemente, la vecchia doveva avergli riferito il suo falso nome. Certo non glielo aveva detto Romilda. Bene, il momento era giunto; occorreva bandire ogni indugio. Si sentiva mancare le ginocchia, e per qualche istante si chiese se avesse il coraggio di seguire il proprio piano.

Si lasciò condurre nell'altra stanza e notò che Rory chiudeva la porta con una sbarra. Male. Se voleva fuggire, la strada doveva essere libera. «Dovete davvero chiudere?» chiese. «Certo la signora Mhari non ci verrà a disturbare, dato che non può lasciare il letto...»

«Pensavo che avremmo goduto di maggiore intimità», disse lui, con di nuovo quel sorrisino. Ma Romilda insistette:

«Supponiamo che abbia bisogno di me nella notte, e che io non la senta. Lasciate socchiusa la porta: in questo modo, se mi chiamerà perché è indolenzita, potrò andare a girarla dall'altra parte».

«Hai davvero buon cuore, ragazza», disse Rory, e socchiuse un poco la porta. Poi si sedette pesantemente su un lato del letto e cominciò a togliersi gli stivali.

«Aspettate, vi aiuto», disse lei, e si avvicinò per toglierglieli. Poi fece una smorfia. «Oh, come puzzano, dovete essere passato sul letame! Dateli a me, marito mio», pronunciò intenzionalmente questa parola, «e domattina li pulirò, prima che vi alziate. Anzi, potreste darmi anche i calzoni...»

S'interruppe, chiedendosi se non avesse esagerato. Ma il montanaro non aveva alcun sospetto.

«Certo, e domattina metterò una camicia pulita, se me ne hai preparato una», disse, consegnandole i propri indumenti. «Lasciali vicino al secchio della sciacquatura; se puzzano di letame, è meglio non tenerli in camera nostra.»

Di bene in meglio! Ma Rory, al minimo sospetto, avrebbe potuto ancora raggiungerla. Poi pensò che, seminudo, non avrebbe potuto fare molta strada... Romilda stava già per tentare la fuga, quando si sentì chiamare, con sospetto:

«Carlinda! Ti aspetto, torna qui!»

«Vengo subito», disse lei, a voce alta, e rientrò nell'altra stanza. Dunque, il destino aveva deciso per lei. Si fermò accanto al letto e cominciò a togliersi stivali e calze, tunica e calzoni.

Rory s'infilò sotto le coperte. Quando Romilda si sedette sul letto, lui la abbracciò e le posò la mano sul seno in quella che probabilmente voleva essere una carezza, ma aveva le mani talmente pesanti che lei lanciò un grido di dolore. Lui la baciò sulla bocca e la spinse contro il letto.

«Vuoi la lotta, allora? Se è questo che vuoi, ragazza, faremo la lotta...» ansimò, coprendola con il proprio corpo nudo. Il suo fiato era rovente e puzzava.

A questo punto, Romilda non aveva più esitazioni. Riuscì ad allontanarsi quanto bastava per sferrare il calcio più violento che avesse mai dato. Colpì in pieno il bersaglio: Rory, con un ululato di dolore, cadde rotoloni e si portò spasmodicamente le mani all'inguine.

«Ah! Ah! Cagna, tigre! ah!»

La vecchia Mhari cominciò a chiedere che cosa fosse successo, con voce ansiosa; Romilda scese dal letto, prese il mantello di Rory e i propri indumenti, s'infilò la tunica ancor prima di uscire dalla stanza. Aprì la porta e si trovò in cucina, dove prelevò il pane e l'arrosto avanzati. Prese anche gli stivali e i calzoni di Rory, e corse alla stalla.

Dietro di lei, il montanaro emetteva ancora grida incoerenti di rabbia e di dolore; per un attimo, Romilda si sentì paralizzare, poi entrò decisamente nella piccola costruzione. Servendosi del pugnale, tagliò le pastoie del *chervine* e colpì l'animale sul posteriore, cacciandolo via con un grido. Tagliò poi i legami del suo cavallo e gli mise sella e briglia.

Intanto, mentre dalla casa continuava il duetto composto delle grida di Rory e delle domande della vecchia Mhari - la donna non aveva capito che cosa fosse successo, e il giovane non era ancora in grado di parlare -, Romilda ebbe l'impressione che il dolore pulsasse anche dentro di lei. Ma si disse che era un effetto del suo *potere*, e che era un piccolo prezzo da pagare, in cambio del colpo con cui si era vendicata.

Mi avrebbe uccisa, mi avrebbe violentata... non debbo avere sensi di colpa!

Aveva intenzione di gettare stivali e calzoni di Rory nella neve; ma, quando si strinse nel mantello e li raccolse, le venne un'idea migliore. Aprì la porta della latrina e gettò nel pozzo nero prima gli uni, poi gli altri.

Ora, vediamo se riesce a trovarli e a pulirli prima di mettersi all'inseguimento, pensò. Montò in sella, afferrò il fagotto delle provviste e spronò il cavallo.

L'animale si gettò verso gli alberi e lungo l'erto sentiero in discesa; Romilda aveva tanta fretta di allontanarsi che lo lasciò libero di correre a suo piacimento.

La strada era talmente ripida che lei doveva tenersi al collo dell'animale, ma non era ancora nato il cavallo a cui non riuscisse a rimanere aggrappata, e Romilda era certa di non cadere. Ricordò le parole della vecchia Mhari: *Dovevi prendere la strada a sinistra ai piedi del monte*. Il cuore le batteva talmente forte da coprire il rumore degli zoccoli sul terreno.

Era libera, e - almeno per qualche tempo - Rory non sarebbe stato in grado di inseguirla. Anche se era all'aperto in una notte buia, se pioveva, se le sue provviste erano scarse e se aveva unicamente il poco denaro che si era nascosta in seno, Romilda era riuscita a sfuggire a Rory e alla sua infernale nonna.

Adesso sono libera. Ma devo decidere come utilizzare la mia libertà. Si chiese, per qualche tempo, se non fosse il caso di ritornare a Poggio del Falco... ma suo padre l'avrebbe preso come un segno di resa senza condizioni. Il Nobile Garris l'avrebbe forse tenuta in una schiavitù più dorata di quella di Rory tra i boschi; ma lei aveva usato tutto il suo ingegno per liberarsi, e ora non voleva tornare a essere prigioniera.

No, intendeva cercare una Torre dove addestrare il proprio potere. Si disse che in tutte le storie di eroi e di cavalieri erranti il protagonista si trovava dinanzi, all'inizio, diverse prove da superare. Adesso lei era l'eroe - ma perché gli eroi erano sempre uomini? - della sua stessa saga, e aveva superato la prima ordalia.

Poi rabbrividì al pensiero che potesse essere non la strada per la libertà, ma solo la prima di una lunga serie di prove che ancora la attendevano.

Capitolo 7

GLI UCCELLI-SENTINELLA

ROMILDA non ebbe il coraggio di rallentare l'andatura finché la luna non fu tramontata; cavalcò nel buio, lasciò che il cavallo seguisse la propria strada, e alla fine allentò la briglia e gli permise di procedere al passo. Lei stessa ignorava dove si trovasse; sapeva che quando era giunta al bivio, ai piedi della collina, non aveva preso la strada a sinistra, che l'avrebbe condotta a Nevarsin: da quella parte, per Rory sarebbe stato fin troppo semplice ritrovarla. E adesso si era perduta: per sapere la direzione in cui si stava muovendo, avrebbe dovuto aspettare il sorgere del sole, che le avrebbe permesso di orientarsi.

Trovò una piccola macchia di alberi che offrivano riparo, tolse la sella al cavallo e legò l'animale a uno dei tronchi, poi si avvolse nel mantello e nella rozza coperta che aveva afferrato durante la fuga, e si infilò in una piccola cavità ai piedi dell'albero. Aveva freddo ed era indolenzita, ma riuscì a dormire, anche se continuò ad agitarsi nel sonno a causa di incubi in cui un uomo senza volto che era per metà Rory e per metà il Nobile Garris - no, assomigliava anche a suo padre - le si accostava con lentezza inesorabile... e lei non riusciva a muovere neppure un dito. Di una cosa era certa, nel sogno: se Rory l'avesse avuta nuovamente a tiro, lei avrebbe fatto meglio a tenere pronto il pugnale. Ma qualcuno glielo aveva gettato nel pozzo della latrina, e lei non poteva cercarlo perché era vestita soltanto dei suoi stracci sporchi di sangue, e, per chissà quale motivo, nel prato dove suo padre teneva il mercato dei cavalli si stava proprio allora danzando per la festa del raccolto... Fu destata dal cavallo, che sbuffava e la spingeva con il muso; il sole era alto e il ghiaccio sui rami si stava sciogliendo.

Era stata una fortuna, fuggendo nella notte, a rotta di collo, che il cavallo non si fosse spezzato un garretto sul terreno gelato. Ora, in quel momento di tranquillità, Romilda rifletté sulla propria situazione.

Tra le cose che aveva preso la notte precedente c'era un quarto di daino congelato, che si prestava a essere arrostito o affumicato; lei non aveva sale, ma in quel clima rigido non si sarebbe guastato. Nel peggiore dei casi, avrebbe potuto tagliare qualche fetta sottile e mangiarla senza condimento, anche se la carne cruda non le piaceva. Aveva perso selce e acciarino, ma aveva il pugnale; avrebbe potuto cercare una selce non appena si fosse sciolto il ghiaccio che copriva la strada.

Invece del suo mantello imbottito, aveva quello di lana grezza di Rory, ma il cambio, in un certo senso, era un bene; l'avrebbe tenuta al caldo senza destare l'avidità di nessuno, diversamente dal suo, fine, ben ricamato e foderato di preziosa pelliccia. Aveva stivali e pesanti calzoni di cuoio; un pugnale, qualche piccola moneta nascosta in seno... aveva abbandonato il borsellino con le altre; forse Rory si sarebbe accontentato delle monete e del mantello elegante e non le avrebbe dato la caccia. Ma Romilda preferiva non correre rischi, e continuare la fuga. Nelle bisacce aveva ancora qualche forma del pane dei cani; ne prese una e la diede al cavallo. Mentre l'animale masticava il grano duro, lei si mise in ordine - quando era corsa via, era vestita alla bell'e meglio - e si ravviò con le dita i capelli corti e spettinati. Con la sua aria disordinata, si disse, poteva farsi passare senza difficoltà per un apprendista falconiere scappato di casa!

Ormai il sole era alto; prometteva di essere un bella giornata, perché gli alberi si erano già liberati della neve e sui loro rami spuntavano le prime gemme. Tagliò alcune sottili fette dal quarto di daino congelato e le masticò a lungo; la carne era dura e insipida, ma la giovane sapeva che un essere umano è in grado di mangiare tutto quel che mangia un falco, e i rapaci venivano nutriti con quel cibo.

Orientandosi con il sole, riprese il cammino verso il nord. Pensava che presto o tardi avrebbe incontrato qualcuno a cui chiedere la strada per Nevarsin; dal monastero, poi, si sarebbe diretta alla Torre di Tramontana.

Cavalcò per tutto il giorno senza incontrare né abitazioni né persone. Non aveva paura, perché in quei boschi era certa di potersi procurare il cibo: finché il tempo fosse rimasto sereno, si sarebbe trovata al sicuro. Ma doveva cercarsi un riparo, prima che scoppiasse un'altra tempesta. Forse a Nevarsin avrebbe potuto vendere il cavallo in cambio di un *chervine* e di una somma di denaro che le avrebbe permesso di procurarsi cibo e abiti pesanti adatti al clima. Si era dovuta mettere in fretta gli stivali e aveva lasciato in casa di Rory le sue spesse calze di lana.

Sospirando, infilò il pugnale nella guaina e mangiò l'ultimo pezzo di carne. Da un ramo pendeva ancora qualche mela selvatica; la staccò. Erano piccole e acide, ma il cavallo le avrebbe apprezzate. Dall'alto le giunse il grido del falco; alzando gli occhi nella direzione da cui proveniva, le venne in mente Preciosa. Le parve per un momento - ma certo era colpa dell'immaginazione - di sentire il debole contatto che aveva sempre provato con il rapace: il mondo si stendeva sotto di lei, e le figure di un cavaliere e del suo animale erano due minuscoli puntini scuri... *Oh, Preciosa, quando eri mia ti volevo bene, ma adesso sei libera e anch'io cerco la libertà.*

Quella notte dormì in un rifugio per viaggiatori, abbandonato fin da quando l'Aldaran aveva dichiarato l'indipendenza dalle Sei Grandi Case della pianura; ormai il traffico oltre il Kadarin, tra Nevarsin e Thendara, era quasi del tutto scomparso. Ma la capanna la proteggeva dalla pioggia, ed era meglio dormire lì che sotto un albero. Romilda riuscì anche ad accendere un fuoco, e perciò riposò al caldo e arrostì un pezzo di daino. Sperava di trovare noci - era stufa di mangiare carne - ma finché il cibo durava, non intendeva lamentarsi della sua qualità. All'occorrenza avrebbe potuto mangiare il pane dei cani, ma il cavallo ne avrebbe tratto maggior giovamento.

Continuò a viaggiare in questo modo, senza incontrare anima viva, per tre giorni. Ormai, si disse, a casa dovevano avere sospeso le ricerche. Si chiese se suo padre avesse pianto, credendola morta.

Quando sarò a Nevarsin gli manderò un messaggio. In qualche modo gli farò sapere che sono viva. Ma senza dubbio si comporterà con me come ha fatto con Ruyven: mi scaccerà di casa e dirà che non sono sua figlia. Sentì un nodo alla gola, ma non riuscì a piangere. Aveva già pianto troppo, e le lacrime non le erano servite a niente, tranne che a farle venire il mal di capo e il bruciore agli occhi, finché non aveva deciso di rinunciare al pianto e di agire.

Le donne pensano che le lacrime le aiutino. Forse gli uomini hanno ragione nel dire che le lacrime sono una caratteristica femminile; certo, le donne piangono e sono inermi, ma gli uomini, se qualcosa li irrita, agiscono e non sono mai inermi, non sprecano tempo in lacrime e in accessi di collera...

Finì il quarto di daino, senza rimpianti... verso la fine, pensò, soltanto un cane molto affamato sarebbe stato disposto a mangiarlo; quanto a un falco, avrebbe girato sdegnosamente il becco dall'altra parte. La quinta notte si cibò solo di alcune noci, raccolte su un albero abbandonato, e dei funghi dei boschi. Per consolarsi, si disse che forse l'indomani avrebbe catturato qualche uccello, o che qualche viandante le avrebbe detto se era la giusta strada per Nevarsin... ma ne dubitava, perché diventava sempre più accidentata: nelle vicinanze della principale città di quei monti, ci si aspettava di trovare abitazioni e strade ben tenute!

Anche il pane finì e la giovane dovette fermarsi quando mancavano ancora varie ore al tramonto, perché il cavallo potesse brucare. Per fortuna il tempo era buono e si poteva dormire all'aperto. Ormai Romilda era stanca di viaggiare, ma pensò che non sarebbe più potuta ritornare a casa neppure se l'avesse voluto: ignorava perfino da che parte fosse Poggio del Falco.

Dormì male, affamata e al freddo, e si svegliò molto presto. La strada diventava sempre più aspra, e Romilda si chiese se non era il caso di tornare indietro e di cercare qualche zona più abitata. Stracciò un po' di tela e se la avvolse attorno ai piedi per evitare che il cuoio degli stivali le irritasse la pelle: aveva già le caviglie arrossate. Alto nel cielo, un singolo falco descriveva lenti cerchi... perché se ne vedeva sempre uno solo? Come nel caso di altri animali, ciascuno di loro aveva un proprio territorio di caccia? E di nuovo quelle strane immagini, come se vedesse con gli occhi del falco - era di nuovo il suo *potere*? -, e il pensiero di Preciosa, fuggita, libera, perduta. *Strano, ma sento più la sua mancanza che quella di mio padre, dei miei fratelli e della casa...*

Ormai la stagione delle bacche era finita, ma Romilda ne trovò su un cespuglio e le raccolse, rimpiangendo che non ce ne fossero di più. C'era anche un albero di cui si poteva mangiare la polpa, dopo avere tolto la corteccia, ma lei non era ancora affamata fino a quel punto. Sellò il cavallo e, anche se aveva dormito, sentì una profonda stanchezza. Lentamente, cominciò a pensare che in quelle foreste disabitate c'era il grave rischio di perdersi e di morire.

Dopo avere cavalcato per un'ora, giunse a un bivio e si arrestò, indecisa. Pensò che il cavallo poteva fermarsi per qualche tempo a brucare e che lei poteva salire in cima a una collinetta poco distante, per cercare un'abitazione umana, il fumo di un boscaiolo, la capanna di un pastore. Non si era mai sentita così sola. *Certo. Non sono mai stata così sola*, pensò, con una smorfia, e si avviò verso l'altura, anche se le ginocchia le facevano male.

Da quanti giorni non mangio come si deve? Questa notte devo assolutamente trovare cibo e fuoco. Fu quasi sul punto di rimpiangere di non essere rimasta con Rory e con la sua orribile vecchia nonna; almeno, laggiù sarebbe stata al caldo e avrebbe mangiato... era davvero tanto brutto, sposare quel grosso bestione?

Preferisco morire nella foresta, si disse, decisa; ma era spaventata e aveva fame, e dalla cima dell'altura si scorgevano soltanto alberi. Lontano, all'orizzonte, a nordovest, sorgeva un'alta montagna, attorniata da ombre che dovevano essere monti coperti di neve: gli Hellers e, dietro di quelli, il Muro Attorno al Mondo, che a detta di tutti i viaggiatori era invalicabile. Almeno, Romilda non conosceva nessuno che lo avesse superato; su tutte le mappe costituiva il confine delle terre conosciute. Una volta, la giovane aveva chiesto alla sua insegnante che cosa si stendesse al di là.

«Il deserto di ghiaccio», le aveva risposto la donna. «Nessuno lo sa.» A quell'epoca, l'idea aveva destato la curiosità di Romilda. Ma adesso era stanca di viaggiare in terre sconosciute e avrebbe accolto con piacere un po' di compagnia.

Anche se le passate esperienze le avevano insegnato ad aspettarsi il peggio, dalle persone che si incontrano lungo la strada.

Forse era stata soltanto sfortunata. Sospirò e strinse la cintura. Poteva digiunare senza pericolo per l'intera giornata, ma prima di sera avrebbe dovuto trovare del cibo. Tornò a guardarsi attorno, e fissò attentamente l'alta cima. Le parve di scorgere qualcosa nei pressi della vetta - una costruzione bianca, certamente fabbricata dall'uomo - e si chiese se fosse un castello, o una delle Grandi Case, o una Torre. Nordovest: doveva ricordare l'angolo tra il monte e il sole e tenere conto del passare del tempo, per evitare di procedere in cerchio. Ma non pensava di correre quel rischio, finché avesse seguito la strada.

Doveva ritornare al cavallo. Sollevò nuovamente gli occhi. Strano. C'era ancora il falco. Si chiese, senza ragione, se fosse lo stesso uccello, ma si disse di no. Semplicemente, su quei monti c'erano molti falchi: bastava alzare gli occhi al cielo per scorgere un rapace. Per un istante ebbe la sensazione di volare, di scorgere la guglia bianca della Torre e il debole lampo azzurro che scoccava al suo interno... era debole e stordita, non più in grado di capire se era la sua visione o quella del falco... poi s'impose di staccarsi dal rapporto mentale. Troppo facile smarrire la propria identità, in quella comunione con il cielo, l'aria, le nuvole...

Tornò al cavallo e lo sellò, a fatica. Se non altro, l'animale era sazio. Disse a voce alta: «Anche a me piacerebbe nutrirmi d'erba come te, vecchio amico», e il suono delle sue stesse parole la fece trasalire.

Le rispose un altro suono: il grido del falco che uccide... sì, il rapace aveva trovato una preda, perché Romilda sentì nella mente lo scorrere del sangue. Il cavallo si agitò nervosamente, e la giovane tirò la briglia, rivolgendogli parole tranquillizzanti... poi scorse la punta di un'ala scura. Istintivamente, sollevò il braccio, sentì la dolorosa stretta degli artigli e, senza più pensare, si abbandonò al rapporto mentale che conosceva bene.

«Preciosa!» Nel pronunciare il nome, le sfuggì una lacrima. Il falco, chissà come, l'aveva seguita in tutto il suo vagabondaggio: come avesse fatto, Romilda non l'avrebbe saputo mai. Poi, con un grido, il falco richiamò la sua attenzione, e la giovane vide che stringeva un grosso uccello, ancora caldo. Romilda afferrò Preciosa per le zampe e se la staccò dal polso: sanguinava leggermente dove gli artigli l'avevano punta, ma era colpa sua, perché non aveva un guanto. Posò il falco sulla sella, e prese il pugnale per fare a pezzi l'uccello; diede a Preciosa la testa e le ali, e mentre il falco si cibava - grazie al Portatore di Pesi, il cavallo era abituato a stare fermo anche quando la sua sella veniva trasformata in un posatoio di fortuna - spennò il resto della carcassa e accese un piccolo fuoco per arrostirla.

È tornata da me nel momento in cui avevo fame. Lo sapeva. Per portarmi il cibo, ha rinunciato alla sua libertà. Preciosa portava ancora i geti alle zampe. Romilda li sciolse con la punta del pugnale.

Se vorrà rimanere con me, dovrà farlo di propria volontà. Non la legherò mai più. Appartiene a se stessa. Ma gli occhi le si erano nuovamente riempiti di lacrime. Incrociò lo sguardo del falco e una nuova comunione si formò tra il rapace e la ragazza: un flusso di pura emozione. *Non è Preciosa il mio falco. Io sono la sua ragazza,* pensò Romilda. *È stata lei a scegliere me, e non viceversa!*

Il falco non si mosse quando Romilda si avvicinò; spostandosi leggermente prima su una zampa e poi sull'altra, fissò la giovane negli occhi; poi fece un piccolo balzo e le saltò sulla spalla. Romilda trattenne il respiro, quando gli artigli le si piantarono dolorosamente nella carne, forando la tunica e il mantello, e immediatamente il rapace allentò la stretta.

«Bellissima, meravigliosa...» le sussurrò Romilda, mentre il falco piegava il collo e prendeva a lisciarsi le penne con il becco.

Non ho mai sentito niente di simile: che un falco ritornasse dopo essere fuggito... e Romilda suppose che fosse per merito del suo *potere.*

Per molto tempo, il falco rimase tranquillo, in una comunione senza parole, mentre Romilda consumava la carne arrostita, copriva il fuoco e preparava il cavallo per la partenza; le mani della ragazza svolgevano tutti quei compiti, ma la sua mente rimaneva legata a quella dell'uccello.

Adesso resterà con me? O volerà di nuovo via? Non ha importanza. Siamo insieme.

Alla fine tagliò un ramo e lo legò alla parte posteriore della sella, come posatoio per quando Preciosa rimaneva con lei, poi montò a cavallo e posò il falco sul ramo. Il rapace rimase tranquillo per qualche istante, poi batté le ali e si levò in volo, ma senza allontanarsi molto da lei. Romilda tornò a respirare. Preciosa non l'avrebbe mai più lasciata.

Poco più tardi tirò le redini, perché aveva sentito alcune voci. Un uomo che diceva in tono brusco: «Vi ripeto, ho visto del fumo», e un secondo che gli rispondeva qualcosa. Si udiva anche acciottolio di zoccoli, e da qualche parte un secco grido.

La giovane si affrettò a scendere di sella senza fare rumore, e condusse il cavallo dietro una macchia di alberi che spuntava ai bordi della strada. Non intendeva avvicinarsi a nessuno prima di averlo esaminato.

Un altro uomo prese a parlare, ma questa volta con il tono della persona istruita: un abitante delle pianure, pensò Romilda; parlava come Alderic. «Se qualcuno percorre queste strade, Orain, è certo nelle nostre stesse condizioni, e sarà altrettanto lieto di vedere una faccia umana.» I cavalieri erano visibili, adesso: un uomo alto, dai capelli rosso-fiamma, che indossava abiti lisi, ma che aveva ugualmente un'aria elegante... non certo uno zotico come Rory. In qualche modo, le richiamò alla mente il signore di Storn o il vecchio signore di Scathfell, pur se indossava abiti rozzi come quelli della stessa Romilda, e aveva la barba e i capelli lunghi. Anche l'uomo al suo fianco era alto e magro, e indossava un mantello di foggia antica e stivali che sembrava essersi fatto da sé, di cuoio non conciato. Su un blocco di legno posto sul pomo della sella c'era un grosso uccello incappucciato, molto diverso dai falchi che conosceva Romilda. Il volatile si spostava nervosamente da una zampa all'altra, e la ragazza, che era ancora parzialmente in rapporto con Preciosa, provò ira e paura. Non sapeva che razza di uccello fosse, ma capiva istintivamente che era meglio tenersi alla larga.

Dietro questi due c'erano altri cinque o sei uomini. Ma solo i primi avevano un cavallo: gli altri montavano un assortimento di *chervine* piccoli e male in arnese, con il manto sporco e le corna spezzate; a uno o due maschi erano state tolte le corna con una tale imperizia che Romilda si sentì rabbrividire. Suo padre avrebbe cacciato via su due piedi qualsiasi dipendente che avesse ridotto in quelle condizioni la sua cavalcatura, e, quanto alle corna, lei stessa sarebbe stata in grado di staccargliele meglio! L'aspetto dei due uomini che cavalcavano all'avanguardia le piaceva, ma non aveva mai visto un gruppo di canaglie come quelli che li seguivano!

L'uomo magro e barbuto che cavalcava accanto all'aristocratico dai capelli rossi (la ragazza, fin dal primo momento, lo aveva giudicato un nobiluomo di una Grande Casa) scese di cavallo e disse: «Vedo traccia di un fuoco, e c'è anche sterco di cavallo; qui si è fermato qualcuno».

«A cavallo, in queste foreste?» chiese l'uomo dai capelli rossi, sollevando un sopracciglio. Si guardò attorno, ma il primo a scorgere Romilda, nel folto del boschetto, fu l'uomo magro vestito in modo strano.

«Esci fuori, ragazzo. Non intendiamo farti alcun male», disse, invitando Romilda ad avvicinarsi. Intanto, l'uomo dai capelli rossi smontò di sella e si avvicinò ai resti del fuoco. Frugò tra la cenere accuratamente coperta di sassi - come ogni abitante degli Hellers, Romilda non voleva correre il rischio di incendi boschivi - e alla fine trovò alcune braci ancora accese; le coprì di rametti secchi.

«Ci hai risparmiato la fatica di accendere il fuoco», disse con il suo tono tranquillo, da persona istruita. «Vieni con noi, nessuno ti farà del male.»

E in effetti Romilda non coglieva alcun senso di minaccia. Fece uscire il cavallo dal boschetto e si fermò davanti a lui, con la mano sulla briglia.

«Chi sei, ragazzo, e dove stai andando?» chiese l'uomo magro, in tono gentile. Romilda giudicò che fosse più giovane di suo padre, ma più vecchio dei suoi fratelli. Ripeté la storia che si era preparata.

«Sono un apprendista falconiere... sono nato in una Grande Casa, ma mia madre era troppo orgogliosa per farmi accettare come figlio di un nobile, e ho pensato di potermi migliorare a Nevarsin; perciò sono partito per il monastero, ma ora devo essermi perduto.»

«Hai il cavallo e un mantello, il pugnale e - se non mi sbaglio - anche un falco», disse l'uomo dai capelli rossi, fermando gli occhi grigi sul posatoio improvvisato, a cui Romilda aveva legato i geti recuperati dalle zampe di Preciosa; fin dalle prime lezioni, la ragazza aveva imparato a non buttare mai via un pezzo di cuoio: poteva sempre tornare utile. «Hai rubato il falco? A che serve, a un apprendista, un uccello rapace... E dov'è, ora?»

Romilda sollevò il braccio; Preciosa scese dal cielo e vi si posò. La ragazza disse in tono di sfida: «È mio; nessun altro può vantare diritti su di lui, perché l'ho addomesticato di mia mano».

«Non ne dubito», disse l'aristocratico, «perché in questi boschi, senza neppure i geti a trattenerlo, potrebbe volare via in qualsiasi momento. Almeno in questo senso, è tuo nella misura in cui un essere umano può dire di possedere una creatura selvatica.»

Lo capisce! All'improvviso, Romilda sentì un forte trasporto verso quell'uomo, come se fosse stato un fratello o un consanguineo. Gli sorrise, ed egli le restituì il sorriso. Poi l'uomo fissò i compagni, fermi attorno al boschetto, e disse: «Anche noi siamo diretti a Nevarsin, ma seguiamo una strada un po' tortuosa... per motivi di sicurezza. Accompagnaci, se vuoi».

«Il Nobile Carlos intende dire», spiegò l'uomo magro che gli stava al fianco, «che se seguissimo la strada principale qualcuno ci consegnerebbe subito al carnefice!»

Che fossero fuorilegge, banditi? Romilda si chiese se lasciando Rory per seguire quegli uomini dall'aria pericolosa non fosse uscita dalla trappola per entrare nella padella! Ma l'uomo dai capelli rossi sorrise e disse: «Ci fai passare per una banda di tagliagole, Orain. Siamo uomini senza casa che hanno perso le terre dei padri, e alcuni di noi hanno perso anche la famiglia, perché abbiamo difeso il legittimo sovrano invece della canaglia che si è messo in testa di appropriarsi del trono degli Hastur. Si è assicurato un certo numero di sostenitori impiegando il veleno, il cappio o il coltello contro coloro che non volevano appoggiarlo, e si è procurato terre a sufficienza per premiare i suoi seguaci, assassinando, o mandando in esilio, chiunque lo guardasse di storto o non piegasse abbastanza in fretta il ginocchio davanti a lui. Siamo diretti a Nevarsin perché laggiù intendiamo radunare un esercito... Rakhal non riuscirà a impadronirsi tanto facilmente del Palazzo di Cristallo! Un Hastur, lui?» Rise. «Male riposerà la sua testa incoronata, finché uno solo di noi rimarrà in vita! Io sono Carlos del Lago Azzurro; questi è il mio araldo e amico Orain.»

La parola che aveva usato per dire "amico" voleva dire anche "cugino" e "fratello adottivo"; e Romilda vide che lo scarno Orain rimirava il Nobile Carlos con una devozione pari a quella che i migliori cani da caccia mostravano sempre verso suo padre.

«Se il ragazzo è pratico di falchi», disse Orain, «non dubito che saprà dirci che cos'hanno i nostri uccelli-sentinella, Nobile Carlos.»

L'aristocratico fissò Romilda. «Come ti chiami, ragazzo?»

«Romal.»

«E dal tuo modo di parlare deduco che sei cresciuto a nord del Kadarin», commentò Carlos. «Allora, Romal, conosci i falchi?»

Romilda annuì. «Sì, signore.»

«Fagli vedere gli uccelli, Orain.»

L'interpellato si avvicinò al proprio cavallo e prese dalla sella il grande rapace. Dopo avere rivolto un cenno a due dei suoi uomini, ciascuno dei quali portava sulla sella un uccello analogo, sfilò con molta attenzione il cappuccio che copriva gli occhi del suo, badando a tenersi ben lontano dal becco; il volatile scosse la testa, come per beccare, ma era troppo nervoso per farlo. Aveva sugli occhi una lunga riga di piume, ma il resto della testa era nudo e sgradevole; le penne erano arruffate, anche le zampe erano sporche e coperte di scaglie. Romilda pensò che non aveva mai visto uccelli così brutti e dall'aria così feroce; ma se fossero stati in buone condizioni di salute avrebbero avuto la bellezza di tutte le creature selvatiche. Ora parevano gobbi e avevano un aspetto miserevole. Uno di loro allungò il collo per lanciare un rauco grido, poi cacciò di nuovo la testa fra le ali e tornò a sembrare uno squallido mucchio di piume.

Romilda disse: «Non ho mai addestrato uccelli come questi». Le ricordavano più i *kyorebni*, i selvatici uccelli-spazzini dei monti più alti, che non ogni altro uccello da preda.

«Eppure, un uccello è sempre un uccello», commentò Carlos. «Ce li ha dati un nostro sostenitore e intendiamo portarli in dono all'esercito di Carolus, a Nevarsin, ma deperiscono in fretta e può darsi che non sopravvivano fino al nostro arrivo. Non riusciamo a capire che malattia abbiano, anche se molti di noi hanno addestrato dei falchi, e nessuno di noi sa prendersi cura di loro. Conosci le loro malattie, mastro Romal?»

«Un poco», disse Romilda, cercando di ricordare quel che sapeva sul modo di curare gli animali. I rapaci avevano davvero bisogno di cure; qualsiasi uccello, dallo sparviero al falco selvatico, che non si liscia il piumaggio e non si tiene in ordine le zampe è certamente malato. La giovane sapeva come prendersi cura di una penna remigante rotta, ma non come curare gli uccelli colpiti da malattia; se poi avessero avuto qualche malattia intestinale, non avrebbe assolutamente saputo come comportarsi.

Tuttavia, si avvicinò alle strane creature e tese la mano verso quella tenuta da Orain, fissandola nell'occhio ed entrando in rapporto mentale con essa. Sentì immediatamente un torpore opaco, un senso di nausea che le diede quasi il voltastomaco. Interruppe il contatto, e, nauseata a sua volta, chiese: «Che cosa avete dato loro da mangiare?»

Era l'ipotesi più probabile; le era tornata in mente Preciosa, disgustata dal cibo insufficientemente fresco.

«Solo la carne migliore e più fresca», disse uno degli uomini di Orain, sulle difensive. «Vengo da una Grande Casa dove si tenevano molti falchi, e so che mangiano carne; quando la cacciagione era insufficiente, abbiamo ridotto le nostre razioni per dare carne fresca a quei maledetti uccelli, anche se la cosa non è servita a nulla», aggiunse, guardando tristemente l'uccello malato che gli stava sul pomo della sella.

«Solo carne fresca?» disse Romilda. «Ecco il motivo, signore.

Osservate il becco e gli artigli, e poi guardate quelli del mio falco. Sono uccelli-spazzini, signore; dovrebbero potersi cercare il cibo da soli. Non possono strappare la carne fresca, non hanno il becco sufficientemente robusto, e se li avete sempre portati sulla sella e non li avete lasciati liberi, non hanno potuto inghiottire sassi e ghiaia da tenere nel gozzo. Mangiano carne semiputrefatta, e devono mangiare anche pelo e piuma... ma hanno mangiato solo muscolo, e animali spellati, vero?»

«Pensavamo che fosse la cosa giusta», disse Orain.

Romilda scosse la testa. «Se dovete nutrirli con cacciagione fresca, lasciatele il pelo e le penne, e assicuratevi che possano beccare pietre, rametti e anche un po' di foglie, di tanto in tanto. Anche se sono certo che intendevate trattarli nel modo migliore, questi uccelli sono deperiti perché non riescono a digerire il cibo che gli date. Dovrebbero poter cacciare da soli, a costo di tenerli con le lunghe.»

«Per tutti gli inferni di Zandru, la cosa mi sembra ragionevole, Orain», disse il Nobile Carlos, battendo gli occhi. «Me ne sarei dovuto accorgere prima... Be', ora lo sappiamo. Che cosa possiamo fare?»

Romilda rifletté. Preciosa si era alzata nel cielo e adesso si lasciava portare dalle correnti; la ragazza entrò rapidamente in rapporto con il falco e, dopo avere osservato con i suoi occhi la zona attorno a loro, riferì: «C'è un animale morto, nel boschetto poco lontano da noi. Non conosco i vostri uccelli-sentinella; ciascuno ha un suo territorio, o si nutrono insieme?»

«Cerchiamo di non tenerli troppo vicini», disse Orain, «perché litigano tra loro; l'uccello che porto io, per esempio, per poco non cavava un occhio a quello di Gawin.»

Romilda disse: «Allora, c'è poco da fare; occorrerà nutrirli separatamente. Laggiù», indicò la direzione, «c'è un animale morto da almeno un paio di giorni... occorre andare a prenderlo e farlo a pezzi».

Gli uomini ebbero un istante di esitazione.

«Che c'è?» disse Carlos, seccamente. «Che cosa aspettate? Carolus ha bisogno di questi uccelli, e a Tramontana c'è un sapiente che può farli volare, ma è necessario che siano vivi!»

«Che signorini schizzinosi!» imprecò Orain. «Avete paura di insudiciarvi le mani, vero? Allora, vi darò io l'esempio! Dov'è questo animale morto, ragazzo?»

Romilda si avviò verso il boschetto; Orain la seguì e Carlos disse con asprezza: «Andate ad aiutarli! Intendete lasciare che un uomo e un ragazzo trasportino una carogna che deve servire a tre uccelli?»

Con riluttanza, un paio di uomini li seguì. L'animale che giaceva nel boschetto - Romilda pensava che fosse uno dei piccoli daini dei boschi - annunciò presto la sua presenza mediante il puzzo, e la ragazza arricciò il naso.

Orain chiese, incredulo: «Dobbiamo dar da mangiare questa porcheria a degli uccelli così preziosi?» Si chinò e provò a spostare con cautela la carcassa; una doppia scia di insetti entrava e usciva dalle orbite vuote, ma non era ancora talmente putrefatta da disintegrarsi sotto le loro mani, e Romilda prese una delle zampe e cominciò a sollevarla, respirando dalla bocca per non sentire il fetore.

«Un *kyorebni* la giudicherebbe un buon manicaretto», disse la ragazza. «Non ho mai allevato sentinelle, ma il loro stomaco è certo diverso da quello dei falchi. Voi stesso che cosa direste, se vi nutrissero d'erba?»

«Avete certamente ragione», disse Orain, tristemente, «ma non mi sarei mai immaginato di dovermi occupare di una carogna puzzolente, neppure per fare un favore al mio re!» Intanto, erano giunti gli altri uomini, che li aiutarono a trasportare la carcassa; Romilda si sentì soddisfatta, quando tutto fu finito, ma alcuni degli uomini furono presi da conati nel vedere la carne marcia. Orain, però, prese un coltellaccio e cominciò a farne tre parti; ancor prima che avesse finito, l'uccello incappucciato che stava sulla sua sella lanciò un forte grido.

Romilda trasse un respiro di sollievo. Aveva cercato di non pensare a che cosa sarebbe successo se la sua ipotesi si fosse dimostrata sbagliata, ma evidentemente era quella giusta. Prese una manciata di ghiaia e la sparse sul pezzo di carcassa, poi, dopo un attimo di esitazione - ma si ricordò di essere entrata in rapporto con l'uccello malato - gli tolse il cappuccio.

Orain gridò: «Ehi! Attento, ragazzo, ti strapperà un occhio!»

Ma l'uccello, sotto le mani delicate di Romilda, pareva sottomesso e tranquillo. *Povera creatura affamata*, pensò la ragazza, mentre sollevava il corpo pesante - le occorse tutta la sua forza - per poi posarlo a terra accanto ai pezzi di carne marcia. Con un grido di esultanza, l'uccello tuffò il becco all'interno della carcassa e diede un forte strattone, inghiottendo pelle, sassi, carne puzzolente e semidecomposta.

«Visto?» disse Romilda, semplicemente, e andò a prendere un altro uccello. Orain cercò di aiutarla, ma il volatile agitò minacciosamente il becco verso di lui. L'uomo alto e magro si tirò indietro e lasciò fare a Romilda.

Quando tutti e tre gli uccelli ebbero mangiato e presero a lisciarsi le penne gracchiando di soddisfazione tra sé e sé, il Nobile Carlos, sollevando un sopracciglio, guardò Orain. Questi disse: «Accompagnaci a Nevarsin, ragazzo, e poi a Tramontana, per consegnare agli uomini di Carolus questi uccelli, e occupati di loro durante il tragitto. Oltre al cibo per te e per il tuo cavallo, ti daremo tre monete d'argento per ogni dieci giorni in cui starai con noi e li terrai in buona salute. Quanto al tuo falco», aggiunse, con un bizzarro sorriso, «sarà certo in grado di provvedere al suo sostentamento da solo».

«Da sola», lo corresse Romilda, e Orain rise.

«Il fatto che un uccello sia maschio o femmina interessa soltanto a un uccello della stessa specie», disse. «Ma per gli uomini è diverso, eh, Nobile Carolus?» A questo punto tornò a ridere come se avesse detto una spiritosaggine, ma Romilda non capì dove fosse la battuta. «Allora, cosa decidi, ragazzo? Vieni con noi a prenderti cura delle sentinelle?»

Romilda aveva già deciso. Intendeva andare prima a Nevarsin e poi a Tramontana, per cercare notizie del fratello. Perciò rispose: «Ne sarò onorato, Nobile Carlos e mastro Orain».

«Affare fatto», disse questi. Con un sorriso, tese la mano indurita dall'uso delle armi. «E ora che gli uccelli hanno mangiato, possiamo allontanarci dai puzzolenti avanzi del loro pasto e preparare qualcosa per noi?»

«Mi sembra una buona idea», disse Romilda, e cominciò a togliere la sella al cavallo.

Il cibo era composto di una pasta pesante, cotta con il semplice sistema di infilarne un pezzo su un bastoncino e di metterlo sul fuoco, accompagnata da alcuni grossi tuberi arrostiti nella cenere. Romilda sedette accanto a Orain, che le offrì il sale di un piccolo sacchetto che teneva in tasca. Terminato il pasto, e dopo avere di nuovo incappucciato gli uccelli e averli messi sulle selle - Orain chiese a Romilda di aiutarlo a infilare i cappucci -, la ragazza sentì i brontolii di alcuni degli uomini.

«Quel ragazzo ha un cavallo, mentre noi abbiamo solo dei *chervine*. Che ne dite, glielo prendiamo?»

«Provaci», disse Orain, voltandosi, «e ti troverai ad attraversare da solo questi boschi, Alaric... non ci sono ladri e banditi fra noi, e se poserai un dito sul cavallo del ragazzo, di te si occuperà il Nobile Carlos!»

Romilda provò un sentimento di gratitudine; le parve di avere trovato un difensore in Orain, e per il momento, guardando il sinistro gruppo dei suoi accompagnatori, ne ebbe meno paura

Presto o tardi, però, avrebbe dovuto affrontare qualcuno di loro in un momento in cui non disponeva di un difensore...

«Come si chiamano i tre uccelli?» chiese a Orain.

L'uomo le sorrise. «Perché, c'è qualcuno che dà un nome a delle bestiacce così, come se fossero lo sparviero di una dama o la vacca preferita di un vecchio contadino?»

«Io lo do sempre», disse Romilda. «Quando si vuole lavorare in stretto contatto con un animale, bisogna sempre dargli un nome, in modo che ce lo legga nella mente e capisca che parliamo a lui - o a lei - e gli rivolgiamo la nostra attenzione.»

«Davvero?» chiese Orain, ridendo. «Allora potresti chiamarli Brutto Sgorbio Uno, Brutto Sgorbio Due e Brutto Sgorbio Tre!»

«Niente affatto», protestò Romilda, indignata. L'uccello che teneva sul polso batté le ali, e la ragazza spiegò: «Gli uccelli sono estremamente sensibili! Se si deve lavorare con loro, si deve amarli...» Nel vedere le occhiate di derisione che le rivolgevano gli uomini, si accorse di essere arrossita, ma continuò: «Si deve *rispettarli*, prendersi cura di loro e provare veramente affetto. Credete che non si accorgano che li disprezzate e che avete paura di loro?»

«Voi no, invece?» chiese il Nobile Carlos. Pareva sinceramente interessato.

La giovane si voltò verso di lui, con sollievo, e disse: «Prendereste in giro il vostro miglior cane da caccia, se voleste che rimanesse sempre pronto ai vostri gesti e alle vostre parole? Pensate che non se ne accorgerebbe?»

«Non sono più andato a caccia da quando ero ragazzino», disse

Carlos, «ma certo tratterei con rispetto qualsiasi animale che intendessi addomesticare per servirmene. Ascoltate le parole del ragazzo, uomini; ha ragione. Ricordo di avere udito le stesse parole dal mio vecchio Mastro Falconiere, un tempo. E certamente...» aggiunse, accarezzando il collo della sua bellissima giumenta nera, «tutti dobbiamo amare e rispettare le bestie che ci portano così fedelmente sulla groppa, cavalli o *chervine*.»

«Be'», disse Orain - sulle cui labbra era comparso nuovamente lo strano sorrisetto - guardando la massa grossa e sgraziata delle sentinelle, «potremmo chiamarne uno Bellezza, l'altro Incantevole, e il terzo Affascinante. Certo si troveranno abbastanza belli tra loro... è bello ciò che piace, come diceva sempre mia madre.»

Romilda rise. «Temo che sarebbe un po' eccessivo», disse. «Forse non sono molto belli, ma... lasciatemi pensare... potrei chiamarli come le virtù», aggiunse, dopo un istante. «Questo...» sollevò il pesante uccello e lo posò sulla sella di Orain, «si chiamerà Prudenza. Quest'altro...» fece per proseguire, ma aggrottò la fronte nel vedere che il posatoio era coperto di sporcizia. Affidò a Orain, che portava il guanto, l'uccello incappucciato, e prese il coltello per grattare via il disgustoso strato di sporcizia e di guano. «Questo si chiamerà Temperanza, e l'ultimo...» si voltò verso il terzo, «Diligenza.»

«Come possiamo distinguerli?» chiese uno degli uomini.

In tono serio, Romilda spiegò: «Via, sono alquanto diversi tra loro. Diligenza è quello più grosso, e ha le penne con la punta azzurra... vedete? Temperanza... adesso non si vede, perché ha il cappuccio, ma ha la cresta macchiata di bianco. E Prudenza è più piccola e ha un dito in più in una zampa... visto?» Mostrò a una a una queste caratteristiche; Orain la fissò con stupore.

«Già, sono davvero diversi... non mi era mai venuto in mente di guardare.»

Romilda montò in sella. Disse con serietà: «La prima cosa che dovete imparare degli uccelli è a pensare a ciascuno di loro come a un individuo. Anche come temperamento e come abitudini, tra loro c'è la stessa differenza che ci può essere tra voi e il Nobile Carlos». Già in sella si voltò verso l'aristocratico dai capelli rossi e disse: «Vi chiedo scusa, signore, forse avrei dovuto consultarmi con voi, prima di dare un nome ai vostri uccelli...»

Ma Carlos scosse la testa. «Non mi era venuto in mente. Ma mi sembrano ottimi nomi... sei cristiano, ragazzo mio?»

Lei annuì. «Così mi hanno educato. E voi, signore?»

«Io servo il Signore della Luce», disse in fretta. Romilda non fece commenti, ma rimase leggermente sorpresa: gli uomini di Hali non venivano spesso in quelle montagne. Ma, naturalmente, se erano gli uomini di Carolus in esilio, servivano gli dèi degli Hastur. E se l'esercito di Carolus si radunava a Nevarsin... Romilda sentì un nodo alla gola. Senza dubbio, era il motivo che aveva spinto Alderic su quelle montagne: unirsi al re quando i tempi fossero maturi. Rifletté di nuovo, brevemente, sulla vera identità di Alderic. Se il gruppo di cui lei faceva parte era davvero composto di uomini di Carolus, forse lo conoscevano ed erano suoi amici. Ma si trattava di cose che non la riguardavano; l'ultima cosa che doveva fare era quella di parteggiare per qualcuno. Suo padre aveva detto, giustamente, che il fatto che sedesse sul trono un furfante oppure un altro non aveva importanza, purché permettesse alle persone oneste di vivere la loro vita.

Cavalcò insieme agli altri, tenendosi vicino a Orain e al Nobile Carlos: non le piaceva il modo in cui la guardava uno degli uomini, Alaric. Senza dubbio, come già lo scellerato Rory, desiderava il suo cavallo. Fortunatamente, non sapendo che lei era una femmina, non desiderava il suo corpo; e lei era in grado di difendere il cavallo, almeno finché godeva della protezione del Nobile Carlos.

D'altra parte, ripensandoci, non se l'era cavata male neanche quando si era trattato di difendere il proprio corpo.

Continuarono a cavalcare per tutta la mattina, fermandosi a mezzogiorno per consumare una polenta di farina e acqua di sorgente. Quel cibo, e una manciata di noci, la ristorarono. Dopo il pasto si riposarono per qualche tempo, ma Romilda dovette lavorare con il coltello, per costruire dei posatoi per gli uccelli migliori: si era accorta che le sentinelle faticavano a rimanere su quelli che avevano, e che erano poco equilibrati. Controllò anche i nodi dei geti, e trovò che uno degli uccelli aveva una piaga alla zampa perché i nodi erano troppo stretti; gliela pulì con l'acqua e la protesse con un impacco di foglie.

Gli altri uomini si erano distesi al sole, ma quando fece ritorno dopo avere controllato gli uccelli, Romilda vide che Carlos era sveglio e la stava osservando. Tuttavia, la ragazza continuò il suo lavoro. A uno dei *chervine* erano state staccate male le corna, e il moncone perdeva sangue; la ragazza lo ripulì e tagliò i pezzi appuntiti, poi lo asciugò con uno straccio e lo avvolse nel muschio. Infine passò da un animale all'altro: nel controllarne uno che zoppicava, si servì della punta del coltello per togliergli una pietra che si era incuneata fra gli zoccoli.

«Bene», disse infine Carlos, pigramente, aprendo gli occhi. «Vedo che svolgi con passione i compiti che tu stesso ti sei assegnato... non sei affatto pigro, Romal. Dove hai imparato a conoscere gli animali? Con loro, hai il Tocco dei MacAran...» Si rizzò a sedere e la fissò. «E mi pare che tu abbia anche un po' del loro *potere*. Anzi, ora che ci penso, hai anche l'aspetto di quel clan.» La fissò attentamente, e Romilda provò la curiosa sensazione di essere osservata dentro e fuori, e tremò dentro di sé... se era un Hastur e possedeva il loro *potere*, avrebbe capito che lei era una ragazza? Ma Carlos parve non accorgersi dei suoi timori: si limitò a osservarla... forse, pensò lei, non gli era mai capitata una persona che si rifiutasse di rispondere alle sue domande.

Rispose, incespicando sulle parole: «Come ho detto... io... dove sono cresciuto... ne conosco qualcuno...»

«Nato dalla parte sbagliata del letto, eh? È una storia vecchia, su questi monti, e anche altrove», disse il Nobile Carlos. «Ecco perché quella canaglia di Rakhal siede sul trono, mentre Carolus... ci aspetta a Nevarsin.»

«Voi conoscete bene il re, signore? Mi sembrate uno degli Hali...»

«Be', certo», disse Carlos, tranquillamente. «No, Orain, non fare quella faccia, in queste montagne non è un insulto come a sud del Kadarin. Il ragazzo non intendeva offendere. Se conosco il re? Io... l'ho visto poche volte», disse, «ma è mio parente e parteggio per lui. Come ho detto, a rendere la vita difficile a Carolus sono stati alcuni bastardi con troppe ambizioni. Suo padre era troppo tenero con i parenti eccessivamente ambiziosi, ma solo un tiranno puntella il proprio trono assassinando coloro che potrebbero vantare diritti di successione. Hai tutta la mia simpatia, ragazzo... se l'usurpatore Rakhal mettesse le mani su di me, per esempio, o su uno dei figli di Carolus, le loro teste finirebbero a decorare le mura del suo castello. Suppongo che tu abbia un po' del Tocco dei MacAran, perché altrimenti non potresti trattare le bestie come fai tu.

A Tramontana c'è un sapiente MacAran... a lui e ai suoi compagni intendiamo consegnare queste bestie, in definitiva. Conosci gli uccelli-sentinella, ragazzo?»

Romilda scosse la testa. «Fino a oggi non ne avevo mai visto uno, ma so che vengono usati per spiare...»

«Esattamente», disse Carlos. «Una persona con il *potere* della tua famiglia, o qualcosa di analogo, deve lavorare con loro, stare in rapporto mentre volano sui punti che si desidera studiare. Se ci sono dei soldati lungo la strada, puoi osservarne il numero e riferire i loro movimenti. La parte che ha i migliori uccelli-sentinella è spesso quella che vince la battaglia, perché può cogliere di sorpresa l'avversario.»

«E questi tre devono essere addestrati a farlo?»

«Devono essere addestrati a lasciarsi comandare facilmente», disse Carlos. «Sono un dono destinato al re, da parte di un suo sostenitore che abita in questi monti; ma i miei uomini mancavano dell'esperienza necessaria, e per questo comincio a pensare che siano stati gli dèi a farci incontrare te, che puoi mantenerli in buona salute e forse abituarli un poco al lavoro.»

«Dovrebbe farlo la persona che li farà volare», disse Romilda, «ma cercherò di abituarli alla mano e alla voce dell'uomo, e di tenerli in buona salute.» E si chiese: se Ruyven era a Tramontana come le era stato detto, probabilmente era il sapiente a cui erano destinati gli uccelli. Come girava il destino... forse, se lei fosse giunta a Tramontana, avrebbe potuto imparare a lavorare con quei volatili. «Se qualcuno dei vostri uomini è un bravo cacciatore, potrebbe cercare un animale non troppo grosso per darlo da mangiare agli uccelli, ma non troppo fresco, a meno che non abbia voglia di tagliarlo a pezzetti e di darlo loro da mangiare con pelle e piume.»

«Stabilisci tu la loro dieta», disse Carlos. «E se c'è qualche problema, fammelo sapere. Sono uccelli preziosi, e voglio che siano trattati nel modo migliore.» Sollevò lo sguardo al cielo, che cominciava già ad arrossarsi per il pomeriggio. All'orizzonte si scorgeva Preciosa, come una minuscola macchia nera sospesa nell'aria. «Il tuo falco resta vicino a te anche quando vola libero? Come sei riuscito ad ammaestrarlo a questo punto? Come si chiama?»

«Preciosa, signore.»

«*Preciosa*», rise Alaric, venuto a sellare il cavallo del Nobile Carlos. «Il nome che una bambina potrebbe dare alla bambola!»

«Non prendere in giro il ragazzo», disse gentilmente Carlos. «Se non sei in grado di trattare meglio di lui questi uccelli, abbiamo bisogno del suo aiuto. E anche tu dovresti prenderti più cura della tua bestia... anche un *chervine* si può trattare bene, pur non essendo un cavallo. Dovresti ringraziare Romal di avergli tolto la pietra dallo zoccolo.»

«Oh, certo, lo ringrazio», disse Alaric, aggrottando la fronte, e si allontanò. Romilda lo guardò con una leggera punta di disgusto. A quanto pareva, aveva già un nemico fra quegli uomini, anche se non aveva fatto niente per meritarselo. Ma forse non aveva dato prova di molto tatto nel prendersi cura dello zoccolo dell'animale... forse avrebbe semplicemente dovuto avvertire Alaric che la sua bestia si stava azzoppando. Ma quell'uomo non lo *vedeva*, non si accorgeva che la povera creatura zoppicava? Forse, essere mentalmente ciechi significava proprio questo. Alaric non era in grado di comunicare con alcun animale. E, con l'intolleranza dei giovani, Romilda pensò: *Se non è in grado di capire meglio gli animali, non dovrebbe cavalcarne uno!*

Poco più tardi, montarono in sella e ripresero il cammino. Adesso che la strada era più ripida, la giovane cominciò a rimanere indietro: su quei sentieri montani, un *chervine* procedeva più speditamente di un cavallo, e c'erano alcuni punti, sugli stretti camminamenti, dove Romilda, Orain e Carlos dovevano smontare e guidare i cavalli alla briglia, mentre i *chervine* procedevano con il passo sicuro di sempre. Romilda era sempre vissuta sui monti ed era abituata a non temere niente, ma alcuni dei precipizi, che cadevano a strapiombo fino a raggiungere una lontana coltre di nubi, molto più bassa della loro quota, la costrinsero a trattenere il respiro e a mordersi il labbro per non mostrare la paura. Continuarono a salire, fra gelidi strati di nebbia, e la ragazza cominciò a sentire male alle orecchie; inoltre, le mancava il respiro e il cuore le batteva così forte da sovrastare il rumore degli zoccoli sul sentiero roccioso. Una volta, con il piede, spostò una pietra e la vide cadere lungo la parete della montagna, rimbalzando ogni cinque o sei braccia, finché non scomparve fra le nubi.

Giunti al passo, si fermarono e si riunirono. Orain indicò un gruppo di luci sullo sfondo scuro della montagna davanti a loro. Parlava a bassa voce, ma Romilda, che era rimasta accanto ai cavalli, riuscì a sentire le sue parole.

«Eccola laggiù, Nevarsin. La Città delle Nevi, sire. Ancora due, al massimo tre giorni di strada, e sarete al sicuro dietro le mura di San Valentino delle Nevi.»

«E il tuo cuore fedele potrà riposare senza paura, fratello? Ma tutti questi uomini ci sono fedeli, e anche se sapessero...»

«Non ditelo neanche in un sussurro, mio signore... Nobile Carlos», si affrettò a dire Orain.

Carlos posò con affetto la mano sulla spalla del compagno.

«Mi hai sempre protetto con le tue attenzioni, fin da quando eravamo bambini... chi più di te merita di stare al mio fianco, fratello?»

«Ah, avrete decine, centinaia di persone che si prenderanno cura di voi...» Orain s'interruppe per un istante, «... *sire*.»

«Ma nessuno di loro potrà mai essere devoto come te», disse gentilmente Carlos. «Ogni ricompensa che potrò darti, considerala già tua.»

«La migliore ricompensa è rivedervi nel posto che vi spetta di diritto... Carlos», disse Orain, e si ricongiunse con i compagni, per guidarli lungo lo stretto sentiero che portava ai piedi del monte.

Si accamparono all'aperto, quella notte, sotto una rozza tenda stesa attorno a un albero: solo una copertura che teneva lontano la pioggia. Come si addiceva all'araldo e guardia del corpo, Orain rimase vicino al Nobile Carlos, ma quando stesero le coperte, mentre Romilda controllava gli uccelli e dava loro gli ultimi rimasugli di carne marcia - gli uomini avevano protestato per il puzzo, ma nessuno osava sfidare il Nobile Carlos -, Orain disse concisamente: «Romal, è meglio che tu stenda la tua coperta vicino a noi. Vedo che è leggera: avrai freddo anche se terrai il mantello».

Romilda li ringraziò debolmente e s'infilò tra i due uomini. Si era tolta soltanto gli stivali - non intendeva farsi vedere con meno abiti addosso - ma anche con mantello e coperta faceva freddo, e fu lieta di poter condividere un po' di calore con i compagni. Mentre era in procinto di addormentarsi, si accorse vagamente che Preciosa scendeva a posarsi nei pressi del fuoco; e, oltre al falco, sentì qualcosa d'altro... una debole presenza, il tocco del *potere*. Erano i pensieri del Nobile Carlos, che si muovevano sull'intero accampamento per assicurarsi che tutti stessero bene: uomini, cavalcature e uccelli...

Poi la ragazza si addormentò.

Capitolo 8

CARYL

Alla chiara luce dell'alba, mentre andava a prendere l'acqua per gli uccelli e faceva il bilancio della situazione - uno degli uomini doveva andare a caccia e prendere qualche animale per gli uccelli-sentinella, anche se i tre grossi rapaci già avevano un aspetto migliore e si lisciavano le penne e la pelle delle zampe -, Romilda scorse le mura di Nevarsin, chiare come se fossero fatte di neve o di salgemma. Era un'antica città, costruita sul fianco della montagna, poco al di sotto del livello delle nevi perenni, e sopra di essa, come se le ossa del monte fossero fuoruscite dalla neve eterna, si scorgevano le pareti del monastero, scavate nella viva roccia.

Uno degli uomini di cui Romilda ignorava il nome andò a prendere l'acqua per la polenta; un altro preparò la biada per i cavalli e i *chervine.* Romilda temeva soprattutto l'uomo chiamato Alaric - un individuo violento e accigliato, vestito di rozzi abiti - ma non poteva evitarlo del tutto, e in ogni caso quell'uomo doveva un po' conoscere gli uccelli-sentinella, dato che ne portava uno con sé.

«Scusatemi», gli disse cortesemente Romilda, «ma dovreste uscire a prendere qualche animale per gli uccelli; uccidendolo questa mattina, prima che scenda la sera sarà frollato e pronto perché lo mangino.»

«Ah, è così!» ringhiò l'uomo. «Dopo avere passato una sola notte con il nostro capo, pensi di poter dare ordini a uomini che sono stati con lui a patire la fame per un anno intero? Con chi sei stato, giovane insolente? O hanno fatto a turno?»

Colpita dalla violenza dell'uomo, Romilda si tirò indietro, con la faccia coperta di rossore. «Non avete il diritto di dirmi questo; il Nobile Carlos mi ha affidato gli uccelli e mi ha ordinato di nutrirli nel modo corretto, e io obbedisco ai suoi ordini come gli obbedite voi!»

«Certo», disse l'uomo, sprezzante. «E forse ti piacerà mettere quella faccia da femminuccia e quelle mani effemminate...»

Il resto delle sue parole era talmente osceno che Romilda, letteralmente, non ne capì il significato, ma fu certa che preferiva non capirlo. Facendo appello a tutta la dignità che riuscì a conservare - onestamente, non sapeva come avrebbe reagito uno dei suoi fratelli a una serqua di offese così abbiette, salvo forse che impugnando il coltello, e lei non poteva lottare ad armi pari con il gigantesco Alaric -, si limitò a dire:

«Forse, se sarà lo stesso signore a darvi gli ordini, obbedirete», e si allontanò, stringendo i denti per non piangere. *Maledetto lui, non devo piangere...*

«Che faccia imbronciata, ragazzo!» disse Orain, sorridendo, nel vederla. «Che cosa ti è successo?»

Con il poco orgoglio che le rimaneva, Romilda disse la prima cosa che le passò per la mente.

«Avete un guanto da prestarmi, zio?» Usò il termine riservato alle persone amiche che avevano l'età dei propri genitori. «Posso portare il falco, ma non posso occuparmi degli uccelli-sentinella a mani nude: hanno gli artigli troppo lunghi, e la mano mi sanguina ancora da ieri. Pensavo di farli volare legati alla corda lunga e di lasciarli andare alla ricerca di piccoli animali o di carogne.»

«Lo avrai, certo», disse Carlos dietro di loro. «Dagli il tuo vecchio guanto, Orain; sarà poco elegante, ma gli proteggerà la mano. Nei bagagli abbiamo del cuoio, questa sera potrai fartene uno. Ma perché vuoi farli volare? Ordina a uno degli uomini di catturare qualcosa per loro. Abbiamo bisogno di carne anche noi. Dillo a chiunque...» Poi, guardando Romilda, inarcò le sopracciglia.

«Ah, capisco», disse piano. «Chi è stato... Romal?»

Romilda abbassò lo sguardo. Disse, in tono quasi impercettibile: «Non voglio essere causa di dissapori, signore. Posso farli volare, e del resto hanno bisogno di esercizio».

«Certo», rispose Carlos. «Perciò, falli pure esercitare, se vuoi. Ma non voglio che si disobbedisca ai miei ordini. Dagli il guanto, Orain, e poi andrò a dire una parola ad Alaric.»

Romilda gli scorse il lampo negli occhi, come quando l'acciarino colpisce la selce; accettò il guanto e, a testa bassa, andò a prendere

Temperanza, le attaccò le lunghe e la preparò per il volo. Trovò una penna e se ne servì per accarezzare l'uccello sul petto: Temperanza piegò la testa per il piacere; un buon inizio, pensò Romilda, per abituare al tocco e alla presenza dell'uomo i grandi uccelli selvatici.

Dopo aver fatto volare l'uccello-sentinella, che piombò su qualche piccola creatura morta che aveva visto nell'erba, la ragazza osservò il pasto dell'animale, e notò che stava ritto su una zampa e lacerava la carogna con il becco e con gli artigli. Più tardi fece volare allo stesso modo Diligenza, e infine - con sollievo, perché il braccio cominciava a farle male - la piccola e gentile Prudenza.

Sono dei brutti uccellacci, suppongo. Ma a loro modo sono belli: sono forti, robusti, hanno la vista acuta... e il mondo sarebbe davvero puzzolente, senza uccelli come loro che lo liberano delle creature morte e marce. Era stupita della facilità con cui gli uccelli, pur essendo legati alle corde, erano riusciti a trovare il loro cibo: piccole carcasse nascoste nell'erba, che Romilda non era riuscita né a vedere né a fiutare. Non capiva come i suoi compagni avessero potuto ignorare le loro esigenze, così chiare ed evidenti.

È il *potere*, si disse poi, e provò una profonda umiltà. Il Tocco della sua famiglia: una dote di cui non poteva vantarsi perché era nata con essa, non aveva fatto niente per meritarla. Eppure, lo stesso Carlos, pur avendo il prezioso *potere* - tutto, in quell'uomo, tradiva un'autorevolezza istintiva, innata -, non era in grado di parlare con gli uccelli, anche se pareva conoscere gli uomini. *Il Dono dei MacAran*. Oh, quanto si sbagliava suo padre, e quanto aveva ragione lei, a insistere sul meraviglioso Dono con cui era nata; e invece ignorarlo, fraintenderlo, usarlo per divertimento, senza coltivarlo... quanto era sbagliato!

E suo fratello Ruyven aveva fatto bene a lasciare Poggio del Falco per andare ad addestrare la sua dote naturale. Nella Torre aveva trovato la sua strada: quella di un sapiente che addestrava gli uccelli-sentinella. Anche lei un giorno...

I gridi incolleriti di Preciosa la destarono dai sogni a occhi aperti. Il rapace aveva finito il pasto e tirava la corda. Romilda lo lasciò volare in cerchio per qualche istante, poi entrò in contatto con la mente dell'uccello e lo spinse delicatamente a scendere a terra e lo incappucciò, lo prese sul polso - lieta di avere il guanto, perché anche attraverso il cuoio sentiva la stretta dei grandi artigli - e lo posò di nuovo sulla sella.

Mentre si preparava per la partenza, pensò tristemente alla distanza che le restava ancora da percorrere. Si propose di rimanere accanto a Orain; se Alaric l'avesse trovata da sola... ricordò con terrore i precipizi accanto a cui erano passati il giorno prima. Un passo falso, una leggera spinta, e lei avrebbe fatto la fine della pietra da lei stessa scalzata, sfracellandosi prima ancora di arrivare al fondo. Si sentì male. Quell'uomo era talmente malvagio da giungere a tanto? Lei non gli aveva fatto niente...

Aveva rivelato l'incompetenza di quell'uomo al Nobile Carlos, e Alaric, evidentemente, aveva per lui un enorme rispetto. Pensando a Rory, Romilda si chiese se esisteva qualche uomo che non fosse spinto dalla malvagità, dalla lussuria e dall'odio. Vestendosi da uomo aveva pensato di essere almeno al riparo dalla lussuria; ma anche laggiù, in una compagnia di soli uomini, ne scopriva le sgradevoli sembianze. Suo padre? I suoi fratelli? Alderic? Be', suo padre l'avrebbe venduta al Nobile Garris per interesse. Alderic e i suoi fratelli? In realtà, non poteva dire di conoscerli, perché non avrebbero mostrato il loro vero volto a una ragazza che per loro era ancora una bambina. E anch'essi, senza dubbio, erano dominati dal male.

Stringendo i denti, Romilda sellò il proprio cavallo e poi quelli di Orain e di Carlos. L'accordo prevedeva che si occupasse soltanto degli uccelli, ma in quel momento sentiva di preferire la compagnia dei cavalli a quella degli esseri umani!

La voce gentile di Carlos interruppe le sue fantasticherie.

«Mi hai sellato Zampe Lunghe? Grazie, ragazzo.»

«È un animale bellissimo», disse Romilda, accarezzando la giumenta.

«Hai davvero un buon occhio per i cavalli, vedo», disse l'aristocratico, «ma la cosa non mi sorprende, se hai del sangue MacAran. Questo viene dagli altipiani attorno Armida; lassù allevano i più bei cavalli di tutte le montagne, anche se a volte mi pare che le razze degli Hellers abbiano una maggiore resistenza. Forse non ho davvero fatto un favore a Zampe Lunghe, portandola su questi sentieri montani; a volte ho pensato di rimandarla nella sua terra d'origine e di procurarmi un cavallo di montagna, o addirittura un *chervine* per territori così aspri. Eppure...» disse, passando la mano sulla criniera lucida, «mi lusingo di pensare che sentirebbe la mia mancanza; e, da quando sono in esilio, i miei amici si sono talmente diradati che esito a separarmi da uno di loro, anche se si tratta solo di una bestia senza il dono della parola. Dimmi, ragazzo, tu che conosci i cavalli, pensi che questo clima sia troppo rigido per Zampe Lunghe?»

Romilda rifletté per qualche istante e infine disse: «Non direi, se è ben nutrita e se ci si prende cura di lei. Però potreste fasciarle le zampe per irrobustirgliele su questi ripidi sentieri».

«Buona idea», annuì Carlos, e rivolse un cenno a Orain; entrambi presero a fasciare le zampe dei loro cavalli. Quanto all'animale di Romilda, apparteneva a una razza degli Hellers, aveva il pelo lungo e grandi ciuffi attorno ai garretti. Per la prima volta da quando aveva lasciato Poggio del Falco, la ragazza era lieta di non avere preso il proprio cavallo. L'animale che aveva con sé, pur non essendo abituato a lei, l'aveva portata fedelmente.

Dopo qualche tempo, si avviarono per i tornanti che conducevano al fondovalle; vi giunsero a metà mattina, in tempo per il pasto di mezzogiorno, e presto si trovarono sulla strada carreggiabile, ampia e molto battuta, che portava a Nevarsin.

Prima di giungere alla città, però, dovettero accamparsi ancora una volta per la notte. Ora, ricordando quel che aveva fatto Romilda il giorno precedente, Orain diede ordine agli uomini di strigliare i *chervine* e di controllarne gli zoccoli. Obbedirono con irritazione, ma obbedirono; Romilda ne sentì uno brontolare: «Finché è con noi questo maledetto ragazzo dei falchi, perché non si occupa lui delle bestie? Dovrebbe essere il suo lavoro, non il nostro!»

«Poco probabile, visto che Orain si è nominato protettore del moccioso», brontolò Alaric. «Maledetti uccelli... quel ragazzo è qui per prendersi cura di Orain, non di loro! Credete che il Nobile Carlos rifiuti al suo amico e araldo quello che gli chiede?»

«Taci», disse un terzo soldato. «Non hai il diritto di parlare in questo modo di persone migliori di te. Il Nobile Carlos è un ottimo capo per tutti noi, ed è fedele a Carolus; Orain è il fratello adottivo del re. Non l'hai notato? Parla come uno del popolo, ma, quando lo desidera, o quando se ne dimentica, parla come una persona fine e istruita, al punto da fare invidia allo stesso Carlos, e perfino ai grandi signori Hastur! Quanto ai suoi gusti privati, poco m'importa se preferisce le donne, i ragazzini o i daini, purché non si metta a correre dietro a mia moglie!»

Romilda arrossì e si allontanò. Allevata in una famiglia di cristiani, non aveva mai ascoltato discorsi del genere, e la sua convinzione che la compagnia degli uomini le garbasse ancor meno di quella delle donne ne uscì rinvigorita. Dopo le insinuazioni che aveva ascoltato, si vergognava ad avvicinarsi al punto dove Orain e Carlos avevano steso le coperte per coricarsi; passò la notte in mezzo ai *chervine*, battendo i denti per il freddo.

La mattina seguente era intirizzita, e cercò di rimanere quanto più possibile accanto al fuoco del bivacco. Il cibo caldo la riscaldò un poco, ma la giovane continuò a tremare per tutto il tempo in cui fece volare gli uccelli. Alaric, brontolando, aveva catturato un paio di daini, il giorno prima, e la carne cominciava a puzzare; cercando di resistere alla nausea, Romilda la tagliò a pezzi, ma in seguito cominciò a starnutire. Carlos, mentre sellava il cavallo per l'ultima parte del viaggio, la guardò con preoccupazione.

«Spero che tu non abbia preso un raffreddore, ragazzo mio.»

Distogliendo lo sguardo, Romilda mormorò che il signore non doveva preoccuparsi.

«Chiariamo una cosa», disse l'aristocratico, aggrottando la fronte. «La salute dei miei seguaci è altrettanto importante, per me, quanto lo è per te quella degli uccelli:.. i miei uomini sono affidati a me, così come gli uccelli sono affidati a te, e io mi preoccupo di tutti coloro che mi accompagnano in questo viaggio! Vieni qui», disse, e le posò la mano sulla fronte. «Hai la febbre; sei in grado di cavalcare? Mi spiace di dovertelo chiedere, ma questa sera dormirai al caldo nella foresteria del monastero, e se non starai bene i buoni monaci si occuperanno di te.»

«Sto benissimo», protestò Romilda, che adesso cominciava a essere seriamente preoccupata. Non poteva ammalarsi! Se l'avessero portata nell'infermeria dei monaci, nel curarle la malattia si sarebbero accorti che era una donna!

«Sei vestito a sufficienza? Orain, tu che sei più vicino alla sua taglia... trovagli qualcosa di caldo», disse Carlos.

Poi, mentre le toccava la fronte, l'aristocratico cambiò bruscamente espressione; fissò attentamente Romilda, e la ragazza, per un attimo, fu sicura - in che modo l'aveva capito, grazie al *potere*? -

che *sapesse*. Lei rabbrividì di paura, ma Carlos fece un passo indietro e disse tranquillamente:

«Orain ti darà una sopravveste pesante e un paio di calze... ho visto le vesciche che hai ai piedi. Mettile subito; se sei troppo orgoglioso per accettarli, le detrarremo dalla tua paga, ma non permetto che una... una persona del mio gruppo non sia al caldo, all'asciutto, e a proprio agio. Va' dietro il fuoco e cambiati, senza perdere un solo istante.»

Romilda chinò la testa in segno di obbedienza, si recò dietro la fila di cavalli e *chervine* e s'infilò con grande sollievo le calze pesanti e la sopravveste. Erano un po' grandi per lei, ma la cosa non aveva importanza: le avrebbero tenuto più caldo. Starnutì di nuovo, e Orain si avvicinò alla pentola ancora sul fuoco. Prese con il mestolo un po' di acqua calda e vi mise alcune foglie tratte da un sacchetto.

«Un rimedio delle nostre nonne che è migliore di qualsiasi pozione contro la tosse. Bevilo», disse, e rimase a guardare Romilda che inghiottiva a piccoli sorsi il liquido dal sapore sgradevole. «Sì, è amaro come l'amor perduto, ma allontana la febbre.»

Romilda fece tutta una serie di boccacce nel bere la bevanda acre e dal sapore di muffa; le bruciò la gola e le lasciò la bocca legata, tanto era astringente; ma nel corso della mattina si accorse di non avere più starnutito e che anche il naso aveva smesso di colarle. Portandosi al fianco di Orain, gli disse: «Quel vostro rimedio vi farebbe guadagnare una fortuna, se vi metteste a venderlo nelle città, mastro Orain».

Lui rise. «Mia madre era una sapiente e aveva studiato le arti della guarigione», spiegò, «e si era recata nelle campagne per imparare la conoscenza delle erbe. Ma gli erboristi di città si fanno beffe dei rimedi dei contadini.»

Romilda ricordò che era il fratello adottivo del re e che ora serviva uno degli uomini fedeli a Carolus che erano stati mandati in esilio, Carlos del Lago Azzurro. Si accorse che il soldato del mattino aveva detto il vero: lei, in precedenza, non l'aveva notato, ma, nel parlare agli uomini, usava il dialetto della campagna, mentre quando si rivolgeva a Carlos e a lei parlava come una persona istruita. Con Orain, diversamente da quel che le accadeva con gli altri uomini, Romilda si sentiva a suo agio come se fosse stata con uno dei suoi fratelli.

Dopo un poco, gli chiese: «Il re... Carolus... ci aspetta a Nevarsin? Credevo che i monaci avessero fatto il voto di non prendere parte alle contese degli uomini. Perché parteggiano per Carolus in questa guerra? Io... so ben poco di quel che avviene nelle pianure». Fin da quando aveva udito qualche accenno da Darren e da Alderic, aveva sempre nutrito una grande curiosità per quegli avvenimenti.

Orain disse: «I fratelli di Nevarsin non si curano del trono degli Hastur, e questo è giusto. Danno asilo a Carolus perché, come essi dicono, non ha fatto male ad alcuno, mentre suo cugino - il grande bastardo, Rakhal, che siede sul trono - lo ucciderebbe per le proprie ambizioni. I monaci non intendono unirsi alla sua causa, ma non intendono neppure consegnarlo ai suoi nemici finché è loro ospite».

«Se le rivendicazioni di Carolus sono giuste», chiese Romilda, «perché Rakhal gode di tanto appoggio?»

Orain alzò le spalle. «Per l'avidità dei suoi sostenitori, senza dubbio. Le mie terre sono adesso nelle mani del primo consigliere di Rakhal. La gente appoggia l'uomo che la arricchisce, e la giustizia ha poco a che spartire con questo. Tutti i nostri uomini...» indicò i loro compagni, «... sono piccoli possidenti che non avrebbero mai dovuto perdere le terre; non hanno fatto altro che rimanere fedeli al loro sovrano, e non dovrebbero essere toccati dalle lotte dei grandi e dei potenti. Alaric è amareggiato, certo... ma sai qual è la sua colpa? Il crimine che gli ha fatto perdere le terre e che l'ha portato nelle prigioni di Rakhal con la condanna a perdere la lingua e una mano?»

Romilda rabbrividì. «Per una simile condanna, si deve essere trattato di un crimine davvero grande!»

«Sì, prima che salisse al trono quella bestia di Rakhal», disse Orain, tristemente. «Il suo crimine? I suoi figli hanno gridato "Viva re Carolus!" quando una delle più grandi canaglie di Rakhal è passata dal loro villaggio. Non intendevano niente di male... non credo che quei poveri ragazzini distinguessero un re dall'altro! Ma la grande canaglia, Lyondri Hastur, disse che doveva avere insegnato il tradimento ai propri figli... perciò li tolse dalla casa di Alaric, dicendo che dovevano essere educati da un uomo fedele al re, li inviò a servire nel suo palazzo, e fece imprigionare Alaric. Uno dei bambini morì, e la moglie di Alaric fu talmente colpita dalle sciagure toccate al marito e al figlio da uccidersi gettandosi dalla finestra. Certo, Alaric è amareggiato, e ce l'ha con tutti, ragazzo; ma non odia te: odia la vita stessa.»

Romilda abbassò gli occhi sulla sella e trasse un profondo respiro. Sapeva perché le aveva così parlato, e provò per lui un'ammirazione ancora maggiore; Orain riusciva a comprendere anche l'uomo che aveva detto tanto male di lui. Disse piano: «Cercherò di non pensare di Alaric quel che lui pensa di me, zio».

Ma era ancora confusa. Alderic aveva parlato degli Hastur come di uomini grandi e nobili, discesi dagli stessi dèi, ma Orain pronunciava la parola "Hastur" come se fosse un insulto.

«Tutti gli Hastur sono malvagi, allora?»

«Niente affatto!» disse Orain, con violenza. «Su questa terra non c'è mai stata una persona migliore di Carolus; il suo solo sbaglio è stato quello di illudersi sulle buone intenzioni dei parenti che invece erano canaglie, e di perdonare...» sulle labbra gli si disegnò un triste sorriso, «... i bastardi troppo ambiziosi.»

Poi tacque, e Romilda, osservandogli le rughe sulla fronte, capì che i suoi pensieri erano a mille leghe da lei, dai loro compagni, dal Nobile Carlos. Le parve di leggergli nella mente l'immagine di una bellissima città posta in una verde valle, sulla riva di un lago le cui onde parevano nebbia che saliva dal fondo. Vicino alla riva s'innalzava una torre bianca, e gli uomini e le donne che ne attraversavano le porte erano alti ed eleganti come se fossero avvolti nella seta, troppo belli per essere reali... e sentì la sua grande tristezza, il dolore dell'esule, dell'uomo senza casa e senza patria...

Anch'io sono senza casa, ho rinunciato alla famiglia... ma forse c'è mio fratello Ruyven che mi aspetta alla Torre di Tramontana. E anche Orain è solo e senza famiglia...

Oltrepassarono le grandi porte accigliate di Nevarsin nel primo pomeriggio. Il Nobile Carlos cavalcava in testa a tutti, con la faccia nascosta sotto il cappuccio; attraversarono le strade acciottolate della città e poi continuarono a salire per ripidi sentieri e per stretti tornanti, verso i camminamenti coperti di neve che portavano al monastero. Romilda aveva l'impressione di non avere mai sentito tanto freddo; il monastero era situato nel ghiacciaio, ed era scavato nella roccia; quando si fermarono davanti alle sue porte - sotto la grande statua del Portatore di Pesi gravato dal fardello del mondo e quella più piccola, ma pur sempre più grande del naturale, di san Valentino delle Nevi – la ragazza tornò a rabbrividire nonostante le calze e la sopravveste.

Vennero accolti da un uomo dall'aria austera, che portava il cappuccio e l'ampia tonaca marrone dei monaci. Romilda ebbe qualche istante di esitazione; allevata nella fede cristiana, sapeva che le donne non potevano entrare nel monastero, neppure nella foresteria. Ma aveva adottato quel travestimento, e ora non poteva abbandonarlo. Mormorò una preghiera: «Santo Portatore, san Valentino, perdonatemi, non intendo turbare il vostro mondo di uomini, e giuro che non farò nulla che possa incorrere nella vostra disapprovazione».

Se avesse rivelato il proprio sesso, avrebbe creato uno scandalo ancor più grande. Si chiese il perché di una tale proibizione contro le donne. I monaci temevano che la presenza di qualche donna impedisse loro di mantenere i voti di castità? Ma che valore avevano quei voti, se erano in grado di resistere alla tentazione solo a patto di non vedere mai l'altro sesso? E, del resto, perché pensare che una donna si prendesse la briga di tentarli? Guardando alcuni monaci incontrati nella foresteria, pensò - e faticò a non ridere - che sarebbe occorsa la carità di un santo, per dimenticare la loro bruttezza al punto di tentarli!

C'erano comode stalle per i cavalli e una stanza con posatoi per gli uccelli.

«Potresti andare in città ad acquistare del cibo per loro», disse Orain, porgendole alcune monete di rame, «ma cerca di ritornare per la cena; se poi ne avessi voglia, potresti prendere parte alle preghiere serali: forse ti piacerebbe ascoltare il coro.»

Romilda annuì, deliziata; Darren le aveva descritto il coro degli studenti - un coro a cui non si era potuto unire, essendo stonato - ma il padre le aveva parlato di uno dei momenti più emozionanti della sua vita, allorché aveva preso parte a una funzione solenne e aveva ascoltato il coro dei monaci.

Romilda corse in città, emozionata e un po' intimorita da quel luogo sconosciuto, e trovò un venditore di uccelli; quando gli comunicò le sue necessità, scoprì che l'uomo conosceva benissimo le esigenze alimentari degli uccelli-sentinella; si era quasi aspettata di dover portare al monastero una carcassa puzzolente, ma il mercante disse che sarebbe stato lieto di effettuare la consegna nelle scuderie della foresteria. «Siete alloggiato al monastero, giovanotto? Se preferite, posso farvi portare tutti i giorni il cibo per gli uccelli.»

«Chiederò al mio padrone», rispose Romilda. «Non so per quanto tempo intenda fermarsi.» E pensò che era bello avere a disposizione simili servizi, ma quando l'uomo le disse il prezzo, la ragazza cominciò a essere preoccupata. Eppure, non poteva uscire dalle mura per cercare loro il cibo; si accordò per quella sera e per l'indomani, e pagò al mercante la somma richiesta.

Percorrendo le vie della città, grigie e antiche, con edifici che pendevano sulla carreggiata e pareti che parevano chiudersi su di lei, si sentì vagamente intimorita. Solo allora pensò che aveva perso il contatto con Preciosa molto prima di entrare in Nevarsin; il clima della città era troppo freddo per un falco... l'uccello era tornato a climi più miti? In città, il falcone non avrebbe potuto trovare cibo... nelle strade c'erano molte carogne - lo capì dal puzzo - ma pochi animaletti vivi per un falco. Si augurò che Preciosa fosse al sicuro...

Ma ora lei doveva pensare agli uccelli-sentinella; diede loro da mangiare e si recò in un vasto cortile lastricato, all'interno del monastero, dove poteva addestrarli. Al margine del cortile, mentre li faceva volare in cerchio - ora gli uccelli gridavano di rado, a mano a mano che si abituavano alle sue mani e alla sua voce - c'era un gruppetto di ragazzi che la osservava. Tutti indossavano la tonaca e il cappuccio del monastero, ma certamente erano troppo giovani per essere monaci; dovevano essere studenti, come un tempo lo erano stati Ruyven e Darren. Un giorno, forse, in mezzo a loro ci sarebbe stato anche suo fratello Rael. *Come sento la mancanza di Rael!*

Guardavano gli uccelli con interesse e con profonda eccitazione. Uno, più audace degli altri, le chiese: «Come riuscite a tenerli senza che vi facciano del male?»

Così dicendo, il ragazzino lasciò il gruppetto dei compagni e si avvicinò a Romilda; tese la mano verso Temperanza, e la ragazza si affrettò a dirgli di stare lontano.

«Sono uccelli feroci, e possono dare forti colpi di becco; se ti colpisse un occhio, potrebbe accecarti!»

«Ma a voi non fanno del male», protestò il ragazzo.

«È perché sono addestrata a tenerli, e inoltre mi conoscono», spiegò Romilda.

Obbediente, il ragazzo si allontanò. Non doveva essere molto più vecchio di Rael, pensò lei: doveva avere dieci anni, dodici al massimo. Poi suonò una campanella, e tutti gli studenti corsero via, spingendosi allegramente tra loro; ma il ragazzo che osservava gli uccelli non si allontanò.

«Non vai via come i tuoi compagni?»

«A quest'ora non ho lezione», rispose il ragazzo. «Devo aspettare la campanella del coro per andare a cantare; poi devo esercitarmi con le armi.»

«In un monastero?»

«Io non devo diventare monaco», disse il ragazzo, «e perciò viene ogni due giorni un maestro d'armi del villaggio che dà lezione a me e ad alcuni altri. Ma ora non ho niente da fare, e mi piacerebbe guardare gli uccelli, se la cosa non vi disturba. Siete una sapiente, signora, per conoscerli così bene?»

Romilda lo fissò, sorpresa. Dopo qualche istante, chiese: «Perché mi chiami "signora"?»

«Vedo che lo siete, senza dubbio, anche se siete vestita come un uomo.»

Romilda fece una faccia talmente disperata che il ragazzo abbassò la voce e disse, in tono da cospiratore: «Non preoccupatevi, non lo dirò a nessuno. Il padre superiore si irriterebbe molto, e non mi sembra che voi facciate del male a nessuno. Ma perché indossate abiti maschili? Non siete contenta di essere una ragazza?»

E chi può esserlo? pensò Romilda, e poi si chiese perché gli occhi limpidi di quel bambino avessero visto quel che nessun altro riusciva a vedere. Fu lui stesso a rispondere a quel pensiero senza parole.

«Sono addestrato a farlo, così come voi siete addestrata a prendervi cura dei falchi e degli altri uccelli: in modo da poter servire un giorno la mia gente in una Torre, come sapiente.»

«Così giovane?» chiese Romilda.

«Ho dodici anni», disse il ragazzo, con grande dignità, «e fra tre anni sarò un uomo. Mio padre è Lyondri Hastur, consigliere del re; gli dèi mi hanno dato sangue nobile, e perciò devo essere pronto a servire il popolo su cui dovrò un giorno governare.»

Il figlio di Lyondri Hastur! Le tornò in mente la storia che le aveva raccontato Orain, di Alaric e della sua famiglia. Finse di doversi occupare della corda a cui era legato l'uccello; in precedenza non aveva mai dovuto nascondere i pensieri, e conosceva un solo modo per farlo: parlare in fretta, pronunciando frasi a caso.

«Vorresti tenere Prudenza per qualche momento? È la più leggera e dovresti essere in grado di reggerla. Se vuoi, posso calmarla per te.»

Il ragazzo era eccitato e compiaciuto. Infilando attentamente il cappuccio sulla testa di Prudenza, e inviandole pensieri tranquillizzanti - *il piccolo è un amico, non ti farà male, resta ferma* -, Romilda infilò il guanto al ragazzo e poi vi posò l'uccello.

Il giovane Hastur cercò di tenere ben fermo il braccio, e Romilda gli diede una penna.

«Accarezzagli il petto con questa. Non toccare mai gli uccelli direttamente con le mani; anche se sono pulite, tolgono lucentezza al piumaggio», gli spiegò, e passò la penna sul petto liscio dell'uccello, rivolgendogli mormorii tranquillizzanti.

«Non sono mai stato così vicino a un uccello-sentinella», mormorò il ragazzo, deliziato. «Mi hanno sempre detto che erano feroci e che non si lasciavano addomesticare... suppongo che sia il vostro *potere* a tenerli così calmi, signora.»

«Non devi chiamarmi "signora" qui dentro», gli disse, a bassa voce, cercando di non agitarsi per non disturbare l'uccello. «Il nome di cui mi servo è Romal.»

«È il *potere*, Romal? Pensate che riuscirei ad addomesticare un uccello come questo?»

«Se fossi addestrato a farlo, certamente», disse Romilda, «ma dovresti iniziare con un falco più piccolo, per esempio uno sparviero, in modo che non ti si stanchi il braccio e la tua stanchezza non disturbi l'uccello. Ma adesso è meglio che lo prenda io», aggiunse, nel vedere che il ragazzo tremava per la tensione.

Quando ebbe posato l'uccello sul suo bastone, continuò: «Il *potere* può solo aiutarti a entrare in risonanza con la mente dell'uccello. Ma qui il clima è troppo freddo per i normali falchi; dovrai aspettare di essere tornato nelle pianure, temo».

Il ragazzo sospirò, guardando con rimpianto l'uccello sul posatoio. «Sono più robusti dei falchi, vero? Non sono parenti dei *kyorebni*?»

«La forma non è molto diversa», annuì Romilda, «ma sono molto più intelligenti dei *kyorebni* e di qualsiasi falco.» Ammetterlo le parve una scortesia verso Preciosa, ma, dopo essere stata per alcu ni giorni in rapporto con gli uccelli-sentinella, si era accorta che la loro intelligenza era assai superiore.

«Posso aiutarvi, sig... Romal?»

«Ho quasi finito», disse Romilda, «ma, se vuoi, puoi mescolare al loro cibo quest'erba e questa ghiaia. Non toccare la carne, se non vuoi che ti puzzino le mani quando vai a cantare nel coro.»

«Posso lavarmi le mani al pozzo mentre raggiungo gli altri; tanto, il padre cantore è grasso e arriva sempre dopo di noi», disse il ragazzo, con serietà, e Romilda sorrise nel vedere come prendeva i pezzi di carne puzzolente e li cospargeva di foglie e di ghiaia. Ma presto il sorriso le sparì dalle labbra: quel ragazzo in grado di leggere nei pensieri, figlio di Lyondri Hastur, poteva metterli in pericolo.

«Come ti chiami?» gli chiese.

«Adesso mi chiamano Caryl», rispose lui. «Mi hanno dato il nome del re che era sul trono al momento della mia nascita, ma mio padre dice che ora è meglio rinunciare a un nome come "Carolus". Carolus era il re, ma ha abusato del suo potere, mi dicono, e si è comportato male; di conseguenza suo cugino Rakhal ha dovuto prendergli il trono. Ma con me è sempre stato gentile.»

Romilda pensò che il ragazzo si limitava a ripetere le parole del padre. Caryl terminò di fare le parti e chiese se poteva dar da mangiare a uno degli uccelli.

«Da' quel piatto a Prudenza», disse Romilda. «È la più docile, e vedo che ormai siete amici.»

Caryl portò il piatto all'uccello-sentinella e lo osservò con attenzione mentre tuffava avidamente il becco nella carne; intanto, Romilda nutriva gli altri due. Poi echeggiò una campanella, attutita dalle spesse pareti, e il ragazzo sobbalzò.

«Devo andare nel coro», disse, «e poi a lezione. Posso venire più tardi e aiutarvi a dare da mangiare agli uccelli... Romal?»

Romilda ebbe qualche istante di esitazione, ma il ragazzo aggiunse, con sincerità: «Non tradirò il vostro segreto, lo prometto».

Alla fine, la ragazza annuì. «Certo, vieni quando vuoi», disse, e il ragazzo corse via. La giovane notò che si puliva le mani sul fondo dei calzoni, come avrebbe fatto qualsiasi ragazzino della sua età: si era completamente scordato della promessa di lavarsele al pozzo.

Ma quando scomparve alla sua vista, Romilda sospirò e rimase immobile, ignorando per qualche momento gli uccelli.

Il figlio di Lyondri Hastur, in quel monastero... proprio dove il Nobile Carlos doveva incontrarsi con re Carolus e donargli i preziosi uccelli-sentinella, per poi radunare un esercito. Probabilmente, il ragazzo conosceva il re; se Carolus si fosse presentato in incognito e si fosse avvicinato al monastero, il ragazzo avrebbe potuto riconoscerlo, e allora...

Che m'importa di quale furfante siede sul trono? Le parole del padre le echeggiarono nella mente. Ma Alderic, che le pareva il miglior giovanotto da lei incontrato - tolti naturalmente i suoi stessi fratelli -, era un fedelissimo di Carolus, forse addirittura suo figlio. E anche Carlos e Orain parteggiavano per il deposto re. Mentre il consigliere dell'attuale sovrano, Lyondri Hastur, checché ne dicesse il figlio, sembrava uno dei peggiori tiranni di cui avesse sentito parlare: almeno, così pareva indicare quel che aveva fatto ai figli di Alaric.

E lei doveva obbedienza al Nobile Carlos, almeno finché era pagata per servirlo. Carlos doveva venire a conoscenza del rischio corso dal suo sovrano. Forse avrebbe potuto avvertire Carolus di non avvicinarsi al monastero, perché c'era un ragazzo che poteva riconoscerlo sotto qualsiasi travestimento. Gli occhi del giovane Hastur erano molto acuti, e così pure il suo *potere*... si era subito accorto che Romilda era una donna.

Anche se non posso dire a Carlos, né a Orain, come ho scoperto che il ragazzo ha il potere.

Si recò nelle scuderie e vide che i cavalli erano in buone mani; parlò brevemente agli stallieri di come accudire alle bestie e diede loro una buona mancia, come era consuetudine, attingendo al denaro che Orain le aveva dato a quello scopo. Dopo essere stata scoperta da Caryl, stava sul chi vive, ma nessuno degli stallieri le prestò la minima attenzione; tutti la accettarono per quello che era: un apprendista al seguito di qualche ospite del monastero. Poi si recò a cercare il Nobile Carlos, per avvertirlo. Nelle stanze loro assegnate, però, trovò soltanto Orain, che riparava i suoi rozzi stivali.

Nel vederla entrare, l'uomo sollevò gli occhi.

«È successo qualcosa agli uccelli o ai cavalli, ragazzo?»

«No, tutto a posto», disse Romilda. «Scusatemi se vi disturbo, ma dovrei vedere il Nobile Carlos.»

«In questo momento non lo si può vedere, e neppure nell'immediato futuro», disse Orain, «perché è chiuso in conferenza con l'abate, e non certo per confessargli qualche peccato... non è cristiano. Posso fare qualcosa per te? Non c'è molto da fare, ora che gli uccelli hanno mangiato e stanno bene... Potresti andare a fare un giro in città, e se hai bisogno di una scusa, ti affido io una commissione: porta questi stivali a riparare.» Glieli mostrò e aggiunse, con un mesto sorriso: «Ormai, la riparazione va oltre le mie capacità».

«Sarò lieto di farvi la commissione», disse Romilda, «ma ho un importante messaggio per il Nobile Carlos. Lui... e voi... siete uomini di Carolus, e ho appena saputo che... una persona che conosce il re, e forse alcuni dei suoi consiglieri, è qui nel monastero. Caryl, figlio di Lyondri Hastur.»

Orain assunse un'espressione stupita e zufolò senza far rumore. «Davvero? C'è qui il cucciolo di quel lupo, ad avvelenare le menti contro il mio signore?»

«Ha solo dodici anni», protestò Romilda, «e mi pare un bravo ragazzo; ha parlato bene del re, ha detto che è sempre stato gentile con lui... ma probabilmente lo conosce...»

«Già», disse Orain, cupo. «Non c'è dubbio; un serpente appena uscito dal guscio può mordere come uno molto più vecchio. Eppure, non mi pare di aver mai sentito parlar male del ragazzo; ma non bisogna accennarne ad Alaric, perché potrebbe volersi vendicare su di lui... se vedesse il figlio del signore Hastur, non so se riuscirebbe a tenere le mani lontano dalla sua gola, so bene come la pensa. Il mio signore deve esserne informato, e presto...»

«Caryl potrebbe riconoscere anche il Nobile Carlos? È stato così tante volte a corte? Il Nobile Carlos è...» s'interruppe per un istante, «... è un parente di Carolus?»

«È un Hastur», disse Orain, con un cenno d'assenso. Trasse un sospiro. «Va bene, terrò d'occhio il ragazzo e ne parlerò con il Nobile Carlos. Hai fatto bene a dirmelo, Romal; sono tuo debitore.» Come se non volesse più pensare alla cosa, raccolse da terra i vecchi stivali. «Portali in città... e per evitare che ti perda, ti accompagnerò io.»

Prese amichevolmente sottobraccio Romilda e uscì con lei dal monastero. L'aria montana era fredda e pungente, e Romilda si strinse nel mantello, ma Orain, anche se indossava solo una giubba, pareva perfettamente a proprio agio.

«Mi piace l'aria delle montagne», disse l'uomo, mentre attraversavano le stradine della città. «Sono nato all'ombra del Monte Kimbi, anche se sono cresciuto sulla riva del Lago di Hali; mi ritengo ancora un uomo delle montagne. E tu?»

«Sono nato sui Monti Kilghard, ma a nord del Kadarin», disse Romilda.

«La zona di Storn? Sì, la conosco bene», disse Orain. «Non mi stupisco che tu abbia i falchi nel sangue; li ho anch'io.» Rise. «Anche se mi superi abbondantemente; in precedenza non mi ero mai preso cura di uccelli-sentinella, e non mi offenderò certamente, se non mi chiederanno più di occuparmene.»

Entrarono in una bottega da cui giungeva un forte odore di cuoio e di tannino. Il calzolaio guardò con disprezzo i vecchi stivali di Orain, ma cambiò espressione non appena questi prese il borsellino e cominciò a contargli monete d'argento e perfino di rame.

«Per quando occorreranno al signore?» chiese.

«Credo che ormai non si possano più riparare», disse Orain. «Ma calzano bene; dovreste farmene un paio dell'esatta misura di questi, perché forse dovrò recarmi su strade coperte di neve. Hai degli stivali adatti agli Hellers, Romal? Ci accompagnerai a Tramontana, penso.»

Perché no? si chiese Romilda. *Non ho altri posti dove andare, e se laggiù c'è Ruyven, o se riuscirò ad avere sue notizie, Tramontana è il posto migliore per me.*

«Gli stivali del giovane signore non resisteranno, sui sentieri lungo il ghiacciaio», disse il calzolaio, rivolgendo a Orain un'occhiata ossequiosa. «Posso farne a vostro figlio un paio robusto per due pezzi d'argento.»

Solo in quel momento Romilda si rese conto della generosità del Nobile Carlos nel pagarle la sua conoscenza dei falconi e degli altri uccelli. Si affrettò a dire: «Ho delle...»

«Non dire niente, ragazzo; il Nobile Carlos mi ha incaricato di procurarti quel che ti serve per il viaggio, esattamente come agli altri uomini», disse Orain. «Siediti, e fatti prendere le misure del piede... figliolo», aggiunse, con un sorriso.

Romilda fece come le era stato detto, mostrando il piede sottile, infilato nella calza spessa e troppo grande. Il calzolaio prese le misure, canticchiando un allegro motivetto, e segnò con un pezzo di gesso alcune misteriose cifre, su una lavagna posta accanto al bancone.

«Per quando dovranno essere pronti?» chiese infine.

«Per ieri», brontolò Orain. «Può darsi che si debba lasciare la città senza preavviso.»

Il calzolaio protestò; Orain contrattò per qualche momento, e alla fine si accordarono per un determinato prezzo e per due giorni dopo.

«Sarebbe stato meglio domani», disse Orain, accigliato, quando lasciarono la bottega, «ma questi artigiani non hanno più alcun orgoglio. Uhm!» fece, quando vide che Romilda stava per ritornare al monastero. «Tanta fretta di ritornare tra i santi fratelli, Romal, a mangiare lenticchie e a bere acqua? Dopo essere stato per tanti giorni in viaggio, a nutrirmi di polenta e biscotto non molto migliore del pane per cani, voglio andare in una locanda ad assaggiare di nuovo un galletto arrosto e un buon bicchiere di vino. C'è qualche motivo che richiede la tua presenza? Gli uccelli non possono volare via, i cavalli sono al caldo nella stalla, e i monaci daranno loro un po' d'avena, se non ci vedranno tornare. Restiamo in città.»

Romilda assentì, con un'alzata di spalle. Non era mai stata in una città delle dimensioni di Nevarsin, e temeva che si sarebbe perduta, se l'avesse esplorata da sola, ma con Orain avrebbe potuto conoscerla meglio. In ogni caso non avrebbe avuto difficoltà a ritornare al monastero: bastava seguire una qualsiasi strada in salita e vi si arrivava.

La breve giornata invernale volgeva al termine, mentre attraversavano in silenzio la città; Orain era un uomo di poche parole, ma le indicò vari punti importanti: l'antico tempio di San Valentino delle Nevi, la caverna dove si diceva fosse vissuto e morto il santo, il maniscalco più abile nel ferrare i cavalli che ci fosse a nord di Armida, un confettiere dove - disse con un sorriso - gli studenti del monastero andavano a spendere le loro monete nei giorni di festa. Romilda aveva l'impressione di trovarsi con uno dei suoi fratelli, libera da tutte le regole che gravavano sul comportamento femminile; con Orain si sentiva a proprio agio, come se l'avesse conosciuto da sempre. L'uomo si era del tutto scordato di parlare come un campagnolo, e si rivolgeva a lei in un linguaggio garbato da persona istruita; come già Alderic, aveva solo una debole traccia dell'accento delle pianure.

Romilda non riusciva ad attribuirgli un'età. Certo non era un giovanotto, ma non pensava che fosse vecchio come suo padre.

Aveva le mani dure e incallite come gli uomini di spada, ma aveva le unghie pulite e ben curate, non sudicie come quelle degli altri seguaci del Nobile Carlos.

Comunque, doveva appartenere a una famiglia di alto rango, se era il fratello adottivo dell'esule Carolus. MacAran gli avrebbe dato il benvenuto e lo avrebbe trattato onorevolmente, come un nobile; Carlos, anche se non lo trattava come una persona uguale a lui, gli mostrava affetto, lo rispettava e gli chiedeva sempre consiglio.

Era già quasi buio, quando Orain trovò una locanda e ordinò il pasto. Romilda cercò di protestare.

«Non dovete... posso pagare la mia parte...»

Orain alzò le spalle. «Non mi piace mangiare da solo. E il Nobile Carlos, questa sera, ha tutt'altre cose da fare...»

Romilda chinò la testa e accettò di essere suo ospite. Fino a quel momento non era mai stata in una taverna o locanda, e notò che non c'erano donne, tranne una cameriera grassa che giunse in fretta, posò davanti a loro del vasellame di terracotta e poi scomparve di nuovo. Se Orain avesse conosciuto il vero sesso di Romilda, non l'avrebbe mai portata laggiù; se laggiù si fosse presentata una nobildonna - cosa estremamente improbabile - tutti sarebbero stati in soggezione, avrebbero smesso di comportarsi con naturalezza. E anche lei non si sarebbe potuta sedere comoda, appoggiare i piedi alla panca di fronte, bere un boccale di succo di mele, mentre il buon odore della cucina riempiva l'aria.

No, era meglio rimanere un ragazzo. Aveva un buon lavoro, tre pezzi d'argento ogni dieci giorni: non c'era nessuna cuoca o cameriera che potesse sperare in una paga simile, e le tornò in mente che la nonna di Rory, nel parlarle della sua ricchezza di un tempo, le aveva detto che quando era indisposta mandava il marito, come se fosse la cosa più naturale del mondo, a dormire con la mungitrice, senza la minima preoccupazione per quel che ne poteva pensare la mungitrice stessa. Meglio passare la vita in calzoni e stivali che doversi anche portare a letto il padrone, oltre ai propri doveri di lavoro!

Si chiese se anche Luciella chiedesse alle sue donne prestazioni analoghe. Be', forse, a volte, anche suo padre... non c'era il figlio di Nelda? Romilda era un po' imbarazzata, a pensare a questi aspetti del proprio padre, e si ricordò che era un cristiano... ma la cosa faceva differenza? Nel mondo in cui era cresciuta si dava per scontato che un nobile avesse figli illegittimi. Romilda non aveva mai pensato alle loro madri.

Si mosse sulla panca, e Orain disse con un sorriso: «Hai fame? Dalla cucina arriva davvero un buon profumo». Alcuni uomini erano intenti a lanciare freccette contro un bersaglio appeso in fondo alla taverna, mentre altri giocavano a dadi. «Giochi con me a freccette, ragazzo?»

Romilda scosse la testa, dicendo che non conosceva il gioco. «Ma non badate a me.»

«Allora, dovrai imparare adesso», rispose Orain, e Romilda, senza quasi accorgersene, si trovò in piedi, ansiosa di scagliare i piccoli dardi.

«Devi tenerlo *così*», le insegnò Orain, «e poi lasciarlo andare... senza spingerlo.»

«Esatto», disse uno degli uomini dietro di lei. «Immaginate che il cerchio dipinto sulla parete sia la testa di re Carolus e di poter intascare i cinquanta *reis* di rame offerti per la sua cattura!»

«O meglio», disse con amarezza qualcun altro, «che sia la testa di quel lupo sanguinario di Rakhal... o del capo dei suoi sciacalli, Lyondri, il signore Hastur!»

«Tradimento...» disse un'altra voce, ma subito un nuovo avventore la fece tacere. «Questo genere di discorsi è pericoloso anche qui, a nord del Kadarin. Chi può sapere che spie abbia messo in città Lyondri Hastur?»

«Io dico: Zandru mandi a tutti e due la peste e la febbre maligna», imprecò un altro. «Che importa a noi, liberi uomini delle montagne, di quale grande canaglia piazzi il deretano sul trono, e di quale altra canaglia ancor maggiore cerchi di staccarglielo di lì? Vi dico: che Zandru se li porti entrambi all'inferno, e gli auguro di stare bene in sua compagnia; così rimarranno a sud del Kadarin e lasceranno in pace la gente onesta!»

«Carolus deve avere fatto qualcosa, altrimenti non lo avrebbero mai sbattuto via dal trono», disse qualcuno. «Laggiù, gli *Hali* credono che gli Hastur siano figli dei loro sporchi dèi... ho sentito certe cose, quando ero in viaggio da quelle parti...»

Tutti si erano dimenticati del tiro al bersaglio; nessuno venne a chiedere a Romilda di cedergli il posto. La ragazza mormorò a Orain: «Intendete lasciarli parlare in questo modo di re Carolus?»

Orain non rispose. Disse: «Il nostro cibo è sul tavolo, Romal. Amici, magari possiamo fare un'altra partita più tardi, ma la cena si raffredda mentre noi siamo qui a chiacchierare», e indicò a Romilda di posare le freccette e di sedersi. Poi, mentre faceva le porzioni, Orain mormorò: «Siamo qui per servire Carolus, non per proteggerlo dalle parole degli sciocchi che vanno a ubriacarsi nelle taverne. Mangia la tua cena, ragazzo». E, sempre a bassa voce, aggiunse dopo qualche istante: «Sono venuto in città anche per sentire come la pensa la gente... per vedere se il re ha il sostegno del popolo. Se dobbiamo radunare qui i suoi soldati, occorre che il popolo sia con noi perché nessuno ci tradisca... in segreto si possono fare molte cose, ma non radunare un esercito!»

Romilda accostò la forchetta alla carne arrostita e cominciò a mangiare in silenzio. Notò che quando le aveva parlato, Orain era tornato automaticamente a esprimersi come un gentiluomo. Be', se era il fratello adottivo del re... Anche Carlos doveva avere avuto un rango elevato, e senza dubbio aveva perso le sue terre quando Carolus, deposto ed esiliato, era stato mandato sui monti. Questo le fece tornare in mente un particolare.

Non so se Carolus ha dei nemici in città, ma certo ne ha almeno uno nel monastero. Non credo che un bambino come Caryl possa fargli del male - ha detto che Carolus era stato gentile con lui - ma se Carlos e Orain devono incontrarsi con il re nel monastero, c'è almeno un paio d'occhi capace di riconoscerlo. Non bisogna farlo salire lassù. E Romilda si chiese perché le importasse la sorte del re in esilio. Come aveva detto anche suo padre, che importanza poteva avere il grande furfante che sedeva sul trono, o il furfante ancor più grande che cercava di toglierglielo?

Orain e Carlos non potrebbero seguire un sovrano malvagio. Il loro re è anche il mio! E quel che aveva saputo del crudele Lyondri Hastur l'aveva riempita di orrore. Pensò ironicamente che, senza neppure saperlo, era diventata per chissà quali motivi una sostenitrice di Carolus.

«Prendi l'ultimo pezzo, ragazzo; devi crescere, hai bisogno di nutrirti», disse Orain, sorridendo, e chiese altro vino. Romilda fece per versarsi un bicchiere, ma Orain le allontanò la mano.

«No, no, hai già bevuto troppo. Donna, portate al ragazzo del succo di mele, è troppo giovane per questo vino forte! Non voglio doverti portare a casa di peso», disse a Romilda, con un sorriso, «e alla tua età non si regge il vino.»

Con la faccia rossa di vergogna, Romilda prese il grosso boccale che la donna le posò davanti. Nel berlo, dovette però ammettere che le piaceva più del vino di prima, che le aveva fatto bruciare la bocca e lo stomaco. Disse: «Grazie, Orain».

Egli rispose, con un cenno d'assenso: «Non preoccuparti. Vorrei avere avuto anch'io un amico che mi avesse tolto di mano la bottiglia quando avevo la tua età! Ma ora è troppo tardi», aggiunse con un sorriso e, sollevando il proprio boccale, bevve un lungo sorso.

Romilda, sazia e leggermente assonnata, sentì che Orain faceva ritorno al gioco del tiro al bersaglio; quando l'uomo le chiese di raggiungerlo, scosse la testa; si limitò ad ascoltare i discorsi degli avventori.

«Bel colpo! Proprio nell'occhio del re che vi garba di meno!»

«Ho sentito dire che Carolus si trova negli Hellers perché gli *Hali* sono troppo delicati per venire a cercarlo quassù... gli si gelerebbero i loro eleganti reggicoda!»

«Che sia qui oppure no, Carolus ha molti sostenitori da queste parti... è un'ottima persona!»

«Comunque sia Carolus, io mi unirò a chi ha intenzione di mettere la corda al collo di quel bastardo di Lyondri! Avete sentito che cosa ha fatto al vecchio signore di Asturien? Gli ha bruciato la casa, povero vecchio, e lui e la moglie si sarebbero trovati in mezzo a una strada, in pantofole e camicia da notte, se uno dei suoi uomini non li avesse portati a casa sua e non avesse dato loro un letto...»

Dopo qualche tempo, Romilda cominciò a sonnecchiare, e sognò che Carolus e l'usurpatore Rakhal avevano la faccia di gatti selvatici delle montagne, scivolavano tra gli alberi e si saltavano addosso per colpirsi. Lei vedeva il duello dall'alto, come se volasse. Poi volò al di sopra di una bianca torre, e Ruyven, dalla cima, le fece grandi cenni di saluto. Al fratello spuntarono le ali: venne in volo accanto a lei, dicendole severamente che il loro padre non lo avrebbe approvato. Ruyven spiegò: «Il Portatore di Pesi ha affermato che l'uomo non deve volare; per questo non ho le ali», e nel dirlo cadde a terra come un sasso. Romilda si svegliò, e si accorse che Orain le spingeva leggermente la spalla.

«Andiamo, ragazzo, è tardi, chiuderanno la porta... dobbiamo fare ritorno al monastero!»

Aveva l'alito che sapeva di vino e pronunciava male le parole; Romilda si chiese se fosse in grado di camminare. Poi la ragazza si mise il mantello sulle spalle e affrontò il gelo della notte. Era già molto tardi; tutte le case erano buie. Da qualche parte, un cane abbaiava freneticamente, ma non si udivano altri rumori, e nella strada c'era poca luce: solo quella della luna bassa nel cielo. Orain camminava con passo incerto, appoggiando una mano alla parete della casa più vicina, ma quando la stradicciola lasciò il posto a una scala, inciampò sullo scalino e cadde a terra con un'esclamazione di sorpresa.

Romilda lo aiutò ad alzarsi e disse, divertita: «È meglio che vi teniate al mio braccio». Che l'avesse fatto apposta, a ordinare al suo compagno di non bere, per avere qualcuno che lo riportasse indietro? Romilda non aveva mai avuto difficoltà a rintracciare i sentieri che avesse percorso almeno una volta; riuscì facilmente a raggiungere il monastero.

«Sapete se Carolus sia davvero in città, Orain?» gli chiese infine, a bassa voce, ma l'uomo la fissò con l'aria sospettosa degli ubriachi e disse: «Perché me lo domandi?» cosicché lei alzò le spalle e lasciò perdere. Si ripromise di parlargliene quando gli fosse passata l'ebbrezza, ma almeno aveva avuto la prova che il vino non lo spingeva a parlare della sua missione con il primo venuto. Nel salire l'ultimo, ripido tratto, che portava alla foresteria del monastero, Orain le strinse il braccio e le appoggiò la mano sulla spalla, ma Romilda cercò di allontanarsi: se l'avesse tenuta troppo stretta, c'era il rischio che scoprisse che era una donna, come era successo con Rory.

Orain mi piace e vorrei rispettarlo, ma se scoprisse che sono una donna si comporterebbe come tutti gli altri...

Nella salita, Orain si appoggiò sempre più pesantemente al suo braccio. Una volta si voltò dall'altra parte e, sbottonatosi i calzoni, si liberò contro una parete; Romilda, non per la prima volta, si rallegrò di essere cresciuta in mezzo agli animali e di poter accettare senza arrossire quel genere di cose... se fosse stata una donna di casa come Luciella e Mallina, si sarebbe scandalizzata dieci volte al giorno. Ma, se fosse stata una donna di casa, non si sarebbe mai opposta al matrimonio organizzatole dal padre, e non sarebbe riuscita a vivere con tanti uomini senza tradirsi.

Alla porta del monastero, Orain tirò la corda della campanella che annunciava la loro presenza al portinaio della foresteria. Era tardi, e per un momento Romilda si chiese se li avrebbero fatti entrare, ma alla fine comparve il padre guardiano, che, brontolando, li fece passare. Il monaco aggrottò la fronte nel sentire l'odore di vino, ma scosse la testa quando Orain fece per dargli una moneta d'argento.

«Non posso accettare, amico. Ma vi ringrazio del gentile pensiero. Ecco, la vostra stanza è da questa parte», disse, e chiese a Romilda: «Riuscite a portarlo dentro?»

«Da questa parte, Orain», disse Romilda, facendolo sedere su uno dei due letti e cominciando a togliergli gli stivali. Lui protestò in modo incoerente... era più ubriaco di quanto non avesse pensato la ragazza.

Orain le prese il polso. «Sei un bravo ragazzo», disse. «Sì, mi piaci, Romal... ma sei cristiano. Una volta ti ho sentito invocare il Portatore di Pesi... maledizione...»

Romilda si liberò gentilmente la mano, avvolse Orain nel mantello e si allontanò in silenzio, chiedendosi dov'era il Nobile Carlos. Certo non era più in colloquio con il padre superiore. La cosa, comunque, non la riguardava, e lei doveva alzarsi presto, per prendersi cura degli animali e degli uccelli-sentinella. Non volendo dormire con gli uomini che seguivano Carlos e Orain, aveva deciso da tempo di dormire sulla paglia della scuderia, dove faceva caldo e non c'era nessuno che potesse vederla. Si tolse gli stivali, si raggomitolò sulla paglia e cercò di dormire.

Ma non riuscì a prendere sonno. Sentiva il fruscio degli uccelli posati sui bastoni, sentiva muoversi cavalli e *chervine*; lontano, dall'interno del monastero, le giunse un debole suono di campanella e i passi dei monaci che si avviavano alle funzioni notturne, mentre tutti dormivano. Che Orain avesse litigato con i cristiani? Aveva detto che lei gli piaceva, ma che era cristiana. Che fosse contrario a tutte le religioni? Romilda non aveva mai dato eccessivamente peso alla cosa, era cristiana perché lo era la sua famiglia e perché, naturalmente, per tutta la vita aveva sentito parlare dei buoni insegnamenti del Portatore di Pesi. Alla fine, sentendo il canto in sordina che giungeva da lontano, cadde in un sonno inquieto. Per qualche tempo sognò di volare come un falco o come un uccello-sentinella; non sulle sue montagne, ma su una terra pianeggiante, verde e bellissima, con laghi e campi e una torre bianca che sorgeva accanto a un lago. Si svegliò quando le giunsero, dal monastero, i rintocchi di una campanella. Pensò, con un leggero senso di colpa, che se avesse cenato laggiù avrebbe potuto ascoltare il coro... forse l'unica donna che ne avesse mai avuto la possibilità.

Be', a quanto pareva sarebbero rimasti laggiù per alcuni giorni; ci sarebbero state altre sere e altre funzioni. Per fortuna, Darren non era più al monastero: l'avrebbe riconosciuta anche da lontano.

Se re Carolus verrà al monastero, il giovane Caryl lo riconoscerà... Carlos deve avvertirlo...

Poi riprese sonno, e fece sogni confusi di re e di bambini, e di qualcuno al suo fianco, che le parlava con la voce di Orain e l'accarezzava. Alla fine si addormentò di un sonno profondo, senza più fare sogni, e fu destata all'alba dalle strida degli uccelli-sentinella.

Presto le giornate al monastero presero tutte ad assomigliarsi. Alzarsi all'alba per accudire agli animali, il pasto nella foresteria, di tanto in tanto qualche commissione per Carlos e Orain. Due giorni più tardi le vennero consegnati gli stivali nuovi, fatti su misura, e con la prima paga - erano passati infatti dieci giorni - andò in una bottega dove si vendevano abiti e si comprò un paio di calze pesanti, in modo da poter lavare quelle che portava da quando Orain gliele aveva date. Nel pomeriggio andò in giro da sola per la città di Nevarsin, godendosi una libertà che non aveva mai conosciuto neppure quando era ancora l'aristocratica figlia di MacAran; alla sera, dopo avere fatto fare esercizio agli uccelli e dopo avere consumato un pasto frugale nella foresteria, andava nella cappella e ascoltava il coro degli allievi. C'era un solo soprano tra i ragazzi, con una voce dolce e flautata; Romilda aguzzò lo sguardo per riconoscere il cantore, e alla fine capì che era il giovane Caryl, il figlio di Lyondri Hastur.

Il ragazzo non nutriva alcun risentimento verso Carolus. Romilda sperava che Orain avesse passato al Nobile Carlos il messaggio, e che questi fosse riuscito a comunicarlo al re, e che di conseguenza Carolus non fosse sceso in città.

Un paio di volte, nei dieci giorni successivi, si recò nuovamente con Orain alla taverna, ma l'uomo si limitò a bere un paio di boccali del vino locale, e non parve subirne alcuna conseguenza. Quanto al Nobile Carlos, Romilda non ebbe più occasione di vederlo; suppose che fosse occupato a svolgere il compito affidatogli da re Carolus in quella città, qualunque esso fosse. Non ne parlò più con Orain, ma si augurò che Carlos avesse lasciato Nevarsin per andare ad avvertire il re.

Timidamente, cominciò anche a chiedersi: se suo padre le avesse dato per marito un uomo come Orain, lei lo avrebbe rifiutato? Probabilmente, no. Ma anche di questo non era sicura.

Perché in tal caso sarei rimasta a casa e mi sarei sposata, e non avrei mai conosciuto questa meravigliosa libertà di città e di taverne, di lavorare e di avere denaro in tasca, non avrei mai saputo che cosa significa fare quello che si vuole, non avrei mai lanciato in volo un uccello-sentinella.

Cominciava ad affezionarsi a quegli uccelli grandi e sgraziati; ora accettavano il cibo dalla sua mano come uno sparviero o un falco da dama. O le si era rafforzato il braccio, o si era abituata al peso, perché ora poteva tenerli a lungo senza fatica. La loro docilità e il piacere che provava quando entrava in rapporto con loro la facevano pensare con rincrescimento a Preciosa; avrebbe mai più rivisto il suo falco?

Raramente vedeva gli altri uomini di Orain; dormiva nella stalla e li incontrava solo il mattino e la sera, quando si riunivano per i pasti nella foresteria. Preferiva che fosse così: continuava a essere un po' intimorita di Alaric, e anche gli altri continuavano a essere per lei degli estranei.

A volte le pareva che l'unica persona a cui rivolgesse la parola, oltre all'uomo che le portava il cibo per gli uccelli e il fieno per i cavalli e i *chervine*, fosse il giovane Caryl, che - quando riusciva a sfuggire per alcuni minuti alle lezioni - veniva a guardare gli uccelli, a prenderli sul braccio e a rivolgere loro dolci parole. Con Caryl, Romilda era sempre un po' sulle spine, perché temeva che, sovrappensiero, si rivolgesse a lei chiamandola "signora": era un segreto alquanto gravoso, per un ragazzo come lui.

Una volta, anche Orain entrò nella cappella per ascoltare il canto. Prese posto a un banco assai lontano, nell'ombra, e anche se il ragazzo, dal coro illuminato, non sarebbe certo riuscito a riconoscere l'uomo solitario che si era seduto nella parte più buia della cappella, Romilda pensò che Caryl conosceva Carolus e che avrebbe certo riconosciuto uno degli uomini del re; venne presa da una tale agitazione che dovette alzarsi e uscire, per il timore che il ragazzo le leggesse nella mente il motivo della sua ansia.

Si avvicinava il solstizio d'inverno: nel mercato cominciavano a vedersi banchi di pane alle noci e di giocattoli dai colori vivaci, e i confettieri riempivano le botteghe di stelle fabbricate con la pasta dolce. Romilda, che nel cogliere il profumo di quei dolci era tornata a sentire la nostalgia di casa - Luciella preparava personalmente il pandolce, perché diceva che ai servitori, in quella stagione, non bisognava chiedere di lavorare più del normale -, fu quasi sul punto di pentirsi della propria fuga, ma poi pensò che in qualsiasi caso non avrebbe trascorso a casa quelle feste, bensì a Scathfell come moglie del Nobile Garris, e presto sulla via di diventare come Darissa, gonfia e brutta nell'attesa del primo nato! No, laggiù stava molto meglio; ma avrebbe voluto mandare un dono a Rael, o averlo con sé ad ammirare quelle esposizioni.

La mattina prima del solstizio fu svegliata dalla neve che entrava dalle fessure della scuderia, anche se lei era bene al caldo nella paglia. Nella notte, una tempesta invernale aveva riempito di neve il cortile del monastero, fino all'altezza del ginocchio. Nel rivestirsi, s'infilò due paia di calze e indossò due tuniche, ma quando andò a lavarsi al pozzo si accorse di rabbrividire; i novizi e gli studenti, invece, correvano scalzi, ridendo e gettandosi palle di neve. Romilda si chiese come facessero: non parevano avere freddo, mentre lei batteva i denti e aveva le mani blu!

Andò a controllare gli animali e si fermò, allarmata; il cavallo del Nobile Carlos non era nella scuderia! Che glielo avessero rubato? O Carlos era uscito dal monastero, nella tempesta? Continuava ancora a nevicare: di tanto in tanto giungeva dal cielo una spruzzata di neve. Mentre dava il fieno alle bestie, la ragazza vide entrare Orain e si rivolse a lui con preoccupazione.

«Il cavallo del Nobile Carlos...»

«Silenzio», le disse lui a bassa voce, «anche con gli uomini. La sua vita potrebbe essere nelle nostre mani; non una parola!»

Romilda annuì, e lui disse: «Bene. Nel pomeriggio, accompagnami in città; forse, chissà, potrei avere un regalo per te, che sei lontano da casa e dalla famiglia...»

Romilda ebbe l'impressione che le leggesse nella mente, perciò si voltò dall'altra parte. «Non mi aspetto regali, signore», disse, rigidamente. Che avesse capito?

Ma Orain si limitò a sorridere e a dire: «Oggi pomeriggio, non dimenticartene», e si allontanò.

Nel corso della mattinata, Romilda cercò di far volare gli uccelli-sentinella - facevano poco esercizio, nella brutta stagione - prima di dar loro da mangiare. Gridarono con irritazione quando li legò alle corde e cercò di farli volare: erano uccelli capricciosi, e non amavano il gelo. Inoltre, la neve era talmente alta che entrava negli stivali di Romilda: la ragazza aveva i piedi bagnati e neppure il sorriso di Caryl riuscì a rallegrarla. Pensò: *Quando fa così brutto, forse è meglio essere una signora seduta accanto al fuoco, con nient'altro da fare che cucire ricami e infornare il pandolce!* Caryl indossava solo una sottile tunica, e aveva le braccia nude. Nel vedere che camminava a piedi scalzi sulla neve, Romilda gli chiese con irritazione: «Ma tu non hai freddo?»

Il ragazzo scosse la testa, sorridendo. «È la prima cosa che ci insegnano i monaci», disse. «Come riscaldarci dall'interno, mediante la respirazione; alcuni dei monaci più anziani si bagnano nell'acqua del pozzo e poi asciugano con il calore del corpo i loro vestiti bagnati, ma personalmente lo giudico un po' esagerato. Ho patito il freddo per i primi dieci giorni, finché non ho imparato, e da allora sono sempre stato a mio agio. Povero Romal, mi sembrate congelato, peccato che non possa insegnarvi a riscaldarvi!» Tese il braccio per prendere Prudenza, a cui poi disse con grande serietà: «Su, uccellino, devi volare; so che la neve non ti piace, ma non puoi stare per tutto il giorno sul tuo bastone, devi mantenere forti le ali».

Prudenza s'innalzò in volo e prese a volare in cerchio; quando Caryl gettò il logoro, l'uccello scese a prenderlo.

«Guardate!» esclamò il ragazzo, «le piace giocare con il logoro, anche se c'è la neve!»

«Mi sembri perfettamente felice», disse Romilda, acida. «La neve ti piace così tanto?»

«No, mi piacerebbe uscire, ma con questo tempo devo rimanere dentro; inoltre, non può venire il maestro d'armi, e devo rinunciare alle lezioni di scherma», rispose Caryl, «ma sono felice perché domani è festa, e mio padre verrà a trovarmi. Sento la mancanza di mio padre e dei miei fratelli, e mio padre mi porterà certamente un bel dono... mi ha promesso una spada, forse me la darà come regalo del solstizio. Mi porta sempre in città a comprare dolci, e mia madre, per il solstizio, mi manda sempre un mantello nuovo. Ho studiato molto, perché voglio che sia soddisfatto di me.»

Lyondri Hastur? Qui nel monastero? Il suo primo pensiero fu per Orain e per il Nobile Carlos; il secondo per il loro re. Cercando di nascondere l'allarme, chiese: «Tuo padre è già arrivato?»

«No, ma verrà per la festa, a meno che il brutto tempo non lo trattenga a casa, a pochi giorni di distanza da noi», disse il ragazzo, «e mio padre non ha paura delle tempeste! Ha un po' del vecchio Dono dei Rockraven, può influire sul tempo; vedrete, mio padre farà cessare la neve prima di sera.»

«Non conoscevo questo *potere*», disse Romilda, cercando di mantenere ferma la voce. «Tu lo hai?»

«Non credo», rispose il ragazzo. «Non ho mai cercato di usarlo. Mi permettete di far volare Temperanza, mentre voi tenete Diligenza?»

La giovane passò la corda a Caryl, cercando di nascondere l'agitazione. Occorreva avvertire anche Alaric, che forse avrebbe cercato di vendicarsi del nemico. Romilda era presa dall'ansia e non riusciva a fare conversazione con il ragazzo.

Mentre stavano dando da mangiare agli uccelli, la porta delle scuderie si spalancò e Orain fece il suo ingresso nel cortile. Romilda cercò di fargli segno di tornare indietro, ma l'uomo si accostò a loro, dicendo: «Non hai ancora finito con gli uccelli-sentinella, ragazzo? Fa' in fretta, dobbiamo andare in città», e Caryl si voltò e lo vide. Spalancò gli occhi per la sorpresa.

«Mio signore», disse, con un inchino, «che cosa fate qui?»

Orain trasalì, e per un momento non rispose. Poi disse: «Sono venuto qui a chiedere asilo, ragazzo, dato che non sono più il benvenuto a corte, dove tuo padre domina il re. Darai l'allarme?»

«Certamente no», disse il ragazzo, con grande dignità. «Sotto il tetto di San Valentino, anche un uomo condannato a morte deve essere al sicuro, signore. Tutti gli uomini che si rifugiano quaggiù sono fratelli: questo mi hanno insegnato i monaci. Mastro Romal, se volete andare, posso mettere gli uccelli sul posatoio.»

«Grazie, ho tempo», disse Romilda, e prese sul polso Temperanza; Caryl la seguì portando con due mani il terzo uccello-sentinella. Le disse, in un sussurro: «Sapevate che è uno degli uomini di

Carolus? Qui dentro, in realtà, quegli uomini non sono affatto al sicuro».

Romilda, fingendo irritazione, disse: «Non rivolgo domande ai miei superiori. E tu non dovresti andare nel coro, Caryl?»

Il ragazzo arrossì. Mordendosi il labbro, corse via sulla neve. Romilda trasse un lungo respiro e fece per voltarsi verso Orain, ma l'uomo la afferrò per la spalla.

«Non qui», disse. «Fuori di queste mura; non sono certo, ora, che non abbiano orecchi, appartenenti a un determinato signore.»

Senza parlare, Romilda terminò il lavoro con gli uccelli-sentinella e seguì Orain all'esterno del monastero. La strada era bianca e silenziosa, e la neve alta assorbiva ogni rumore. Infine Orain disse: «Il piccolo Hastur?»

La ragazza annuì. Dopo un momento, aggiunse a bassa voce, costringendo Orain ad accostarsi per ascoltarla: «E le brutte notizie non sono finite. Suo padre, Lyondri Hastur, non è lontano: domani verrà a trovarlo».

Orain strinse il pugno. «Maledizione! E Zandru sa che non è una persona che rispetti il diritto d'asilo! Se dovesse posare gli occhi su...» S'interruppe. «Perché il Nobile Carlos s'è dovuto allontanare proprio ora?...» riprese poi. «Che sfortuna! Cercherò di fargli pervenire un messaggio...»

Poi tacque. Anche i loro passi non facevano rumore sulla strada coperta di neve fresca. Alla fine Orain disse, come se avesse preso una decisione: «Andiamo alla taverna. Queste notizie mi hanno fatto venire sete, e laggiù hanno preparato del sidro speziato in onore della festa; così potrai bere anche tu».

Romilda disse gravemente: «Non bisognerebbe avvertire Alaric e gli altri di fare attenzione, se è probabile che arrivi il signore Hastur?»

«Passerò loro parola», disse Orain. «Ma per ora non parliamone più...»

Nella taverna dove, alcuni giorni prima, aveva insegnato a Romilda a giocare a freccette, Orain ordinò vino e fece portare a Romilda il sidro caldo; aveva un buon odore di spezie, e la ragazza lo bevve con soddisfazione e se ne fece portare un secondo bicchiere. Poi Orain disse: «Ho un regalo per te... quel brutto mantello che porti non andrebbe bene neppure per uno stalliere. Ne ho trovato uno su un banco... è vecchio e logoro, ma penso che ti vada bene».

Rivolse un cenno alla cameriera, e le disse: «Puoi portarmi il pacco che ho lasciato ieri?»

Poi lo porse a Romilda. «Buon solstizio, e che Avarra ti protegga, figliolo.»

Romilda sciolse il cordino e scorse un mantello verde, di lana d'angora, ben ricamato e con alamari di cuoio robusto. Doveva essere molto vecchio, perché aveva le maniche che facevano tutt'uno con la cappa - la ragazza ne aveva visto uno simile nel ritratto di un suo trisavolo, nella grande sala di Poggio del Falco - ma era comodo e foderato di spessa pelliccia. Si tolse il mantello informe che aveva preso con sé nel fuggire dalla casa di Rory e indossò quello nuovo, dicendo dopo un istante, imbarazzata: «Io non ho nessun dono per voi, mastro Orain».

Lui le appoggiò il braccio sulla spalla. «Non desidero niente da te, figliolo; ma puoi darmi il bacio e l'abbraccio che avresti dato a tuo padre se fosse stato qui.»

Arrossendo, Romilda lo abbracciò e accostò le labbra alla sua guancia. «Siete molto buono con me, signore. Grazie.»

«Di nulla... ora sei vestito come meritano i tuoi capelli rossi e i tuoi modi da figlio di un gentiluomo», disse. Romilda si chiese se aveva capito che era una donna. A un certo punto, aveva avuto la certezza che il Nobile Carlos se ne fosse accorto.

«Quello vecchio», proseguì Orain, «puoi usarlo come coperta per il cavallo», e indicò alla cameriera di farne un pacchetto. Romilda avrebbe voluto gettarlo via per non doverlo mai più avere sotto gli occhi, ma in quel clima neanche i cavalli potevano viaggiare senza una coperta, e la sua era troppo leggera.

Quel giorno c'era poca gente nella taverna; a causa sia della tempesta sia dell'imminente celebrazione, pensò Romilda, molta gente preferiva rimanere in casa, accanto al fuoco.

Quando ebbero finito di mangiare, Orain chiese: «Andiamo a giocare a freccette?»

«Non ne vale molto la pena, con un pessimo giocatore come me», disse lei, e l'uomo rise.

«Che importa? Andiamo lo stesso.»

Continuarono a lanciare i piccoli dardi e a bere dai boccali, per buona parte del pomeriggio. All'improvviso, Orain si irrigidì e tacque.

«Tocca a voi», disse Romilda.

«Tira... io arrivo tra un momento», disse Orain, con la bocca impastata, e Romilda pensò: *Non può essere già ubriaco*. Eppure, nell'allontanarsi, l'uomo barcollava, e uno dei pochi avventori gli gridò allegramente:

«Già così ubriaco la sera della vigilia? Non riuscirete a bere più niente alla festa, amico!»

La ragazza si chiese: *Sta male? Devo andare ad aiutarlo?* Una delle cose che Romilda aveva accuratamente evitato, nelle settimane passate in città, era di servirsi della latrina comune posta dietro ogni taverna: era il posto dove sarebbe stato più facile scoprirla. Ma Orain era stato gentile con lei; se aveva qualche difficoltà, lei doveva andare ad aiutarlo...

Una voce le disse nella mente: *No. Resta dove sei. Comportati come se non ci fosse niente di anormale*. Poiché Romilda non era abituata all'uso del proprio *potere* - e le era capitato poche volte di essere in contatto con i sentimenti di un altro essere umano, anche se le pareva normale farlo con i suoi uccelli -, non fu certa che si trattasse veramente di un messaggio, ma obbedì.

Disse a voce alta, richiamando l'attenzione su se stessa: «Chi vuole fare una partita, allora, visto che il mio amico ha bevuto troppo?»

Due uomini della città accettarono la sfida, ma la ragazza giocò così male che presto venne sconfitta e dovette pagare da bere. Le pareva di scorgere un movimento in mezzo alle ombre, ai confini della stanza... che Orain non fosse affatto uscito, ma si fosse solo ritirato in un angolo? E con chi stava parlando? La ragazza continuò a giocare, e dovette fare un grande sforzo per non guardare la figura alta ed elegante, con la testa nascosta nel cappuccio, che si muoveva accanto a Orain. Ma, come se avesse avuto gli occhi nella nuca, le parve di vederla, di sentire i loro bisbigli... un brivido le corse lungo la schiena; da un momento all'altro si aspettò di sentire grida, voci. *Santo Portatore di Pesi, come ho fatto a finire in questi intrighi, come se mi importasse di quale re siede sul trono degli uomini di Hali? Maledizione a tutti e due, l'esiliato e l'usurpatore. Perché un'ottima persona come Orain deve rischiare il collo a causa del fatto che il trono degli Hastur è andato a un re invece che a un altro?*

Se dovesse succedere del male al mio amico, io... e lì si fermò. Che cosa poteva fare? Diversamente dai suoi fratelli, lei non aveva alcuna conoscenza delle armi. *Se riuscirò a sopravvivere agli intrighi di questa notte*, pensò, *chiederò a Orain di insegnarmi l'arte della lotta*... poi rise e gridò: «Bel tiro, proprio nell'occhio del gatto», e lanciò a caso la sua freccetta, e si stupì nel vedere che si piantava a poca distanza dal bersaglio.

«Bevi, giovanotto», disse l'uomo che aveva perso, portandole un boccale di vino, e Romilda bevve. Le girava la testa, e cercò di smettere quando fu giunta a metà, ma, poiché tutti la guardavano, dovette finire il bicchiere, anche se avrebbe preferito non farlo.

«Un'altra partita? Adesso devo vincere io», disse uno degli uomini, e Romilda, alzando le spalle, gli diede le freccette. Uno strano pizzicorino alla nuca la avvertiva che qualcuno la stava osservando di nascosto. *Che cosa sta succedendo in fondo alla stanza? Maledetti intrighi!*

Poi Orain comparve al suo fianco e le posò la mano sulla spalla. «Sì, adesso cominci a imparare, ma non puoi insegnare a un vecchio cane come si rosicchiano le ossa... passami le freccette, ragazzo.» Prese i dardi, si mise in posa per lanciarli, ordinò vino per tutti; Romilda vide che gli brillavano gli occhi. Quando i dardi passarono a un altro giocatore, Orain mormorò alla ragazza: «Alla prossima partita dobbiamo allontanarci; ho un messaggio...»

Lei annuì. Un istante più tardi, Orain si mise a gridare: «In quale dei nove inferni credi di essere, amico? Il tuo piedaccio oltrepassa la linea bianca per più di metà... non gioco a freccette con un bastardo imbroglione, neppure per il solstizio. Un regalo posso anche farlo, ma non mi lascio portar via con l'imbroglio né un bicchiere di vino né una moneta d'argento!» e diede uno spintone all'uomo che stava per lanciare i dardi. Questi si voltò da ubriaco e lo minacciò con il pugno.

«Ehi, gradasso delle pianure, a chi credi di dare dell'imbroglione? Rimangiati subito le parole, o te le faccio ingoiare io...» Colpì Orain, che indietreggiò fino al muro e che poi si gettò a sua volta contro l'avversario. Questi stava per dargli un altro pugno, ma Romilda scagliò il dardo e lo colpì alla mano; l'uomo si voltò, con un urlo, e corse verso di lei, come se volesse strangolarla. La ragazza cercò di allontanarsi, ma inciampò in un barile e finì a terra. Orain la aiutò a rialzarsi.

«Via, via...» gridò il proprietario, aggrottando la fronte; separò i contendenti. «Qui dentro non si litiga, amici! Beveteci sopra!»

«Quel piccolo bastardo mi ha tirato una freccetta», si lamentò l'uomo, mostrando il polso ferito.

«Cosa sei, un bambino, a piangere per una puntura?» chiese Orain, e il taverniere dovette di nuovo separarli.

«Sedetevi! Tutti e due! La pena per chi litiga è di dovermi pagare un boccale, uno ciascuno!»

Con aria riluttante, Orain prese il borsellino e gettò sul banco una moneta di rame. «Bevete e andate all'inferno. Spero che il vino vi strozzi! Noi andiamo a bere in un posto più tranquillo!» ringhiò.

Prese Romilda per il gomito e si avviò con passo barcollante verso la porta. Poi, quando furono usciti, si raddrizzò e chiese a bassa voce: «Sei ferito?»

«No, ma...»

«Tutto a posto, allora. Filiamocela!»

Si avviò in salita, di buon passo, e Romilda fece fatica a seguirlo: aveva bevuto troppo. Dopo un istante, Orain si voltò e le disse gentilmente: «Scusa. Prendi il mio braccio. Non avresti dovuto bere quel boccale».

«Non sapevo che cos'altro fare», confessò lei.

«E con quel boccale mi hai salvato il collo», bisbigliò l'uomo. «Vieni, forse potrai riposarti un poco al monastero, prima che... guarda!» Indicò il cielo, che si stava schiarendo. «Non nevica più. Dobbiamo essere presenti alla funzione del solstizio: tutti gli ospiti del monastero che non siano inchiodati a letto devono andare ad ascoltare i loro maledetti inni. E adesso che il tempo è di nuovo sereno, quella iena di Lyondri...» Serrò il pugno. «Può darsi che sia già laggiù, grande come la fame e due volte più sporco, seduto compitamente nel coro e intento a cantare inni come un sant'uomo.»

Romilda chiese, preoccupata: «E vi riconoscerebbe, zio?»

«Certo», disse Orain, in tono grave. «E non riconoscerebbe soltanto me.»

La ragazza si chiese: *Che lo stesso Carolus sia nascosto in qualche punto del monastero?* O parlava di Alaric, condannato a morte dal signore Hastur? O di Carlos, che era certamente un esiliato e un consigliere di Carolus? Orain la teneva per il braccio.

«Appoggiati a me, ragazzo... io fingerò di sentirmi male e resterò nella foresteria, ma i monaci mi manderanno un loro guaritore, e scopriranno che non ho niente, salvo un bicchiere di troppo.»

Romilda osservò la strada e rabbrividì per il vento gelido che si era alzato quando era cessata la neve. «C'è davvero un *potere* che può fare magie con il tempo?»

«Così mi hanno detto», mormorò Orain, piombando di nuovo nella tristezza. «Peccato che tu non lo abbia, figliolo!»

Capitolo 9

FUGA DA NEVARSIN

La funzione che si teneva a San Valentino delle Nevi la notte del solstizio d'inverno era famosa in tutti gli Hellers; per ascoltare il canto, venivano ad assistervi molti abitanti di Nevarsin e del circondario. Romilda aveva già udito quegli inni, ma non li aveva mai sentiti cantare così bene, e il rito sacro le avrebbe procurato un notevole piacere, se non fosse stata distratta dalle preoccupazioni di Orain. Questi insistette perché si sedessero in fondo alla navata e, quando lei gli chiese dove fosse il Nobile Carlos e perché non fosse presente, l'uomo si rifiutò di rispondere. Quanto ad Alaric, era stato avvertito di non entrare nella cappella. Verso la fine della funzione, quando ci fu un momento di calma, Orain mormorò: «Finora non vedo traccia di Lyondri Hastur. Forse siamo stati fortunati». Poi aggiunse, con una smorfia: «Ma il massimo della fortuna sarebbe che cadesse in un burrone, e non arrivasse mai a Nevarsin!»

E, come ha detto Caryl, deve essere stata fatta qualche magia al tempo. Non pensavo che potesse rasserenarsi così in fretta.

Nella prima fila del coro c'era il giovane Hastur, tutto tirato a lucido, che nel cantare apriva la bocca come un uccello; Romilda aveva l'impressione che la voce del ragazzo sovrastasse quella dell'intero coro. Forse era un bene che Carlos non fosse presente, a parte le preoccupazioni di Orain: questi non riusciva a stare fermo e, un attimo prima che la funzione giungesse al termine, si alzò e si diresse verso l'uscita. Si recò alle scuderie insieme con Romilda, e, con un certo fastidio della ragazza, si mise a controllare gli uccelli-sentinella, e Romilda si chiese: pensava che non si fosse presa cura di loro? Più tardi ne avrebbe compreso il motivo - l'uomo aveva radunato ogni cosa, in modo da poter partire con pochi minuti di preavviso - ma in quel momento la giovane provò soltanto esasperazione.

Orain controllò anche i *chervine* e i cavalli, guardando ogni zoccolo, esaminando selle e coperte; Romilda era quasi sul punto di urlare, quando l'uomo, con un sospiro, si allontanò e disse, abbracciandola: «Buona festa, ragazzo. Se nella stalla fa troppo freddo, puoi dormire nel letto del Nobile Carlos, nessuno si accorgerà della differenza...»

«Qualcuno deve stare vicino agli uccelli», rispose Romilda, senza guardarlo negli occhi. Non era per sfiducia verso di lui, non esattamente: aveva dormito con tutti quegli uomini, nell'accampamento, e se il suo vero sesso non era stato ancora scoperto, era improbabile che venisse scoperto proprio quella sera, anche se avessero condiviso la stanza. E se Orain l'avesse scoperto - se pensava a questo, la ragazza si sentiva imbarazzata e tremava -, quell'uomo non era cristiano e non osservava il credo di castità (la giovane aveva udito molte storie sulla licenziosità degli abitanti delle pianure e degli *Hali* in particolare) ma Romilda non pensava che giungesse a usarle violenza. Eppure, si sentiva sempre un po' in imbarazzo, quando lui la toccava, e allora cercava di allontanarsi in fretta, perché ricordava il sogno in cui Orain l'aveva accarezzata come donna, senza sapere che lo fosse...

S'infilò nella paglia, ancora leggermente intontita dal vino, e dopo qualche tempo si addormentò. Sognò, come molte altre volte, di volare sulle ali di un falco o di un uccello-sentinella, e che al suo fianco c'era qualcuno che le parlava con la voce di Orain e che la accarezzava piano... s'immerse nel sogno, senza desiderio di opporsi.

Si svegliò all'improvviso prima dell'alba, nell'udire il suono di una campana, e si chiese se ci fosse qualche particolare rito dei monaci per quel giorno di festa. Si rizzò a sedere e scorse Orain, pallido come un cencio, fermo sulla porta.

«Romal, ragazzo! C'è con te il Nobile Carlos? Non è il momento di avere dei pudori...»

«Il Nobile Carlos? Non lo vedo da tempo! Cosa volete dire, Orain?»

«C'è stato un momento in cui... no, vedo che non capisci neppure di che cosa sto parlando. Maledizione!» Barcollò, e si dovette appoggiare al muro. «Era la mia ultima speranza... Non possono averlo preso! Voglia Aldones che sia stato avvertito e che sia riuscito a fuggire... ascolta!»

Fece un gesto, e Romilda sentì di nuovo la campana dell'allarme. «Siamo stati traditi... qualcuno ha riconosciuto lui o me... Sapevo che non si sarebbe dovuto recare laggiù, ieri.»

Tornò a imprecare, e, con un pugno, colpì la parete. «Presto, alzati, ragazzo, cerchiamo nella foresteria! Sanno che, dove compaio io, Carolus... o i suoi uomini... non possono essere lontani! E anche se il padre superiore rispetta il diritto di asilo, dubito che lo rispetterebbe il signore Hastur... a meno che non gli comparisse davanti al naso, per ordinarglielo, lo stesso Signore della Luce...»

Orain era perfettamente padrone di sé, senza alcuna traccia di ebbrezza; pareva disperato, gli occhi gli bruciavano di collera.

«Il figlio di Lyondri... pensi che ne abbia parlato ai compagni? Il figlio di Lyondri... tale il cane, tale il cucciolo! Gli pianterò in corpo il mio coltello, e il mondo sarà un posto più sicuro, una volta eliminato il rischio che il figlio, da grande, diventi un abominio come il padre!»

Romilda si ritrasse istintivamente, e Orain aggrottò la fronte. «No, non farei mai del male a un bambino, neanche al figlio di Lyondri. Suppongo... metti gli stivali, ragazzo! Dobbiamo andarcene in fretta... se ci trovassero qui, la nostra vita non varrebbe una piuma! Va' a chiamare... no, vado io a svegliare Alaric e gli altri! Tu, prepara i cavalli.»

All'improvviso, Romilda ebbe l'impressione che la faccia del Nobile Carlos le comparisse davanti agli occhi... anche se l'aristocratico non era presente! Eppure, Romilda gli sentì dire: *Portate gli uccelli, attraversate il monastero fino alla porta più alta. Recatevi al passo segreto, sopra le celle nascoste del ghiacciaio.*

«Muoviti, ragazzo!» gridò Orain. «Che cosa guardi?»

Con voce tremante, Romilda ripeté le parole del Nobile Carlos. «Era qui, l'ho sentito, era la sua voce...»

«Un sogno», disse Orain, scuotendo con impazienza la testa, ma Romilda sentì di nuovo la voce mentale di Carlos: *Digli se si ricorda di una certa cintura rossa, di cuoio, per cui abbiamo litigato e ci siamo scambiati un pugno sul naso.*

Romilda prese per il gomito Orain mentre questi si voltava per andarsene. «Lo giuro, Orain, ho sentito il Nobile Carlos... ha parlato di una cintura rossa, di cuoio, per cui vi siete presi a pugni sul naso.»

Orain batté gli occhi. Fece un rapido scongiuro. Poi disse: «Hai il *potere*, no? L'avevo sospettato. Già, per anni ci siamo presi in giro a proposito di quella cintura. Vado a svegliare gli uomini. Preparati: più in fretta che puoi».

Romilda notò con soddisfazione che non le tremavano le mani, mentre metteva la sella agli animali, s'infilava il mantello che Orain le aveva regalato per la festa del solstizio - sorrise al contatto con la fodera di pelliccia - e riempiva di biada per i cavalli alcune bisacce, e in altre infilava il cibo puzzolente degli uccelli-sentinella. Mise loro il cappuccio - sarebbe stato impossibile portarli via a quel modo, nel cuore della notte, senza svegliare l'intero monastero, ma incappucciati sarebbero stati almeno tranquilli -, legò i primi due posatoi alla sua sella e a quella di Orain, e mise il terzo sul *chervine* di Alaric.

Dopo qualche tempo, alzando gli occhi, vide che Alaric lavorava accanto a lei.

«Qualche bastardo ci ha tradito», disse l'uomo, con voce spezzata, tendendo l'orecchio al lontano scampanio... che però, di momento in momento, si faceva più vicino. «Stanno frugando la città casa per casa e, quando arriveranno al monastero, guarderanno ogni angolo, le celle dei monaci, la cappella! Che cosa faremo, ragazzo, tu che godi delle confidenze di Orain... dobbiamo affrontarli sulla porta?»

«Io non godo di alcuna confidenza di Orain», disse Romilda, «ma parlava di una porta segreta, in cima al monastero...»

«E mentre noi perdiamo tempo a cercare i cammini segreti, gli uomini di Lyondri ci trovano e io finisco a penzolare da una forca?» chiese Alaric.

Romilda disse con decisione: «Non credo che il Nobile Carlos ci abbandoni. Fidatevi di lui».

«Sì, ma il signore è un Hastur, in fin dei conti, e il sangue non è vino, si dice...» brontolò Alaric.

«Alaric!» esclamò Romilda, fissandolo. Non aveva parole, tanto era sorpresa da quei discorsi. Dopo un istante, però, ritrovò la voce e aggiunse: «Non crederete che Carlos si allei con il signore Hastur contro... be', contro di noi e Orain?...»

«Be', non contro Orain», disse l'uomo. «Metti quella sella, ragazzo, se c'è una possibilità... ma io come posso saperlo? Probabilmente, anche tu sei un nobile come loro...»

«Legate quella sella e non dite assurdità», lo rimproverò lei. «Aiutatemi con questo sacco di grano. Non riesco a sollevarlo da solo...»

L'uomo la aiutò a sistemare il sacco in groppa al *chervine* e poi condusse la bestia all'esterno delle scuderie. Quando uscì a sua volta, Romilda si sentì afferrare il polso da una mano robusta; stava già per lanciare un grido, ma riconobbe la stretta di Orain, anche senza luce.

«Di qua», bisbigliò l'uomo, conducendoli lungo un passaggio buio. Romilda sentì che anche gli altri uomini cercavano di muoversi in silenzio: si udiva solo qualche cigolio e qualche fruscio, e, di tanto in tanto, l'imprecazione soffocata di qualcuno che batteva il piede contro il muro. Infine, una voce di bambino. «Nobile Orain...»

«Ah, sei tu, cucciolo del diavolo...»

Caryl emise un gemito. «Non voglio farvi del male», disse, ansimando (Romilda non poteva vedere, a causa del buio, ma capì, dal dolore nella voce, che Orain doveva averlo afferrato in malo modo). «No, volevo solo guidarvi al cammino segreto... non voglio che mio padre trovi monsignore, si arrabbierà, ma...»

«Orain, lasciatelo», disse Romilda, «dice il vero!»

«Ah, mi fido del tuo *potere*, ragazzo», rispose Orain.

Romilda sentì un gemito di sollievo: evidentemente, l'uomo aveva lasciato libero il fanciullo.

«Conosci il sentiero? Guidaci. Ma se intendi tradirci...» aggiunse, a denti stretti, «... bambino o no, ti passo da parte a parte con il mio pugnale...»

Proseguirono lungo lo stretto passaggio, urtandosi tra loro, con gli uccelli-sentinella che ogni tanto si lamentavano nell'oscurità. Qualcuno imprecò, e Romilda scorse la scintilla di un acciarino, ma Orain ordinò seccamente: «Spegnilo!» e la luce scomparve, tra qualche brontolio.

«Silenzio!» ordinò Alaric, e per qualche tempo si udirono solo i rumori degli animali. In una certa zona dovettero procedere in fila e uno dei *chervine* che portavano i sacchi si incastrò fra le strette pareti. Alaric e uno degli altri uomini dovettero scaricarlo in fretta, imprecando a bassa voce. Più tardi giunsero a un punto dove l'aria era pressoché irrespirabile, perché giungeva da sorgenti sulfuree al centro della terra, e perfino Romilda cominciò a tossire.

Caryl mormorò: «Mi spiace, è solo un breve tratto, ma fate attenzione a dove mettete i piedi, perché ci sono delle spaccature, qualcuno potrebbe rompersi una gamba».

Romilda avanzò a tentoni nel buio, spostando lentamente i piedi per non correre il rischio di metterli in fallo. Infine, sentirono un soffio d'aria fredda proveniente dal ghiacciaio, e si trovarono all'aperto, sotto le stelle. Sul monte brillava la luna, ma il suo chiarore riusciva appena a diradare l'oscurità; sotto i piedi, Romilda vide il ghiaccio.

«Nessuno fa questa strada», mormorò Caryl, «a parte alcuni fratelli che cercano di superare l'ostilità degli elementi vivendo qui, nudi, e che, anche se si accorgessero della vostra presenza, non si curerebbero della vostra identità, perché pensano solo al regno celeste, e non ai re e alle guerre. Ma dovete fare attenzione, signori, perché ci sono dei pericoli...»

«Che pericoli?» chiese Alaric, afferrandolo per la gola. Caryl emise un breve gemito, ma non gridò.

«Non pericoli per causa degli uomini; ci vivono degli uccelli-spettro, anche se i nostri fratelli hanno un patto con loro, come si dice lo avesse san Valentino delle Nevi quando predicava loro e li chiamava i suoi piccoli fratelli in Dio...»

«Ci hai portato in un nido di uccelli-spettro, cucciolo del diavolo?» chiese Alaric.

Ma Orain gli disse: «Maledetto te, lascialo; tocca ancora il ragazzo, e ti darò io qualcosa da ricordare! Non è stato lui a chiamare gli uccelli-spettro, ha solo cercato di avvertirci... e questo è assai più di quanto ha fatto il padre superiore!»

«Togliete le mani dal ragazzo, Alaric! Siete impazzito?» domandò una nuova voce, e in mezzo a loro comparve il Nobile Carlos. Romilda non riuscì a vedere da dove fosse uscito; era semplicemente spuntato in mezzo a loro. Più tardi capì che doveva essere giunto da qualche altra galleria segreta, ma al momento ebbe l'impressione che fosse comparso per magia. Caryl si lasciò sfuggire un breve grido di sorpresa; ora anche Romilda riusciva a vedere nel buio e poté scorgere il bambino: tendeva le braccia al Nobile Carlos nell'abbraccio dei consanguinei, e diceva semplicemente: «Zio, sono lieto di vedervi sano e salvo».

«È per me un grande conforto sapere che non sei mio nemico», disse Carlos, non come se parlasse a un bambino, ma come se si rivolgesse a un altro nobile, di pari rango ed età. Baciò il ragazzo sulle guance. «Cammina nella Luce, ragazzo, finché non ci rivedremo.»

«Monsignore...» disse Caryl, con voce tremante, «io sono vostro amico, non vostro nemico. Ma... vi imploro... se mio padre dovesse capitare nelle vostre mani... risparmiatelo per amor mio.»

Carlos prese gentilmente Caryl per le spalle. Disse: «Vorrei poter essere in grado di promettertelo, figliolo. Ma ti giuro questo, per il Signore della Luce, che io servo come te il Portatore di Pesi; non attaccherò Lyondri se lui non attaccherà me. Per il resto, mi augurerò con tutto il cuore che Lyondri mi stia lontano; non gli ho mai voluto il male che lui ha voluto a me. Una volta era mio fratello, e non sono stato io a litigare con lui». Lo baciò di nuovo sulla guancia e lo lasciò. «Ora, ritorna a letto, figliolo, prima che tuo padre sappia che questa notte sei uscito, o che il padre superiore ti dia una punizione. Che gli dèi camminino con te, figlio.»

«E con voi, monsignore.» Caryl si voltò e si avviò verso la buia imboccatura del passaggio. A un tratto, Alaric lo afferrò per la vita. Il ragazzo si divincolò, ma bastò un solo colpo per farlo afflosciare tra le braccia dell'uomo.

«Siete pazzi, signori?» chiese. «Abbiamo in ostaggio il figlio di Lyondri, e voi lo lasciate libero? Con questo cucciolo in mano nostra, potremmo sfuggire perfino agli artigli di Rakhal, per non parlare di quelli di Lyondri Hastur!»

«E lo ricompensate così, per averci guidato verso la salvezza?» protestò Romilda, offesa; ma Alaric aveva un'espressione dura e decisa.

«Sei uno sciocco, ragazzo. E anche voi, se mi è concesso, signori», Alaric disse a Orain e Carlos. «Il ragazzo ci può avere guidato onestamente... chi dubiterebbe di una faccia così angelica? Ma i suoi parenti hanno il *potere*, e anche se *lui* non intende farci del male, come essere certi che *loro* non ci abbiano seguiti attraverso il *potere* del ragazzo? Io non ho intenzione di torcergli un capello, ma dovrà rimanere con noi finché non saremo usciti dal ghiacciaio e non saremo lontano dagli uomini di Lyondri! In seguito potremo lasciarlo a Caer Donn, o in qualsiasi altro posto.»

«Se gli avete fatto del male...» cominciò Carlos, minaccioso, e

Romilda si augurò di non dover mai incorrere nella sua collera. L'aristocratico toccò la fronte di Caryl. «Mi dispiace di ricompensare così la fedeltà del ragazzo! Ma non possiamo lasciarlo qui privo di sensi, a morire congelato», aggiunse. «Portiamolo con noi, allora; non oso aspettare qui che riprenda i sensi. Ma la cosa non finisce così, Alaric», disse con ira, e gli voltò la schiena. «Mettete il ragazzo su uno dei cavalli, e tu, Romal», disse, rivolgendo un cenno a Romilda, «cavalca con lui, perché nelle sue condizioni non può certamente tenersi in sella, e io non voglio legarlo come se fosse un prigioniero. Ora andiamo, facciamo in fretta!»

Gli uomini misero in sella al cavallo di Romilda la forma inerte di Caryl, e la ragazza, che montò dietro di lui, dovette fare una notevole fatica per tenerlo, quando si avviarono sul ghiaccio scivoloso e disuguale. Continuarono a procedere in salita, senza parlare, accompagnati soltanto da qualche grido degli uccelli-sentinella. Cavalcando nel buio, tenendo fra le braccia Caryl, Romilda pensò a Rael, a quando le dormiva contro la spalla; allora sentì profondamente la sua mancanza e si chiese se avrebbe mai più rivisto il fratellino.

Il sentiero era talmente ripido che Romilda doveva curvarsi sul collo del cavallo e poteva soltanto tenere Caryl contro di sé per impedirgli di cadere. Ma anche gli uomini faticavano a tenere calmi i nervosi *chervine* e gli uccelli-sentinella, che erano inquieti e che, anche da sotto il cappuccio, lanciavano brevi gridi e si agitavano sul posatoio. Romilda si chiese che cosa avessero sentito, con i loro sensi più acuti di quelli umani, e fu tentata di entrare in rapporto con loro, ma dovette dedicare tutta la sua attenzione a restare in sella.

Una volta si levò un lungo gemito: un suono che raggelava il sangue. Il cavallo sbuffò nervosamente, e l'uccello-sentinella si agitò. Romilda non aveva mai sentito un grido come quello, ma sapeva perfettamente di che cosa si trattava: un uccello-spettro, il grande rapace incapace di volare che viveva al di sopra del limite delle nevi perenni; quasi cieco, ma in grado di percepire il calore degli altri organismi viventi, e dotato di artigli capaci di sbudellare, con un colpo solo, un uomo o un cavallo. Inoltre, era ancora notte, e al buio quegli uccelli erano in grado di vedere un poco, mentre la piena luce del sole li accecava. Il loro grido terribile, era stato detto a Romilda, serviva a paralizzare la preda; ora, ascoltandolo da lontano, la ragazza si augurò di non dovere mai vedere uno di quegli animali.

Al rumore, Caryl emise un leggero gemito e si mosse, per portarsi una mano alla testa. Il movimento fece trasalire il cavallo, che per poco non scivolò sul ghiaccio. Romilda si chinò verso il ragazzo e gli sussurrò: «Va tutto bene, ma devi stare fermo; il cammino è pericoloso; se il cavallo si spaventasse, potrebbe cadere... e così noi».

«Damigella Romilda?» bisbigliò lui, e la ragazza, con irritazione, gli disse di tacere. Caryl la guardò, e Romilda vide i suoi occhi spaventati. Continuando a toccarsi il gonfiore sulla tempia, il giovane Hastur batté varie volte le palpebre e Romilda si augurò che non si mettesse a piangere.

Caryl bisbigliò: «Perché mi trovo qui? Che cosa è successo?» E poi, ricordandosi: «Qualcuno mi ha *colpito*!» Pareva più sorpreso che irritato. Romilda pensò che era un bambino viziato delle pianure e che nessuno doveva averlo colpito in precedenza. Lo strinse tra le braccia.

«Non avere paura», gli sussurrò. «Non permetterò che ti facciano del male.» Nel dirlo, pensò che se Alaric avesse cercato di colpire nuovamente il bambino, lei si sarebbe gettata tra i due. Il ragazzo assunse una posizione più comoda; non dovendo più tenerlo fermo, Romilda poté dedicarsi al cavallo.

«Dove siamo?» bisbigliò Caryl.

«Sulla strada dove ci hai condotti; il Nobile Carlos ti ha portato con noi perché non poteva lasciarti sul ghiaccio, privo di conoscenza, a morire congelato, ma non intende farti alcun male. Alaric voleva tenerti come ostaggio, ma Orain glielo ha proibito.»

«Il Nobile Orain è sempre stato gentile con me», disse Caryl, dopo qualche istante. «Anche quando ero molto piccolo. Mi dispiace che mio padre abbia litigato con lui. E il padre superiore sarà irritato con me.»

«Non è colpa tua.»

«Il padre dice che tutto quel che ci succede è colpa nostra, in un modo o nell'altro», rispose il ragazzo, a bassa voce. «Se non ce lo siamo meritato in questa vita, ce lo siamo meritato in un'altra. Se si tratta di un bene, ce lo siamo guadagnato e possiamo godercelo, ma se è un male, dobbiamo sempre pensare di esserci procurati anche quello, e non è sempre facile distinguere l'uno dall'altro. Non credo di avere compreso bene le sue parole», aggiunse, ingenuamente, «ma ha detto che le avrei capite quando fossi stato più vecchio.»

«Allora, anch'io devo essere molto giovane», commentò Romilda, incapace di soffocare una risatina... parlare dell'alta filosofia dei monaci su quel sentiero sdrucciolevole, con gli uomini del re, a quanto ne potevano sapere, alle loro calcagna! «Perché ti confesso di non avere capito niente.»

Orain sentì la risata; fermò il cavallo in un punto dove il sentiero era leggermente più largo e attese che Romilda lo raggiungesse. «Siete sveglio, giovane Caryl?»

«Non mi ero affatto addormentato», protestò il ragazzo. «Qualcuno mi ha colpito!»

«Avete ragione», disse Orain, in tono molto serio. «Ed è già stato rimproverato dal Nobile Carlos, credetemi. Ma ora temo che ci dobbiate accompagnare a Caer Donn; non riuscireste a ritornare indietro per questa strada. So che non ci avreste traditi intenzionalmente, ma Lyondri ha il *potere* e riuscirebbe a leggervi nei pensieri la strada che abbiamo preso. Vi do la mia parola - parola a cui, diversamente da vostro padre, non ho mai mancato - che quando raggiungeremo Caer Donn gli sarete restituito sotto bandiera bianca. Lui...» con un cenno eloquente, indicò Carlos, che cavalcava davanti a loro, «vi vuole bene. Ma con questi uomini vi consiglio di controllare le vostre parole.»

«Mio signore...» cominciò Caryl.

Orain gli rivolse un cenno del capo, a mo' di avvertimento, e si affrettò a dire: «Se pensate di essere più comodo mettendovi in sella dietro di me, potrete farlo, una volta lasciato questo sentiero; ma ora non c'è spazio per scendere e cambiare cavallo. Oppure, se mi date la vostra parola di Hastur che non cercherete di fuggire, potreste stare in groppa a uno dei nostri animali da soma, e cavalcare da solo».

«Grazie», rispose il ragazzo, «ma preferisco stare con...» S'interruppe per inghiottire la saliva, e terminò: «... Con mastro Romal».

La ragazza si stupì della sua presenza di spirito; nessun altro giovane si sarebbe ricordato, in un momento così difficile, di mantenere il segreto!

«Allora, fate attenzione», disse Orain, «e tu, Romal, occupati di lui.» Così dicendo, riprese la sua strada, e Romilda, facendo accomodare meglio Caryl davanti a sé - sarebbero stati più comodi se il ragazzo si fosse seduto dietro di lei e l'avesse abbracciata, ma non ci si poteva fermare a eseguire lo spostamento -, pensò che l'aveva protetta anche in un momento in cui non aveva niente da guadagnare dal mantenere il segreto, e in cui invece, rivelandolo, avrebbe potuto mettere discordia fra coloro che lo avevano catturato. Davvero uno strano giovane, e più intelligente di Rael, pensò, anche se con questa ammissione le pareva di tradire il fratellino.

Caryl sapeva che lei era una donna. E a volte lei aveva avuto l'impressione che lo sapesse anche Carlos, ma che, per ragioni sue, preferisse conservare il segreto. E allora, per la prima volta - tutto si era svolto così velocemente, da quando si era svegliata -, ricordò le parole di Orain. *C'è Carlos con te? Non è il momento di avere dei pudori!* Che Carlos avesse confidato il suo vero sesso a Orain, e che questi la giudicasse una donna che concedeva liberamente i suoi favori, cosicché non ci sarebbe stato niente di strano nel trovare Carlos con lei? Anche in quel freddo, Romilda si sentì salire alle guance una vampata di fuoco. Certo, si disse, che cosa poteva pensare di una donna che stava in mezzo agli uomini, vestita come loro?

Be', se Orain sapeva, sapeva; e se così la giudicava, padronissimo di farlo. Se non altro, si era comportato da gentiluomo e non era andato a raccontare la cosa agli uomini del gruppo. Eppure, Orain cominciava a piacerle sempre più!

Dalle rupi sopra di loro tornò a giungere il verso sovrannaturale dell'uccello-spettro; adesso era più vicino, e Romilda tremò come se quel grido le avesse agitato le ossa. Capiva quel che dovevano provare le prede dell'uccello: il grido le bloccava sui loro passi, cancellava ogni altra cosa al mondo, finché rimaneva soltanto quel terribile fremito, che oscurava loro la vista. Caryl gemette e si coprì le orecchie; gli uomini faticarono a tenere calmi i cavalli; gli uccelli-sentinella presero a battere le ali; i *chervine* emisero un grido e cercarono di scartare. Uno degli animali inciampò e scivolò a terra; il suo cavaliere perse l'equilibrio e percorse un lungo tratto sul ghiaccio, prima di riuscire a fermarsi. Era il nervosismo degli uccelli-sentinella a contagiare tutti gli animali. Dall'alto si levò di nuovo il grido degli uccelli-spettro.

Romilda diede a Caryl una piccola scossa. «Aiutami a calmare gli uccelli!» gli disse, e cominciò a trasmettere mentalmente ondate di calma, pace, cibo, affetto. Riuscì a raggiungere i tre uccelli-sentinella e, quando i pensieri di Caryl si unirono ai suoi, gli animali si tranquillizzarono e gli uomini potero occuparsi delle cavalcature. Carlos indicò a tutti di raggrupparsi: il sentiero si era allargato.

Il cielo cominciava a schiarirsi, e gli uomini potevano distinguere le rupi sopra di loro: sullo sfondo del cielo, il passo appariva come una sagoma di rocce scure. Davanti al gruppo, il sentiero si restringeva e attraversava il ghiacciaio; mentre lo osservavano, un'ombra sgraziata si mosse sullo sfondo delle rocce, e di nuovo s'innalzò il terribile gemito, seguito da un secondo, che proveniva da ancora più in alto.

Orain strinse le labbra e disse: «Proprio quel che ci voleva; due di quei maledetti uccelli! E manca un'ora all'alba... D'altronde, non possiamo aspettare: se siamo inseguiti dobbiamo trovarci oltre il passo prima che sia giorno, e avere raggiunto il bosco dove potremo nasconderci. Perfino un cieco riuscirebbe a seguire le nostre tracce sul ghiaccio, e Lyondri avrà certo con sé una mezza dozzina dei suoi maledetti sapienti!»

«Siamo in trappola», mormorò Carlos, per poi subito assumere un'espressione distaccata, lontana. Infine disse: «Non siamo inseguiti, almeno per ora... non ho bisogno di un sapiente per capirlo. Siete stato uno sciocco a portare il ragazzo, Alaric... per riaverlo, Lyondri ci darà la caccia anche se il nostro cammino si dovesse snodare attraverso i nove inferni di Zandru! Ora ha un altro, più personale motivo per inseguirci!»

«Finché il ragazzo è con noi», disse Alaric, a denti stretti, «possiamo servircene per barattarci la vita.»

Caryl si rizzò sulla sella e disse con ira: «Mio padre non rinuncerebbe al suo onore per la vita del figlio, né io gli chiederei di farlo!»

«L'onore di Lyondri?» mormorò uno degli uomini. «Il dolce canto dell'uccello-spettro, il clima accogliente del nono inferno di Zandru...»

«Non sono disposto a tollerare che...» cominciò Caryl, ma Romilda lo tenne per la vita prima che scendesse di cavallo e si lanciasse contro l'uomo che aveva parlato.

Carlos disse tranquillamente: «Basta, Caryl. È un giusto sentimento per il figlio di Lyondri, ma non possiamo perdere tempo a discutere. Dobbiamo attraversare il passo, e anche se non ho intenzione di farti del male, se non riesci a tacere sarò costretto a imbavagliarti; i miei uomini non intendono ascoltare le difese di un uomo che ha messo una taglia sulla loro testa. Quanto a voi, Garan, e a voi, Alaric, tacete; non è bene irridere di fronte a un ragazzo l'onore del padre, e ci attende un compito assai più difficile di quello di litigare con un bambino!»

Tornò a guardare in alto mentre si levava il grido dell'uccello-spettro; Romilda vide che l'aristocratico doveva tendere ogni fibra per vincere la paura suscitata in lui dal grido. La ragazza abbracciò Caryl e gli mormorò: «Aiutami a calmare gli animali». Entrambi avevano bisogno di qualcosa da fare, per non pensare al terrore.

Di nuovo i pensieri tranquillizzanti si stesero sugli animali, e Romilda notò con quanta efficacia il *potere* del giovane Hastur, già molto forte, rafforzava il suo. Quando gli animali furono di nuovo tranquilli, Alaric disse, portandosi la mano al pugnale: «Io ho già dato la caccia agli uccelli-spettro, signore, e ne ho anche uccisi».

«Non dubito del vostro coraggio», disse Carlos, «ma della vostra intelligenza, se pensate che possiamo affrontarne due, su uno stretto passo, senza perdere neppure un uomo o un cavallo. Non abbiamo cani sordi, né corde o reti. Forse, tenendoci in mezzo ai *chervine*, potremmo uscirne con un cavallo per uno, ma a quel punto ci troveremmo nella zona peggiore degli Hellers, privi di scorte! E invece, rimanendo qui, cadremmo nella trappola.»

«Meglio gli artigli dell'uccello-spettro che le attenzioni degli uomini di Lyondri», disse uno dei cavalieri. «Affronterò quello che affronterete voi, mio signore.»

«Peccato che la tua abilità con gli animali non si estenda anche a quelle creature», disse Orain, sorridendo a Romilda. «Se tu riuscissi a calmare quegli uccelli come hai fatto con gli uccelli-sentinella e i cavalli, saremmo a posto.»

A quel pensiero, Romilda si sentì rabbrividire... entrare nella mente di quei carnivori crudeli? Disse debolmente: «Volete scherzare, signore».

«Perché il vostro *potere* non dovrebbe funzionare con gli uccelli-spettro come funziona con gli uccelli-sentinella o, solo per quello, con le oche e i polli?» chiese Caryl, rizzandosi sulla sella. «Sono tutte creature della natura, e se il Dono di... Romal riesce a calmare gli uccelli-sentinella, forse, aiutandolo con il mio *potere*, potremmo riuscire a raggiungere gli uccelli-spettro, e convincerli a cercare altrove la loro colazione.»

Romilda sentì di nuovo un brivido. Ma, davanti agli occhi ansiosi del giovane Caryl, si vergognò di ammettere la paura.

Carlos disse con calma: «Mi spiace di dover affidare la nostra salvezza a due ragazzi, mentre noi adulti non possiamo fare niente. Eppure, se poteste aiutarci... non vedo altra soluzione, e se ci fermiamo qui, siamo finiti. Tuo padre non ti farà del male, mio giovane Carolus, ma temo che gli altri moriranno, e non credo che avranno una morte rapida».

Caryl batteva rapidamente le palpebre. Disse: «Non voglio che vi succeda alcun male, monsignore. Non credo che mio padre si renda conto che siete una brava persona; forse il Nobile Rakhal gli ha avvelenato la mente contro di voi. Se potrò aiutarvi, per dargli il tempo di riconsiderare tutta questa contesa, sarò lieto di farlo».

Ma Romilda notò che anche il ragazzo sembrava leggermente spaventato. Quando ripresero ad avanzare, Caryl mormorò: «Ho paura, Romal... hanno un aspetto così feroce che mi è difficile ricordare che anch'essi sono creature di Dio. Ma cercherò di pensare a san Valentino che aveva un patto di amicizia con loro e che li chiamava piccoli fratelli».

Non penso di volere sinceramente un uccello-spettro come fratello, si disse Romilda, spronando il cavallo e inviandogli pensieri tranquillizzanti. Ma non doveva seguire quel tipo di ragionamento. Doveva pensare che la Forza che aveva creato i cavalli e i cani che lei amava, e i suoi adorati falchi, aveva avuto i suoi motivi per creare gli uccelli-spettro, anche se lei non sapeva quali fossero. E gli uccelli-sentinella, che all'inizio le erano sembrati così feroci, erano divenuti gentili come colombe, quando lei li aveva conosciuti meglio; ora voleva davvero bene a Prudenza, e provava un sincero affetto anche per Temperanza e Diligenza.

Se gli uccelli-spettro sono miei fratelli... e per un momento le venne il desiderio quasi isterico di ridere. Il gentile Ruyven, il timido Darren, il caro, piccolo Rael, nella stessa categoria dell'orrore urlante che infestava le rupi?

Sentì Caryl mormorare alcune parole; le uniche che riuscì a distinguere furono *Portatore di Pesi* e *Beato Valentino*... il ragazzo pregava. Romilda chiuse gli occhi. Era pura bontà, o folle presunzione, pensare che la loro mente potesse raggiungere quella di un uccello-spettro... *ammesso che quegli uccelli abbiano una mente.*

Con un sospiro, disse: «Proviamo, Caryl. Collegati con me...»

Tese la mente, mantenendo quel poco di coscienza di sé che le permetteva di stare in sella. Percepì i cavalli, che avevano paura, ma continuavano ad avanzare perché avevano fiducia nei loro cavalieri; e gli uccelli-sentinella, che erano spaventati dalle grida, ma che rimanevano tranquilli perché lei e Caryl, di cui si fidavano, avevano detto loro di rimanere calmi. Poi si spinse ancor più lontano, ed entrò in contatto con qualcosa di freddo e terrificante, sentì nuovamente il grido che faceva rabbrividire l'intera creazione, ma, tenendo fermamente le mani di Caryl, penetrò con decisione nella mente estranea.

Dapprima sentì solo una pressione feroce, una fame intensa, un freddo inesorabile che la spingeva verso un calore che era tutto: luce, casa, piacere, perché il contatto con il calore le entrava nel corpo e la inondava di un'esperienza quasi sessuale; e in tutto questo, con un piccolo frammento della mente, sentì di essere ancora Romilda, di avere raggiunto la mente dell'uccello-spettro. *Povera creatura infreddolita e affamata... cerca solo cibo e calore, come il resto della creazione...* Non aveva più gli occhi, non poteva vedere: era divenuta l'uccello-spettro, e per un momento fece fatica a trattenersi dal gettarsi verso il calore - per sentire il caldo del sangue che sgorgava - e a dirsi che era una donna, con un bambino da proteggere, e con dei compagni che facevano affidamento su di lei.

Collegata a Caryl, sentì il suo tocco mentale, simile a un basso mormorio: *Fratello uccello-spettro, tu sei una cosa sola con tutta la vita, e una cosa sola con me. Gli dèi ti hanno creato per lacerare la preda, e io ti amo per come ti hanno fatto gli dèi, ma tra queste nevi ci sono degli animali che non conoscono la paura perché gli dèi non hanno dato loro la coscienza. Cercate la vostra preda fra loro, piccoli fratelli, e lasciatemi passare... Nel nome del santo Valentino, vi ordino, sopportate i vostri pesi e non cercate di porre fine alla mia vita prima del momento che mi è stato destinato. Benedetto chi cattura la preda e benedetto chi sacrifica la vita a un altro...*

Non vi voglio fare alcun male, trasmise Romilda, unendosi all'appello del ragazzo. *Cercate da qualche altra parte il vostro cibo.*

E per un momento, nella coscienza che lei, il cavallo, il bambino e la fame e il desiderio di calore dell'uccello-spettro erano tutt'uno, si sentì attraversare da una gioia sovrannaturale: i primi raggi del sole nascente la colmarono di calore e di felicità.

Per un attimo pensò: *Se l'uccello-spettro dovesse prendermi, sarei ancor più unita alla sua meravigliosa forza vitale. Ma anch'io voglio vivere e godere la luce del sole.*

Non aveva mai conosciuto una simile felicità: lei faceva parte di tutto ciò che viveva, del sole e delle rocce, e anche il freddo del ghiacciaio era meraviglioso perché permetteva di apprezzare meglio il calore del sole...

A quel punto, il magico collegamento s'interruppe e svanì. Avevano superato il passo e stavano scendendo sull'altro versante del monte; in alto, sopra di loro, la forma sgraziata di un uccello-spettro si dirigeva verso una caverna delle rocce, senza prestare loro attenzione. Caryl piangeva tra le sue braccia.

«Aveva fame», disse il fanciullo, «e noi, con l'inganno, gli abbiamo tolto il pasto.»

Lei lo abbracciò, ancora confusa dall'esperienza. Carlos si affrettò a dire: «Grazie, ragazzi. Non avevo nessuna voglia di divenire il pasto dell'uccello-spettro, anche se la povera creatura era affamata. Può andare a fare colazione da un'altra parte».

Tutti gli uomini guardavano con soggezione i due giovani. Orain disse: «Ah, voi ragazzi siete troppo grandi per i gusti delicati di un uccello-spettro... preferisce cercarsi un coniglio delle nevi», e tutti risero. Romilda, all'improvviso, si accorse di essere esausta.

Carlos frugò nelle tasche della sella. Disse: «Il debito che ho con voi non potrà mai essere compensato. I sapienti hanno sempre fame, dopo questo genere di lavoro. Tenete». E passò loro frutta secca, carne affumicata, fette di biscotto. Romilda si portò alla bocca la carne, e si accorse di non poterla mangiare.

Una volta, questa carne apparteneva a una creatura viva, e ora io voglio farne la mia preda. Non sono diversa dagli uccelli-spettro. Una volta, questa carne secca era la vita dei miei fratelli. Provò un tale disgusto che dovette sputare la carne e mangiare un pezzo di frutta secca.

Anche questa è una parte della vita di tutte le cose, ma non respirava e non mi avvelena con la coscienza di quel che era un tempo. Il Portatore di Pesi ha creato alcune vite che hanno il solo scopo di sacrificarsi perché altre possano sopravvivere... e, nell'assaggiare il frutto, provò di nuovo l'estasi di prima: quel frutto donava la sua dolcezza perché lei non avesse più fame...

Anche Caryl pareva affamato. Mangiava avidamente un pezzo di pane, e la ragazza notò che aveva messo via la carne, anche se, su un pezzo, c'era il segno di piccoli denti. Evidentemente aveva condiviso la sua esperienza.

Verso mezzogiorno, quando si fermarono per dare la biada ai cavalli e la carne agli uccelli-sentinella, Romilda riuscì a mangiare solo frutta e pane. Eppure, il fatto che gli uccelli-sentinella divorassero la carne non le diede alcun fastidio: era la loro natura.

Notò che gli uomini si tenevano a rispettosa distanza da lei, e la cosa non la sorprese affatto. Anche lei sarebbe rimasta in soggezione, se avesse visto una persona capace di fermare un uccello-spettro lanciato all'attacco. Lei stessa non riusciva ancora a capacitarsi di esserci riuscita.

Al termine del pasto, quando tornarono a sellare i cavalli, Romilda osservò Carlos, che si era appartato dal gruppo e pareva in ascolto di qualcosa di impercettibile. Ormai era abbastanza esperta nell'uso del *potere* per capire che l'aristocratico esaminava mentalmente il sentiero dietro di loro, fino al passo.

«Finora non c'è nessuno che ci insegua», disse infine Carlos, «e le strade che avremmo potuto prendere sono tante da far perdere le nostre tracce, a meno che Lyondri non abbia con sé un'orda di sapienti. Non credo che possa trovarci. Dobbiamo adottare le normali cautele, ma credo che riusciremo a raggiungere Caer Donn in relativa sicurezza.» Tese le braccia verso Caryl.

«Non verresti a cavalcare dietro di me, cugino?» gli chiese, come se se si fosse rivolto a un adulto e a un suo pari. «Ho da dirti alcune cose.»

Caryl guardò Romilda e poi disse cortesemente: «Come volete, cugino». Montò sulla sella dell'aristocratico. Quando i due si allontanarono, Romilda vide che si parlavano a bassa voce e si accorse di sentire la mancanza del ragazzo. Una volta notò che Caryl scuoteva la testa, con molta gravità, e udì alcune parole:

«... Oh, no, cugino, vi do la mia parola...»

La giovane provò all'improvviso un senso di gelosia e si augurò di poter sentire quello che dicevano. Il *potere* era ormai una tale abitudine, per lei, che si disse:

Forse, basta tendere la mente per saperlo...

E l'idea la fece vergognare di se stessa. Provare una simile tentazione, proprio lei che era stata allevata in una Grande Casa, e che conosceva le giuste regole di comportamento con i pari grado e con gli inferiori? Sarebbe stata una cosa indegna, come origliare alle porte!

Il fatto di avere il *potere* non le dava il diritto di venire a conoscenza di fatti che non la riguardavano! Poi, aggrottando la fronte, cominciò a riflettere sul corretto modo di usare il *potere*. Lei aveva il diritto di imporre la sua volontà ai falchi da lei addestrati, ai cavalli che usava e, per salvarsi la vita, agli uccelli-spettro delle rocce. Ma fino a che punto era lecito servirsene? Poteva indurre il suo cavallo a portare la sella perché l'animale le voleva bene ed era lieto di stare insieme al padrone. Aveva anche sentito l'amore di Preciosa, che era ritornata a lei di propria volontà.

(*E questo pensiero la fece soffrire. Avrebbe mai più rivisto Preciosa?*)

Ma dovevano esserci dei limiti. Forse era giusto tranquillizzare i cani che le volevano bene, perché non svegliassero la casa nel momento della sua partenza.

E c'erano le preoccupazioni e i conflitti. Lei poteva spingere la preda in bocca al falco, costringere il coniglio a finire in mezzo ai cani... e questo non era nell'ordine naturale, perché avrebbe dato un eccessivo vantaggio ai cacciatori!

Con le lacrime agli occhi, piegò la testa e per la prima volta nella sua vita pregò sinceramente.

Portatore di Pesi! Non sono stata io a chiedere questo potere. Aiutami a usarlo per essere tutt'uno con la vita. E aggiunse: *Perché ora so di essere una parte della vita... ma una parte così piccola!*

Capitolo 10

ORAIN

Per tutta la strada verso Caer Donn, gli scrupoli di coscienza continuarono ad assillarla. Quando andavano a caccia, temeva di usare male il suo *potere* e si lasciava scappare la preda, cosicché gli uomini la sgridavano. Usava la propria coscienza per trovare le carogne da dare agli uccelli-sentinella: certo quegli animali non avevano più bisogno del loro corpo, ed era giusto usare una creatura morta per nutrirne una viva. Avrebbe preferito rinunciare al suo potere, ma ne aveva bisogno per occuparsi degli uccelli... certo era giusto mostrare l'affetto che aveva per loro. O no, dato che lo usava egoisticamente per tenerli tranquilli?

A volte cercava di occuparsene senza fare ricorso al *potere*, e i rapaci gridavano e si ribellavano. Allora Carlos chiedeva: «Che ti piglia, ragazzo? Fa' il tuo lavoro, calma quegli uccelli!» e lei era nuovamente costretta a usarlo.

Ne avrebbe voluto parlare con Carlos: anche l'aristocratico aveva il *potere*, e forse aveva incontrato gli stessi problemi. Che la stessa cosa fosse successa a suo fratello Ruyven? Niente da stupirsi che avesse lasciato una casa che era un allevamento di animali e che si fosse rifugiato in una Torre! Certo Romilda non poteva parlarne con Caryl, che era solo un bambino e si serviva con piacere delle sue doti, come aveva fatto lei fino a poco tempo prima.

La ragazza non riusciva ancora a mangiare carne, e si nutriva di polenta e di frutta, cosicché aveva sempre fame, nel clima gelido degli Hellers, ma anche quando Carlos le ordinò di mangiare un pezzo del daino che avevano catturato quel giorno, provò un tale disgusto che dovette correre dietro un cespuglio a vomitare.

Orain la vide ritornare, pallida e agitata, e le si avvicinò, mentre lei metteva da parte per gli uccelli-sentinella gli avanzi del daino.

In quella regione coperta di neve era difficile trovare ghiaia per gli uccelli, e Romilda era costretta a mescolare pelle e pezzi d'osso alla carne.

Orain le disse: «Dallo a me», e portò il cibo agli uccelli. Al ritorno, chiese: «Che cos'hai, ragazzo? Non mangi? Carlos è preoccupato per te; ha paura che non ti nutra a sufficienza per questo clima così freddo».

«Lo so», disse lei, senza guardarlo.

«Che cosa c'è, ragazzo? Posso aiutarti?»

Lei scosse la testa. Nessuno poteva aiutarla. Forse solo suo padre, che in gioventù doveva avere combattuto la stessa battaglia: MacAran poteva odiare la parola *potere* e proibire di usarla in sua presenza, ma lo possedeva, indipendentemente dal nome. All'improvviso, Romilda sentì una forte nostalgia di casa; rivide Poggio del Falco, la faccia del padre, prima gentile, e poi collerica mentre la picchiava... Si nascose la faccia tra le mani, cercando di soffocare i singhiozzi che rischiavano di tradirla, ma non riuscì a nascondere le lacrime.

Orain le posò delicatamente la mano sulla spalla. «Su, su, figliolo, non pensarci... sono anch'io dell'idea che un uomo, qualche volta, abbia il diritto di piangere... sei stanco e malato, nient'altro. Piangi pure, se vuoi; non lo dirò a nessuno.» Le diede un ultimo abbraccio per rassicurarla e si avvicinò al fuoco. «Ecco, bevi questo, ti metterà a posto lo stomaco», disse, infilando in una tazza di acqua calda alcune delle sue erbe.

L'infuso era molto aromatico, con un debole sapore amarognolo, e la fece sentire meglio. «Se non riesci a mangiare carne, ti porterò pane e frutta, ma in questo clima occorre nutrirsi.» Le diede una grossa pagnotta cosparsa del lardo del daino; Romilda mangiò con piacere il pane e la frutta secca mentre gli uomini preparavano i cavalli per la notte.

Orain stese le loro coperte; Caryl non ne aveva, e perciò dormiva sotto il mantello di Romilda, abbracciato a lei. Mentre si toglieva gli stivali, la ragazza sentì un basso dolore al ventre e cominciò a contare segretamente sulle dita; sì, erano passati quaranta giorni da quando era fuggita da Rory, e lei doveva di nuovo nascondere quel fastidio periodico! Maledizione alla femminilità! Mentre Caryl e Orain dormivano, si chiese come nasconderlo. Fortunatamente, il freddo era talmente intenso che nessuno si spogliava più, e anche per andare a dormire si mettevano tutti i vestiti e le coperte a disposizione. Romilda, oltre al mantello di pelliccia che le aveva regalato Orain, si arrotolava anche in quello sottratto a Rory, e teneva fra le braccia Caryl.

Doveva riflettere. Non aveva stracci con sé, né indumenti da stracciare, ma su quei monti c'era una specie di spesso muschio, che cresceva anche a Poggio del Falco; un tempo le donne lo usavano per riempire i pannolini dei neonati e nel corso del loro ciclo. Si ripromise di procurarsene: in quel clima sarebbe stato più facile seppellire del muschio sotto la neve che non lavare dei panni.

L'indomani mattina, quando Orain si svegliò accanto a Caryl e Romilda, Alaric lo prese in giro: «Ehi, avete deciso di organizzare un asilo d'infanzia?» Ma la presenza di Orain dava sicurezza a entrambi i ragazzi: era gentile e paterno. Anzi, in caso di necessità, Romilda era certa di potersi confidare con lui senza pericolo; forse Orain si sarebbe stupito di trovare una ragazza in un clima così rigido, ma non avrebbe cercato di approfittare della situazione. Romilda sapeva istintivamente, ma senza possibilità di dubbio, che non avrebbe mai recato offesa a una donna.

Si isolò per attendere in privato ai propri bisogni corporali. Gli uomini l'avevano presa in giro, all'inizio, dicendo che si vergognava come una femminuccia, ma tutti pensavano che lo facesse per motivi religiosi: si sapeva che i cristiani erano estremamente pudichi. E nessuno di loro aveva dei sospetti.

Avrebbe potuto conservare il segreto finché avesse voluto. Forse a Caer Donn sarebbe stato più difficile che a Nevarsin trovare lavoro come falconiere o come addestratore di cavalli, ma non dubitava di poterlo fare; a questo scopo, contava anche sulla presentazione di Orain e del Nobile Carlos, che certo avrebbero garantito per lei.

Nei giorni successivi provò ancora una certa ritrosia a mangiare carne, anche se cominciò a dirsi che alcuni dei suoi scrupoli erano assurdi. Carlos, forse per suggerimento di Orain, non la costrinse più a mangiarne, e si limitò a darle una maggiore razione di polenta e di frutta. Alaric la prese in giro una volta, e Carlos lo fece tacere.

«Meno carne mangia lui, più ne resta per noi. Lasciategli scegliere il cibo che preferisce, e fate anche voi come lui! Se tutti gli uomini fossero uguali, sareste finito in pancia a un uccello-spettro; il ragazzo ha diritto di comportarsi come preferisce.»

Avevano lasciato Nevarsin da nove giorni, quando scorsero un uccello che volava molto in alto. Romilda era intenta a dare da mangiare agli uccelli-sentinella, che diedero segni di impazienza quando il volatile si avvicinò al campo; poi Carlos tese le braccia e assunse l'espressione vacua che aveva quando concentrava il suo *potere*. Il pennuto gli si posò sulla mano.

«Un messaggio da Caer Donn», disse l'aristocratico. Cercò la capsula sotto l'ala e ne trasse il messaggio, scritto in caratteri minuti. Romilda era stupefatta: le avevano detto di uccelli-messaggero che riuscivano a ritornare a casa da enormi distanze, ma non aveva mai sentito parlare di uccelli che riuscissero a consegnare un messaggio anche quando il mittente ignorava l'esatta posizione del destinatario!

Carlos sollevò la testa e sorrise.

«Dobbiamo affrettarci a raggiungere Caer Donn», disse. «Tra dieci giorni ci raduneremo sotto Aldaran, e Carolus sarà a capo del grande esercito che si sta raccogliendo laggiù per poi scendere sulle pianure. Adesso Rakhal dovrà fare attenzione, miei fedeli compagni!»

Tutti gridarono un «Evviva», e anche Romilda si unì al grido. Il solo Caryl aveva abbassato la testa e si mordeva il labbro. La ragazza stava già per chiedergli che cosa avesse, ma poi tacque. Il fanciullo non poteva certo rallegrarsi perché si stava radunando un esercito contro suo padre, che era il principale consigliere di Rakhal. Eppure aveva visto che il giovane Hastur nutriva per Carlos l'affetto di un parente; anzi, Romilda era certa che lo fossero, magari lontani; tutti gli Hastur delle pianure erano consanguinei, e pensando ai capelli rossi di Carlos, al suo aspetto - che le aveva fatto subito venire in mente quello di Alderic -, pensò che doveva essere un Hastur di rango elevato. Più di quanto non sospettassero i suoi uomini: se Orain, che era fratello adottivo del re, lo trattava con tanta deferenza, doveva essere davvero nobile.

Giunsero a Caer Donn dopo il calar del sole, e Carlos, non appena ebbero oltrepassato le porte della città, si rivolse a Orain.

«Porta uomini e uccelli in una buona locanda», disse, «e fa' servire ai nostri compagni il miglior pasto che si possa ottenere; hanno fatto un lungo viaggio e hanno sofferto duramente, per seguire due esuli. Sai dove mi devo recare...»

«Sì», rispose Orain.

Carlos sorrise e gli prese la mano. Disse: «Verrà un giorno...»

«Gli dèi ce lo concedano», rispose Orain, e Carlos si allontanò lungo le vie della cittadina.

Se non avesse visto Nevarsin, Romilda avrebbe giudicato Caer Donn una grande città. Alto al di sopra delle sue case, sul fianco della montagna, sorgeva un castello, e Orain spiegò, mentre cavalcavano: «La residenza del signore di Aldaran. Gli Aldaran sono di sangue Hastur, ma non si curano di quanto succede nelle pianure. Eppure, i legami del sangue sono molto forti.»

«Il re è lassù?» chiese Romilda.

Orain sorrise e trasse un respiro di sollievo. «Sì, siamo in un territorio dove quella bestia di Rakhal non ha sostenitori, e Carolus è ancora il legittimo re di queste regioni», disse. «Tra pochi giorni, i nostri uccelli saranno in mano al sapiente del re. Peccato che tu non abbia l'addestramento di un sapiente, ragazzo, perché hai il Tocco. Hai reso un grande servizio agli uomini di Carolus, credimi, e il re ti ricompenserà, quando sarà di nuovo sul trono.»

Osservò le strade. «Ora, se la memoria non m'inganna, ricordo una locanda non lontano dalle mura della città, dove si possono prendere cura delle nostre bestie e dove ci potranno preparare il buon pasto che Carlos ci ha prescritto.»

Caryl gli si avvicinò.

«Nobile Orain, voi... monsignore si è impegnato a rimandarmi a casa sotto bandiera bianca. Rispetterà questo impegno? Mio padre...» s'interruppe, «... mio padre sarà folle di paura per me.»

«Ben gli sta!» disse Alaric, con ira. «Che provi anche lui quel che ho provato io, con il figlio e la moglie morti... per mano di tuo padre...»

Caryl lo fissò con stupore. Infine disse: «Non vi avevo riconosciuto, mastro Alaric, ma ora mi ricordo di voi. Voi fate torto a mio padre, signore; non è stato lui a uccidere vostro figlio: è morto per la febbre maligna; anche mio fratello è morto quella stessa estate, e le guaritrici del re li hanno curati entrambi con la stessa attenzione. È stata davvero una sciagura che vostro figlio sia morto lontano dai genitori, ma sul mio onore, Alaric, mio padre non ha colpa della sua morte».

«E la mia povera moglie, che si è uccisa gettandosi dalla finestra quando le è giunta la notizia che il figlio era morto lontano da lei...»

«Non lo sapevo», disse Caryl, con le lacrime agli occhi. «Anche mia madre era fuori di sé per il dolore, quando è morto mio fratello. Io non volevo perderla di vista per timore che la disperazione la spingesse a farsi del male. Mi spiace... oh, quanto mi spiace, mastro Alaric», disse, gettandogli le braccia al collo. «Se mio padre l'avesse saputo, sono certo che non vi avrebbe più dato la caccia, né vi biasimerebbe della vostra ostilità!»

Alaric inghiottì a vuoto; dopo qualche istante, disse: «Dio volesse che mio figlio fosse stato capace di prendere altrettanto bene le mie difese. Non posso biasimarti per la tua fedeltà a tuo padre, figliolo. Aiuterò il Nobile Orain a riportarti a lui».

Orain trasse un grande respiro di sollievo. Disse: «Non ti manderemo a rischiare la vita nelle pianure senza farti accompagnare da un esercito, Alaric; tu dovrai restare qui con gli altri. Ma in questa città c'è un ostello delle Sorelle della Spada; mia cugina è una di loro: possiamo prendere due o tre di quelle donne e inviarle a Thendara con il ragazzo. Ne parlerò con il Nobile Carlos, e tu, Caryl, potrai partire con il disgelo. Nel frattempo si potrebbe mandare un uccello-messaggero a tuo padre a Hali, per dirgli che stai bene e che gli verrai restituito sotto scorta».

«Siete gentile con me, Nobile Orain», rispose Caryl. «Il viaggio mi è piaciuto, ma non amo pensare al dolore di mio padre, né a quello di mia madre che mi credeva al sicuro a Nevarsin.»

«Me ne occuperò non appena saremo alla locanda», disse Orain, e li condusse verso un edificio lungo e basso, con le scuderie sul retro e una targa di legno raffigurante un falco. «Qui all'insegna del falcone possiamo cenare bene e riposare dopo il faticoso viaggio sulla neve. Quanti di voi vogliono fare un bagno? Nella città ci sono sorgenti calde, e bagni pubblici a meno di dieci porte di distanza.»

La proposta destò un altro coro di «Evviva», ma Romilda pensò, un po' tristemente, che non era in grado di approfittarne: certo non poteva recarsi nei bagni pubblici maschili, anche se avrebbe voluto ripulirsi! Niente da fare, dunque. Controllò che cavalli e *chervine* fossero nelle stalle, si occupò degli uccelli-sentinella e, dopo essersi lavata mani e faccia come meglio poteva, raggiunse i compagni, per il buon pasto ordinato da Orain. Quando lo raggiunse, Orain stava dicendo che aveva preso letti per tutti e che la migliore stanza della locanda era per Caryl, come richiesto dal suo rango.

«E tu, Romal, puoi venire a dormire nella mia stanza, se lo desideri.»

«Grazie», disse Romilda, guardinga, «ma devo rimanere nella stalla con gli animali, perché gli uccelli-sentinella saranno inquieti, trovandosi in un posto che non conoscono.»

Orain alzò le spalle. «Come vuoi tu», disse. «Ma, dopo cena, dovrò chiederti un altro piacere.»

«Come volete, signore.»

Quindi si recarono in sala da pranzo. C'erano pane fresco e radici cotte nella cenere, uccelli arrosto e verdura. Tutti mangiarono abbondantemente dopo le rinunce dei giorni di viaggio, e bevvero vino e birra a volontà. Ma Orain, in un modo gentile e paterno, non permise a Caryl di assaggiarne, e aggrottò la fronte quando Romilda ne volle bere un secondo bicchiere.

«Sai che non sopporti il vino», la sgridò. «Cameriere! Porta ai ragazzi del succo di mele speziato!»

«E più tardi», scherzò Alaric, parlando, una volta tanto, in tono quasi gioviale, «come una buona mammina, Orain vi metterà a letto e vi canterà la ninna-nanna, mentre noi ci divertiremo nei bagni.»

«No», disse Orain, «io verrò ai bagni con voi.»

«E poi una casa di piacere», disse un altro degli uomini, tra una cucchiaiata e l'altra della frutta cotta che costituiva l'ultima portata del pasto. «Zandru sa da quanto tempo non guardo una donna!»

«Certo, e io non intendo limitarmi a guardare», disse un altro.

«Fate quello che volete», li redarguì Orain, «ma non sono discorsi da tenere davanti ai ragazzi.»

«Voglio fare un bagno anch'io», disse Caryl.

Orain scosse la testa. «I bagni di questa città», disse, «non sono come quello del monastero, figliolo, bensì un ritrovo per donne di malaffare e simile gente; io sono in grado di badare a me stesso, ma quei bagni non sono il posto adatto a un ragazzo rispettabile della tua età. Ti farò portare una tinozza nella tua stanza: potrai lavarti e poi andare a letto riposato. E anche tu», aggiunse, guardando Romilda e aggrottando le sopracciglia. «Sei troppo giovane per frequentare i bagni pubblici; controlla che il giovane Caryl si asciughi bene i piedi, e poi fa' portare un bagno anche per te; saresti una ghiotta preda per i malandrini che frequentano quei luoghi, proprio come se tu fossi una fanciulla di buona famiglia.»

«Perché proteggere tanto il ragazzo?» chiese Alaric. «Che conosca un po' la vita, come certo avete fatto voi quando avevate la sua età, Nobile Orain!»

Orain si accigliò. «Quel che posso avere fatto io, non c'entra. Il ragazzo è affidato a me, come pure il figlio di Lyondri, e un Hastur deve sempre avere con sé un servitore. Tu, Romal, resta qui, e prenditi cura del fanciullo, mettilo a letto. Poi ordina un bagno per te.»

«Fatti le tue ragioni, ragazzo, non lasciarti trattare come un bambino», disse uno degli uomini, che aveva bevuto un'abbondante razione di vino. «Non sei il servitore del cucciolo Hastur!»

Ma Romilda, lieta della soluzione, disse: «Preferisco rimanere qui; sono cristiano e non amo certe avventure».

«Oh oh, un cristiano vincolato alla castità», rise Alaric. «Be', ho fatto per te quel che potevo. Se preferisci rimanere un bambino che si nasconde sotto le gonne del santo Portatore di Pesi, sono fatti tuoi! Partiamo! Chi viene ai bagni, allora?»

Uno dopo l'altro, si alzarono e uscirono in strada, tutti un po' barcollanti. Romilda accompagnò Caryl nella sua stanza e ordinò il bagno; quando la cameriera portò la tinozza, Romilda voleva lavare il ragazzo come faceva sempre con Rael, ma lui si rifiutò, arrossendo.

«Non riferirò niente agli uomini», disse, «ma so che siete una donna e sono troppo grande perché mia madre e le mie sorelle, perfino loro, mi lavino. Posso benissimo lavarmi da me! Andate, damigella Romilda. Vi farò mandare un bagno, va bene? Il Nobile Orain è uscito e senza dubbio si fermerà ai bagni per buona parte della notte, e forse andrà poi a cercare una donna... visto, sono abbastanza grande per conoscere queste cose. Perciò potete fare il bagno nella sua stanza e poi andare a dormire nel vostro letto.»

Romilda non riuscì a evitare di ridere. Disse: «Come volete, mio signore».

«E non prendetemi in giro!»

«Non me lo permetterei mai», rispose Romilda, cercando di non ridere. «Ma il Nobile Orain mi ha incaricato di controllare che vi asciughiate bene i piedi.»

«Per più di un anno, nel monastero, mi sono lavato da solo», disse Caryl, esasperato. «Andatevene, damigella Romilda, prima che il mio bagno diventi freddo. Vi farò mandare una vasca nella stanza del Nobile Orain.»

Romilda era lieta di questa soluzione: non vedeva l'ora di fare un buon bagno. Andò a prendere nelle scuderie gli abiti di ricambio mentre le cameriere portavano la tinozza, la riempivano di acqua fumante, portavano grandi asciugamani e una cassetta di saponaria. Una delle cameriere si attardò e fece gli occhi dolci a Romilda, dicendole con voce provocante: «Volete che mi fermi ad aiutarvi, giovane signore? Sarebbe un vero piacere lavarvi i piedi e strofinarvi la schiena, e per mezza moneta d'argento potrei stare con voi quanto volete, e condividere anche il vostro letto».

Romilda fece fatica a non ridere; la situazione era imbarazzante. Che avesse l'aspetto di un così bel giovanotto, o che la donna pensasse soltanto alla moneta d'argento? Scosse la testa e disse: «Sono stanco, dopo avere cavalcato per tutto il giorno; ho solo intenzione di lavarmi e di dormire».

«Vi mando una massaggiatrice, giovane signore?»

«No, niente, grazie... andate pure, voglio fare il bagno», disse Romilda, ma diede alla donna una piccola moneta, ringraziandola della sua cortesia. «Potrete portare via la tinozza tra un'ora.»

Rimasta finalmente sola, si spogliò ed entrò nella vasca, strofinandosi energicamente con la saponaria, e poi s'immerse nell'acqua calda con un sospiro soddisfatto. Si era lavata completamente, l'ultima volta, nella capanna della vecchia, quando fingeva di volersi sposare con Rory. A Nevarsin si era lavata come meglio era riuscita a farlo, ma, naturalmente, non aveva avuto il coraggio di usare i bagni del monastero, e non aveva cercato i bagni pubblici femminili - anche se in città ce ne dovevano essere - perché temeva che qualcuno la riconoscesse all'uscita.

Un bagno, rifletté, era davvero una cosa splendida. Rimase immersa nell'acqua finché non divenne troppo fredda, e infine si alzò, si asciugò i capelli e si mise la biancheria pulita. Guardò con desiderio il letto di Orain, preparato dalle cameriere; senza dubbio doveva avere finito, ai bagni, e doveva essersi trovato una donna per la notte: quel bel letto sarebbe stato sprecato, mentre lui dormiva nel letto di chissà chi. Si accorse di provare una leggera gelosia - le tornò in mente il sogno in cui Orain la accarezzava: nel sogno, lei era contenta di essere toccata - e si chiese se davvero invidiava quella donna.

Ma ora doveva chiamare le cameriere perché portassero via la tinozza e doveva ritornare nella stalla; laggiù c'erano paglia e coperte; se fosse stato necessario, avrebbe potuto farsi portare altre coperte e qualche mattone caldo.

S'infilò i calzoni e chiamò le cameriere, poi andò a bussare alla porta di Caryl. Il ragazzo era a letto, semiaddormentato, ma si rizzò a sedere per abbracciarla come una sorella, augurandole la buona notte, e poi si addormentò e scivolò nel grande letto. Infatti era davvero grande, e sarebbe stato sufficiente per tre o quattro persone, e Romilda provò la tentazione di stendersi accanto al ragazzo: avevano dormito insieme per tante notti, durante il viaggio. Ma poi pensò che Caryl avrebbe provato imbarazzo se l'avesse trovata nel suo letto l'indomani: aveva giusto l'età per accorgersi che lei era una donna.

Sbadigliando, e con poca voglia di scendere nelle scuderie, pensò che poteva stendersi sul letto di Orain per qualche ora: certo lui non sarebbe ritornato prima dell'alba, e se anche fosse ritornato prima, era probabile che fosse talmente ubriaco da non curarsi del fatto che lei fosse un ragazzo o un cane; difficile che si accorgesse che lei era una donna, visto che non se n'era mai accorto in tutto quel periodo, e non aveva quell'antipatico *potere* che l'aveva tradita a Caryl e forse al Nobile Carlos.

Si sarebbe limitata a stendersi sotto le coperte: se avesse sentito salire Orain, si sarebbe alzata e sarebbe tornata nella stalla. Il letto era così invitante, dopo tutto il tempo che aveva passato sui monti... Le donne, dopo avere portato via la tinozza, avevano scaldato le lenzuola...

Romilda non ebbe più esitazioni; con indosso la tunica e le mutande lunghe, si infilò sotto le coperte. In un angolo della sua mente aleggiò ancora per qualche tempo un cauto pensiero: *Non mi devo addormentare, devo ritornare nella stalla, Orain può arrivare prima del previsto...* e poi si addormentò.

La porta cigolò, e Orain entrò silenziosamente nella stanza, si tolse il mantello, sbadigliò, e si accomodò sul letto. Romilda si mise a sedere, sorpresa di avere dormito così a lungo. Lui le sorrise.

«Oh, resta dove sei, ragazzo», disse, con voce assonnata. «Il letto è abbastanza grande per tutti e due.» Aveva bevuto, ma non era ubriaco. Le accarezzò la testa. «Che capelli soffici, devi avere fatto proprio un bel bagno.»

«Vado, adesso...»

Lui scosse la testa. «La porta della locanda è chiusa, non puoi più entrare nella stalla. Resta qui, ragazzo... io sono già mezzo addormentato.» Si tolse gli stivali e i vestiti; Romilda si portò all'altra estremità del letto, infilò la testa sotto le coperte e si addormentò.

Romilda non seppe mai che cosa l'avesse svegliata, ma doveva essere stato un grido: Orain si scosse, girò su se stesso, e si rizzò a sedere. «Ah... Carolus, vi prenderanno...» gridò, con una voce talmente terrorizzata che Romilda capì che doveva trattarsi di un sogno.

La ragazza lo prese per il braccio e disse: «Svegliatevi! È solo un incubo!»

«Ah...» Trasse un lungo respiro e tornò lucido. «Ho visto mio fratello, il mio amico, in mano a Rakhal... che Zandru lo frusti con gli scorpioni...»

Era ancora preoccupato, ma tornò a sdraiarsi, e Romilda cercò di riaddormentarsi. Dopo qualche tempo, però, si accorse che Orain le aveva appoggiato la mano sulla spalla e cercava di attirarla a sé.

Lei si tirò indietro, allarmata. Orain disse, in tono gentile: «Ah, ragazzo, non sai cosa sento? Sei così simile a Carolus, quando eravamo giovani insieme... capelli rossi... e così timido, ma tanto coraggioso quando ce n'è bisogno...»

Romilda pensò, tremante: *Non c'è bisogno di queste giustificazioni. Io sono una donna... lui non lo sa, ma è tutto a posto, gli dirò che è tutto a posto...* Tremava per l'imbarazzo, ma il calore che sentiva verso Orain la portava a dirsi che era una cosa assai diversa, rispetto a quando Garris aveva cercato di toccarla o Rory aveva pensato di prenderla con la forza....

Si mise a sedere sul letto e lo abbracciò, appoggiandogli la testa sulla spalla. «È tutto a posto, Orain», mormorò. «L'avete sempre saputo, vero? Io...» Ma non riuscì a dirlo con le parole. Gli prese la mano e se l'appoggiò sul seno, sotto la tunica.

Orain si rizzò a sedere di scatto, tirò via la mano. Era paonazzo.

«Per le fiamme dell'inferno!» mormorò, con incredulità, imbarazzo, sorpresa, e - Romilda comprese inorridita - *delusione*.

«Per le fiamme dell'inferno, una ragazza!»

Balzò letteralmente fuori del letto e la fissò per qualche istante; poi, coprendosi con la camicia da notte, distolse pudicamente lo sguardo.

«Signora... damigella, mille scuse, vi chiedo umilmente perdono... mai, mai mi sarei immaginato, neppure per un momento... Avarra mi protegga, damigella, non riesco a crederci! Chi siete?»

Lei disse, tremando per la sorpresa di essere stata rifiutata: «Romilda MacAran», e scoppiò in lacrime.

«Oh, beati dèi», implorò Orain, chinandosi per avvolgerla nella coperta. «Io... non piangete, qualcuno potrebbe sentirvi, non intendo farvi alcun male, potete esserne sicura, signora...» Inghiottì a vuoto e indietreggiò, scuotendo la testa. «Che gran pasticcio è questo, e che figura da sciocco ho fatto! Perdonatemi, signora, non metterò neanche un dito su di voi...»

Romilda pianse ancora di più, e Orain cercò di calmarla.

«Non piangete, non c'è niente da piangere... sentite, siamo amici, no? Non importa che siate una ragazza, avrete certo le vostre ragioni...» Le asciugò gli occhi con il lenzuolo e si sedette accanto a lei. «Su, su, fate la brava, non piangete... cara ragazza, forse è meglio che mi raccontiate tutto, non vi pare?»

CAPITOLO 11

LE SORELLE DELLA SPADA

VERSO il mattino era caduta la neve e le strade di Caer Donn erano coperte di una coltre bianca. Eppure, nell'aria c'era una dolcezza che preannunciava quasi la primavera e che faceva pensare che quella fosse l'ultima nevicata dell'inverno.

Mio padre diceva sempre che solo i pazzi e i disperati viaggiano in inverno; ora io ho attraversato gli Hellers dopo il solstizio. Perché mi tornano in mente le sue parole?

Orain le toccò la spalla con lo stesso goffo rispetto che le aveva mostrato durante la notte. Romilda provò di nuovo la tentazione di piangere perché nei loro rapporti era andato perso ogni cameratismo. Avrebbe dovuto pensarlo: come donna, non gli sarebbe piaciuta più. Ora che ci rifletteva, la cosa era scritta in tutto il comportamento di Orain, e tutti dovevano essersene accorti, tranne lei.

«Siamo arrivati, damigella», disse, e Romilda ribatté:

«Mi chiamo Romilda, Orain, e non sono cambiata fino a questo punto!»

L'espressione di Orain, pensò lei, sembrava quella di un cane bastonato. L'uomo disse: «Siamo arrivati all'ostello delle Sorelle», e si avviò lungo gli scalini, senza guardare se lei lo seguiva.

Ora che sapeva la verità... non avrebbe potuto permetterle di affrontare i rischi della vita nell'accampamento. Sarebbe stato sempre sensibile alla sua femminilità indesiderata. E quella, in fin dei conti, era la soluzione migliore.

Una donna dalla faccia dura, con mani grosse che parevano più adatte a maneggiare un forcone, diede loro il benvenuto... o meglio, pensò Romilda, il "benvenuto" non era la parola adatta; comunque li fece entrare.

Orain disse, con il tono che usava quando parlava con i gentiluomini: «Potete gentilmente informare la signora Jandria che suo cugino è venuto a trovarla?»

La donna lo fissò con aria sospettosa e disse: «Sedetevi lì», indicando loro una panca, come se Orain e Romilda fossero due monelli di strada venuti a chiedere un favore. Si allontanò lungo il corridoio, e Romilda sentì alcune voci di donna che provenivano dall'altra estremità dell'edificio. Da un punto indeterminato giungeva anche il suono del martello contro l'incudine, e quel rumore familiare riuscì a eliminare almeno in parte l'apprensione della ragazza.

Tutte le porte della sala erano chiuse, ma, a un certo punto, due giovani donne, che indossavano una tunica rossa e che portavano in testa un cappello dello stesso colore, attraversarono la sala tenendosi a braccetto. Non erano ovviamente quelle che la madre adottiva di Romilda avrebbe definito signore: una di loro aveva grandi mani rosse che sembravano quelle di una mungitrice, ed entrambe portavano calzoni larghi e stivali.

Dal fondo della sala comparve un'altra donna. Era snella ed elegante, e, secondo Romilda, doveva avere l'età di Orain - una quarantina d'anni - anche se i capelli tagliati corti mostravano già molti fili grigi alle tempie.

«Ciao, cugino», disse. «Che cosa hai, lì con te?» Parlava come lo stesso Orain quando si rivolgeva ai soldati: aveva l'accento campagnolo che lui aveva imparato a nascondere. «E cosa ti porta in questa regione durante l'inverno? Il servizio del re, sento dire, ma come sta lui?» Gli si avvicinò e gli diede un rapido abbraccio, accostando le labbra a qualche punto della sua faccia.

«Il re sta bene, Aldones sia lodato», disse Orain, tranquillamente, «e al momento si trova con gli Aldaran. Ma ho due incarichi da affidarti, Janni.»

«Due?» Sollevò le sopracciglia, con aria comica. «Per prima cosa, che cosa è questo? Maschio, femmina, o deve ancora decidere?»

Romilda arrossì e abbassò gli occhi. Con la sua allegra ironia, quella donna pareva già averla presa, misurata e scartata perché inutile.

«Si chiama Romilda MacAran», disse Orain, tranquillamente. «Non ridere di lei, Janni, perché ha viaggiato con noi nel peggiore tratto degli Hellers e nessuno dei miei uomini, neppure io, si è accorto che era una ragazza. Ha sempre fatto il suo lavoro e si è occupata dei nostri uccelli-sentinella: una cosa che credevo impossibile per una donna. Li ha portati attraverso gli Hellers vivi e in buona salute, e lo stesso vale per i cavalli. Ho sempre pensato che fosse un giovanotto molto capace, ma la cosa è poi risultata ancor più straordinaria. Per questo te l'ho portata...»

«Dato che non sapevi più cosa fartene, una volta scoperto che non era uno dei tuoi ragazzini», disse Jandria, con un sorriso ironico. Poi fissò Romilda. «Non sai parlare per te stessa, ragazza? Che cosa ti ha spinto a recarti sulle montagne in abiti maschili? Se lo hai fatto per trovare più facilemnte degli uomini, togliti dai piedi, perché tra noi non vogliamo donne che ci procurino la fama di meretrici travestite! Noi viaggiamo con gli eserciti, ma non siamo baldracche, chiaro! Perché sei scappata di casa?»

Il tono pungente della donna indusse Romilda a mettersi sulla difensiva.

Disse: «Sono scappata di casa perché mio padre ha preso il falco che avevo addestrato con le mie mani e l'ha dato a mio fratello; questo non mi è parso giusto. Inoltre, non avevo intenzione di sposare l'erede di Scathfell, che voleva farmi stare in casa tutto il giorno a ricamare cuscini e a scodellargli i suoi brutti figli!»

Jandria la fissava con attenzione. «Paura del letto matrimoniale e del parto, eh?»

«No, non è questo», disse Romilda, con irritazione, «ma a me piacciono i cavalli, i cani da caccia e i cavalli, e se mai mi sposerò...» si accorse di averlo detto solo dopo avere pronunciato le parole, «... vorrò un uomo che mi desideri come sono, e non una bambolina graziosa da chiamare moglie senza chiedersi che aspirazioni abbia! E un uomo che non ritenga minacciata la propria virilità se la moglie riesce a stare in sella e a portare un falcone! Ma preferisco non sposarmi, almeno per ora. Voglio viaggiare, vedere il mondo, fare qualcosa...» S'interruppe. Si stava esprimendo male. Sembrava una ragazzina scontenta e disobbediente, nient'altro. Be', le cose stavano così, e non in modo diverso, e se lei non fosse piaciuta alla Nobile Jandria, be', lei era già vissuta travestita da uomo, in segreto, e all'occorrenza poteva farlo ancora! «Non sono qui per chiedervi la carità, signora Jandria, e può anche dirvelo Orain, che mi conosce!»

Jandria rise. «Chiamami Janni, Romilda. E Orain non conosce niente delle donne!»

«È sempre stato abbastanza soddisfatto di me, finché non ha scoperto che ero una donna», disse Romilda, irritata di nuovo da quella constatazione.

Janni tornò a ridere e disse: «Intendevo appunto questo. Ora che lo sa, l'unica cosa che riesce a pensare di te è che dovresti portare la gonna e fare segni di avvertimento, per non indurlo involontariamente a fidarsi. Ha abbassato la guardia, non ne dubito, credendosi al sicuro, e ora non te lo perdonerà mai... giusto?»

«Non essere così dura con me, Janni...» disse Orain, a disagio. «Capisci anche tu che la damigella MacAran non può viaggiare con l'esercito e fare la vita dura dell'accampamento insieme a uomini rozzi come quelli al mio comando!»

«Anche se l'ha fatto per varie decine di giorni», disse Jandria, tornando a sorridere. «Sì, hai ragione, questo è il posto più adatto a lei, e se è tanto brava con i cavalli e con gli uccelli, possiamo certamente utilizzarla, a patto che sia disposta a vivere secondo le nostre regole.»

«Come posso dirlo, prima di conoscerle?» chiese Romilda, e Jandria tornò a ridere.

«Mi piace davvero, cugino. Puoi andartene e lasciarmela. Non la mordo. Ma hai detto che hai un altro incarico per me...»

«Sì», disse Orain. «Il figlio di Lyondri Hastur, Carolus. Era studente al monastero di Nevarsin, e ci è venuto in mano come ostaggio... non chiedere come; è meglio che tu non lo sappia. Ma ho dato la mia parola di rimandarlo a Thendara o ad Hali sotto bandiera bianca non appena si riaprirà il passo, senza fargli alcun male. Io non posso andarci...»

«No», disse Jandria, «non puoi certo andarci; anche se la tua testa è piena di vecchie scemenze ed è brutta come il peccato, sta meglio sulle tue spalle che in cima a una picca, davanti alla tana di Lyondri! Sì, porteremo il ragazzo a Thendara per conto tuo; può darsi addirittura che ci vada io stessa. Lyondri non ha più visto la mia faccia da quando danzavamo insieme da bambini, e non mi riconoscerebbe senza riccioli e diademi in testa.» Rise, come per una battuta umoristica. «Quanti anni ha adesso il giovane Carolus? Otto, nove...»

«Dodici, penso», disse Orain, «ed è un caro ragazzo; mi spiace che sia finito in mezzo a questa storia, ma ha salvato me e i miei uomini, e Carolus ha motivo di essere grato al suo figlioccio, perciò custodiscilo bene, Janni.»

Lei annuì. «Lo porterò a sud alla riapertura dei passi, allora; puoi mandarmelo qui.» Rise e diede a Orain un altro dei suoi rapidi abbracci. «Ora devi andare, cugino... dove finirebbe la mia reputazione, se si venisse a sapere che intrattengo un uomo qui? E, peggio ancora, dove finirebbe la tua, se si scoprisse che riesci a parlare educatamente con una donna?»

«Oh, via, Janni...» protestò Orain, ma si alzò per prendere congedo. Guardò con imbarazzo Romilda e le tese la mano. «I miei migliori auguri, damigella.»

Questa volta, la ragazza non si prese la briga di correggerlo. Se non capiva che lei era sempre la stessa, sia in abiti maschili sia con il nome di una Grande Casa, peggio per lui; era diverso dal suo amico Orain, e le venne di nuovo voglia di piangere, ma trattenne le lacrime perché Janni la stava osservando.

Quando Orain fu uscito, Jandria chiese: «Allora, cos'è successo? Ha cercato di sedurti, per poi fuggire in preda al più profondo orrore quando ha scoperto che eri una donna?»

«Non è andata proprio così...» rispose Romilda, spinta - senza sapere bene il perché - a difendere Orain. «È stato... lui era sempre stato gentile con me, e io pensavo che avesse capito che ero una donna, e che mi desiderasse, perciò... non sono una ragazza leggera», si difese. «Una volta, ho quasi ucciso un uomo che voleva prendermi senza il mio consenso.» Rabbrividì e chiuse gli occhi; pensava di essersi liberata dell'orrore del tentativo di violenza di Rory, ma non era così. «Orain era gentile, e a me... a me piaceva molto; ho solo pensato di essere carina con lui, se lo desiderava tanto.»

Janni sorrise e Romilda si chiese, sulle difensive, che cosa ci fosse da ridere. Ma la donna più anziana le disse, gentilmente: «E sei ancora vergine; non ne dubito».

«Non me ne vergogno affatto!» esclamò Romilda, infiammandosi.

«Come ti inalberi subito! Allora, intendi vivere secondo le nostre regole?»

«Se mi direte quali sono, potrò darvi la risposta», rispose, e Janni tornò a sorridere.

«Allora: sei disposta a essere la sorella di noi tutte, indipendentemente dal nostro rango? Ci lasciamo alle spalle il rango, quando entriamo a far parte delle Sorelle; non sarai né signora né damigella, qui, e nessuno saprà se sei nata in una Grande Casa oppure no. Dovrai fare la tua parte di lavoro, e non chiedere quartiere o speciali considerazioni per il fatto di essere donna. E se hai qualche tresca con uomini, devi condurla in privato, perché nessuno possa dire che le sorelle sono una compagnia di baldracche. Molte di noi fanno il giuramento di celibato per tutto il periodo in cui seguiamo un esercito, ma non costringiamo nessuna a farlo.»

Pareva esattamente quello che Romilda cercava; lo disse all'altra donna.

«Sei disposta a giurarlo?»

«Certo», disse Romilda.

«Devi anche giurare che la tua spada sarà sempre pronta a difendere ciascuna delle tue sorelle, in pace come in guerra, se un uomo dovesse posare la mano su una di loro contro la sua volontà», disse Jandria.

«Sarei lieta di giurarlo», disse Romilda, «ma non penso che la mia spada possa servire a molto; non conosco assolutamente la scherma.»

Janni sorrise e l'abbracciò. «Ti insegneremo noi», le disse. «Vieni, porta le tue cose nelle stanze interne. Quello sciocco di Orain si è ricordato di farti fare colazione, o aveva tanta fretta di allontanarti dall'accampamento da dimenticarsi che anche le donne devono mangiare?»

Romilda, ancora triste per il rifiuto, non avrebbe voluto unirsi a Janni nel prendere il giro Orain, ma la donna era andata così vicina alla verità che le sfuggì una risata. «Ho fame, sì», disse, e Janni la aiutò a portare uno dei sacchi.

«Ho un cavallo nelle scuderie della locanda», aggiunse Romilda.

«Manderemo una Sorella a prenderlo, a nome tuo», rispose Janni, con un cenno d'assenso. «Vieni in cucina; l'ora della prima colazione è passata da un pezzo, ma c'è sempre un po' di pane e miele. Poi ti foreremo l'orecchio e potrai portare il nostro segno distintivo. Questa notte presterai giuramento. Solo per un anno, la prima volta», la avvertì, «e poi, se vorrai, per altri tre; solo allora, dopo essere vissuta con noi per quattro anni, potrai decidere se rimanerci per il resto della vita o se ritornare indipendente, o se raggiungere la tua famiglia per sposarti.»

«Mai!» esclamò Romilda, convinta.

«Be', faremo volare questo falco quando avrà messo le penne», rispose Janni, «ma per ora puoi prendere la spada con noi, e se potrai occuparti di falchi e di cavalli, sarai la benvenuta; la nostra vecchia domatrice di cavalli, Mhari, è morta di febbre polmonare quest'inverno e le donne che lavoravano con lei sono partite verso il sud con l'esercito. Nessuna delle ragazze attualmente presenti all'ostello è granché capace di cavalcare, tantomeno di addestrare un cavallo alla sella... tu sei in grado di farlo? Noi abbiamo quattro animali pronti per essere abituati alla sella, e altri ce ne sono nel nostro grande ostello di Thendara.»

«L'ho sempre fatto, a Poggio del Falco...» disse Romilda, ma Janni alzò la mano per imporle il silenzio.

«Nessuna di noi ha un passato e una famiglia: abbiamo solo il nostro nome. Ti ho già avvertito, non sei né la *signora* né la *damigella MacAran*, tra noi», disse, e Romilda, rimproverata, tacque.

Be', in qualsiasi caso, io resto Romilda MacAran di Poggio del Falco. Non mi vantavo della mia nobiltà; volevo solo spiegarle perché so fare quel lavoro... non posso certo averlo imparato in una capanna dei monti! Ma se pensa che volessi vantarmi, non riuscirei a farle cambiare idea; perciò, pensi quello che vuole. Dopo essere giunta a questa grande verità, Romilda si sentì molto cinica e vissuta. Senza parlare, seguì Janni lungo il corridoio, fino a due grandi battenti.

Il suo rango deve essere molto elevato, anche se si rifiuta di parlarne, dato che ha accennato a quando danzava con Lyondri Hastur. Forse anche lei è stata rimproverata perché parlava del suo passato!

Fu una giornata lunga e impegnativa. Mangiò pane, miele e formaggio in cucina, venne inviata ad allenarsi alla lotta con un gruppo di ragazze - tutte più brave di lei: non capiva un singolo movimento di quelli che cercavano di insegnarle, e si sentì sciocca e goffa - e più tardi una donna di sessant'anni dalla faccia dura le diede una spada di legno, come quelle con cui giocavano i suoi fratelli da bambini, e cercò di insegnarle le mosse difensive fondamentali, ma Romilda pensò che non avrebbe imparato mai.

C'erano così tante donne nell'ostello - o, almeno, le parvero tante finché, in refettorio, non le contò e non scoprì che erano solo diciannove - che non riuscì a ricordare i loro nomi. Più tardi andò a fare amicizia con i cavalli delle scuderie, dove trovò anche il suo (fece meno fatica a ricordare i nomi degli animali) e dove scorse anche dei *chervine*.

Poi Jandria le forò le orecchie e vi infilò dei piccoli cerchietti d'oro. «In attesa che guariscano», disse. «Più tardi porterai l'emblema delle Sorelle, ma per ora devi continuare a girare gli anelli, in modo che i fori si cicatrizzino bene, e tre volte al giorno devi pulirli con acqua calda e polvere di spino.»

Infine, di fronte a tutte le donne dell'ostello, Janni le fece ripetere il giuramento e tutto fu concluso. Fino al disgelo dell'anno seguente Romilda apparteneva alle Sorelle della Spada.

A quel punto, tutte si affollarono intorno a lei per farle domande, e Romilda rispose sommariamente, ricordando la proibizione di Janni di parlare del suo passato; le diedero una vecchia camicia da notte e la mandarono a dormire in una lunga stanza contenente una decina di letti, occupati da ragazze della sua età o poco più giovani. Le pareva di essersi appena addormentata quando venne destata dal suono di una campana, e dovette lavarsi la faccia e vestirsi in una stanza piena di donne che giravano seminude e litigavano per i turni alle catinelle.

Per la prima volta nella sua vita, Romilda si trovò in mezzo a donne più abili di lei. Le lezioni di lotta la confondevano e la spaventavano, e la loro insegnante le parve estremamente collerica e severa. Anche se un pomeriggio, quando Romilda era di servizio nelle cucine - ambiente in cui si trovava maggiormente a suo agio - la donna, che si chiamava Merinna, venne a chiederle del tè, e chiacchierò così gradevolmente con lei che Romilda cominciò a pensare che la severità fosse solo un trucco per convincerle a prestare attenzione.

Le lezioni di scherma erano più facili, perché Romilda, per qualche anno, aveva osservato quelle di Ruyven e si era allenata con lui: quando aveva otto o nove anni, suo padre si divertiva a vederle impugnare una spada, anche se più tardi le aveva vietato di guardare i fratelli e perfino di toccare una spada-giocattolo. Pian piano, il vecchio allenamento le ritornò in mente.

Ma tra i cavalli della scuderia si sentiva completamente a casa propria: faceva quel lavoro da quando era in grado di pulire una sella e di darle il grasso per renderla lucida.

Un giorno, mentre era intenta a lucidare una sella, sentì un gran baccano proveniente dalla strada, e una delle Sorelle più giovani corse a chiamarla.

«Oh, Romy, vieni a vedere... l'esercito reale sta sfilando in fondo alla strada e Merinna ci ha dato il permesso di andare a vedere! Carolus si dirigerà a sud non appena i passi saranno aperti!»

Romilda gettò via lo straccio e corse nella strada con Lillia e Marga. Si fermarono all'angolo e guardarono; la strada era piena di uomini e di cavalli, e due ali di folla inneggiavano a Carolus.

«È lui, sotto l'insegna azzurra e argento... Carolus, il re!» gridò qualcuno, e Romilda allungò il collo per vedere, ma scorse solo un uomo alto, dai capelli rossi e con un profilo ascetico che assomigliava un poco a quello di Carlos, prima che il vento gli sollevasse il mantello e lo nascondesse.

«Chi è quell'uomo alto e magro che gli cavalca accanto?» chiese qualcuno, e Romilda, che l'avrebbe riconosciuto anche al buio e voltato dall'altra parte, disse:

«Si chiama Orain, e ho sentito dire che è uno dei fratelli adottivi del re.»

«Lo conosco», disse una delle ragazze. «È venuto a trovare Jandria, e qualcuno mi ha detto che sono parenti, ma non so se crederci.»

Romilda guardò con distacco e con rimpianto gli uomini che sfilavano. Se una certa sera fosse andata a dormire nella scuderia, in quel momento si sarebbe trovata ancora con loro, al fianco di Orain, trattata come amico e come pari. Ma era troppo tardi per quei rimpianti. Si voltò verso le compagne e disse seccamente: «Torniamo dentro, finiamo il nostro lavoro. Di cavalli ne ho già visti abbastanza, e un re è un uomo come tutti gli altri, Hastur o non Hastur».

L'esercito, a quanto le dissero, si trasferiva in un'ampia pianura all'esterno di Caer Donn. Qualche giorno più tardi venne chiamata da Janni, e quando entrò nella grande sala in cui aveva incontrato per la prima volta la donna, vide nuovamente Orain, con Caryl al fianco.

Orain la salutò con un certo impaccio, ma Caryl corse subito ad abbracciarla.

«Oh, Romilda, come mi siete mancata! Ora che siete per tutti una donna, non dovrò più ricordarmi di trattarvi come un maschio!» disse.

«Nobile Carolus», disse Janni, con voce grave, e il ragazzo si rivolse rispettosamente a lei.

«Vi ascolto, magistra», disse, usando il più alto termine di cortesia per una donna di rango inferiore.

«Il Nobile Orain mi ha incaricato di scortarvi a Hali e di riportarvi, sotto salvacondotto, a vostro padre», disse, «e vi offro un'alternativa; sono pronta a trattarvi come uomo d'onore, e a chiedervi la vostra preferenza, invece di prendere la decisione per voi. Siete abbastanza adulto per ascoltarmi seriamente e per rispondermi con giudizio e poi mantenere la parola?»

Con la stessa espressione seria che Romilda gli aveva scorto sul viso quando cantava a Nevarsin, il ragazzo disse: «Lo sono, magistra».

«La cosa è semplice. Vi chiedo se vi devo trattare come un prigioniero e vi devo tenere sotto sorveglianza... e non prendete la cosa alla leggera: siamo donne, ma non vi permetteremo di fuggire.»

«Non ne dubito, magistra», rispose lui, educatamente. «Una volta ho avuto una governante che era molto più severa degli insegnanti e dei monaci del monastero.»

«Bene, allora», disse Janni. «Volete essere nostro prigioniero, oppure ci darete la parola d'onore di non tentare la fuga, per poter cavalcare al nostro fianco e per godervi il viaggio quanto più possibile? Il cammino non sarà agevole, e sarà più semplice poter cavalcare senza dovervi controllare ogni momento, giorno e notte, e legare dopo il tramonto. Sarò pronta ad accettare la vostra parola di Hastur, se mi darete la vostra parola d'onore.»

Il ragazzo non rispose subito. Chiese: «Siete nemiche di mio padre?»

«Non particolarmente», disse Janni. «Di vostro padre, ragazzo, so solo quello che mi è riferito; ma sono nemica di Rakhal, e vostro padre è suo amico, e di conseguenza non mi fido di lui. Del resto, non gli ho chiesto la sua parola d'onore. Parlo con voi, Nobile Carolus, e non con lui.»

Il ragazzo chiese: «Romilda verrà con noi?»

«Pensavo di affidarvi a lei, dato che avete già viaggiato insieme, se voi siete d'accordo, giovane signore.»

Caryl sorrise e disse: «Mi piacerebbe viaggiare con Romilda. E sarò lieto di darvi la mia parola d'onore di non tentare la fuga. Del resto non potrei viaggiare negli Hellers da solo, sia come sia. Vi prometto, perciò, magistra, di essere ai vostri ordini finché non mi avrete riconsegnato a mio padre».

«Bene», disse Janni. «Accetto la vostra parola, e voi accettate la mia che vi tratterò come una delle mie sorelle. Mi date la mano, Nobile Carolus?»

Lui le tese la mano. Poi disse: «Non c'è bisogno che mi chiamiate *Nobile Carolus*, magistra. Quello è il nome del deposto sovrano, che è nemico di mio padre, anche se in realtà non è mio nemico. Io mi chiamo Caryl».

«Allora, chiamatemi Janni, Caryl», disse la donna, e finalmente sorrise. «Sarete nostro ospite, non nostro prigioniero. Romy, portalo nella stanza degli ospiti e accertati che abbia tutto ciò che gli occorre. Orain...» guardò il cugino, «partiremo domani, se il tempo lo permetterà.»

«Grazie, cugina. E grazie anche a voi», aggiunse, rivolto a Romilda, e si chinò cerimoniosamente - come un uomo di corte, pensò lei - a baciarle la mano. Romilda pensò, con dolore, che pochi giorni prima l'avrebbe salutata con un rude abbraccio. All'improvviso, ardentemente, si augurò di non incontrarlo mai più.

Lasciarono Caer Donn l'indomani mattina, molto presto, ed erano in cammino da più di un'ora quando si alzò il sole, dietro un velo di nebbia. Caryl cavalcava un *chervine* che gli aveva procurato Jandria, a fianco del cavallo di Romilda; erano accompagnati da sei Sorelle che conducevano una fila di dodici buoni cavalli destinati, dissero, all'esercito del sud. Non spiegarono a quale esercito, e Romilda si guardò bene dal chiederlo.

Era bello cavalcare di nuovo alla luce del sole, senza il freddo e le tempeste del loro precedente viaggio attraverso gli Hellers. Fecero sosta a mezzogiorno per dare da mangiare ai cavalli e per riposare, poi proseguirono. Nel tardo pomeriggio montarono il campo, e, per ordine di Jandria, venne scaricato uno dei cavalli da soma e due donne prepararono il fuoco. Jandria chiamò Romilda.

«Aiutami a montare la tenda...»

Romilda non aveva idea di come si facesse, ma tirò le corde e piantò i chiodi come le veniva ordinato; entro pochi minuti fu rizzato un ampio padiglione di tela impermeabile. Prepararono i giacigli per la notte: sotto la grande tenda, non c'era pericolo che il vento della sera spegnesse il fuoco o raffreddasse la cena. Prepararono una polenta, accompagnata da cipolle fritte nel grasso e da alcuni galli selvatici arrosto, e le donne mangiarono dentro piatti di legno che provenivano dallo stesso sacco da cui era uscita la tenda.

«Qui è davvero bello», disse Caryl, con ammirazione. «Gli uomini non montano mai un accampamento così comodo.»

Janni rise. «Non c'è niente che vieti loro di farlo», disse. «Sono in grado di cacciare e di cucinare esattamente come lo siamo noi: se tu glielo chiedessi, te lo direbbero anche loro. Ma forse ritengono poco virile aspirare alla comodità quando si è in viaggio, e si rallegrano della loro vita dura perché così si sentono forti e robusti. Quanto a me, io non mi diverto a dormire sotto la pioggia e non mi vergogno di ammettere che preferisco le comodità.»

«Neanch'io», disse Caryl, terminando di rosicchiare un osso. «Qui si sta davvero bene. Grazie, Janni.»

Una delle donne, che Romilda conosceva solo di vista e che si chiamava Lauria, prese dal suo sacco una piccola arpa e cominciò a suonare. Le donne cantarono ballate di quei monti, per un'oretta, e Caryl le ascoltò con interesse, ma dopo qualche tempo cominciò a sbadigliare.

Janni disse a Romilda: «Per piacere, vuoi metterlo a letto?»

«Certo», disse Romilda, e cominciò a togliergli gli stivali. Il ragazzo protestò, fregandosi gli occhi, e Lauria disse:

«Lascia che lo faccia lui, Romy! Janni, perché una sorella deve fare da serva a questo giovane, che è nostro prigioniero? Noi non siamo né sudditi né servitori degli Hastur!»

«È solo un ragazzo», disse Jandria, conciliante, «e ci pagano bene per accompagnarlo.»

«Comunque, le Sorelle non sono schiave di nessun uomo», brontolò Lauria. «Mi meraviglio che tu, Janni, per denaro abbia accettato di accompagnare un ragazzo sulle montagne...»

«Ragazzo o ragazza, non può viaggiare da solo», disse Jandria, «e non deve venire coinvolto nelle lotte dei suoi parenti. Del resto, Romilda non ha niente in contrario a prendersi cura di lui...»

«Non ne dubito», disse una delle ragazze che Romilda non conosceva, in tono ironico. «Sarà una di quelle donne che ritengono loro dovere dedicare la vita a qualche uomo, mani e piedi... la vergogna del suo orecchino...»

«Lo aiuto perché ha sonno e non riuscirebbe a togliersi gli stivali da solo», esclamò Romilda, con irritazione, «e perché ha l'età del mio fratellino! Non ti prenderesti cura dei fratellini più piccoli, se tu ne avessi, o ti consideri troppo superiore per occuparti di altri che di te stessa? Se il santo Portatore di Pesi ha potuto trasportare sulle spalle il Mondo Bambino, per fargli attraversare il Fiume della Vita, perché non dovrei prendermi cura di un bambino a me affidato?»

«Oh, una cristiana», disse una delle ragazze più giovani, in tono sprezzante. «E reciti il Credo di Castità tutte le sere prima di coricarti, Romy?»

Romilda stava già per darle una risposta offensiva - lei rispettava gli dèi delle altre: potevano evitare di ironizzare sulla sua religione - ma, nel vedere che Jandria aveva aggrottato la fronte, si limitò a dire: «Non voglio litigare con nessuno». Voltò la schiena alle ragazze e andò a stendere le coperte di Caryl.

«Dobbiamo tollerare che un maschio dorma nella nostra stessa tenda?» chiese con ira la ragazza che aveva protestato. «Questa è una tenda per sole donne.»

«Oh, smettila, Mhari, il ragazzo non può dormire sotto la pioggia con i cavalli», disse Jandria, seccata. «Le leggi delle Sorelle devono essere applicate con un po' di buon senso, e il ragazzo è poco più di un bambino! Cosa pensi, che s'intrufoli sotto le nostre coperte per venire a violentarci?»

«È questione di principio», disse Mhari, ostinata. «Perché il marmocchio è un Hastur, dobbiamo lasciarlo entrare in un luogo delle Sorelle? Protesterei anche se avesse solo due anni!»

«Allora, ti auguro di non avere mai il cattivo gusto di dare alla luce un figlio invece di una figlia», disse Jandria, in tono scherzoso. «Perché in tal caso, per principio, ti rifiuteresti di allattarlo? Dormi tranquilla, Mhari; il ragazzo starà tra me e Romilda. Penseremo noi a salvaguardare la tua virtù.»

Caryl aprì la bocca; Romilda gli diede di gomito per farlo stare zitto e lui tacque, ma la cosa era abbastanza chiara: il ragazzo doveva fare uno sforzo per non ridere. Anche a lei tutto l'accaduto sembrava un po' ridicolo, ma pensò che le Sorelle avessero le loro leggi e i loro princìpi, così come li avevano i monaci di Nevarsin. Si stese accanto a Caryl e si addormentò.

Sognò di volare con Preciosa, sulle verdi colline della sua terra. Quando si destò, si accorse di avere un nodo alla gola e di pensare ancora alla lunga valle che si scorgeva da Poggio del Falco. Avrebbe mai rivisto la sua casa, i fratelli e la sorella? Che cosa avevano a che spartire con una donna guerriera? Le facevano male le orecchie, dove gliele avevano forate. Sentiva la mancanza di Orain, di Carlos e perfino di Alaric, nonostante la sua maleducazione. Fino a quel momento non si era fatta alcuna amica tra quelle donne, eppure aveva promesso di rimanere con loro per un anno. Ascoltò il suono del respiro di Caryl e quello delle donne che condividevano con lei la tenda. Non si era mai sentita così sola, neppure quando era fuggita dalla casa di Rory.

Cavalcando verso sud per cinque giorni, giunsero al fiume Kadarin, tradizionale barriera tra le pianure e le prime propaggini degli Hellers. Romilda aveva l'impressione che il passaggio da una regione all'altra meritasse di essere solennizzato in qualche modo, ma per Jandria era solo un fiume da attraversare, e passarono in fretta, servendosi di un guado dove l'acqua bagnò a malapena gli zoccoli ai cavalli. Laggiù le colline erano piuttosto basse: presto la compagnia si trovò su un'ampia pianura. Caryl era raggiante; per tutto il viaggio era stato allegro, e adesso era preso da una sorta di frenesia. Romilda pensò che fosse lieto di ritornare a casa, nonché della lunga vacanza che gli aveva interrotto gli studi.

Ma Romilda si sentiva a disagio, senza montagne che la circondassero; le pareva di essere troppo visibile e continuava a guardare verso l'alto, per timore che qualche uccello da preda piombasse su di lei a ghermirla. Sapeva che si trattava di timori ridicoli, ma continuava a guardarsi attorno con inquietudine. Alla fine, Caryl se ne accorse con il suo *potere*.

«Che cosa avete, Romy? Perché continuate a guardare il cielo?»

Lei, in realtà, non aveva una vera e propria spiegazione. Cercò di non rispondere.

«Mi sento a disagio, senza montagne attorno a me... sono sempre vissuta sui monti, e qui mi sento nuda e vulnerabile...» Cercò di ridere, e sollevò di nuovo gli occhi al cielo.

In alto, ai limiti del suo campo visivo, si scorgeva un puntino scuro. Romilda cercò di non pensarci e tornò ad abbassare lo sguardo sull'erba.

«Che falchi avete in queste pianure?» chiese.

«Mio padre e i suoi amici hanno dei falchi selvatici», rispose il ragazzo. «Li conoscete? Ce ne sono, nei monti al di là del fiume, o laggiù si trovano solo quei brutti uccelli-sentinella?»

«Io ho un falco selvatico», disse Romilda. «Una volta ne ho addestrato uno...» e si guardò attorno, inquieta, e si sentì prudere la pelle.

«Davvero? Voi, una ragazza...»

Anche se erano state dette con innocenza, quelle parole riaprirono una vecchia ferita. «Perché non dovrei essere in grado di farlo?» gli chiese, con ira. «Mi sembri mio padre: secondo lui, essendo nata per portare le gonne, non dovevo avere né intelligenza né alcuna capacità!»

«Non intendevo offendervi, Romy», dise Caryl, con una gentilezza che lo faceva sembrare più vecchio dei suoi anni. «Ho conosciuto poche ragazze, tranne mia sorella, che morirebbe di paura se dovesse toccare un falco. Ma se voi siete in grado di addestrare gli uccelli-sentinella, e di calmare un uccello-spettro come abbiamo fatto insieme, ad addomesticare un falco non dovreste incontrare difficoltà.» La guardò con attenzione. «Di che cosa avete paura, Romy?»

«No, non è paura», disse lei, imbarazzata. «Solo... ho l'impressione che qualcuno mi sorvegli», disse. Poi, pensando di avere detto una sciocchezza, aggiunse, per difendersi: «Forse è solo perché il territorio è così piatto... mi sento esposta...» E di nuovo tornò a guardare il punto, ai confini della sua visione, dove volava una minuscola macchia scura... *Sono davvero sorvegliata!*

«È una sensazione abbastanza comune», disse Jandria, accostandosi a loro. «La prima volta che mi sono spinta sulle montagne, avevo l'impressione che si chiudessero su di me mentre dormivo, o mi si spostassero sotto i piedi. Adesso mi sono abituata, ma quando ritorno nelle pianure ho l'impressione che mi sia stato tolto dalle spalle un grande peso. Penso che sia questo, più che qualsiasi differenza di sovrani o di costumi, a distinguere gli uomini delle pianure da quelli delle montagne; anche Orain una volta mi ha detto che quando era lontano dai suoi monti si sentiva nudo e vulnerabile sotto il cielo aperto...»

Romilda aveva quasi l'impressione di ascoltarlo dalla voce di Orain, nel suo tono gentile e leggermente ironico. Sentiva ancora la sua mancanza, quella del suo cameratismo: in quel gruppo di donne, Romilda si sentiva fuori posto come un pesce su un albero! La voce stessa delle sue compagne le dava fastidio, e a volte pensava che, nonostante la loro abilità con la spada e con i cavalli, fossero uguali a sua sorella Mallina: sciocche e di mentalità ristretta. Solo Janni non condivideva la limitatezza di vedute che Romilda aveva sempre trovato nelle altre donne. Forse perché Janni era simile a Orain, diversa dalle altre? Romilda non lo sapeva, e quando ci pensava si rattristava.

Eppure, si disse con irritazione, *quaranta giorni fa dicevo che la compagnia degli uomini mi piaceva ancor meno di quella delle donne. Non sono mai soddisfatta? Perché non riesco ad accontentarmi di quello che ho? Se sono destinata a essere un'eterna scontenta, allora tanto valeva che rimanessi a casa e sposassi il Nobile Garris, e fossi insoddisfatta nel lusso, fra le cose che mi sono familiari!*

Sentì nella mente il tocco delicato, interrogativo, del *potere* del ragazzo; come se Caryl le chiedesse che cosa aveva. Trasse un sospiro e gli sorrise, dicendo: «Facciamo una corsa fino all'altra estremità del prato? I nostri cavalli sono della stessa forza, e perciò si vedrà chi è più bravo a cavalcare!»

Partirono fianco a fianco, così in fretta che Romilda dovette dedicare tutta la sua attenzione a non cadere di sella e non ebbe più il tempo di pensare ai suoi crucci. Quando raggiunse il traguardo, precedeva Caryl di una buona lunghezza, ma Janni, che li aveva seguiti a un'andatura più lenta, li sgridò entrambi, imparzialmente: non conoscevano il terreno, avevano corso il rischio di azzoppare il cavallo su qualche pietra invisibile in mezzo all'erba, o nella tana di qualche piccolo animale!

Ma quella sera, mentre montavano il campo - le giornate cominciavano ad allungarsi: adesso, quando preparavano il pasto c'era ancora luce -, Romilda provò di nuovo la netta sensazione di essere osservata, come se fosse un piccolo animale, una preda che si nascondeva agli occhi del falco: osservò il cielo che si andava oscurando, ma non riuscì a scorgere nulla. Poi, incredula, provò un senso di volo, di contatto, che conosceva bene. Senza rendersene conto, alzò il braccio, sentì il familiare frullo d'ali, la stretta degli artigli.

«Preciosa!» singhiozzò a voce alta. Scorse le penne azzurre e lucide, gli occhi acuti, e fu presa dall'antico senso di essere tutt'uno con il falco. Incredibilmente, Preciosa l'aveva in qualche modo trovata quando era uscita dalla regione dei ghiacci, e l'aveva seguita lungo le montagne e le pianure sconosciute.

Era in perfette condizioni, con le piume lucide, ben nutrita. Ovvio. In quelle pianure c'erano più animali da cacciare che nei Monti Kilghard dove era nata. Una muta soddisfazione corse tra loro per molti lunghi istanti.

«Guardate!» esclamò una delle ragazze, spezzando l'incanto. «Da dove arriva quel falco? Dev'essere stregato!»

Romilda trasse un lungo respiro. Disse a Caryl, che la fissava in silenzio, rapito: «È il mio falcone. Chissà come, mi ha seguito fin qui, così lontano da casa...» e dovette interrompersi perché stava piangendo e non riusciva più a parlare.

Turbata dalla sua emozione, Preciosa batté le ali, cercando di tenersi in equilibrio; poi si levò in volo e si posò sul ramo di un albero poco lontano. Di lì rimase a osservarli senza dare segno di paura.

Mhari chiese: «È il tuo falco... quello che hai addestrato?» e Jandria disse, a bassa voce:

«Mi hai detto che tuo padre te l'ha tolto, e l'ha regalato a tuo fratello...»

A fatica, Romilda controllò la voce. Disse: «Credo che mio fratello Darren abbia scoperto ben presto che Preciosa non era disposta a lasciarsi regalare da mio padre...»

Guardò, in mezzo alle lacrime, il ramo dove Preciosa era posata, immobile come un falco dipinto su un ramo dipinto, e di nuovo si sentì sfiorare la mente dal filo del rapporto. Laggiù, tra donne estranee in un paese straniero, dopo essersi lasciata alle spalle tutto ciò che conosceva e dopo essere giunta sull'altra sponda di un fiume sconosciuto, nel guardare il falco e nel sentire il tocco a lei familiare si rese conto di non essere più sola.

Capitolo 12

LYONDRI

Cavalcarono ancora per tre giorni e si trovarono in una regione temperata, di basse, verdi colline, dove non spirava la minima aria di neve. Romilda pensò che avrebbe ricordato per tutta la vita quel primo viaggio attraverso la Piana di Valeron - il nome le era stato detto da Caryl - verde e fertile. Ai lati della strada spuntavano fiori selvatici, rossi e azzurri, argentei e dorati, e l'aria dava una dolce, sottile euforia.

Caryl era al settimo cielo, e indicava a Romilda i punti salienti del territorio da loro attraversato. «Non mi aspettavo di ritornare a casa fino al solstizio d'estate del prossimo anno! Oh, sono così contento di esserci!»

«E tuo padre ti ha tolto a questo paese caldo e accogliente per mandarti fra le nevi di Nevarsin? Deve essere davvero un buon cristiano.»

Caryl scosse la testa, e in quel momento parve distaccato, chiuso, adulto. Disse tranquillamente: «Io servo il Signore della Luce, come si addice a un Hastur».

Perché mai, allora... Romilda stava per rivolgergli la domanda, ma si ricordò di non criticare il padre davanti al figlio. Il ragazzo, però, gliela lesse nella mente.

«I cristiani di Nevarsin sono persone dotte, e buone», disse infine. «Da quando esistono i Cento Regni, nelle pianure ci sono guerra e caos, e vi si può imparare davvero poco; mio padre voleva che studiassi in pace, lontano dalla guerra e al sicuro dalle faide che affliggono gli Hastur. Non condivide la fede dei Fratelli, ma rispetta la loro religione e li onora come uomini di pace.»

Poi il ragazzo tacque, e Romilda, non volendo rompere quel silenzio, continuò a cavalcare, pensierosa. Quali scene di guerra e di violenza aveva visto Caryl in quelle pianure, lontano dai monti che - come le mura di una fortezza - proteggevano i loro abitanti? Ora aveva l'impressione che la pianura da loro attraversata fosse cosparsa di sangue, e che la terra stessa piangesse per l'uccisione degli innocenti e la distruzione delle messi. Rabbrividì, e all'improvviso la scena scomparve: solo allora capì di essere entrata nella mente del giovane Hastur.

Suo padre ha fatto davvero bene a mandarlo nella serenità della Città delle Nevi; un periodo di riposo, di convalescenza, in cui guarire le ferite di un bambino sensibile, dotato di Potere, cosciente di tutti gli orrori della guerra. Con un'improvvisa nostalgia di casa, Romilda si rallegrò della pace conosciuta nella sua infanzia, e dell'ostinazione con cui MacAran si era sempre voluto isolare dalle varie fazioni. Come diceva suo padre? *Che il loro dio Zandru si prenda tutt'e due i contendenti...*

Oh, padre, potrò mai rivederti?

Guardò Caryl per trarre da lui un po' di serenità, ma il ragazzo era chiuso nei suoi pensieri, isolato dal mondo nel tentativo di allontanare da sé le sue visioni. *Sono arrivata a questo?* si chiese allora Romilda. *A rivolgermi a un ragazzo di dodici anni per farmi consolare dei dispiaceri che mi sono volontariamente procurata?* Si chiese se anche i loro compagni fossero come lei e Caryl, chiusi in se stessi e occupati a portare un proprio incomunicabile fardello.

Ma non riusciva a sopportare la tristezza che compariva sul viso del fanciullo. Lei era una donna adulta e poteva portare la sua parte dei pesi del mondo, ma lui era ancora quasi un bambino. Perciò gli chiese con gentilezza: «Vuoi che chiami Preciosa e la faccia cavalcare con te? Ho l'impressione che sia un po' sola...» e quando fischiò al falco e lo posò sulla sella di Caryl, vide ritornare il sorriso sul volto del giovane Hastur: era di nuovo un ragazzo che guardava con piacere il falco che aveva davanti a sé.

«Quando la guerra sarà finita, Romy, e il paese sarà di nuovo in pace, verrete a farmi da mastro falconiere, e mi insegnerete ad addestrare i falchi? Oh, una ragazza non può essere *mastro* falconiere, vero? Allora, sarete la mia Donna del Falco, un giorno?»

Lei rispose gentilmente: «Non so dove saremo, quando la guerra sarà finita, Caryl. Sarei lieta di insegnarti quello che so dei falchi, ma ricorda che gran parte delle mie conoscenze non possono essere insegnate a parole. Devi trovarle in qualche parte dentro di te, nel tuo cuore e nel tuo *potere*, per conoscere gli uccelli e per amarli e per capirli».

E trovò facile pensare che quel ragazzo saggio, con la sua sensibilità verso gli uomini e gli animali, con la serietà dei monaci fra cui era cresciuto e con il suo fascino di Hastur, potesse un giorno essere re. Per un momento le parve di scorgergli sulla testa la corona... ma si cancellò dalla mente quella visione. Aveva imparato presto, rifletté, a servirsi del suo *potere*, o a escluderlo.

Si chiese se suo padre aveva fatto come lei, e aveva escluso da sé tutte le forme di *potere* che non gli servivano per addestrare i cavalli. E lei sarebbe riuscita a possederlo... o a rinunciarvi, ormai? Era un dono terribile, e portava con sé anche dolori. Non c'era da stupirsi che sulle montagne si parlasse di persone che impazzivano, quando si affacciava in loro il *potere*.

E Caryl, come poteva divenire re? Suo padre non era re, ma consigliere di Rakhal, con giuramento di obbedienza a lui, e indipendentemente dal fatto che la guerra fosse vinta da Rakhal o da Carolus, il re non sarebbe stato Lyondri Hastur. O questi avrebbe tradito Rakhal come aveva già tradito Carolus, per ambizione di fondare una propria dinastia?

«Romilda... Romy! Vi siete addormentata?» chiese allegramente Caryl, interrompendo le sue riflessioni. «Posso cercare di far predare il falcone per me? Dovremmo prendere qualcosa per cena, non vi pare?»

Romilda gli sorrise.

«Se Preciosa è disposta a cacciare per te, falla pure volare», gli disse, «ma non so se voglia predare anche per altri, oltre che per me. Prima, però, dovresti chiedere alla Nobile Jandria se abbiamo bisogno di uccelli per cena; è lei che comanda, qui, non io.»

«Mi dispiace», disse Caryl, a cui in realtà la cosa non dispiaceva affatto: quelle parole erano una pura formalità. «Ma mi riesce difficile ricordare che è una nobildonna, e non mi viene in mente di rivolgermi a lei, mentre quando sono con voi ho senpre in mente che siete un'Hastur.»

«No, non lo sono», disse Romilda, «e Janni, se non lo sai, è cugina del Nobile Orain, e il suo sangue è nobile come il mio.»

All'improvviso, Caryl parve atterrito. «Avrei preferito non saperlo», disse, «perché questo significa che è uno dei grandi nemici di mio padre, e non voglio che lui le faccia del male...»

Romilda si pentì di averglielo detto: il fanciullo sembrava angosciato. Si affrettò a rispondergli: «Il rango non ha alcuna importanza, tra le Sorelle, e Jandria ha rinunciato ai privilegi della sua nobile nascita. Al pari di me, Caryl».

Il giovane parve più sollevato, anche se Romilda non ne comprese bene la ragione.

«Chiederò a Jandria se abbiamo bisogno di cacciagione», disse la ragazza, «e potrai far volare Preciosa se sarà disposta a predare al tuo comando; certo Jandria non avrà niente in contrario, se tu vorrai per cena un galletto, a meno che non chieda a noi di spennarlo e di cucinarlo!»

«Posso farlo da solo!» esclamò Caryl, con orgoglio, e poi aggiunse, a bassa voce: «Se voi mi insegnerete». Risero tutti e due.

«Allora, ti aiuterò a cuocere un galletto se tu me ne darai un pezzo», disse Romilda. «D'accordo?»

Tre giorni più tardi, nel tardo pomeriggio, giunsero in vista di un lago chiuso in una valle tra i monti e Caryl indicò una grande costruzione, situata all'estremità opposta del lago.

«Hali, e là in fondo c'è il castello di mio padre.»

Romilda pensò che sembrava più un palazzo che una fortezza, ma non fece commenti. Il ragazzo aggiunse: «Sarò lieto di rivedere mio padre, e mia madre», e Romilda si chiese se anche il padre fosse lieto di rivedere il figlio, strappato alla tranquillità di Nevarsin dove l'aveva inviato, e tenuto in ostaggio dai seguaci del suo peggior nemico. Ma non disse niente. Quel mattino, volando con gli occhi di Preciosa, aveva scorto i grandi eserciti che si erano radunati sulla vasta Piana di Valeron e che ora si muovevano verso il confine. Presto la guerra avrebbe di nuovo colpito le verdi pianure.

Per tutto il giorno attraversarono una regione distrutta dalla guerra: le fattorie erano ridotte a mucchi di rovine, le grandi torri di pietra a cumuli di sassi, come se un mostruoso terremoto le avesse abbattute dalle fondamenta; quale esercito, quale orrenda arma aveva potuto tanto? Una volta dovettero cambiare strada, perché, nel giungere in cima a un'altura, scorsero nella valle davanti a loro un villaggio distrutto.

Su tutta la zona regnava uno strano silenzio, e anche se le case non avevano subìto danni e parevano serene e pacifiche, dai comignoli non si levava un filo di fumo, non si udivano scalpitii di cavalli, né voci di bambini al gioco, colpi di martello del fabbro, canti delle donne intente a tessere o a lavare i panni. Sul villaggio gravava un lugubre silenzio, e Romilda vi scorse una debole luminosità verdognola, come se le case fossero immerse in un orribile miasma, una nebbia mortale e quasi tangibile. Senza bisogno che glielo dicessero, la ragazza capì che quella nebbia, durante la notte, emanava un lucore sovrannaturale.

Mentre guardava, scorse la figura sottile e affamata di un animale da preda entrare silenziosamente nel villaggio; pochi istanti più tardi, l'animale prese a muoversi sempre più lentamente e alla fine cadde a terra, senza un lamento, e non si mosse più.

Jandria disse: «La polvere che scioglie le ossa. Nei punti dove quella polvere viene sparsa dall'aria, muore la terra, muoiono le stesse case; se dovessimo scendere laggiù, finiremmo come quel gatto selvatico. Allontaniamoci, questa strada è chiusa come se fosse guardata da un nido di draghi; anzi, ancor di più, perché in qualche modo potremmo combattere contro i draghi, ma da quella polvere non c'è scampo, e per anni questa terra sarà maledetta e anche le bestie della vicina foresta nasceranno deformi. Una volta ho visto un leone di montagna con quattro occhi e un daino con le dita al posto degli zoccoli. Innaturale!» Con un brivido, fece voltare il cavallo. «Teniamoci il più lontano possibile da questo luogo! Non voglio che mi cadano i denti e i capelli, e che il sangue mi diventi acqua nelle vene!»

Per aggirare la zona avvelenata dovettero allungare di un paio di giorni il viaggio, e Jandria avvertì Romilda di non lasciar volare Preciosa.

«Se dovesse mangiare una preda avvelenata da quella polvere di guerra, morirebbe con grandi sofferenze; e se la mangiassimo noi, perderemmo i capelli e i denti, se non di peggio. La maledizione di quella sostanza venefica resiste a lungo nella zona colpita, e si diffonde nel corpo dei predatori e degli innocui animali che si trovano a passare sul terreno contaminato. Meglio far digiunare il falco un paio di giorni che rischiare che cacci vicino a quel luogo.»

E così, per due giorni, Romilda portò Preciosa sulla sella e, anche se si era ripromessa di lasciarla sempre libera, preferì legarla con i geti.

Non oso lasciarti volare, per paura che tu mangi cibo capace di ucci-

derti. Cercò di trasmettere al falco un'immagine comprensibile, di animali che emettevano quella luce mortale e avvelenata, e anche se non fu certa che Preciosa l'avesse capita, vide che il falco non si opponeva ai legami e che rimaneva per tutto il tempo con la testa sotto l'ala, anche se con il passare del tempo divenne sempre più affamato.

Infine lasciarono la zona pericolosa, ma Jandria disse alle donne di avvertirla immediatamente, se avessero cominciato a perdere i capelli. Era convinta di essersi tenuta a distanza di sicurezza: «Ma nessuno può esserne certo, quando si tratta di quella polvere mortale», avvertì le compagne, e continuò a cavalcare a denti stretti. Una volta disse a Romilda: «Orain è vissuto per vari anni in quel villaggio. E ora nessuno ci potrà più abitare, per una generazione e più. Maledetto Lyondri e le sue armi diaboliche!»

Romilda lanciò una rapida occhiata a Caryl, ma il ragazzo non aveva ascoltato, o aveva fatto finta di non ascoltare. Che pesante fardello doveva portare quel giovane!

Quella sera si accamparono presto; mentre le donne preparavano la tenda, Jandria chiamò in disparte Romilda.

«Vieni con me, ho bisogno di parlarti. No, Caryl, tu no», aggiunse, e il fanciullo si allontanò come un cane bastonato. Jandria condusse Romilda a una certa distanza dall'accampamento e le indicò di sedersi sull'erba.

«Perdi i capelli, ti ballano i denti?»

Romilda le sorrise per farle vedere i denti, e si tirò i corti capelli per mostrarle che non li perdeva. «No, Janni», disse.

L'altra donna trasse un respiro di sollievo. «Evandra sia lodata», disse, «che ha protetto le sue figlie. Questa mattina ho trovato alcuni capelli sul pettine, ma si vede che è l'età. Ho temuto che fossimo passate troppo vicino a quel luogo maledetto. Che follia è mai quella di distruggere la terra dei propri vassalli? Oh, certo, anch'io sono stata in guerra, e capisco che si possano bruciare i raccolti - anche se non mi piace uccidere gli umili per le guerre dei potenti - ma il raccolto può ricrescere quando ritorna la pace. Distruggere invece la terra stessa, in modo che rimanga sterile per una generazione? Forse sono troppo delicata per un guerriero», disse, e tacque per qualche istante. Poi chiese: «Il tuo prigioniero ti ha dato qualche problema?»

«No», disse Romilda. «È lieto di fare ritorno a casa, ma ha sempre tenuto scrupolosamente fede alla propria parola.»

«Ne avevo l'impressione, ma sono lieta di sentirtelo dire», osservò Jandria. Si slacciò la semplice fibbia d'argento del mantello e si tolse il cappuccio. Aveva un'aria stanca e preoccupata.

Romilda le disse, con simpatia: «Sei stanca, Janni. Lascia che faccia io la tua parte di lavoro, e riposati un po' nella tenda. Penserò io a portarti la cena».

Jandria sorrise. «Quel che mi pesa non è la stanchezza, Romilda; sono abituata ai viaggi e alla vita dell'accampamento, ho dormito senza lamentarmi in posti assai peggiori. Sono preoccupata perché il buon senso mi suggerisce una cosa, mentre l'onore me ne richiede un'altra.»

Romilda si chiese che preoccupazioni avesse Jandria, e lei le sorrise e le prese una mano. Disse: «Il giovane Carolus è stato affidato a me, e dovrei essere io a consegnarlo a suo padre. Eppure, pensavo di affidare a te la missione di accompagnare il ragazzo entro le mura della città di Hali, fino a riconsegnarlo al signore Hastur».

A quelle parole, Romilda pensò che avrebbe avuto occasione di vedere la grande città delle pianure; e che avrebbe provato un grande dispiacere nel separarsi da Caryl. Solo dopo qualche istante comprese che, accompagnando il ragazzo, avrebbe dovuto incontrare la "grande canaglia", Lyondri Hastur.

«Perché proprio io, Janni?»

La donna sospirò. «Perché conosci l'etichetta di corte e i modi di una Grande Casa», disse. «Nel dirlo mi sembra di tradire le Sorelle, dato che ho giurato di rinunciare per sempre a qualsiasi considerazione di rango. Mhari, Reba, Shaya... sono brave ragazze, ma sanno solo comportarsi come gli è stato insegnato nelle fattorie dei loro genitori e non posso affidare loro una missione delicata, che richiede diplomazia. Inoltre, c'è dell'altro, che riguarda la nostra sicurezza.»

Si sforzò di sorridere. «Non pensare a quello che ho detto a Orain: Lyondri Hastur mi riconoscerebbe anche se mi travestissi da uccello-spettro e facessi la danza dell'Uomo Selvatico nel Vento Fantasma! Non ho voglia di finire con la corda al collo. Carolus e Orain erano tra le persone a cui Lyondri era più affezionato, e adesso sono quelle a cui dà la caccia con maggiore determinazione.

Carolus, Orain, Lyondri e io... siamo cresciuti insieme.» S'interruppe e trasse un profondo sospiro.

«Orain», riprese poi, «non lo sa; lui non ha mai voluto sapere quel che avveniva tra maschi e femmine, e ignora che... oh, al diavolo!» sbottò, «perché mi devo vergognare di dire che io e Lyondri siamo stati insieme più di una volta, ancor prima che io fossi pienamente donna? Ora che mi sono staccata da lui per unirmi ai miei familiari, credo che proverebbe una grande soddisfazione ad appendermi a una corda, visto che la mia morte darebbe un dispiacere a Carolus e al suo uomo di fiducia! E io non ho il coraggio di rivederlo... che Avarra mi aiuti, ma non posso fare a meno di amarlo ancora, quasi quanto lo odio!» Deglutì e chinò la testa, tenendo stretta la mano della ragazza. «Perciò, ora sai perché ho tanta paura di incontrarlo, nonostante la sua promessa di salvacondotto... potrebbe volermi imprigionare a causa del nostro vecchio amore, non so...»

«Non occorre, Janni», disse Romilda, sentendo il dolore della donna. «Sono lieta di andare io? È meglio che tu non corra rischi.»

«In te... lo capisci, Romilda?... Lyondri e Rakhal vedranno solo una sconosciuta, e una persona a cui Caryl è affezionato, una persona che si è presa cura di lui; sanno che sei un'inviata delle Sorelle, e non un emissario di Carolus. Sia chiaro, Romilda, correrai dei rischi: forse Lyondri non onorerà la sua promessa di assicurare salva la vita a chi gli riporta il figlio; ma rischi solo la prigione. Lyondri *potrebbe* ucciderti; ma non si lascerebbe certamente sfuggire l'occasione di vendicarsi di me.»

Per lei un rischio, per Jandria la morte certa? Romilda ebbe un istante di esitazione, e l'altra donna disse con voce stanca: «Non posso ordinarti di svolgere questa missione, Romilda. Posso solo chiedertelo come un favore. Infatti non posso inviare Caryl in città da solo; ho promesso di consegnarlo nelle mani di suo padre».

«Pensavo che Lyondri avesse assicurato un salvacondotto...»

«Oh, certo», disse Jandria. «Ma la parola di Lyondri vale solo finché non trova più conveniente infrangerla... e lo trova sempre.» Si coprì la faccia con la mani.

Romilda era spaventata, le tremavano le ginocchia. Ma le Sorelle l'avevano accolta quando era rimasta sola, l'avevano protetta, le avevano dato amicizia. Non poteva rifiutarsi. E aveva prestato giuramento. Disse, stringendo la mano a Jandria: «Andrò io, sorella. Fidati di me».

Prima di entrare in città, Caryl si lavò accuratamente al fiume, si fece prestare il pettine da una delle donne e si pettinò e si tagliò le unghie. Poi prese dalla bisaccia i suoi vestiti, alquanto malconci: negli ultimi giorni si era fatto prestare dalle ragazze qualcuno dei loro abiti di ricambio, per poter lavare i suoi e indossarli puliti in occasione del suo ritorno a corte, anche se non erano certo l'abbigliamento adatto a un principe.

Disse con dispiacere: «Mio padre mi aveva mandato un vestito nuovo per il solstizio, e l'ho dovuto lasciare al monastero quando siamo partiti così all'improvviso. Be', non possiamo farci niente, e questo è il migliore che ho».

«Posso tagliarti i capelli, se vuoi», gli propose Romilda, e gli accorciò i capelli ondulati, poi glieli spazzolò fino a farli luccicare. Il ragazzo rise e le disse che non era un cavallo da strigliare, ma poi si specchiò con soddisfazione nell'acqua del fiume.

«Almeno ho di nuovo un'aria da gentiluomo: non mi piace essere trasandato come un briccone», disse. «Magistra Jandria, non venite con noi? Mio padre non può certo essere in collera con una persona che è stata così gentile con suo figlio.»

Jandria scosse la testa. «Tra Lyondri e me c'è una vecchia ruggine che risale a quando tu non eri ancora nato, a prima ancora che Rakhal fosse tentato di impadronirsi del trono, ragazzo mio; preferisco non farmi vedere da lui. Ti condurrà Romilda.»

«Sarò lieto di cavalcare con Romilda», disse Caryl, «e sono certo che mio padre le saprà dimostrare la sua gratitudine.»

«Nel nome di tutti gli dèi degli Hastur, ragazzo mio, ce lo auguriamo tutti», disse Jandria. Poi, quando Caryl le fece il baciamano alla maniera delle Grandi Case, lei gli afferrò le dita. «Gli dèi cavalchino con te, ragazzo mio, e proteggano te e Romy.»

Solo Romilda, vedendo la tensione dell'altra donna, capì quel che Jandria pensava realmente: *Gli dèi ti proteggano, ragazza mia, e che tu possa uscire sana e salva dalle mani di Lyondri Hastur.*

Romilda montò in sella. Con una nitidezza che conosceva solo quando era in rapporto con il suo falcone e vedeva attraverso il *potere* e non attraverso gli occhi, osservò il cielo pallido e senza nubi, la tenda delle Sorelle; sentì i colpi delle spade di legno che Mhari e Lauria usavano per esercitarsi, vide altre due donne che eseguivano lentamente la serie di movimenti che servivano per allenarsi alla lotta e che dovevano portare i muscoli a reagire istintivamente, senza pensare. Vide il fumo del fuoco che avevano acceso per la colazione, e si allarmò per un istante - odore di fumo quando non c'era niente che cuocesse? - prima di ricordarsi che non era più nella foresta e che su quei prati verdi non c'era pericolo di incendi.

Si era lavata, aveva indossato il suo mantello migliore, quello che Orain le aveva regalato a Nevarsin - anche se adesso il dono la irritava, non aveva altri abiti così eleganti e così caldi - e si era fatta prestare una tunica pulita da una delle donne. Provava un certo imbarazzo a causa degli orecchini, spietatamente rivelati dai capelli corti, ma si disse: *Sono quello che sono, una Sorella della Spada (anche se per il momento non la so usare molto bene) e per Lyondri Hastur sono solo un emissario sotto salvacondotto; perché preoccuparmi di sembrare un gran signora? Che mi importa di Lyondri?*

Eppure sentiva nella mente una vocina, che parlava come Luciella e che le diceva: *Romy, che vergogna, stivali e calzoni, e a cavalcioni della sella come un uomo, che cosa dirà tuo padre?* Seccata, ingiunse alla voce di tacere.

Spronò il cavallo e rivolse un cenno a Caryl, che si avviò di fianco a lei al piccolo trotto.

La città di Hali non era cinta di mura, e aveva strade larghe, straordinariamente lisce: vedendo che Romilda le guardava con perplessità, Caryl sorrise e le spiegò che erano state costruite con le gemme matrici, senza l'intervento fisico dell'uomo. Lei gli rivolse un'occhiata scettica, e il ragazzo insistette: «È vero, Romy! Mio padre, una volta, mi ha anche mostrato come si fa: si posano le pietre con le grandi reti di matrici, con dieci o dodici sapienti collegati. Un giorno sarò anch'io uno stregone come loro e lavorerò con matrici e reti!»

Romilda non gli credette, ma era troppo bene educata per contestare al figlio le parole del padre: non parlò più.

Il ragazzo le mostrò le varie strade, e Romilda dovette fare uno sforzo per non rimanere a bocca aperta come il più ignorante degli zoticoni; Nevarsin era una bella cittadina, e così pure Caer Donn, ma Hali era tutt'altra cosa. Invece di strade ripide e acciottolate, di case di pietra accostate tra loro come per proteggersi dagli Hellers o dal Castello di Aldaran, c'erano strade larghe e basse abitazioni aperte; Romilda non aveva mai visto una casa di una certa dimensione che non fosse costruita come una fortezza, e si chiese come i cittadini potessero dormirvi tranquillamente la notte.

E la gente che passava per quelle strade pareva appartenere a una razza diversa da quella degli abitanti delle montagne, che, robusti e vestiti di cuoio e pelliccia per difendersi dal freddo, avevano sempre un aspetto rude e feroce; laggiù, in quella delicata città delle pianure, uomini e donne che indossavano abiti eleganti passeggiavano spensieratamente, con vestiti coloratissimi, tunica ricamata e gonna le donne, allegri calzoni e giubba gli uomini, e mantelli leggeri portati più per eleganza che per necessità.

Alcuni dei passanti si fermarono a guardare i capelli rossi del ragazzo e la donna sottile, in calzoni, che cavalcava al suo fianco con l'abito rosso delle Sorelle e il vecchio mantello verde di pelliccia. Caryl disse a bassa voce: «Mi hanno riconosciuto. E credono che anche voi siate un'Hastur a causa del colore dei vostri capelli. Può darsi che lo pensi anche mio padre. Dovete essere una di noi, Romilda, con i vostri capelli rossi e il vostro *potere...*»

«Non credo», rispose lei. «Credo che i capelli rossi possano nascere occasionalmente in tutte le famiglie, come a volte capita che nasca un albino, anche se non ce ne sono mai stati prima. I MacAran hanno sempre avuto i capelli rossi... ricordo ancora la mia bisnonna, anche se è morta prima che sapessi andare a cavallo. Aveva quasi tutti i capelli bianchi, ma quelli che avevano conservato il colore naturale erano più rossi dei miei.»

«Questo dimostra che un tempo i MacAran dovevano essere imparentati con i figli di Hastur e Cassilda», ribatté il ragazzo, ma Romilda scosse la testa.

«Non mi pare che costituisca una dimostrazione. Conosco poco gli Hastur...» e con tatto evitò di dire il resto della frase: *E quel poco che conosco mi piace ancor meno.* Ma il ragazzo glielo lesse nella mente e abbassò gli occhi, senza più parlare.

E ora, mentre si dirigevano verso il palazzo, grande e centrale, Romilda cominciò a sentirsi alquanto preoccupata. Dopotutto, stava per incontrare il crudele Lyondri Hastur, l'uomo che aveva seguito l'usurpatore Rakhal ed esiliato Carolus, ucciso i suoi seguaci, distrutto le loro case.

«Non abbiate paura», disse Caryl, tendendole la mano. «Mio padre vi sarà riconoscente per avermi riportato a lui. In realtà è un uomo molto gentile, Romy, ve lo garantisco. E ho sentito dire che ha promesso una ricompensa alla Sorella che mi avrebbe portato a casa.»

Non voglio ricompense, pensò Romilda. *Mi basta uscirne viva*. Eppure, come molti giovani, non poteva immaginare che nella prossima ora avrebbe rischiato la morte.

Alle grandi porte, una guardia salutò Caryl con sorpresa e con piacere.

«Nobile Caryl... mi avevano preannunciato il vostro arrivo per uno di questi giorni! Così, avete visto la guerra e tutto il resto! Siamo lieti di riavervi a casa, giovanotto!»

«Oh, Harryn, sono contento di vederti», disse Caryl, sorridendogli. «Ti presento la mia amica Romilda; è stata lei a riportarmi...»

Romilda si sentì esaminare da capo a piedi, dalla piuma che aveva sul cappelluccio, ai calzoni e agli stivali, ma l'uomo si limitò a dire: «Vostro padre vi aspetta, signorino; vi farò condurre subito da lui».

A Romilda parve di cogliere una via di scampo. Si affrettò a dire: «Allora, ti lascio a quest'uomo di fiducia della tua famiglia...»

«Oh, no, Romilda», esclamò Caryl. «Dovete venire a fare la conoscenza di mio padre, sarà ansioso di ricompensarvi...»

Come no? si disse Romilda; ma pensò alle parole di Janni. Lyondri Hastur non aveva alcuna ragione di infrangere la propria parola per imprigionare una sconosciuta Sorella della Spada, contro cui non nutriva alcun risentimento. Smontò di sella, consegnò il cavallo a un mozzo di stalla, ed entrò nel palazzo con Caryl.

All'interno, un funzionario dalla voce vellutata - era vestito così elegantemente che Romilda non osò pensare a lui come a un servitore - disse a Caryl che il padre lo attendeva nella sala di musica, e il fanciullo corse via lungo il corridoio, seguito, più lentamente, da Romilda.

Ecco il signore Hastur, la bestia crudele di cui mi ha parlato Orain. Ma non devo pensare queste cose: come Caryl, anche lui deve avere il Potere, può leggermi nei pensieri.

Un uomo alto e snello si alzò da una comoda poltrona e depose la cetra che aveva tenuta fino a quel momento sulle ginocchia; poi si voltò verso Caryl e gli posò le mani sulle spalle.

«Allora, Carolus, sei tornato?» Lo strinse a sé e lo baciò sulle guance; tanto era alto, che Romilda ebbe l'impressione di vederlo piegarsi in due, per poterlo fare. «Stai bene, figliolo? Mi sembri abbastanza in carne; almeno, le Sorelle non ti hanno fatto saltare i pasti...»

«Oh, no», disse Caryl. «Mi hanno nutrito bene e sono state sempre gentili con me; quando siamo passati per una cittadina, una di loro mi ha perfino acquistato dei dolci, e un'altra mi prestava il falco per farmi prendere degli uccelli, se ne avevo voglia per cena. Questa è la Sorella del falco», aggiunse, sciogliendosi dalle braccia del padre e prendendo la mano di Romilda per aiutarla ad avvicinarsi. «È una mia cara amica. Si chiama Romilda.»

E così, infine, la ragazza si trovò faccia a faccia con il signore Hastur: un uomo magro, dai lineamenti controllati, che pareva non rilassarsi mai, neppure per un istante. Teneva la mascella serrata; gli occhi, grigi sotto le ciglia chiare, parevano quelli di un falco.

«Vi ringrazio della gentilezza dimostrata verso mio figlio», disse Lyondri Hastur. Parlò in tono composto, neutro, indifferente. «A Nevarsin lo credevo lontano dai rischi della guerra, ma gli uomini di Carolus, non ne dubito, hanno ritenuto che prenderlo in ostaggio fosse una buona idea.»

«Non è stata un'idea di Romilda, padre», protestò Caryl, e Romilda capì che era stato sul punto di dirgli che Orain si era incollerito per l'accaduto; ma non era il momento di fare il nome di Orain. E capì anche, dall'impercettibile aumento di tensione del signore Hastur, che Lyondri aveva colto perfettamente il pensiero del figlio. La ragazza sentì nella mente una voce lontana che le diceva: *Anche questa mi dovrà pagare, Orain, che era amico mio prima ancora che di Carolus.*

Dovrei tenere in ostaggio questa donna; può darsi che sappia dove si trova Orain. Una volta rintracciato lui, Carolus non può essere lontano.

Ma anche il ragazzo colse questo pensiero; fissò il padre con vero orrore. Disse, in un soffio: «Avete dato la vostra parola. La parola di un Hastur», e Romilda ebbe quasi l'impressione di vedere l'abbagliante immagine del padre incrinarsi e crollare, davanti agli occhi del fanciullo.

Lyondri Hastur guardò prima il figlio e poi la donna. Disse con voce secca e tagliente: «Sorella, sapete dove sia Orain in questo momento?»

Romilda sapeva di non poter mentire, sotto il suo sguardo severo: in qualsiasi caso, l'Hastur avrebbe saputo la verità entro pochi istanti. Disse: «L'ultima volta che ho visto Orain era a Caer Donn, allorché ha consegnato Caryl... il Nobile Carolus... alle Sorelle. Da allora sono passati più di dieci giorni. Suppongo che adesso sia con l'esercito». E, anche se si sforzò di farlo, non riuscì ad allontanarsi dalla mente l'immagine dei soldati che sfilavano lungo la strada, della bandiera azzurra e argento degli Hastur, di Orain che cavalcava al fianco del re che lei non era riuscita a vedere. Lyondri l'avrebbe considerato non il re, ma un usurpatore...

Mi sono fatto delle promesse che non ho potuto mantenere... non sapevo che tipo di uomo andavo a servire, né che sarei dovuto diventare il boia e l'aguzzino di Rakhal... Romilda continuava a ricevere i pensieri dell'uomo, e questo la metteva a disagio. Si sentì più sollevata, quando cessarono all'improvviso, come se Lyondri se ne fosse accorto e avesse chiuso la propria mente.

L'Hastur disse con voce pacata, in tono ufficiale: «Vi devo una ricompensa per esservi presa cura di mio figlio. Chiedetemi qualsiasi cosa, tranne armi che possano essere usate contro di me in questa guerra ingiusta».

Se ne era già parlato con Jandria. Romilda disse: «Ho ordine di chiedere tre sacchi di medicinali per gli ostelli delle Sorelle: bende, la gelatina che fa rapprendere il sangue, polvere di *karalla*».

«Suppongo che rientrino anche queste tra le armi, perché senza dubbio serviranno per curare coloro che saranno feriti nel corso della ribellione contro il loro re», disse Lyondri Hastur, riflettendo a voce alta. Poi alzò le spalle. «Le avrete», disse. «Darò l'ordine al mio intendente, e vi farò dare anche una bestia da soma che vi aiuti a portarle al vostro accampamento.»

Romilda trasse un respiro di sollievo. Non sarebbe finita in prigione, né sarebbe stata presa in ostaggio.

«Credevate che potessi farlo?» chiese Lyondri Hastur, asciutto, e poi fece una breve risata. La ragazza glielo lesse nella mente: due lettori del pensiero non potevano mentirsi. Era fortunata che Lyondri volesse mostrarsi uomo d'onore agli occhi del figlio.

Romilda si rallegrò di avere incontrato l'Hastur davanti a Caryl, e che lo stesso Lyondri desiderasse conservarsi l'ammirazione del fanciullo.

«Padre», disse Caryl, «questa è la donna che mi lasciava cacciare con il suo falcone... posso averne uno anch'io? E un giorno vorrei che la damigella Romilda fosse la mia Donna del Falco...»

Lyondri Hastur sorrise; era un sorriso asciutto, lontano, ma un sorriso... ed era ancor più agghiacciante della sua risata. Disse: «Bene, Sorella, mio figlio vi ha preso in simpatia. Ci sono già molte vostre compagne al mio servizio. Se volete fermarvi qui a istruire Carolus nell'arte della falconeria...»

Romilda voleva solo andarsene. Per quanto fosse affezionata a Caryl, non aveva mai incontrato una persona che la atterrisse come quell'uomo severo e distante, dalla risata gelida e dagli occhi senza sorriso. Cercando una scusa che non offendesse l'Hastur, balbettò: «Ho già... purtroppo ho già preso degli altri impegni, signore».

Lyondri le rivolse un leggero inchino. Sapeva che era una scusa, sapeva che cosa la ragazza pensasse di lui. Disse: «Come preferite, magistra. Carolus, ringrazia la tua amica e va' a salutare tua madre».

Il ragazzo si voltò verso di lei e le diede la mano nel modo più compito. Poi, d'impulso, l'abbracciò e disse con sincerità: «Forse, quando la guerra sarà finita, ci rivedremo, Romilda... e rivedrò anche il vostro falco. Salutate per me anche Preciosa». Le fece la riverenza come a una dama di corte, e si allontanò in fretta dalla stanza, ma Romilda fece in tempo a scorgergli una lacrima. Il ragazzo era corso via perché non voleva che il padre lo vedesse piangere.

Lyondri Hastur tossicchiò. Disse: «Il cavallo e i medicamenti vi saranno consegnati alla porta di servizio, presso le scuderie. L'intendente vi mostrerà la strada», e Romilda capì che l'incontro con il signore Hastur era terminato. Lyondri fece un cenno al funzionario, che si avvicinò e disse piano: «Da questa parte, magistra».

Romilda mormorò, con un inchino: «Grazie, signore».

Si voltò, e stava per seguire l'intendente, quando Lyondri Hastur diede un altro colpetto di tosse.

«Damigella Romilda...»

«Signore?»

«Dite a Jandria che non sono il mostro che lei s'immagina; non proprio. Sarà sufficiente.»

E nel lasciare la stanza, tremante, Romilda si chiese: *Che cos'altro sa, quest'uomo?*

Capitolo 13

L'OSTELLO DI SERRAIS

Quando le riferì il messaggio di Lyondri Hastur - *Dite a Jandria che non sono il mostro che lei s'immagina; non proprio* - Janni rimase a lungo in silenzio. Senza bisogno del suo *potere*, la ragazza capì che avrebbe voluto dire molte cose, ma non a lei. Infine, la donna più anziana riprese la parola: «Ti ha dato i medicinali?»

«Sì, e anche una bestia per portarli.»

Janni andò a esaminare il carico, e infine ammise, con una smorfia: «È stato generoso. Per tanti difetti che abbia, Lyondri Hastur non è mai stato taccagno. Dovrei rimandargli l'animale che ci ha prestato... non voglio favori da Lyondri... ma la triste verità è che ne abbiamo bisogno. E per lui è come acquistare al figlio un dolce su un banco del mercato; non dobbiamo avere scrupoli di coscienza».

Chiamò tre donne perché si occupassero dei sacchi e disse a Romilda che poteva ritornare alle scuderie. Poi, mentre la ragazza stava per varcare la soglia, la chiamò e le disse: «Grazie, cara. Ti ho affidato una missione difficile e pericolosa, che non avevi il dovere di eseguire, e tu l'hai portata a termine meglio di un corriere diplomatico. Forse potrei trovare lavori più adatti a te che quello di guardare le bestie».

Romilda pensò: *Preferisco stare con i cavalli che partire per simili missioni diplomatiche!* Dopo un istante, lo disse a voce alta, e Jandria, sorridendo, rispose:

«Allora, non ti trattengo. Ritorna pure ai cavalli, mia cara. Ma ti ringrazio ancora».

Romilda si recò nelle scuderie e fece uscire il cavallo che stava abituando alla sella. Ma, poco dopo avere iniziato il lavoro, venne raggiunta da Mhari.

«Romy», le riferì la giovane, «sella subito il tuo cavallo e quello di Janni, oltre a due bestie da soma. Janni lascia l'ostello e dice che devi seguirla.»

Romilda rimase a bocca aperta e accarezzò distrattamente il cavallo, che fremeva perché non era abituato al peso della sella. «Lascia l'ostello? Perché?»

«Quanto a ciò, dovrai chiederlo a lei stessa», disse Mhari, aggrottando la fronte. «Io sarei stata lieta di accompagnarla dovunque volesse andare, ma lei ha scelto te e mi ha detto di prepararti la sacca da viaggio e razioni per quattro giorni.»

Romilda si accigliò. Proprio ora, che cominciava a fare qualche progresso con quel cavallo, doveva interrompersi? Aveva promesso obbedienza alle Sorelle, ma questo significava essere sottoposta ai capricci di ogni altra donna? Eppure, Jandria le piaceva molto, e non voleva discutere le sue decisioni. Alzò le spalle, tolse il cavezzino al cavallo e riportò l'animale nelle scuderie.

Aveva finito di sellare il cavallo di Jandria e stava cominciando con il suo, quando entrò nelle scuderie la donna più anziana, già pronta per partire. Romilda notò che aveva gli occhi rossi, come se avesse pianto, ma si limitò a chiedere: «Dove andiamo, Janni, e perché così di fretta?»

La donna rispose: «Quel che ti ha detto Lyondri, Romilda, era un messaggio; sa che sono qui; senza dubbio ti ha fatto seguire fino all'ostello. La mia permanenza mette in pericolo le Sorelle, che non prendono parte a questa guerra; io sono parente di Orain, e a Lyondri potrebbe venire l'idea di servirsi di me per rintracciarlo. Potrebbe pensare che io sia al corrente dei piani di Orain, o di Carolus, più di quanto non li conosca in realtà. Devo partire immediatamente, in modo che se gli uomini di Rakhal venissero qui, le Sorelle possano dire, anche se interrogate da un sapiente capace di leggere i loro pensieri, che non sanno dove sono andata, né il punto di raccolta degli uomini di Orain e di Carolus. Ti porto con me per paura che Lyondri ti possa imprigionare. Le altre donne non le conosce e non si cura di loro; ma tu gli sei comparsa davanti, e preferisco sottrarti a lui... non voglio che tu rimanga qui, alle porte di Hali. E inoltre...» le rivolse un leggero sorriso, «... forse non lo sapevi, ma le Sorelle non viaggiano mai da sole; devono sempre essere almeno in due».

Romilda non ci aveva pensato: Jandria era parente di Orain, e

Lyondri Hastur poteva servirsene come ostaggio, anche se, diversamente da quanto temeva la donna, non aveva intenzione di ucciderla. Disse: «Ai tuoi ordini», e terminò di sellare il cavallo.

«Va' in cucina e fatti dare un po' di pane e formaggio», disse Jandria. «Possiamo mangiare in sella. Ma fa' in fretta.»

Dobbiamo fuggire tanto di corsa, o Jandria si preoccupa senza ragione? si chiese la giovane, ma non fece obiezioni. Si recò in cucina e fece ritorno con una pagnotta e un grosso pezzo di cacio, e infilò il cibo nella bisaccia, perché al momento non aveva fame: le parole di Jandria le avevano tolto l'appetito. La cuoca le aveva dato un sacco di mele, e la ragazza infilò nella bisaccia anche quello.

Quando fecero uscire i cavalli dalle scuderie, chiese: «Dove andiamo, Janni?»

«Per il momento, è meglio che tu non lo sappia», disse Jandria, con un'espressione impaurita. «Vieni, partiamo.»

Romilda vide che si allontanavano verso nord, ma presto Jandria si avviò lungo un sentiero tortuoso, poco più di un tratturo dei cervi selvatici, che si inoltrava sui monti. In breve tempo, la ragazza perse il senso della direzione, anche se Jandria pareva conoscere perfettamente la zona che stavano attraversando.

Presto si trovarono nella foresta, e la donna più anziana cominciò a rilassarsi; dopo circa un'ora, Jandria si fermò, si fece dare un po' di pane e formaggio e lo mangiò di buon appetito. Romilda, intenta a rosicchiare una crosta secca, era sempre più perplessa, ma non fece domande.

Infine fu Jandria a parlare. «Qui, neanche gli uccelli-sentinella possono trovarci. Non so se Lyondri ne possegga - in realtà, non sono tanto comuni - ma ho preferito rimanere al coperto, per confondere le nostre tracce; gli dèi non vogliano che sia proprio io a condurlo all'esercito di Carolus.»

«Stiamo andando a raggiungerlo?»

«Le Sorelle hanno laggiù una coorte», disse Jandria, «e presso di loro troverai cavalli da addestrare per l'esercito. Non dubito che anch'io, in un modo o nell'altro, potrò essere utile alle Sorelle che accompagnano l'esercito di Carolus. Se Lyondri sapeva che ero all'ostello di Hali... e lo sapeva certamente, visto che ti ha affidato quel messaggio... può pensare, o Rakhal può pensare per lui, che tenendomi sotto sorveglianza io possa condurlo al punto di raduno di Carolus, anche se neppure un sapiente riuscirebbe a leggermi nel cervello quell'informazione. Perciò mi sono affrettata ad allontanarmi e a nascondermi nella foresta, prima che riuscisse a farmi seguire. Può darsi che, una volta tanto, lo abbia preceduto, e può darsi che in questo momento noi siamo già al sicuro.»

Ma continuò a guardarsi alle spalle con apprensione e a scrutare il cielo, come se si sentisse spiata dagli uccelli-sentinella di Lyondri.

Quella sera si accamparono nella foresta e Jandria le proibì di accendere il fuoco; mangiarono pane e formaggio e legarono gli animali al tronco di un grande albero. Stesero le coperte sotto un'altra pianta, rannicchiandosi per riscaldarsi (anche se a Romilda, abituata alle montagne, la temperatura pareva abbastanza gradevole) e si addormentarono immediatamente, stanche della lunga cavalcata. Ma una volta, nella notte, Romilda fu destata da alcuni rumori: era Jandria che piangeva. Si augurò di poter fare qualcosa per lei, ma i crucci della donna più anziana erano ben al di là della sua comprensione.

Si riaddormentò e, al risveglio, vide che Jandria era già in piedi e stava sellando il cavallo. Aveva gli occhi asciutti, la faccia impassibile, ma le palpebre rosse e gonfie.

«Pensi che questa mattina si possa correre il rischio di accendere un fuoco? Sento il bisogno di qualcosa di caldo, e se finora non ci hanno inseguite, possiamo considerarci in salvo», disse Romilda.

Jandria alzò le spalle. «Credo che la cosa non faccia differenza. Se Lyondri volesse davvero trovarmi, sono certa che non avrebbe bisogno di farmi inseguire dai suoi uomini, visto che è riuscito a leggere con tanta precisione nei miei pensieri. Ma l'inseguitore, in qualsiasi caso, non sarebbe Lyondri, bensì Rakhal.»

S'interruppe, sospirando. «Accendi il fuoco; preparerò un po' di polenta. Non ho il diritto di complicarti il viaggio con le mie paure; sei reduce da un lungo viaggio, Romy, e ti ho costretta a ripartire senza lasciarti il tempo di riposarti.»

«Non preoccuparti», rispose Romilda, che non sapeva cosa dire. Preferiva viaggiare con Jandria che rimanere nell'ostello con tutte quelle donne sconosciute tra cui non si era fatta neppure un'amica. S'inginocchiò per accendere il fuoco.

Più tardi, mentre erano sedute a mangiare la polenta calda, e i loro cavalli brucavano tranquillamente l'erba, Romilda chiese, con esitazione: «Sei triste... per Lyondri?»

Quel che pensava, in realtà, era che Lyondri era stato il suo amante: Jandria era ancora legata a lui? La donna più anziana colse perfettamente il significato della domanda; sospirò e le rivolse un mesto sorriso.

«Sono triste per me stessa, suppongo», disse. «E per l'uomo che vedevo in Lyondri... l'uomo che sarebbe forse diventato se Rakhal non l'avesse sedotto con il potere. Quell'uomo, l'uomo che amavo, è morto... talmente morto che neppure gli dèi potrebbero richiamarlo indietro dal luogo, qualunque esso sia, dove vanno a finire le nostre speranze quando muoiono. Vuole ancora che io pensi bene di lui... ecco il vero significato del suo messaggio o avvertimento che dir si voglia... ma questo potrebbe essere semplicemente da imputare alla sua vanità, che è sempre stata smisurata. Non credo che sia... che sia del tutto malvagio», disse poi, incespicando un poco sulle parole. «La colpa è di Rakhal. Ma anche ora, dopo che ha capito da tempo la vera natura di Rakhal, continua a seguirlo. Perciò lo ritengo colpevole delle atrocità compiute in nome del suo re.»

Romilda chiese, timidamente: «Li hai conosciuti entrambi... Carolus e Rakhal? Come è riuscito Rakhal a impadronirsi del trono?»

Ma Jandria scosse la testa. «Non saprei. Quando ho lasciato la corte, Rakhal affermava ancora di essere il più fedele seguace di Carolus, accettava i favori di cui Carolus lo colmava come il caro cugino che era stato suo compagno di gioventù.»

«Carolus deve essere molto buono», disse infine Romilda, «per ispirare una simile dedizione da parte di Orain. E...» ebbe un attimo di esitazione, «da parte tua.»

Jandria disse: «Certamente, mentre eri con Orain, avrai conosciuto Carolus».

Romilda scosse la testa. «So che il re era a Nevarsin; ma non l'ho mai visto.»

Jandria sollevò le sopracciglia, ma si limitò a dire: «Finisci di mangiare, bambina, e lava i piatti nel torrente; dobbiamo ripartire».

In silenzio, Romilda le obbedì, sellò i cavalli, raccolse il cibo avanzato. Ma quando montarono in sella, Jandria disse, rispondendo dopo molto tempo alla domanda della compagna: «Carolus è molto buono. Il suo unico difetto è di fidarsi troppo dell'onore degli Hastur; e ha commesso l'errore di fidarsi di Rakhal. Neppure Orain riuscì a fargli comprendere la vera natura di Rakhal; non ci riuscii neppure io. Pensò che Orain fosse semplicemente geloso. Geloso... Orain!»

«E Rakhal, com'è?» chiese Romilda.

Ma Jandria scosse la testa. «Non posso parlarne obiettivamente; l'odio mi accieca. Ma se Carolus ama l'onore sopra ogni altra cosa, e ama il sapere, e ama il suo popolo, Rakhal ama solo il sapore del potere. È come un leone di montagna che ha assaggiato il gusto del sangue umano.» Montò in sella e disse: «Oggi tieni tu gli animali da soma, e io cavalcherò davanti, dato che so la strada».

Quando lasciarono la protezione della foresta, Romilda provò di nuovo l'impressione di essere spiata: la strana sensazione che avvertiva quando Preciosa la stava osservando. Il falco non le scese sul polso, ma la ragazza, un paio di volte, lo vide volare nell'alto del cielo, e capì di non essere sola. La presenza del falco le tolse ogni apprensione.

Noi due siamo una cosa sola; ha legato la sua vita alla mia. Romilda pensava che il loro rapporto era simile al matrimonio: qualcosa di indissolubile, un legame che entrava profondamente nel corpo e nello spirito. Per esempio, non c'era mai stato un simile legame tra lei e il suo cavallo, anche se l'animale la portava fedelmente e lei gli voleva bene e pensava sempre alla sua salute.

Il cavallo mi è amico. Preciosa è qualcosa d'altro, come un amante.

Questo la portò a pensare, timidamente e forse per la prima volta, a quel che avrebbe provato se avesse avuto un amante, un legame stretto come quello che aveva con il falco - un legame della mente, del cuore e anche del corpo - con un'altra persona con cui comunicare, non nella maniera ristretta con cui i MacAran comunicavano con i loro animali, ma nella pienezza della comunicazione con un proprio simile. Garris l'aveva voluta, ma le sue occhiate avide erano soltanto riuscite a destare il suo disgusto; e il disgusto era stato ancor più grande con Rory, il quale le avrebbe tagliato senza esitazione la gola per portarle via il cavallo, il mantello e qualche spicciolo, ma, oltre a quello, avrebbe voluto portarsela anche a letto.

Orain l'aveva desiderata... almeno, finché l'aveva creduta maschio. E - per la prima volta, Romilda affrontò qualcosa che a quel tempo non aveva ben capito - l'aveva desiderato lei stessa. Anche se in quel momento non aveva saputo dare un nome allo strano sentimento da lei provato. Eppure, sentiva di preferire Orain come amico che non come amante; era per conservarselo come amico che era stata disposta ad accettarlo anche come amante, quando pensava che lui la credesse una donna e la desiderasse. Ma aveva mai pensato seriamente a un uomo sotto l'aspetto amoroso? Non certo ai ragazzi con cui era cresciuta, gli amici dei suoi fratelli; non li vedeva né come amanti né come mariti, e un marito era l'ultima cosa che desiderasse.

Forse mi sarei potuta sposare con uno come Alderic. Mi ha parlato come a un essere umano, non solo come alla sorellina un po' sciocca del suo amico Darren. E non è il tipo di uomo che si sente in dovere di controllarti ogni momento, temendo di vederti fuggire come un falco non addomesticato, se solo dovesse sciogliere i geti per un momento.

Non dico che desiderassi sposarlo: non sono mai giunta a questo. Ma forse potrei entrare nell'idea di sposarmi, se l'eventuale marito fosse già in partenza un amico.

Per i due giorni successivi, ogni volta che staccò gli occhi dal sentiero che stavano percorrendo, Romilda scorse agli estremi limiti della sua visione la figura di Preciosa e provò uno strano senso di sdoppiamento: una parte di lei vedeva il sentiero, e un'altra volava libera sopra le foreste.

I Monti Kilghard che stavano attraversando non erano come quelli che lei ricordava - spogli e aspri, con pochi fazzoletti fertili di terra che venivano accuratamente coltivati - e neppure come l'ampia e fertile Piana di Valeron che aveva percorso per raggiungere Hali. Erano monti alti e ripidi, coperti di foresta vergine attraverso cui, a volte, era impossibile passare: in tal caso occorreva compiere delle lunghe deviazioni. Ma erano pieni di cacciagione. A volte, verso il tramonto, sonnecchiando sulla sella, Romilda volava con Preciosa e si tuffava all'improvviso, condividendo con il falco la sorpresa della preda, il rapido colpo mortale, lo scorrere del sangue... E ogni volta le pareva un'esperienza nuova, appagante più di qualsiasi altra.

Il sesto giorno di viaggio, mentre Romilda era intenta a volare con il falco, il suo cavallo inciampò in una tana di coniglio e cadde: l'animale rimase steso sul sentiero, tra grandi nitriti, e Romilda, disarcionata, ammaccata e scossa, si trovò a terra senza capire bene che cosa fosse successo. Quando si fu ripresa a sufficienza per mettersi a sedere, Jandria era già smontata di sella e la stava aiutando ad alzarsi.

«Per l'inferno gelato di Zandru, dove avevi la testa? Sei così brava a cavalcare, non hai visto quella tana?» chiese con irritazione.

Romilda, scossa dai nitriti del cavallo, andò a inginocchiarsi accanto all'animale e vide che aveva gli occhi rossi, la bocca coperta di schiuma. Entrò in rapporto con lui e sentì il dolore alla zampa: vide che l'osso bianco, spezzato, sporgeva dalla pelle. Non c'era più niente da fare; piangendo di dolore e di rammarico, afferrò il pugnale e cercò la grande arteria sul collo; poi affondò la lama con un rapido colpo. Un'ultima convulsione, un istante di dolore e di paura, e la sofferenza del cavallo scomparve, lasciando Romilda vuota e fredda.

Ancora sconvolta, Romilda pulì il pugnale sull'erba e tornò a infilarlo nel fodero. Poi tenne la testa bassa, non osò più guardare Jandria negli occhi. Il suo maledetto *potere* era costato al cavallo la vita, perché, se lei fosse stata attenta, avrebbe certamente visto la tana.

Jandria disse, dopo qualche istante: «Era necessario?»

«Sì.» Romilda non diede spiegazioni dell'accaduto. Jandria non aveva un *potere* sufficiente, non sarebbe riuscita a capire. «Mi dispiace, Janni... avrei dovuto fare più attenzione...»

Jandria sospirò. «Non volevo sgridarti, cara. È una disgrazia, nient'altro. Adesso abbiamo un cavallo in meno, nel folto della foresta, e speravo di giungere a Serrais prima di domani sera.»

«Ah, stiamo andando laggiù? E perché?»

«Non te l'avevo detto, per timore che fossimo inseguite. Se non sai una cosa, non possono costringerti a rivelarla...»

Allora, Jandria non si fida di me. Bene, sembra che io non sia degna di fiducia... certo non sono stata degna di quella del mio povero cavallo. Ma protestò: «Non ti avrei mai tradita!»

Jandria disse gentilmente: «Non l'ho mai pensato, cara. Volevo solo dire che se non sai una cosa, un sapiente dotato di gemma matrice non può strappartela dalla mente. Si sarebbero accorti subito che non sapevi niente. Ma ormai, tra pochi giorni, avresti saputo tutto in ogni caso».

Si inginocchiò accanto a Romilda e cominciò a sciogliere le cinghie della sella. «Puoi montare uno dei *chervine*», disse. «Non riuscirà a camminare alla stessa velocità di prima, ma possiamo mettere tutto il carico in groppa all'altro. Dovremo fare tappe più brevi che con due buoni cavalli, ma è andata così.»

Andò a scaricare uno dei *chervine*; poi, nel vedere che Romilda non si era mossa, disse con irritazione: «Vieni ad aiutarmi!»

La ragazza guardava il cavallo morto. I primi insetti gli salivano già sulla zampa spezzata. «Non possiamo seppellirlo?»

Jandria scosse la testa. «Non abbiamo né il tempo né gli attrezzi. Lascialo qui; servirà di cibo gli animali selvatici.» Nel vedere che Romilda la fissava sorpresa, aggiunse: «Cara bambina, mi rendo conto di quel che significava per te il tuo cavallo...»

No, non te ne rendi conto! pensò Romilda. *Non potresti mai!*

«... ma credi che gli importi se il suo corpo resta qui a nutrire le altre bestie selvatiche o se gli facciamo un funerale degno del signore Hastur?» continuò Jandria. «Ormai il cavallo non è più nel suo corpo.»

Romilda deglutì. «Lo so, quanto dici è giustissimo, ma...» s'interruppe. Jandria le posò la mano sul braccio.

«In questa foresta ci sono animali che per vivere hanno bisogno del corpo degli animali morti. Devono morire di fame? È solo sentimentalismo. Tu non provi alcun dolore quando il tuo falco uccide la preda per procurarsi il cibo...»

A Romilda, ancora sconvolta dalla morte del cavallo, parve che l'altra donna volesse rimproverarla di essere stata nella mente del falco. «Ai tuoi ordini», disse con irritazione, e cominciò a sistemare il carico sull'altro *chervine*. Le tornarono in mente gli uccelli-sentinella a cui aveva procurato le carcasse di animali morti. Ora il suo cavallo sarebbe divenuto preda dei *kyorebni*, e forse questo era nell'ordine delle cose, ma lei non voleva assistere alla scena.

Come per conforto, levò gli occhi al cielo, ma Preciosa non era visibile.

Forse mi ha lasciato anche lei...

Il territorio cambiò: la foresta lasciò il posto a una pianura sabbiosa, a strade di terra battuta. I *chervine*, animali di montagna, faticavano a procedere ed erano coperti di sudore. Romilda si tolse il mantello e lo arrotolò sulla sella. In quella regione il sole pareva più caldo, e in cielo non si scorgevano nuvole. Verso sera, Jandria indicò una città all'orizzonte.

«Ecco Serrais», disse. «Laggiù c'è l'ostello dove dormiremo questa notte e dove ci fermeremo per qualche decina di giorni. Non vedo l'ora di dormire di nuovo in un letto... e tu?»

Romilda annuì, ma in cuor suo le dispiaceva che il lungo viaggio fosse terminato. Aveva cominciato ad affezionarsi a Jandria, e l'idea di abitare in una casa piena di donne che non conosceva le dava una profonda inquietudine. Inoltre, pensava, adesso che era di nuovo in un ostello delle Sorelle, le avrebbero imposto quelle antipatiche lezioni di scherma e di lotta.

Santo Portatore, si disse, *aiutami a sopportarlo*, e si stupì lei stessa delle proprie parole. In passato non aveva mai pensato molto alla religione, ma ora le pareva di ricorrere ogni momento a piccole preghiere come quella. La fede era davvero una particolare grazia di Dio, o una debolezza che sorgeva dal timore e dalla solitudine? Jandria era sua amica, ma non avrebbe certo condiviso le sue paure, perché amava la vita delle Sorelle e non si spaventava neppure al pensiero della battaglia.

Entrarono in città quando era già buio, e percorsero strane vie larghe, fiancheggiate da case di pietra bianca che parevano calcinate dal sole. Romilda era semiaddormentata, e si destò quando Jandria fermò il cavallo davanti a una grande porta ad arco, da cui pendeva la corda di una campanella. La donna più anziana tirò, e qualcuno dall'interno dovette udire il suono, perché una voce chiese: «Chi è?»

«Due Sorelle venute da Hali», rispose Janni. «Jandria, spadaccina, e Romilda, apprendista, vincolate dal giuramento e in cerca di ospitalità.»

Con un cigolio, la porta si schiuse leggermente. Una donna le esaminò prima di aprire.

«Venite, Sorelle», disse poi. «Portate le bestie nella stalla; date loro del fieno, se volete. In questo momento siamo tutte a cena.»

Indicò le scuderie in fondo al cortile, e Romilda e Jandria smontarono di sella, e condussero alla briglia gli animali. Romilda spalancò la bocca per la sorpresa, quando scorse le scuderie, alla luce della lanterna; non erano grandi, ma in un piccolo recinto, da un lato, c'era un mucchio di cavalli, tra cui alcuni dei più belli che avesse mai visto. Dov'era finita, si chiese, e perché avevano riunito tanti cavalli in una stalla così piccola? Avrebbe voluto fare molte domande, ma era troppo intimidita per prendere la parola. Mise il suo *chervine* in una delle poste, il cavallo di Jandria e il secondo *chervine* in altre due, prese le bisacce e seguì la donna che le aveva accolte.

All'interno dell'edificio c'era un buon odore di pane fresco, mescolato a quelli di cibi che Romilda non conosceva. Lasciarono i bagagli nel corridoio ed entrarono in una lunga stanza dove sedevano, a due grandi tavolate, cinquanta e più donne che mangiavano in grosse ciotole di legno; il rumore dei cucchiai e delle chiacchiere era assordante, dopo il silenzio della foresta e del deserto.

«Là in fondo c'è un paio di posti», disse la loro accompagnatrice. «Io sono Tina; dopo che vi sarete rifocillate vi accompagnerò dalla madre direttrice, che vi troverà un letto; come vedete siamo un po' affollate; hanno mandato qui anche le Sorelle che lavorano nell'accampamento di Carolus, e per fortuna hanno pensato a darci i viveri dell'esercito, altrimenti saremmo state costrette a mangiare le noci dell'anno passato! Sedetevi a cena... dovete avere fame, dopo il viaggio!»

Secondo Romilda, al tavolo non c'era affatto posto, ma Jandria trovò una zona un po' meno affollata e, con un po' di sorrisi, di «Scusami», e di spinte, riuscirono a sedersi. Una donna che faceva il giro dei tavoli diede loro una ciotola di minestra e mostrò dov'era il pane; Romilda prese il coltello e tagliò un paio di fette; la donna accanto a lei - una giovane dall'aria allegra, con le efelidi e i capelli neri - le porse un vaso di composta di frutta. «Ora come ora», disse, «siamo senza burro, ma questa può andare bene sul pane. Rimetti poi dentro il cucchiaio.»

La composta pareva di mele cotte. La minestra conteneva pezzi di carne e di strane verdure, ma Romilda aveva fame e non stette a chiedere di che cosa era fatta.

Quando Romilda ebbe finito di mangiare, la donna accanto a lei disse: «Mi chiamo Ysabet, ma tutti mi chiamano Betta. Vengo dall'ostello di Thendara. E voi due?»

«Veniamo da Hali, ma prima siamo state a Caer Donn», rispose Romilda.

Betta rimase a bocca aperta. «Dove s'era rifugiato il re?» chiese. «Avete visto il suo esercito, laggiù?»

Romilda annuì, e le tornarono in mente Orain e una bandiera, in una strada sconosciuta.

«Ho sentito che Carolus è accampato a nord di Serrais», disse Betta, «e che marcerà verso Hali prima che cada la neve. Nell'accampamento corrono molte voci, ma questa dà più affidamento. Qual è la vostra specialità?»

Romilda scosse la testa. «Niente di particolare. Io addestro cavalli e falchi, e in passato mi sono anche presa cura di uccelli-sentinella.»

Betta disse: «Ci avevano annunciato l'arrivo di un'esperta di maneggio, proveniente da Hali! Allora, devi essere tu, a meno che non lo sia la tua amica... come si chiama?»

«Jandria», disse Romilda, e Betta rimase di nuovo a bocca aperta.

«La Nobile Jandria! Ne ho sentito parlare, e, se è la stessa persona, si dice che è cugina di Carolus... so che non dovremmo pensare al rango, tra noi, ma, sì, vedo che ha i capelli rossi e l'aspetto degli Hastur... be', ci avevano informato che sarebbero giunte una spadaccina da Hali e una donna capace di domare i cavalli. Ne avremo bisogno... hai visto quanti cavalli ci sono nelle scuderie? Ce ne sono altri nel recinto esterno: ci sono stati consegnati come tributo da Alton nei Monti Kilghard, e adesso devono essere abituati alla sella per l'esercito di Carolus, perché le Sorelle possano scendere in battaglia a favore del nostro vero sovrano.» Fissò con sospetto Romilda. «Tu sei per Carolus, vero?»

«Oggi ho cavalcato dall'alba al tramonto, e così ho fatto negli scorsi sette giorni», disse Romilda. «A questo punto non ricordo neppure il mio nome, tantomeno quello del re.» Le parve che nella stanza facesse molto caldo; faticava a tenere gli occhi aperti. Poi, ricordando che erano fuggite per non essere prese prigioniere da Lyondri Hastur, disse: «Certo, noi siamo per Carolus».

«Come ho detto, circolano tante voci», proseguì Betta. «Due sere fa sono arrivate molte donne e abbiamo dovuto farle dormire sui tavoli, e alcune addirittura sotto; adesso, però, noi che abitiamo all'ostello dormiamo in due in un letto e abbiamo dato alle nuove venute i letti rimasti liberi.»

«Non sarebbe la prima volta che dormo in terra», disse Romilda. «Posso trovarmi un posto sul pavimento.» Se non altro, aveva un tetto sulla testa.

«Oh, sono certa che per la Nobile Jandria troveranno un letto», disse Betta. «Sei la sua amante?»

Romilda era troppo stanca e confusa per capire bene le parole di Betta. «No, certo no», rispose, anche se, ripensandoci, la domanda non pareva affatto irragionevole. Perché una donna doveva cercare la vita della spada, se poteva sposarsi?

Già un paio di volte, da quando era entrata fra le Sorelle, Romilda si era chiesta se la sua avversione per il matrimonio non significasse che lei, in fondo al cuore, era un'amante di donne. L'idea non destava in lei alcuna ripugnanza particolare, ma neppure una particolare attrazione. Per quanto si fosse affezionata a Jandria negli ultimi giorni, non le sarebbe mai venuto in mente di cercarla come aveva fatto con Orain. Ma ora che Betta l'aveva fatta ritornare sull'argomento, si chiese: *È per questo che non ho mai desiderato veramente un uomo e che, anche con Orain, è stata più una questione di simpatia e di gentilezza che di vero desiderio?*

Sono troppo stanca per pensare chiaramente, soprattutto a questioni così importanti! Ma sapeva che un giorno o l'altro avrebbe dovuto rifletterci meglio, soprattutto se avesse dovuto passare la vita tra le Sorelle.

Una alla volta, o in gruppetti di tre o quattro, le Sorelle lasciarono il tavolo e andarono a cercare i loro letti di fortuna. Alcune donne cominciarono a stendere le coperte sul pavimento della grande stanza e ci fu un certo corri corri per assicurarsi i posti accanto al fuoco; poi giunse Tina, che condusse Romilda e Jandria fino a una stanza con tre letti, due dei quali erano già occupati.

«Potete dormire qui», disse loro. «Però, ora la madre direttrice vi vuole vedere, Nobile Jandria.»

Janni si rivolse a Romilda: «Tu, va' pure a dormire; io arriverò tra poco».

Romilda era così stanca che, anche se temeva di non poter prendere sonno in una stanza già occupata da quattro donne, alcune delle quali certamente russavano, si addormentò in men che non si dica e non si accorse assolutamente, più tardi, dell'arrivo di Jandria.

L'indomani mattina, mentre si vestivano, chiese a Jandria: «Ho avuto l'impressione che ti conoscessero e che fossero in attesa del nostro arrivo. Come hai potuto mandare un messaggio che è arrivato ancor prima di noi?»

Jandria si stava infilando una calza. Sollevò lo sguardo e fissò Romilda. «Con l'esercito di Carolus», disse, «c'è una sapiente che conosco bene. Per questo motivo non volevo cadere in mano a Lyondri. Conosco troppe cose. Ho passato parola, e ho chiesto che la notizia venisse trasmessa all'ostello delle Sorelle; per questo sono state tanto sollecite nell'accoglierci. Credi che sia facile farsi aprire le porte, di notte, in una città piena di soldati che si preparano per la guerra?»

Romilda aveva l'impressione di scoprire ogni giorno un aspetto nuovo di Jandria. Aveva anche lei il *potere*? E un particolare tipo di *potere* che permetteva di trasmettere messaggi a molte leghe di distanza? Confusa e intimidita, si chiese se Jandria fosse in grado di leggerle la mente, se conoscesse le sue ribellioni, le sue paure. Cancellò subito quel filo di pensieri.

«Se devo addestrare i cavalli», disse, «penso che dovrei recarmi subito nelle stalle per iniziare.»

Jandria rise. «Non credo che sia una cosa talmente urgente da rinunciare alla colazione», rispose. «La madre direttrice mi ha detto di dormire quanto volevo, dopo il lungo viaggio; abbiamo riposato abbastanza, e credo che ormai potremo recarci nel refettorio senza dover cacciare via le Sorelle che dormono sui tavoli. È questo l'unico motivo che mi ha sconsigliato di dormire laggiù... sapevo che le cuoche e le cameriere di turno ci avrebbero cacciate via all'alba per preparare la colazione!»

Infatti, quando scesero nel refettorio, i tavoli erano quasi vuoti: rimanevano solo alcune donne che tuffavano pensosamente nel latte caldo grandi fette di pane. Si servirono di polenta dal pentolone e mangiarono; poco più tardi, giunse Betta a cercarle.

«Voi dovete andare dalla madre direttrice, Nobile Jandria», riferì, «e la damigella Romilda in scuderia...»

Jandria rise e disse: «Chiamami Janni. Ti sei scordata le regole delle Sorelle?»

«Janni, grazie», rispose Betta, ma parlava ancora con deferenza. «La lezione di lotta a corpo libero è a mezzogiorno, nel cortile; quella di scherma quattro ore più tardi. Ci vediamo laggiù.»

Nelle scuderie e nel maneggio esterno Romilda trovò un gran numero di cavalli: soprattutto animali dal manto nero dei Monti

Kilghard, i più belli che avesse visto. Sarebbe stato un piacere, si disse, abituarli alla sella.

«L'esercito ne ha bisogno nel più breve tempo possibile», disse Tina, che l'aveva accompagnata laggiù. «E devono essere addestrati alla sella, al passo, e a non impaurirsi di fronte ai rumori improvvisi. Posso darti quante aiutanti ti occorrono, ma non abbiamo nessuna esperta, e la Nobile Jandria ci ha detto che hai il Tocco dei MacAran. Perciò affidiamo a te l'incarico di addestrarli.»

Romilda guardò i cavalli; ce n'erano più di venti. Chiese: «Qualcuno di loro è già stato addestrato ad andare al passo con il cavezzino?»

«Sì, circa una decina», rispose l'altra donna, e Romilda annuì.

«Bene. Prendi una decina di donne che possano addestrarli al passo, e porta i cavalli nel maneggio», disse. «Io, intanto, comincerò a fare la conoscenza degli altri.»

Quando giunsero le sue aiutanti, vide che in mezzo a loro c'era anche Betta; l'accolse con un sorriso. Disse alle donne di far correre i cavalli alla corda lunga, qualche minuto alla volta, perché si abituassero a un'andatura regolare; poi fece ritorno nella stalla per scegliere l'animale di cui intendeva occuparsi personalmente.

Anche per i giorni successivi, decise di affidare ciascun cavallo alla donna che si stava occupando di lui in quel momento; tutto sarebbe stato più facile, se si fosse formato un forte legame tra l'addestratore e l'animale.

«In questo modo», spiegò alle sue aiutanti, «l'animale si fiderà di voi e obbedirà ai vostri ordini per farvi piacere. Ma non può essere un'amicizia a senso unico», le avvertì. «Anche voi dovete amare il cavallo e fidarvi di lui, con sincerità. In questo modo il cavallo vi leggerà nella mente che lo amate: non potete fingere, perché scoprirebbe immediatamente la bugia. Inoltre dovete rispettare i sentimenti dell'animale. Un'altra cosa...» Indicò i frustini da addestramento che tutte avevano in mano. «Se volete, potete schioccare la frusta, per richiamare la loro attenzione. Ma se colpite un cavallo con tanta forza da lasciargli il segno, allora non siete un addestratore; se vedrò usare male la frusta, tornerete ad allenarvi con la spada!»

Le mandò al lavoro, e ascoltò per un istante i loro commenti.

«Non dobbiamo usare la frusta? Che cosa ce ne facciamo, allora?»

«Non capisco questa donna. Da dove arriva, dai monti? Parla in modo così strano...»

Romilda aveva avuto l'impressione che fosse strano il *loro* modo di parlare, lento e pensoso, come se ruminassero dieci volte ciascuna parola prima di pronunciarla. Quanto al suo, le pareva di esprimersi normalmente. Però, dopo avere sentito dire da alcune donne che non riuscivano a capirla, cercò di parlare più lentamente (ed ebbe sempre l'impressione di esprimersi in modo affettato e artificioso).

Se fossimo a Poggio del Falco, tutti direbbero che è un modo alquanto stupido di parlare, pensò.

Con sollievo, passò a occuparsi degli animali. Con loro poteva limitarsi a essere se stessa: nessun cavallo si era mai lamentato del suo modo di parlare e di comportarsi.

C'erano cavalli di tutti i generi, dalla robusta razza di montagna dal pelo lungo, come quello che lei aveva ucciso nel viaggio, agli aitanti morelli della stessa razza allevata da suo padre. Entrò nel recinto (con orrore di Betta, che la guardò come se fosse entrata in una gabbia di leoni inferociti) e osservò gli animali, cercando di trovare il cavallo adatto a lei. Doveva fare qualcosa di eccezionale, pensò, perché alcune delle donne brontolavano già: dicevano che era troppo giovane, e aspettavano solo che commettesse uno sbaglio.

Non sono giovane come credono, e lavoro con i cavalli da quando avevo nove anni. Ma non lo sanno.

Mentre esaminava le bestie, un cavallo indietreggiò fino alla recinzione e cominciò a scalpitare; Romilda notò che roteava gli occhi e mostrava i denti.

«Lascia stare quello, Romilda, è pericoloso... dobbiamo riconsegnarlo all'esercito, che può usarlo per la riproduzione; nessuno riuscirà mai a cavalcarlo... è troppo vecchio per abituarsi alla sella!» le gridò Tina, con ansia, ma Romilda si limitò a scuotere la testa.

È spaventato, nient'altro. Ma non mi farà del male.

«Portami una briglia, Tina», disse. «Se hai paura, non entrare nel recinto, passamela da dietro.»

Tina le consegnò la briglia e la corda; era pallida per l'apprensione.

Romilda aveva occhi solo per il cavallo.

Ehi, bello, possiamo fare amicizia, non credi?

L'animale indietreggiò nervosamente, ma cessò di scalpitare. *Chi è lo sciocco che ti ha messo in un recinto così affollato? Bravo, bravo, morello, non ti farò del male; hai voglia di venire fuori con me, al sole?*

Formò una chiara immagine mentale di quel che intendeva fare con lui, e il cavallo, sbuffando nervosamente, lasciò che la ragazza gli abbassasse la testa e gli mettesse la briglia. Tina rimase senza fiato per la sorpresa, ma Romilda era talmente occupata con il cavallo che non poteva badare agli esseri umani.

«Apri il cancello», disse, senza interrompere il contatto con la mente dello stallone. E poi: «Basta così, è abbastanza largo. *Vieni con me, bello...* Vedi? Se lo tratti nel modo giusto, nessun cavallo è pericoloso; hanno solo paura, e non sanno che cosa si voglia da loro».

«Ma tu hai il *potere*», disse con irritazione una delle donne che la osservavano. «Noi non lo abbiamo; non possiamo certo imitarti.»

«*Potere* o non *potere*», rispose Romilda, «se la vostra mente e il vostro corpo sono rigidi di paura, pensate che il cavallo non se ne accorga? Fidatevi dell'animale, parlategli, formate con l'occhio della vostra mente una chiara immagine di quel che intendete fare... chissà, forse hanno anche loro una forma di *potere*. E soprattutto fate loro capire che non gli farete mai del male. Se siete impaurite o se avete delle cattive intenzioni, se ne accorgeranno da ogni vostro movimento, da ogni vostro respiro.»

Tornò a occuparsi del cavallo.

«Vieni, bel morello, andiamo nel prato, al sole... no, sciocco, non da quella parte, da lì si ritorna nella scuderia», disse a mezza voce, tirando leggermente la briglia.

Nel maneggio, alcune donne facevano correre in cerchio i cavalli e, con qualche richiamo, in genere riuscivano a ottenere un'andatura regolare. Romilda si diede un'occhiata attorno, per controllare come procedesse l'addestramento - tutte le donne si comportavano abbastanza bene, ma certo avevano scelto gli animali più docili -, e trovò un angolo relativamente isolato: qualcuna delle cavalle poteva essere in estro, e la ragazza non voleva che il suo stallone si distraesse. Lo legò alla corda lunga e si allontanò da lui, per infine schioccare la lingua.

Era un cavallo robusto, grande, e per un momento Romilda si sentì trascinare via, quando l'animale, tesa la corda, si accorse di essere legato e cominciò a correre in cerchio. La ragazza tirò forte, e l'animale rallentò l'andatura. Dopo qualche minuto, quando fu certa che avesse capito, Romilda lo lasciò correre più velocemente.

Che andatura elegante; un cavallo degno di Carolus. Oh, come sei bello!

Lo fece correre per quasi un'ora, abituandolo alla briglia, poi si fece portare un morso. Il cavallo, sorpreso, cercò di scansarsi, e Romilda capì perfettamente il suo comportamento: nemmeno a lei sarebbe piaciuto avere in bocca un pezzo di freddo, duro metallo.

Eppure non puoi farne a meno, morello, devi abituarti, e alla fine potrai cavalcare con il tuo padrone...

A mezzogiorno lo ricondusse nella scuderia, dicendo a una delle donne di mettere il cavallo nero in uno stallo. Già le pareva di scorgere la figura nebulosa di Carolus entrare in Hali in groppa allo splendido animale.

Dopo quel lavoro tranquillo - forse non proprio tranquillo, ma piacevole e familiare - venne inviata ad addestrarsi alla lotta. Non le dispiaceva imparare a cadere senza subire danni (dopotutto, era caduta infinite volte da cavallo, e la capacità richiesta era pressoché la stessa) ma le prese, gli sgambetti, le leve, i colpi e le mosse le parevano estremamente complessi e aveva l'impressione che ciascuna delle donne presenti, comprese le novelline con cui si addestrava, fosse più abile di lei.

Una delle donne più anziane, dopo averla osservata per un attimo, la chiamò in disparte e le disse: «Da quanto tempo fai parte delle Sorelle, ragazza mia?»

Romilda cercò di ricordare. Negli ultimi tempi, gli avvenimenti si erano susseguiti con una tale rapidità che aveva perso il conto. Alzò le spalle. «Non saprei bene. Qualche decina di giorni...»

«E non vedi la ragione di questo genere di allenamento, vero?»

Lei rispose, con tatto: «Sono certa che ci sono delle ottime ragioni, se viene insegnato in tutti gli ostelli».

«Da dove vieni... come ti chiami?»

«Romilda. O Romy. E vengo dai monti ai piedi degli Hellers, Poggio del Falco.»

La donna più anziana annuì. «Mi pareva, dal tuo modo di parlare. Dunque, non sei cresciuta in una grande città, ma in un posto isolato, dove tutti si conoscono.»

«È vero», disse Romilda.

«Supponi però di trovarti in una strada di città, in una delle zone più affollate e pericolose», continuò la donna. Rivolse un cenno a Betta, che si avvicinò a loro.

«Cammini lungo una strada buia, gremita di ladri e di uomini convinti che tutte le donne siano baldracche di taverna...» disse la donna più anziana.

Betta alzò le spalle, si mise a camminare accanto alla parete, e l'altra donna, all'improvviso, le saltò addosso, cercando di prenderla per il collo. Romilda, senza fiato, vide che Betta ruotava le spalle, afferrava l'avversaria e la faceva cadere in ginocchio, immobilizzandole il braccio dietro la schiena.

«Ooh! Sei un po' rude, Betta, ma credo che Romy abbia capito. Ora, prova a colpirmi con un coltello...»

Betta prese un piccolo bastone, lungo circa come un pugnale, e si gettò sull'altra donna con il "coltello" in basso, pronto a colpire. Un attimo più tardi - la cosa fu talmente veloce che Romilda non riuscì a distinguere i movimenti - Betta era con la schiena a terra e il "coltello" era in mano alla donna più anziana, che fingeva di darle un calcio.

«Vacci piano, Clea», disse Betta, sorridendo e allontanandosi da lei. Poi, di scatto, le afferrò il piede e la fece volare a terra.

Scoppiando a sua volta a ridere, Clea si rimise in piedi. Disse a Romilda: «Ora capisci a che cosa ti serve? Soprattutto in una città come questa, ai margini delle Terre Aride, piena di uomini convinti che le donne siano schiave da imprigionare. Ma anche a Thendara troverai persone che non rispettano né uomo né donna. Ogni donna che entra fra le Sorelle deve imparare a proteggere se stessa e...» all'improvviso, divenne estremamente seria, «... quando farai il giuramento definitivo, come ho fatto io, dovrai portare questo». Mostrò il pugnale che portava al collo. «Ho giurato di uccidere piuttosto che essere presa con la forza: se possibile, uccidere l'uomo; in caso diverso, me stessa.»

Romilda rabbrividì. Non sapeva se sarebbe riuscita a farlo. Era stata pronta a ferire gravemente Rory, se fosse stato necessario. Ma ucciderlo? Non sarebbe diventata come lui?

Ci penserò quando presterò il giuramento finale, se mi troverò a prestarlo. A quel punto saprò quel che sono in grado di fare.

Scorgendo la sua preoccupazione, Clea le batté la mano sulla spalla e disse: «Non preoccuparti, imparerai. Ora, torna ad allenarti. Betta, mostrale le prime mosse, in modo che le siano chiare; più tardi potremo metterla in un gruppo di principianti».

Ora che qualcuna s'era presa la briga d'informare Romilda di che cosa stesse facendo e perché, tutto andò meglio. Nei giorni seguenti cominciò ad accorgersi di poter leggere negli impercettibili movimenti dell'occhio e del corpo le intenzioni dell'avversario, e di poterne trarre un vantaggio. Ma questa conoscenza non era sufficiente: doveva imparare i movimenti e le prese, l'esatta forza da usare per non ferire nessuno.

Eppure, ho attraversato in abiti maschili gli Hellers. Preferirei vivere sotto travestimento, e non correrei alcun rischio di divenire preda di qualche uomo.

Ma nel sapere di potersi difendere c'era anche una punta di orgoglio. Più tardi le lezioni di scherma destarono in lei un altro timore.

Niente da dire, quando ci si allenava con le spade finte; ma sarebbe mai riuscita a colpire qualcuno con un'arma vera? Il pensiero di tagliare la carne viva le dava i brividi.

Non sono una spadaccina, comunque mi chiamino. Sono una domatrice di cavalli, un'addestratrice di falchi... il combattimento non è il mio mestiere.

Passarono i giorni, pieni di lezioni e di duro lavoro. Dopo essere rimasta laggiù per qualche tempo, si accorse che si stava avvicinando il solstizio d'estate. Ormai mancava da casa da quasi un anno. Senza dubbio, padre e matrigna la credevano morta, e Darren era stato costretto ad assumersi il ruolo di erede di Poggio del Falco. Povero Darren, come non gli piaceva quella vita! Per il bene di suo padre si augurò che il piccolo Rael fosse in grado di sostituirsi a lei, di imparare a usare il Tocco dei MacAran: se Rael fosse stato quel che suo padre definiva "un vero MacAran", forse Darren avrebbe avuto il permesso di ritornare nel monastero. O forse ci era già ritornato, senza chiedere il permesso, come aveva fatto lei.

Un anno prima, suo padre l'aveva promessa al Nobile Garris. Quanti cambiamenti c'erano stati in un anno! Romilda era cresciuta in altezza - aveva dovuto mettere i suoi vecchi vestiti nel cesto degli abiti usati, e cercarne altri di taglia superiore - e le si erano allargate le spalle; la scherma, la lotta e il maneggio le avevano sviluppato i muscoli delle braccia e delle gambe. Se le donne della sua famiglia l'avessero vista, Mallina l'avrebbe presa in giro e Luciella si sarebbe lamentata: *Non hai proprio l'aspetto di una signora, Romilda*. E infatti, le rispose la ragazza, nella sua immaginazione, non sono una dama: sono una Sorella della Spada.

Ma tutte le sue preoccupazioni svanivano quando addestrava i cavalli, e soprattutto quando, per un'ora al giorno, era con lo stallone nero. Nessuna mano lo toccava, tolto la sua; sapeva che un giorno quell'animale sarebbe stato una cavalcatura degna di un re.

Le lune si susseguirono e così le stagioni; giunse l'inverno, e taluni giorni Romilda non poté neppure lavorare con lo stallone nero. Con il tempo, le donne dell'ostello divennero sue amiche. Giunse il solstizio invernale e le donne si scambiarono doni. Alcune si recarono a trovare i familiari; ma quando chiedevano a Romilda se voleva raggiungere la famiglia, rispondeva di non avere parenti; era più semplice. Ma si chiese come l'avrebbe accolta il proprio padre, se si fosse presentata a casa per una visita, vestita della tunica rossa delle Sorelle e con l'insegna all'orecchio. L'avrebbe cacciata via, dicendo che una sua figlia non poteva essere una Sorella della Spada, o l'avrebbe accolta con un sorriso e si sarebbe complimentato con lei perché aveva trovato la propria strada?

Impossibile dirlo. Forse un giorno, in futuro, se ne sarebbe accertata. Ma in ogni caso non poteva viaggiare negli Hellers in quella stagione: le donne che erano andate a trovare la famiglia non si erano recate più in là di Thendara o di Hali, a pochi giorni di viaggio da lì.

In quella regione deserta non si scorgevano molti accenni di primavera. Un giorno faceva freddo, pioveva, spirava un vento gelido; il giorno seguente, il sole brillava: allora Romilda si diceva che negli Hellers si stava certo sciogliendo la neve.

Con la primavera cominciò a circolare la voce che gli eserciti si erano messi in marcia, che c'era stata una battaglia tra le forze di Carolus e quelle di Lyondri Hastur. Più tardi si disse che Carolus si era alleato con la Grande Casa di Serrais e che il suo esercito si stava radunando nella pianura.

Romilda non prestò molta attenzione a questi fatti: era impegnata con il nuovo gruppo di cavalli portato loro in primavera, e viveva tra le stalle, il maneggio e il prato dove, ogni tre giorni, portavano gli animali a galoppare. Un pomeriggio che vi si recava, la ragazza, non appena oltrepassata la porta della città, vi scorse una folla di tende, uomini, cavalli: una baraonda indescrivibile.

«Che cosa è successo?» chiese, incuriosita.

Le rispose una delle sue compagne, che la mattina usciva dall'ostello per acquistare latte e frutta fresca:

«È l'avanguardia dell'esercito di Carolus. Si radunano qui; poi attraverseranno la Piana di Valeron per andare a combattere contro Rakhal...»

Nel pronunciare questo nome, fece una smorfia e sputò in terra.

«Oh, sei una sostenitrice di Carolus?» chiese Romilda.

«Sostenitrice di Carolus? Certo», disse la donna, con violenza. «Rakhal ha cacciato mio padre dalla sua terra dei Colli Venza e l'ha data a un fedele di quell'avido demonio, Lyondri Hastur! Mia madre è morta poco dopo avere lasciato la nostra casa, e mio padre è con l'esercito di Carolus... se Clea me lo permetterà, domani andrò a cercarlo e gli chiederò notizie dei miei fratelli, che sono fuggiti quando abbiamo perso tutto. Mi sono unita alle Sorelle perché i miei fratelli erano con l'esercito e non potevano più darmi una casa; mi avevano trovato un marito, ma l'uomo da loro scelto non era mai stato toccato da Lyondri e dal suo padrone Rakhal, e io non voglio sposare un uomo che se n'è stato calmo e placido a casa sua mentre mio padre veniva esiliato!»

«Hai ragione, Marelie», disse Romilda. Pensò ai suoi viaggi negli Hellers con Orain, Carlos e gli altri esuli: Alaric, che per mano di Lyondri aveva sofferto più dei familiari di Marelie. «Anch'io sono una seguace di Carolus, pur non sapendo molto di lui. Ma alcune persone di cui mi fido mi hanno sempre detto che è un'ottima persona e un buon re.»

Si chiese se nell'accampamento ci fossero anche Orain e il Nobile Carlos. Avrebbe potuto accompagnare Marelie, l'indomani, quando si fosse recata a cercare il padre. Orain le aveva sempre dimostrato amicizia; Romilda si augurò che avesse superato senza danni l'inverno di guerra.

«Guardate», disse Clea. «C'è lo stendardo azzurro e argento degli Hastur. Re Carolus è nell'accampamento...»

Dove c'è Orain, Carolus non può essere molto lontano, pensò Romilda. Quella sera nella taverna, quando Romilda aveva dovuto distrarre l'attenzione degli avventori... che la figura nascosta nell'ombra, con cui Orain parlava, fosse Carolus?

E Orain sarebbe stato lieto di vederla, o avrebbe provato solo imbarazzo? Decise di chiedere consiglio a Jandria, la prima volta che l'avesse incontrata all'ostello: per tutto l'anno, la sua amica aveva fatto la spola tra Serrais e le città del sud, Dalereuth e Temora.

Ma quando, a un lettore del pensiero, torna all'improvviso alla mente una persona che non vede da qualche giorno, non si tratta di una coincidenza. L'indomani, mentre riconduceva nelle scuderie lo stallone nero - dopo un anno di lavoro, era addestrato alla perfezione, docile come un bambino e Romilda aveva proposto alla madre direttrice di farne dono al re - scorse Jandria davanti allo stallo.

«Romy! Ero certa di trovarti qui! È davvero cambiato da quando gli hai messo per la prima volta la briglia e tutte credevano che ti avrebbe ucciso!»

Jandria pareva appena giunta da un lungo viaggio: stivali impolverati, al collo il fazzoletto con cui gli abitanti delle Terre Aride si coprivano la bocca per proteggersi dalle tempeste di sabbia. Romilda corse ad abbracciarla.

«Janni! Non sapevo che fossi tornata!»

«Sono appena arrivata, sorellina!» rispose la donna più anziana, restituendole con affetto l'abbraccio.

Romilda si ravviò i capelli e disse: «Gli tolgo la sella; poi potremo raccontarci un mucchio di cose prima di cena. Non è bello? L'ho chiamato Raggio di Sole... è così che lui si vede, mi ha spiegato una volta».

«È davvero bello», disse l'altra donna. «Ma non dovresti dare ai cavalli nomi così eleganti, e non dovresti trattarli con tanta attenzione... devono andare in mano ai soldati, e devono avere dei nomi facili da ricordare. E soprattutto non dovresti affezionarti così esageratamente a loro, perché presto dovrai lasciarli: sono per l'esercito, anche se alcuni di loro saranno cavalcati dalle nostre Sorelle che accompagneranno Carolus. E ora dovremo consegnarli, perché l'esercito è arrivato.»

«Non posso fare a meno di affezionarmi a loro», disse Romilda. «È così che li addestro; mi guadagno il loro affetto e la loro fiducia, ed essi fanno poi quel che gli chiedo.»

Jandria sospirò. «Il tuo *potere* ci occorre, bambina, eppure non mi piace sfruttarti così», disse, accarezzandole la testa. «Quando ti ha portata da noi, Orain ha detto che conosci gli uccelli-sentinella. Devo condurti al campo di Carolus, perché tu insegni a un nuovo addetto il modo di accudirli. Va' a vestirti per montare in sella, cara.»

«Vestirmi per montare in sella? Che cosa credi abbia fatto per tutta la mattina?» chiese Romilda.

«Certo, ma sei sempre stata nell'ostello», disse Jandria, con severità, e all'improvviso Romilda si vide con gli occhi della compagna: i capelli spettinati e pieni di fili di paglia, la tunica larga e sbottonata - perché faceva caldo - che le lasciava mezzo scoperto il seno, i calzoni rattoppati e troppo stretti, presi nel cesto dei vestiti vecchi che le Sorelle tenevano per fare i lavori di casa. Arrossendo, sorrise a Jandria.

«Vado a cambiarmi, allora; torno tra un istante.»

Si lavò in fretta alla pompa, corse nella stanza che ora condivideva con Clea e Betta, si pettinò. Poi si mise i calzoni e una sottotunica pulita. S'infilò la tunica rossa delle Sorelle e se la chiuse in vita con la cintura a cui era legato il pugnale. Ora non aveva né l'aspetto di una donna in abiti maschili, né quello di un ragazzo: era semplicemente una Sorella della Spada, una guerriera di professione, un soldato dell'esercito di Carolus.

Jandria le rivolse un sorriso di approvazione quando la vide arrivare; anche lei portava la tunica rossa e aveva un pugnale legato in vita, un'insegna luccicante all'orecchio. Fianco a fianco, le due Sorelle della Spada lasciarono l'ostello per raggiungere le porte della città di Serrais.

Capitolo 14

RUYVEN

Romilda poté finalmente vedere l'accampamento di Carolus e lo stendardo argento e azzurro degli Hastur che sventolava su un grande padiglione centrale che doveva essere o la tenda personale del re o il quartier generale dei suoi collaboratori. Passarono davanti a ordinate file di cavalli, a una cucina dove i cuochi preparavano un rancio dall'odore stuzzicante, a un prato chiuso tra alcune corde tese, dove una Sorella che Romilda conosceva solo di vista dava lezioni di combattimento a mani nude a un gruppo di reclute dalla barba lunga; alcuni degli uomini brontolavano irritati - e Romilda pensò che non apprezzavano l'idea di avere come istruttore una donna -, altri si massaggiavano i lividi che si erano procurati quando lei li aveva gettati a terra senza difficoltà, e ascoltavano con attenzione.

Nel pressi del centro del campo incontrarono una sentinella che li fermò. Jandria gli rivolse il saluto di ordinanza.

«Spadaccina Jandria e apprendista Romilda», disse. «Cerco il Nobile Orain, che mi ha fatto chiamare.»

Romilda cercò di farsi piccola piccola, perché era convinta che la guardia le avrebbe apostrofate in modo sprezzante, ma l'uomo si limitò a restituire il saluto e a chiamare un messaggero (un ragazzo dell'età di Romilda) perché riferisse del loro arrivo al Nobile Orain.

Romilda avrebbe riconosciuto dovunque la figura alta e magra, la linea del mento di Orain, ma adesso l'uomo indossava gli eleganti colori degli Hastur e portava una ricca collana e una bella spada al fianco: la ragazza pensò che se, la prima volta che l'aveva incontrato, l'avesse visto vestito a quel modo, sarebbe stata talmente in soggezione da non riuscire a spiccicare neppure una parola.

Orain rivolse un inchino alle due donne e parlò loro con il tono del gentiluomo di corte, senza alcuna inflessione campagnola.

«Magistre, vi ringrazio della cortesia di avere risposto con tanta sollecitudine alla mia comunicazione», disse, e Jandria, in tono altrettanto cerimonioso, gli rispose che servire il sovrano era un piacere oltre che un onore.

In tono un po' meno ufficiale, Orain spiegò: «Come ricordo, la damigella Romilda conosce non solo l'addestramento dei falchi, ma anche quello degli uccelli-sentinella. Abbiamo con noi un sapiente venuto da Tramontana, che tuttavia non ha esperienza di uccelli-sentinella, diversamente da voi, damigella. Sareste gentilmente disposta a insegnare al nostro sapiente le cure che si devono prestare loro?»

«Sarò lietissima di farlo, Nobile Orain», disse lei, e poi sbottò: «Ma solo se la piantate di chiamarmi "damigella" con quel tono pomposo!»

Orain arrossì, ma non ebbe il coraggio di guardarla negli occhi. «Scusate... Romilda. Volete seguirmi?»

Romilda si accodò a Jandria e Orain, che si erano presi sottobraccio. Jandria chiese: «Come sta, *lui*?»

Orain alzò le spalle. «Meglio, dopo avere ricevuto le tue recenti comunicazioni. Hai visto faccia a faccia Lyondri?»

Romilda vide che l'altra donna scuoteva la testa. «All'ultimo istante me ne è mancato il coraggio; al mio posto, ho mandato Romilda. Se lo avessi incontrato in quel momento...» S'interruppe. «Non so se hai avuto occasione di vedere i villaggi, lungo la vecchia strada del Nord. Ancora disabitati...»

Romilda, anche dalla sua posizione, vide che la donna più anziana rabbrividiva. «Sono lieta di essere un'onesta spadaccina e non una sapiente!» esclamò Jandria. «Se avessi preso parte alla distruzione di una regione fertile, non avrei più il coraggio di guardare in faccia nessuno!»

Per questo, si chiese Romilda, MacAran era in rotta con le Torri e non aveva voluto far esaminare dalla sapiente i propri figli? Le armi basate sul *potere*, anche a giudicare da quel poco che lei aveva visto, erano spaventose.

Orain disse: «Carolus ha giurato di non combattere con quel tipo di armi, a meno che non vengano usate contro di lui. Ma se Rakhal ha con sé dei sapienti, occorrerà rispondergli nel modo adeguato, lo sai bene quanto me, Janni». Sospirò. «Farai bene ad accompagnarmi da lui per dirgli quel che hai saputo a Hali, anche se la cosa lo rattristerà. Quanto a Romilda...» Rifletté per un istante. «Le tende degli strozzieri sono più avanti», disse, indicandole con il dito. «Il capo falconiere e il suo apprendista sono laggiù, e certo non avrete difficoltà a trovarli. Vieni, Janni.»

Jandria e Orain si allontanarono verso la tenda centrale sormontata dallo stendardo, e Romilda si avviò nella direzione che le era stata indicata. Era intimidita e preoccupata. Come avrebbe parlato a un sapiente a lei sconosciuto? Ma poi raddrizzò la schiena, orgogliosamente. Lei era una MacAran, una Sorella della Spada e una Donna del Falco; non doveva farsi intimorire da nessuno. Erano stati loro a chiedere il suo aiuto, e non viceversa. Vide passare fra le tende un ragazzo di circa tredici anni, che portava un grosso cesto, e anche se non avesse visto il cesto, ne avrebbe sentito l'odore, perché puzzava di carne marcia. Su massicci trespoli c'erano tre forme a lei ben note, belle e brutte nello stesso tempo, e la ragazza corse verso di loro, ridendo.

«Diligenza! Prudenza, amore mio!» Tese le mani verso di loro, e gli uccelli piegarono leggermente la testa; la riconobbero e si instaurò nuovamente tra loro l'antico rapporto. «E dov'è Temperanza? Ah, eccoti, bellezza!»

«Non avvicinatevi troppo», disse alle sue spalle una voce che le suonava familiare. «Questi animali potrebbero beccarvi gli occhi; al ragazzo, solo ieri, hanno portato via un'unghia!»

Si voltò verso il nuovo venuto e scorse un giovane magro, con la barba, che indossava una lunga veste scura non diversa dalle tonache dei monaci di Nevarsin; poi non prestò più attenzione alla strana barba, perché finalmente aveva riconosciuto la voce, ed esclamò, incredula:

«Ruyven! Oh, avrei dovuto capirlo, quando mi hanno parlato di un sapiente di Tramontana... Ruyven, non mi riconosci?»

Rideva e piangeva insieme, e Ruyven la fissò a bocca aperta.

«Romy», disse infine. «Sei l'ultima persona al mondo che mi sarei aspettato di vedere *qui*! Ma... così vestita...» La guardò da capo a piedi, arrossendo. «Che cosa fai? Come hai fatto a...?»

«Mi hanno chiamata per occuparmi degli uccelli, sciocco», disse. «Li ho portati per tutto il tragitto dai piedi degli Hellers a Nevarsin, e da lì a Caer Donn. Vedi, mi conoscono.» Si avvicinò agli uccelli, che emisero qualche piccolo grido di soddisfazione. «E tu, cosa fai, qui?»

«Quel che fai tu», rispose il giovane. «Il figlio del Nobile Orain e io siamo fratelli; mi ha chiesto di unirmi all'esercito di Carolus. Ma tu...» Guardò la divisa delle Sorelle e fece una smorfia. «Nostro padre sa che sei qui? Come sei riuscita ad avere il suo consenso?»

«Esattamente come tu hai avuto quello di addestrarti a Tramontana», rispose lei, con una smorfia, e Ruyven sospirò.

«Povero padre. Ora ci ha persi tutti e due, e Darren...» Sospirò di nuovo. «Be', quel che è fatto è fatto. Allora, tu porti l'orecchino delle Sorelle e io la veste delle Torri, ed entrambi seguiamo Carolus... hai già visto il re?»

Romilda scosse la testa. «No, ma ho viaggiato a lungo con i suoi consiglieri: Orain e il Nobile Carlos del Lago Azzurro.»

«Non conosco Carlos. Ma tu addestri gli uccelli-sentinella? Ricordo che sei sempre stata molto brava con i cani e i cavalli, e suppongo anche con i falchi, e il Tocco dei MacAran dovrebbe permetterti di occuparti anche di questi animali. Allora, sorellina, avrai addestrato il tuo *potere*.»

«No; mi si è sviluppato lavorando con gli animali», rispose.

Il fratello scosse la testa, preoccupato.

«Il *potere* è pericoloso, Romy, se non è addestrato. Quando tutto sarà finito, ti farò entrare in una Torre. Ti sei accorta che non mi hai ancora salutato come si deve?» L'abbracciò e la baciò sulla guancia. «Dunque, tu conosci questi uccelli? Finora ho visto una sola persona che sapesse prendersi cura di loro: il Nobile Orain.»

«Tutto quel che sa di uccelli-sentinella gliel'ho insegnato io», disse Romilda, e si avviò verso i tre animali, tendendo loro le mani; con la destra sciolse il nodo dei geti: Prudenza fece un salto e le si posò sul polso sinistro. Solo in quell'istante la ragazza si ricordò di non avere un guanto; be', nell'accampamento di Carolus ne avrebbe certamente trovato uno.

Questo le fece tornare in mente Preciosa. Da quando era entrata in quella regione arida, non aveva più visto il suo falcone. Tuttavia, Preciosa si era separata da lei già in precedenza, quando era entrata nel ghiacciaio, e poi l'aveva ritrovata quando era ritornata nella foresta. Un giorno, forse, avrebbe rivisto Preciosa...

«Mi puoi dare un guanto?» chiese. «Se occorre, posso tenere

Prudenza anche a mani nude, perché è piccola e affettuosa, ma gli altri sono più pesanti e non hanno un tocco così delicato...»

«Quella creatura, delicata?» disse Ruyven, ridendo. Poi si accorse che la sorella aveva parlato seriamente. «La chiami Prudenza? Sì, ti farò portare un guanto, e poi mi dirai i loro nomi e come distinguerli l'uno dall'altro.»

Il tempo passò rapidamente, ma parlarono soltanto degli uccelli-sentinella; non accennarono né a Poggio del Falco né agli anni che avevano passato insieme. Poco più tardi suonò una campanella; Ruyven disse che era l'ora del rancio e invitò la sorella ad andare con lui.

«Nell'accampamento ci sono altre Sorelle», le disse. «Vanno a dormire in città, nel loro ostello, ma penso che tu sappia queste cose meglio di me. Puoi mangiare al loro tavolo, se vuoi; anzi, forse è preferibile, perché di solito non frequentano i soldati nei periodi di riposo, e tu non puoi spiegare all'intero esercito che sei mia sorella.»

Romilda si mise in coda e prese la sua razione di pane e di minestra, per poi recarsi al tavolo dove sedeva la decina di Sorelle che lavoravano per l'esercito come portamessaggi, in genere, o come domatrici di cavalli o istruttrici di lotta; una di esse, anzi, era insegnante di scherma. La ragazza aveva già incontrato all'ostello alcune di quelle donne, e nessuna di loro parve sorpresa di vederla laggiù. Jandria non venne al loro tavolo. Probabilmente era con Orain e gli alti ufficiali, che certo avevano un'altra mensa.

«Che cosa fai, qui?» le chiese una delle donne, e Romilda rispose concisamente che si occupava degli uccelli-sentinella.

«Pensavo che fosse un lavoro per i sapienti», osservò una delle donne. «Ma tu hai i capelli rossi; hai il *potere*?»

«Ho una certa facilità a lavorare con gli animali», disse Romilda. «Non so se sia *potere* o altro.» Non voleva essere trattata con il distacco e la soggezione che venivano riservati ai sapienti. Alla fine del pasto tornò nella tenda degli uccelli, dove presto fu raggiunta da Ruyven. Qualche ora più tardi, anche Ruyven era in grado di trattare gli uccelli con la stessa dimestichezza con cui li trattava lei.

Il sole volgeva al tramonto, e Ruyven e Romilda riportavano nella tenda gli uccelli, quando Ruyven alzò la testa.

«Sta arrivando il braccio destro di Carolus», disse. «Vediamo poche volte il re; parliamo quasi sempre con il Nobile Orain. Lo conosci, mi hai detto.»

«Ho viaggiato con lui per molte decine di giorni; ma a quell'epoca credevano che fossi un maschio», disse Romilda, senza altre spiegazioni.

Orain li raggiunse e disse a Ruyven, ignorando la presenza di Romilda: «Quanto occorre ancora attendere, prima che gli uccelli siano pronti?»

«Dieci giorni, penso.»

«E Ranald non è ancora arrivato», disse Orain, aggrottando la fronte. «Pensate che si possa convincere la sapiente...»

Ruyven rispose: «Il campo di battaglia non è posto per la Nobile Maura. Inoltre, Lyondri è suo parente; ha detto che si occuperà degli uccelli, ma mi ha fatto promettere che non le avremmo chiesto di combattere contro di lui. Non mi sento di biasimarla; questa guerra che pone fratello contro fratello, padre contro figlio, non è adatta per le donne».

Orain disse, con il suo mezzo sorriso: «E neppure per gli uomini; ma il mondo andrà come vuole, e non come lo vogliamo far andare noi. La guerra non è stata un'idea mia, e neppure di Carolus. Comunque, rispetto i sentimenti della Nobile Maura, e perciò dobbiamo trovare un'altra persona che sia in grado di far volare gli uccelli-sentinella. Romilda...» la guardò, e per un attimo gli ritornò nella voce l'antico calore, «sareste disposta a farli volare per Carolus, ragazza mia?»

Ah, quando mi vuole chiedere qualcosa, riesce a comportarsi con un po' di educazione, anche se sono una donna! L'irritazione la spinse a dire, in tono gelido: «Quanto a ciò, signore, dovreste rivolgervi ai miei superiori; sono apprendista, e non è la mia volontà a scegliere il lavoro che devo fare».

«Oh, credo che Jandria non avrà niente in contrario», rispose Orain, con un sorriso. «Le Sorelle vi presteranno a noi, senza dubbio.»

Romilda gli rivolse un inchino, senza rispondere. Ma pensò: *A patto che io sia d'accordo.*

Fecero ritorno all'ostello subito dopo il tramonto del sole. Su di loro, il cielo era luminoso e privo di nubi: Romilda continuava a sentire la mancanza della pioggia serale che scendeva tutti i giorni sulle sue montagne. Le pareva che quel territorio fosse secco, riarso, inospitale. Jandria cercò di parlare dell'esercito, della regione circostante, e indicò a Romilda il castello di Serrais, in cima a una bassa collina, dove abitavano gli Hastur; ma Romilda era chiusa nei suoi pensieri.

Ruyven non è più il fratello che conoscevo; possiamo essere amici, ma ormai s'è persa tra noi la vecchia intimità. Speravo che potesse capirmi, ma ora vede solo che sono diventata una Sorella della Spada, una Donna del Falco...

Quando ho lasciato Poggio del Falco, pensavo che non appena avessi incontrato Ruyven tutto sarebbe ritornato come quando eravamo bambini. Ma ora ho perso anche lui.

Adesso non mi rimane più niente, tranne che un falcone e la mia abilità con le bestie. Raggiunsero l'ostello; ormai la cena era stata servita da tempo, ma una delle donne portò loro un po' di cibo dalle cucine. S'infilarono nel letto in silenzio; anche Jandria era chiusa in pensieri che, pensò Romilda, dovevano essere amari come i suoi.

Maledetta guerra! Lo hanno detto anche Ruyven e Orain. Può darsi che nostro padre avesse ragione: Che importa chi sia il grande furfante che siede sul trono o chi sia il furfante ancor più grande che vuole toglierglielo?

Tutti i giorni, Romilda iniziava la mattinata addestrando gli altri cavalli, che erano più facili da ammaestrare perché erano meno intelligenti: avevano meno iniziativa. Poi, come premio per se stessa, si dedicava a Raggio di Sole, dopo avere diretto le proprie aiutanti e avere personalmente controllato le varie andature degli animali e il modo in cui sopportavano la sella. Sapeva che a Serrais c'erano altri domatori di cavalli a cui Carolus aveva affidato il compito di addestrare gli animali del suo esercito - ogni tanto ne incontrava qualcuno, quando si recava a far galoppare le bestie all'esterno delle mura di cinta - ma i suoi cavalli imparavano più in fretta degli altri, e meglio.

Poi, quasi alla fine della mattinata, passava a salutare gli animali e a dare una carezza a ciascuno di loro, immergendosi per un istante nel contatto con le loro emozioni. Voleva bene a tutti, e sentiva il dolore della prossima separazione, ma ciascuno di loro avrebbe portato con sé un piccolo pezzo di lei, dovunque li avessero condotti le armate di Carolus.

Carezza dopo carezza, contatto dopo contatto, il rapporto con le emozioni dei cavalli diveniva sempre più profondo, finché l'ebbrezza di correre al sole, su quattro zampe, non le faceva quasi girare la testa. Di volta in volta, Romilda era ciascuno di quei cavalli, ne conosceva le ribellioni e le sottomissioni, il senso di lavorare in perfetta unità con il proprio cavaliere...

Era facile entrare in rapporto con i cavalli e lasciarsi trasportare dalle loro sensazioni: più facile che con i falchi e con gli stessi uccelli-sentinella, perché l'intelligenza dei cavalli era più vicina a quella umana. Gli uccelli erano molto sensibili, ed era piacevole condividere con loro l'estasi del volo, ma avevano una coscienza limitata, concentrata quasi esclusivamente sul senso della vista. Nei cavalli, invece, la coscienza era più vasta, più organizzata e di tipo analogo a quella umana, pur con le sue differenze.

Poi, alla fine del mattino, ricondotti nelle scuderie gli altri cavalli, Romilda andava a prendere Raggio di Sole e lo portava nel cortile. Il rapporto tra lei e il cavallo aveva raggiunto una tale intensità che la bastava una parola per farsi obbedire: quando gli era vicino, Romilda *era* Raggio di Sole.

Non sapeva se era quella che stava in arcione o se era quello che sentiva sulla schiena il gradito peso. Tutto si fondeva nella sensazione comune di correre nel vento. Il calore del sole sul mantello, i movimenti per equilibrare da *sopra* i piccoli spostamenti di peso che sentiva da *sotto*...

Poi, con un leggero rimpianto, Romilda ritornava in se stessa e si separava da Raggio di Sole, scendeva a terra e rimaneva abbracciata al suo collo, per lunghi istanti, in una sorta di estasi assoluta. Infine, la ragazza scendeva al consueto livello di realtà ed era di nuovo Romilda - anche se tuttora in leggero rapporto con Raggio di Sole - e conduceva il cavallo nella scuderia. In quello stato di lieve esaltazione non si accorgeva quasi di camminare, ma quel mattino, nell'udire la voce di Clea, provò un senso di fastidio.

«Com'è bello!» esclamò la donna. «È lo stallone nero che mi hanno detto? È troppo selvaggio e lo riporteranno al pascolo?»

Poi, scorgendo lo sguardo di Romilda, chiese: «Tu... l'hai montato tu?»

«È docile come un bambino», disse Romilda. «Vuole bene a me, ma si lascerebbe cavalcare da un bimbo.» Assurdamente, pensò che le sarebbe piaciuto donare lo splendido cavallo a Caryl: quel bambino tanto sensibile gli avrebbe voluto bene come lei, perché possedeva un *potere* analogo al suo. Poi si rammentò, con un brusco ritorno alla realtà, che Caryl era il figlio del loro arcinemico Lyondri Hastur.

«Che cosa volevi, Clea?»

«Intendevo parlarti del tuo addestramento nella lotta», disse l'altra donna, «ma lungo la strada ho incontrato Jandria, che ti informa che devi ritornare all'accampamento del re; lavorerai con gli uccelli-sentinella, sento. Devi prendere tutte le tue cose; non ritornerai più indietro, a quel che ho capito.»

Non ritornerò più indietro? Doveva lasciare Raggio di Sole prima del previsto, allora. Ma nel suo stato di esaltazione, la cosa non aveva una reale importanza. Lei e il cavallo sarebbero sempre stati vicini, perché lei era adesso la Donna del Falco - non si domandò come facesse a saperlo - dell'esercito di Carolus.

«Grazie, Clea», disse. «E grazie di tutto... di tutto ciò che mi hai insegnato...»

«Romy, come ti luccicano gli occhi!» disse Clea, abbracciandola con trasporto. «Mi spiace perderti. Ma ci rivedremo certamente. Se non in questo ostello, in un altro... E poi, le Sorelle viaggiano in continuazione, e sarà facile incontrarci nei nostri viaggi, sulle strade dei Cento Regni!»

Romilda la abbracciò nuovamente e si recò a prendere i suoi pochi averi.

Quando uscì dalla stanza, trovò Jandria, già pronta per montare in sella. Anche la donna più anziana aveva un sacco con tutti i suoi oggetti.

«Ho ordinato di portare Raggio di Sole», disse Jandria. «Gli altri cavalli partiranno più tardi, nel corso della giornata, ma tu hai dedicato tanto tempo a questo animale: è giusto che tu abbia l'onore di consegnarlo a re Carolus.»

Al cavallo non piaceva farsi condurre per la briglia, e anche Romilda avrebbe preferito montare su di lui, ma non era certo il modo di portarlo in omaggio al re. La ragazza lo calmò con la voce e con il contatto mentale, finché Raggio di Sole non la seguì docilmente.

Sarai il cavallo del re, non lo sapevi, bellezza mia?

Il rapporto mentale non aveva bisogno di parole; non significavano niente per Raggio di Sole, che non conosceva i re. Romilda pensò che anche se sarebbe probabilmente giunto ad amare Carolus, nessuno l'avrebbe mai cavalcato con lo stesso senso di unità con cui l'aveva cavalcato lei. Le dispiacque per il re. Il bellissimo stallone nero poteva essere di Carolus, ma era lei, Romilda, che gli sarebbe sempre rimasta nel cuore.

Capitolo 15

L'ARRIVO DI CAROLUS

Quel giorno il campo di Carolus aveva un aspetto diverso. Un'orda di uomini era intenta a smontare il grande padiglione centrale con lo stendardo degli Hastur, e in tutto l'accampamento regnava una grande confusione. Romilda affidò Raggio di Sole a Jandria e alle persone accorse per aiutarla, e corse alle tende dei falconieri: vi trovò Ruyven, intento a mettere gli uccelli sugli animali da soma. I *chervine*, a cui dava fastidio l'odore di carne morta che accompagnava sempre gli uccelli-sentinella, scalpitavano irrequieti.

«Immagino», disse Romilda, «che l'esercito si muova verso sud e che io debba venire con te.»

Ruyven annuì. «Non posso accudire a tre uccelli da solo», disse, «e nel raggio di cento leghe non c'è una sola persona capace di occuparsene... a parte, Dio non voglia, quelle che forse accompagnano gli esploratori dell'esercito di Rakhal. Abbiamo saputo da Hali che Rakhal sta radunando l'esercito sotto il comando di Lyondri Hastur; se si muoverà come pensiamo noi - e la cosa dipende anche da come noi due sapremo usare gli occhi dei nostri uccelli - ci scontreremo nei pressi di Neskaya nei Monti Kilghard. Anzi, il Nobile Orain mi ha chiesto se possiamo far volare gli uccelli già oggi, per vedere cosa riusciamo a scoprire.»

«E, naturalmente, quando parla Orain, tutto l'esercito scatta sull'attenti», disse Romilda, in tono asciutto.

Ruyven la fissò con sorpresa. «Che hai, Romy?» chiese. «Il Nobile Orain è un uomo buono e gentile, ed è l'amico e il principale consigliere di Carolus! Non ti piace? E per quale motivo?»

Queste parole ridiedero a Romilda la padronanza di sé. In lei aveva parlato soltanto la vanità ferita; Orain le aveva negato l'amicizia e la fiducia non appena si era accorto che era una donna. Ma quello era un problema di Orain, non suo; lei non aveva fatto niente per meritarsi quel trattamento!

Chi ci perde è lui. Non io.

Disse: «Apprezzo Orain più di quanto tu non pensi; ho viaggiato con lui a lungo e abbiamo lavorato insieme. Ma non è giusto che mi disprezzi solo perché sono una donna; gli ho dimostrato di poter fare il mio lavoro come qualsiasi uomo».

«Nessuno ne dubita, Romy», disse Ruyven, in tono conciliante. «Ma Orain non sopporta le donne, e non ha mai avuto gli insegnamenti delle Torri, dove ti mostrano che le capacità delle donne non sono molto diverse da quelle degli uomini. Noi di Tramontana siamo i primi ad avere una donna come Guardiano di uno dei nostri cerchi, e nel suo lavoro non ha niente da invidiare a un uomo, neppure a un Hastur. Anche a te, credo, sarebbe utile il nostro addestramento.»

«Lo pensavo anch'io», disse Romilda. «Ma ora ho imparato a conoscere il mio *potere*. Anche nostro padre deve avere fatto come me, se riesce ad addestrare i cavalli: io l'ho ereditato da lui.»

«Io ci rifletterei ancora, prima di rinunciare all'addestramento delle Torri», disse Ruyven. «Anch'io pensavo di conoscere il mio *potere* fin da quando ero a Nevarsin, ma ho scoperto che anche se riuscivo, nella guerra contro me stesso, a vincere gli attacchi frontali, lasciavo scoperte le retrovie, e da quella parte ho corso il rischio di venire sconfitto.»

Romilda alzò la mano con impazienza; quelle immagini militari le parevano forzate. «Se dobbiamo far volare gli uccelli, andiamo a prenderli. Dopotutto, se il Nobile Orain ha dato un ordine, non dobbiamo far attendere il primo consigliere di Carolus.»

Ruyven stava quasi per replicare all'ironia della sorella, ma si limitò a un sospiro. Nel suo abito nero pareva un religioso, e aveva lo sguardo distaccato e impassibile che Romilda aveva imparato ad associare ai monaci di Nevarsin. «Ci chiameranno, quando sarà il momento», disse Ruyven. «Vuoi controllare che i geti di Temperanza non siano troppo stretti? Temevo che le infiammassero una vecchia cicatrice sulla zampa, e Orain ha detto che quando sei arrivata gliel'hai dovuta curare. Tu hai gli occhi più acuti dei miei.»

Romilda calmò Temperanza e le esaminò la zampa. Non trovò niente di pericoloso, ma spostò il geto; la vecchia cicatrice era davvero un po' rossa. Per precauzione la ripulì con una soluzione di polvere di *karalla*; poi prese i cappucci e ne cosparse l'interno con la stessa spolvere disinfettante, per proteggere gli uccelli dai piccoli parassiti che a volte davano fastidio al momento di mutare le penne.

Dopo qualche tempo, Ruyven disse: «Mi dispiace di usare il mio talento così, per la guerra: preferirei rimanere nella Torre a lavorare per la nostra gente dei monti. Ma tutti i regni, uno alla volta, rischiano di cadere sotto la tirannia di Lyondri Hastur e di quello spregevole Rakhal che non ha né onore né senso di giustizia, ma solo un perverso desiderio di potere. Carolus invece è un uomo d'onore».

«Me lo dici tu e me l'hanno detto Orain e Jandria. Ma io non l'ho mai visto.»

«Bene, lo vedrete ora», disse Orain, affacciandosi all'apertura della tenda. Evidentemente aveva ascoltato le loro ultime parole. «Jandria mi ha parlato del dono che il vostro ostello intende offrire al re, e ritiene doveroso, damigella Romilda, che glielo porgiate voi personalmente, perciò vi prego di seguirmi.»

Romilda guardò Ruyven, che disse: «Vengo anch'io». Si sfilò il guanto e li seguì.

Perché Ruyven deve essere il mastro falconiere del re e io solo la sua assistente? Sono più abile di lui. Ruyven non vede l'ora di ritornare alla sua Torre, mentre questo lavoro, per me, è la vita stessa.

Ma ogni irritazione si spense nello scorgere la figura di Jandria, che teneva Raggio di Sole per la briglia. Il cavallo era sellato; quando si accorse dell'arrivo di Romilda, sollevò la testa e nitrì verso di lei. La ragazza entrò di nuovo in contatto mentale con lo stallone.

Jandria le disse: «Le Sorelle sono onorate di poter donare al re questo splendido cavallo, e io ti ringrazio a nome di tutte noi».

«L'onore è mio», rispose Romilda a bassa voce. «È stato un piacere addestrare Raggio di Sole.»

«Ecco il re, con Orain», disse Jandria, e Romilda si girò da quella parte. Orain, vestito per montare a cavallo, stava arrivando, ed era accompagnato da una figura avvolta in un mantello e incappucciata. La ragazza, per l'emozione, serrò tra le dita la briglia.

«Signore, voi ci fate un grande onore», disse Jandria, con un profondo inchino. «Le Sorelle della Spada hanno il piacere di offrirvi questo magnifico cavallo, addestrato dalla nostra migliore domatrice, Romilda.»

La giovane non sollevò gli occhi per guardare il re, anche se sentiva su di sé lo sguardo di Orain. Disse, guardando solo il cavallo: «Si chiama Raggio di Sole, Maestà, ed è abituato a tutti i passi e a tutte le andature. Vi porterà per amor vostro; non conosce né frusta né sperone».

«Se ve ne siete presa cura voi, damigella Romilda, so che è ben addestrato», disse una voce a lei familiare, e Romilda, alzando gli occhi verso la forma incappucciata del re, scorse il Nobile Carlos del Lago Azzurro. Il sovrano sorrise, nel vedere la sua sorpresa. «Mi spiace di avere goduto di questo ingiusto vantaggio su di voi, damigella MacAran; conoscevo già da tempo la vostra identità...» e Romilda rammentò l'istante in cui aveva sentito il tocco del suo *potere*.

«Avreste potuto dirmelo, mio sire», disse Orain. «Non sapevo che fosse una ragazza e ho finito per fare la figura dello sciocco!»

Il Nobile Carlos - *no*, Romilda fu costretta a ricordare a se stessa, *re Carolus, Hastur degli Hastur, signore di Thendara e di Hali* - guardò Orain con affetto. Disse: «Tu vedi solo quel che ti piace vedere, fratello», e gli posò la mano sulla spalla. Poi si rivolse a Romilda: «Ringrazio voi, e le Sorelle, di questo splendido dono, e della vostra fedeltà. Mi è molto cara, credetemi. E mi è stato anche riferito che continuerete a occuparvi degli uccelli-sentinella a cui avete salvato la vita quando ci siamo incontrati sulla strada di Nevarsin. Non me ne dimenticherò...» Esitò per un istante, sorrise e disse: «... Sorella. Grazie... grazie a tutti.»

Romilda accarezzò di nuovo Raggio di Sole: un ultimo gesto di affetto prima di congedarsi da lui. «Servilo bene», mormorò, «portalo fedelmente, amalo come... come io amo te.» Si allontanò dall'animale, mentre il re montava in sella.

Anche lui ha un po' di quel Potere. Raggio di Sole non è andato a un uomo brutale e insensibile, ma a uno capace di apprezzarlo.

Eppure, continuava a essere irritata. Il Nobile Carlos sapeva che era una donna e non aveva tradito il suo segreto davanti agli uomini, ma avrebbe potuto evitarle l'umiliazione, avvertendo Orain. Però, dovette onestamente ammettere, Carlos non poteva conoscere i sentimenti di Romilda, e certo non si aspettava che gli gettasse le braccia al collo, o gli si infilasse nel letto!

Non aveva importanza. Quel che è fatto è fatto. Ruyven si accostò a lei, e Romilda lo presentò a Jandria.

«Mio fratello Ruyven; la Nobile Jandria.»

«La spadaccina Jandria», la corresse la donna più anziana, ridendo. «Te l'ho sempre detto: con il giuramento, lasciamo da parte il rango. E tuo fratello è...»

«Ruyven MacAran, quarto a Tramontana, secondo cerchio. Avete ancora bisogno di mia sorella, signora?» Romilda notò che Ruyven, istintivamente, si era rivolto a Jandria con l'appellativo riservato a un uguale o a un superiore - signora - anziché con il semplice "magistra" riservato a una donna di rango inferiore.

«È libera di venire con voi», disse Jandria, e Romilda, accigliata, seguì Ruyven.

Si era sempre immaginata di ritrovare il fratello che aveva tanto amato da bambina, di parlare con lui della sua fuga, ma quell'estraneo vestito come un monaco le pareva assai lontano dal Ruyven che aveva conosciuto un tempo. Provava una certa soggezione a confidarsi con lui. Ora si sentiva più vicina a Janni, e perfino a Orain, anche se questi la trattava con distacco!

Girò la testa verso Raggio di Sole, che si allontanava a testa alta, con in sella il Nobile Carlos - no, doveva ricordarsene, re Carolus - e pensò: *Sono più vicina a quel cavallo che a qualsiasi essere umano.*

Alla fine della giornata, Jandria venne a cercarla.

«Ai margini del campo c'è la tenda dove dormono le Sorelle che seguono Carolus», disse. «Vieni, te la mostrerò.»

«Devo dormire qui con gli uccelli», rispose Romilda, alzando le spalle. «I falconieri devono sempre stare vicino ai loro animali. Mi stenderò sul mio mantello, non ho bisogno di tenda.»

«Non puoi dormire in mezzo agli uomini», disse Jandria. «È inconcepibile.»

«Il mastro falconiere del re è mio fratello», rispose Romilda, irritata. «Certo la sua presenza sarà sufficiente a proteggere la mia virtù!»

Jandria obiettò, seccamente: «Sai la regola delle Sorelle, fuori dell'ostello! Non possiamo spiegare a tutti gli uomini di questo esercito che è tuo fratello, e se si viene a sapere che una Sorella ha dormito nella tenda di un uomo...»

«La loro mente deve essere peggio delle fogne di Thendara»,

disse Romilda, con ira. «Dovrei lasciare gli uccelli per i sudici pensieri di soldati che non conosco neppure?»

«Mi spiace, ma le regole non le ho scritte io e non posso abolirle», disse Jandria. «Tu, però, hai giurato di rispettarle.»

Imbronciata, Romilda seguì Jandria alla mensa e poi nella tenda assegnata alla decina di Sorelle che accompagnavano l'esercito di Carolus. Laggiù trovò Clea: insieme con una donna di un altro ostello, doveva insegnare ai soldati la lotta a mani nude. Le altre donne erano state ospitate all'ostello di Serrais, ma Romilda non le conosceva bene. Erano domatrici di cavalli o addette alle furerie, e c'era anche una donna tozza e robusta che parlava con l'accento degli Hellers e che faceva il maniscalco: aveva braccia incredibilmente nerborute e muscoli sulla schiena e sulle spalle da fare invidia a un uomo.

Non credo che la virtù di questa donna correrebbe gravi rischi, neppure se dormisse nuda in mezzo a cento soldati... pare perfettamente in grado di difendersi, come direbbero gli uomini di Hali, da tutti i fabbri delle forge di Zandru!

Era più libera, pensò, quando cavalcava in abiti maschili con Orain, Carlos - *Carolus*, si corresse - e gli altri esuli. Aveva lavorato fra gli uomini, era andata in giro per la città, aveva bevuto nelle taverne. Ora doveva stare attenta a evitare quel che, a giudizio delle regole delle Sorelle, avrebbe dato adito a pettegolezzi. Anche come libera Sorella della Spada non era affatto libera.

Ancora imbronciata, si preparò il letto. Quelle donne libere, pensò, avevano una vita ben meschina! Voleva bene a Jandria, e poteva parlarle liberamente, ma anche lei era dominata dalla preoccupazione di quel che avrebbero pensato gli uomini dell'esercito, se le Sorelle non si fossero comportate in modo più che decoroso, da signore, come altrettante ragazze degli Hellers in età da marito! Voleva bene anche a Clea, ma in complesso, tra le Sorelle, non aveva molte amiche. *Eppure, quando le ho conosciute, mi era parso di avere trovato la libertà di essere me stessa, come donna, e non come falso maschio.*

Non voglio essere un uomo in mezzo agli uomini, e nascondere quello che sono realmente. Ma anche la società delle donne mi piace poco: anche quella delle Sorelle. Perché non sono mai contenta?

Se non altro, si consolò, faceva il lavoro che le piaceva, e se un uomo l'avesse insultata, non l'avrebbe più dovuto temere come le era successo con Rory. Lo stesso sovrano si era complimentato con lei per il suo lavoro sui cavalli. Prima di addormentarsi, protese la mente e cercò quella di Raggio di Sole. Sì, il cavallo era soddisfatto. Re Carolus sarebbe stato gentile con lui, ne avrebbe apprezzato l'intelligenza, la velocità, la bellezza. Protese la mente ancor di più, fino a incontrare gli uccelli-sentinella, sui loro posatoi. Anch'essi stavano bene, e Ruyven dormiva accanto a loro come ci si aspettava da un buon falconiere. Con un sospiro, Romilda si addormentò.

L'indomani mattina ritornò alle tende degli strozzieri e, con l'aiuto del giovane apprendista di Ruyven - il ragazzo di circa quattordici anni che Romilda aveva visto al suo arrivo: Garen - cominciò a dar da mangiare agli uccelli. Mentre esaminava la zampa di Temperanza, sentì una presenza estranea, e, dopo un momento, gli uccelli cominciarono a lanciare acuti stridi, come facevano sempre alla presenza di sconosciuti.

Il nuovo venuto era un giovane ufficiale, con una cappa verde e oro; aveva i capelli biondo-rossi, la faccia sottile e sensibile.

«Siete il mastro falconiere?» chiese.

«Vi sembra che possa esserlo?» rispose Romilda, con irritazione. «Spadaccina Romilda, Donna del Falco di Carolus.»

«Scusate, magistra, non volevo offendervi. Sono Ranald Ridenow, e porto ordini da parte di sua maestà; devo guidare il distaccamento che questa mattina lascerà il grosso dell'esercito.» Parlava in tono brusco, ma senza arroganza, e sorrideva nervosamente. «Devo anche cercare la mia congiunta, la Nobile Maura Elhalyn.» Per farsi capire in mezzo al chiasso degli uccelli-sentinella, dovette alzare la voce.

«Come potete vedere, la signora non ce l'ho in tasca», rispose Romilda, irritata. «Né, a quanto ne so, è a letto con mio fratello, ma potete chiedere a lui. Ora, Nobile Ranald, se volete gentilmente allontanarvi dagli uccelli, che continueranno a fare questo chiasso del diavolo finché non ve ne sarete andato...»

Ma il giovane non si mosse. «Vostro fratello, magistra? Dove posso trovarlo?» Era ansioso e gridava per farsi ascoltare, disturbando ancor più gli animali; Romilda gli si accostò e, letteralmente, lo portò via di peso. Pian piano, gli uccelli cessarono di gridare.

Romilda disse al nuovo venuto: «Ora che siamo lontani dal baccano, non so niente della vostra congiunta, anche se mio fratello, il mastro falconiere, ha parlato una volta di una Nobile Maura, ora che ci penso. Vado a chiedergli... anzi, vedo che sta arrivando».

«Romy? Ho sentito gli uccelli... è successo qualcosa?» Poi scorse il giovane Ridenow.

«Posso esservi d'aiuto, signore?»

«La Nobile Maura...»

«La signora dorme in quella tenda», gli disse Ruyven, indicando un piccolo padiglione, poco lontano.

«Da sola? In mezzo ai soldati?» Ranald Ridenow arricciò il naso per il disgusto, e Ruyven sorrise.

«Signore, la Nobile Maura è meglio custodita da questi uccelli che da un intero seguito di governanti e di dame», disse. «Voi stesso avete potuto notare come gridano all'arrivo di qualsiasi estraneo. Se li sento gridare, io accorro a proteggerli, e all'occorrenza posso dare l'allarme a tutto il campo.»

Ranald Ridenow guardò il giovane vestito dell'ascetica tonaca scura e fece un cenno d'assenso. «Siete un monaco cristiano?»

«Non ho questa grazia, signore. Sono Ruyven MacAran, quarto di Tramontana, secondo cerchio», spiegò, e il giovane ufficiale gli rivolse un inchino.

«Allora mia cugina è al sicuro, Nobile sapiente. Scusate le mie domande. Sapete se la signora sia già sveglia?»

«Stavo per svegliarla, signore, perché lo ha chiesto, o meglio, stavo per mandare mia sorella a farlo», disse Ruyven. «Romy, puoi andare a dire alla Nobile Maura che uno dei suoi cugini la cerca?»

«Non è così urgente», disse il giovane Ridenow. «Ma, se poteste svegliarla, Carolus ci ha ordinato di partire quanto prima. Ho ordine...»

«Mi basteranno trenta minuti per essere pronto», disse Ruyven. «Romy, sei pronta a partire? Sveglia la Nobile Maura, e dille...»

Nel sentirsi dare degli ordini con tanta indifferenza, Romilda si incollerì. A causa di quell'arrogante signorotto delle Terre Aride, lei doveva diventare la serva di qualche dama delle pianure? «Calma», disse. «C'è da dare da mangiare agli uccelli, e io non sono la serva di nessuno; se volete che venga qui, chiamatevela da voi.» Con orrore si accorse di avere parlato con l'accento delle montagne, ma pensò: *Che importa? Sono una ragazza delle montagne; pensi quel che gli pare.* Lei era una Sorella della Spada e non doveva inchinarsi davanti a nessun *Hali*! Ruyven fece la faccia scandalizzata, ma, prima che potesse dire qualcosa, si udì un'altra voce:

«Ben detto, Spadaccina! Anch'io, come voi, servo solo Carolus e i suoi uccelli». Sulla soglia della piccola tenda era comparsa una giovane donna che indossava una camicia da notte, di tela pesante, lunga dal collo ai piedi. Aveva capelli rosso-fiamma, ondulati, che le scendevano fin quasi alla vita. «Ieri non ho avuto il piacere di incontrarvi, Spadaccina; dunque, siete la nostra nuova esperta di uccelli-sentinella.» Poi rivolse un leggero inchino a Ranald. «Vi ringrazio della vostra preoccupazione, cugino, ma non ho bisogno di niente, se non devo accompagnarvi da Carolus... no? Allora, a meno che non vogliate allacciarmi la gonna come facevate quando avevate nove anni, potete dire a Carolus che sarò pronta a partire entro un'ora, non appena avremo dato da mangiare agli uccelli. Ci vedremo più tardi, cugino.»

Gli rivolse un cenno del capo, per congedarlo, e - mentre il giovane Ridenow si allontanava - rise allegramente.

«Allora, voi siete Romy», disse. «Ruyven mi ha parlato di voi durante il tragitto, ma non pensavo di trovarvi qui. Forse, mentre saremo in viaggio, potreste farvi dare il permesso dalla vostra compagnia di dormire nella mia tenda, in modo che entrambe possiamo trovarci vicino agli uccelli durante la notte. Io sono Maura Elhalyn, sapiente, Regolatore del terzo cerchio di Tramontana, e mia madre era una Ridenow, e quindi ho un po' del vecchio dono di Serrais... conoscete quel *potere*?»

Romilda disse: «No. Conosco poco il *potere*...»

«Eppure dovete averlo, se addestrate gli uccelli-sentinella», disse la Nobile Maura, «perché si possono addomesticare soltanto con il *potere*; è impossibile domarli in altro modo. Allora dovete avere il vecchio Tocco dei MacAran. In che Torre siete stata addestrata, magistra? E chi è il vostro Guardiano?»

Romilda scosse la testa. Disse: «Non sono mai stata in una Torre, Nobile Maura».

L'altra donna parve stupita, ma era troppo bene educata per farsene accorgere. Disse: «Se mi scuserete per cinque minuti, mi vestirò... volevo soltanto prendere in giro mio cugino Ranald, sono perfettamente in grado di vestirmi da sola... e verrò ad aiutarvi a dare da mangiare agli uccelli, come è mio dovere; non intendevo lasciare tutto il lavoro a voi, Spadaccina».

Scomparve nella sua tenda, e Romilda andò a esaminare la fasciatura sulla zampa di Temperanza, e notò con piacere che la cicatrice non era più rossa. Mentre Ruyven si avvicinava a Diligenza, gli chiese, aggrottando le sopracciglia: «Allora, dobbiamo farci comandare da questa dama?»

Ruyven rispose: «No, la sapiente non ha queste intenzioni. Non conosce gli uccelli-sentinella, ma hai visto che non hanno gridato, quando si è avvicinata loro. Mi ha aiutato prendendosene cura durante il viaggio... non penserai che potessi accudire a tre uccelli da solo?»

«Perché no?» chiese Romilda. «Io l'ho fatto.» Eppure, la franchezza di Maura l'aveva disarmata. «Che cos'è il *potere* di Serrais di cui parlava?»

«Lo conosco poco», rispose Ruyven. «Anche nelle Torri, è raro. Ai tempi del programma di selezione, a Serrais avevano cercato di rafforzare un *potere* che permettesse di parlare con le razze non umane... gli uomini selvatici dei boschi, per esempio, o anche... *altri*, evocati da dimensioni diverse dalle nostre, grazie alle gemme matrici. Se riescono a farlo, comunicare con gli uccelli-sentinella non dovrebbe essere un problema. Una volta mi ha detto che era affine al vecchio Tocco dei MacAran e che forse era nato da quello.»

«L'hai conosciuta bene, nella Torre?» chiese Romilda, con una traccia di gelosia. Ma Ruyven scosse la testa.

«Io sono cristiano. E lei ha fatto voto di verginità. Solo così è potuta venire tra i soldati senza problemi...»

Forse avrebbe aggiunto altro, ma in quel momento la Nobile Maura uscì dalla tenda, con un semplice abito e le maniche rimboccate. Senza esitazione prese un pezzo di carne puzzolente e lo porse a Prudenza, vezzeggiandola:

«Ecco, bella, qui c'è la tua colazione... a proposito, Romy, avete già fatto colazione? No; da buon falconiere, pensate prima alle vostre bestie. Oggi non occorre esercitarle, più tardi avranno tutto l'esercizio che desiderano. Ruyven, potreste mandare un inserviente alla mensa, e farci portare qui la colazione, visto che dobbiamo partire presto?» Mentre così parlava, continuava a nutrire Prudenza con piccoli pezzi di carne marcia e li guardava come se fossero fiori profumati; l'uccello gracchiava soddisfatto.

Be', non è schizzinosa. Non esita a sporcarsi le mani.

Ruyven le lesse il pensiero nella mente e disse a bassa voce: «Te l'ho detto. A Tramontana va a caccia con un falco selvatico che lei stessa ha addomesticato. Con grandi smorfie da parte della Nobile Liriel Hastur, che tra noi è la più alta in rango, e del suo Guardiano, il Nobile Doran, che pur amando la falconeria preferiscono lasciare l'addestramento dei falchi a coloro che lo fanno di professione».

«Dunque non è una di quelle dame che si fanno servire mani e piedi», disse Romilda, approvando. Poi tornò a occuparsi della zampa di Temperanza; quando ebbe terminato, un attendente portò loro le vettovaglie della mensa e tutt'e tre si sedettero sul terreno a fare colazione. Anche la Nobile Maura si sedette sull'erba e mangiò con le mani.

Poco più tardi fece la sua comparsa Ranald Ridenow, accompagnato da alcuni soldati. Romilda, Ruyven e Maura andarono a prendere gli uccelli e li posarono sulla sella; poi il piccolo drappello si allontanò verso est, in direzione della Piana di Valeron.

Il giovane Ridenow procedeva di buon passo, e Maura, che aveva una sella all'amazzone, faticava a seguire quell'andatura. Quando fecero sosta, disse a Romilda: «Peccato che non possa mettermi anch'io i calzoni come voi, Spadaccina. Ma ho già scandalizzato gli amici e il mio stesso Guardiano, ed è meglio che non dia loro nuovi motivi per criticarmi».

«Ruyven mi raccontava che avete addestrato un falco selvatico», disse Romilda.

«Sì; e come se la sono presa tutti!» rispose Maura, ridendo, «ma ora che vi conosco, Spadaccina, so di non essere né la prima né l'ultima donna che l'abbia fatto. E preferisco averlo addestrato di mia mano che averlo fatto addestrare da un falconiere che non conosco, per poi cercare di guadagnarmi la sua fiducia. A volte ho addirittura avuto l'impressione di volare con il falco; ma forse si trattava solo di immaginazione...»

«E forse no», disse Romilda. «Anch'io ho fatto molte volte la stessa esperienza.» All'improvviso, con grande dolore, le ritornò in mente Preciosa. Non la vedeva da più di un anno e si era certamente rinselvatichita e si era dimenticata di lei. Pensò a quando aveva volato con il falco, e paragonò quell'emozione a quando aveva cavalcato con Raggio di Sole, unita a lui...

«Spadaccina...?» La Nobile Maura la guardava con preoccupazione, e Romilda disse la prima cosa che le venne in mente.

«Io sono Romilda. Se dobbiamo lavorare insieme, non chiamatemi "Spadaccina" tutte le volte, in tono così ufficiale...»

«Romilda», disse l'altra donna, con un sorriso. «E io sono Maura; nella Torre non badiamo al rango, quando siamo tra amici, e se voi siete amica di quegli uccelli, io sono amica vostra.»

Allora, le Torri hanno qualcosa in comune con le Sorelle, pensò, ma a quel punto Ranald diede l'ordine di montare in sella. Romilda si chiese dove fossero diretti, così lontano dal corpo principale dell'esercito.

Cavalcarono per tutto il giorno, e la sera montarono l'accampamento; gli uomini e Ruyven dormirono sotto le stelle, ma per la Nobile Maura c'era una tenda e l'aristocratica insistette perché Romilda la condividesse con lei. Erano stanche della lunga cavalcata, ma, prima che si addormentassero, Maura chiese: «Perché non siete mai andata ad addestrarvi in una Torre, Romilda? Certo il vostro *potere* è più che sufficiente...»

«Se conoscete Ruyven e sapete come ha raggiunto la Torre», rispose Romilda, «non c'è bisogno che ve lo dica.»

«Avete lasciato la vostra casa e vi siete messa in rotta con i parenti», disse Maura, con amichevole insistenza. «Dopo averlo fatto, avrei pensato che avreste cercato di raggiungere immediatamente una Torre.»

E così contavo di fare, si disse Romilda. *Ma poi ho preso la mia strada, e ora non ho più bisogno dell'addestramento delle Torri. Conosco il mio Potere meglio di qualsiasi sapiente estraneo*. Cadde in un ostinato silenzio, e la Nobile Maura non fece più domande.

Cavalcarono per altri due giorni e giunsero in vista di un territorio coperto di verde: Romilda respirò di sollievo nel vedere di nuovo i monti, e nel sentire sulla pelle la fresca pioggia serale. Il terzo giorno, quando giunsero su un'alta collina da cui si godeva per molte leghe la vista del territorio circostante, Ranald Ridenow ordinò l'alt.

«Siamo nel posto adatto», disse. «Gli uccelli sono pronti?»

Maura, che evidentemente sapeva già che cosa volesse il giovane, chiese: «Con chi ci collegherai, con Orain?»

«Con lo stesso Carolus», rispose Ranald. «Orain non ha un *potere* sufficiente. E sono le truppe di Carolus, del resto.»

Maura batteva rapidamente le palpebre e pareva sul punto di piangere. Disse a bassa voce, parlando più a se stessa che a Romilda:

«Non mi piace... spiare i movimenti di Rakhal. Io... ho giurato di non combattere contro di lui. Ma Lyondri se l'è voluto, perché ha mancato a troppi giuramenti! Dopo quello che ha fatto, parente o no...» Poi s'interruppe, strinse le labbra e disse: «Romy, vuoi farlo volare tu per prima?»

«Non so cosa fare», rispose Romilda.

«Sei la Donna del Falco...»

«Conosco la dieta e le abitudini degli uccelli-sentinella», disse Romilda, «ma non so come si usano per la guerra...»

Sul viso di Maura, per un istante, comparve un'aria sorpresa, ma la donna si affrettò a spiegare: «Devi solo far volare l'uccello e rimanere in rapporto con lui, osservando quello che vede con i suoi occhi. Ranald rimarrà in collegamento con te e trasmetterà a Carolus quello che vedi, cosicché il re conoscerà i movimenti di Rakhal».

Romilda prese Prudenza e le sciolse i geti, poi la lanciò in volo; la vide alzarsi nel cielo. Si sistemò comodamente sulla sella, per non cadere, e poi...

... Sempre più in alto. Tutta la regione si stendeva sotto i suoi occhi. Vedeva la curva del fiume e sentiva nella mente una debole presenza, che osservava ciò che lei scorgeva attraverso gli occhi dell'uccello. E grazie a questa presenza, in cui riconobbe Carolus, riuscì a dare un senso a quel che vedeva.

C'era il Lago Mirin, e, dietro di quello, Neskaya, a nord, quasi al confine dei Monti Kilghard. E laggiù... oh, dèi, un altro cerchio nero, non la cicatrice di un incendio boschivo, ma il punto dove gli uomini di Rakhal hanno gettato la pece stregata dalle loro infernali macchine volanti! Il mio popolo brucia e muore colpito dal fuoco di Rakhal... Un tempo ho giurato, con la mano nel sacro fuoco di Hali, che l'avrei difeso da tutti i nemici finché mi fosse stato fedele, e ora muore per questa fedeltà...

Rakhal, nel nome di Aldones ti strapperò la mano con cui hai colpito il mio popolo... e Lyondri lo impiccherò come un volgare criminale, perché ha perso ogni diritto di morire da gentiluomo; la sua vita attuale, di seminatore di sofferenze agli ordini di Rakhal, è assai più ignobile della morte per mano del boia...

Sui Monti Kilghard, ora, dove i prati sono verdi per l'estate e i pini splendono al sole... Una Torre, presto, vola a nord, uccellino, prima che ti scoprano i sapienti fedeli a Lyondri...

Ed ecco l'esercito di Rakhal, in un punto dove posso coglierlo di sorpresa, a meno che non mi spiino con occhi come i miei... ma ho l'impressione che non ci siano altri uccelli-sentinella tra noi e gli Hellers...

Romilda sentì il grido dell'uccello; il contatto si spezzò e lei si ritrovò nuovamente in sella. Carolus era svanito dalla sua mente e Ranald Ridenow la fissava con sorpresa.

«Basta», disse Maura. «Ruyven, è il vostro turno...»

La ragazza non se n'era accorta, ma Ruyven aveva liberato Temperanza nello stesso momento in cui lei aveva liberato Prudenza. Anche Diligenza era scomparsa dalla sella di Maura. Vide che Ruyven abbassava la testa, e per un istante entrò nel gruppo di Ruyven, Ranald e Carolus, collegati all'uccello che volava sull'esercito nemico. Qualcosa dentro di lei stava contando:

Soldati a cavallo e a piedi. Tanti... carri di provviste, arcieri, e... dèi!... Evanda ci protegga, è un odore che conosco, qualcuno sta di nuovo fabbricando pece stregata...

Con un grande sforzo di volontà, Romilda si staccò, esausta. Non voleva conoscere la composizione dell'esercito di Rakhal: l'orrore che aveva letto nella mente di Ruyven - o di Carolus? - le aveva dato le vertigini. Notò che il sole si era notevolmente abbassato. Aveva la bocca secca e la testa le pulsava dolorosamente.

L'oscurità scese talmente in fretta che la ragazza si chiese se non si fosse addormentata in sella; le pareva di avere visto il sole, e poi, l'istante successivo, la luna già alta nel cielo. Si accorse che Ruyven la guardava con ansia.

«Hai finito?» gli chiese.

«Da tempo», rispose lui, sorpreso. «Vieni, i soldati ti hanno preparato da mangiare.»

Romilda smontò di sella; le faceva male ogni muscolo, la testa le pulsava. Non vide Maura, ma Ranald Ridenow si accostò a lei e disse: «Appoggiatevi al mio braccio, Spadaccina», ma lei rizzò la schiena, con orgoglio.

«Grazie, posso camminare», disse. Ruyven la invitò a sedere sull'erba.

«Gli uccelli...» chiese Romilda.

«Sono a posto; se n'è occupata Maura quando ha visto la condizione in cui eravate», disse Ruyven. «Mangiate.»

«Non ho fame», rispose, e si alzò in piedi. «Devo vedere Prudenza...»

«Ve l'ho detto, se n'è occupata Maura, e sono perfettamente a posto», disse Ruyven, con impazienza, e le mise in mano un pezzo di frutta candita. «Mangiate questo.»

Lei lo assaggiò e fece una smorfia. Se l'avesse inghiottito, le sarebbe venuto il voltastomaco. Scorse la tenda che condivideva con Maura e vi s'infilò, mentre Ranald Ridenow la guardava con preoccupazione. *Che gl'importa?* si chiese lei. Si sdraiò sul suo giaciglio e cadde nel sonno.

Sapeva di non essersi svegliata, perché vedeva il proprio corpo addormentato, dentro la tenda, che era divenuta trasparente. Poi si levò in volo e s'innalzò su pianure a colline, diretta verso gli Hellers. Scorse alte pareti di ghiaccio, e poi le mura di una città. Su un'alta torre, una donna la chiamava:

Vieni con noi...

Ma lei se la lasciò alle spalle, e continuò a volare sempre più in alto, oltre la luna e oltre il sole, fino a trovarsi fra le stelle. Poi si sentì cadere, lentamente... e fu di nuovo sugli Hellers. Ma i ghiacciai soffiavano contro di lei il loro fiato gelido: le ali le divennero di ghiaccio, e una si ruppe, con un dolore lancinante, e anche l'altra non batteva più, e lei precipitava urlando...

«Romilda! Romilda!» le diceva Maura, scuotendole le spalle. «Svegliatevi!»

Romilda aprì gli occhi, ma la luce della lanterna le parve quella del ghiacciaio... sentì un dolore al costato, dove si erano spezzate le ali...

Maura le afferrò le mani e Romilda tornò al proprio corpo. Sentì lo strano tocco, l'intrusione... Maura era *dentro* di lei, la toccava con le sue dita mentali, le controllava il cuore e il respiro... Romilda cercò di allontanarla, e Maura disse dolcemente:

«State ferma, lasciate che vi controlli. Avete già avuto molti attacchi di questa specie di male della soglia?»

Romilda si scostò. «Non capisco. Ho fatto un brutto sogno, nient'altro. Dovevo essere stanca. Non avevo mai fatto questo genere di lavoro con gli uccelli, e l'ho trovato molto faticoso. Suppongo che i sapienti siano abituati a farlo.»

«Preferirei esaminarvi, per avere la certezza...»

«No, grazie, sto bene», disse Romilda, voltando la schiena all'altra donna. Dopo un istante, Maura spense la lanterna; Romilda colse ancora un frammento dei suoi pensieri: *Ostinata, ma non devo intromettermi, non è una bambina; forse suo fratello...* prima di addormentarsi di nuovo, questa volta senza sogni.

La mattina seguente le faceva ancora male la testa, e l'odore del cibo degli uccelli le dava la nausea: come se fosse incinta di quattro mesi, si disse con irritazione. Be' qualunque fosse il suo male, non era la gravidanza, perché era vergine come una sapiente votata alla castità. Forse le stava per giungere il ciclo: con i movimenti dell'esercito e con l'intenso lavoro svolto su Raggio di Sole, ne aveva perso i conti. O forse non aveva digerito qualcosa; certo non aveva fame. Dopo avere accudito agli uccelli, montò in sella senza voglia; per la prima volta rimpianse di non essere in casa a cucire, a tessere o addirittura a ricamare.

«Non hai mangiato niente, Romilda», disse Ruyven.

Lei scosse la testa. «Devo avere preso freddo, ieri sera, a stare per tanto tempo in sella dopo il tramonto», disse. «Non ho voglia di niente.»

Lui la guardò come se avesse l'età di Rael. «Non sai cosa significa, quando si perde l'appetito? Ti sei fatta controllare dalla Nobile Maura?»

Non aveva voglia di discutere, perciò si limitò a dire: «Mangerò qualcosa mentre cavalchiamo», e prese il pezzo di pane cosparso di miele che il fratello le porgeva. Ne assaggiò qualche boccone e poi, quando non si vide osservata, gettò via il resto.

Ranald cavalcava con l'espressione concentrata del lettore del pensiero che è in contatto con qualcuno assai lontano. Alla fine ritornò in sé per dire: «Devo sapere dov'è il nostro esercito; Carolus ci raggiungerà in giornata, ma è a una certa distanza da noi. Romilda, potete far volare un uccello-sentinella per controllare?»

Dopo l'esperienza del giorno precedente, Romilda aveva qualche esitazione, ma quando lanciò l'uccello e lo seguì con il pensiero, non provò il temuto senso di disorientamento; con grande sollievo, non provò niente di più di quel che aveva provato volando con Preciosa: soltanto una leggera impressione di vista doppia, niente di più. Gli occhi dell'uccello-sentinella, cento volte più acuti dei suoi, le mostrarono che l'esercito di Carolus era a mezza giornata di distanza da loro; quando Ranal lesse la loro posizione e la trasmise a Carolus, Romilda non provò alcun senso di fastidio.

«Ci accamperemo qui e li aspetteremo», disse Maura, con autorità. «Siamo stanchi e la nostra Donna del Falco ha bisogno di riposo.»

Non dovrei permettere loro di viziarmi. Non voglio che Ruyven, Orain, o lo stesso Carolus, pensino di dovermi fare dei favori perché sono donna. Orain mi rispetterà soltanto se dimostrerò di essere competente come un qualsiasi uomo.

Il Nobile Ranald sbadigliò. Disse: «Anch'io mi sento a pezzi, dopo tanti giorni di sella. Sarò lieto di potermi riposare. E non c'è più bisogno di far volare gli uccelli». Fece segno ai soldati di montare il campo.

Capitolo 16

RANALD

Romilda si accorse dell'arrivo dell'esercito non dal rumore - anche se, tendendo l'orecchio dall'interno della tenda della Nobile Maura, sentiva la bassa vibrazione dell'esercito in marcia - ma da una nuova coscienza, da un senso di unità, dalla vicinanza di una mente a lei nota...

Raggio di Sole. Le parve di essere il grande stallone che portava in groppa il re, circondato dai suoi uomini più fedeli, e per un momento cercò con affetto la figura di Orain, servendosi degli occhi del cavallo. Una volta li aveva visti insieme, Orain e il re, sereni, e si era augurata di poter vivere anche lei un'amicizia come quella. Ora, per un attimo, tornò a condividere il rapporto tra Carolus e il suo braccio destro: un legame di tutta la vita, che in qualche modo pareva precedere perfino il loro incontro, quando avevano quattro anni... un legame che si stendeva sulle tre dimensioni del tempo, così come lei vedeva Raggio di Sole puledro, che correva sui monti natii...

Con uno sforzo, si staccò dal contatto e fece ritorno al proprio corpo. Era stupita. Non capiva che cosa le stesse succedendo, ma pensò che doveva essersi rivelata una nuova sfaccettatura del suo *potere*. Era comparsa da sola, pensò; a che cosa le serviva una Torre?

Ma la prima persona che venne a raggiungerla, mentre si prendeva cura degli uccelli-sentinella, fu Jandria. Dopo averla abbracciata, la donna più anziana disse: «Abbiamo ricevuto il vostro messaggio sull'esercito di Rakhal; me l'ha detto Carolus stesso. Sono davvero contenta di te, Romy. E le Sorelle presenti ti permettono di continuare a condividere la tenda di Maura, se vuoi. Andrò a parlargliene; la conosco da quando era bambina».

Romilda non batté ciglio, anche se da questo accenno capì che il rango di Jandria doveva essere ancor più alto di quanto non avesse pensato. Tornò a dedicarsi agli uccelli, ma provò una leggera fitta di gelosia nel sentire che le due donne chiacchieravano allegramente tra loro.

E io non ho né amicizie né amori. Sono sola come un monaco di Nevarsin, nelle caverne di ghiaccio... e si chiese perché le venisse un'idea di quel genere, proprio in quel momento in cui era mentalmente in rapporto con il grande stallone che galoppava al sole, con in groppa Carolus, e che si dirigeva...

Gli fece la riverenza prima ancora di averlo guardato in faccia. Carolus smontò di sella e le sorrise.

«Spadaccina Romilda, sono venuto personalmente a ringraziarvi del vostro messaggio; ringraziate per me anche i vostri compagni. Domani marceremo contro l'esercito di Rakhal e voi e il sapiente dovrete continuare a occuparvi degli uccelli-sentinella, perché ho promesso a mia cugina Maura di non farla combattere contro il suo congiunto.» Le sorrise di nuovo. «Via, bambina, non eri così taciturna quando cavalcavamo verso Nevarsin. A quell'epoca mi chiamavi "zio".»

Romilda disse, d'un fiato: «L'ho fatto perché non conoscevo la vostra vera identità, mio signore. Non intendevo mancarvi di rispetto, pensavo che foste solo Carlos del Lago Azzurro...»

«E lo sono veramente», rispose Carolus, con gentilezza. «Da bambino mi chiamavano Carlos, come chiamano Caryl il mio cuginetto. E mia madre mi ha assegnato la proprietà del Lago Azzurro quando avevo quindici anni. E se io non ero quel che pensavi, anche tu viaggiavi sotto mentite spoglie, perché ti credevo un apprendista falconiere, qualche figlio illegittimo dei MacAran, mentre ora scopro che sei una sapiente.»

Romilda ricordò che Carlos, pur sapendo che lei era una donna, aveva mantenuto il segreto: un segreto che le aveva permesso di essere accolta in amicizia da Orain; di questo gli era riconoscente. Disse: «Maestà...»

Carolus fece un cenno di diniego. «Non voglio queste formalità, quando sono con i miei amici, Romilda, e non ho dimenticato che, se non fosse stato per te, avrei fatto da colazione a un uccello-spettro. Allora, farai ancora volare gli uccelli-sentinella per avvertirmi dei movimenti con cui Rakhal... o Lyondri... si preparano alla battaglia?»

Lei disse: «Ne sarò onorata, signore».

«Bene. Ora devo parlare con mia cugina per alleviare i suoi timori», disse Carolus. «Anche la Nobile Jandria, mi pare, è ancora affezionata a Lyondri...»

«A quel che era un tempo», disse Jandria, uscendo dalla tenda di Maura, «non a quel che è adesso, Carlos. Non desidero levare la mano contro di lui, ma non alzerò nemmeno un dito per sottrarlo al suo destino. Se avessi abbastanza *potere*, oggi sarei tra i tuoi sapienti, per sconfiggere quel che è diventato. Se in lui c'è ancora una briciola dell'uomo che era, tanto da capire quel che è adesso, chiederà di morire al primo scontro.»

Maura aveva le lacrime agli occhi. Disse: «Carlos, ho giurato di non usare il *potere* contro i miei parenti Hastur. Sono un'Elhalyn, ed essi sono sangue del mio sangue. Ma, al pari di Jandria, non ti impedirò di fare il tuo dovere». Si recò accanto a Temperanza e girò la schiena al re; Romilda capì che lo faceva perché stava piangendo.

Questa guerra che mette fratello contro sorella e padre contro figlio... che importa quale malfattore sieda sul trono, e quale malfattore ancor più grande cerchi di toglierglielo?... Non capì se erano i pensieri di Ruyven o se era il ricordo di suo padre, perché le pareva che il tempo non esistesse.

Carolus disse, guardandoli con tristezza: «Eppure, ho giurato di proteggere il mio popolo, e devo difenderlo anche dai miei parenti Hastur che non tengono fede a questo giuramento. Vorrei farvi capire quanto poco m'interessi il trono di Rakhal, o quanto sarei lieto di cederglielo se trattasse il mio popolo come un vero re, rispettandolo e proteggendolo...» Ma pareva parlare soprattutto a sé stesso, e più tardi Romilda si chiese se avesse udito veramente le sue parole o se gliele avesse lette nella mente. Il suo *potere* le giocava strani scherzi, e il suo cervello faticava ad accogliere tutto quel che cercava di entrarvi. Disse a Carolus: «Signore, posso salutare un vecchio amico, il vostro cavallo?»

«Certo. Anzi, ho l'impressione che senta la tua mancanza», disse Carolus, e Romilda si avvicinò a Raggio di Sole, che il re aveva legato a un palo.

Sei il cavallo del re, ma sei ancora mio, gli disse, senza servirsi di parole, e sentì che Raggio di Sole le rispondeva: *Mia, amore, insieme, luce del sole, sempre insieme*...

Scoprì di essere rimasta sola, appoggiata al palo; Raggio di Sole si era allontanato, e Ruyven la scuoteva. «Che hai, Romilda, non stai bene?»

Rispose bruscamente: «Sto benissimo», e si recò dagli uccelli. Ancora una volta aveva perso il senso del tempo. Che fosse una nuova proprietà del suo *potere*? Forse avrebbe potuto parlarne con Maura. Ma ora si accorse che la giovane donna piangeva, pensando a Rakhal che un tempo aveva chiesto la sua mano... piangeva per Rakhal come Jandria piangeva per Lyondri...

Quel giorno non c'era bisogno degli uccelli-sentinella, e Romilda, ancora confusa, andò a cavalcare insieme con Carolus e i suoi consiglieri. Sentì che Orain parlava con Maura e Ranald.

«Voi avete il *potere* di Serrais, Ranald, e non dovreste incontrare difficoltà con gli uccelli; è analogo al Tocco dei MacAran, che io ho avuto occasione di osservare nella damigella Romilda in tutto il tempo in cui siamo stati compagni di viaggio.» Con il suo nuovo senso di distacco, Romilda lesse il ricordo di come Orain, a quei tempi, l'avesse guardata con una tenerezza e un affetto che erano quasi amore. Ora capì perché Orain la evitasse: non riusciva a vederla senza ricordare con dolore il ragazzo Romal che aveva creduto di conoscere, e aveva la confusa sensazione di essere stato uno sciocco...

Ranald disse: «Sono disposto a provare. E forse la damigella Romilda potrebbe insegnarmi. Anche se, come tutte le Sorelle della Spada, è così arrogante e ha una lingua così tagliente...» e a questo punto Maura scoppiò a ridere, dicendo che non era abituato a incontrare donne che non lo considerassero, in quanto Ridenow, una delle meraviglie del mondo.

«Via, Maura, non sono mai stato un grande damerino, ma se la dea Evanda ha creato le donne per la delizia degli uomini, perché dovrei rifiutare alla Signora della Luce il giusto omaggio, evitando di venerarla nella sua creazione, la bellezza femminile?» Rise. «Senza dubbio, la dea vi punirà, Orain, perché la private del tributo che le spetta.»

Orain scoppiò allegramente a ridere, e Romilda capì di avere ascoltato una conversazione che non era intesa per le sue orecchie. Cercò di escluderla da sé, ma non sapeva come fare, tranne che concentrando altrove la sua attenzione, ma in tal caso finiva per venire assorbita nella mente di Raggio di Sole. Fu una giornata sgradevole, e quella sera, qualdo Ranald si offrì di aiutarla a smontare di sella e le disse di voler imparare a conoscere gli uccelli, per poterne far volare uno al posto della Nobile Maura, Romilda lo trattò con distacco.

«Non è tanto semplice. Ma potete cercare di avvicinarvi a loro; poi, però, non venite a lamentarvi di avere perso un'unghia o un occhio!»

Era turbata dal modo in cui il giovane Ridenow la guardava: con aperto desiderio. Le faceva venire in mente Garris e perfino Rory, come se le avesse messo materialmente le mani addosso. Ma non aveva fatto nulla di sconveniente e Romilda si limitò a chiudere il mantello, come se avesse freddo, e a indicargli gli uccelli.

Il giovane abbassò gli occhi: doveva avere colto l'imbarazzo di Romilda. Disse tranquillamente: «Scusatemi, damigella, non volevo offendervi». Anch'egli, come Carolus, non sarebbe mai riuscito a costringere ai suoi voleri una donna non consenziente, perché avrebbe condiviso la paura della donna, il fastidio che provava anche a causa di una sola occhiata. Ma non era abituato a trovare quel genere di sensibilità in donne non appartenenti alla sua famiglia.

Eppure, una donna senza Potere... è come accoppiarsi con un animale... Romilda vide che era arrossito, e fu sul punto di dirgli che non era offesa con lui. Poi vide che si avvicinava agli uccelli e che protendeva la mente verso di loro, trasmettendo pensieri di amicizia. Per un attimo, la ragazza rimase con il fiato sospeso... poi Temperanza abbassò la testa e si lasciò lisciare le penne dal giovane Ridenow.

Dunque, potrà farli volare, e sarà uno di noi, come prima lo era Maura... Non ne capì bene il motivo, ma l'idea la disturbava.

Maura doveva essere ancora con l'esercito, pensò Romilda. Non potevano essersela lasciata dietro, in un territorio dove presto ci sarebbe stata battaglia; ma quel giorno Romilda non la vide. Quando partirono con gli uccelli, fu Ranald ad accompagnarli, con Temperanza sulla sella; Romilda diede a Ruyven il suo favorito, Prudenza, per prendere Diligenza, che era il più difficile dei tre. L'uccello gracchiava e si agitava in continuazione, ma si tranquillizzava quando Romilda entrava in contatto con la sua mente.

Sì, sei una vera bellezza... gli diceva, e non vedeva niente di strano nel rivolgere queste parole alla grossa, sgraziata creatura.

Ma quel giorno non dovettero far volare gli uccelli, con grande soddisfazione di Romilda: in questo modo, Ranald poteva abituarsi maggiormente a loro. Dopo qualche tempo, vedendo che non c'era niente che richiedesse la sua attenzione, Romilda entrò di nuovo in rapporto con Raggio di Sole, che portava in sella Carolus, in testa alle truppe.

Ora stavano attraversando un territorio deserto, dove si scorgeva solo qualche casa diroccata, disabitata da tempo. Romilda, senza rendersene del tutto conto, ascoltò le conversazioni di Carolus e Orain, che cavalcavano accanto a Maura. La donna parlava poco, ma Carolus disse, indicando il deserto: «Sono passato di qui quando ero bambino, ed era una regione abitata. Ora è un deserto».

«La guerra?» chiese Maura.

«La guerra dei tempi di mio padre, quando io non avevo ancora l'età di impugnare la spada... eppure, ricordo che questa regione era verde e fertile. E ora è coltivata soltanto la zona vicino alle colline; dopo la fine del conflitto c'erano sempre banditi, uomini a cui la guerra aveva tolto la casa, a cui gli orrori da loro visti avevano tolto la coscienza; hanno distrutto quel che la guerra aveva lasciato ancora in piedi, e gli abitanti superstiti hanno preferito affidarsi alla protezione di fortilizi e di uomini armati, riparando nei pressi di Neskaya.»

Ma Romilda, che era in rapporto con Raggio di Sole, pensava solo ai campi fertili, ai prati verdi. Quella notte si accamparono accanto a un torrente che formava una cascatella su un mucchio di antiche rocce per poi fluire pacificamente su un prato fertile cosparso di fiori azzurro e oro.

«Sarà una perfetta notte d'estate», disse Carolus. «E si avvicina il plenilunio.»

«Peccato che non si possa festeggiare qui il solstizio», rise Maura, e Carolus, fattosi improvvisamente serio, disse:

«Vi giuro, Maura... e anche a te, fratello», aggiunse, rivolgendo a Orain un'occhiata affettuosa, «che celebreremo la festa del solstizio a Hali.»

«Che Evanda ce lo conceda», rispose Maura, seria. «Ho tanta nostalgia di casa...»

«Come, nessuno dei giovanotti di quella Torre lontana», replicò

Carolus, con un allegro sorriso, «vi ha fatto ritornare sulla vostra decisione di rinunciare all'amore per ottenere la chiaroveggenza, Nobile Maura?»

La ragazza rise, anche se in modo piuttosto sforzato.

«Il giorno che mi inviterete a essere regina al vostro fianco, Carolus, non rimarrete deluso.»

Raggio di Sole scartò, inquieto, quando Carolus si sporse dalla sella per baciare Maura sulla guancia. Il re disse: «Se il consiglio della corona me lo permetterà, Maura, così faremo. Temevo che il vostro cuore fosse morto quando vi siete separata da Rakhal».

«Solo il mio orgoglio è stato offeso», rispose tranquillamente la donna. «Lo amavo, sì, come cugino e fratello; ma la sua crudeltà mi ha ucciso il cuore. Pensava di poter avere la mia mano dopo avere ucciso i miei congiunti, e che io fossi disposta a perdonargli ogni cosa di fronte alla prospettiva della corona, come un bambino che cessa di lamentarsi quando gli si dà un dolce. Ma non vorrei che ora si pensasse che, per desiderio della corona, ho lasciato Rakhal per voi...»

Maura s'interruppe, e Raggio di Sole scosse il collo con indignazione sentendo tirare le redini. Carolus fece fermare il cavallo e sollevò la donna in modo da farla sedere sulla sua sella. Non si parlarono più, ma Raggio di Sole - e Romilda con lui - sentì un flusso di emozioni che la fecero pensare a cavalli che correvano e si sfioravano al chiarore della luna. Di fronte a quelle sensazioni così poco familiari, la ragazza ritornò bruscamente in se stessa.

Che cosa mi è successo? Perché sono tanto sensibile alle emozioni?

Poi sentì la voce mentale di Carolus, come se il sovrano fosse davanti a lei: *Per la notte, potremmo lasciare i cavalli in questo prato; voi siete una sapiente; potreste tenerli qui senza un recinto? Non abbiamo il tempo di costruirlo.*

Romilda stava già per rispondere, quando udì la voce di Maura: *Non ho il dono di Romilda, ma se la farete venire qui ad aiutarmi, faremo quel che potremo.*

Romilda tirò le redini e fece fermare il cavallo. Ruyven la guardò, sorpreso, ma lei gli disse: «Dobbiamo fermarci qui per la notte; devo andare dal re e dalla sapiente».

Fu Orain a portarle il messaggio, cavalcando in mezzo alla fila di uomini, cavalli e carri. «Dove andate, Romilda? Il signore ha richiesto la vostra presenza!»

«Lo so», disse Romilda, e corse in direzione del re, con grande sorpresa di Orain.

Carolus indicò il vasto prato. Disse: «Ci accamperemo qui per la notte. Potete aiutare Maura a far pascolare i cavalli su questo campo, in modo che non si allontanino?»

«Certo», rispose, e gli uomini lasciarono liberi nel prato i cavalli migliori, tra cui Raggio di Sole.

Quando tutti i cavalli furono giunti, Maura disse: «Ora creeremo un precipizio, visibile solo agli occhi dei cavalli; hanno paura del vuoto, e quindi basterà che lo vedano».

Romilda collegò la mente a quella della giovane donna, e insieme crearono l'illusione: un grande crepaccio che separava gli animali dagli uomini e che circondava l'intero prato. Romilda, che era in rapporto con il grande stallone e con gli altri animali, vide l'abisso e si ritrasse istintivamente... laggiù c'era un grande spazio vuoto, in cui si rischiava di cadere...

«Romilda», le disse seriamente Maura, quando interruppero il contatto, «voi siete un lettore naturale, vero?»

«Non vi capisco», disse la ragazza, sul chi vive.

«Voglio dire che il vostro *potere* si è sviluppato naturalmente, senza la disciplina di una Torre», spiegò Maura. «Sapete che può essere pericoloso? Dovreste lasciarvi esaminare, e assicurarvi di averne il pieno controllo. Il *potere* non è una cosa semplice...»

Lei rispose, rigidamente: «I MacAran lavorano con uccelli, cavalli e cani da innumerevoli generazioni; e non tutti sono stati esaminati dalle Torri». Poi aggiunse una frase di suo padre: «Con le loro Torri e i loro sapienti, gli uomini di Hali vorrebbero comandare nella mente degli uomini!»

Maura disse, in tono conciliante: «Non ho intenzione di comandare su di voi, Romilda, ma avete un'aria febbricitante e non siete ancora fuori dell'età in cui potreste correre dei pericoli, a causa di certi lati incontrollati del vostro *potere*. Se non volete farvi esaminare da me, forse vostro fratello...»

Romilda non poteva certo accettare che il suo severo e ascetico fratello, tanto simile a un monaco, leggesse i pensieri che lei non osava neppure confessare a se stessa. «È molto generoso da parte vostra, mia signora, ma non dovete preoccuparvi per me.»

Maura aggrottò la fronte, e Romilda le lesse nella mente il conflitto fra l'etica delle Torri - non entrare nella sfera privata altrui -

e una forte preoccupazione. La cosa le diede un certo fastidio: Maura non era *tanto* più vecchia di lei; perché si credeva in dovere di risolvere i problemi del suo *potere*?

Mi sono sempre dovuta affidare esclusivamente a me stessa, e ora che non ho più bisogno di aiuto, sono ansiosi di offrirmelo! Nessuno mi ha aiutato quando mio padre voleva vendermi a Garris, né quando Rory voleva violentarmi, o quando ho fatto la sciocchezza di infilarmi nel letto di Orain. Ho vinto tutte quelle battaglie da sola; che cosa fa credere loro che abbia bisogno della loro maledetta elemosina?

Maura continuò a guardarla con inquietudine, ma alla fine, con sollievo di Romilda, sospirò e si allontanò.

«Guardate», disse Carolus. «Siete certe che la vostra illusione funzioni?»

Romilda alzò gli occhi e rimase senza fiato; Raggio di Sole correva verso di loro, a testa alta, limitandosi a sfiorare con le zampe il terreno. Maura disse: «Aspettate», e tutti videro che il cavallo, quando raggiunse il bordo del campo, s'immobilizzò in preda a un profondo terrore, come se fosse davvero sul ciglio di un precipizio. Rabbrividì, sbuffò, scosse la testa e corse via nella direzione opposta.

«L'illusione li terrà per questa notte, almeno», disse Maura.

«Ma è così spaventato!» protestò Romilda, che aveva condiviso il terrore dello stallone.

«Non ha né memoria né immaginazione», replicò Maura, tranquillamente. «Voi le avete entrambe, Romy, ma guardatelo adesso.» E in verità Raggio di Sole stava brucando pacificamente; s'interruppe, fiutò il vento e si accostò a un gruppo di giumente.

«Migliorerà la qualità delle scuderie reali», disse Orain, allegramente, «e ogni giumenta da lui coperta questa notte darà alla luce un puledro degno di quelle scuderie.»

Carolus rise. «Che si diverta pure, vecchio amico. Noi che siamo responsabili di questa guerra...» toccò delicatamente Maura, solo sulla spalla, ma scambiò con lei un'occhiata che fece arrossire Romilda, «... dobbiamo aspettare ancora qualche tempo prima di avere il premio meritato; ma esso ci sarà ancor più caro. Vero, amore mio?»

Maura si limitò a sorridere, ma Romilda dovette distogliere lo sguardo, tanto era abbagliante quel sorriso.

Quella sera Jandria chiese a Romilda se voleva riunirsi alle Sorelle, ora che il suo particolare distaccamento che si occupava degli uccelli-sentinella si era riunito al grosso dell'esercito. Evidentemente, la donna più anziana si aspettava che fosse lieta di ritornare con le compagne, ma Romilda era troppo stanca e irritata per sorbirsi le chiacchiere, il chiasso e le risate delle Sorelle. Si scusò dicendo che doveva rimanere vicino agli uccelli.

«Non dovete temere che dia scandalo», disse in tono acido, «perché tra la Nobile Maura e quel mezzo monaco di mio fratello, sono come una sacerdotessa di Avarra nella sua isola protetta, dove nessun uomo può avvicinarsi senza incorrere nella maledizione della Madre Nera!»

Jandria era ancora preoccupata per lei, ma la abbracciò e disse: «Riposa bene, allora, sorellina. Hai un'aria così stanca; hai dovuto dare molto, e in tempo breve, e sei ancora giovane. Mangia una buona cena; conosco le sapienti, e per ricostituire le sue energie dopo il lavoro, una fragile ragazzina sarebbe capace di mangiare quanto tre spaccalegna! Dormi bene, cara».

Jandria si allontanò; Romilda diede da mangiare agli uccelli, aiutata da Ruyven, e notò con soddisfazione che il Nobile Ranald non si sottraeva a quel compito. Ma l'odore del cibo degli uccelli-sentinella le diede la nausea, e anche se Carolus aveva mandato ai suoi falconieri un bel quarto di cervo arrosto, non riuscì ad assaggiare il cibo.

Quando l'accampamento fu pronto per la notte, il sole era ormai tramontato da tempo, ma in cielo c'era un'enorme luna piena.

«Plenilunio», disse il Nobile Ranald, sorridendo. «Che pazzie possiamo fare? A Thendara si dice: *Di quel che si fa sotto la luna piena, poi non ci si deve né ricordare né pentire...*»

Ruyven disse cortesemente, ma in tono gelido: «Per me è una notte sacra, amico; trascorrerò parte della notte in meditazione, se i soldati di Carolus...» indicò la direzione da cui giungeva il canto stonato di molti uomini, «mi concederanno un po' di pace».

«I furieri del re hanno distribuito doppia razione di vino», disse Ranald, «ma non tanto da ubriacarli; siederanno attorno al fuoco e canteranno un po': nient'altro.»

Offrì il braccio a Romilda.

«Potremmo unirci a loro, damigella. Alcuni uomini della mia vecchia unità hanno una bella voce e un tempo andavano a cantare nelle taverne. E vi assicuro che non si permetteranno alcun comportamento men che riguardoso verso una Sorella della Spada; anzi, saranno onorati della vostra presenza.»

«Non mi sembra che quelle voci siano tanto belle», commentò Romilda, tendendo l'orecchio verso la lontana cacofonia di suoni.

Ranald rise. «Sono soldati che cantano per divertirsi; i Fratelli del Vento - si fanno chiamare così, anche se non sono realmente fratelli: sono solo quattro cugini - non iniziano a cantare finché non si sono radunati tutti i loro compagni. Abbiamo il tempo di giungere fino a loro, e i soldati si rallegrano, quando la nobiltà mostra di apprezzare i loro divertimenti.»

Messo in quella forma, Romilda non poteva rifiutare l'invito, anche se avrebbe preferito andare a coricarsi. Ma in mezzo alle risate e ai canti dell'intero accampamento, non sarebbe riuscita a prendere sonno; forse Ruyven aveva una tale disciplina da riuscire a meditare in un simile baccano, ma Romilda no. Prese il braccio che Ranald le offriva.

La luna piena illuminava la radura come se fosse giorno - be', un giorno buio e grigio, perché non si distinguevano i colori - e si vedeva perfettamente la strada. Quando si avvicinarono ai fuochi dei bivacchi, udirono i soldati cantare ballate ben poco decorose, che riguardavano gli scandalosi trascorsi delle famiglie nobili:

Mio padre era il Guardiano della Torre di Arilinn,
Un giorno scorse un elfo, del bosco sul confin.
Di *kireseth* allora gli diede in dono un fiore,
e fu con questo dono che sedusse il suo amore.
Di tale unione i figli che nacquer sono tre:
ermafroditi i primi, il terzo sono me!...

«Questa canzone scatenerebbe contro di loro l'intera città, se la cantassero nelle vicinanze di Arilinn. Qui possono cantarla impunemente, perché c'è una vecchia ruggine tra la Torre di Arilinn e quella di Neskaya...»

«Strano, che in una Torre succedano queste cose», disse Romilda, che, quando pensava alle Torri, pensava alla severità di Ruyven.

Ranald rise. «Io ho passato qualche anno in una Torre... giusto quanto bastava per controllare il mio *potere*. La gente che è fuori non ha idea - o finge di non sapere - come sia l'atmosfera, lì dentro. Quando ci sono entrato, avevo tredici anni, e mi avreste preso per un *cralmac* in calore, di quelli che corrono dietro a tutte le femmine della fattoria! La mia governante era scandalizzatissima... a quell'epoca studiavo ancora. Naturalmente, era una vecchia vipera... non offenderò i miei bracchi preferiti chiamandola cagna! Sono convinto che avrebbe voluto castrarmi come si fa con i *chervine* da soma, per farmi frequentare più regolarmente le sue lezioni!»

Romilda rise, ma un po' a disagio. Ranald se ne accorse e disse in tono gentile: «Mi spiace... dimenticavo che siete cristiana. Si dice sempre che le ragazze sono diverse, ma io ho quattro sorelle, e se mai ho avuto l'idea che i discorsi delle donne fossero più delicati di quelli degli uomini, me l'hanno fatta passare subito. Non credo di dovermi scusare: dal vostro lavoro sugli animali so che avete capito benissimo cosa intendevo dire».

Romilda arrossì, ma la sensazione non le dispiacque; le tornò in mente l'estate a Poggio del Falco, con gli animali che si accoppiavano. Anche lei aveva sentito il desiderio di tutte le forme di vita che la circondavano, anche se, essendo ancora bambina, si trattava di una coscienza imprecisa, sensuale ma non personale. Capì che Ranald cercava di stuzzicarla, ma la cosa non le diede realmente fastidio.

«Ascoltate!» disse Ranald. «Sono arrivati i cantanti.»

Portavano l'uniforme dei soldati comuni: il primo era alto e robusto; il secondo aveva folti capelli castani e una barbaccia nera; il terzo era basso e grassoccio, con la faccia tonda e rosea; il quarto era alto e magro come uno spaventapasseri, e aveva grandi mani rosse, ma cantava con la più bella voce di tenore che Romilda avesse ascoltato. Cantarono a bassa voce alcune note per trovare l'intonazione, poi attaccarono con un antico canto di taverna:

> Aldones ha benedetto il gomito dell'uomo,
> ha benedetto il punto dove il braccio si piega.
> Se si piegasse troppo poco, non riusciremmo a bere.
> Se si piegasse troppo, ci infileremmo nell'orecchio il bicchiere...

Terminarono il ritornello rovesciando il boccale per far vedere che era vuoto, e i soldati corsero a riempirglielo. I cantanti bevvero e poi diedero inizio a una nuova canzone.

Cantavano ballate popolari, ma non volgari, che in generale parlavano dei piaceri del vino e dell'amore, e avevano una voce splendida; come tutti coloro che la circondavano, anche Romilda cantò in coro con i Fratelli del Vento, fino a divenire rauca. Per qualche tempo dimenticò le strane emozioni che avevano continuato ad assediarla, e si rallegrò che Ranald l'avesse portata lì. A un certo punto, qualcuno le mise in mano un boccale: era la birra forte e fragrante delle pianure, e le fece girare un po' la testa - le parve perfino di avere una bella voce, mentre di solito non valeva gran che, come cantante - ma senza perdere il controllo di se stessa. Alla fine, i soldati andarono a dormire, e i Fratelli, pieni di vino ma perfettamente in grado di camminare, intonarono tra gli applausi l'ultima canzone. Romilda dovette appoggiarsi a Ranald per trovare la tenda.

Lui l'attirò a sé e le bisbigliò: «Romy, quel che avviene sotto la luna piena non si deve né ricordare né rimpiangere...»

Romilda lo allontanò, ma senza eccessiva convinzione. «Sono una Sorella della Spada. Non voglio recare offesa al mio orecchino. Mi credete una ragazza leggera perché vengo dagli Hellers? E nella mia tenda c'è la Nobile Maura.»

«Maura non lascerà Carolus, questa notte», disse Ranald, con serietà. «Non potranno sposarsi finché il consiglio non avrà dato l'assenso, e non si uniranno finché lei dovrà essere la sua sapiente, ma si ameranno come potranno; pensate che Maura vi biasimerebbe? O mi credete talmente egoista da farvi avere un figlio, mentre c'è la guerra in corso e la vostra capacità è altrettanto necessaria quanto la mia?» Cercò di abbracciarla, ma lei scosse la testa, senza parlare, e lui la lasciò.

«Io lo vorrei... ma non proverei nessun piacere, se non potessi condividerlo con voi», le disse ancora Ranald, baciandole il palmo della mano. «Forse... no, lasciamo perdere. Dormite bene, Romilda.»

Le rivolse un inchino e se ne andò; lei si sentì vuota e fredda, e fu quasi sul punto di rimpiangere di averlo allontanato...

Non so cosa voglio, ma ho l'impressione che non si tratti esattamente di questo...

Ma anche quando si trovò nella tenda - e, come Ranald aveva annunciato, la Nobile Maura non c'era - sentì che i raggi della luna continuavano a illuminarla. Si tolse tutti gli abiti e s'infilò sotto le coperte; di solito andava a dormire con la sottotunica, ma quella notte la luce della luna le dava un tale calore che non riusciva a sopportare il contatto della tela. La musica e la birra continuavano a echeggiarle nella mente, ma nel silenzio della tenda le pareva di essere all'aperto, sull'erba, e di scalpitare in preda a una strana inquietudine.

Anche Raggio di Sole era colpito dall'irrequietezza del plenilunio e Romilda era tutt'uno con il grande stallone innamorato, e la carica sessuale del grande stallone era troppo forte per lei... non riusciva più a staccarsi dal contatto e questo la atterriva, sarebbe rimasta isolata per sempre e non sarebbe più ritornata nel proprio corpo, non sapeva più in quale corpo si trovasse... No, no...

Qualcuno aprì la tenda; la luce della luna illuminò l'interno... ma Romilda non se ne accorse, era incapace di vedere e si agitava per liberarsi...

Sentì due mani che la stringevano delicatamente; qualcuno che la chiamava sottovoce. Le mani l'accarezzavano.

«Romy, tornate indietro, tornate indietro... lasciatevi tenere, povera piccola, ritornate qui...»

Vide la faccia di Ranald, si sentì chiamare piano; fino a un attimo prima si era sentita affogare in quel che non era, e adesso ritornò con gioia alla coscienza del proprio corpo, stretto fra le braccia di Ranald. Lui la baciava, e lei lo afferrò e lo attirò con violenza a sé: qualsiasi cosa, ora, qualsiasi cosa, per rimanere al sicuro entro il proprio corpo, per allontanare l'irresistibile sovraccarico di emozioni e di sensazioni fisiche; Ranald la accarezzava e la stringeva, e lei era di nuovo se stessa, e non sapeva se era la paura, la gratitudine o il desiderio a spingerla ad abbracciarlo, per allontanare da sé il contatto indesiderato con lo stallone, per ricordarsi di essere umana, e di volere *quella* esperienza... Lesse nella mente di Ranald che era piacevolmente sorpreso - e anche un po' intimidito - da una passione così forte, e ancor più stupito di trovarla ancora vergine, ma la cosa, nella violenza del momento, non ebbe alcuna importanza, per nessuno dei due.

«Avevo l'impressione che le emozioni di questi giorni fossero state troppo forti per te», le bisbigliò Ranald, più tardi. «Non credo che tu chiamassi me, ma ero vicino, e sapevo...»

Lei lo baciò, riconoscente, stupita, contenta. Tutto era successo in modo così naturale; le pareva una cosa estremamente dolce e giusta. Un ultimo pensiero, mentre s'addormentava, le sfiorò la mente e la fece sorridere:

Con il Nobile Garris non sarebbe mai andata così! Ho fatto benissimo a non sposarlo.

Capitolo 17

LA GUERRA DI LYONDRI

L'esercito di Carolus rimase accampato per tre giorni accanto al fiume. Il terzo giorno Romilda uscì di nuovo per lanciare gli uccelli-sentinella, e Ranald la accompagnò. Sapeva di dover nascondere a Ruyven i propri pensieri; il fratello non avrebbe affatto compreso quel che era successo. Avrebbe solo capito che la sua giovane e innocente sorellina aveva condiviso il letto di un Ridenow, e Romilda temeva che questo impedisse loro di lavorare come un gruppo affiatato. Ruyven avrebbe certamente pensato a Ranald nel ruolo del seduttore, e le cose non stavano così; lui l'aveva semplicemente aiutata a uscire da un'esperienza che Romilda aveva trovato insopportabile. Ma, anche ora, Romilda non capiva perché l'avesse trovata tale.

«Ricordami di non guardarti con questo sorriso», disse Ranald, per venire incontro alla preoccupazione della ragazza di nascondere l'accaduto a Ruyven, e lei gli ricambiò il sorriso. Era felice e soddisfatta, e poteva guardare senza timore il pascolo dove Raggio di Sole era intento a brucare, e riprendere - come un tempo - il contatto mentale con lo stallone, senza il rischio di farsene travolgere.

Me l'ha permesso Ranald.

E Maura le aveva detto una frase importante: *I cavalli non hanno memoria, né immaginazione.* Per questo lei poteva riprendere il vecchio rapporto con Raggio di Sole.

Per due volte, durante quella sosta, andò a mangiare alla mensa delle Sorelle. Clea la prese in giro.

«Ah, ti sei ricordata di noi, dopo essere stata gomito a gomito con la nobiltà!»

«Via», disse Jandria, «Romy ha un lavoro da compiere, esattamente come tutte noi, e la Nobile Maura la protegge come un intero ostello pieno di nostre Sorelle. Inoltre, uno dei falconieri è suo fratello. E se le voci che corrono sono vere...» rivolse uno sguardo interrogativo a Romilda, «... questa stessa Maura sarà un giorno nostra regina... che ne sai, Romilda?»

Lei rispose: «Ne so quanto te. Re Carolus, per sposarsi, ha bisogno del permesso del consiglio; una nobildonna del rango di Maura non può sposarsi senza il consenso dei genitori, e il fatto che il re le faccia la corte non cambia questo stato di cose. Ma certamente, se le cose andranno come vogliono loro, si celebrerà un matrimonio».

«E se non lo si celebrerà, il re avrà un figlio illegittimo che farà altrettanti guai quanto quel maledetto Rakhal», disse Tina, sprezzante. «Bel comportamento, poi, per una sapiente... la sua cameriera mi ha riferito che ha passato due notti nel padiglione reale; che razza di custode può essere per Romy?»

Ranald le aveva insegnato a chiudere un poco la mente; Romilda riuscì a non arrossire e a non distogliere lo sguardo.

«Fra tre uccellacci e mio fratello, credi davvero che mi occorra ancora una custode, Tina? Quanto a Maura, ho sentito dire che deve conservare la verginità per non perdere la chiaroveggenza, e non credo che voglia perderla, neanche in cambio del letto di un re, finché durerà la guerra; ma io non sono la guardiana della sua coscienza; è una donna adulta e una sapiente, e non deve giustificare le sue azioni a nessuno.»

Clea sbuffò, sprezzante. «Perciò sarebbe disposta a vendere la sua verginità per una corona, ma non per amore? Ben fatto, sapiente!» Fece il gesto di applaudire. «E tu, cerca di approfittare del suo esempio, Romy!»

Romilda aveva pensato di poter parlare della sua esperienza a quelle donne, che erano libere di seguire le loro inclinazioni; soprattutto avrebbe voluto parlarne con Jandria... ma Jandria stava già andando a raggiungere i consiglieri di Carolus, e Romilda non osava confidarsi a nessuna delle altre, neppure a Clea, dopo le sue battute ironiche. No, quelle donne non l'avrebbero capita.

Sapeva di non avere mancato di rispetto al suo orecchino, né di avere fatto qualcosa di offensivo per le Sorelle. Il giuramento non le imponeva una particolare condotta personale; e almeno lei non si era venduta a quel vecchio maiale del Nobile Garris, in cambio del lusso e della prosperità del commercio di cavalli paterno!

Perciò, il terzo giorno, quando uscì per lanciare gli uccelli-sentinella, insieme con Ruyven e Ranald, il suo morale era alle stelle. Era una giornata grigia e piovosa, e anche quando le nuvole si schiusero leggermente, continuò a soffiare un forte vento. Gli uccelli protestarono quando vennero tolti dai posatoi, perché non amavano quel tempo; ma dovevano fare esercizio dopo due giorni di riposo a gozzo pieno, e Carolus voleva sapere dove si trovava l'esercito di Rakhal.

«Dobbiamo farli volare abbastanza bassi perché riescano a vedere attraverso la nebbia», disse Ranald, e Romilda protestò.

«Agli uccelli non piace!»

«Il fatto che gli piaccia o no», disse Ranald, seccamente, «non mi interessa assolutamente. Non facciamo volare questi uccelli per il nostro piacere, né per il loro... ve ne siete dimenticata, Romy?»

Se n'era davvero dimenticata, in quel momento, tanto si sentiva vicina ai grandi uccelli. Quando lanciò Diligenza dal guanto, entrò in rapporto con la creatura alata che si levava sempre più in alto, e la costrinse a volare più in basso, verso la direzione in cui, nei giorni precedenti, avevano visto l'esercito di Rakhal.

Tuttavia, nonostante gli occhi acuti dell'uccello, la nebbia e la pioggia impedivano di vedere lontano; il volo non aveva alcun rapporto con quello delle altre volte, allorché gli uccelli potevano scorgere una grande area del terreno e l'immagine veniva trasmessa a Carolus. Adesso occorreva un lento, cupo sforzo, ed era necessario combattere contro l'istinto che avrebbe spinto l'uccello a voltarsi indietro, a ritornare a casa e ad appollaiarsi sul suo bastone finché non fosse tornato il sole, o a volare molto in alto, al di sopra delle nuvole.

Uccelli-sentinella, uccelli-spia. Come tutti noi, io sono solo uno strumento che serve all'esercito di Carolus per colpire. Come si sarebbe incollerito suo padre! Non solo il figlio fuggiasco da lui diseredato, ma anche la figlia in cui aveva cercato consolazione, dopo la fuga del primogenito e l'inettitudine di scribacchino del secondogenito, ora servivano Carolus... *Chissà come se la cava Darren*, pensò Romilda. *Ormai si sarà rassegnato a occuparsi di falchi e di cavalli?*

Aveva perso il contatto con l'uccello, e Ruyven la richiamò al dovere. S'immerse di nuovo nel rapporto con il volatile, e fu colpita dal vento e dalla pioggia gelata... lei o Diligenza? Doveva volare più in basso, perché da lassù non si scorgeva niente. In quel momento i tre lettori del pensiero erano collegati tra loro, e Romilda entrò in contatto con Temperanza, che volava verso un'apertura che era comparsa tra le nubi. Sotto di loro, il terreno era deserto, ma all'orizzonte si scorgeva il fumo dell'esercito di Rakhal, fermo ad attendere la fine della pioggia. Dietro di lei sentiva lo spostamento d'aria causato da Prudenza che volava poco lontano. Nello stesso tempo, un'altra parte di lei era Romilda, in sella al cavallo, e un'altra acora era Carolus che attendeva le informazioni degli uccelli e dei falconieri.

Poi, lontano, scorse una macchiolina, che diventava sempre più grande... naturalmente, adesso anche il nemico aveva degli uccelli-sentinella! Lei - *o Diligenza?* - si spostò leggermente, sperando di sfuggire all'uccello nemico, senza essere vista. Che dietro quel rapace, posto a intercettare ogni spia volante, ci fosse lo stesso Rakhal o uno dei suoi consiglieri?...

Si sarebbe giunti a uno scontro fra uccelli? Romilda non avrebbe più potuto dirigere il suo animale, se l'istinto avesse preso il sopravvento; era facile controllare la mente dell'uccello quando tutto andava bene, ma nel pericolo l'istinto era più forte degli ordini mentali.

Temperanza volava davanti a tutti, e anche Romilda, collegandosi con la mente del fratello, poté vedere i margini del campo nemico, e un carro avvolto in un'aura nera e sinistra... ma non era certa di vederla con gli occhi dell'uccello: forse percepiva un'impressione di Ruyven. Gli uccelli - e le tornò in mente la frase di Maura, *né memoria né immaginazione* - potevano vedere unicamente con la vista fisica e non erano in grado di interpretare ciò che vedevano, a meno che non li riguardasse direttamente: cibo, pericolo.

Per mantenere Diligenza sulla giusta rotta occorreva tutta la forza della ragazza. C'era il carro, e un odore strano, acre, che pareva pungerla... Romilda provava una vaga curiosità, ma era talmente immersa nella coscienza dell'uccello da essere lieta che l'interpretazione di ciò che vedevano spettasse a Carolus.

Qualcosa nell'aria... pericolo... l'avvertimento le colpì il cervello come un ferro rovente. Gridò e cercò di allontanarsi; poi la ragazza sentì un acuto dolore al petto e perse il contatto, per quanto cercasse di mantenerlo... *dolore... paura...* Laggiù, Diligenza cadeva come un sasso, *stordita, e perdeva coscienza, moriva...* Romilda, in sella al cavallo, si portò la mano al petto come se la freccia che aveva ucciso l'uccello-sentinella avesse colpito anche lei. Il dolore era terribile, e per un attimo Romilda si guardò attorno, disorientata. Poi capì che cos'era successo.

Diligenza! Lei aveva deliberatamente spinto l'uccello-sentinella verso il basso, verso il pericolo, nonostante il senso di cautela dell'uccello stesso, nonostante il suo istinto di volare in alto, lontano dal rischio. Fu travolta dal dolore e dal senso di colpa.

Qualcuno la chiamava per nome, da lontano... uscì dalla grigia caligine e vide che Ranald la fissava con grande preoccupazione. Disse, con un nodo alla gola: «Prudenza... Temperanza... fateli rientrare...»

Il giovane trasse un lungo respiro. «Ormai gli uccelli sono lontano dai soldati; li ho fatti salire molto in alto, fuori tiro... Mi spiace, Romy, voi l'amavate...»

«E lei amava la vita!» gli gridò selvaggiamente la ragazza. «Ed è morta perché voi e Carolus... oh, come vi odio tutti, uomini, re e le vostre maledette guerre, nessuno di voi vale una sola penna delle sue ali...» e scoppiò in singhiozzi.

Ruyven era immobile, con gli occhi al cielo, sul viso un'espressione concentrata; non mosse un solo muscolo finché una forma scura non scese dalle nubi e non gli si posò sul guanto.

«Temperanza», mormorò Romilda, con sollievo, «ma dov'è Prudenza?»

Come per rispondere alla sua domanda, dalle nubi giunse uno strido acuto, cui fece subito eco un secondo grido; due forme scure uscirono dagli strati di nebbia e di pioggia, serrate insieme, in lotta; caddero alcune penne, e le grida cessarono. Un piccolo corpo inerte finì a terra in mezzo ai cavalli; un altro si allontanò, gracchiando in tono di trionfo.

«Non guardare! Ranald, tenetela!» esclamò Ruyven, ma Romilda, piangendo disperatamente, era già smontata di sella e aveva raccolto la piccola forma di Prudenza, sporca di sangue e ancora calda della vita che l'aveva lasciata da poco. Se la portò al petto e gridò con ira: «Prudenza! Ah, Prudenza, amore mio, non tu...» Continuò a piangere e a disperarsi, e si sporcò le mani e la tunica con il sangue dell'uccello. Ranald smontò e le tolse gentilmente di mano il corpo inerte.

«È inutile, Romilda; è morta», disse piano, e la strinse tra le braccia. «Piccola cara, non piangete. Non ci si può far niente, è la guerra.»

E questa dovrebbe essere la giustificazione di tutto! pensò Romilda, con furia. *Giocano con la vita delle creature selvatiche per non correre rischi personali, e dicono che è la guerra... Non metto in discussione il diritto di uccidersi tra loro, ma che importa, a un uccello innocente, dell'uno o dell'altro re?*

Ruyven era intento a calmare Temperanza, e le copriva la testa con il cappuccio. Disse: «Romilda, cerca di non agitarti, abbiamo del lavoro da fare. Ranald... avete visto...»

«Sì», rispose il giovane, concisamente. «Nel campo di Rakhal c'è un carro di pece stregata. Non so dove intenda usarla, ma Carolus deve essere avvertito immediatamente! Abbiamo poco tempo, a meno che non vogliamo morire colpiti da quella sostanza, e io per primo non voglio vederla usare contro di me, o contro le terre che ci circondano...»

«Neppure io. A Tramontana ho saputo quel che può fare la pece stregata», disse Ruyven, «pur non avendola mai vista utilizzare in guerra. Carolus ha promesso di non servirsene contro le persone che vivranno nelle sue terre, ma se il nemico dovesse impiegarla contro di noi, non so come ci si possa salvare.»

«Che cos'è la pece stregata?» chiese Romilda, che era rimasta in silenzio fino a quel momento.

«È il fiato stesso delle forge di Zandru», rispose Ranald. «Un fuoco che continua a bruciare finché c'è qualche sostanza che possa alimentarlo, e che consuma la pelle, l'osso, la terra, finché non ha raggiunto la roccia stessa... un fuoco creato con la stregoneria e con il *potere*.»

Non ne dubito. È gente capace di uccidere un uccello innocente per ordine del loro re: perché dovrebbe astenersi dall'uccidere altra gente?

«Dovete venire con noi», le disse Ranald, indicandole gentilmente di montare in sella. «Carolus avrà bisogno di tutti i suoi sapienti... Maura ha promesso di non combattere contro Rakhal, ma non si opporrà, quando le verrà chiesto di impedire l'uso della pece stregata contro la sua gente, per quanto affetto possa ancora provare per Rakhal!»

Ma Romilda cavalcò senza curarsi di dove fosse diretta, e continuò a piangere. Non voleva sapere niente delle armi usate da quegli uomini, dai loro re e dai loro sapienti. Si accorse vagamente che

Ranald si era allontanato da lei, ma protese ciecamente i pensieri per entrare in contatto con Raggio di Sole e sentire di nuovo la forza rassicurante dello stallone, il suo affetto e la sua vicinanza. Si immerse in lui, senza memoria e senza immaginazione: nella mente del cavallo c'erano solo solo l'erba verde, la strada sotto gli zoccoli, sulla schiena il peso di Carolus, che il cavallo aveva già cominciato ad amare. Romilda cavalcò senza guardarsi attorno perché gran parte di lei era con Raggio di Sole, e il dolore della perdita era cancellato dall'eterno presente del cavallo.

Alla fine, un po' più confortata, uscì dal mondo di Raggio di Sole e si accorse che parlavano di lei.

Amava molto quegli uccelli-sentinella, gli era molto affezionata. È sempre stato così, fin dal primo momento che l'abbiamo vista; noi abbiamo detto che erano brutti e sgraziati, e fu lei a mostrarci che avevano un loro particolare tipo di bellezza...

... La sua prima esperienza con questo particolare tipo di perdita; dovrebbe imparare a rimanere un po' più distaccata...

... Che cosa potete pretendere da una lettrice "naturale" del pensiero, che ha dovuto imparare senza la disciplina delle Torri...

Di fronte a quelle considerazioni, Romilda pensò con ira che se nelle Torri insegnavano ad accettare senza proteste la morte di animali innocenti che non avevano niente a che vedere con gli uomini e le loro guerre, lei era lieta di non esserci mai stata!

«Cercate di capire», disse Carolus, guardando i tre falconieri. «Non è colpa vostra, ma abbiamo perso due uccelli-sentinella e il terzo deve essere lanciato subito, pericolo o no. Chi di voi lo farà volare?»

«Io», disse Ruyven. «Mia sorella è nuova a questo lavoro, ed è rimasta profondamente scossa... si è occupata degli uccelli fin da quando erano giovani, e si è molto affezionata a loro. Non credo che in questo momento sia in grado di occuparsene, mio signore.»

Carolus guardò Ranald e disse: «Mi occorreranno tutti i miei sapienti, se dovremo distruggere la pece stregata di Rakhal prima che riesca a usarla contro di noi. Quanto a Romilda...» la fissò con comprensione, ma la ragazza rispose, irritata:

«Non permetterò ad altri di far volare Temperanza. Ormai so come evitare di farle correre dei rischi...»

«Romilda...» Re Carolus smontò di sella e si accostò alla ragazza. Disse, in tono molto grave: «Spiace anche a me, per gli uccelli. Ma non potresti vedere l'accaduto anche dal mio punto di vista? Rischiamo la vita degli uccelli, e anche dei cavalli, per salvare quella degli uomini. So che per te erano molto importanti, più di quanto non potrebbero mai esserlo per me, o per un altro qualsiasi di noi, ma ti devo porre una domanda: chi preferiresti veder sopravvivere, me o gli uccelli-sentinella? Non rischieresti la vita degli uccelli per salvare le tue Sorelle?»

Anche se la sua prima reazione sarebbe stata quella di rispondere di no, Romilda capì che lei era un essere umano, e che avrebbe sacrificato gli uccelli-sentinella e anche i cavalli per salvare Ranald, Orain, lo stesso Carolus o suo fratello... Rispose infine: «La loro vita è vostra, maestà. Ma non mi piace far loro correre dei rischi, neanche quando ci sono delle ottime ragioni per farlo».

Vide che Carolus si rattristava nell'udire le sue parole, e se ne chiese il motivo. Il re disse: «Romilda, bambina mia...» e s'interruppe; poi, dopo una lunga pausa, riprese: «Ogni comandante di uomini e di animali deve affrontare questa scelta: accettare la morte di alcuni per la sopravvivenza degli altri. Anch'io preferirei che nessuno dei soldati che mi accompagnano dovesse mai morire...» Sospirò. «Ma ho votato la mia vita a coloro che ho giurato di governare... e a volte, a dire il vero, ho l'impressione di servire, anziché quella di regnare. Va', lancia il tuo uccello», aggiunse e Romilda, dopo qualche tempo, comprese con stupore che solo le ultime parole erano state pronunciate ad alta voce.

Ho letto i suoi pensieri, e lui sapeva che li avrei letti... non avrebbe mai detto queste cose ad alta voce davanti ai suoi uomini.

Era assai spiacevole che un re come Carolus dovesse condurre i suoi uomini alla guerra. Romilda avrebbe già dovuto capire da tempo che non intendeva sprecare vite inutilmente. E se rischiando la vita degli uccelli-sentinella pensava di salvare quella dei suoi soldati, evidentemente si trattava della scelta giusta, come quando lei aveva scelto di far rimanere a digiuno l'uccello-spettro, perché per nutrirsi avrebbe dovuto ucciderli. Lei era un essere umano, e doveva per prima cosa rispettare gli esseri umani. Rivolse un inchino a Carolus, si allontanò un poco da lui, con Temperanza sul polso, e lanciò nuovamente l'uccello in direzione del cielo piovoso.

Volava sul campo... e, poco lontano, sentì il rombo di tuono dei cavalli lanciati alla carica, quando l'esercito di Rakhal superò la cima del monte e dilagò verso il nemico. Allorché le due forze si scontrarono, s'innalzò un terribile clangore, e Romilda vide con gli occhi dell'uccello:

Cavalli che cadevano a terra nitrendo di dolore, feriti da colpi di spada e di lancia... uomini stesi sul terreno a morire... Un gruppo di cavalieri si lanciò contro il punto dove sventolava il vessillo azzurro e argento di Carolus e della sua guardia... *Raggio di Sole! Salva il mio re...* e una parte di lei cavalcò con il grande stallone nero, e si allontanò con il re, che poi si fermò ad attendere la seconda carica.

Fiamme che arroventavano l'aria; dappertutto l'odore della carne bruciata, grida di uomini e nitriti di cavalli, e morte dappertutto...

Eppure, per tutto il corso della battaglia, Romilda restò immobile, per trasmettere al sovrano la visione d'insieme del campo, in modo che Carolus potesse schierare gli uomini dove c'era bisogno di loro. Passarono molte ore, mentre lei volava sul campo, tra sempre nuovi orrori, immersa nell'odore della carne bruciata...

Poi gli uomini di Rakhal si ritirarono, lasciando sul campo i morti e i feriti, e Romilda, che fino a quel momento era rimasta in rapporto con l'ultimo degli uccelli-sentinella (solo ora si accorse che Ruyven aveva preso il suo cavallo per la briglia e l'aveva portato in salvo, in cima a una collinetta, mentre lei era nella mente dell'uccello), riprese conoscenza, confusa e sconvolta.

I cavalli morti. Sette di quelli che lei stessa aveva addestrato all'ostello... e Clea, l'allegra Clea che parlava della morte con tanto distacco, morente sul campo di battaglia, il sangue delle ferite a malapena visibile sul rosso della tunica... Clea che moriva tra le braccia di Jandria, e uno spazio vuoto, un grande silenzio che si stendeva dove un tempo c'era una creatura umana viva e amata, reale...

Non c'era allegria tra i vincitori; Carolus aveva avuto troppe perdite. Cupamente, gli uomini andarono a seppellire i morti, a dare agli ultimi cavalli morenti il colpo di grazia, e Ruyven raggiunse la tenda dei guaritori, per aiutare a fasciare i feriti.

Romilda, ammutolita dal dolore, montò la tenda con l'aiuto del giovane apprendista di Ruyven, che aveva sul braccio una grande bruciatura, dovuta alla pece stregata lanciata sul campo. Nel bagaglio c'erano tre posatoi, ma era rimasto un solo uccello, e Romilda sentì una profonda nausea nel dargli da mangiare... adesso l'odore di carne morta regnava in tutto il campo.

La ragazza non voleva dormire nella tenda della Nobile Maura; cercò ai margini del campo finché non trovò le Sorelle superstiti, e si unì silenziosamente a loro. Due donne le chiesero: «Sei ferita?»

«No», rispose Romilda, automaticamente. Non lo sapeva neppure lei: troppe volte, quel giorno, aveva condiviso l'esperienza della morte, aveva sentito nella propria carne le ferite; ma ora si rese conto di non avere subìto danni.

«Sei una guaritrice?» E quando Romilda rispose di no, le dissero di aiutarle a scavare una fossa per Clea.

«Una Sorella della Spada non può giacere in mezzo ai soldati. Come in vita, così anche in morte deve riposare lontano da loro.»

Romilda si chiese che importanza potesse avere, per Clea, il luogo dove la seppellivano. Si era difesa bene, aveva insegnato a molte compagne a difendersi, ma l'ultima violenza della morte l'aveva colta senza preavviso, e adesso lei era fredda e rigida, e aveva un'espressione sorpresa, ma neanche un segno sulla faccia.

Romilda aveva l'impressione che Clea, da un momento all'altro, si sarebbe messa a ridere e avrebbe finto di colpirle, cogliendole alla sprovvista come era già successo tante volte. Prese la pala che le diede una delle Sorelle: quel lavoro faticoso la aiutava a non sentire il dolore attorno a lei. Cercò di chiudere la mente come le aveva insegnato Ranald, ma il dolore che la circondava era troppo...

Sul campo si libravano forme scure e alate, in attesa. Poi, una di esse scese su un cavallo morto, e affondò il becco con un rauco grido di gioia. Un'altra toccò terra, e una terza, e poi decine e centinaia... a banchettare, chiamandosi allegramente tra loro. Romilda colse un pensiero, forse di una Sorella, forse di un soldato dell'accampamento: *La sconfitta degli uomini è la gioia degli uccelli che divorano le carogne; dove gli uomini piangono, i* kyorebni *fanno festa...* e lasciò cadere la pala. Si chinò per recuperarla, ma venne presa da conati di vomito, anche se era digiuna dal mattino, e non riuscì più a raddrizzarsi. Era troppo esausta e nauseata per piangere.

Jandria la raggiunse e la portò nella tenda, senza parlare. Due Sorelle si stavano prendendo cura delle ferite di tre altre: una colpita dalla pece, che le stava ancora bruciando nella carne; un'altra priva di sensi a causa di un colpo di spada sulla testa; la terza con la gamba rotta per una caduta da cavallo. Una delle Sorelle alzò lo sguardo, corrucciata, quando Jandria fece accomodare Romilda su una coperta.

«Non è ferita... dovrebbe aiutare a seppellire i nostri morti!»

Jandria rispose: «C'è più di un tipo di ferite», e continuò ad accarezzare Romilda, che non si accorgeva di lei, e che si era persa in un deserto in cui cercava inutilmente i morti...

Romilda vagava in un sogno cupo, in una grande pianura grigia dove vedeva Clea, davanti a lei, correre ridendo in groppa a uno dei cavalli che erano morti, sul pugno la forma di Prudenza... ma lei, per quanto li rincorresse, non riusciva mai a raggiungerli...

Poi udì una voce nota, ma non seppe riconoscerla. La voce diceva: *Non ha mai imparato a escludere le emozioni. Questa volta, forse, posso fornirle io le barriere, ma in realtà non esiste alcun rimedio. Non avendo l'addestramento, non ha protezione.*

Si accorse che qualcuno - *Carolus? Maura?* - le toccava delicatamente la fronte, e si trovò ancora una volta nella tenda delle Sorelle: la pianura grigia e desolata della morte era sparita. Abbracciò Jandria e pianse.

«Clea è morta... e i miei cavalli... e i miei uccelli...»

Jandria la cullò dolcemente. «Lo so, cara, lo so», le disse. «È giusto, piangi per loro, se devi farlo, noi siamo tutte con te», e Romilda pensò, stupita: *Piange anche lei.*

E non capì perché la cosa le dovesse parere tanto strana.

CAPITOLO 18

IL RITORNO DI ALDERIC

L'INDOMANI della battaglia, fin dal mattino prese a cadere una pioggia torrenziale. Il campo era immoto, a parte gli onnipresenti *kyorebni*, che, incuranti dei rovesci, si cibavano dei corpi di uomini e cavalli.

Per lei non fa differenza, pensò Romilda, ma si rallegrò che il corpo di Clea fosse nella terra, lontano dal becco dei litigiosi *kyorebni*.

Ma Clea non è morta dopo avere vissuto tutti i giorni che le erano stati assegnati. È morta in un litigio tra re, non voluto da lei. Eppure, turbata, si ricordò del suo incontro con Lyondri. La crudeltà dell'Hastur aveva diverse sfaccettature, mentre Carolus riteneva suo dovere servire e proteggere coloro che abitavano nel suo regno.

Si vestì e indossò il mantello pesante, si coprì la testa con il cappuccio e si recò da Temperanza. Il suo primo impulso era stato quello di lasciare a Ruyven la cura dell'uccello-sentinella; temeva che i posatoi vuoti di Prudenza e di Diligenza risvegliassero in lei l'orrore della loro morte. Ma aveva promesso di prendersi cura di loro: era lei la Donna del Falco di Carolus, e Ruyven, pur prendendosi cura degli animali, non li amava.

Temperanza si rannicchiava sul bastone, cercando di proteggersi dall'umidità; i posatoi erano coperti, ma non erano riparati dal vento, e Romilda decise di portare l'uccello nella piccola tenda di Maura, che da qualche giorno era vuota. Temperanza era l'ultimo uccello-sentinella rimasto, e se si fosse ammalato a causa del tempo umido, non sarebbe stato in grado di volare. Romilda non voleva pensare al volo del giorno prima, ma sapeva che l'avrebbe fatto volare di nuovo, anche nel pericolo. Senza alcun piacere - quel piacere faceva parte della sua innocenza, e adesso era scomparso per sempre - ma per dovere, perché aveva visto la guerra e sapeva che cosa sarebbe successo alla gente di quei monti, sotto il pugno di ferro del signore Hastur.

Lyondri non voleva essere soltanto il boia di Rakhal: Romilda glielo aveva letto nella mente. E inoltre aveva detto: *Riferite a Jandria che non sono il mostro che lei si immagina*. Ma era convinto che la violenza fosse la sua unica strada per giungere al potere, e perciò era colpevole come lo stesso Rakhal.

È un parente di Carolus. Come può essere così diverso da lui?

Mentre accudiva a Temperanza, sentì giungere dei passi; quando si voltò, riconobbe una faccia ben nota.

«Nobile Alderic!» esclamò, ma il giovane ebbe solo un istante per fissarla con stupore: un attimo più tardi, Ruyven si precipitò ad abbracciarlo.

«Fratello! Sapevo che sareste venuto a cercarci qui... vostro padre lo sa?»

Alderic Castamir scosse la testa e sorrise all'amico. Disse: «Arrivo adesso da Poggio del Falco; vostro padre mi ha dato il permesso di partire, anche se a malincuore; dovete sapere che Darren è ritornato al monastero».

Ruyven scosse la testa. «Sarei stato lieto di lasciare a Darren il posto di erede, e mi auguravo che, una volta lontano da me, mio padre riconoscesse i suoi meriti...»

«O le sue vere inclinazioni», disse piano Alderic. «Darren ha poco interesse per i falchi e per i cavalli, e non ha traccia del Tocco dei MacAran. Non lo si può biasimare per quel che non è, fratello, così come non si può biasimare voi per quello che siete. E credo che MacAran abbia ormai capito che non si può fare un'incudine con un mucchio di piume, o filare seta da una coppa, sia pure di metallo prezioso. Le capacità di Darren sono di un genere diverso, e MacAran l'ha mandato a Nevarsin per completare gli studi; un giorno sarà l'amministratore di Rael, mentre Rael... ho già cominciato a insegnargli a prendersi cura dei cavalli e dei falchi.»

«Il piccolo Rael!» esclamò Ruyven, meravigliato. «Quando ho lasciato Poggio del Falco era ancora attaccato alle gonne di Luciella! Eppure ero certo che possedesse il Tocco dei MacAran; penso di avere sempre favorito Darren, inconsapevolmente, perché lo amo e perché desideravo che avesse il Tocco, e che io potessi essere libero. Be', Darren ha trovato il suo posto, e io il mio.»

Alderic si chinò a baciare la mano a Romilda. «Damigella Romilda», disse educatamente, e la ragazza lo corresse:

«Spadaccina Romilda... e so già che cosa ne direbbe mio padre; ma non lo saprà mai.»

«Scusate, Romy», disse Alderic, guardandola negli occhi. «Vostro padre vi ama e vi crede morta; e così la vostra matrigna. Posso chiedervi, come vostro amico... e come amico dei vostri genitori, perché vostro padre è stato più che gentile con me... di informarli che siete viva?»

Lei gli rivolse un sorriso amaro. «Meglio di no», disse. «Sono certa che mio padre preferisca vedermi morta, piuttosto che sapere che mi guadagno la vita con la spada, e che porto l'orecchino delle Sorelle.»

«Aspetterei a dirlo. Credo che vostro padre sia cambiato, quando siete fuggita da Poggio del Falco; poco più tardi si è arreso alla realtà e ha dato a Darren il permesso di ritornare dove era felice. Dovevate essere cieca e sorda, Romilda, per non accorgervi che eravate la sua beniamina, anche se ama tutti i suoi figli.»

«Lo so», intervenne Ruyven, abbassando gli occhi e con un nodo alla gola. «Non avevo mai pensato che potesse piegarsi fino a quel punto. Anch'io sono stato orgoglioso e duro. Se usciremo vivi da questa guerra... *Portatore di Pesi, concedilo a noi!...*» esclamò, con voce roca, «... tornerò a Poggio del Falco per riconciliarmi con lui, e lo implorerò di fare la pace con le Torri, perché Rael possa addestrare correttamente il suo *potere* prima che sia troppo tardi. E se dovrò inchinarmi davanti a lui, mi inchinerò. In passato sono stato troppo orgoglioso.»

«E voi, Romilda?» chiese Alderic. «Ha pianto così tanto per voi, che in un solo anno è diventato un vecchio.»

Romilda batté le palpebre per non piangere. All'idea che il padre fosse diventato vecchio si sentiva stringere il cuore. Ma insistette: «Meglio credermi morta, che vergognarsi di una figlia che porta l'orecchino...»

Alderic scosse la testa. «Non posso convincervi, ma forse sarete lieta di sapere che Mallina ha sposato il Nobile Garris al solstizio d'inverno.»

«Mallina? Mia sorella? Con quel... quel disgustoso lumacone?» esclamò Romilda. «E dite che mio padre è cambiato?»

«Non date giudizi avventati», la avvertì Alderic. «Garris è innamoratissimo di lei, e anche lei, a quanto pare, di lui... prima ancora che si sposassero, mi confidò che Garris era una cara persona, quando si imparava a conoscerlo; adesso dice che si era sempre sentito solo e infelice, e che la disperazione lo spingeva a fare ogni sorta di sciocchezze; ora che sente di essere amato, è un uomo del tutto diverso! Dovreste vederli quando sono insieme!»

«Dio non voglia!» esclamò Romilda, scuotendo la testa. «Ma se Mallina è contenta, meglio lei di me!»

Non riusciva a immaginare come si potesse sopportare quell'uomo, ma sua sorella era sempre stata un po' sciocca, e forse erano proprio fatti l'uno per l'altra! «Comunque», concluse, «Mallina sarà il tipo di moglie docile e obbediente che Garris cercava.»

Ruyven disse: «A quanto pare, Alderic, siete entusiasta di mio padre; ma siete già andato a salutare il vostro?»

«Mio padre fa volentieri a meno della mia compagnia», disse Alderic, aggrottando la fronte. «Non l'ha mai cercata. In me vede solo la faccia di mia madre.»

Romilda ricordò che cosa aveva pensato prima di lasciare Poggio del Falco: Alderic era figlio di Carolus! E pertanto legittimo erede di tutte quelle terre...

S'inchinò e gli disse: «Lasciatevi condurre da vostro padre, mio principe».

Alderic la fissò e scoppiò a ridere. «Romilda, mia giovane amica, se mi avete scambiato per il figlio del re, vi avverto fin d'ora che vi siete sbagliata! I figli di Carolus sono al sicuro presso gli Hastur di Carcosa, e sento dire che il sovrano corteggia una certa sapiente di Tramontana...» Sorrise a Ruyven e spiegò: «La cosa era già nell'aria prima che lasciaste la Torre, amico mio».

«E la Nobile Maura ha promesso di sposarlo, se il consiglio darà l'assenso», disse Ruyven, aggiungendo poi con voce grave: «Se usciremo vivi da questa guerra... Rakhal ci ha colpito con frecce di pece stregata; siamo riusciti a respingerlo, ma riunirà le forze e ci attaccherà di nuovo, e solo il Portatore di Pesi sa quali diavolerie userà contro di noi, la prossima volta! Perciò affrettatevi a raggiungere vostro padre, Alderic, perché questa è solo la calma che precede la tempesta, e domani a quest'ora forse dovremo lottare per salvarci la vita! Salutereste i vostri dèi, dopo la morte, con ancora la macchia di non esservi riconciliato con vostro padre? Infatti è probabile che siate arrivato solo per morire al suo fianco».

«La situazione è così grave?» chiese Alderic, fissando l'amico.

Ruyven annuì. «Come vi ho detto, sta per scoppiare la tempesta. Godiamo di un momento di pace, niente di più. Carolus ha bisogno di tutti i sapienti che può trovare, Alderic.»

Romilda li interruppe. «Come? Se non siete figlio di Carolus...»

Alderic disse piano: «Mio padre si chiama Orain ed è fratello adottivo e amico di Carolus. Io sono cresciuto alla sua corte».

Romilda gli prese la mano, confidenzialmente. Avrebbe dovuto capirlo, quando Alderic le aveva detto che il padre non osava guardarlo. Carolus, anche se fosse stato costretto a sposarsi per motivi dinastici, si sarebbe mostrato cortese e gentile con una donna; ma Romilda, in cambio del suo momento di leggerezza, aveva avuto la possibilità di leggere nel cuore di Orain. Provò una grande tristezza nei riguardi di Alderic, nel sapere che non aveva conosciuto l'amore paterno; ora capiva quanto fosse stata fortunata.

«Sono la Donna del Falco di Carolus», disse, «e il re avrà presto bisogno che si levi in volo l'uccello-sentinella, se dobbiamo scontrarci di nuovo in battaglia con Rakhal. Vostro padre sarà certo con lui.»

«Non ne dubito», disse Alderic. «Non è mai lontano dal suo re. Quando ero più giovane, lo odiavo per questo, e mi dava fastidio vedere che si preoccupava più dei figli di Carolus, e perfino del figlioletto di Lyondri Hastur, che di me.» Alzò le spalle e sospirò. «Il mondo va come vuole; l'amore non deve essere una costrizione, neppure tra parenti, e per uomo come mio padre, la mia stessa esistenza deve costituire un doloroso ricordo di uno sgradevole periodo della sua vita. Io ho nei riguardi di Orain i doveri di un figlio... e mi auguro di non mancare mai a essi... ma non di più. I legami di parentela, a volte penso, sono uno scherzo degli dèi: ci uniscono a persone che non amiamo, nella speranza che prima o poi si finisca per accettarle; ma gli amici sono un dono, e vostro padre è stato un amico, quasi un padre adottivo, per me. Quando terminerà questa guerra...» le sfiorò la mano. «Non parliamone, ora. Ma credo che già abbiate capito.»

Lei non lo guardò. In verità c'era stato un periodo in cui sarebbe stata disposta a sposarlo. Ma da allora le erano successe molte cose. Aveva desiderato lo stesso Orain, anche se lui non l'aveva voluta. E Ranald... quel che era successo con il giovane Ridenow non era il genere di amore che portava al matrimonio, ed era poco probabile che un signore delle Terre Aride sposasse una Spadaccina delle montagne; anzi, Romilda non l'avrebbe sposato, se lui le avesse chiesto la mano, e lui non aveva motivo di chiedergliela. I loro corpi si erano incontrati con gioia, ma in circostanze molto inconsuete; probabilmente, lei avrebbe accettato qualsiasi uomo che fosse stato in grado di darle sollievo da quel che si manifestava tumultuosamente dentro di lei. A parte ciò, non poteva dire di conoscere Ranald. E se Alderic avesse saputo che lei non era la fanciulla virtuosa che aveva conosciuto a Poggio del Falco, l'avrebbe voluta ancora?

Romilda disse: «Quando la guerra sarà finita, Nobile Alderic...»

«Chiamatemi solo Alderic, come i vostri fratelli», la interruppe lui. «Come loro amico, vi devo sempre la protezione che vi darebbe un fratello, se non di più.»

«Sono una spadaccina... Alderic», rispose Romilda. «Non ho bisogno della protezione di nessun uomo, ma accetterò con gioia la vostra amicizia. Questa, comunque, l'avevo già a Poggio del Falco. E per qualcosa di più dell'amicizia, penso...» Involontariamente, le tremò la voce. «Non dovremmo neppure parlarne, prima della fine di questa maledetta guerra!»

«Vi ringrazio della vostra sincerità, Romilda», rispose lui. «Non vorrei una donna che mi sposasse solo perché sono il figlio dell'amico e braccio destro di Carolus. Mio padre si è sposato perché il vecchio re voleva onorare il fratello adottivo del figlio dandogli in sposa una dama altolocata; non sono mai andati d'accordo, e io ne ho sofferto; non voglio che i miei figli patiscano per l'odio tra i genitori e ho sempre giurato che non avrei sposato una donna che non fosse almeno mia amica.» La guardò, e Romilda sentì quasi voglia di piangere, tanta era la gentilezza che gli lesse negli occhi.

«Per tutto il resto possiamo aspettare... Spadaccina.»

Lei annuì, ma riuscì solo a dire: «Andiamo, allora, e salutate vostro padre».

Per incontrarlo, però, non ebbero bisogno di raggiungere la tenda di Carolus, perché Orain si stava dirigendo verso il padiglione degli uccelli. Disse: «Damigella Romilda, dovete lanciare l'uccello-sentinella...» e poi si fermò, battendo gli occhi, nel vedere Alderic.

Il giovane si inchinò e disse: «Padre».

Orain lo abbracciò per un istante, piuttosto freddamente, e quello spettacolo fece male al cuore a Romilda. Ricordava le manifestazioni di affetto di Orain. Pensò: *Un tempo accoglieva perfino me con maggior calore!*

Orain disse: «Non sapevo che tu fossi qui, figliolo. Carolus ha bisogno di tutti coloro che hanno un po' di *potere*; forse hai saputo che ci hanno colpiti con la pece stregata».

«Me l'hanno detto quando sono entrato nell'accampamento, padre», disse Alderic, «e mi affrettavo a porre al servizio di Carolus il poco talento che posseggo; ma prima desideravo salutarvi, signore.»

Orain disse, con sforzo: «Ti ringrazio a suo nome. I sapienti del re si sono riuniti laggiù...» Indicò la tenda. «Damigella Romilda, portate l'uccello-sentinella; dobbiamo sapere di quanto tempo possiamo disporre, prima che Rakhal sferri di nuovo l'attacco.»

«Marciamo contro Rakhal?» chiese Alderic, e Orain rispose, con una smorfia:

«Solo per allontanarci da questi cadaveri, per poter disporre, all'occorrenza, di maggiore spazio di manovra. Se Rakhal dispone di pece stregata, non osiamo attaccarlo nei boschi, perché l'intero territorio finirebbe in fiamme, da qui a Neskaya!»

Guardando in direzione della tenda di Carolus, Romilda vide che le guardie la stavano smontando e staccavano la bandiera con lo stemma degli Hastur. Alderic guardò Romilda, ma si limitò a dire: «Devo raggiungere gli altri. Fate attenzione, Romilda», e corse via.

La ragazza andò a prepararsi per montare in sella e prese con sé Temperanza, lasciando al giovane assistente di Ruyven il compito di levare le tende e di caricare l'equipaggiamento sui carri.

Che a Rakhal importasse così poco del territorio, da usare frecce incendiarie in una regione coperta di boschi, in quella stagione, con il rischio di un incendio? Era un'azione che rispecchiava il carattere dell'individuo. Per quel motivo, se non per altri, occorreva sconfiggere l'uomo privo di princìpi che si faceva chiamare re!

Ora che Romilda sapeva quel che doveva cercare, le era più facile far volare l'uccello-sentinella. A causa della pioggia, Temperanza aveva poca voglia di volare, ma la giovane non esitò a inviare l'uccello molto in alto, quasi a sfiorare le nubi. Lo fece volare lentamente, in cerchi sempre più larghi, in modo da poter scorgere i movimenti dell'esercito di Rakhal. Mentre cavalcava e, con una parte della mente, seguiva l'uccello, si unì a Carolus e al suo gruppo di sapienti; per un attimo pensò che forse aveva trovato finalmente il suo posto.

Sono ancora una Sorella della Spada, ma sono lieta di non dover impugnare un'arma in questa battaglia. Se dovessi farlo, penso che ne sarei in grado, ma sono lieta che le mie doti mi abbiano indirizzata su un'altra strada. Non voglio uccidere... e poi si sforzò di accettare la realtà: lei prendeva parte all'uccisione, esattamente come se avesse impugnato l'arco o la spada; forse anche di più, perché erano gli occhi dell'uccello-sentinella a dirigere il massacro. Prese risolutamente posto tra Ranald e Maura. Uno di loro sarebbe sempre rimasto in rapporto con lei, per trasmettere le informazioni a Carolus e ai suoi generali.

Per Jandria non sarà facile combattere contro Lyondri e sapere di avere contribuito alla sua morte... perché ora a Lyondri resta solo quella. Non riuscì a capire se era un pensiero suo, di Maura o forse di Orain. Formavano un gruppo attorno a Carolus, e del gruppo faceva parte anche Alderic. Con la coda dell'occhio vide che Alderic salutava Jandria con affetto e la chiamava: «Signora zia». Le venne in mente che se avesse sposato Alderic sarebbe divenuta cugina di Jandria.

Ma abbiamo già giurato di essere sorelle, pensò. Non c'è bisogno di essere parenti. Come aveva detto Alderic, parenti si nasce, ma l'amicizia è un dono...

Maura le rivolse un cenno, e Romilda ritornò al lavoro; entrò rapidamente in rapporto con Temperanza, che volava sulla grande pianura, in cerchi sempre più vasti. Alla fine, gli occhi acuti del falco scorsero all'orizzonte una nube di polvere.

L'esercito di Rakhal in movimento, diretto verso i monti coperti di foreste. Quando l'informazione venne trasmessa a Carolus, Romilda lesse i pensieri del re:

Vuole nascondersi sotto gli alberi, perché sa che non intendo usare la pece stregata, e neppure le comuni frecce incendiarie, se c'è il rischio che i pini da resina brucino. Dobbiamo raggiungerlo prima che giunga alla foresta, e dargli battaglia sul mio terreno. Poi la mente del re si rivolse a Raggio di Sole:

Guida i miei uomini, allora, grande cavallo.

Romilda si accorse che Ranald aveva preso la briglia del suo cavallo, per permetterle di cavalcare senza pericolo anche quando la sua mente era lontano, e lo ringraziò con un sorriso. La pioggia stava cessando, e dopo qualche tempo si affacciò un pallido sole. La ragazza fece avvicinare Temperanza all'esercito, mantenendola però a distanza di sicurezza...

L'esercito di Rakhal pareva più piccolo, e a nord si scorgeva un secondo gruppo di uomini a cavallo. Venivano in soccorso a Rakhal, ora che la prima battaglia aveva assottigliato i ranghi del suo esercito? No, perché vide che si allontanavano in fretta dalle forze dell'usurpatore. Poi Romilda colse il pensiero soddisfatto di Carolus:

Gli uomini di Rakhal lo stanno abbandonando, ora che l'hanno conosciuto. Odiano quanto me il suo tipo di guerra.

Ma le forze di Rakhal erano ancora imponenti. Si erano fermate in cima a un'altura e Romilda lesse nella mente di Carolus che Rakhal aveva scelto il punto più favorevole e si preparava a difendere la posizione.

Quella, dunque, era la battaglia decisiva. Per ordine di Carolus, la ragazza fece abbassare l'uccello-sentinella, perché i generali potessero valutare le forze schierate contro di loro. Rakhal aveva il vantaggio del numero e della posizione.

In qualche modo occorre staccare Rakhal da quel colle...

Alderic si accostò al padre e gli parlò per alcuni istanti. Romilda sentì che Orain diceva a Carolus: «Con il vostro permesso, signore. Mio figlio mi ha ricordato un vecchio trucco delle montagne, e il numero di sapienti che abbiamo a disposizione ci permette di metterlo in atto. Datemi qualche decina dei vostri uomini, e i sapienti, per creare l'illusione che il loro numero sia molto più grande; Rakhal verrà alla carica su di noi, e voi potrete intervenire e assalirlo sul fianco».

Carolus rifletté per qualche istante. «Potrebbe funzionare», disse infine, «ma non voglio esporre i sapienti a questo rischio; molti di loro non portano neppure la spada.»

Ranald Ridenow disse: «Il mio *potere* e la mia spada sono al vostro servizio, maestà. Affidate a me la guida di quegli uomini».

«Prendeteli, allora, che Aldones sia con voi», disse Carolus, «ma scegliete attentamente il momento di agire...»

«Ce lo indicherà la damigella MacAran», disse Ranald, che teneva ancora per la briglia il cavallo di Romilda.

Orain osservò: «Vorreste portare in battaglia una donna?» e Romilda, interrompendo per un attimo il contatto con la mente dell'uccello, disse:

«Mio signore Orain, sono una Spadaccina! Dove va mio fratello, vado anch'io!»

Ruyven non parlò, ma le inviò un messaggio mentale: *Ben detto, sorella*, a cui si unì quello di Alderic. Per qualche motivo, Romilda pensò a quando avevano fatto volare i falchi, il giorno del solstizio.

Quando finirà questa guerra non andrò mai più a caccia per piacere, perché ora so cosa significa essere braccati... e con stupore Romilda capì che era stato Orain a pensarlo.

La stessa cosa che stavo per pensare io! Romilda si addolorò nuovamente per la distanza che era caduta tra Orain e lei. *Abbiamo tante cose in comune!* Ma il mondo andava come voleva, e Orain era fatto com'era fatto, e non come l'avrebbe voluto lei. Rientrò in rapporto con l'uccello-sentinella, mentre Ranald si collegava a lei per leggerle nella mente le informazioni e le trasmetteva a Orain e Alderic.

I cavalieri di Rakhal erano schierati sul perimetro della collina e proteggevano i soldati a piedi e gli arcieri; in centro, in alcuni grandi carri, era contenuta la pece stregata. L'intera collina era circondata e sarebbe stato impossibile rompere lo schieramento nemico.

Eppure, dobbiamo farlo, pensò Alderic, guidando a rotta di collo il piccolo gruppo di soldati e sapienti. Poi, all'improvviso, li fece fermare.

Adesso!

E all'improvviso Romilda ebbe l'impressione che una grande nuvola di polvere e di fuoco si muovesse sulla collina, con rumore di zoccoli e grida... *che soldati sono?* E poi capì dove li aveva visti: erano gli uomini che avevano lasciato Rakhal e si erano allontanati: come da un grande specchio, l'immagine dei gruppo di soldati veniva proiettata contro gli uomini di Rakhal. Per qualche tempo, gli uomini schierati sulla collina rimasero al loro posto, scagliando una nube di frecce in direzione dei soldati e dei sapienti... ma le frecce non li colpirono, perché gli arcieri miravano alle immagini che correvano verso di loro...

Aiutateci a mantenere questa immagine! qualcuno gridò nella mente di Romilda, e in mezzo alla nube di polvere si cominciarono a scorgere forme indistinte, teste di cavallo, scheletri, fiamme diaboliche...

Dallo schieramento di Rakhal, una voce possente prese a gridare: «Fermi ai vostri posti!» Ma neppure essa poteva resistere all'assalto dell'armata spettrale; gli uomini di Rakhal ruppero la formazione e si gettarono a precipizio lungo il fianco della collina, ma quando giunsero nella nuvola di terrore cominciarono a gridare e il loro schieramento si spezzò in una decina di punti diversi... Dalla terra scaturivano lingue di fuoco... poi, tra le zampe dei cavalli prese a scorrere un fiume di sangue, e gli animali nitrirono terrorizzati e si fermarono, scalpitanti. Alcuni cavalieri caddero a terra, altri gridarono: «Non c'è odore di bruciato, non c'è odore di sangue, è un trucco...» ma ormai lo schieramento era rotto.

«*Ora! Per Carolus!*»

Gli uomini di Carolus avanzarono alla carica, aggirando i gruppi di cavalieri del nemico. Travolte le difese di Rakhal, si accese la mischia corpo a corpo, e Ranald e Alderic corsero verso il centro dell'esercito nemico, dove c'era il carro della pece stregata. I soldati si affrettarono a tuffare le frecce nella sostanza, ma Alderic, Orain e il loro piccolo gruppo li dispersero e corsero verso il carro. Unirono le menti e dal gruppo scaturì una lingua di fuoco azzurrino che colpì la pece stregata. S'innalzò una colonna di fiamma, così abbagliante che i soldati di Rakhal corsero via, atterriti. Gocce della sostanza caddero su alcuni di loro e li fecero avvampare come torce; il fuoco attraversò le armate di Rakhal, e i soldati, in preda al panico, si dispersero e finirono contro le spade e le lance degli uomini di Carolus.

Anche se con una parte della mente era ancora in rapporto con l'uccello-sentinella, Romilda sapeva che non c'era più bisogno delle sue informazioni. Si trovò collegata alla mente di Raggio di Sole, che era spinto sempre più avanti da Carolus: provò il terrore del fuoco, rabbrividì nel fiutare l'odore dell'erba e della carne bruciate. La pece continuava ad ardere anche se era tornata a cadere la pioggia, ma il grande stallone vinceva coraggiosamente la paura e portava sempre avanti il re, verso il cuore dell'esercito nemico...

«Cercate Rakhal e i suoi stregoni!» gridava Orain. «Inseguiteli, uomini! Prendeteli!»

Romilda fece innalzare Temperanza, molto al di sopra del fuoco, che ora bruciava verso l'interno ed era circondato da un anello di terreno dove non rimaneva più niente che potesse bruciare: merito dei sapienti di Carolus. Poi la mente di Romilda ritornò con il re e con lo stallone, che si arrampicava verso gli ultimi resti dell'esercito di Rakhal, chiusi tra gli uomini di Carolus e il fuoco.

Il cavallo si fermò e s'impennò per colpire l'uomo che si era improvvisamente alzato davanti a lui, la spada in pugno. I grandi zoccoli calarono su di lui come magli, gli spezzarono la testa come se fosse stata un frutto marcio. Carolus cercò di mantenere l'equilibrio, ma un altro uomo s'alzò, affondò rapidamente la spada, e Carolus scivolò a terra; in quell'istante, Romilda sentì il dolore acutissimo della lama che le trapassava il collo, la gola e il cuore, sentì fuggire la propria vita... Non si accorse di essere caduta a terra.

Pioveva: una pioggia gelida e forte; il terreno ne era inzuppato, e anche l'odore della pece era scomparso. Il cielo era buio, stava per scendere la notte. Romilda si rizzò a sedere, stordita e confusa, senza capire che non era stata lei a cadere a terra, colpita dalla spada.

Raggio di Sole! Cercò la mente del cavallo, trovò...

Solo un grande vuoto. Si guardò attorno e vide, a poca distanza da lei, il corpo dello stallone. *Raggio di Sole... morto!* Raggio di Sole, che aveva condiviso per tanto tempo la sua vita...

E che lei aveva tradito conducendolo alla morte in una guerra tra due re... *nessuno di loro vale un pelo della tua criniera... Raggio di Sole... e io sono morta con te...* Romilda si sentiva talmente fredda e vuota da dubitare lei stessa di essere viva. Aveva udito storie di uomini che non sapevano di essere morti e che cercavano ancora di comunicare con i vivi. Priva di qualsiasi emozione che non fosse la rabbia o il dolore, si rizzò a sedere.

Attorno a lei c'erano i corpi dei morti, uomini di Rakhal e di Carolus, ma del re non si vedeva traccia. Vagamente, si chiese se tutti i seguaci di Carolus non fossero morti e se Rakhal non avesse vinto la battaglia. O il gruppo di Orain era riuscito a catturare Rakhal? Non aveva importanza.

Che importa quale furfante sieda sul trono...

Pian piano, cominciò a orientarsi. Come dopo la precedente battaglia, il campo era coperto delle forme scure dei *kyorebni*. Uno atterrò sulla testa di Raggio di Sole, e Romilda corse a cacciarlo via. L'uccello si allontanò, ma presto sarebbe ritornato.

Raggio di Sole è morto. E io stessa l'ho addestrato per questa guerra, l'ho consegnato a una persona che l'avrebbe tradito e l'avrebbe con-

dotto in questo massacro, ma il nobile cavallo non ha mai esitato, ha portato Carolus in questo luogo, e vi ha trovato la morte. Avrei fatto meglio a ucciderlo quando correva allegramente nel prato verde delle Sorelle. Almeno non avrebbe conosciuto il terrore e il morso della spada.

Cadeva la sera, e lontano si vedeva sobbalzare una lanterna: le Sorelle cercavano le loro compagne cadute, che non dovevano giacere nella tomba comune dei soldati di Carolus.

Come se ai morti importasse...

Presto sarebbero giunte fino a lei... senza dubbio, quando era stata vista cadere, l'avevano data per morta. Ora sarebbero giunte a seppellirla, l'avrebbero trovata viva, e si sarebbero rallegrate...

Romilda fu sopraffatta dalla rabbia e dal dolore. L'avrebbero riportata con loro, come guerriera. Lei aveva lasciato gli uomini e si era rifugiata tra le donne, e che cosa aveva ottenuto? Era stata messa a domare cavalli, che poi erano stati uccisi nelle lotte degli uomini.

No, non voglio più farlo!

Con mani tremanti, si strappò l'orecchino; il filo le lacerò la carne, ma lei non se ne accorse. Gettò l'orecchino in terra: *Un'offerta a Raggio di Sole, un sacrificio ai morti.*

Si guardò attorno e vide molti cavalli senza cavaliere. Un leggero tocco del suo *potere* ne fece accorrere uno, a testa china. Montò in sella e lasciò che il cavallo la portasse dove voleva... *Dove? Non ha importanza. Lontano da questo luogo di morte, amico. Non servirò più nessuno, né come soldato, né come Sorella, né come sapiente. D'ora in poi non servirò più nessuno, uomo o donna che sia.* Chiudendo gli occhi per non piangere, Romilda si allontanò dal campo.

Cavalcò per tutta la notte, senza curarsi della direzione presa dal cavallo. Raggio di Sole era morto. Carolus e Orain erano chissà dove, ma la cosa non la riguardava. Orain non la voleva, e Carolus, come le Sorelle, cercava solo di farle usare il *potere* per tradire altre bestie innocenti e portarle al massacro. Lo stesso Ruyven non le voleva più bene: era diventato come un monaco, da quando era ritornato da quelle maledette Torri dove si insegnavano diavolerie come la pece stregata...

Non c'è nessun essere umano che abbia importanza per me.

Continuò a cavalcare per tutto il giorno attraverso una regione devastata dalla guerra. Quando giunse ai margini della foresta smontò di sella e lasciò libero il cavallo.

«Va', fratellino», gli disse, «e non servire più né uomo né donna, perché ti porterebbero alla morte. Vivi in libertà, e va' per la tua strada.»

Il cavallo la fissò per un attimo, poi si allontanò. Romilda entrò nella foresta. Era bagnata fino all'osso, ma la cosa non aveva importanza: aveva forse importanza, per i cavalli, il fatto di avere il mantello bagnato? Trovò una cavità tra le radici di un albero e vi si addormentò, dopo essersi avvolta nel mantello.

All'alba fu destata dal canto degli uccelli, ma le parve di udire, in mezzo a esso, il grido dei *kyorebni* che si nutrivano dei morti in battaglia, e fuggì. Non sapeva dove si dirigeva; voleva solo allontanarsi da quei gridi.

Camminò per tutto il giorno, senza badare alla fame, come una bestia selvatica. Più tardi incontrò un ruscello e si dissetò alla sua acqua; poi si stese al sole per asciugare i vestiti. Al tramonto si sdraiò accanto a un cespuglio e dormì. Qualche piccola creatura dell'erba camminò su di lei, ma Romilda non si preoccupò di allontanarla.

L'indomani mattina dormì fino a tardi. Quando aprì gli occhi, vide che un ragno aveva fatto la tela, chiara e coperta di rugiada come un gioiello. Ne osservò la meravigliosa complessità e per la prima volta, dopo vari giorni, provò un grande piacere. Una lepre all'improvviso saltò sulle lunge zampe, seguita da quattro leprotti. Romilda rise, e quelli si immobilizzarono, per poi fuggire di corsa in una tana scavata nell'erba.

Si alzò pigramente e bevve la rugiada che trovò sulle foglie. Raccolse alcuni funghi degli alberi e li mangiò; poi scorse un tubero commestibile, lo ripulì e lo masticò lentamente: era duro e agro, ma le tolse la fame.

Ormai aveva perso la spinta interiore che la induceva a muoversi irrequieta da un posto all'altro. Per gran parte del giorno sedette in una radura, e quando cadde la notte vi si addormentò.

Durante il sonno sentì qualcuno che la chiamava per nome. Che fosse Orain? No, Orain non l'avrebbe chiamata; lei era una donna. O suo padre? Suo padre era a casa, oltre il Kadarin, a Poggio del Falco, tranquillo. Eppure, laggiù Romilda aveva imparato ad addomesticare gli animali per poi tradirli. Sognò di correre in groppa a Raggio di Sole, lungo la pianura grigia che aveva visto una volta, nel paese dei morti, e si svegliò con gli occhi umidi di pianto.

Un paio di giorni più tardi si accorse di essere senza scarpe; i suoi piedi si erano già induriti al contatto con il terreno della foresta. Continuò a vagare senza meta, mangiando quando trovava del cibo. Una volta trovò delle pere che le parvero deliziose, ma non le venne in mente di mettersene in tasca qualcuna.

Quella notte, sotto la luna, pensò: *Devo essere impazzita. Non posso continuare così.* Ma l'indomani, quando si svegliò, non se ne ricordò più. Di tanto in tanto, alcune voci le gridavano nella mente: *Romilda, dove ti trovi?* Lei si chiese vagamente chi era Romilda e perché chiamassero proprio lei.

L'indomani giunse alla fine dei boschi e si trovò in una vasta pianura dove non si scorgevano abitazioni umane. Alto nel cielo, un falco descriveva larghi giri; poi scese verso di lei e si posò sulla sua spalla. Le parve che il falco le parlasse nella mente, ma lei non lo capì, anche se aveva l'impressione di conoscerlo, di avere volato con lui... era impossibile, ma sembrava che il falco la conoscesse. Allungò la mano per accarezzarlo, poi s'arrestò. Per qualche motivo, non si doveva toccare il piumaggio con le dita... lei non ricordava perché. Continuò a fissare negli occhi il falco e a chiedersi dove l'avesse visto.

Quella notte si svegliò di nuovo, e pensò che doveva essere impazzita, che non poteva continuare a vagare in quel modo. Ora ricordava il proprio nome, Romilda, e quello del falco, Preciosa, ma perché il falco era venuto a cercarla? Non sapeva che lei insegnava agli animali a seguire gli uomini verso la morte?

Le occorsero cinque giorni per attraversare la pianura. Un giorno il falco catturò un uccello e glielo portò; Romilda rabbrividì nel vedere la creatura morta, straziata dal becco del rapace. Era nella natura del falco, ma Romilda non sopportava la vista del sangue; dopo qualche tempo lasciò cadere a terra l'uccello morto e si allontanò.

Quella sera giunse ai bordi di una nuova foresta e trovò un albero carico di noci; a questo punto aveva ripreso il senno quanto bastava perché le venisse in mente di riempirsene le tasche. Non sapeva ancora dove stava andando, ma aveva cominciato a dirigersi verso nord. Attraversò i boschi senza far rumore, spinta inesorabilmente avanti... lei stessa non ne sapeva il motivo.

Dall'alto, verso sera, le giunse il richiamo di un volo di anatre. Alzò la testa ed entrò in contatto con loro: con i loro occhi, lontano, scorse una torre alta e bianca, vicino a un lago scintillante. Dove si trovava?

L'indomani mattina, senza sapere perché, si accorse di camminare più in fretta. Doveva allontanarsi... era in preda a un'apprensione senza nome; quando sentì soffiare una gatta selvatica, era troppo confusa per provare paura. Poi la gatta scese a terra e la fissò, mostrando le zanne. Dietro di lei, in un incavo dell'albero, Romilda sentì la presenza di alcuni mucchietti di pelo...

La gatta voleva proteggere i piccoli. E lei, Romilda, era entrata nel suo territorio... La ragazza arretrò, lottando contro la tentazione di correre via... se l'avesse fatto, la gatta l'avrebbe assalita. Lentamente, furtivamente, indietreggiò, cercando di fissare negli occhi l'animale, per dominarlo con il suo *potere*.

Buona, buona, non ti voglio fare del male, né a te né ai tuoi piccoli... Già in precedenza aveva usato in quel modo la sua forza mentale - le pareva di ricordare - contro un animale minaccioso e feroce, sui ghiacci...

Silenziosamente, un passo dopo l'altro, ritirarsi... *Buona, buona, non ti voglio fare del male...*

Poi, quando Romilda fu giunta quasi alla fine della radura, la gatta si mosse, rapida come il fulmine, e si fermò davanti a lei.

Buona, buona... La gatta piegò la testa, la posò quasi sui piedi di Romilda. Poi la ragazza fu sconvolta da un nuovo pensiero.

No, no! Ho tradito Raggio di Sole e l'ho portato alla morte. Ho giurato di non usare più il mio Potere... non voglio che muoiano altri animali innocenti...

La gatta le saltò addosso: una zampa scattò come una frusta; le unghie graffiarono Romilda profondamente, sulla faccia, e la giovane sentì uscire il sangue dalla gota e dal labbro. *Ora che ha versato il mio sangue, mi ucciderà come sacrificio ai suoi piccoli, in espiazione della morte di Raggio di Sole...*

La gatta continuava a soffiare. Romilda si arrotolò su se stessa, per proteggersi la faccia. Poi, quando l'animale saltò di nuovo, la ragazza si sentì sfiorare da un paio d'ali, e gli artigli del falco cercarono di colpire gli occhi della gatta, le ali cercarono di allontanare il muso.

Preciosa! È venuta a difendermi!

Romilda corse ad arrampicarsi su un albero. Preciosa continuò a colpire con il becco e con gli artigli, tenendosi lontano dalle unghie della gatta, che alla fine, soffiando, voltò la schiena e scomparve in mezzo all'erba, dove aveva nascosto i piccoli.

Senza fiato, Romilda scese dall'albero e corse via, nella direzione opposta; Preciosa era dietro di lei: la ragazza sentiva il battito delle ali e i piccoli gridi del falco.

Quando le parve di essere abbastanza lontano, si fermò, si voltò e sollevò il polso: un gesto tanto familiare che non si accorse neppure di farlo.

«Preciosa!» esclamò, e quando gli artigli del falco le si chiusero delicatamente sul polso, ricordò ogni cosa e cominciò a piangere.

«Oh, Preciosa, sei venuta a salvarmi!»

Quella sera si lavò in un torrente e si scosse dal mantello le foglie secche e la terra. Si tolse la tunica e i calzoni, li agitò all'aria e tornò a indossarli. Doveva avere perso l'orecchino delle Sorelle, ma non ricordava dove. Con il falco sulla spalla, cercò di orientarsi in mezzo a quelle foreste.

Suppose che la bianca Torre che aveva visto fosse quella di Neskaya, ma non poté averne la certezza. L'avrebbe potuta raggiungere con una giornata di cammino, e di lì avrebbe potuto mandare un messaggio e sapere che cosa era successo a Carolus, chi aveva vinto la battaglia. Provava una vaga avversione a riunirsi di nuovo all'esercito, ma sapeva di dover ritornare a far parte della propria razza.

Più tardi, mentre cercava un punto asciutto per riposare, e si chiedeva che cosa avesse fatto negli ultimi giorni - pensava di avere trascorso almeno tre giorni nei boschi - le parve di sentirsi chiamare per nome.

Romilda! Romilda!

Cerchiamola con il Potere: è l'unico modo per trovarla, si è nascosta...

Non può essere morta. Se fosse morta, lo saprei.

Vagamente, riconobbe alcune delle voci.

Se la trovate, ditele di ritornare. Una voce che Romilda conosceva, la voce di una persona a cui voleva bene: Jandria, addolorata. E anche se in precedenza non l'aveva mai fatto, Romilda sapeva come raggiungerla mentalmente.

Dove siete? Che cosa è successo? Credevo che la guerra tra Rakhal e Carolus fosse finita.

È finita, e Carolus è accampato davanti ad Hali, le giunse la risposta. *Ma è una posizione di stallo, perché Lyondri tiene in ostaggio Orain in qualche punto della città.*

Romilda non pensò più alla propria collera, o alle sue ragioni.

Verrò subito.

Capitolo 19

LA CADUTA DI HALI

QUELLA notte, Romilda dormì poche ore e all'alba si servì del suo *potere* per cercare un'abitazione umana. Giunta al villaggio, si recò da un uomo che dava a nolo i cavalli.

«Mi occorre immediatamente un cavallo veloce. Sono una Sorella della Spada, e ho una missione urgente per re Carolus; devo arrivare quanto più presto possibile a Hali.»

«E io sono il cuoco e il lavapiatti di sua maestà», scherzò l'uomo. «Calma, magistra; cosa mi pagate?»

Romilda si vide riflessa nei suoi occhi: una donna magra, simile a uno spaventapasseri, con un abito stracciato, scalza, sul viso profondi graffi di gatto selvatico, un minaccioso falco sulla spalla.

«Ho visto la guerra e cose ancor peggiori», spiegò. Era stata per tanto tempo con gli animali da dimenticarsi dell'esistenza del denaro. Si frugò nelle tasche e trovò qualche moneta. La mostrò all'uomo.

«Posso darvele come acconto», disse, senza contarle. «Vi prometto di mandarvi il resto quando raggiungerò un ostello delle Sorelle, e il doppio se mi troverete un po' di cibo e un paio di stivali.»

L'uomo tentennò. «Chiedo trenta monete di argento o una di rame», disse, «e un'altra di deposito come garanzia che mi riporterete il cavallo...»

Romilda s'infiammò di collera. Non sapeva perché avesse tanta fretta, ma ad Hali la attendevano. «In nome di Carolus», disse, «posso prendere il vostro cavallo, se occorre...»

Guardò il cavallo più vicino; sembrava in grado di galoppare veloce: un grosso roano muscoloso. Un tocco del suo *potere*, e il cavallo corse accanto a lei, piegando il collo in segno di sottomissione. L'uomo gridò rabbiosamente e fece per afferrare la cavezza, ma il cavallo si scostò nervosamente da lui e prese a scalciare; fece un giro e ritornò accanto a Romilda, per poi strofinarle il muso sulla spalla.

«*Sapiente*...» mormorò l'uomo, a occhi sbarrati.

«Questo e altro», ribatté Romilda, con irritazione.

Una donna li osservava dalla porta, e per tutto il tempo aveva continuato a torcersi nervosamente il grembiule. Alla fine disse, a bassa voce: «Mia zia materna è una Sorella, magistra. Mi ha detto che le Sorelle pagano sempre i debiti lasciati da una di loro, per l'onore di tutte. Dalle il cavallo, marito mio, e...» entrò di corsa in casa, ne uscì con un paio di rozzi stivali.

«Erano di nostro figlio», mormorò. «Gli uomini di Rakhal sono passati dal nostro villaggio e uno di loro l'ha ucciso, l'ha ammazzato come un cane, perché era andato a chiedere il pagamento di un bue che ci hanno rubato. Gli uomini di Carolus non hanno mai fatto niente di simile.»

Romilda s'infilò gli stivali. Erano come quelli dei montanari, con il pelo all'interno: le parvero straordinariamente soffici. La donna le diede un grosso pezzo di pane. «Se potete aspettare, magistra, vi preparo del cibo caldo, ma ora non ho niente sul fuoco...»

Romilda scosse la testa. «Mi è sufficiente», disse. «Non posso aspettare.»

In un baleno fu in groppa al cavallo, mentre l'uomo esclamava: «Nessuna dama può cavalcare quella bestia... è la più recalcitrante della scuderia...»

«Non sono una dama, ma una Spadaccina», rispose lei, e all'improvviso capì come usare una nuova sfaccettatura del suo *potere*; protese la mente, come aveva fatto con la gatta selvatica, e l'uomo indietreggiò di qualche passo e chinò la testa, sottomesso.

La donna gridò: «Non volete la sella... la briglia? Lasciate che vi fasci le ferite, Spadaccina...»

«Non ho tempo», rispose Romilda. «Mostratemi la strada per Hali.»

La donna le mostrò la direzione, mentre l'uomo continuava a guardarla, ammutolito. Romilda spronò il cavallo con un colpo di tallone. Aveva già cavalcato a quel modo, senza sella e senza briglia, quando era bambina a Poggio del Falco e imparava a servirsi del Tocco per guidare il cavallo con la sola volontà.

L'animale galoppava senza stancarsi: con le lunghe zampe divorava la strada. Romilda rosicchiò il pane duro; le parve squisito. Aveva bisogno di abiti puliti e di un bagno, e di un pettine, ma era spinta da una folle urgenza.

Orain in mano di Lyondri!

Una volta sostò per far riposare il cavallo e si chiese: *Ma che cosa potrò fare?*

Infine le apparve il Lago di Hali, con accanto la Torre e con onde pallide e irrequiete che lambivano la riva come nubi di tempesta; all'altra estremità del lago c'era l'esercito di Carolus, accampato davanti a una città protetta da barricate.

Romilda era ormai sicura del suo *potere*. Protese la mente per cercare l'uomo che le si era presentato come Carlos, e che le era sempre stato amico, re o non re. L'uomo che l'aveva accolta, l'aveva protetta, aveva mantenuto il suo segreto, anche nei confronti del suo amico più caro.

Si fece strada in mezzo all'esercito che la fissava con sorpresa, e si sentì chiamare da una delle Sorelle, stupita di rivederla. Si rendeva conto del proprio aspetto: magra e sparuta, con gli abiti sporchi di terra, i capelli ridotti a una matassa inestricabile, la faccia graffiata, in groppa a un cavallo privo di sella e di briglia. Era il modo di presentarsi a un sovrano?

Ma prima ancora che mettesse i piedi a terra, Jandria corse ad abbracciarla.

«Romy, Romy, temevamo che fossi morta! Dove sei stata?»

Lei scosse la testa; all'improvviso, si accorse di essere troppo stanca per rispondere.

«Da nessuna parte. Dappertutto. Ha importanza? Sono venuta di corsa. Quanto tempo è passato dalla battaglia? Dimmi, Orain è davvero prigioniero di Lyondri?»

Accorsero Ruyven e Alderic, che l'abbracciarono.

«Ho cercato di raggiungervi, insieme con la Nobile Maura», disse Alderic, «ma non siamo riusciti a...» e Jandria gridò:

«La tua faccia... il tuo orecchino...»

«Dopo», disse Romilda, scuotendo la testa, esausta, e in quel momento comparve lo stesso Carolus, che le tese le braccia.

«Bambina...» disse, e l'abbracciò come una figlia. «Anche Orain ti amava... temevo di avervi perduti entrambi... le due persone che mi hanno seguito non come re, ma come esule e fuggiasco! Vieni», disse, portandola nella sua tenda. Fece un gesto, e Jandria le versò un bicchiere di vino, ma Romilda scosse la testa.

«No, no. Non ho niente nello stomaco, mi farebbe ubriacare... preferisco mangiare qualcosa», disse.

Sul tavolo da campo, all'interno della tenda, c'era quanto rimaneva di un pranzo, e Carolus la invitò a servirsi. Jandria tagliò una fetta di carne, ma Romilda mangiò solo il pane, lentamente. Con il vino, la donna più anziana le lavò i graffi.

«Dove te li sei procurati? Fatti medicare da una guaritrice; i graffi di gatto selvatico fanno sempre infezione; rischi di perdere un occhio», disse, ma Romilda scosse la testa.

«Non riesco ancora a capire bene. Un giorno vi racconterò tutto quel che ricordo», promise. «Ma Orain...»

«Lo tengono prigioniero in qualche punto della città», disse Carolus. Aveva continuato a camminare avanti e indietro, in preda al nervosismo, ma ora si sedette stancamente su una sedia da campo. «Non oso neppure entrare in città per cercarlo, perché sono stato avvertito... eppure, se lo facessi, potrebbe avere una morte più rapida di quella che Lyondri intende riservargli.

«L'esercito di Rakhal è a pezzi; molti suoi soldati sono passati a me, ma Rakhal, con alcuni uomini e con Lyondri, si è rifugiato qui... e tengono prigioniero Orain; è in mano a loro dal giorno della battaglia. Ora lo usano come ostaggio...»

Carolus deglutì, poi riprese: «Ho offerto loro un salvacondotto fino al Kadarin, o dovunque vogliano andare, e la salvezza a entrambi, e di rimandare a Nevarsin il figlio di Lyondri, per poi accoglierlo alla mia corte, come uno dei miei figli. Ma loro... loro...» S'interruppe, e Romilda vide che gli tremavano le mani.

«Lascia proseguire a me, zio», disse gentilmente Alderic. «Ho detto loro che ero disposto a darmi prigioniero al posto di mio padre, e che li avrei accompagnati fino al posto da loro scelto come rifugio, al di là del Kadarin; ho anche offerto rame e argento...»

«Per farla breve», lo interruppe Jandria, «quell'indescrivibile coppia ha chiesto che *Carolus stesso* si dia in ostaggio in cambio della vita di Orain. Anch'io ero disposta a consegnarmi a loro... e pensavo che Lyondri potesse essere d'accordo. E Maura ha proposto di consegnarsi a Rakhal, di accompagnarlo nell'esilio, se così lui desiderava, purché Carolus potesse riavere il suo braccio destro. Ma...» s'interruppe, con aria desolata, «... ecco la loro risposta.»

Ruyven mostrò un piccolo oggetto, avvolto in un pezzo di seta gialla. Gli tremavano le mani. Carolus sollevò l'involto e cercò di aprirlo. Maura gli prese la mano, l'accarezzò per un momento, poi aprì il fazzoletto macchiato di sangue.

All'interno - Romilda sentì una forte nausea - c'era un dito umano, sporco di sangue coagulato nella parte dove era stato reciso; con orrore, Romilda vide che aveva l'anello di rame, con una pietra azzurra, da lei visto tante volte all'anulare di Orain.

Carolus continuò: «Ci hanno detto che mi restituiranno Orain... un pezzo alla volta... se non mi consegnerò a loro e se non ordinerò al mio esercito di passare al loro comando». Gli tremavano le mani, nel richiudere l'involto raccapricciante. «L'hanno mandato due giorni fa. Ieri è stata invece la volta di un'orecchia. E oggi...» Non riuscì a proseguire; chiuse gli occhi, e Romilda vide che piangeva.

«Per Orain darei la vita, e lui l'ha sempre saputo», disse Carolus, «ma... ho visto quel che Rakhal ha fatto al mio popolo... come posso consegnare la mia gente a lui e a quel macellaio di Lyondri?»

«Orain si farebbe tagliare a pezzi per te...» disse Maura.

Carolus abbassò la testa e singhiozzò. «Lo sa anche Lyondri», disse. «Maledetto lui...» esclamò, in tono quasi isterico.

«Basta», gli disse Maura, prendendogli la mano e portando via il sinistro involto di seta.

Jandria disse, cupa: «Lo giuro, non dormirò e non berrò più vino finché non avremo spellato vivo Lyondri...»

«Neanch'io; ma questo non salverà Orain», disse Carolus. Si rivolse a Romilda: «Siamo disperati, e siamo quasi pronti ad assalire la città, in modo che Orain possa avere almeno una morte rapida. Per farlo, dovremmo sapere dove lo tengono, ma Lyondri è riuscito a schermare l'intera città contro il *potere*. Abbiamo ancora un uccello-sentinella, e pensavamo di poterlo lanciare, forse... ma dal giorno della battaglia non si lascia avvicinare; Ruyven non riesce a farsi obbedire...»

Maura disse: «E Ranald è morto nell'ultimo assalto, quando abbiamo dato per morta anche te. Ma Ruyven diceva che non potevi essere morta, che ti avrebbe sentita morire... e le Sorelle non avevano trovato il tuo corpo. Però, non sapevamo dove fossi finita.

Vorremmo conoscere la casa dove si sono rintanati per svolgere il loro orrendo lavoro... Ma quando entreremo in città – ci hanno minacciato – cominceranno a tagliarlo a pezzi: se poi riuscissimo a trovarlo, potremmo tenerci quello che sarà rimasto...» Fece una smorfia di paura e d'orrore. «Perciò non possiamo cercare a caso. I sapienti di Lyondri hanno chiuso la città entro una sorta di scudo... ma forse non si accorgerebbero di un uccello-sentinella...»

«Se ne accorgerebbero subito», obiettò Romilda. «I loro sapienti avranno già pensato a un simile piano...»

«È quel che ho detto io», convenne Ruyven, «ma pareva l'unica possibilità. Se riesci a lanciare Temperanza...»

«Meglio inviare Preciosa», disse Romilda. «Non è voluta venire con me in mezzo ai soldati, ma posso chiamarla.» Aveva davvero creduto di poter rinunciare al suo *potere*? Anch'esso, come la sua vita, era al servizio di Carolus.

«Forse è la soluzione giusta», disse Carolus. «Lo prenderanno per un qualsiasi falco selvatico... ce ne sono tanti, nei dintorni di Hali, e tu potresti scoprire dove è prigioniero Orain; noi attaccheremo subito la casa: saranno costretti a liberarlo, o a ucciderlo con un colpo di grazia, senza farlo soffrire.»

Si udì suonare un corno; Carolus si sbiancò in viso. «È il loro maledetto incaricato», disse debolmente. «È venuto a quest'ora anche gli altri giorni, al tramonto, e mentre cerco di trovare il coraggio di assalire la città, Orain...»

Non riuscì a continuare.

Il corno suonò di nuovo, e Carolus uscì dalla tenda. Un soldato si fece avanti, con aria insolente. Aveva in mano un pacchetto di seta gialla.

Il soldato s'inchinò e disse: «Carolus, pretendente al trono degli Hastur, ho l'onore di restituirvi un'altra parte del vostro fedele araldo. Siate orgoglioso del suo coraggio».

Rise malignamente, e Alderic balzò verso di lui.

«Maledetto criminale che non oso chiamare *cane*, ti tolgo io la voglia di ridere...» gridò, ma Jandria lo prese per le braccia.

«No, Alderic, si vendicherebbero su Orain...»

Il soldato disse: «Non vi interessa vedere la testimonianza di coraggio e di devozione che vi manda oggi il vostro araldo?»

Carolus tremava. Jandria disse: «Lo faccio io», lasciò Alderic e aprì l'orribile pacchetto. All'interno c'era un altro dito.

Il soldato disse: «Ecco il messaggio di Lyondri. Il gioco comincia a stancarci. Domani sarà la volta di un occhio; il giorno successivo, l'altro occhio; poi i testicoli. E se avrete ancora voglia di continuare, sarà qualche spanna di pelle che gli toglieremo dalla schiena...»

«Bastardi! Maledetti bastardi!» imprecò Carolus, ma il soldato gli voltò le spalle e si avviò in direzione della città, accompagnato dal suono del corno.

«Seguitelo con il *potere*!» ordinò il re, ma anche se Ruyven, Maura e Alderic cercarono di rimanere in contatto con l'uomo - Romilda se ne accorse, mentre cercava di seguire l'uomo con i suoi sensi particolari -, fu come se si fossero scontrati con un muro di pietra: non appena l'uomo ebbe superato le barricate, divenne invisibile.

Carolus fremeva di orrore, incapace perfino di piangere; Maura lo stringeva tra le braccia.

«Caro, caro, Orain stesso ti vieterebbe di arrenderti...»

«Avarra mi protegga, lo so... ma, ah, se trovassi almeno il modo di impedirgli di soffrire...»

Quando fu nuovamente nella tenda, Carolus disse con furia implacabile: «Non posso permettere che lo acciechino, lo castrino, gli strappino la pelle. Se questa notte non ci verrà qualche idea, domani all'alba assalirò la città con tutte le mie forze. Ordinerò di non toccare i cittadini che non alzeranno la spada contro di me, ma frugheremo in tutte le case finché non l'avremo trovato; almeno avrà una fine rapida. E poi i suoi aguzzini saranno in mano *mia*».

Eppure, Romilda sapeva che Carolus non sarebbe riuscito a vendicarsi come prometteva: si sarebbe limitato a ucciderli, anche nel caso dello stesso Lyondri Hastur. Forse avrebbe potuto farlo impiccare, ignominiosamente, ed esporre il suo cadavere come avvertimento, anziché passarlo a fil di spada come si faceva per i nobili; in qualsiasi caso, Lyondri non rischiava la fine di Orain. Carolus ordinò all'esercito di prepararsi ad assalire la città all'alba del giorno seguente.

«Il tuo falco», chiese a Romilda, «riesce a vedere al buio? Ci può rivelare la casa dove si sono nascosti Lyondri e i suoi aguzzini? Non credo che Lyondri sia solo, se riesce a fare questo...» disse, indicando desolata il pacchetto.

«Non saprei», rispose Romilda, che da qualche tempo stava pensando a un altro piano. «Quanti uomini sorvegliano gli ingressi della città?»

«Non lo so; ma hanno uccelli-sentinella lungo l'intero perimetro, e cani. Se si cerca di entrare furtivamente... e noi abbiamo provato, una volta... cani e uccelli fanno un tale baccano che gli uomini di Rakhal accorrono in massa», rispose, scuotendo la testa.

«Ottimo», disse Romilda. «Non potrei chiedere di più.»

«Come dici?...»

«Riflettete, mio signore. Il mio *potere* ha poco effetto sugli uomini. E avete detto che i sapienti di Rakhal hanno protetto la città dal normale *potere*... quello dei vostri sapienti. Ma io non temo alcun uccello, o cane, o animale a quattro zampe o coperto di piume. Lasciatemi entrare in città da sola, prima dell'alba, e fatelo cercare a me.»

«Da sola? Voi, una ragazza...» cominciò a dire Carolus, ma poi scosse la testa.

«Avete dimostrato molte volte di essere ben più di una ragazza, Spadaccina», disse a bassa voce. «Si potrebbe provare. Anche in caso di insuccesso, potremmo scoprire il punto dove fare pressione, in modo da procurargli una morte rapida. Ma prima lasciate che scenda la notte; siete ancora stanca della lunga cavalcata. Trovatele qualcosa da mangiare Jandria, e fatela dormire per qualche ora.»

«Non riuscirei a dormire...» protestò Romilda.

«Almeno, cerca di riposare», ordinò Carolus, e Romilda piegò la testa.

«Come volete.»

Jandria la portò nella tenda delle Sorelle e le trovò del cibo e degli indumenti puliti.

«Anche dell'acqua per lavarmi, e un pettine», la pregò Romilda. Jandria si fece portare dell'acqua calda, prelevata dalle cucine da campo dei soldati, e Romilda poté infine lavarsi, cercare di pettinarsi i capelli - la donna più anziana, alla fine, dovette tagliarglieli molto corti - e mettersi biancheria e abiti puliti. Aveva ancora gli stivali che le aveva dato la moglie del contadino, ma s'infilò un paio di calze. Era una grande soddisfazione essere pulita, vestita, mangiare cibi cotti, appartenere di nuovo alla razza umana...

«E adesso devi riposare», disse Jandria. «L'ha ordinato Carolus. Ti prometto che ti sveglierò a mezzanotte.»

Romilda si stese accanto all'amica. La luce lunare illuminò l'interno della tenda, e Romilda pensò con grande tristezza a Ranald accanto a lei, in una notte di luna piena. Adesso non c'era più, e la sua morte pareva una cosa tanto amara, tanto inutile. Lei non ne era stata innamorata, ma Ranald era stato gentile, ed era stato il primo che lei avesse accettato come uomo: Romilda sapeva che non l'avrebbe mai dimenticato, e che avrebbe sempre pianto per lui, un poco. Jandria era stesa accanto a lei , senza parlare, ma Romilda sapeva che anche la donna più anziana piangeva; non solo per il pericolo corso da Orain, ma anche per Lyondri Hastur, che per lei era stato quel che Ranald era stato per Romilda: il primo a destare la sua femminilità e i suoi desideri. Ma Jandria non poteva neppure pensare a lui con la dolce malinconia della morte: Lyondri si era allontanato ancor di più, era diventato un mostro. Abbracciò Jandria e la sentì piangere.

C'è stato tanto dolore, tutto inutile. Per orgoglio, ho addolorato persone che non mi hanno mai fatto del male. Farò il possibile per salvare Orain dal destino che gli vogliono riservare; sembra un'impresa disperata, ma non è ancora detta l'ultima parola. Sia come sia, però, se domattina sarò ancora qui, informerò mio padre e Luciella che sono viva e che non devono piangere per me.

Dormì per un paio d'ore, poi Jandria la svegliò.

«Alzati, Romilda. È ora.»

La ragazza si sciacquò la faccia con l'acqua fredda e mangiò un altro pezzo di pane, ma rifiutò il vino: aveva bisogno di tutte le sue facoltà.

Carolus l'attendeva nella sua tenda, serio e preoccupato. Disse: «Non c'è bisogno di ricordarti che se riuscirai a liberare Orain... o a risparmiargli altre sofferenze, a costo di piantargli tu stessa il pugnale nel petto... avrai quello che vuoi, anche se dovessi chiedermi di sposare uno dei miei figli».

Lei sorrise a quell'idea; non aveva alcuna intenzione di farlo. Gli disse, rivolgendosi a lui come avrebbe potuto parlare al Nobile Carlos che conosceva un tempo: «Zio, farò per Orain tutto il possibile, perché è sempre stato gentile con me quando mi credeva soltanto un apprendista falconiere fuggito di casa. Credete che una Sorella della Spada e una MacAran possa fare per avidità quel che fa già per l'onore?»

«Lo so», disse Carolus, piano, «ma ti ricompenserò anche per il piacere di farlo, Romilda.»

La ragazza si voltò verso Jandria. «Gli stivali fanno troppo rumore. Non mi potresti trovare un paio di sandali?»

Quando l'amica le portò un paio dei suoi - erano un po' larghi, ma Romilda fece qualche nodo in più - si avvolse i capelli in un fazzoletto scuro, perché non si scorgesse il loro colore, e si coprì la faccia di fuliggine per non essere scoperta da qualche uomo di guardia. Ora poteva entrare in città senza far rumore, e non aveva niente da temere dai cani e dagli uccelli-sentinella. Quanto agli uomini, probabilmente erano quasi tutti addormentati.

Alderic disse, in un tono che non ammetteva rifiuti: «Vi accompagnerò fino alle barricate».

Romilda annuì. Anche Alderic aveva un po' del suo *potere*. Gli tenne la mano per tutto il tragitto, dalla tenda di Carolus a un'entrata che faceva parte delle barricate e che era posta a una certa distanza dal campo. Un cane, a un certo punto, emise un latrato; probabilmente, pensò la ragazza, aveva sentito un topo; ma gli ordinò di tacere, trasmettendogli pensieri di pace e di sonno...

«Potete calmare gli uccelli-sentinella, ma la porta farebbe rumore, se cercaste di aprirla», mormorò Alderic. Incrociò le dita per farle scaletta, e la aiutò a salire sul muro, come se si fosse trattato di montare in groppa a un cavallo alto; Romilda si afferrò al cornicione e vi salì, per poi soffermarsi a osservare la città avvolta nel sonno, illuminata dalla luce lunare.

Protese la mente verso gli uccelli-sentinella, ordinando loro: pace, pace, silenzio, silenzio... Ora li scorgeva dietro la barricata, grandi forme scure, immobili come statue, accanto ai loro addestratori addormentati. Al minimo rumore si sarebbero messi a gridare, svegliando l'intero esercito di Rakhal.

Pace, pace, silenzio... Servendosi degli occhi degli uccelli, osservò le strade della città, dove solo qualche finestra era illuminata: una alla volta, mentre avanzava lungo le vie cittadine, le esaminò. Il normale *potere* era inutilizzabile, ma lei si servì sempre della mente di qualche animale. Dietro una delle finestre illuminate, una donna stava partorendo; la levatrice, inginocchiata accanto a lei, le teneva le mani e le faceva coraggio. Una madre vegliava il figlioletto malato, e gli cantava una ninna-nanna con voce rotta dalla stanchezza e dalla preoccupazione. Un uomo ferito in battaglia delirava per la febbre, dopo che gli era stata amputata una gamba...

Da una strada laterale, un cane prese a ringhiare, e Romilda capì che stava per mettersi ad abbaiare furiosamente... si protese verso di lui, lo fece tacere, e sentì poi lo stupore dell'animale: dov'era finita la persona estranea? La ragazza proseguì senza fare rumore.

Ormai era lontana dalle barricate, e gli uccelli-sentinella erano rimasti silenziosi. Si chiese se Lyondri avesse protetto anche il resto della città con lo scudo che fermava il *potere*. O tutti i sapienti di cui disponeva Rakhal erano sulla barricata, e l'interno era libero?

Con cautela, pronta a ritirarsi subito, protese la mente... Il *potere* di Orain era molto limitato, ma l'uomo non ne era del tutto sprovvisto, e Romilda riuscì a sentirlo: era sveglio, gli facevano male le ferite... ma non doveva accorgersi della presenza di Romilda, perché forse Lyondri lo faceva controllare da uno dei suoi stregoni. Ora la ragazza si diresse verso di lui, casa dopo casa, attraverso l'antica Hali, e mentre passava silenziosamente, non un cane abbaiava, non un topo squittiva. *Silenzio, silenzio, pace sulla città...* I cavalli presero a sonnecchiare nelle scuderie, i gatti rinunciarono a dare la caccia ai topi e andarono a dormire davanti al focolare, i neonati si tranquillizzarono sotto quel potente incantesimo, da un capo all'altro della città di Hali uomini e bestie provarono soltanto un grande senso di pace. Anche la partoriente si addormentò, e la levatrice prese a sonnecchiare al suo fianco.

Pace, calma, silenzio...

In una casa addormentata che era posta quasi all'altro estremo della città - la ragazza aveva attraversato l'intera Hali avvolta nel sonno -, Romilda sentì la presenza di Orain. L'uomo era all'interno, avvolto nell'incantesimo della sonnolenza che lei aveva sparso sull'intera città, ma anche nel sonno sentiva dolore, paura, una vaga speranza di riuscire a uccidersi. Con grande attenzione, la ragazza gli inviò un pensiero...

Tacete, non muovetevi; forse vi stanno sorvegliando...

La porta cigolò, ma l'intero edificio era talmente immerso nel silenzio che il guardiano addormentato vicino al battente non fece la minima mossa. All'interno, in una delle stanze centrali, Romilda percepì la mente di Lyondri, impenetrabile come una muraglia... anche l'Hastur era profondamente turbato.

L'aspetto più terribile di quanto sta avvenendo è che Lyondri, per natura, non sarebbe un uomo crudele. Non guarda mai l'aguzzino che compie il suo bestiale lavoro. Lo fa solo per il potere!

All'improvviso, Lyondri parve tendere la mente, alla ricerca di una presenza estranea... Romilda si affrettò a confondere i propri pensieri con quelli del gatto che dormiva nella stanza, e dopo un momento il signore Hastur si addormentò... il carceriere davanti alla porta di Orain dormiva...

Anche se lo uccidessi senza far rumore, pensò Romilda, afferrando il pugnale che portava alla cintura, *il suo grido di morte, solo mentale, sveglierebbe Lyondri! Ma forse l'Hastur non avrebbe il coraggio di trucidare Orain con le sue stesse mani...*

Doveva pugnalarlo. Era l'unica soluzione. Poi si accorse che il guardiano era addormentato: Romilda, ancora occupata a coprire l'intera città con un velo di sonnolenza, non pensava di essere riuscita a farlo dormire tanto profondamente. Sentì la presenza di altri pensieri. Ci fu un fruscio dietro di lei, e la ragazza si girò, il pugnale nella mano...

«Non uccidetemi, Romilda», bisbigliò Caryl. Era in camicia da notte e aveva i capelli spettinati come se fosse sceso in quel momento dal letto. Abbracciò la ragazza... *ma l'incantesimo non perse efficacia, neppure per un istante...*

«Oh, Romilda... ho implorato mio padre, ma non mi ha voluto ascoltare... non sopporto quello che fanno a Orain... fa altrettanto male a me quanto a lui... siete venuta a portarlo via?» Parlava con un bisbiglio pressoché impercettibile. Se Lyondri Hastur si fosse scosso nel sonno e avesse sfiorato la mente del figlio, avrebbe creduto che si trattasse di un sogno.

E Lyondri Hastur fa queste cose sotto gli occhi del figlio, lo espone a queste violente emozioni...

«Ha detto che voleva farmi capire la necessità di essere spietati, quando lo richiede il bene del regno», bisbigliò Caryl. «Ma io... sono nauseato... non pensavo che mio padre potesse arrivare a questo...» e cercò di non piangere, perché sapeva che avrebbe svegliato Lyondri...

Romilda annuì. Disse: «Aiutami a far tacere i cani mentre sono occupata...»

Ma non poteva portare via Orain senza svegliarlo. Senza rumore, passò davanti al carceriere addormentato.

L'aguzzino. È peggio di una bestia; ha la mente come quella di un animale: per questo siamo riusciti a farlo addormentare così facilmente...

«Orain...» mormorò la ragazza, e gli posò la mano sulla bocca per soffocare il suo grido involontario. *Ricorda che è tutto un sogno...*

L'uomo comprese all'istante; se Lyondri si fosse svegliato, avrebbe creduto che Orain sognasse la libertà... Lentamente, senza fare rumore, il prigioniero si alzò. Aveva un piede bendato, dove gli avevano tagliato un dito. Romilda cercò di soffocare l'orrore, di mantenere l'incantesimo del sonno, mentre Orain, con una smorfia, si infilava gli stivali.

«Quest'uomo deve morire...» mormorò Orain, guardando con odio implacabile il suo carceriere, ma lui e la ragazza erano ancora in rapporto mentale: lesse senza difficoltà nella mente di Romilda il motivo che l'aveva indotta a lasciarlo vivere, e pensò, con ironia: *Quando Lyondri si sveglierà e scoprirà che sono fuggito mentre il carceriere dormiva, quel che gli farà sarà assai peggio di una pugnalata al cuore. Per pietà dovrei uccidere quest'uomo! Ma temo che la mia pietà non sia tanto grande.*

Nell'aria si sentiva già l'odore dell'alba; presto Romilda si sarebbe dovuta occupare dei cani che avrebbero cominciato a svegliarsi in tutta la città, degli uccelli-sentinella che si sarebbero destati sulla palizzata... e se *non* si fossero destati al momento giusto, i loro guardiani si sarebbero insospettiti; lei e Orain dovevano lasciare in fretta la città. Romilda aiutò Orain a sollevarsi. L'uomo aveva la mano avvolta in una rozza fasciatura, e un tampone, posto nel punto dove gli avevano tagliato l'orecchio, era intriso di sangue. Ma non erano ferite gravi, e, una volta in piedi, Orain seguì Romilda senza fare rumore. Pochi attimi più tardi furono in strada, e la ragazza si accorse che Caryl li seguiva, in camicia da notte.

«Torna indietro!» gli mormorò, scuotendogli le spalle. «Non posso assumermi la responsabilità...»

«No, non voglio tornare!» disse Caryl, con ostinazione. «Non è più mio padre; diventerei peggio di lui, se tornassi.»

Romilda vide che piangeva in silenzio; il ragazzo insistette: «Posso aiutarvi a superare le guardie».

La giovane annuì e gli fece segno di aiutare Orain, che zoppicava. Ora doveva fargli passare il dolore, calmare il tumulto dei suoi pensieri e delle sue emozioni, e... sì, doveva lasciare che gli uccelli si svegliassero normalmente, con i soliti gridi, in tutte le altre zone della città, e concentrarsi su quelli più vicini alla loro via di fuga, perché dormissero fin quando lei, Orain e Caryl non fossero in salvo...

Infine raggiunsero la porta da cui la ragazza era entrata. Caryl tirò la spranga e la porta si aprì. Dai cardini si levò un orrendo cigolio, un suono metallico che parve lacerare il cielo; ebbero la sensazione che dall'intera barricata si alzassero grida e clamori... e a quel punto, abbandonata ogni prudenza, corsero verso i soldati che li attendevano a poca distanza dalla porta, attraversarono il campo e l'esercito che si stava schierando, raggiunsero la tenda di Carolus: il re, piangendo di gioia, abbracciò Orain; Romilda si voltò ad abbracciare Caryl.

«Siamo salvi... oh, Caryl, non saremmo mai riusciti a uscire, senza di te...»

Carolus aprì le braccia per accogliere Romilda e Caryl nel suo abbraccio, insieme con Orain.

«Ascoltate», disse questi. «Che chiasso... certo hanno scoperto la mia fuga...»

«C'è tutto il mio esercito, ora, a proteggerti», disse Carolus, tranquillamente. «Nessuno ti toccherà più, fratello, finché saremo vivi noi. Ma adesso dovranno arrendersi; non voglio bruciare la città del mio popolo, e risparmierò quanti faranno atto di sottomissione e mi giureranno fedeltà. Ma credo che Rakhal e Lyondri troveranno pochi seguaci, quest'oggi.»

Poi si accorse che Orain si scostava involontariamente, perché, nell'abbraccio, gli aveva toccato l'orecchio ferito.

«Fratello, fatti medicare...»

Li portò nella tenda, e Maura e Jandria corsero a prendersi cura di Orain. Mentre gli bendavano l'orecchio e le dita, Carolus continuò a battere le ciglia, con gli occhi che gli brillavano per la commozione.

«Come potrò mai ricompensarti, Romilda?»

«Non c'è nessun bisogno di ricompensa», disse lei. Adesso che era tutto finito, tremava per la reazione nervosa ed era lieta della presenza di Alderic, che la reggeva e le accostava alle labbra una coppa di vino. «Mi è sufficiente avere dimostrato al Nobile Orain...» non sapeva che cosa volesse dirgli esattamente, ma le parole le vennero da sole, «... che pur essendo solo una donna, il mio valore e il mio coraggio sono pari a quelli di qualsiasi uomo!»

Orain l'abbracciò con trasporto, e la fasciatura gli si staccò dalla ferita all'orecchio: il sangue finì su Romilda. «Cara, cara...» disse, abbracciandola e parlandole a bassa voce, come a una bambina piccola. «Non intendevo... non potevo desiderarti come sei, ma avrei sempre voluto rimanere tuo buon amico... però, mi sentivo talmente sciocco!»

Anche Romilda pianse, mentre lo abbracciava e lo baciava sulla guancia. Gli si sedette sulle ginocchia come una bambina, e Orain prese ad accarezzarle i capelli. Poi l'uomo strinse la mano di Alderic e gli disse: «Mi hanno detto che ti eri offerto al mio posto, figliolo... che cosa ho fatto per meritarlo? Non sono mai stato un padre per te...»

«Mi avete dato la vita, signore», disse Alderic, tranquillamente. «Vi dovevo almeno questo, dato che non vi ho mai mostrato altre forme di amore o di rispetto.»

«Forse perché non me le sono mai meritate», disse Orain, e anche Caryl gli si sedette sulle ginocchia per abbracciarlo, accanto a Romilda.

Carolus ritrovò la voce per dire, con un nodo alla gola: «Siete tutti qui, sani e salvi. Questo mi è sufficiente. Caryl, prometto di essere come un padre per te, e di farti crescere con i miei figli. E non ucciderò Lyondri se non sarò costretto a farlo. Può darsi che non mi lasci scelta, e ormai non posso più fidarmi della sua parola e del suo onore; ma, se potrò, gli permetterò di concludere la vita in esilio».

Caryl disse, con voce tremante: «So che farete la cosa più onorevole, zio».

«E adesso, se avete finito con i baci e con gli abbracci», disse Jandria, in tono petulante, «vorrei rifare le fasciature a quest'uomo, perché non mi sporchi di sangue tutta la colazione!»

Orain le disse, sorridendo: «Le mie ferite non sono così gravi, cugina. Quell'uomo sapeva il fatto suo, meglio di un chirurgo dell'esercito. Se non altro, faceva in fretta. Però, mi avevano annunciato che...» Rabbrividì e commentò: «Sei arrivata appena in tempo, Romilda».

Le prese la mano. Disse gentilmente: «Non posso sposarti, bambina. Non è nella mia natura. Ma se Carolus dà il suo consenso, ti potrei fidanzare a mio figlio...» Alzò gli occhi verso Alderic. «E vedo che lui sarebbe d'accordo.»

«E anch'io ne sarei felicissimo», disse Ruyven, sorridendo ad Alderic.

«Allora, è fatto», disse Orain, con un sorriso. Ma Romilda si alzò, indignata.

«E la mia opinione non conta?» chiese, portandosi la mano all'orecchio dove un tempo c'era l'emblema delle Sorelle. «Finché non terminerà l'anno, non sarò libera dal mio giuramento alle Sorelle della Spada. E poi...» sorrise un po' imbarazzata ad Alderic e a Ruyven, «... adesso so che il mio *potere*, per quanto forte, ha bisogno di addestramento, perché avrei potuto usarlo meglio. Mi ha tradito sul campo di battaglia, quando Raggio di Sole è stato ucciso... ho rischiato di morire con lui perché non sapevo come staccarmi. Se mi accetteranno...» guardò Ruyven e Alderic, «... entrerò in una Torre e imparerò a dominare il mio *potere* per non farmi dominare da esso. Poi dovrò fare la pace con mio padre e la mia matrigna. E a quel punto...» sorrise ad Alderic. «A quel punto, forse, mi conoscerò meglio, e saprò se desidero sposarmi con voi... o con chiunque altro, signore.»

«Detto da vera Sorella della Spada», disse Jandria, in tono di approvazione.

Sospirando, Alderic prese la mano di Romilda.

«E, mentre farete questo», disse, «io aspetterò la vostra decisione.»

Lei gli strinse la punta delle dita, ma solo per un attimo. Non era sicura di sé, ma non temeva più il domani.

«Mio signore», disse a Carolus, «posso condurre vostro cugino nella tenda delle Sorelle per cercargli un paio di calzoni?»

Guardò Caryl, che arrossì e disse: «Vi prego, zio. Non... non posso presentarmi all'esercito in camicia da notte».

Carolus rise e disse: «Come volete voi, Donna del Falco. Mi siete stata fedele... a me e alle persone che amo. E quando avrete fatto il vostro dovere nei riguardi del vostro *potere*, dei vostri genitori e dell'uomo che desidererebbe sposarvi, mi aspetto che ritorniate da noi a Hali». Si voltò verso Maura e le prese la mano, dicendo: «Ti ho promesso che avremmo celebrato a Hali la festa del solstizio d'estate, ricordi? E il solstizio cadrà il prossimo mese. Se sei d'accordo, mia signora, pensavo di celebrare il matrimonio della

Donna del Falco insieme con quello della sua regina. Ne parleremo a tempo debito.» Rise. «Non sono un tale tiranno da imporre questo genere di cose. Ma un giorno, Romilda, sarete la Donna del Falco del sovrano regnante, così come lo siete stata del sovrano in esilio.»

«Vi ringrazio, mio signore», rispose lei, con un inchino. Ma la sua mente era ormai lontano e pensava alle pareti della Torre di Tramontana.

GUIDA ALLA «SAGA DI DARKOVER»

A cura di Maria Cristina Pietri

La Saga di Darkover non nacque come un ciclo o una serie, ma lo divenne soltanto in seguito, quasi contro la volontà dell'autrice e soltanto perché – come ha affermato lei stessa – alla fine le fu impossibile non accogliere le richieste della maggioranza dei lettori. Secondo Marion Zimmer Bradley (MZB), ogni romanzo di Darkover doveva essere « compiuto in se stesso, senza che il lettore sia costretto a fare riferimento a libri precedenti o, peggio ancora, ad aspettare la pubblicazione del successivo per sapere come va a finire la storia ».

A questa prima regola se ne aggiunse una seconda, che causò in più d'una occasione qualche imbarazzo all'autrice e non poche perplessità ai lettori: « Ogniqualvolta la coerenza tra un libro e l'altro minacciasse l'unità artistica del romanzo in corso di stesura, non esiterò a sacrificare la coerenza a favore dell'unità artistica ». Gli sviluppi che di volta in volta presero forma non furono mai dunque giustificati dal criterio della coerenza generale. Al contrario di tante altre serie classiche e famose della fantasy, la Saga di Darkover segue un suo percorso originale che comincia dalla fine e procede a ritroso. E sono proprio le sue celebri incoerenze, le sue talora evidenti contraddizioni, a testimoniare l'intenzione dell'autrice di non voler scrivere una serie ma di essersela trovata tra le mani, come se si fosse sviluppata indipendentemente dalla sua volontà. La genesi dei libri della saga rispetta un suo criterio interno, una sua logica più facilmente comprensibile tenendo presente una duplice cronologia: quella determinata dall'ordine di pubblicazione dei romanzi e quella definita internamente dall'autrice.

Ripercorriamo quindi la cronologia complessiva della Saga di Darkover così com'è stata indicata dall'autrice.

L'idea di base per il pianeta del sole rosso è contenuta in un lunghissimo romanzo, ancora inedito, dal titolo *The King and the Sword*, che MZB cominciò a scrivere all'età di quindici anni e dal quale attinse in seguito per molti altri suoi libri.

In quest'epoca, il cui ricordo si perde nella leggenda, Darkover è parzialmente abitato dalla razza non umana dei *chieri* (gli «elfi di Darkover»). Chiusi a nord dall'immenso ghiacciaio chiamato Muro Attorno al Mondo, a ovest dall'oceano (Mare di Dalereuth) e a sud dal deserto, i primi abitanti si stabiliscono nella zona dei Monti Kilghard, coperti di foreste, e nella fertile piana di Arilinn. Altri gruppi s'insediano nelle Città Aride e nelle regioni dei Monti Hellers, ricchi di minerali e coperti di neve per molti mesi l'anno.

L'Insediamento

Durante i primi viaggi di colonizzazione spaziale, quando la Terra non è ancora il grande impero federale che diventerà in seguito, un'astronave terrestre diretta a una nuova colonia è costretta a un atterraggio di fortuna sul quarto pianeta della stella di Cottman. Cento anni dopo, quel pianeta illuminato da un grande e fioco sole rosso viene chiamato Darkover.

A causa della carenza di metalli pesanti, i coloni terrestri sviluppano una civiltà in cui non v'è traccia della tecnologia del loro pianeta d'origine.

Le vicende del naufragio e dell'insediamento sono narrate nei libri:

Naufragio sulla Terra di Darkover (*Darkover Landfall*, 1972; Editrice Nord, Milano 1985) che, nonostante la sua pubblicazione segua di molto quella del romanzo in cui si prefigura la fine della storia, è cronologicamente il primo della saga. «Il nucleo originale della storia», ha dichiarato MZB, «ruotava su un argomento che mi aveva sempre affascinata: che cosa trasforma un gruppo di scienziati e colonizzatori provenienti da una cultura tecnologicamente avanzata in una società di stampo feudale e vagamente magico?»

L'Alba di Darkover (parte I, Nord, Milano 1992), prima di una serie di antologie, seguita da **I Cento Regni di Darkover**, **I Signori di Darkover**, **Darkover e l'Impero** e da molte altre. Queste antologie, che in originale sono circa una dozzina, vedono la luce per iniziativa di un gruppo denominatosi «Gli Amici di Darkover», i quali, d'intesa con l'autrice stessa, raccolgono gli scritti di autori dilettanti e professionisti e pubblicano quelli ritenuti parte integrante della saga e rispondenti in tutto e per tutto alla sua visione del ciclo.

Le Età del Caos

Mille anni più tardi, la nuova società si è sviluppata secondo un modello feudale dominato dalle Grandi Famiglie. Dimenticata la tecnologia terrestre, i darkovani coltivano ora la scienza delle «gemme (o pietre) matrici», talismani ricevuti in eredità dai *chieri*, in grado di rafforzare il vigore fisico e le capacità della mente (*laram*) nei pochi individui dotati di poteri magico-mentali, cioè i discendenti delle prime unioni tra umani ed elfi, ora denominati Comyn, casta dominante di Darkover e caratterizzati dalle chiome fulve e dagli occhi chiari.

Depositari di questa scienza sono i Sapienti delle Torri, i quali uniscono le loro menti e i loro poteri alla ricerca di magie sempre più raffinate, fino alla produzione delle micidiali armi-matrici utilizzate dalle varie famiglie Comyn nelle guerre di conquista che devastano l'intero pianeta.

Parlano di questo periodo:

La Signora delle Tempeste (*Stormqueen!*, 1978; TEA, Milano 1989), in cui si assiste alla massima espressione di potere da parte dei Comyn e dei Sapienti delle Torri, creatori di una sofisticata tecnologia grazie alle pietre matrici. Dice MZB: «Nella **Signora delle Tempeste** volevo esplorare il dramma dell'uomo che, come il Candido di Voltaire, non ha altro desiderio che coltivare il suo orticello e viene invece trascinato suo malgrado nei grandi eventi del suo tempo».

La Donna del Falco (*Hawkmistress!*, 1982; TEA, Milano, 1989), incentrato sul personaggio di Romilda, dotata di poteri telepatici che le consentono di comunicare con i falchi e con i cavalli e che si svolge all'epoca dello scontro tra gli Hastur Lyandri e Carolus per la successione al trono di Alart.

L'Alba di Darkover (parte II, cit.).

I Cento Regni

Si apre un'epoca di guerre sanguinose e di lotte intestine, proseguimento delle Età del Caos. Le terre che in seguito diventeranno le Sette Nazioni sono sconvolte da continue lotte di confine tra una moltitudine di staterelli bellicosi, a cui viene appunto dato il nome di Cento Regni. La fine di quest'epoca è segnata dall'adozione del Patto promosso da un Sapiente delle Torri, il Guardiano Varzy (o Varzil), detto il Saggio, con cui si vieta l'uso di tutte le armi in grado di colpire a distanza superiore alla lunghezza del braccio, in base al principio che chi vuole uccidere un nemico debba rischiare a sua volta la propria vita.

Questa è inoltre l'epoca di un ulteriore, fondamentale cambiamento: la comparsa nelle Torri, ormai decisamente ridimensionate nella loro importanza, delle prime donne Guardiane, un ruolo che fino ad allora era stato appannaggio esclusivo degli uomini e di cui si andrà perdendo traccia nei secoli che seguiranno.

La storia delle lotte che portarono all'adozione del Patto è narrata in:

Il Sapiente di Darkover (*Two to Conquer*, 1980; TEA, Milano 1991), in cui spicca la figura di Varzy il Saggio, Guardiano della Torre di Neskaya, che si proponeva di unificare, sotto il Patto, i regni di Darkover, ponendo fine allo stato di belligeranza. Su Varzy sono stati scritti molti altri racconti; ma a cimentarsi con questo affascinante personaggio è stata soprattutto Mercedes Lackey, la scrittrice designata dalla stessa MZB a raccogliere la sua eredità.

Gli Eredi di Hammerfell (*The Heirs of Hammerfell*, 1989; TEA, Milano 1992), che ricostruisce la leggenda dei due gemelli, Alester e Conn, separati da bambini ma destinati a riunirsi e a combattere per la riconquista del trono degli avi.

I Cento Regni di Darkover (Nord, Milano 1993).

Durante le Età del Caos si erano formati due gruppi distinti di donne decise a non sottomettersi alle regole patriarcali della società darkovana; sono le sacerdotesse di Avarra, che vivono nell'Isola del Silenzio dedicandosi alle arti mediche, e le Sorelle della Spada, guerriere o mercenarie. Questi due gruppi si uniscono verso il finire dei Cento Regni dando vita alle Rinunciatarie, o Libere Amazzoni, la cui esistenza viene sancita da uno statuto firmato e promulgato dallo stesso Varzy.

I libri che approfondiscono l'argomento appartengono alla successiva Era dei Comyn.

L'Era dei Comyn

Con l'adozione del Patto di Varzy ha inizio un periodo di pace, interrotto sporadicamente dai tentativi di espansione dei principi-mercanti delle Città Aride, che riescono ad annettersi Carthon, ai piedi degli Hellers. In questo periodo spicca per la sua attività e la sua lungimiranza la corporazione delle Libere Amazzoni.

L'antico fulgore delle Torri è scomparso. La paura e il ricordo degli orrori generati dalle armi-matrici ha portato al progressivo abbandono della scienza e della tecnologia che le avevano rese grandi. Ora esse languono per la progressiva diminuzione degli individui dotati di poteri magici ed è sepolto nel passato il tempo in cui erano gli uomini a ricoprire la carica di Guardiani, ormai appannaggio esclusivo delle donne a prezzo di incredibili sacrifici e di un addestramento durissimo.

In questo periodo di parziale decadenza accade un fatto destinato a sconvolgere la società darkovana.

L'Impero Terrestre si è ormai esteso a tutta la galassia e, nel corso di uno dei tanti viaggi di ricognizione alla ricerca delle navi perdute ai primordi dell'espansione galattica, un'astronave terrestre « riscopre » Darkover.

L'evento avrà un impatto molto forte sui darkovani che, superato lo sconcerto iniziale, accetteranno la loro incontestabile discendenza dai terrestri. Tra le due culture s'instaura così a poco a poco un rapporto di pacifica convivenza e di scambio, dagli esiti spesso curiosi e sorprendenti, che durerà circa un secolo.

A questo periodo appartengono i libri:

La Riscoperta di Darkover (*Rediscovery*, 1993; Nord, Milano, 1995), firmato in collaborazione con Mercedes Lackey. In esso si racconta come i terrestri hanno riscoperto Darkover e quali sono state le reazioni dei darkovani nell'apprendere di essere discendenti dai terrestri anziché originari del pianeta del sole rosso.

La Catena Spezzata (parte I, *The Shattered Chain*, 1976; Nord, Milano 1981), che racconta la vita delle Libere Amazzoni, l'incontro di un terrestre con la cultura darkovana e la lotta per stabilire il diritto di operare al di fuori delle Torri. La grande novità del libro consiste nell'essere tutto incentrato su protagoniste donne. La storia però non fu molto gradita dal pubblico delle femministe americane e MZB, che accettò volentieri il confronto, precisò di aver voluto semplicemente raccontare una storia di donne libere, capaci, competenti, che lottano esattamente come gli uomini.

La Spada Incantata (*The Spell Sword*, 1974; Nord, Milano 1987).

La Torre Proibita (*The Forbidden Tower*, 1977; Nord, Milano 1980).

La Catena Spezzata (parti II e III, cit.).

I Regni di Darkover (*Thendara House*, 1983; TEA, Milano

1990), seguito dichiarato della **Catena Spezzata** e secondo libro della trilogia delle Libere Amazzoni. A esso segue immediatamente:

La Città della Magia (*City of Sorcery*, 1984; TEA, Milano 1991), collocato in un'epoca in cui «i rapporti tra la Terra e Darkover erano quasi idilliaci».

Ritorno a Darkover (*Star of Danger*, 1965; TEA, Milano 1983). Concepito come un episodio «parallelo» alla Saga di Darkover, vi compare per la prima volta un rappresentante della razza degli antichi abitanti del pianeta, leggendari antenati dei Comyn. Delusa dalla tiepida accoglienza ottenuta dal libro, MZB pensò di chiudere il ciclo e per cinque anni non scrisse più.

Il Signore di Storn (*The Winds of Darkover*, 1970; TEA, Milano 1993) è il romanzo in cui MZB riprese la Saga di Darkover. Racconta l'autrice: «Nelle mie intenzioni la protagonista doveva essere una Libera Amazzone assoldata per combattere i banditi che infestavano le montagne di Darkover. Rimuginai per qualche tempo quell'idea, ma chissà perché non mi convinceva. Dovevano passare sei anni prima che fossi in grado di scrivere una storia sulle Libere Amazzoni».

I Signori di Darkover (Nord, Milano 1994).

I Comyn e l'Impero Terrestre

I rapporti tra Darkover e l'Impero si incrinano a causa delle pressioni esercitate dalla Terra per trasformare a tutti gli effetti il pianeta in colonia terrestre; a queste tensioni si aggiungono le fortissime resistenze opposte dalla parte più conservatrice della nobiltà darkovana, la quale è a sua volta in contrasto con gli elementi più giovani della società, attratti dai vantaggi che la superiore tecnologia terrestre offre e ansiosi di viaggiare nella galassia verso altri mondi.

Dopo la ribellione di Sharra e il tentativo dell'Impero di distruggere dall'interno la società darkovana uccidendo il maggior numero possibile di appartenenti alla nobiltà, la responsabilità di governare il pianeta del sole rosso ricade sulle spalle di Regis Hastur, nipote di quell'Hastur che si era opposto ai terrestri: spetta dunque a lui il compito di raggiungere un compromesso che eviti la distruzione della cultura darkovana e garantisca, senza abbandonare le tradizioni su cui poggia la società, una lenta integrazione del pianeta nella Federazione Terrestre.

Tutto ciò viene descritto nei libri:

L'Esiliato di Darkover (*The Bloody Sun*, 1979; TEA, Milano 1992), una riscrittura più matura e articolata del romanzo, pubblicato nella prima volta nel 1964, che segnò l'esordio ufficiale come scrittrice professionista di MZB.

L'Erede di Hastur (*The Heritage of Hastur*, 1975; Nord, Milano 1978).

Le Foreste di Darkover (*The Planet Savers*, 1962; TEA, Milano 1996), che narra della spedizione intrapresa da terrestri e darkovani nel territorio del Piccolo Popolo per sconfiggere una devastante epidemia che minaccia la popolazione dell'intero pianeta.

L'Esilio di Sharra (*Sharra's Exile*, 1981; Nord, Milano 1983), versione ampliata della **Spada di Aldones**. Scrive MZB: «Dopo la decisione presa nel 1975 per **L'Erede di Hastur** di sacrificare la coerenza a favore di una trama e di una scrittura più mature e ponderate, **La Spada di Aldones** mi apparve sempre meno soddisfacente. Per anni non avevo fatto che incontrare persone che mi chiedevano quando avrei riscritto quel libro, e per anni avevo continuato a rispondere che non avevo alcuna intenzione di farlo. Ma alla fine decisi che nella **Spada di Aldones** avevo sviluppato un'idea di base molto buona nella quale mancava forse una visione più adulta del carattere dei personaggi. Così ritenni giusto non riscrivere il libro, ma scriverne uno del tutto nuovo basato sugli avvenimenti che si collocavano nello stesso lasso di tempo di quelli narrati in»:

La Spada di Aldones (*The Sword of Aldones*, 1962; TEA, Milano 1994). Lo spunto centrale cui accenna l'autrice è lo scontro tra due culture diverse, tra l'Impero Terrestre e Darkover.

Il Ribelle di Thendara (*The World Wreckers*, 1971; TEA, Milano 1994). Per esigenze di trama, MZB si trovò ad affrontare un tema considerato tabù, e non solo nella fantasy: l'omosessualità femminile. Il romanzo le procurò la fama, del tutto involontaria, di simpatizzante della causa omosessuale. A parte questi fatti contingenti, nelle intenzioni dell'autrice **Il Ribelle di Thendara** doveva essere « il libro che, riconciliando tra loro le due diverse culture darkovana e terrestre, le quali finalmente trovano un *modus vivendi*, chiudeva una volta per tutte con Darkover, così da non poterlo più far risorgere ».

Il tormentato rapporto tra l'Impero Terreste e Darkover fa da sfondo ai successivi romanzi della saga, nei quali tornano ad accendersi le rivalità interne alla nobiltà darkovana, in particolare tra il clan degli Hastur e quello degli Alton:

La Sfida degli Alton (*Exile's Song*, 1995; Longanesi, Milano 1996, poi TEA, Milano 1998), che narra la vicenda di Margaret Alton che, tornata su Darkover per studiarne il patrimonio musicale, vi scopre le proprie origini Comyn e il proprio ruolo all'interno delle lotte di successione.

La Matrice Ombra (*The Shadow Matrix*, 1998; Longanesi, Milano 1999), il seguito diretto della **Sfida degli Alton**, in cui ritroviamo Margaret innamorata di Mikhail, erede degli Hastur. Nel corso della loro avventura, i due giovani vengono « trasportati » da un potente incantesimo all'Età del Caos, proprio al cospetto di Varzy il Saggio, che affida loro un segreto.

Traitor's Sun, 1999, che è l'ultimo romanzo della Saga di Darkover pubblicato prima della scomparsa dell'autrice, avvenuta il 25 settembre 1999.

INDICE

TEADUE

Ultimi volumi pubblicati

Finito di stampare
nel mese di febbraio 2002
per conto della TEA S.p.A.
dalla Mondadori Printing S.p.A.
Stabilimento N.S.M.- Cles (TN)
Printed in Italy

TEADUE
Periodico settimanale del 25.8.1999
Direttore responsabile: Stefano Mauri
Registrazione del Tribunale di Milano n. 565 del 10.7.1989

I romanzi di Marion Zimmer Bradley pubblicati in edizione rilegata dalla Longanesi & C.

Ciclo di Avalon

Le Querce di Albion
La Signora di Avalon
La Sacerdotessa di Avalon
Le Nebbie di Avalon

Saga di Darkover

La sfida degli Alton
La matrice ombra

Saga del Giglio Nero

Il Giglio Nero
(con J. May e A. Norton)
La Dama del Giglio

Altri romanzi

La Torcia
Le più belle storie
Le Luci di Atlantide